Le Manipulateur

Frederick Forsyth

Le Manipulateur

ROMAN

Traduit de l'anglais
par Mimi et Isabelle Perrin
et Yves Sarda

Albin Michel

La guerre froide a duré quarante ans. Officiellement, l'Ouest a gagné. Mais pas sans dommages. Ce roman est dédié à ceux qui ont passé la majeure partie de leur vie dans l'ombre. Mes amis, c'était la grande époque.

Prologue

Durant l'été de 1983, le chef alors en place des Services secrets britanniques approuva la constitution d'un nouveau Bureau, en dépit d'une certaine opposition interne.

Celle-ci émanait principalement des Bureaux déjà existants, qui jouissaient presque tous de fiefs territoriaux établis dans le monde entier. Or il était prévu que ce nouveau Bureau aurait un vaste champ d'action dépassant les frontières traditionnelles.

A l'origine de cette création, deux motifs. En premier lieu, l'effervescence de Westminster et Whitehall, notamment au sein du gouvernement conservateur, après la victoire de la Grande-Bretagne dans la guerre des Malouines l'année précédente. Malgré le succès militaire, l'épisode avait engendré un débat confus et parfois orageux sur le thème : pourquoi avons-nous été tellement surpris quand les forces argentines du général Galtieri ont débarqué à Port Stanley ?

Entre les divers départements, la querelle se prolongea pendant plus d'un an, dégénérant inévitablement en accusations et contre-accusations du style : nous n'étions pas prévenus — mais si vous l'étiez. Le ministre des Affaires étrangères, Lord Carrington, se sentit obligé de démissionner. Quelques années plus tard, l'Amérique connaîtrait un scandale similaire à la suite de la destruction du vol Pan American au-dessus de Lockerbie, une des agences soutenant avoir lancé un avertissement, et l'autre prétendant ne l'avoir jamais reçu.

Le second motif était l'arrivée récente au siège du pouvoir, c'est-à-dire au secrétariat général du parti communiste d'Union soviétique, de Youri V. Andropov, président du KGB depuis quinze ans. En favorisant son ancienne agence, il instaura au long de son règne l'intensification d'un espionnage de plus en plus agressif et des « mesures actives » du KGB contre l'Ouest. Parmi celles-ci, il appréciait tout particulièrement l'usage de la désinformation, à savoir la propagation de la méfiance et de la démoralisation grâce au mensonge, aux agents d'influence, à la diffamation, et à la discorde semée entre les Alliés par la diffusion de contre-vérités.

Mrs Thatcher, à laquelle l'épisode valut son surnom de Dame de Fer (décerné par les Russes), considéra que « ce jeu pouvait se jouer à deux », et précisa qu'elle ne serait pas traumatisée si l'Agence britannique de renseignements renvoyait un peu la balle aux Soviétiques.

Le nouveau Bureau fut affublé d'une appellation pompeuse : Intoxication, Désinformation et Opérations psychologiques, qui fut immédiatement réduite à un simple IDOP.

On nomma un nouveau chef de Bureau. De même que le responsable de l'Équipement était surnommé l'Intendant, et celui du Service juridique l'Avocat, le nouveau chef de l'IDOP reçut de la part d'un petit malin à la cantine un sobriquet : « le Manipulateur ».

Avec le recul (don précieux et bien plus répandu que son contraire, l'anticipation), le Chef, Sir Arthur, aurait pu être critiqué pour son choix, et le fut d'ailleurs par la suite. Au lieu d'un carriériste de la Centrale, rompu à la prudence requise d'un véritable fonctionnaire, il confia le poste à un ancien agent de terrain, déniché au Bureau de l'Allemagne de l'Est.

L'homme s'appelait Sam McCready, et il dirigea le Bureau pendant sept ans. Mais toutes les bonnes choses ont une fin. Dans les derniers jours du printemps 1990, une conversation se tint au cœur de Whitehall...

Le jeune assistant se leva de derrière sa table dans l'antichambre en affichant un sourire étudié.

« Bonjour, Sir Mark. Le sous-secrétaire permanent a demandé que je vous introduise immédiatement. »

Il ouvrit la porte donnant sur le bureau privé du sous-secrétaire permanent au ministère des Affaires étrangères et du Commonwealth, et fit entrer le visiteur avant de refermer la porte derrière lui. Le SSP, Sir Robert Inglis, se leva avec un sourire accueillant.

« Mark, mon cher ami, c'est gentil d'être venu. »

Même si on est en place depuis peu, on ne devient pas chef du Secret Intelligence Service, ou SIS, sans acquérir une certaine méfiance devant tant de chaleur de la part d'un inconnu qui semble prêt à vous traiter comme un frère de sang. Sir Mark se prépara donc à une entrevue difficile.

Quand il fut assis, le plus haut fonctionnaire du pays au Foreign Office ouvrit sur son bureau sa serviette rouge éraflée et en sortit un dossier beige reconnaissable à la diagonale rouge qui le barrait d'un coin à l'autre.

« Vous avez fait le tour de vos stations et me livrerez certainement vos impressions, n'est-ce pas ? demanda-t-il.

— Bien sûr, Robert... en temps utile. »

Après le dossier top secret, Sir Robert Inglis sortit un volume recouvert de papier rouge, et fermement relié par une spirale de plastique noir.

« J'ai lu vos propositions sur " le SIS des années 90 " en parallèle avec la dernière liste des courses du coordinateur du Renseignement..., commença-t-il. Vous semblez avoir très sérieusement rempli le cahier des charges.

— Merci, Robert, dit le Chef. Je puis donc compter sur le soutien du Foreign Office ? »

Le sourire du diplomate lui aurait sûrement valu le gros lot à un jeu télévisé américain.

« Mon cher Mark, nous n'émettons aucune réserve sur l'orientation générale de vos propositions. Il y a toutefois quelques points de détail que je souhaiterais étudier avec vous... »

Et voilà, c'est parti ! pensa le Chef du SIS.

« Puis-je par exemple tenir pour acquis que ces antennes supplémentaires à l'étranger, dont vous suggérez l'implantation, ont reçu l'approbation des Finances, et que les fonds nécessaires ont été détournés du budget d'un autre service ? »

Les deux hommes savaient très bien que les crédits de fonctionnement de l'Intelligence Service ne provenaient pas en totalité du Foreign Office. De fait, seule une faible part sort de ses caisses. Le véritable coût d'un SIS quasiment occulte et très discret, au contraire de la CIA, est réparti entre tous les ministères dépensiers. Aucun n'y échappe, pas même celui de l'Agriculture, de la Pêche, et de l'Alimentation (un comble !), sous prétexte qu'un jour, il pourrait avoir besoin de savoir combien de morues les Islandais prennent dans l'Atlantique nord.

Parce que son budget est ainsi diversifié et remarquablement dissimulé, le SIS ne peut subir de « pressions » de la part du Foreign Office, par exemple une menace de suspension de paiement en cas de non satisfaction de ses exigences.

« Aucun problème à ce sujet, fit Sir Mark en hochant la tête. Le coordinateur et moi sommes allés au Budget pour expliquer notre position (approuvée au préalable par le Cabinet Office), et on nous a accordé les liquidités nécessaires, à partir des budgets recherche et développement des ministères auxquels on s'attendrait le moins.

— Parfait ! se réjouit le SSP, sincère ou non. Alors passons à quelque chose qui, là, concerne mon champ d'activité. Je ne sais pas où en est votre politique du personnel, mais nous avons de sérieux problèmes pour pourvoir les postes dans le service élargi qui résultera de la fin de la guerre froide et de la libéralisation de l'Europe centrale et de l'Est. Vous voyez ce que je veux dire ? »

Sir Mark voyait très bien. L'effondrement total du communisme lors des deux années précédentes était en train de modifier rapidement la carte diplomatique du globe. Le corps diplomatique recherchait des occasions d'ouverture vers l'Europe centrale et les Balkans, voire l'installation de mini-ambassades en Lettonie, en Lituanie et en Estonie, au cas où ces républiques parviendraient à assurer leur indépendance vis-à-vis de Moscou. Le SSP suggérait donc à mots couverts que, la guerre froide étant morte et enterrée, la situation de son collègue du Renseignement serait exactement inverse. Sir Mark ne l'entendait pas de cette oreille.

« Comme vous, nous n'avons d'autre alternative que le recrutement. Sans compter cette première phase, l'entraînement seul prend six mois pour transformer un jeune entré à Century House en un homme assez expérimenté pour se retrouver en poste à l'étranger. »

Le diplomate perdit le sourire et se pencha en avant d'un air grave.

« Mon cher Mark, voilà précisément le point central de la discussion que je souhaitais avoir avec vous : quelles attributions de postes dans nos ambassades, et à qui ? »

Sir Mark gémit intérieurement. Cet enfoiré le frappait au-dessous de la ceinture. Si le Foreign Office ne peut « atteindre » le SIS par des manœuvres financières, il dispose d'un atout maître qu'il peut jouer à tout moment. La grande majorité des agents de renseignements en poste à l'étranger le sont sous couverture diplomatique. Ce qui fait de l'ambassade leur hôte. Pas de poste de couverture, pas d'affectation à l'étranger.

« Et quelle est votre vision de l'avenir, Robert ? demanda-t-il.

— J'ai bien peur que nous ne puissions fournir de postes à certains de vos agents les plus... voyants. Les officiers dont la couverture est nettement grillée. Les opérateurs à visage découvert. Durant la guerre froide, c'était acceptable, mais dans la nouvelle Europe, ils se remarqueraient comme le nez au milieu de la figure. Ils choqueraient. Je suis certain que vous en êtes conscient. »

Les deux hommes savaient que les agents à l'étranger se répartissent en trois catégories. Les « illégaux », qui ne travaillent pas sous le couvert de l'ambassade, ne posaient pas de problème à Sir Robert Inglis. Les officiers en place à l'ambassade étaient soit « déclarés », soit non déclarés.

Un officier déclaré, ou opérateur à visage découvert, était quelqu'un dont personne n'ignorait la véritable occupation. Par le passé, avoir un tel officier du Renseignement dans une ambassade fonctionnait à merveille. Partout dans le bloc communiste et le Tiers Monde, les dissidents, les mécontents, quiconque le souhaitait savait exactement à qui s'adresser pour confier ses malheurs à un père confesseur. Ce système avait abouti à de riches moissons de renseignements, et à quelques défections spectaculaires.

Le propos actuel du haut fonctionnaire était qu'il n'acceptait plus semblable situation, et ne fournirait plus de tels postes. Il s'attachait à conserver la belle tradition de son service : rassurer les étrangers.

« J'entends bien, Robert, mais je ne peux ni ne veux commencer mon mandat de Chef du SIS par une purge des officiers supérieurs qui ont servi l'État pendant longtemps, avec loyauté et efficacité.

— Trouvez-leur d'autres postes, suggéra Sir Robert. L'Amérique centrale, l'Amérique du Sud, l'Afrique...

— Et je ne peux pas non plus les expédier au Burundi jusqu'à l'âge de la retraite.

— Songez à des emplois administratifs, alors. Ici, au pays.

— En d'autres termes, des postes de ronds-de-cuir, souligna le Chef. La plupart refuseront.

— Eh bien, qu'ils prennent une retraite anticipée, insinua le diplomate en se penchant à nouveau. Mark, mon cher, ceci n'est absolument pas négociable. Les cinq Sages seront de mon côté sur ce point, soyez-en certain, puisque j'en suis un moi-même. Nous consentirons à une compensation généreuse, mais... »

Les cinq Sages sont les sous-secrétaires permanents du Cabinet Office et des ministères des Affaires étrangères, de l'Intérieur, de la Défense et des Finances. A eux cinq, ils détiennent une énorme part de décision dans les allées du pouvoir. Entre autres, ils nomment (ou recommandent au Premier ministre, ce qui revient au même) le chef du SIS et le directeur général du Service de sécurité, le MI-5. Sir Mark en souffrait profondément, mais il connaissait la réalité de ce pouvoir. Il devrait céder.

« Parfait, mais j'aurai besoin d'instructions sur la procédure. »

Ce qui signifiait que, par égard pour sa réputation auprès de ses subordonnés, il voulait des ordres venant manifestement d'en haut. Sir Robert Inglis se montra généreux. Il pouvait se le permettre.

« Vos instructions arriveront incessamment, répondit-il. Je demanderai une consultation avec les autres Sages, et nous établirons de nouvelles règles pour une nouvelle conjoncture. Je suggère que vous déclenchiez, dans le cadre de ces nouvelles règles qui vous seront transmises, ce que les juristes appellent une " procédure groupée ", afin d'établir des chefs d'accusation spécimens.

— Procédure groupée ? Chefs d'accusation spécimens ? Mais de quoi parlez-vous ? demanda Sir Mark.

— Un précédent, mon cher Mark. Un seul, qui marchera pour tout le reste du groupe.

— Un bouc émissaire ?

— Quel vilain mot. On ne peut guère considérer une retraite anticipée avec une confortable pension comme une injustice. Vous choisissez un officier dont le départ précipité pourrait être envisagé sans trop de scrupules, vous organisez une audience, et vous avez votre précédent.

— Un officier ? Vous avez quelqu'un en tête ? »

Sir Robert joignit le bout de ses doigts et leva les yeux au plafond.

« Oh... il y a toujours Sam McCready. »

Évidemment. Le Manipulateur. Depuis sa dernière initiative, musclée mais non autorisée, dans les Caraïbes trois mois plus tôt, Sir Mark était conscient que le Foreign Office considérait McCready comme une sorte de Gengis Khan en liberté. Curieux, en fait... un type si... falot.

Sir Mark se fit reconduire à Century House, son quartier général de l'autre côté de la Tamise. Il était d'humeur profondément introspective. Il savait que le haut fonctionnaire du Foreign Office ne lui avait pas simplement « suggéré » le départ de Sam McCready. Il l'exigeait. Du point de vue du Chef, il n'aurait pu imposer tâche plus difficile.

En 1983, quand Sam McCready avait été choisi pour diriger

l'IDOP, Sir Mark était contrôleur adjoint, du même âge que lui et seulement à un échelon au-dessus. Il appréciait cet agent imprévisible et irrévérencieux auquel Sir Arthur avait confié le nouveau poste, mais cela dit, presque tout le monde l'appréciait.

Peu après, Sir Mark avait été envoyé en Extrême-Orient pendant trois ans (il parlait mandarin couramment), et en était revenu en 1986 pour être promu chef adjoint. Sir Arthur avait pris sa retraite, et un nouveau chef avait pris sa place tant convoitée. C'est à celui-ci que Sir Mark avait succédé en janvier.

Avant de quitter la Chine, Sir Mark avait, comme bien d'autres, pensé que Sam McCready ne ferait pas long feu. Selon l'opinion répandue, le Manipulateur était un diamant trop brut pour s'accommoder facilement de la politique interne de Century House.

En premier lieu, aucun des Bureaux régionaux ne verrait arriver d'un bon œil l'homme qui essaierait d'opérer sur leur territoire jalousement gardé. Il y aurait des luttes d'influence que seul un diplomate accompli saurait maîtriser, et, aussi talentueux fût-il par ailleurs, McCready n'avait jamais été considéré comme tel. En outre, avec son apparence plutôt négligée, Sam s'intégrerait difficilement dans le monde des officiers de haut rang, élégants personnages issus en majorité des écoles privées anglaises très sélectes.

Pour sa plus grande surprise, Sir Mark découvrit à son retour que Sam McCready se portait comme un charme. Il semblait jouir d'une loyauté totale et fort enviable de la part de ses subordonnés, et même ne jamais offenser les chefs de Bureaux « territoriaux » les plus durs à cuire quand il leur demandait un service.

Il pouvait parler le jargon avec les autres agents de terrain rentrant pour une permission ou un briefing, et semblait recueillir d'eux une masse encyclopédique de renseignements, dont la plupart n'auraient sans aucun doute jamais dû être divulgués en raison du système de cloisonnement.

Il était connu pour boire une bière à l'occasion avec les cadres techniques, les hommes et femmes « de la base », une camaraderie rarement accessible aux officiers supérieurs. Il obtenait parfois d'eux une mise sur écoute téléphonique, une interception de courrier ou un faux passeport, alors que les autres chefs de Bureau en étaient encore à remplir les formulaires.

Tout cela, et d'autres défauts irritants comme contourner le règlement ou disparaître sans avertissement, ne risquait guère de pousser l'*establishment* à s'enticher de lui. Mais la raison de son maintien à ce poste était simple : il livrait la marchandise, il fournissait le matériau, il faisait tourner une opération qui obligeait le KGB à avoir en permanence un stock de comprimés pour la digestion. Aussi était-il resté en place... jusqu'à présent.

Sir Mark soupira, sortit de sa Jaguar dans le parking souterrain de Century House et emprunta l'ascenseur jusqu'à son bureau situé au dernier étage. Pour l'instant il n'avait besoin de rien faire. Sir Robert Inglis allait consulter ses collègues et produire le « nouveau règlement », les « instructions » qui permettraient au Chef embarrassé de dire, sincèrement mais le cœur gros : « Je n'ai pas le choix. »

Ce fut seulement début juin que les « instructions », ou plutôt le diktat, arrivèrent du Foreign and Commonwealth Office, ce qui permit à Sir Mark de convoquer ses deux adjoints dans son bureau.

« Elle est un peu raide, celle-là ! s'insurgea Basil Gray. Vous ne pouvez pas protester ?

— Pas cette fois, répondit le Chef. Inglis a pris le mors aux dents, et comme vous le voyez, les quatre autres Sages font corps avec lui. »

La circulaire qu'il leur avait donnée à étudier était un modèle de clarté et de logique imparable. Elle soulignait que le 3 octobre, la RDA, jadis le plus pur et dur des États communistes d'Europe de l'Est, aurait littéralement cessé d'exister. Il n'y aurait plus d'ambassade à Berlin-Est, le Mur n'était déjà plus qu'une triste plaisanterie, la redoutable police secrète, le SSD, battait en retraite, et les forces soviétiques se retiraient. Cette zone qui autrefois nécessitait un vaste système opérationnel du SIS à Londres allait être reléguée au second plan, voire dans les coulisses.

En outre, poursuivait la circulaire, le sympathique Vaclav Havel étant maintenant au pouvoir en Tchécoslovaquie, le STB, service de renseignements tchèque, allait bientôt en être réduit à donner des cours de catéchisme. Si l'on ajoutait à cela l'effondrement du régime communiste en Pologne, en Hongrie et en Roumanie, ainsi que sa future désintégration en Bulgarie, on pouvait se faire une idée approximative de l'avenir.

« Eh bien..., soupira Timothy Edwards, il faut reconnaître que nous n'aurons plus le même genre d'opérations en Europe de l'Est. Plus besoin de main-d'œuvre sur place. Ils n'ont pas tort.

— Comme c'est aimable à vous de le dire », sourit le Chef.

Dès son arrivée à ce poste en janvier, il avait lui-même assuré la promotion de Basil Gray. En revanche, il avait hérité de Timothy

Edwards. Il savait que celui-ci voulait désespérément lui succéder dans trois ans, et que lui-même n'avait pas la moindre intention de le recommander. Non qu'Edwards fût stupide, loin s'en fallait. Il était même brillant, mais...

« Ils oublient les autres menaces, bougonna Gray. Pas un mot sur le terrorisme international, l'expansion des cartels de la drogue, les armées privées, ou la prolifération des armements. »

Dans son propre rapport, « Le SIS des années 90 », que Sir Robert Inglis avait lu et apparemment apprécié, Sir Mark avait insisté sur le fait que les menaces globales ne diminuaient pas, mais se déplaçaient. En tête de liste venait la prolifération, l'acquisition régulière par les dictateurs, dont certains excessivement instables, de vastes arsenaux d'armes ; non des surplus de guerre comme au bon vieux temps, mais un équipement de pointe : fusées, ogives chimiques et bactériologiques, voire technologie nucléaire. La circulaire devant lui négligeait joyeusement ce sujet.

« Alors qu'est-ce qu'on fait, maintenant ? demanda Timothy Edwards.

— Ce qu'on fait ? répéta doucement le Chef. On envisage un déplacement de population... de *notre* population. Adieu l'Europe de l'Est, retour au pays. »

En clair, les vétérans de la guerre froide, qui avaient dirigé leurs opérations, leurs mesures actives, et leurs réseaux d'agents locaux à partir des ambassades derrière le Rideau de fer, rentreraient au pays, où ils ne retrouveraient pas de travail. Bien entendu ils seraient remplacés, mais par des hommes plus jeunes dont la véritable activité ne serait pas connue, et qui se fondraient dans la masse des employés d'ambassade sans se faire remarquer, afin de ne pas « offenser » les démocraties naissantes au-delà du Mur. Le recrutement se poursuivrait, le Chef ayant à l'évidence un service à faire fonctionner. Restait le problème des vétérans. Où les mettre ? Il n'y avait qu'une réponse : au vert.

« Il va falloir établir un précédent, dit Sir Mark. Un précédent qui permettra le passage en douceur des suivants vers la retraite anticipée.

— Vous pensez à quelqu'un en particulier ? demanda Gray.

— Sir Robert a quelqu'un en vue. Sam McCready. »

Basil Gray le dévisagea bouche bée.

« Vous ne pouvez pas vider Sam, Chef.

— Personne ne vide Sam, précisa Sir Mark, qui poursuivit par une citation de Robert Inglis. On ne peut guère qualifier d' " injuste " une retraite anticipée compensée par une généreuse pension. »

Il se demanda si les trente pièces d'argent avaient paru lourdes aux Romains quand ils les avaient remises.

« C'est triste, bien sûr, parce que nous aimons tous Sam, commenta Edwards. Mais le Chef doit faire tourner son service.

— Exactement. Merci », dit Sir Mark.

Assis là, il comprit enfin pourquoi il ne recommanderait pas Timothy Edwards pour lui succéder un jour. Lui, le Chef, ferait ce qu'il devait faire parce que cela devait être fait, mais il détestait ça. Edwards le ferait parce que cela servirait l'avancement de sa carrière.

« Nous devrons lui proposer trois emplois de remplacement, fit remarquer Gray. Peut-être en acceptera-t-il un. »

En son for intérieur, il l'espérait sincèrement.

« Éventuellement, bougonna Sir Mark.

— Qu'aviez-vous en tête, Chef ? » demanda Edwards.

Sir Mark ouvrit un dossier contenant les résultats d'une conférence avec le directeur du Personnel.

« Les postes disponibles sont : commandant de l'école d'entraînement, chef de l'administration et de la comptabilité, ou chef du fichier central. »

Edwards eut un petit sourire. Ça devrait marcher, pensa-t-il.

Deux semaines plus tard, l'objet de tous ces conciliabules arpentait son bureau tandis que son second, Denis Gaunt, examinait tristement la feuille devant lui.

« Ce n'est pas si mal, Sam, remarqua-t-il. Ils veulent que vous restiez. C'est juste une question de poste.

— Quelqu'un veut me virer », lâcha McCready.

Londres subissait une canicule cet été-là. La fenêtre du bureau était ouverte, et les deux hommes avaient tombé la veste. Gaunt portait une chemise bleu clair très chic de chez Turnbull and Asser ; McCready une chemise de prêt-à-porter achetée chez Viyella, pelucheuse à force d'être lavée. En outre, il l'avait mal boutonnée, si bien que le col remontait d'un côté. Gaunt soupçonnait que d'ici à l'heure du déjeuner, une secrétaire aurait repéré l'erreur, et l'aurait rectifiée avec moult soupirs réprobateurs. Les employées de Century House semblaient toujours désireuses d'aider Sam McCready.

Les relations de McCready avec les femmes déconcertaient

Gaunt. Déconcertaient tout le monde, d'ailleurs. Gaunt mesurait plus d'un mètre quatre-vingts, et dépassait son patron de cinq centimètres. Il était beau, blond, célibataire, et la gent féminine ne l'effarouchait pas.

Son chef de bureau était de taille et de corpulence moyennes, avec des cheveux châtains clairsemés, généralement ébouriffés, et il portait des vêtements qu'il ne semblait pas avoir ôtés pour dormir. Denis savait que McCready était veuf depuis quelques années, qu'il ne s'était pas remarié, et préférait à l'évidence vivre seul dans son petit appartement de Kensington.

Il doit bien y avoir quelqu'un, se disait Gaunt. Quelqu'un pour nettoyer, faire la vaisselle et le lavage. Peut-être une femme de ménage. Mais personne ne posa jamais la question, et personne n'eut jamais la réponse.

« Vous pourriez sûrement accepter l'un de ces emplois, dit Gaunt. Ça leur couperait l'herbe sous le pied.

— Denis, répliqua gentiment McCready, je ne suis ni professeur, ni comptable, ni archiviste, nom de Dieu ! Je vais obliger ces salauds à m'accorder une audience.

— Ça pourrait changer le cours des choses, approuva Gaunt. Le Conseil ne sera pas forcément d'accord pour aller jusqu'au bout. »

L'audience à Century House s'ouvrit comme d'habitude un lundi matin dans la salle de conférences, à l'étage au-dessous du bureau du Chef.

Assis dans le fauteuil, le chef adjoint, Timothy Edwards, plus impeccable que jamais dans un costume sombre de chez Blades, avec une cravate aux couleurs de son ancienne université, était flanqué du contrôleur des Opérations internes, et du contrôleur du Secteur occidental. A un bout de la salle se trouvait le directeur du Personnel, près d'un jeune employé des Archives devant lequel étaient empilés des dossiers.

Sam McCready entra le dernier, et s'assit sur une chaise face à la table. A cinquante et un ans, il était toujours svelte et semblait en pleine forme. Sinon, c'était le genre d'homme qui passait inaperçu. C'est ce qui en son temps l'avait rendu efficace, sacrément efficace. Ça, et tout ce qu'il avait emmagasiné dans sa mémoire.

Ils connaissaient tous les règles. Si l'on refusait trois « postes de rond-de-cuir », on risquait de se faire imposer la retraite anticipée. Mais on avait droit à une audience, afin de défendre un amendement.

Pour parler en sa faveur, McCready avait amené Denis Gaunt, de dix ans son cadet, auquel il avait fait gravir les échelons en cinq ans jusqu'au poste de numéro 2 sous ses ordres. Il pensait que Denis, avec son sourire éclatant et sa cravate aux couleurs d'une école privée, serait mieux à même de les affronter que lui.

Tous les hommes présents se connaissaient et s'appelaient par leur prénom, même l'employé des Archives. Peut-être parce qu'il s'agit d'un monde très fermé, il est de tradition à Century House d'utiliser les prénoms, sauf quand on s'adresse au Chef, qu'on appelle en face « monsieur » ou « Chef », et « le Maître », entre autres surnoms, derrière son dos. Une fois la porte fermée, Edwards toussota pour obtenir le silence. C'était bien son genre.

« Parfait. Nous sommes ici réunis pour étudier la demande d'amendement d'un règlement de la Centrale, faite par Sam, et qui n'est pas assimilable à la réparation d'un préjudice. D'accord ? »

Tout le monde était d'accord. Il était établi que Sam McCready n'avait subi aucun préjudice, dans la mesure où le règlement avait été respecté.

« Denis, je crois que c'est vous qui parlerez pour Sam ?

— Oui, Timothy. »

Le SIS dans sa forme actuelle fut créé par un amiral, Sir Mansfield Cumming, et nombre de ses traditions internes (hormis la familiarité entre membres) ont encore vaguement le goût du large. L'une d'elles est le droit de se faire défendre par un collègue officier lors d'une audience.

La déclaration du directeur du Personnel fut concise et précise. Le pouvoir en place avait décidé qu'il souhaitait transférer McCready de l'IDOP à un nouveau poste. Il avait refusé les trois qu'on lui avait offerts, ce qui revenait à choisir la retraite anticipée. Puisqu'il ne pouvait garder son poste de chef de l'IDOP, McCready, lui, demandait à être envoyé de nouveau en mission ou dans un Bureau chargé d'opérations sur le terrain. Un tel poste n'était pas disponible. CQFD.

Denis Gaunt se leva.

« Écoutez, nous connaissons tous les règles. Et nous connaissons tous les faits. C'est vrai que Sam a demandé à ne pas être affecté à l'école d'entraînement, à la comptabilité ou aux archives. Mais c'est parce qu'il est un homme de terrain, par formation et par nature. Et l'un des meilleurs, sinon le meilleur.

— Sans conteste, murmura le contrôleur du secteur occidental, auquel Edwards adressa un regard lourd de menaces.

— Le fond du problème, suggéra Gaunt, c'est que si le Service le souhaitait vraiment, il pourrait sans doute trouver un poste pour Sam. La Russie, l'Europe de l'Est, l'Amérique du Nord, la France, l'Allemagne, l'Italie... Je suggère que le Service fasse cet effort, parce que... »

Il se dirigea vers l'homme des Archives et prit un dossier.

« Parce qu'il lui reste quatre ans avant la retraite à cinquante-cinq ans avec pension à 100 %...

— On lui a offert des indemnités conséquentes, l'interrompit Edwards. Certains diraient extrêmement généreuses.

— Parce que, poursuivit Gaunt, il a loyalement servi son pays pendant des années, dans des conditions pénibles et parfois extrêmement dangereuses. Ce n'est pas une question d'argent, il s'agit simplement de savoir si le Service est prêt à faire un effort pour l'un des siens. »

Il ignorait évidemment tout de la conversation qui avait eu lieu le mois précédent entre Sir Mark, le Chef, et Sir Robert Inglis au Foreign Office.

« J'aimerais que nous examinions quelques affaires qu'a dirigées Sam au cours des six dernières années. Commençons par celle-ci... »

Le regard de l'homme dont ils parlaient, assis à l'autre bout de la pièce, ne trahissait rien. Aucune des personnes présentes ne pouvait soupçonner la rage et le désespoir que cachait ce visage buriné.

Timothy Edwards consulta sa montre. Il avait espéré que cette histoire serait liquidée le soir même. A présent, il en doutait.

« Je pense que nous nous en souvenons tous, dit Gaunt. Il s'agit de feu le général soviétique Evguéni Pankratine... »

CRIME ET
CHÂTIMENT EXTRÊME

Chapitre un

MAI 1983

Le colonel russe émergea de l'ombre, lentement et avec prudence, quoique ayant vu et reconnu le signal. Tous les rendez-vous avec son contrôleur britannique étaient dangereux, et à éviter si possible. Mais lui-même avait demandé celui-ci. Il avait des choses à dire, à exiger, que ne pouvait contenir un message laissé dans une boîte aux lettres morte. Une tôle mal fixée sur le toit d'un appentis, plus loin le long de la voie ferrée, battait au vent en grinçant. L'aube approchait. L'homme se retourna, détermina l'origine du bruit et se remit à scruter la zone d'ombre près du pont tournant.

« Sam ? » appela-t-il doucement.

Sam McCready avait lui aussi fait le guet. Il était là depuis une heure dans l'obscurité de cette gare de triage abandonnée de la grande banlieue de Berlin-Est. Il avait vu, ou plutôt entendu, le Russe arriver, mais avait prolongé son attente pour s'assurer qu'il ne percevait aucun autre bruit de pas dans la poussière et les gravats. On avait beau être rompu à ce genre d'exercice, la boule au creux de l'estomac était toujours là.

A l'heure fixée, certain qu'ils étaient seuls, il avait craqué une allumette sur l'ongle de son pouce, pour qu'elle ne lance qu'une brève lueur avant de s'éteindre. Le Russe l'avait vue et était sorti de derrière le vieil atelier d'entretien. Les deux hommes avaient tout lieu de rechercher la pénombre, car l'un était un traître et l'autre un espion.

McCready sortit de l'obscurité pour permettre au Russe de le voir, s'arrêta le temps de montrer que lui aussi était seul, et avança.

« Evguéni. Ça fait bien longtemps, mon ami. »

A cinq pas l'un de l'autre, ils se voyaient distinctement, et pouvaient être certains qu'il n'y avait pas eu de substitution, de piège. C'était toujours là le danger d'un face-à-face. Le Russe aurait pu s'être fait arrêter, et avoir craqué dans une salle d'interrogatoires, ce qui aurait permis au KGB et au SSD est-allemand de tendre un piège à un officier supérieur du Renseignement britannique. Ou bien le message du Russe aurait pu avoir été intercepté, et c'est lui qui s'avancerait maintenant vers un piège, et vers la longue nuit noire des interrogatoires jusqu'à la balle libératrice dans la nuque. Mère Russie était sans pitié pour son élite traîtresse.

McCready ne donna pas l'accolade au Russe, ni ne lui serra la main. Certaines sources ont besoin d'un contact personnel rassurant. Mais Evguéni Pankratine, colonel de l'Armée rouge détaché au commandement des Troupes soviétiques stationnées en Allemagne, était un homme froid, distant, indépendant, et plein de morgue.

Il avait été repéré à Moscou en 1980 par un attaché très observateur à l'ambassade britannique. Une rencontre diplomatique, une conversation courtoise et banale, et soudain la remarque cinglante du Russe sur la société dans laquelle il vivait. Le diplomate n'avait fait aucun geste, aucune remarque. Mais il avait pris bonne note et rédigé son rapport. Candidat éventuel. Deux mois plus tard, une première approche discrète avait été tentée. Le colonel Pankratine était resté sur son quant-à-soi, mais n'avait pas rejeté l'offre, résultat jugé positif. Puis il avait été affecté à Potsdam, au commandement des Troupes soviétiques stationnées en Allemagne, armée de 330 000 hommes et 22 divisions qui tenait les Allemands de l'Est en respect, maintenait le pantin Honecker au pouvoir, terrorisait les Berlinois de l'Ouest et faisait redouter à l'OTAN une percée dévastatrice dans la plaine d'Allemagne.

McCready avait alors pris l'affaire en main ; c'était son rayon. En 1981, il avait fait une approche personnelle, et Pankratine avait été recruté. Pas de grande scène, pas de confession intime à écouter et approuver... Simplement une demande d'argent très directe.

Les gens trahissent la terre de leurs aïeux pour de nombreuses raisons : rancune, idéologie, absence de promotion, haine d'un supérieur, honte de leurs déviations sexuelles, ou peur d'être rappelés en disgrâce au pays. Dans le cas des Russes, c'était généralement une profonde désillusion due à la corruption, aux mensonges et au népotisme omniprésents autour d'eux. Mais Pankratine était un vrai mercenaire ; il voulait seulement de l'argent. Un jour il passerait à l'Ouest, disait-il, mais ce jour-là il serait riche. Il avait demandé ce rendez-vous à l'aube dans Berlin-Est pour faire monter la mise.

Pankratine sortit de son imperméable une épaisse enveloppe brune qu'il tendit à McCready. Sans émotion, il en décrivit le contenu, tandis que McCready rangeait le paquet dans sa grosse veste. Des noms, des lieux, des horaires, l'état de préparation des divisions, les ordres opérationnels, les mouvements de troupes, les affectations, la modernisation de l'armement. Le plus important était évidemment ce que Pankratine avait à dire sur les SS-20, ces terribles missiles soviétiques de moyenne portée et à rampes de lancements mobiles, dont chacune des trois ogives nucléaires à guidage indépendant visait une ville européenne. Selon Pankratine, on les déplaçait actuellement dans les forêts de Saxe et de Thuringe, plus près de la frontière pour qu'elles puissent atteindre des cibles d'Oslo à Palerme en passant par Dublin. A l'Ouest, des cohortes de naïfs sincères défilaient sous la bannière socialiste pour réclamer de leurs gouvernements qu'ils renoncent à leurs armes défensives en un geste de bonne volonté pour la paix.

« Il y a un prix à payer, bien sûr, dit le Russe.

— Bien sûr.

— Deux cent mille livres sterling.

— Entendu. »

En fait, rien n'était convenu, mais McCready savait que son gouvernement les trouverait quelque part.

« Autre chose encore. Je crois comprendre que je vais être promu major-général... et transféré à Moscou.

— Félicitations. Quel poste occuperez-vous, Evguéni ? »

Pankratine marqua une pause pour créer son effet.

« Directeur adjoint de l'état-major interarmes au ministère de la Défense. »

McCready fut impressionné. Avoir un homme au cœur du 19, rue Frounze à Moscou serait extraordinaire.

« Et quand je passerai à l'Ouest, je veux un immeuble. En Californie. Les actes de propriété à mon nom. Peut-être à Santa Barbara. On m'a dit que c'était très beau par là-bas.

— C'est vrai, acquiesça McCready. Vous ne préféreriez pas vous installer en Angleterre ? Nous pourrions veiller sur vous.

— Non, je veux le soleil de Californie. Et un million de dollars sur mon compte là-bas.

— On peut s'arranger pour un appartement, dit McCready. Et un million de dollars. Si la marchandise est valable.

— Pas un appartement, Sam. J'ai dit un immeuble. Pour pouvoir vivre de mes rentes.

— Evguéni, ça représente entre cinq et huit millions de dollars, ce que vous demandez. Je ne crois pas que mon service dispose d'une pareille somme. Même pour votre marchandise. »

Les dents du Russe étincelèrent en un bref sourire sous sa moustache de soldat.

« Quand je serai à Moscou, la marchandise que je vous fournirai dépassera vos plus folles espérances. Vous trouverez l'argent.

— Attendons que vous ayez eu votre promotion, Evguéni. Après, nous reparlerons de votre immeuble en Californie. »

Ils se séparèrent cinq minutes plus tard, le Russe pour retourner en uniforme à son bureau de Potsdam, l'Anglais pour passer discrètement le Mur à la hauteur du Stadium dans Berlin-Ouest. On le fouillerait à Checkpoint Charlie. Le paquet passerait le Mur par une voie plus lente mais plus sûre. McCready ne prendrait l'avion pour Londres qu'après l'avoir récupéré à l'Ouest.

OCTOBRE 1983

Bruno Morenz frappa à la porte et entra en réponse au jovial « *Herein* ». Son supérieur était seul dans son bureau, assis au fond de son imposant fauteuil pivotant en cuir derrière son imposante table de travail. Il remuait délicatement son premier vrai café de la journée dans la tasse de porcelaine que lui avait apportée la dévouée Fräulein Keppel, vieille fille irréprochable qui satisfaisait à tous ses besoins légitimes.

Comme Morenz, le directeur était d'une génération qui se rappelait la fin de la guerre et les années suivantes, quand les Allemands avaient dû se contenter d'extrait de chicorée, et que seuls les occupants américains, voire parfois les Anglais, pouvaient obtenir du vrai café. Ce temps était révolu. Dieter Aust appréciait grandement son café colombien du matin. Il n'en proposa pas à Morenz.

Les deux hommes frisaient la cinquantaine, mais là s'arrêtait toute similitude. Petit et replet, Aust avait une coupe de cheveux impeccable et des vêtements chics, et dirigeait à lui seul le Bureau de Cologne. Morenz était un grand gaillard au cheveu grisonnant, le dos voûté, la démarche traînante, l'air étriqué et négligé dans son veston en tweed. En outre, c'était un fonctionnaire du bas de l'échelle qui ne pourrait jamais aspirer au poste de directeur, ni avoir un jour son propre bureau imposant avec une Fräulein Keppel pour lui apporter son café colombien dans une tasse en porcelaine avant qu'il n'attaque sa journée de travail.

La scène d'un haut gradé convoquant un subordonné se jouait certainement dans de nombreux bureaux en Allemagne ce matin-là, mais le champ d'activité de ces deux hommes devait être quasi unique dans le pays. Ainsi que la conversation qui eut lieu. Car Dieter Aust était le chef de l'antenne à Cologne du Renseignement ouest-allemand, le BND.

Le BND a son quartier général dans une vaste enclave murée à la lisière du petit village de Pullach, à quelque dix kilomètres au sud de Munich, sur la rivière Isar dans le sud de la Bavière ; ce qui peut sembler un choix étrange si l'on songe que depuis 1949, la capitale fédérale est Bonn, à des centaines de kilomètres de là sur le Rhin. Mais l'explication est historique. Ce furent les Américains qui, aussitôt après la guerre, créèrent un service d'espionnage ouest-allemand pour contrecarrer les efforts de leur nouvel ennemi, l'URSS. Ils choisirent comme chef de ce service l'ancien maître espion allemand durant la guerre, Reinhard Gehlen, et, au départ, l'organisation fut simplement connue sous le surnom de Gehlen Org. Les Américains voulaient Gehlen dans leur propre zone d'occupation, qui se trouvait être la Bavière et le Sud.

Le maire de Cologne, Konrad Adenauer, était alors un politicien relativement inconnu. Quand les Alliés fondèrent la République fédérale allemande en 1949, Adenauer en fut le premier chancelier, et établit curieusement la capitale dans sa ville natale, Bonn, à vingt-cinq kilomètres de Cologne, sur le Rhin. Presque toutes les institutions fédérales furent encouragées à s'y établir, mais Gehlen tint bon, et le BND baptisé de fraîche date resta à Pullach, et ce jusqu'à ce jour. Cependant le BND dispose d'antennes dans chacune des capitales des « Länder » (provinces de la République fédérale), l'une des plus importantes étant la Station de Cologne. Car cette ville, sans être le chef-lieu de la Rhénanie-Westphalie (qui est Düsseldorf), est la plus proche de Bonn, elle-même centre nerveux du gouvernement, en tant que capitale fédérale. Elle est aussi pleine d'étrangers, et le BND, contrairement à son pendant pour le contre-espionnage, le BfV, s'occupe de l'espionnage à l'étranger.

A l'invitation d'Aust, Morenz s'assit, se demandant quelle bêtise il avait pu commettre, si telle était la raison de cette convocation. La réponse était : aucune.

« Mon cher Morenz, je n'irai pas par quatre chemins, dit Aust en se tamponnant délicatement les lèvres avec un mouchoir de lin blanc. La semaine prochaine, notre collègue Dorn part à la retraite. Vous le savez, bien sûr. Son travail sera repris par son successeur. Mais c'est un homme bien plus jeune. Il ira loin, vous pouvez me croire. Cela dit, une de ses activités nécessite quelqu'un de plus mûr. J'aimerais que ce soit vous qui vous en chargiez. »

Morenz hocha la tête comme s'il avait saisi, ce qui n'était pas le cas. Aust joignit le bout de ses doigts potelés, et regarda par la fenêtre, affichant une expression de regret face aux caprices de ses frères humains. Il choisit ses mots avec soin.

« De temps à autre, ce pays reçoit des visiteurs, des dignitaires étrangers qui, au bout d'une journée de négociations ou de rencontres officielles, ont besoin de distractions... de divertissements. Évidemment, nos divers ministères sont ravis de leur offrir des dîners dans de grands restaurants, des places pour des concerts, l'opéra, ou le ballet. Vous me suivez ? »

Morenz hocha de nouveau la tête. C'était clair comme du jus de chaussettes.

« Malheureusement, certains de ces étrangers, généralement originaires des pays arabes ou d'Afrique, parfois d'Europe, indiquent clairement qu'ils préféreraient de la compagnie féminine. Une compagnie féminine payée.

— Des call-girls, dit Morenz.

— En un mot, oui. Alors, plutôt que de voir d'importants visiteurs étrangers accoster des portiers d'hôtel, des chauffeurs de taxi, traîner devant les vitrines à lanterne rouge de la Horn Strasse, ou avoir des ennuis dans les bars et les boîtes de nuit, le gouvernement préfère leur suggérer un certain numéro de téléphone. Croyez-moi, mon cher Morenz, cela se pratique dans toutes les capitales du monde. Nous ne faisons pas exception.

— Nous employons des call-girls ? demanda Morenz, ce qui choqua Aust.

— Employer ? Certainement pas. Nous ne les employons pas. Nous ne les payons pas. C'est à la charge du client. Et j'insiste, nous ne faisons pas non plus usage des renseignements que nous pourrions obtenir concernant les pratiques de certains dignitaires en visite. Ce qu'on appelle le " chantage aux mœurs ". Nos règles et instructions constitutionnelles sont très précises, et ne doivent pas être enfreintes. Nous laissons le chantage aux mœurs aux Russes et... aux Français ! » ajouta-t-il en reniflant.

Il prit trois dossiers assez minces sur son bureau et les passa à Morenz.

« Il y a trois filles. De physique différent. Je vous demande de vous occuper de ça parce que vous êtes un homme marié et mûr. Veillez sur elles comme un oncle vigilant. Vérifiez qu'elles passent régulièrement des visites médicales, qu'elles restent en bonne forme. Notez si elles sont absentes, ou souffrantes, ou en vacances. Bref, si elles sont disponibles.

» Dernier point. Vous recevrez parfois des coups de téléphone d'un certain Herr Jakobsen. Ne vous inquiétez pas si la voix change, il s'appellera toujours Herr Jakobsen. Selon les goûts du visiteur, que Jakobsen vous révélera, vous choisirez l'une des trois, prévoirez l'heure de la rencontre, vous assurerez que la fille est disponible, et Jakobsen vous rappellera pour l'heure et le lieu, qu'il communiquera au visiteur. Après ça, c'est l'affaire de la call-girl et de son client. Ce n'est vraiment pas une tâche insurmontable, et ça ne devrait pas avoir de répercussions sur vos autres activités. »

Morenz se leva pesamment en emportant les dossiers. Génial, pensa-t-il en quittant le bureau. Trente ans de bons et loyaux services dans le Renseignement et, cinq ans avant la retraite, je me retrouve à materner des prostituées pour les étrangers qui veulent faire la nouba.

NOVEMBRE 1983

Sam McCready était assis dans une pièce obscure au fond d'un sous-sol de Century House à Londres, le quartier général du SIS, généralement appelé à tort MI-6 par la presse, et que les initiés surnomment la Firme. Il observait sur un écran lumineux le déferlement continu des forces armées soviétiques (du moins, une partie) sur la place Rouge, où l'URSS aime à organiser deux grands défilés par an, l'un à l'occasion du 1er Mai, et l'autre le 7 novembre pour commémorer la grande révolution socialiste d'octobre. C'était aujourd'hui le 8 novembre. La caméra délaissa la colonne grondante de chars en marche pour faire un panoramique sur la rangée de personnalités au sommet du mausolée de Lénine.

« Moins vite », ordonna McCready.

Le technicien à ses côtés actionna une manette, et le panoramique se ralentit. Ce que le président Reagan devait appeler plus tard « l'empire du mal » ressemblait plutôt à un asile de vieillards.

Dans le vent frais, les visages avachis et marqués par le temps s'enfonçaient dans le col des manteaux, relevé jusqu'au bord des feutres gris ou des chapskas.

Le secrétaire général n'était pas présent. Youri V. Andropov, président du KGB de 1963 à 1978, qui avait accédé au pouvoir à la fin 1982, après l'interminable agonie de Leonid Brejnev, était lui-même en train de mourir à petit feu dans la clinique du Politburo à Kountsevo. Il n'avait pas paru en public depuis le mois d'août, et ne paraîtrait plus jamais.

Tchernenko (qui allait succéder à Andropov quelques mois plus tard) se trouvait sur le mausolée, ainsi que Gromiko, Kirilenko, Tikhonov et Souslov, le théoricien du Parti au visage en lame de couteau. Le ministre de la Défense, Ustinov, était emmitouflé dans sa capote de maréchal, bardée de tant de décorations qu'elle lui servait de coupe-vent du menton à la taille. Il y avait quelques hommes assez jeunes pour se montrer compétents : Grichine, le chef du Parti à Moscou, et Romanov, le maître de Leningrad. A un bout de la rangée se trouvait le plus jeune de tous, un étranger au Saint des Saints, un homme trapu du nom de Gorbatchev.

La caméra remonta pour viser le groupe d'officiers debout derrière le maréchal Ustinov.

« Stop ! » fit McCready.

L'image se figea.

« Celui-là, le troisième à partir de la gauche. Vous pouvez agrandir ? Faire un gros plan ? »

Le technicien étudia sa console et fit un réglage très précis. Le groupe d'officiers se rapprocha, et se rapprocha encore. Certains sortirent du champ. Celui que McCready avait désigné se déplaçait trop vers la droite. Le technicien revint trois ou quatre plans en arrière jusqu'à ce que l'officier se trouve plein centre, puis il continua le zoom avant. L'officier était à demi caché par un général des forces stratégiques, mais ce qui comptait, c'était sa moustache, inhabituelle pour un officier soviétique. Les épaulettes sur sa capote indiquaient « major-général ».

« Nom de Dieu ! murmura McCready. Il a réussi. Il y est ! s'exclama-t-il avant de se tourner vers le technicien impassible. Jimmy, comment diable s'y prend-on pour obtenir un immeuble en Californie ? »

« Eh bien, la réponse en un mot, mon cher Sam, c'est qu'on ne le fait pas…, déclara Timothy Edwards deux jours plus tard. On

34

ne peut pas. Je sais que c'est un coup dur, mais j'en ai parlé au Chef et à messieurs les gros-sous, et la réponse, c'est qu'il est trop cher pour nous.

— Mais sa marchandise n'a pas de prix, protesta McCready. Cet homme vaut plus que de l'or. C'est une mine de platine pur.

— Vous avez entièrement raison », répondit doucement Edwards.

De dix ans plus jeune que McCready, c'était un brillant élément, pourvu d'un très bon diplôme et d'une fortune personnelle. Il avait à peine atteint la quarantaine et occupait déjà le poste de chef adjoint. La plupart des hommes de son âge étaient satisfaits de gérer une antenne à l'étranger, ravis de diriger un Bureau, impatients d'atteindre le rang de contrôleur. Alors qu'Edwards n'était plus qu'à quelques marches du Dernier Étage.

« Écoutez, poursuivit-il. Le Chef est allé à Washington. Il a parlé de votre homme, au cas où il aurait sa promotion. Nos Cousins ont toujours bénéficié de sa marchandise depuis que vous l'avez recruté. Ils en ont toujours été ravis. Maintenant, ils sembleraient prêts à le reprendre, paiement compris.

— Il est susceptible, difficile. Il me connaît. Il se pourrait qu'il refuse de travailler pour quelqu'un d'autre.

— Allons, Sam ! Vous êtes le premier à dire que c'est un mercenaire. Il ira là où il flairera l'oseille. Et nous, on récupérera la marchandise. Alors veuillez vous assurer que le transfert se fasse en douceur. »

Il marqua une pause, et afficha son plus beau sourire.

« Au fait, le Chef voudrait vous voir. Demain matin à dix heures. Je ne crois pas le trahir si je vous dis qu'il pense vous affecter à une nouvelle mission. Un cran au-dessus, Sam. Il faut bien l'admettre, les choses s'arrangent parfois pour le mieux. Pankratine étant de retour à Moscou, il vous est plus difficile de prendre contact avec lui. Et vous vous êtes occupé de l'Allemagne de l'Est pendant très longtemps. Les Cousins sont prêts à prendre le relais, et vous obtiendrez une promotion bien méritée. Peut-être même un Bureau.

— Je suis un homme de terrain, dit McCready.

— Pourquoi ne pas entendre d'abord ce que le Chef veut vous dire ? » suggéra Edwards.

Vingt-quatre heures plus tard, Sam McCready était promu chef de l'IDOP. La CIA reprit le contrôle, la supervision et le paiement du général Evguéni Pankratine.

AOÛT 1985

Il faisait très chaud à Cologne cet été-là. Ceux qui en avaient les moyens avaient envoyé femme et enfants au bord des lacs, à la montagne, dans la forêt, ou même dans leur villa sur la Méditerranée, où ils iraient les rejoindre plus tard. Bruno Morenz n'avait pas de résidence secondaire. Il continuait de travailler comme une bête de somme. Son salaire n'était pas très élevé, et peu susceptible d'augmenter, car, à trois ans de la retraite, les perspectives de promotion étaient quasiment inexistantes.

Il était assis à la terrasse d'un café, à siroter un grand verre de bière au tonneau, la cravate desserrée et la veste accrochée au dossier de sa chaise. Personne ne lui accordait un regard. Il avait abandonné son tweed hivernal pour un complet de coton encore plus informe. Penché sur sa bière, il passait de temps à autre la main dans son épaisse chevelure grise jusqu'à l'ébouriffer. C'était un homme sans fierté quant à son apparence personnelle, sinon il se serait donné un coup de peigne, se serait rasé d'un peu plus près, aurait utilisé une eau de Cologne agréable (après tout, il se trouvait dans la ville où ce produit avait vu le jour), et se serait acheté un costume chic et de bonne coupe. Il aurait jeté la chemise aux manchettes légèrement élimées, et bombé le torse. Alors seulement aurait-il eu belle allure. Décidément, il n'avait aucun amour-propre.

En revanche, il avait des rêves. Ou plutôt, il avait eu des rêves. Jadis, il y avait fort longtemps. Qui ne s'étaient pas réalisés. A cinquante-deux ans, marié, père de deux grands enfants, Bruno Morenz observait les passants d'un œil morne. Sans le savoir, il souffrait de ce que les Allemands appellent *Türschlusspanik*, terme qui n'a d'équivalent dans aucune autre langue, et signifie « phobie des portes qui se referment ».

Sous le masque d'un grand gaillard sympathique qui faisait son travail, touchait un modeste salaire à la fin du mois et rentrait chaque soir au foyer, Bruno Morenz était un homme profondément malheureux.

Il était prisonnier d'un mariage sans amour avec son épouse Irmtraut, femme d'une stupidité quasi bovine et à la silhouette informe, qui avait même cessé au fil des ans de se plaindre du faible salaire de son mari et de l'absence de promotion. De son métier, elle savait seulement qu'il travaillait pour l'une des agences gouvernementales de la fonction publique, et ne s'en souciait guère. S'il était négligé, dans sa chemise à manchettes élimées et son costume mal coupé, c'est en partie parce que Irmtraut avait également cessé de s'en soucier. Elle tenait plus ou moins bien leur petit appartement dans une rue très ordinaire de Porz, et le dîner de son mari se trouvait chaque soir sur la table dix minutes après son arrivée, à demi décongelé s'il rentrait en retard.

Leur fille Ute avait renié ses parents aussitôt après la fin de sa scolarité, épousé diverses causes gauchisantes (Morenz avait même dû subir un contrôle sécuritaire au bureau en raison des opinions politiques de sa fille), et vivait dans un squat à Düsseldorf avec divers guitaristes hippies (il n'avait jamais pu déterminer avec lequel en particulier). Leur fils Lutz habitait toujours avec eux, avachi à longueur de temps devant le téléviseur. Adolescent boutonneux qui avait échoué à tous les examens auxquels il s'était présenté, il méprisait à présent l'éducation et le monde qui lui accordait tant de prix, et préférait adopter une coiffure et des vêtements punks en signe de protestation contre la société, n'envisageant même pas d'accepter un emploi que cette société pourrait lui offrir.

Bruno avait essayé ; enfin, c'est ce qu'il croyait. Il avait fait de son mieux, même si ce n'était pas brillant. Il avait travaillé dur, payé ses impôts, entretenu sa famille du mieux possible, et n'avait guère profité de la vie. Dans trois ans, trente-six mois exactement, on l'enverrait à la retraite. Il y aurait une petite réception au bureau, Aust ferait un discours, on trinquerait au mousseux, et Bruno s'en irait. Vers quoi ? Il aurait sa pension et l'argent économisé grâce à son « autre travail », qu'il avait soigneusement placé sur une kyrielle de comptes plus ou moins modestes à travers l'Allemagne, sous une kyrielle de pseudonymes. L'ensemble suffirait, plus que personne ne l'imaginait, ou ne le soupçonnait aujourd'hui. De quoi en tout cas s'acheter une maison pour ses vieux jours, et faire ce qu'il avait vraiment envie de faire...

Sous ses dehors avenants, Bruno Morenz était un homme très secret. Il n'avait jamais parlé de son « autre travail » à Aust, ni à quiconque dans le Service, au cas où cela eût été rigoureusement interdit et eût entraîné son renvoi immédiat. Il n'avait jamais parlé à Irmtraut de son travail en général, ni de ses économies secrètes. Mais ce n'était pas là ce qui lui posait véritablement problème, du moins de son point de vue.

Son vrai problème, c'est qu'il voulait être libre, repartir de zéro. Et justement, l'occasion se présentait à lui. Bruno Morenz, dans son âge mûr, était tombé amoureux. Éperdument amoureux, le grand amour. Et le plus beau, c'est que Renate, l'éblouissante, l'adorable, la jeune Renate, l'aimait autant en retour.

Assis là dans le café, par cette après-midi d'été, Bruno Morenz prit enfin sa décision. Il irait jusqu'au bout ; il lui dirait. Il dirait à Renate qu'il comptait quitter Irmtraut (en lui laissant de quoi vivre confortablement), prendre une retraite anticipée, arrêter son autre travail et l'emmener vers une nouvelle vie avec lui, dans la maison de rêve qu'ils auraient sur la côte dans sa région natale du Nord.

Mais le véritable problème de Bruno Morenz, dont lui n'avait pas conscience, était qu'il s'enfonçait déjà dans une crise de l'âge mûr des plus dévastatrices. Parce qu'il n'en était pas conscient, et parce que c'était un dissimulateur professionnel, personne d'autre ne s'en rendait compte non plus.

Renate Heimendorf avait vingt-six ans, mesurait un mètre soixante-dix, et était une brune élancée à la plastique superbe. A dix-huit ans elle était devenue la maîtresse et la chose d'un riche homme d'affaires trois fois plus âgé qu'elle, et leur liaison avait duré cinq ans. Quand il mourut d'une crise cardiaque sans doute due à des excès de nourriture, de boisson, de cigares et de Renate, il s'avéra qu'il avait eu la négligence de ne pas coucher celle-ci sur son testament, erreur que sa veuve rancunière n'était pas près de rectifier.

Renate avait réussi à piller leur nid d'amour luxueusement meublé, ce qui, avec les bijoux et autres babioles qu'il lui avait offerts au cours des années, lui permit de réunir une somme coquette en vendant son butin.

Pas assez toutefois pour pouvoir vivre de ses rentes et continuer à jouir du style de vie auquel elle s'était habituée, et qu'elle n'avait pas l'intention de troquer contre un salaire de misère comme secrétaire. Elle décida de se lancer dans les affaires. Experte en l'art de réveiller les sens assoupis d'un obèse en mauvaise condition physique, elle n'avait guère qu'une voie où s'engager.

Elle prit un bail à long terme sur leur appartement à Hahnwald, une banlieue cossue, calme, respectable et verdoyante de Cologne, aux maisons construites en bonne brique ou en pierre bien solide, certaines divisées en appartements, comme dans l'immeuble où elle habitait et travaillait. C'était un bâtiment en pierre de quatre étages, qui comptait un seul appartement par palier. Le sien était situé au premier. Après s'y être installée, elle avait fait faire quelques transformations.

L'appartement comprenait un salon, une cuisine, une salle de bains, deux chambres, une entrée et un couloir. Le salon était à gauche en entrant, juste avant la cuisine. A gauche dans le couloir s'ouvrant à droite de l'entrée se trouvaient une chambre et la salle de bains, qui la séparait de la plus grande chambre, située au bout. Juste à gauche de la porte de cette chambre principale, un placard à vêtements de deux mètres de large, encastré dans le mur, avait été récupéré sur la salle de bains.

Renate dormait dans la petite chambre, et utilisait la grande du fond comme lieu de travail. Outre l'aménagement de la penderie, les travaux avaient compris l'insonorisation de la chambre principale : les murs avaient été recouverts de plaques de liège, puis tapissés de papier peint pour les dissimuler et décorés ; les fenêtres étaient pourvues d'un double vitrage, et la porte matelassée. Aucun son ne pouvait guère filtrer de la pièce et déranger ou alerter les voisins, ce qui valait mieux. Cette chambre, avec sa décoration et ses accessoires très particuliers, restait toujours verrouillée.

Le placard du couloir ne contenait que des manteaux d'hiver et des imperméables tout à fait banals. Ceux de la pièce de travail renfermaient une large gamme de lingerie affriolante et de tenues allant de petite écolière à soubrette en passant par mariée, serveuse, nounou, infirmière, gouvernante, maîtresse d'école, hôtesse de l'air, femme policier, *Mädchen* du Nazi Bund, gardienne de prison, et cheftaine ; assorties de l'habituelle panoplie en cuir et plastique, avec cuissardes, capes et masques.

Une commode contenait un échantillon plus restreint de vêtements destinés aux clients qui n'en avaient pas apporté — boy-scout, écolier, ou harnachement d'esclave romain. Dans un coin de la pièce, un tabouret et les entraves pour la punition ; dans une malle, les chaînes, menottes, lanières et fouet indispensables aux séances sado-masochistes.

Renate était une bonne prostituée ; du moins avait-elle du succès. La plupart de ses clients étaient des habitués. En habile comédienne (toutes les prostituées doivent être un peu actrices), elle savait incarner les fantasmes de son client avec une totale conviction. Mais une partie de son esprit restait toujours en retrait, qui observait, enregistrait, et jugeait avec mépris. Rien dans ce travail ne l'affectait. De toute façon, ses goûts personnels étaient très différents.

Elle faisait ce métier depuis trois ans, et comptait s'arrêter dans deux ans, finir sur un joli coup et vivre luxueusement de ses rentes très loin d'ici.

Cette après-midi-là, on sonna à sa porte. Elle s'était levée tard et était encore en déshabillé et robe de chambre. Elle fronça les sourcils, car ses clients ne venaient que sur rendez-vous. Un coup d'œil à travers l'œilleton de sa porte d'entrée lui révéla comme dans un aquarium la chevelure grise désordonnée de Bruno Morenz, son ange gardien du ministère des Affaires étrangères. Elle poussa un soupir, afficha sur son beau visage un sourire radieux de bienvenue et ouvrit la porte.

« Bruno, mon chériiiiiiiiiii ! »

Deux jours plus tard, Timothy Edwards invita Sam McCready à déjeuner au Brooks's Club dans St. James à Londres. Parmi les divers clubs privés dont Edwards était membre, le Brooks's était celui où il préférait déjeuner. On y avait toujours une bonne chance de tomber sur Robert Armstrong, le secrétaire du Cabinet Office, et d'échanger quelques propos courtois avec cet homme, sans doute le plus influent d'Angleterre, et certainement celui des cinq Sages qui choisirait un jour le nouveau chef du SIS avant de soumettre son candidat à l'approbation de Margaret Thatcher.

Ce fut au moment du café, servi dans la bibliothèque sous les portraits des Dilettantes, ce groupe de dandys du temps de la Régence, qu'Edwards entra dans le vif du sujet.

« Comme je vous l'ai dit en bas, Sam, tout le monde est très content, vraiment très content. Mais une ère nouvelle approche, Sam. Une ère dont la devise pourrait bien être " le règlement, c'est le règlement ". Ce qui implique que certaines des vieilles pratiques, par exemple tourner ledit règlement, devront être, comment dirais-je ?... freinées.

— Freinées est le terme qui convient, approuva Sam.

— Parfait. Eh bien, un survol des archives montre que vous conservez certains contacts qui n'ont vraiment plus leur utilité, soi-disant pour des opérations au coup par coup. Peut-être de vieux amis. Ce n'est pas grave, sauf s'ils se trouvent en position délicate... Sauf s'ils sont démasqués par leurs employeurs et que cela cause de gros ennuis à la Firme...

— Qui, par exemple ? » demanda McCready.

C'était ça le problème avec les Archives. Tout y était toujours conservé dans un dossier. Dès qu'on engageait quelqu'un pour faire une course, on établissait une facture.

« Poltergeist, fit Edwards, abandonnant la tactique du flou artistique. Sam, je n'arrive pas à comprendre comment on a pu passer à côté pendant si longtemps. Poltergeist a un poste à plein temps au BND. Ce serait la catastrophe si Pullach découvrait qu'il travaille au noir pour vous. Cela va à l'encontre du règlement. Nous n'utilisons pas les employés d'agences amies, vous m'entendez ? C'est hors de question. Débarrassez-vous de lui, Sam. Annulez le paiement, à partir de maintenant.

— C'est un copain, plaida McCready. On se connaît depuis longtemps. Depuis la construction du Mur. Il a fait du bon boulot à l'époque, il a accompli des missions dangereuses pour notre compte, quand on avait besoin de gens comme lui. On avait été pris de court, on n'avait personne, en tout cas pas assez de volontaires capables de passer comme ça.

— Pas question de transiger, Sam.

— Je lui fais confiance. Il me fait confiance. Il ne me laisserait pas tomber. Ça ne s'achète pas, ce genre de rapports. Ça prend des années à édifier. Un petit dédommagement, ce n'est pas cher payer. »

Edwards se leva, sortit son mouchoir de sa manche, et essuya délicatement les traces de porto sur ses lèvres.

« Débarrassez-vous de lui, Sam. J'ai bien peur que ce soit un ordre. Exit Poltergeist. »

Un jour à la fin de cette même semaine, le major Ludmilla Vanavskaïa soupira, s'étira et s'enfonça dans son fauteuil. Elle était fatiguée. La séance avait été longue. Elle étendit le bras vers son paquet de Marlboro made in Russia, remarqua que le cendrier était plein et actionna une sonnette sur son bureau.

Un jeune caporal entra, venant de l'antichambre. Elle ne lui adressa pas la parole, mais se contenta de montrer le cendrier du doigt. Il s'en saisit prestement, quitta la pièce, et le rapporta vide quelques secondes plus tard. Elle hocha la tête. Il ressortit en fermant la porte.

Pas une parole échangée, pas de bavardage. Voilà l'effet que produisait le major Vanavskaïa sur les gens. Quelques années auparavant, certains jeunes coqs, ayant remarqué les cheveux blonds, soyeux, coupés très court, au-dessus de la chemise immaculée de l'uniforme et de la jupe verte moulante, avaient tenté leur chance. Sans succès. A vingt-cinq ans, elle avait épousé un colonel pour faire avancer sa carrière, et avait divorcé trois ans plus tard. La carrière du colonel avait stagné, celle de sa femme avait décollé en flèche. A trente-cinq ans, elle ne portait plus l'uniforme, mais un simple tailleur anthracite, strict et bien coupé, sur un chemisier blanc orné d'une lavallière.

Certains l'imaginaient encore volontiers dans leur lit, jusqu'à ce que ses yeux bleus glacés les foudroient. Au KGB, qui n'est pourtant pas une organisation de libéraux, le major Vanavskaïa avait une réputation de fanatique. Et les fanatiques sont intimidants.

Le fanatisme du major faisait partie de son travail, ainsi que les traîtres. Communiste pure et dure, dépourvue du moindre doute idéologique, elle s'était vouée de sa propre initiative à la chasse aux traîtres. Elle les détestait avec une froide passion. Elle avait obtenu un transfert de la Deuxième Direction principale, dont les cibles étaient les poètes séditieux ou les travailleurs mécontents, à la Troisième, également appelée Direction des forces armées. Là les traîtres, si traîtres il y avait, seraient de plus haute volée, plus dangereux.

Sa mutation à la Troisième Direction, arrangée par son colonel de mari à la fin de leur mariage, quand il essayait encore désespérément de lui faire plaisir, l'avait conduite à cet immeuble de bureaux anonyme à quelques pas de la Sadovaïa Spaskaïa, le périphérique de Moscou ; conduite à ce bureau, et au dossier qu'elle avait devant les yeux.

Deux années de travail étaient contenues dans ce dossier, même si elle avait dû l'intercaler entre d'autres tâches jusqu'à ce que ses supérieurs commencent à y croire. Deux ans de vérifications, de contre-vérifications, de suppliques à d'autres services pour obtenir leur coopération, de lutte avec ces abrutis de l'armée, des enfoirés qui se serraient toujours les coudes, deux ans d'assemblage minutieux de parcelles d'informations jusqu'à ce que le puzzle commence à former une image.

Le travail et la vocation du major Ludmilla Vanavskaïa étaient de débusquer les récidivistes, les éléments subversifs, et, à l'occasion, les véritables traîtres au sein de l'armée de Terre, de l'Air ou de la Marine. La perte de précieux équipements de l'État par négligence grave était un très mauvais point, le manque d'ardeur dans la guerre en Afghanistan pire encore, mais ce qui se trouvait dans le dossier devant le major était une tout autre histoire. Elle était convaincue qu'il existait au sein de l'armée une fuite délibérée. Et la source se trouvait très haut, sacrément haut.

La première page du dossier présentait une liste de huit noms. Cinq avaient été biffés. Deux étaient suivis de points d'interrogation. Mais l'œil du major revenait toujours au huitième. Elle décrocha le téléphone, demanda un numéro, et fut connectée au secrétaire du général Chaliapine, chef de la Troisième Direction.

« Oui, major. Un entretien privé ? En tête à tête ? Je vois… Le problème, c'est que le camarade général est en Extrême-Orient… Non, pas avant mardi. Très bien, alors mardi prochain. »

Le major Vanavskaïa raccrocha et fronça les sourcils. Quatre jours. Allons, elle avait attendu deux ans, elle pouvait bien attendre quatre jours de plus.

« Je crois que j'ai réussi, dit Bruno à Renate avec une joie enfantine le dimanche matin suivant. J'ai juste assez pour l'achat comptant, et un petit supplément pour la décoration et le matériel. C'est un charmant petit café. »

Ils étaient au lit dans la chambre personnelle de Renate, faveur qu'elle lui accordait de temps à autre parce qu'il détestait autant la salle de travail que le travail qu'elle y faisait.

« Parle-m'en encore, roucoula-t-elle. J'adore t'en entendre parler. »

Il sourit. Il ne l'avait vu qu'une fois, mais avait eu le coup de foudre. C'était ce qu'il avait toujours désiré, et juste à l'endroit dont il rêvait, près de la mer, où les vents frais du nord rendent l'air vif et pénétrant. Froid en hiver, bien sûr, mais il y avait le chauffage central (qu'il faudrait réparer).

« Voilà. Ça s'appelle le Bar de la Lanterne, et l'enseigne représente une vieille lanterne de bateau. Il se trouve sur le quai, face à la mer, dans le port de Bremerhaven. Des fenêtres de l'étage, on voit jusqu'à l'île de Mellum. Si les affaires marchent bien, on pourrait se dénicher un voilier et y aller en été.

» Il y a un vieux zinc à l'ancienne, nous serons derrière à servir les verres. Et un joli petit appartement à l'étage. Pas aussi grand qu'ici, mais une fois arrangé, il sera confortable. J'ai convenu d'un prix, et j'ai payé les arrhes. On signe à la fin septembre. Et alors je pourrai t'emmener loin de tout ça. »

Elle eut du mal à retenir un éclat de rire.

« Je suis si impatiente, mon chéri. Nous aurons une vie

merveilleuse... Tu veux essayer encore ? Peut-être que ça va marcher cette fois. »

Si Renate avait été différente, elle aurait dit gentiment non à cet homme plus âgé qu'elle, en expliquant qu'elle n'avait pas la moindre intention de se laisser emmener loin de « tout ça », surtout pas pour échouer sur un sinistre quai battu par les vents à Bremerhaven. Mais cela l'amusait d'entretenir les illusions de Bruno, pour que son désespoir soit plus grand, au bout du compte.

Une heure après cette conversation à Cologne, une conduite intérieure noire Jaguar quittait l'autoroute M 3 pour rejoindre les routes tranquilles du Hampshire, non loin du village de Dummer. C'était la voiture personnelle de Timothy Edwards, avec le chauffeur du Service au volant. A l'arrière avait pris place Sam McCready, qu'un coup de téléphone du chef adjoint avait arraché à son appartement d'Abingdon Villas, dans l'ouest de Londres, où il s'adonnait à ses habituels loisirs dominicaux.

« Vous n'avez pas le choix, Sam, désolé. C'est urgent. »

Au moment de l'appel, il prenait un long bain chaud en écoutant du Vivaldi, et les journaux du dimanche jonchaient le sol du salon dans un joyeux fouillis. Il avait à peine eu le temps d'enfiler une chemise de sport et un complet de velours côtelé quand John, qui était passé chercher la Jaguar au garage du Service, avait sonné à la porte.

La voiture s'engagea sur l'esplanade en graviers d'un imposant manoir du XVIIIᵉ siècle, et s'arrêta. John fit le tour pour ouvrir la porte arrière, mais McCready fut plus rapide. Il détestait qu'on soit aux petits soins pour lui.

« On m'a chargé de vous informer qu'ils sont derrière, monsieur, sur la terrasse », dit John.

McCready admira le manoir. Dix ans plus tôt, Timothy Edwards avait épousé la fille d'un duc qui avait eu le bon goût de passer l'arme à gauche relativement tôt, en laissant un héritage conséquent à ses deux héritiers, le nouveau duc et Lady Margaret. Celle-ci avait recueilli approximativement trois millions de livres. McCready estimait qu'environ la moitié de cette somme était à présent investie dans ce superbe bien immobilier du Hampshire. Il fit le tour de la demeure pour rejoindre le patio à colonnades sur l'arrière.

Quatre fauteuils en rotin, dont trois occupés, étaient disposés à l'écart d'une table en fer forgé blanche, dressée pour un déjeuner de trois couverts. Lady Margaret resterait sans aucun doute à l'intérieur. Elle ne déjeunerait pas. McCready non plus. Les deux hommes assis dans les fauteuils se levèrent.

« Ah, Sam ! s'exclama Edwards. Je suis content que vous ayez pu venir. »

Ça, c'est la meilleure, songea McCready. A ce qu'on m'a dit, je n'avais pas le choix !

Edwards observait McCready, en se demandant une fois de plus pourquoi ce collègue extrêmement brillant s'entêtait à venir à une partie de campagne dans le Hampshire habillé en tenue de jardinier, même s'il ne faisait que passer. Edwards portait des chaussures en cuir reluisant, un pantalon marron au pli impeccable, et un blazer par-dessus une chemise en soie et un foulard.

McCready lui rendit son regard, et se demanda pourquoi Edwards s'entêtait à glisser son mouchoir dans sa manche gauche. C'était une habitude militaire, née dans les régiments de cavalerie, parce que les soirs de grands dîners au mess, les officiers portaient des pantalons en tartan si serrés qu'un mouchoir roulé en boule dans la poche aurait pu faire croire aux dames qu'elles s'étaient légèrement trop parfumées. Mais Edwards n'avait jamais appartenu à la cavalerie, ni à aucun régiment. Il était entré au Service en sortant d'Oxford.

« Je ne crois pas que vous connaissiez Chris Appleyard », dit Edwards tandis que le grand Américain tendait la main à McCready.

Il avait le visage tanné d'un cow-boy texan. En fait, il venait de Boston. L'aspect de sa peau était dû aux Camel qu'il fumait à la chaîne. Il n'avait pas le visage bronzé, mais roussi. Voilà pourquoi ils déjeunaient dehors, se dit Sam. Edwards ne voulait pas voir ses Canaletto couverts de nicotine.

« Je ne crois pas, répondit Appleyard. Enchanté, Sam. Je vous connais de réputation. »

McCready savait qui était Appleyard à cause de son nom et des photographies qu'il avait vues : chef adjoint de la division européenne de la CIA. La femme assise dans le troisième fauteuil se pencha en avant et lui tendit la main.

« Bonjour, Sam. Comment allez-vous ? »

Claudia Stuart, toujours superbe à quarante ans. Elle soutint son regard et garda sa main dans la sienne une seconde de plus que nécessaire.

« Bien, Claudia, merci. Très bien. »

45

Les yeux de Claudia montraient qu'elle en doutait. Aucune femme n'aime à croire qu'un homme auquel elle a jadis proposé de partager son lit s'est parfaitement remis de cette expérience.

Des années auparavant, à Berlin, Claudia avait eu le coup de foudre pour McCready. Elle avait été étonnée et frustrée de ne pas arriver à ses fins. Elle ignorait alors tout de la femme de Sam, May.

Claudia travaillait à l'antenne de la CIA à Berlin-Ouest, Sam s'y trouvait de passage. Il ne lui avait jamais dit ce qu'il faisait là. En fait, il recrutait Pankratine, alors colonel. Elle l'avait appris plus tard, quand elle était devenue son officier traitant.

Edwards avait remarqué leur échange silencieux. Il se demanda ce qu'il cachait, et devina juste. Cela l'étonnait toujours que les femmes soient attirées par Sam, pourtant si... mal attifé. On racontait que plusieurs des employées de Century House auraient bien aimé arranger sa cravate, lui recoudre un bouton, et plus encore. Cela dépassait son entendement.

« Désolée pour May, fit Claudia.

— Merci », répondit McCready.

May. Sa douce épouse, aimante et bien-aimée. Morte depuis trois ans. May, qui avait passé tant de longues nuits à l'attendre au début, toujours là pour l'accueillir quand il revenait de l'autre côté du Rideau, sans jamais poser de questions ni se plaindre. La sclérose en plaques peut agir vite ou lentement. Vite, dans le cas de May. Au bout d'un an elle s'était retrouvée dans un fauteuil roulant, et était morte deux ans plus tard. Depuis, il vivait seul dans leur appartement de Kensington. Dieu merci leur fils se trouvait à l'université au moment du décès, et était revenu pour l'enterrement. Il n'avait pas vu l'agonie de sa mère, ni le désespoir de son père.

Un maître d'hôtel (il fallait bien qu'ils en aient un, pensa McCready) arriva, avec une flûte de champagne sur un plateau d'argent. McCready haussa un sourcil. Edwards murmura quelque chose à l'oreille du maître d'hôtel, qui revint quelques instants plus tard avec une chope de bière. McCready avala une gorgée. Tout le monde le regardait. De la bière blonde. Très chic. Une marque étrangère. Il soupira. Il aurait préféré de l'ale amère, chambrée, au goût de malt écossais et de houblon du Kent.

« Nous avons un problème, Sam..., commença Appleyard. Claudia, expliquez-lui.

— C'est Pankratine, dit Claudia. Vous vous souvenez de lui ? »

McCready contempla sa bière, et hocha la tête.

« A Moscou, nous le dirigions surtout au moyen de largages. A distance. Avec très peu de contacts. Une marchandise extraordinaire, grassement rétribuée. Rarement de rencontres en direct. Mais voilà qu'il vient d'envoyer un message. Un message urgent. »

Il y eut un silence. McCready leva les yeux et les posa sur Claudia.

« Il dit qu'il a mis la main sur un exemplaire non répertorié du livre de guerre de l'armée soviétique. L'ordre de bataille complet. Pour tout le front occidental. Il nous le faut, Sam. Il nous le faut absolument.

— Alors obtenez-le, dit Sam.

— Cette fois-ci, il ne veut pas utiliser une boîte aux lettres morte. Il dit que le paquet est trop volumineux. Que ça ne rentrera pas. Que ça se remarquera. Il le remettra uniquement à quelqu'un qu'il connaît et en qui il a confiance. Il veut que ce soit vous.

— A Moscou ?

— Non, en Allemagne de l'Est. Il va entreprendre une tournée d'inspection sous peu. Pendant une semaine. Il veut faire la remise dans le sud profond de la Thuringe, près de la frontière bavaroise. Son circuit l'emmènera dans le Sud et l'Ouest en passant par Cottbus, Dresde, Karl-Marx-Stadt, Gera et Erfurt. Et puis retour à Berlin le mercredi soir. Il veut transmettre le document le mardi ou le mercredi matin. Il ne connaît pas la région. Il compte utiliser des aires de stationnement. A part ça, il a organisé son plan pour se libérer et aller au rendez-vous. »

Sam but une gorgée de bière et leva les yeux vers Edwards.

« Vous leur avez expliqué, Timothy ?

— J'ai abordé la question, répondit Edwards, avant de se tourner vers ses invités. Écoutez, je vous ai nettement dit que Sam ne peut pas y aller. Enfin, je vous en ai touché un mot... J'en ai parlé au Chef, qui est de mon avis. Sam est sur la liste noire du SSD. »

Claudia haussa un sourcil interrogateur.

« Ce qui veut dire que s'ils m'attrapent là-bas, il n'y aura pas de petit échange tranquille à la frontière..., précisa McCready.

— Ils l'interrogeront et le fusilleront, ajouta inutilement Edwards, ce qui arracha à Appleyard un sifflement d'étonnement.

— Eh bien ! C'est contre les lois, ça. Vous devez vraiment leur avoir donné du fil à retordre.

— On fait de son mieux, dit tristement Sam. Au fait, si je ne peux pas y aller, je sais qui envoyer. Timothy et moi parlions de lui la semaine dernière au club. »

Edwards faillit s'étrangler en avalant son champagne Krug.

« Poltergeist ? Pankratine dit qu'il ne fera la remise qu'à quelqu'un qu'il connaît.

— Il connaît Poltergeist. Vous vous souvenez que je vous ai dit qu'il m'avait aidé dans le temps ? En 1981, quand j'ai recruté Pankratine, Poltergeist a joué les baby-sitters jusqu'à ce que j'arrive sur place. Pankratine l'aime bien. Il le reconnaîtra, et il fera l'échange. Ce n'est pas un imbécile.

— Très bien, Sam. Mais c'est la dernière fois ! avertit Edwards en rectifiant le pli de son foulard.

— C'est dangereux, et on joue gros jeu. Je veux qu'il ait une récompense. Dix mille livres.

— Entendu, lâcha Appleyard sans hésitation, avant de sortir une feuille de sa poche. Voici les détails que Pankratine nous a fournis sur l'organisation de la remise. Il faut deux rendez-vous. Un premier, et un de repêchage. Vous pourrez nous communiquer dans les vingt-quatre heures les aires que vous aurez choisies ? Nous les lui transmettrons.

— Je ne peux pas obliger Poltergeist à y aller, prévint McCready. C'est un franc-tireur, pas un employé permanent.

— Essayez, Sam, je vous en prie ! dit Claudia, comme Sam se levait.

— Au fait, ce mardi, c'est lequel ?

— Mardi en huit, dit Appleyard. Ça nous laisse huit jours.

— Nom de Dieu ! » s'exclama McCready.

Chapitre deux

Sam McCready passa la majeure partie de la journée du lendemain, lundi, à étudier des cartes à grande échelle et des photographies. Il retourna voir ses anciens amis toujours en poste au Bureau de l'Allemagne de l'Est pour obtenir d'eux quelques services. Aussi jaloux de leur territoire fussent-ils, ils s'inclinèrent (McCready avait l'autorité nécessaire), et ne commirent pas l'erreur de demander au chef de l'IDOP ce qu'il manigançait.

Au milieu de l'après-midi, il disposait de deux endroits adéquats. L'un était une aire de stationnement ombragée sur la route nationale 7 en RDA, qui suit une direction est-ouest parallèle à l'autoroute E 40, et relie la ville industrielle d'Iéna à celle plus rurale de Weimar, puis à l'agglomération d'Erfurt. Le premier point de rendez-vous se trouvait juste à l'ouest d'Iéna, le second sur la même route, mais à mi-chemin entre Weimar et Erfurt, à moins de cinq kilomètres de la base soviétique de Nohra.

Si le général russe passait dans les environs d'Iéna ou Erfurt lors de sa tournée d'inspection le mardi et le mercredi suivants, il n'aurait qu'un court trajet pour rejoindre l'un ou l'autre des points de rendez-vous. A cinq heures, McCready soumit ses choix à Claudia Stuart de l'ambassade américaine sur Grosvenor Square. Un message codé partit pour le quartier général de la CIA à Langley en Virginie ; il fut accepté et transmis au contrôleur en titre de Pankratine à Moscou. Les indications furent déposées tôt le lendemain matin dans une boîte aux lettres morte derrière une brique disjointe du cimetière Novodiévitche, et le général Pankratine les récupéra quatre heures plus tard en se rendant au ministère.

Avant la tombée de la nuit le lundi, McCready envoya un message codé au chef de l'antenne du SIS à Bonn, qui le lut, le détruisit, décrocha le téléphone et fit un appel local.

Bruno Morenz rentra chez lui à sept heures, ce soir-là. Il en était à la moitié de son dîner quand sa femme se souvint de quelque chose.

« Ton dentiste a téléphoné. Le docteur Fischer. »

Morenz abandonna la chose congelée dans son assiette.

« Ah bon ?

— Il dit qu'il veut revoir ce plombage. Demain. Il demande que tu ailles à son cabinet à six heures. »

Elle se replongea dans son jeu télévisé du soir. Bruno espéra qu'elle avait bien pris le message. Son dentiste ne s'appelait pas le docteur Fischer. Et il y avait deux bars dans lesquels McCready pouvait le rencontrer. L'un s'appelait « le cabinet », l'autre « la clinique ». Six heures signifiait midi, pendant l'heure du déjeuner.

Le mardi, McCready se fit accompagner par son adjoint Denis Gaunt à Heathrow, où il prenait le vol du matin pour Cologne.

« Je serai rentré demain soir, dit-il. Occupez-vous de la boutique en mon absence. »

N'ayant emporté qu'un attaché-case, il passa rapidement le contrôle des passeports et la douane à Cologne, prit un taxi et se fit déposer devant l'Opéra juste après onze heures. Pendant quarante minutes, il se promena sur la place, le long de la Kreuzgasse et dans la galerie marchande très passante de la Schildergasse. Il s'arrêta devant de nombreuses vitrines, revint soudain sur ses pas, entra dans une boutique et en ressortit par l'arrière. A midi moins cinq, certain qu'il n'était pas suivi, il s'engouffra dans l'étroite Krebsgasse et se dirigea vers le bar vieillot à colombage, et à l'enseigne peinte en caractères gothiques dorés. Les petits vitraux rendaient l'intérieur sombre. Il s'assit dans un box d'angle au fond, commanda un pichet de bière rhénane et attendit. La silhouette massive de Bruno Morenz se laissa tomber sur le siège en face de lui cinq minutes plus tard.

« Ça fait bien longtemps, mon ami, dit McCready.

— Que veux-tu, Sam ? » demanda Morenz en hochant la tête, avant de boire une gorgée de sa bière.

Sam lui expliqua en dix minutes. Morenz secoua la tête.

« Sam, j'ai cinquante-deux ans. Je vais bientôt prendre ma retraite. J'ai des projets. Dans le temps c'était différent, excitant. Maintenant, pour tout te dire, ces types me foutent la trouille.

— A moi aussi, Bruno. J'irais quand même si je pouvais. Mais je suis sur la liste noire. Toi, tu n'es pas repéré. Ce sera vite fait, tu entres le matin, tu ressors le soir. Et même si le premier rendez-vous tombe à l'eau, tu seras rentré le lendemain dans l'après-midi. Ils te donnent dix mille livres cash.

— C'est énorme, dit Morenz en le regardant bien en face. Il y en a sûrement d'autres qui accepteraient. Pourquoi moi ?

— Il te connaît. Il t'aime bien. Il verra que ce n'est pas moi, mais il ne fera pas demi-tour. Je suis désolé de te présenter la chose comme ça, mais je te demande de le faire pour moi. C'est la dernière fois, je te le jure. En souvenir du bon vieux temps.

— Je dois rentrer, dit Bruno qui finit sa bière et se leva. Très bien, Sam. Je le fais pour toi, en souvenir du passé. Mais je jure qu'après, c'est fini. Pour de bon.

— Tu as ma parole, Bruno. Plus jamais. Fais-moi confiance. Je ne te laisserai pas tomber. »

Ils convinrent de leur prochain rendez-vous, le lundi suivant à l'aube. Bruno retourna à son bureau. McCready attendit dix minutes, marcha jusqu'à la station de taxis de la Tunistrasse et en prit un jusqu'à Bonn. Il passa le reste de la journée et le mercredi à discuter de ses exigences avec la Station de Bonn. Il y avait beaucoup à faire, et en très peu de temps.

A deux fuseaux horaires de là, à Moscou, le major Ludmilla Vanavskaïa rencontrait le général Chaliapine juste après le déjeuner. Il était assis à son bureau, et lisait attentivement le dossier qu'elle lui avait remis. Ce paysan sibérien au crâne rasé, d'un abord revêche, exsudait le pouvoir et la ruse Quand il eut terminé, il le lui rendit.

« Ce ne sont que des présomptions », remarqua-t-il.

Il aimait obliger ses subordonnés à défendre leurs affirmations. Dans le temps (et la carrière du général Chaliapine remontait très loin dans le temps), le dossier qu'il venait de lire aurait amplement suffi. Il y avait toujours place à la Loubianka pour un nouveau pensionnaire. Mais les temps avaient changé, et continuaient de changer.

« Dans l'immédiat, oui, camarade général, concéda Vanavskaïa. Mais de très nombreuses présomptions. Ces fusées SS-20 en RDA il y a deux ans... les Amerloques l'ont su trop vite.

— L'Allemagne de l'Est grouille d'espions et de traîtres. Les Américains ont des satellites, les RORSATS...

— Les mouvements de la Flotte rouge dans les ports du Nord. Ces salauds les connaissent à chaque fois... »

Chaliapine sourit devant la passion de la jeune femme. Il ne critiquait jamais une extrême vigilance chez ses subordonnés, ils étaient là pour en faire preuve.

« Il se peut qu'il y ait une fuite, reconnut-il. Ou plusieurs. De la négligence, des indiscrétions, une foule de petits agents. Mais vous pensez qu'il s'agit d'un seul homme...

— Celui-ci, fit-elle en se penchant pour désigner du doigt la photographie en tête du dossier.

— Pourquoi ? Pourquoi lui ?

— Parce qu'il se trouve toujours au bon endroit.

— Dans les parages, corrigea-t-il.

— Dans les parages. Pas loin. Dans le même décor. Toujours disponible. »

Le général Chaliapine avait survécu longtemps, et comptait bien survivre longtemps encore. En mars dernier, il avait remarqué que les choses allaient changer. Mikhaïl Gorbatchev avait été rapidement élu à l'unanimité secrétaire généraı a la mort d'un autre croulant, Tchernenko. Il était jeune, robuste, et perdurerait. Il voulait faire des réformes. Il avait déjà commencé à éliminer du Parti les épaves les plus délabrées.

Chaliapine connaissait les règles. Même un secrétaire général ne pouvait s'opposer qu'à un seul des trois piliers de l'État soviétique à la fois. S'il s'attaquait à la vieille garde du Parti, il devrait filer doux devant l'Armée et le KGB. Chaliapine se pencha sur son bureau et agita un doigt boudiné sous le nez du major, tout excitée.

« Je ne peux pas demander l'arrestation d'un officier supérieur du Ministère sur ces simples présomptions. C'est trop tôt. Il me faut du solide. Rien qu'un petit élément, mais du très solide.

— Laissez-moi le mettre sous surveillance, supplia Vanavskaïa.

— Une surveillance discrète.

— Très bien, camarade général, une surveillance discrète.

— Alors je suis d'accord, major. Je vais vous fournir les hommes. »

« Juste quelques jours, Monsieur le directeur. Un petit répit au lieu de vraies vacances d'été. Je voudrais partir quelques jours avec ma femme et mon fils. Le week-end, plus lundi, mardi et mercredi. »

C'était le mercredi matin, et Dieter Aust se sentait d'humeur généreuse. Par ailleurs, en bon fonctionnaire, il savait que ses employés avaient droit à leurs vacances d'été. Il s'étonnait toujours du peu de congés que s'accordait Morenz. Peut-être ses finances ne lui permettaient-elles pas d'en prendre plus.

« Mon cher Morenz, le travail que nous faisons pour le Service est pénible. Le Service se montre toujours très large en ce qui concerne les vacances. Cinq jours, c'est sans problème. Vous auriez pu nous prévenir un peu plus à l'avance, mais, bon, d'accord. Je demanderai à Fräulein Keppel de remanier les emplois du temps. »

Ce soir-là, chez lui, Bruno Morenz annonça à sa femme qu'il partait en voyage d'affaires pendant cinq jours.

« Seulement le week-end, plus lundi, mardi et mercredi prochains, dit-il. Le directeur Aust veut que je l'accompagne en déplacement.

— Très bien », fit-elle, captivée par la télévision.

En fait, Morenz prévoyait de s'offrir un long week-end romantique avec Renate, d'accorder le lundi à Sam McCready pour son briefing, et de passer la frontière entre les deux Allemagnes le mardi. Même s'il devait coucher là-bas en cas de rendez-vous de repêchage, il serait de retour à l'Ouest le mercredi soir, et, en conduisant toute la nuit, il serait rentré à temps pour reprendre son travail le jeudi. Il pourrait alors donner son préavis, s'organiser au mois de septembre, se séparer de sa femme, et partir avec Renate pour Bremerhaven. Il ne pensait pas qu'Irmtraut s'en soucierait beaucoup. Elle s'apercevait à peine de ses absences.

Le jeudi, le major Vanavskaïa subit son premier véritable revers, laissa échapper un juron fort peu féminin, et raccrocha violemment le combiné. Elle disposait d'une équipe de surveillance, prête à commencer la filature de sa cible militaire. Mais elle devait d'abord connaître approximativement ses habitudes et ses déplacements quotidiens. Pour le découvrir, elle avait contacté l'un des divers espions de la Troisième Direction du KGB au sein du Renseignement militaire, le GRU.

Quoique le KGB et son équivalent militaire le GRU soient souvent à couteaux tirés, il est très clair que l'un est le parent pauvre de l'autre. Le KGB est beaucoup plus puissant, suprématie accrue depuis le début des années soixante lorsqu'un colonel du GRU, Oleg Penkovski, livra tant de secrets soviétiques qu'il est considéré comme le transfuge le plus nuisible de l'histoire de l'URSS. Depuis lors, le Politburo a autorisé le KGB à infiltrer des dizaines de ses hommes au GRU. S'ils portent l'uniforme et frayent jour et nuit avec les militaires, ils restent à 100 % KGB.

Les vrais officiers du GRU les connaissent, et essaient de les tenir le plus possible à l'écart, ce qui n'est pas toujours tâche facile.

« Je suis désolé, major, lui avait dit le jeune agent du KGB au sein du GRU. L'ordre de mission est là sous mes yeux. Votre homme part demain pour une tournée de nos principales garnisons en Allemagne. Oui, j'ai son emploi du temps. »

Il le lui avait dicté, et elle avait raccroché. Elle resta un moment plongée dans ses pensées, puis rédigea une demande d'autorisation pour aller voir l'équipe de la Troisième Direction au quartier général du KGB à Berlin-Est. Il fallut deux jours avant que la paperasserie soit réglée. Le major partirait pour l'aéroport militaire de Potsdam le samedi matin.

Le vendredi, Bruno s'évertua à liquider toutes les affaires de la journée le plus vite possible, afin de partir tôt du bureau. Comme il savait qu'il remettrait son congé dès son retour au milieu de la semaine suivante, il vida même certains tiroirs. Restait en dernier son petit coffre-fort. Les documents qu'il manipulait étaient si peu confidentiels qu'il l'utilisait rarement. Les tiroirs de son bureau fermaient à clef, la porte était toujours verrouillée la nuit, et l'immeuble très bien gardé. Néanmoins, il tria les quelques papiers rangés dans le coffre. Au fond, sous la pile des dossiers, se trouvait son automatique d'ordonnance.

Le Walther PPK était très encrassé. Morenz ne l'avait jamais utilisé depuis l'examen de tir obligatoire dans le stand de Pullach des années auparavant. Il était si poussiéreux que Morenz jugea préférable de le désencrasser avant de le rendre la semaine suivante. Son nécessaire de nettoyage se trouvait chez lui, à Porz. A cinq heures moins dix, il mit le pistolet dans la poche de son costume en coton gaufré, et partit.

Dans l'ascenseur qui l'emmenait au rez-de-chaussée, l'arme cognait sans cesse contre sa hanche, alors il la fourra dans sa ceinture et reboutonna sa veste par-dessus. Il sourit à l'idée que pour la première fois il la montrerait à Renate. Peut-être croirait-elle enfin à l'importance de son travail. Non que cela comptât. Elle l'aimait de toute façon.

Il fit quelques courses dans le centre-ville avant de prendre la direction de Hahnwald : du bon veau, des légumes frais, une bouteille d'authentique bordeaux français. Il préparerait un petit dîner intime ; il aimait faire la cuisine. Son dernier achat fut un gros bouquet de fleurs.

Il gara son Opel Kadett au coin de la rue, selon son habitude, et marcha jusqu'à chez Renate. Il ne l'avait pas appelée de la voiture pour la prévenir de son arrivée. Il lui ferait une surprise. Avec les fleurs. Elle aimerait sûrement. Une dame sortait de l'immeuble au moment où il s'approchait de la porte, si bien qu'il n'eut pas à sonner à l'interphone pour avertir Renate. De mieux en mieux... une vraie surprise. Il avait une clef de l'appartement.

Il entra sans faire de bruit pour rendre la surprise encore plus agréable. Les vestibule était silencieux. Il ouvrait la bouche pour crier : « Renate, ma chérie, c'est moi ! », quand il entendit son rire cristallin. Il sourit. Elle regardait certainement une émission comique à la télévision. Il jeta un coup d'œil dans le salon. Personne. A nouveau son rire, qui venait du couloir menant à la salle de bains. Surpris de sa propre imprévoyance, il se dit soudain qu'elle était peut-être avec un client. Il n'avait pas téléphoné pour vérifier. Puis il songea que si client il y avait, elle serait dans la chambre « de travail », porte fermée, or la pièce était insonorisée. Il s'apprêtait à l'appeler quand il entendit un autre rire, celui d'un homme. Morenz passa de l'entrée dans le couloir.

La porte de la chambre principale était entrouverte, mais ne laissait pas filtrer de jour, car les grandes portes du placard étaient également ouvertes, et des manteaux jonchaient le sol.

« Quel con ! fit la voix de l'homme. Il croit vraiment que tu vas l'épouser ?

— Il est fou de moi, complètement gaga. Pauvre type ! T'as qu'à le regarder. »

C'était la voix de Renate. Morenz déposa les fleurs et les provisions par terre, et avança dans le couloir. Il ne comprenait pas. Il referma discrètement le placard pour passer, et poussa légèrement la porte de la chambre du bout du pied.

Renate était assise au bord du grand lit aux draps noirs, et fumait un joint. L'air empestait le cannabis. Sur le lit se prélassait un homme que Morenz n'avait jamais vu, mince, jeune, musclé, en jean et blouson de cuir noir. Ayant tous deux remarqué le mouvement de la porte, ils se levèrent, l'homme se retrouvant d'un bond derrière Renate. Il avait des traits durs et des cheveux blonds sales. Dans sa vie privée, Renate aimait apparemment ce qu'on appelle les « rapports violents », et cet homme-là, son petit ami, était un maître du genre.

Morenz ne pouvait détacher son regard de la vidéo qui passait sur l'écran de télévision face au lit. Un homme mûr n'a jamais l'air très digne quand il fait l'amour, et encore moins quand il n'y arrive pas. Morenz contemplait sa propre image avec un sentiment croissant de honte et de désespoir. Renate était avec lui sur le film, jetant parfois un coup d'œil par-dessus son épaule à la caméra pour faire des grimaces de mépris. C'était apparemment cela qui avait provoqué les éclats de rire.

Devant lui Renate était presque nue, mais elle surmonta très rapidement le choc de la surprise. Son visage s'empourpra de rage. Quand elle parla, ce ne fut pas avec la voix qu'il lui connaissait, mais avec des piaillements de poissonnière.

« Qu'est-ce que tu fous ici, nom de Dieu ?

— Je voulais te faire une surprise, marmonna-t-il.

— Bravo, c'est réussi. Allez, casse-toi. Va retrouver ton boudin à Porz.

— Ce qui me fait vraiment mal, commença-t-il après avoir pris une longue inspiration, c'est que tu ne me l'aies pas dit. Tu n'aurais pas dû me laisser me ridiculiser comme ça. Je t'aimais vraiment.

— Te laisser te ridiculiser ? s'exclama-t-elle, le visage déformé par la rage avec laquelle elle cracha ses mots. T'avais pas besoin d'aide pour ça. T'es ridicule. T'es gros, vieux, et ridicule. Au lit et ailleurs. Maintenant barre-toi. »

C'est là qu'il la frappa. Pas un coup de poing, mais une bonne gifle. Quelque chose se brisa en lui et il la frappa. Il était très fort. Elle perdit l'équilibre et tomba.

Morenz ne devina pas les intentions de l'homme blond, et de toute façon, il s'apprêtait à repartir. Mais le maquereau plongea la main dans son blouson. Il devait être armé. Morenz sortit son PPK de sa ceinture. Il croyait que le cran de sécurité était mis, et d'ailleurs, il aurait dû l'être. Il voulait faire peur au maquereau, et l'obliger à quitter les lieux mains en l'air. Mais l'autre sortait lui aussi son pistolet. Morenz appuya sur la détente. Le Walther avait beau être poussiéreux, le coup partit.

D'habitude, Morenz n'aurait même pas touché une vache dans un couloir. Et il n'avait pas mis les pieds sur un stand de tir depuis des années, alors que les vrais tireurs d'élite s'entraînent presque chaque jour. Mais, coup de chance exceptionnel, à cinq mètres, la balle atteignit le maquereau en plein cœur. L'homme eut un soubresaut, et une expression d'incrédulité se peignit sur son visage. Réflexe nerveux ou pas, il continuait de lever le bras droit, la main crispée sur son Beretta. Morenz tira une deuxième fois. A cet instant même, Renate se releva. La deuxième balle se logea dans sa nuque. La porte matelassée s'était refermée pendant leur altercation. Pas un son n'avait filtré à travers le mur.

Morenz resta immobile quelques minutes, à regarder les deux cadavres. Il se sentait engourdi, et pris de vertige. Il finit par quitter la pièce en refermant la porte derrière lui sans la verrouiller. Il allait enjamber les vêtements d'hiver dans le couloir quand, malgré son état d'hébétude, il eut l'idée de se demander pourquoi ils se trouvaient là. Il regarda à l'intérieur du placard et remarqua que la paroi du fond semblait descellée. Il tira le panneau vers lui.

Bruno Morenz passa encore quinze minutes dans l'appartement, puis il partit. Il emportait la bande vidéo où on le voyait, les courses, les fleurs, et un sac de toile noire qui ne lui appartenait pas. Plus tard, il ne put expliquer ce geste. A trois kilomètres de Hahnwald, il jeta les emplettes, le vin et les fleurs dans plusieurs poubelles sur le trottoir. Puis il roula pendant presque une heure, lâcha la cassette vidéo et son pistolet dans le Rhin du haut du pont Séverin, quitta Cologne, déposa le sac en lieu sûr, et retourna chez lui à Porz. Quand il entra dans le salon à neuf heures et demie, sa femme ne fit aucun commentaire.

« Mon voyage avec le directeur a été repoussé, expliqua-t-il. Je pars très tôt lundi matin.

— Très bien », approuva-t-elle.

Il lui arrivait de penser que s'il était rentré du bureau un soir en annonçant : « Aujourd'hui j'ai fait un saut à Bonn et j'ai assassiné le chancelier Kohl », elle aurait répondu : « Très bien. »

Elle finit par lui préparer son dîner. Comme il était immangeable, il n'y toucha pas.

« Je sors boire un verre », dit-il.

Elle prit un autre chocolat, en offrit un à Lutz, et ils continuèrent tous deux à regarder la télévision.

Morenz se saoula ce soir-là. En solitaire. Il remarqua que ses mains tremblaient, et qu'il avait des suées. Il crut qu'il couvait un rhume. Ou une grippe. Il n'était pas psychiatre, et il n'en avait pas un à sa disposition. Personne ne pouvait donc lui apprendre qu'il allait tout droit à la dépression nerveuse.

Le samedi, le major Vanavskaïa arriva à Berlin-Schönefeld, d'où une voiture banalisée la conduisit au quartier général du KGB à Berlin-Est. Elle voulut savoir aussitôt où se trouvait l'homme qu'elle pourchassait. Il était à Cottbus, dans un convoi militaire en partance pour Dresde, entouré de soldats, hors d'atteinte. Le dimanche il arriverait à Karl-Marx-Stadt, le lundi à Zwickau, et le mardi à Iéna. La mission de surveillance du major ne couvrait pas l'Allemagne de l'Est. Elle pourrait en obtenir l'extension, mais cela impliquerait beaucoup de paperasse. Toujours cette foutue paperasse ! fulmina-t-elle.

Le lendemain, Sam McCready était de retour en Allemagne, et passa la matinée en conférence avec le chef de l'antenne de Bonn. Le soir, il prit livraison de la BMW et des papiers, et se rendit à Cologne. Il descendit au Holiday Inn de l'aéroport, où il paya d'avance une chambre pour deux nuits.

Le lundi, Bruno Morenz se leva avant l'aube, bien plus tôt que sa famille, et sortit discrètement. Il arriva au Holiday Inn à sept heures environ sous le soleil éclatant de cette matinée de septembre, et rejoignit McCready dans sa chambre. L'Anglais commanda un petit déjeuner pour deux, et, quand le serveur fut reparti, il étala sur la table une grande carte routière des deux Allemagnes.

« Voyons d'abord le trajet, dit-il. Tu partiras d'ici à quatre heures demain matin. La route est longue, alors ne te presse pas. Fais des étapes. Prends la E 35. Elle passe à Bonn, Limbourg et Francfort, puis elle rejoint la E 41 et la E 45, jusqu'à Würzburg et Nuremberg. Au nord de Nuremberg, tourne à gauche dans la E 51, dépasse Bayreuth, et va jusqu'à la frontière. Tu traverseras ici, près de Hof. Au poste-frontière du pont de la Saale. Il y a moins de six heures de route. Et tu dois y être à onze heures. Moi j'y serai déjà à couvert, et je ferai le guet. Tu n'as pas l'air bien ? »

Morenz transpirait, alors qu'il avait tombé la veste.

« Il fait très chaud, ici », dit-il.

McCready mit l'air conditionné sur « frais ».

« Après la frontière, roule plein nord jusqu'au Hermsdorfer Kreuz. Prends la E 40 sur ta gauche pour revenir vers l'ouest. A Mellingen, quitte l'autoroute et dirige-toi vers Weimar. Une fois là-bas, cherche la nationale 7 et dirige-toi encore vers l'ouest. A sept kilomètres à l'ouest de la ville, sur le côté droit de la route, il y a une aire de stationnement... »

McCready sortit l'agrandissement d'une photographie de cette partie de la route, prise depuis un avion volant à haute altitude, mais sous un certain angle, car il se trouvait dans l'espace aérien bavarois. Morenz distingua la petite aire de repos, quelques fermes, et même les arbres qui jetaient de l'ombre sur la bande de graviers choisie pour ce premier lieu de rendez-vous. Avec une extrême précision, McCready lui exposa la procédure qu'il devrait suivre et, si le premier rendez-vous tombait à l'eau, lui indiqua où et comment il devrait passer la nuit, où et quand il devrait se rendre au second rendez-vous de repêchage avec Pankratine. Vers le milieu de la matinée, ils firent une pause café.

A neuf heures ce matin-là, Frau Popovic arrivait à l'appartement de Hahnwald pour commencer sa journée de travail. C'était la femme de ménage, une immigrée yougoslave qui venait chaque jour de neuf à onze heures. Elle avait une clef de l'immeuble et une de l'appartement. Sachant que Fräulein Heimendorf aimait dormir tard, elle entrait toujours discrètement et commençait par les autres pièces, pour que sa patronne puisse se lever à dix heures et demie. Alors elle pouvait s'occuper de la chambre de madame. Elle n'entrait jamais dans la pièce verrouillée au fond du couloir. On lui avait dit qu'on y entreposait des meubles, et elle l'avait cru. Elle n'avait aucune idée de ce que son employeuse faisait comme métier.

Ce matin-là, elle commença par la cuisine, l'entrée et le couloir. Elle passait l'aspirateur quand elle remarqua ce qu'elle crut être une combinaison en soie marron, traînant par terre devant la porte close du fond. Elle voulut la ramasser. Ce n'était pas une combinaison en soie, mais une grande tache brune, qui venait apparemment de sous la porte, et s'était incrustée en séchant. Elle poussa un soupir irrité devant ce travail supplémentaire, et alla chercher un seau d'eau et une brosse. S'étant mise à quatre pattes pour nettoyer la tache, elle donna un coup de pied involontaire dans la porte, qui bougea, à sa plus grande surprise. Elle saisit la poignée et s'aperçut que le verrou n'était pas mis.

Comme la tache lui résistait malgré tous ses efforts, et qu'elle avait peur que cela ne recommence, elle ouvrit la porte pour essayer de détecter la fuite. Quelques secondes plus tard, elle dévalait l'escalier en hurlant, et allait tambouriner à la porte de l'appartement du rez-de-chaussée, pour réveiller le libraire à la retraite qui l'occupait. Stupéfait, il ne monta pas à l'étage, mais composa le 110, numéro d'urgence, et demanda la police.

L'appel fut consigné à la Préfecture de la Waidmarkt à 9 h 51.

Selon l'invariable routine des forces de police allemandes, les premiers à arriver sur les lieux furent deux policiers en tenue dans une *Streifenwagen,* l'équivalent d'une voiture pie. Ils avaient pour mission d'établir si un délit avait bien été commis et dans quelle catégorie il se classait, puis d'alerter le service concerné. Un des hommes resta en bas avec Frau Popovic, qui se faisait consoler par la femme du libraire, et l'autre monta à l'étage. Il ne toucha à rien, avança dans le couloir pour jeter un coup d'œil par la porte entrouverte, et émit un sifflement d'étonnement avant de redescendre utiliser le téléphone du libraire. Pas besoin d'être Sherlock Holmes pour deviner que cette affaire relevait de la Criminelle.

Suivant la procédure, il appela d'abord le médecin de garde, qui, en Allemagne, est toujours rattaché à la caserne des pompiers. Puis il contacta la Préfecture de police, et demanda le *Leidstelle,* le standard des crimes violents. Il expliqua à l'opératrice où il se trouvait, ce qu'il avait découvert, et réclama deux policiers supplémentaires en tenue. Le message fut transmis à la *Mordkommission,* brigade criminelle, surnommée « première K », dont les bureaux étaient situés aux dixième et onzième étages du hideux immeuble fonctionnel en béton vert qui occupait tout un côté de la place Waidmarkt. Le directeur de la première K confia l'affaire à un commissaire et deux adjoints. Les archives révélèrent par la suite qu'ils arrivèrent à l'appartement de Hahnwald à 10 h 40, au moment précis où le médecin repartait.

Il avait étudié la scène de plus près que l'officier en uniforme : il avait examiné le corps, en quête de signes de vie, n'avait rien touché d'autre, et partait rédiger son rapport officiel. Le commissaire, qui s'appelait Peter Schiller, le croisa dans l'escalier. Les deux hommes se connaissaient.

« Alors, de quoi s'agit-il ? » demanda Schiller.

Ce médecin n'était pas censé pratiquer une autopsie, mais simplement constater le décès.

« Deux corps. Un homme et une femme. L'un habillé, l'autre nu.

— Cause du décès ? s'enquit Schiller.

— Blessures par balle, selon moi. L'autopsie vous le confirmera.

— A quand remonte le décès ?

— Je ne suis pas médecin légiste. Mais je dirais entre un et trois jours. Il y a une rigidité cadavérique très avancée. Rien de tout cela n'est officiel, d'ailleurs. J'ai fini mon boulot. J'y vais. »

Schiller monta l'escalier avec l'un de ses assistants. L'autre essaya d'obtenir les témoignages de Frau Popovic et du libraire. Les gens du voisinage commençaient à se rassembler dans la rue. Il y avait à présent trois voitures officielles garées devant le bâtiment.

Comme son collègue avant lui, Schiller émit un sifflement en pénétrant dans la grande chambre. Renate Heimendorf et son maquereau gisaient toujours au même endroit : la tête de la femme nue près de la porte sous laquelle s'était répandu le sang de sa blessure. Le maquereau était de l'autre côté de la pièce, affalé dos au téléviseur, le visage encore figé par la surprise. La télévision était éteinte. Le lit aux draps de soie noire gardait la forme des deux corps qui s'y étaient allongés.

Avançant pas à pas, Schiller ouvrit un certain nombre de placards et de tiroirs.

« Une prostituée, dit-il. Ou une call-girl, qu'importe. Je me demande s'ils étaient au courant, en bas. On demandera. En fait, il faudra réunir tous les occupants de l'immeuble. Commencez à établir une liste de noms. »

Le commissaire adjoint, Wiechert, allait quitter la pièce quand il fit une remarque.

« J'ai déjà vu ce type quelque part... Hoppe. Bernhard Hoppe. Hold-up dans une banque, je crois. Un dur.

— Parfait ! ironisa Schiller. Il ne manquait plus que ça. Un règlement de comptes. »

Il y avait deux postes de téléphone dans l'appartement, mais Schiller, quoique portant des gants, ne toucha à aucun des deux. Ils pouvaient porter des empreintes. Il descendit utiliser celui du libraire. Avant cela, il ordonna aux deux hommes en tenue de se poster devant l'immeuble, au troisième de surveiller l'entrée et au quatrième de rester devant la porte de l'appartement.

Il appela son supérieur, Rainer Hartwig, directeur de la Brigade criminelle, pour lui dire que le Milieu était peut-être impliqué. Hartwig décida qu'il ferait mieux de prévenir son propre supérieur, le président de la Police judiciaire, la *Kriminalamt*, surnommée KA. Si Wiechert avait raison et que le corps retrouvé par terre était celui d'un gangster, alors des experts d'autres services que la Criminelle, par exemple la Brigade de répression des vols et du banditisme, devaient être consultés.

En attendant, Hartwig convoqua la *Erkennungsdienst* (la police scientifique), soit un photographe et quatre hommes pour relever les empreintes. On laisserait l'appartement à leur entière disposition pendant les heures à venir, jusqu'à ce que la moindre empreinte, la moindre éraflure, la moindre fibre ou particule pouvant fournir une indication quelconque ait été prélevée à des fins d'analyse. Hartwig appela également huit hommes en renfort. Il y aurait un énorme travail de porte-à-porte pour retrouver les témoins susceptibles d'avoir vu un homme entrer ou sortir.

Les archives montreraient plus tard que l'équipe scientifique arriva sur les lieux à 11 h 31 et resta près de huit heures.

C'est l'heure à laquelle Sam McCready reposa sa seconde tasse de café et replia la carte. Il avait fait revoir en détail à Morenz la procédure des deux rendez-vous à l'Est avec Pankratine, lui avait montré la photographie la plus récente du général soviétique, et lui avait expliqué que l'homme porterait un de ces amples treillis de caporal dans l'armée russe, un calot pour dissimuler son visage, et qu'il conduirait une jeep GAZ. C'était ainsi que le Russe l'avait prévu.

« Malheureusement, il croit encore que c'est moi qu'il va rencontrer. Espérons seulement qu'il se rappellera t'avoir vu à Berlin et qu'il te remettra les documents quand même. Maintenant, la voiture. Elle est garée en bas sur le parking. Nous irons faire un tour après le déjeuner, pour que tu t'y habitues.

» C'est une conduite intérieure BMW noire immatriculée à Würzburg. C'est parce que tu es rhénan de naissance, mais que tu habites et travailles maintenant à Würzburg. Je te donnerai tout le détail de ta couverture et les papiers plus tard. La voiture qui porte réellement ces plaques existe, et c'est aussi une conduite intérieure noire BMW.

» Mais celle-ci appartient à la Firme. Elle a déjà passé plusieurs fois le poste-frontière du pont de la Saale. Alors avec un peu de chance ils s'en souviendront. Les conducteurs n'étaient jamais les mêmes parce que c'est une voiture de fonction. Elle a toujours fait le trajet jusqu'à Iéna, soi-disant à l'occasion de visites de l'usine Zeiss. Et il n'y a jamais eu aucun problème. Mais là, on l'a modifiée. Sous la batterie, il y a un compartiment secret assez plat, quasiment invisible à moins de vraiment le chercher. Il est assez grand pour contenir le livre que te remettra Smolensk. »

(A cause du cloisonnement, Morenz n'avait jamais su le vrai nom de Pankratine. Il ne savait même pas qu'il avait atteint le grade de major-général et se trouvait aujourd'hui en poste à Moscou. La dernière fois qu'il l'avait vu, Pankratine était colonel à Berlin-Est, nom de code : Smolensk.)

« Si on déjeunait ? », proposa McCready.

62

Pendant le repas, qu'on leur servit dans la chambre, Morenz but beaucoup de vin, et sa main tremblait.

« Tu es sûr que tu vas bien ? s'enquit McCready.

— Oui, oui. C'est ce putain de rhume des foins. Et puis je suis un peu nerveux, c'est normal. »

McCready acquiesça de la tête. C'était bien naturel d'être sur les nerfs. Pour les acteurs avant d'entrer en scène, pour les soldats avant la bataille, et pour des agents avant un passage illégal (c'est-à-dire sans couverture diplomatique) vers le bloc de l'Est. Malgré tout, l'état de Morenz l'inquiétait. Il avait rarement vu quelqu'un d'aussi anxieux. Mais puisqu'on ne pouvait joindre Pankratine et que le premier rendez-vous aurait lieu dans vingt-quatre heures, McCready n'avait pas le choix.

« Allons jeter un coup d'œil à la voiture », suggéra-t-il.

Il n'arrive pas grand-chose en Allemagne dont la presse n'entende finalement parler, et c'était déjà le cas quand l'Allemagne était encore Allemagne de l'Ouest en 1985. Le meilleur et le plus expérimenté des journalistes de Cologne en affaires criminelles était, et reste, Günther Braun du *Kölner Stadt-Anzeiger*. Il déjeunait avec un contact de la police, qui lui signala une grosse affaire en cours à Hahnwald. Braun arriva devant la maison avec son photographe Walter Schiestel juste avant trois heures. Il essaya de rencontrer le commissaire Schiller, mais celui-ci, qui se trouvait à l'étage, lui fit dire qu'il était occupé et le renvoya sur le service de presse de la Préfecture. Quelle veine ! Il aurait la version aseptisée du communiqué officiel plus tard. Il commença à poser des questions à droite et à gauche, puis passa quelques coups de téléphone. En début de soirée, largement à temps pour les éditions du matin, il avait bouclé son papier. Et c'était du bon. Évidemment, la radio et la télévision auraient donné les lignes générales de l'affaire avant lui, mais lui savait qu'il tenait une piste interne.

A l'étage, l'équipe médico-légale en avait fini avec les cadavres. Après les avoir pris sous tous les angles, le photographe mitrailla le décor de la pièce, le lit, l'immense miroir juste au-dessus, et l'équipement rangé dans les placards et les commodes. On dessina à la craie la silhouette des corps, qui furent ensuite mis dans des sacs et transportés à la morgue municipale, où le médecin légiste se mit au travail. Les détectives avaient besoin de connaître l'heure du décès et la nature des balles. Le plus tôt serait le mieux.

Dans l'appartement, on avait découvert dix-neuf jeux

d'empreintes digitales, complets ou partiels. On en élimina trois, ceux des deux victimes et de Frau Popovic, qu'on avait emmenée à la Préfecture, où ses empreintes étaient à présent fichées. Restaient seize jeux non identifiés.

« Sans doute des clients, marmonna Schiller.

— Mais il y en a un qui appartient au meurtrier, non ? suggéra Wiechert.

— J'en doute. C'est visiblement du travail de pro. Il devait porter des gants. »

Le problème majeur, songea Schiller, n'était pas l'absence mais l'excès de motifs. La call-girl était-elle la cible visée ? Un client mécontent, un ex-mari, une épouse vengeresse, une concurrente, un ex-maquereau en colère ? Ou bien sa mort était-elle accidentelle, et son souteneur la vraie cible ? On l'avait formellement identifié comme étant Bernhard Hoppe, ex-détenu, voleur de banque, gangster, très violent, une sale petite frappe. Un règlement de comptes, un trafic de drogue qui avait mal tourné, un protecteur/racketteur rival ? Schiller eut le sentiment que l'enquête serait difficile.

Les déclarations des habitants de l'immeuble et du quartier révélèrent que personne ne connaissait l'occupation secrète de Renate. Elle recevait des messieurs, mais toujours respectables. Jamais de soirées tardives, ni de musique assourdissante.

Puisque l'équipe médico-légale en avait fini avec certaines pièces, Schiller pouvait à présent opérer plus librement et déplacer des objets. Il alla dans la salle de bains. Il y avait quelque chose d'étrange, mais il n'arrivait pas à comprendre quoi. Peu après sept heures, l'équipe scientifique lui signala qu'elle pliait bagage. Il fouina pendant une heure dans l'appartement passé au crible, tandis que Wiechter se plaignait d'avoir faim. A huit heures dix, Schiller haussa les épaules et sonna le signal du départ. Il reprendrait l'affaire demain au quartier général. Il fit poser des scellés sur la porte, laissa un homme en tenue faire le guet dans le hall, au cas où quelqu'un reviendrait sur le lieu du crime (ça s'était déjà vu), et rentra chez lui. Il y avait encore quelque chose qui le chiffonnait au sujet de l'appartement. C'était un jeune détective très intelligent et très observateur.

McCready passa l'après-midi à terminer le briefing de Bruno Morenz.

« Tu t'appelles Hans Grauber, tu as cinquante et un ans, tu es marié et tu as trois enfants. Comme tout bon père de famille, tu as des photos d'eux sur toi. Les voici en vacances. Ta femme Heidi, avec Hans junior, Lotte et Ursula, surnommée Uschi. Tu es employé chez BKI-Verre optique à Würzburg. Cette compagnie existe et la voiture lui appartient. Heureusement, tu as déjà travaillé dans cette branche, alors tu pourras utiliser le jargon si nécessaire.

» Tu as rendez-vous avec le directeur des exportations de l'usine Zeiss à Iéna. Voici sa lettre. Le papier est authentique, et l'homme aussi. La signature ressemble à la sienne, mais c'est nous qui l'avons forgée. Le rendez-vous est à trois heures demain. Si tout se passe bien, tu feras une commande de lentilles de précision Zeiss et tu pourras rentrer à l'Ouest le soir même. S'il doit y avoir négociation, tu auras peut-être à passer la nuit là-bas. Tout ça, au cas où les gardes-frontières te poseraient des tas de questions.

» Il y a peu de chances qu'ils vérifient auprès de Zeiss. Le SSD le ferait, mais il y a assez d'hommes d'affaires occidentaux qui travaillent avec Zeiss pour qu'un de plus n'éveille pas les soupçons. Bon, voici ton passeport, les lettres de ton épouse, un vieux ticket de l'opéra de Würzburg, des cartes de crédit, ton permis de conduire, et un trousseau de clefs, dont celle de la BMW. L'imperméable un peu large... enfin, la totale.

» Tu auras seulement besoin de l'attaché-case et d'un sac de voyage. Examine le contenu de l'attaché-case. La combinaison de la serrure est ta date de naissance fictive, le 5 avril 1934, donc 5434. Les papiers font tous état de ton souhait d'acheter des produits Zeiss pour ta compagnie. Ta signature est Hans Grauber de ta propre écriture. Les vêtements et les serviettes de toilette ont tous été achetés à Würzburg, envoyés à la teinturerie et utilisés. Ils portent des étiquettes de nettoyage de Würzburg. Maintenant, mon ami, allons dîner. »

Dieter Aust, le directeur du bureau du BND à Cologne, manqua les informations télévisées du soir. Il dînait dehors. Il le regretterait plus tard.

A minuit, McCready se fit prendre en Range Rover par Kit Johnson, un employé des transmissions à l'antenne du SIS à Bonn. Ils prirent la route pour arriver avant Morenz à la Saale, dans le nord de la Bavière.

Bruno Morenz resta dans la chambre de McCready, se fit monter de l'alcool, et but beaucoup trop. Il dormit mal pendant deux heures, et se leva quand son réveil sonna à trois heures. A quatre heures ce mardi matin, il quitta le Holiday Inn, fit démarrer la BMW, et se dirigea dans l'obscurité vers l'autoroute du sud.

A la même heure, Peter Schiller se réveillait à Cologne auprès de sa femme endormie, et comprit soudain ce qui l'avait chiffonné à propos de l'appartement de Hahnwald. Il téléphona à un Wiechert scandalisé d'être ainsi tiré de son sommeil, et lui dit de le retrouver à Hahnwald à sept heures. Les officiers de la police allemande n'ont pas le droit de procéder seuls à une enquête.

Bruno Morenz était légèrement en avance sur l'horaire. Au sud de la frontière, il passa vingt-cinq minutes dans la cafétéria routière de Frankenwald. Il ne but que du café, mais remplit sa flasque, qu'il rangea dans sa poche-revolver.

A onze heures moins cinq ce mardi matin, Sam McCready, avec Johnson à ses côtés, attendait au milieu des pins sur une colline au sud de la Saale. La Range Rover était garée discrètement dans la forêt. Depuis l'orée du bois, ils apercevaient le poste-frontière ouest-allemand en contrebas. Au-delà, il y avait une trouée entre les collines, à travers laquelle on distinguait les toits du poste-frontière est-allemand, huit cents mètres plus loin.

Parce que les Allemands de l'Est avaient construit leurs postes-frontières très à l'intérieur de leur territoire, un conducteur se retrouvait en RDA aussitôt passé le poste ouest-allemand. De là partait une route à deux voies, flanquée de part et d'autre d'une haute clôture à mailles losangées, au-delà de laquelle se dressaient les miradors. Depuis le couvert des arbres, grâce à de puissantes jumelles, McCready apercevait les gardes derrière les fenêtres, eux aussi munis de jumelles, mais qui surveillaient l'Ouest. Et il voyait également leurs mitraillettes. La raison de ce couloir de huit cents mètres en RDA était que si quelqu'un passait en force le poste-frontière de l'Est, ils pouvaient en faire de la chair à pâté sur la portion de route clôturée avant que le fuyard n'atteigne l'Ouest.

A 10 h 58, McCready repéra la BMW noire qui avançait au pas pour passer le contrôle sommaire à l'Ouest. Puis elle emprunta tranquillement le corridor, se dirigeant vers le pays contrôlé par la police secrète la plus professionnelle et la plus redoutée de l'Est, le SSD.

Chapitre trois

MARDI

« C'est la salle de bains, c'est forcément la salle de bains ! dit le commissaire Schiller juste après sept heures, en traînant vers l'appartement un Wiechert endormi et récalcitrant.

— Moi je ne vois rien de spécial, grommela Wiechert. De toute façon, l'équipe scientifique l'a passée au peigne fin.

— Ils cherchaient des empreintes, pas des mesures ! répliqua Schiller. Regardez ce placard dans le couloir. Il fait deux mètres de large, d'accord ?

— Oui, à peu près.

— Le fond est à niveau avec la porte de la chambre de la call-girl, et la porte avec le mur et le miroir au-dessus de la tête de lit. Alors, puisque la porte de la salle de bains est après le placard encastré, qu'en déduisez-vous ?

— Que j'ai faim, rétorqua Wiechert.

— La ferme. Regardez, quand vous entrez dans la salle de bains, sur votre droite il devrait y avoir deux mètres jusqu'au mur du fond. La largeur du placard, d'accord ? Allez voir. »

Wiechert entra dans la salle de bains et regarda vers la droite.

« Un mètre, déclara-t-il.

— Exactement. C'est ça qui m'intriguait. Entre le miroir derrière le lavabo et le miroir à la tête du lit, il manque un mètre. »

En tâtonnant dans le placard, Schiller mit trente minutes à trouver le système d'ouverture, un trou subtilement dissimulé dans un nœud du placage en pin. Quand le fond du placard s'ouvrit, Schiller distingua vaguement un interrupteur à l'intérieur. Il utilisa un crayon pour l'actionner, et la lumière jaillit d'une simple ampoule qui pendait du plafond.

« Nom de Dieu ! » s'exclama Wiechert en regardant par-dessus l'épaule de Schiller.

Le compartiment secret faisait trois mètres de long, comme la salle de bains, mais seulement un de large. C'était suffisant. A leur droite se trouvait l'arrière du miroir au-dessus de la tête de lit dans la pièce voisine, une glace sans tain qui révélait la chambre entière. Sur un trépied face au centre du miroir était posée la caméra vidéo, un matériel haute technologie très sophistiqué qui devait donner des films de très bonne définition malgré l'épaisseur du verre à traverser et la lumière tamisée. L'équipement audio était également d'excellente qualité. Tout le mur du fond de l'étroit réduit était tapissé d'étagères du sol au plafond, et sur chacune s'alignaient des cassettes vidéo. Sur la tranche, une étiquette. Sur l'étiquette, un numéro. Schiller fit demi-tour.

Puisque l'équipe technique avait relevé les empreintes sur le téléphone la veille, on pouvait l'utiliser. Schiller téléphona à la Préfecture, et se fit passer directement Rainer Hartwig, le directeur de la première K.

« Merde alors ! s'exclama Hartwig une fois mis au fait des détails. Beau travail. Restez sur place. Je vous envoie deux hommes pour relever les empreintes. »

Il était huit heures et quart. Dieter Aust se rasait. Dans la chambre, la télévision diffusait les émissions du matin. C'était le bulletin d'information. Il l'entendait depuis la salle de bains. Il ne se soucia guère de la nouvelle sur un double meurtre à Hahnwald, jusqu'à ce que le présentateur dise : « L'une des victimes, la call-girl de luxe Renate Heimendorf... »

Ce fut à cet instant que le directeur du BND à Cologne s'entailla profondément la joue. Dix minutes après, il conduisait à tombeau ouvert pour se rendre à son bureau, où il arriva presque une heure plus tôt qu'à l'habitude. Ceci déconcerta beaucoup Fräulein Keppel, qui s'y trouvait toujours une heure avant lui.

« Ce numéro..., dit Aust. Le numéro de vacances que nous a laissé Morenz. Trouvez-le-moi, voulez-vous ? »

Il composa le numéro, mais obtint la sonnerie indiquant que la ligne était coupée. Il vérifia auprès de l'opératrice du standard de la Forêt-Noire, région très populaire pour les vacanciers, qui lui confirma que la ligne était apparemment en dérangement. Il ne pouvait pas savoir que l'un des hommes de McCready y avait loué un chalet de vacances, puis l'avait fermé à clef après avoir décroché le téléphone. A tout hasard, Aust essaya le numéro personnel de Morenz à Porz, et eut la surprise de tomber sur Frau Morenz. Ils devaient être rentrés plus tôt que prévu.

69

« Pourrais-je parler à votre mari, je vous prie ? Je suis Aust, son directeur.

— Mais il est avec vous, Monsieur le directeur ! expliqua-t-elle patiemment. Il est parti en déplacement. En voyage. Il rentre tard demain soir.

— Ah oui, je vois. Merci, Frau Morenz. »

Il raccrocha, soudain inquiet. Morenz avait menti. Que manigançait-il ? Un week-end avec une petite amie dans la Forêt-Noire ? Possible, mais cette idée ne lui plaisait pas. Il appela Pullach sur une ligne sûre et s'adressa au directeur adjoint des Opérations, le service pour lequel ils travaillaient tous deux. Le Dr Lothar Herrmann fut glacial, mais il écouta attentivement.

« La call-girl assassinée, et son maquereau... Comment ont-ils été tués ?

— On leur a tiré dessus, répondit Aust après avoir consulté le *Stadt-Anzeiger* ouvert sur son bureau.

— Morenz détient-il une arme personnelle ?

— Euh... je crois, oui.

— Où a-t-elle été remise, par qui et quand ? s'enquit le Dr Herrmann, avant d'ajouter : Peu importe. Elle doit venir d'ici. Ne bougez pas, je vous rappelle. »

Ce qu'il fit dix minutes plus tard.

« Il a un Walther PPK, fourni par le Service. Ici. Il a été testé sur le stand et au labo avant qu'on le lui remette. Il y a dix ans. Où est-il à présent ?

— Il devrait être dans son coffre personnel, dit Aust.

— Il devrait, mais est-ce qu'il y est ? demanda froidement Herrmann.

— Je vérifie et je vous rappelle », promit Aust, les nerfs à vif.

Il détenait le passe ouvrant tous les coffres du Service. Cinq minutes plus tard, il parlait à nouveau avec Herrmann.

« Il n'est plus là. Evidemment, il peut l'avoir emporté chez lui.

— C'est strictement interdit. De même que mentir à un officier supérieur, quelle qu'en soit la raison. Je crois que je ferais bien de me rendre à Cologne. Venez me chercher au prochain avion de Munich. Peu importe le vol, je serai à bord. »

Avant de quitter Pullach, le Dr Herrmann passa trois coups de téléphone. Suite à quoi la police de la Forêt-Noire se rendrait au chalet en question, entrerait grâce à la clef fournie par le propriétaire, et établirait que le combiné était décroché, mais que personne n'avait dormi dans le lit. Personne. C'est tout ce qu'indiquerait le rapport. Le Dr Herrmann atterrit à Cologne à midi moins cinq.

Bruno Morenz dirigea la voiture dans ce labyrinthe de bâtiments en béton qu'était le poste-frontière est-allemand, et fut orienté sur une guérite de contrôle. Un garde en uniforme vert apparut à la fenêtre du côté conducteur.

« *Aussteigen bitte. Ihre Papiere.* »

Morenz descendit et lui tendit son passeport. D'autres gardes encerclèrent la voiture, ce qui était normal.

« Ouvrez le capot et le coffre, s'il vous plaît. »

Il s'exécuta. Les hommes commencèrent la fouille. Ils glissèrent sous le véhicule un miroir monté sur un chariot. Un des gardes examina le bloc-moteur. Morenz s'obligea à ne pas le regarder quand il s'intéressa à la batterie.

« Le but de votre voyage en République démocratique allemande ? »

Morenz ramena son regard vers l'homme en face de lui. Des yeux bleus derrière des lunettes sans monture le scrutaient. Il expliqua qu'il se rendait à Iéna, pour négocier l'achat de lentilles optiques chez Zeiss ; que si tout allait bien il rentrerait dans la soirée ; et que dans le cas contraire, il devrait avoir un deuxième rendez-vous avec le directeur des exportations le matin suivant. Visages impassibles. Ils l'envoyèrent au bâtiment des douanes.

Tout cela est normal, songea-t-il. Qu'ils trouvent les papiers eux-mêmes, avait dit McCready. Ne leur donne pas trop de renseignements. Ils examinèrent le contenu de son attaché-case, dont les lettres échangées entre Zeiss et BKI à Würzburg. Morenz supplia le ciel que les timbres et l'affranchissement aient l'air parfaitement authentiques. Sa prière fut exaucée. On referma son sac et on le reconduisit à sa voiture, dont l'examen était terminé. Un garde accompagné d'un énorme berger allemand se tenait à bonne distance. Derrière les vitres de la guérite, deux hommes en civil surveillaient la scène. Police secrète.

« Bon séjour en République démocratique allemande », dit le garde-frontière en chef, qui ne semblait pas très sincère.

A cet instant, un hurlement et des cris s'élevèrent de la file de voitures qui passaient la frontière en sens inverse, de l'autre côté du terre-plein de séparation en béton. De retour à son volant, Morenz observa l'incident avec horreur.

Un minibus Combi bleu se trouvait en tête de file, avec des plaques d'immatriculation ouest-allemandes. Deux gardes faisaient sortir de force une jeune fille de l'arrière, où ils l'avaient découverte cachée dans un minuscule compartiment aménagé à cet effet. Elle hurlait. C'était la petite amie du conducteur, un Allemand de l'Ouest, qui fut traîné hors de la fourgonnette, et se retrouva cerné par une meute agressive de chiens muselés, des canons de mitraillettes pointés sur lui. Blême de peur, il leva les mains en l'air.

« Laissez-la tranquille, bande d'enfoirés ! » cria-t-il.

Quelqu'un lui donna un coup de poing dans l'estomac, et il se plia en deux.

« *Los.* Allez-y », lâcha le garde près de Morenz.

Bruno embraya et la BMW démarra. Il passa les barrières et s'arrêta à la Banque populaire pour changer des deutschemark en marks de l'Est sans valeur, à un taux de un pour un, et faire tamponner sa déclaration de devises. Le guichetier de la banque était très placide. Les mains de Morenz tremblaient. De retour au volant, il jeta un coup d'œil dans le rétroviseur, et vit le jeune couple qu'on entraînait vers un bâtiment en béton. Ils hurlaient toujours.

Transpirant à grosses gouttes, il prit la direction du nord. Il avait perdu tout sang-froid ; il était au bout du rouleau. Seules ses longues années d'entraînement l'aidaient à tenir. Et la certitude qu'il ne laisserait jamais tomber son ami McCready. Il savait bien que conduire en ayant bu était formellement interdit en RDA, mais il sortit tout de même sa flasque et avala une gorgée. Il se sentit mieux, bien mieux. Il continua sa route. Ni trop vite, ni trop lentement. Il consulta sa montre. Il était dans les temps. Midi. Rendez-vous à quatre heures. Encore deux heures de route. Mais la peur, cette peur dévorante de tout agent en mission « noire » risquant dix ans dans un camp de travail si on le prenait, commençait à faire son effet sur son système nerveux déjà détérioré.

McCready l'avait vu s'engager dans le couloir reliant les deux postes-frontières, puis l'avait perdu de vue. Il n'avait pas assisté à l'incident du jeune couple. L'arrondi de la colline ne lui laissait apercevoir que les toits du poste-frontière est-allemand et le grand drapeau flottant au-dessus des bâtiments, orné du marteau, du compas et de la gerbe de blé. Juste avant midi, il distingua au loin la BMW noire qui s'enfonçait en Thuringe.

A l'arrière de la Range Rover, Johnson avait placé une sorte de valise, qui contenait un téléphone portable perfectionné. L'appareil permettait d'échanger des messages non codés, mais brouillés, avec le GCHQ, Centre gouvernemental des communications britannique, situé près de Cheltenham en Angleterre, ou avec Century House à Londres, ou encore l'antenne du SIS à Bonn. Le combiné avait l'air très banal, avec une numérotation à touches. McCready avait demandé à en disposer pour pouvoir rester en contact avec sa base, et les tenir informés quand Poltergeist rentrerait une fois sa mission accomplie.

« Il est passé, déclara-t-il à Johnson. Maintenant, nous n'avons plus qu'à attendre.

— Vous voulez informer Bonn ou Londres ? demanda Johnson.

— Ils ne peuvent rien faire, répondit McCready en secouant la tête. Personne ne peut plus rien faire. Tout est entre les mains de Poltergeist. »

A l'appartement de Hahnwald, les deux hommes chargés des empreintes avaient fini leur travail dans la cache et s'apprêtaient à repartir. Ils en avaient découvert trois jeux.

« Est-ce que ce sont les mêmes que certains des dix-neuf que vous avez relevés hier ? demanda Schiller.

— Je n'en sais rien, répondit le chef d'équipe. Il faut que je vérifie au labo. Je vous le dirai. Enfin, maintenant, vous pouvez aller jeter un coup d'œil. »

Schiller entra dans la pièce et regarda les rangées de cassettes vidéo sur le mur du fond. Rien n'indiquait ce qu'elles contenaient, il y avait juste des numéros sur la tranche. Il en prit une au hasard, passa dans la grande chambre et la glissa dans le magnétoscope. Il saisit la télécommande, alluma la télévision et la vidéo, appuya sur « lecture », puis s'assit au bord du lit dépouillé de ses draps. Deux minutes plus tard, il se levait et éteignait le téléviseur. Il semblait assez ébranlé.

« *Donnerwetter nochmal* », murmura Wiechert, debout dans l'embrasure de la porte, en train de mâchonner une part de pizza.

Le sénateur du Bade-Wurtemberg n'était peut-être qu'un politicien de province, mais le pays entier le connaissait par ses fréquents passages à la télévision, où il prônait un retour aux valeurs morales traditionnelles et une interdiction totale de la pornographie. Ses administrés l'avaient vu dans de nombreuses circonstances tapoter gentiment la tête des enfants, embrasser les bébés, inaugurer des fêtes paroissiales, faire un discours aux femmes conservatrices... Mais ils ne l'avaient certainement jamais vu à quatre pattes, dans son plus simple appareil, avec un collier de chien hérissé de clous, et tenu en laisse par une jeune femme portant des talons aiguilles et brandissant un fouet.

« Restez ici, ordonna Schiller. Ne partez pas, ne bougez même pas. Je retourne à la Préfecture. »

Il était deux heures de l'après-midi.

Morenz consulta sa montre. Il se trouvait très à l'ouest du Hermsdorfer Kreuz, le grand carrefour entre l'autoroute nord-sud reliant Berlin à la frontière de la Saale et la nationale est-ouest entre Dresde et Erfurt. Il était en avance sur l'horaire. Il devait arriver à l'aire de stationnement pour le rendez-vous avec Smolensk à quatre heures moins dix, mais pas plus tôt, car une voiture ouest-allemande garée là trop longtemps attirerait des soupçons.

A vrai dire, le simple fait de s'arrêter éveillerait la curiosité. Généralement, les businessmen ouest-allemands se rendaient directement à leur destination, réglaient leurs affaires et rentraient aussitôt. Mieux valait continuer à rouler. Il décida de dépasser Iéna et Weimar jusqu'à la sortie vers Erfurt, puis de faire le tour du rond-point et revenir sur Weimar. Cela lui prendrait un peu de temps. Une voiture vert et blanc de la police populaire de Wartburg le doubla en empruntant la voie la plus rapide, le toit surmonté de deux gyrophares bleus et d'un immense haut-parleur. Les deux hommes en uniforme regardèrent Morenz avec des visages impassibles.

Il s'agrippait au volant, luttant contre la panique qui s'emparait de lui. « Ils ont compris, répétait perfidement une petite voix intérieure. C'est un piège. Smolensk est grillé. Tu vas te faire coincer. Ils t'attendent. Simplement, ils veulent savoir, parce que tu as dépassé l'embranchement prévu. »

« Ne sois pas ridicule », lui enjoignait farouchement sa raison. Puis il pensa à Renate, et un profond désespoir vint s'ajouter à sa peur, la peur qui prenait le dessus.

« Écoute, imbécile, poursuivait sa raison. Tu as fait une grosse bêtise, mais ce n'était pas volontaire. Et après, tu as gardé ton sang-froid. Personne ne découvrira les corps avant des semaines. A ce moment-là, tu auras déjà quitté le Service, quitté l'Allemagne en emportant tes économies, et tu seras dans un pays où on te laissera tranquille. En paix. C'est tout ce que tu cherches, la paix. Qu'on te laisse tranquille. Et ils le feront, à cause des vidéos. »

La voiture des vopos ralentit, et ils l'observèrent. Il se mit à transpirer. Sa peur s'amplifiait et triomphait. Il ne pouvait pas savoir que les deux jeunes policiers étaient amateurs de voitures et qu'ils n'avaient jamais vu le nouveau modèle de conduite intérieure BMW.

Le commissaire Schiller passa trente minutes avec le directeur de la première K, la Criminelle, pour lui expliquer ce qu'il avait découvert.

« Ça va être la merde, cette affaire ! dit Hartwig en se mordillant la lèvre. La fille avait commencé à le faire chanter, ou elle gardait ça au frais pour arrondir sa retraite ? On ne sait pas. »

Il décrocha le téléphone et demanda la liaison avec le laboratoire médico-légal de l'*Erkennungsdienst*.

« Je veux la photographie des balles que vous avez retrouvées, et des empreintes, les dix-neuf jeux d'hier et les trois de ce matin, sur mon bureau dans une heure ! ordonna-t-il avant de se lever et de se tourner vers Schiller. Allez, on y retourne. Je veux voir cet endroit de mes propres yeux. »

Ce fut en fait le directeur Hartwig qui découvrit le calepin. Quel curieux goût du secret pouvait bien avoir poussé cette femme à le dissimuler dans une cache déjà quasiment inviolable en soi ? se demanda-t-il. Et pourtant, le calepin était scotché sous l'étagère vidéo du bas.

Il serait établi par la suite que l'écriture était bien celle de Renate Heimendorf. Visiblement une femme très intelligente, qui avait monté seule cette opération, depuis le réaménagement judicieux de l'appartement jusqu'à la télécommande à l'air anodin qui servait en fait à activer ou éteindre la caméra derrière le miroir. L'équipe scientifique l'avait bien vue dans la chambre, mais avait pensé qu'il s'agissait de celle du téléviseur.

Hartwig passa en revue les noms figurant dans le calepin, qui correspondaient aux numéros portés sur la tranche des cassettes vidéo. Il en reconnut certains, d'autres pas. Ceux qu'il ne connaissait pas appartenaient sans doute à des étrangers, et de haut rang. Parmi les autres, deux sénateurs, un parlementaire (de la majorité), un financier, un banquier (de la région), trois industriels, l'héritier d'une grande brasserie, un juge, un chirurgien de renom, et une personnalité médiatique connue dans tout le pays. Huit noms semblaient anglo-saxons (anglais ? américains ? canadiens ?), et deux autres français. Il compta le reste.

75

« Quatre-vingt-un noms. Et quatre-vingt-une cassettes. Nom de Dieu, si on se base sur les noms que j'ai reconnus, il doit y avoir ici de quoi faire sauter le gouvernement de plusieurs États, voire celui de Bonn.

— C'est curieux, remarqua Schiller. Il y a seulement soixante et une cassettes. »

Ils les recomptèrent ensemble. Soixante et une.

« Vous dites qu'on a relevé trois jeux d'empreintes, ici ?

— Oui, chef.

— En supposant que deux des trois appartiennent à Heimendorf et à Hoppe, le troisième est sûrement celui de notre assassin. Et j'ai l'affreux pressentiment qu'il a emporté vingt cassettes. Venez, je vais informer le président. Ça va plus loin qu'un meurtre, bien plus loin. »

Le Dr Herrmann terminait de déjeuner avec son subordonné Aust.

« Mon cher Aust, nous ne savons encore rien. Nous avons simplement lieu de nous inquiéter. Il se peut que la police arrête rapidement un gangster et l'inculpe, et il se peut aussi que Morenz revienne le jour prévu, après un week-end de débauche en compagnie d'une petite amie, ailleurs que dans la Forêt-Noire. Je crains fort qu'il n'échappe pas à la mise à la retraite immédiate avec suppression de sa pension. Mais pour l'instant, je veux seulement que vous essayiez de retrouver sa trace. Je veux qu'une auxiliaire féminine emménage chez son épouse au cas où il appellerait. Trouvez n'importe quel prétexte. J'essaierai de voir où en est l'enquête policière. Vous savez à quel hôtel je suis descendu. Contactez-moi si vous avez du nouveau. »

Sam McCready, assis sur le capot de la Range Rover, dans le chaud soleil qui illuminait le ciel au-dessus de la Saale, sirotait du café dans une thermos. Johnson raccrocha le téléphone. Il venait de s'entretenir avec Cheltenham, l'immense station d'écoute nationale située dans l'ouest de l'Angleterre.

« Rien de neuf, dit-il. Tout est normal. Pas de trafic radio inhabituel, dans aucun des secteurs, chez les Russes, le SSD ou la police populaire. La simple routine. »

McCready vérifia l'heure à sa montre. Quatre heures moins dix. Bruno devait être en train de se diriger vers l'aire de stationnement à l'ouest de Weimar, en ce moment. Il lui avait recommandé d'arriver cinq minutes en avance, et de ne pas rester plus de vingt-cinq minutes si Smolensk ne se montrait pas. Le rendez-vous serait considéré comme annulé. McCready gardait son calme devant Johnson, mais il détestait cette attente. C'était toujours le moment le plus pénible, quand on guettait le retour d'un agent passé de l'autre côté de la frontière. Votre imagination vous jouait des tours, en vous soufflant toute une série d'incidents qui auraient pu lui arriver mais ne lui étaient sans doute pas arrivés. Pour la énième fois, il revérifia l'horaire. Cinq minutes à l'aire de repos ; le Russe remet les documents ; dix minutes pour le laisser s'éloigner. Départ à quatre heures et quart. Cinq minutes pour faire passer le manuel de l'intérieur de sa veste au compartiment secret sous la batterie ; une heure quarante-cinq de route... Il devrait être en vue vers les six heures... Encore une tasse de café.

Le président de la police de Cologne, Arnim von Starnberg, écouta gravement le rapport du jeune commissaire. Il était flanqué de Hartwig, de la Brigade criminelle, et de Horst Fraenkel, directeur de toute la *Kriminalamt*. Les deux officiers supérieurs avaient estimé nécessaire de s'adresser directement à lui. Quand il fut en possession de tous les détails, il leur donna raison. Cette affaire dépassait le simple meurtre, elle dépassait même Cologne. Il avait déjà l'intention de la transmettre plus haut. Le jeune Schiller termina son récit.

« Vous devez garder le silence absolu sur tout cela, Herr Schiller, ordonna von Starnberg. Vous, et votre collègue le commissaire adjoint Wiechert. Vos carrières en dépendent, c'est compris ? menaça-t-il avant de se tourner vers Hartwig. Et il en va de même pour les deux hommes qui ont relevé les empreintes dans la pièce vidéo. »

Il fit sortir Schiller et s'adressa aux deux autres détectives.

« Où en êtes-vous exactement ? »

Fraenkel fit un signe de tête à Hartwig, qui exhiba plusieurs grandes photographies haute définition.

« Eh bien, Monsieur le président, nous avons maintenant les balles qui ont tué la call-girl et son ami. Il faut trouver le pistolet qui les a tirées. Juste deux balles, une dans chaque corps..., précisa-t-il en tapotant les clichés du doigt. Deuxièmement, les empreintes. Il y en avait trois jeux dans la pièce vidéo. Celles de la call-girl, celles de son maquereau, et nous pensons que les troisièmes sont celles de l'assassin. Nous croyons également qu'il doit être responsable de la disparition des vingt cassettes. »

Aucun des trois hommes ne pouvait savoir qu'il y avait vingt et une cassettes manquantes. Morenz avait jeté la vingt et unième, la sienne, dans le Rhin le vendredi soir, et son nom ne figurait pas dans le calepin parce qu'il n'avait jamais représenté un objet de chantage potentiel, simplement une bonne partie de rigolade.

« Où se trouvent les soixante et une autres ? demanda von Starnberg.

— Dans mon coffre-fort personnel, répondit Fraenkel.

— Veuillez me les faire apporter immédiatement. Personne ne doit les visionner. »

Une fois seul, le président von Starnberg se mit à téléphoner. Au cours de l'après-midi, la responsabilité de l'affaire gravit les échelons hiérarchiques plus vite qu'un singe les branches d'un arbre. Cologne passa l'affaire à la *Kriminalamt* de la province dans la capitale d'État Düsseldorf, qui la transmit aussitôt à la *Kriminalamt* fédérale à Wiesbaden. Des limousines sous escorte, convoyant les soixante et une cassettes et le calepin, roulaient à toute allure de ville en ville. A Wiesbaden, la caravane s'arrêta un certain temps, pendant que des hauts fonctionnaires cherchaient la manière de présenter la chose au ministre de la Justice à Bonn (à l'échelon juste au-dessus). Les soixante et un athlètes en chambre avaient entre-temps été tous identifiés. La moitié étaient simplement cossus ; les autres, de riches personnalités bien en place dans l'*establishment*. Pis encore, six sénateurs ou députés de la majorité se trouvaient impliqués, plus deux de l'opposition, deux hauts fonctionnaires et un général de l'armée. Mais il n'y avait pas que des Allemands. Étaient également répertoriés deux diplomates en poste à Bonn (dont l'un envoyé par un pays allié au sein de l'OTAN), deux politiciens étrangers en visite, et un conseiller de la Maison-Blanche proche de Ronald Reagan.

Mais la liste, à présent identifiée, des vingt personnalités dont les galipettes vidéo manquaient était encore plus affligeante. Elle comprenait un membre haut placé du comité électoral du parti majoritaire en RFA, un autre sénateur (fédéral), un autre parlementaire (fédéral), un juge (de la Cour d'appel), un autre militaire haut gradé (dans l'Aviation, celui-là), le magnat de la bière repéré par Hartwig, et un secrétaire d'État plein d'avenir. Sans compter la fine fleur du commerce et de l'industrie.

« Les hommes d'affaires vicelards, on s'en fout ! déclara un détective haut placé de la PJ fédérale à Wiesbaden. Si leur réputation est fichue, ils l'auront bien cherché. Mais cette salope se spécialisait dans les cadres du pouvoir. »

En fin d'après-midi, conformément à la procédure, on informa le service de sécurité intérieure, le BfV. On ne lui communiqua pas tous les noms, simplement le résumé de l'enquête et ses progrès. Ironiquement, le quartier général du BfV se trouve à Cologne, là où tout avait commencé. Le mémo inter-services concernant cette affaire atterrit sur le bureau d'un officier supérieur du contre-espionnage, Johann Prinz.

Bruno Morenz roulait tranquillement vers l'ouest sur la nationale 7. Il se trouvait à six kilomètres environ à l'ouest de Weimar, et un kilomètre et demi de la grande caserne soviétique de Nohra aux murs tout blancs. Il aborda un virage, et aperçut alors l'aire de repos, exactement à l'endroit indiqué par McCready. Il consulta sa montre : 15 h 52. La route était déserte. Il ralentit et se gara au lieu convenu.

Conformément à ses instructions, il descendit de son véhicule, et sortit du coffre sa trousse à outils, qu'il ouvrit et déposa près de la roue avant droite, où elle serait visible par tous les passants. Puis il actionna le levier d'ouverture du capot. Il avait l'estomac contracté. Derrière l'aire de stationnement et de chaque côté de la route s'alignaient des arbres et des buissons. Il imaginait les agents du SSD, tapis en attendant leur heure pour procéder à la double arrestation. Il avait la bouche sèche, et le dos trempé de sueur. Il ne fonctionnait plus que sur un groupe électrogène intérieur, qui menaçait de sauter sous la tension.

Il prit une clef à molette de taille adéquate, et se pencha au-dessus du moteur. McCready lui avait montré comment desserrer l'écrou reliant le tuyau d'eau et le radiateur. Un goutte-à-goutte s'échappa. Il prit alors une autre clef, visiblement de la mauvaise taille, et essaya en vain de resserrer l'écrou.

Les minutes s'égrenaient. Penché sur son moteur, il s'employait à bricoler inutilement. Il jeta un coup d'œil à sa montre. 16 h 06. Mais qu'est-ce qu'il fout, à la fin ? se demanda-t-il. Presque aussitôt, il entendit le gravier crisser sous les roues d'une voiture qui se garait. Il garda la tête baissée. Le Russe était censé s'approcher et lui dire en allemand avec son mauvais accent : « Si vous avez des difficultés, j'ai peut-être une meilleure trousse à outils », puis lui donner une boîte en bois assez plate qu'il sortirait de la jeep. L'ordre de bataille soviétique serait sous les clefs à molette, protégé par une couverture en plastique rouge...

Une ombre se profila sur le soleil couchant. Des bottes foulèrent le gravier. L'homme était près de lui, juste derrière. Il ne dit rien. Morenz se redressa. La voiture de la police est-allemande était garée à cinq mètres. L'un des policiers en uniforme vert se tenait près de la portière ouverte du côté conducteur. L'autre était à deux pas de Morenz, et scrutait le moteur de la BMW.

Morenz fut pris de nausée. L'acidité de son estomac se répandait dans son organisme. Il sentit ses genoux flageoler. Il essaya de se redresser, et faillit chanceler. Le regard du policier croisa le sien.

« *Ist was los ?* » demanda-t-il.

Évidemment c'était un piège. Il se montrait poli pour mieux dissimuler son triomphe, s'inquiétait de savoir si tout allait bien avant les cris, les hurlements et l'arrestation. Morenz avait la langue collée au palais.

« J'ai eu l'impression qu'elle perdait de l'eau », répondit-il.

Le policier se pencha sur le moteur et examina le radiateur. Il prit la clef à molette que tenait Morenz, se baissa et se releva avec une autre à la main.

« Celle-ci devrait convenir », dit-il.

Morenz l'utilisa, et resserra l'écrou. Le filet d'eau s'interrompit.

« C'était la mauvaise taille ! dit le policier, qui contemplait le moteur de la BMW, mais dont le regard semblait attiré par la batterie. *Schöner Wagen !* remarqua-t-il (belle voiture). Où allez-vous ?

— A Iéna, répondit Morenz. Je dois rencontrer le directeur des exportations de chez Zeiss demain matin. Je viens lui acheter des produits pour ma compagnie.

— Nous avons beaucoup d'excellents produits en RDA », déclara le policier avec un hochement de tête approbateur.

C'était faux. L'Allemagne de l'Est avait une seule usine qui fabriquait du matériel de qualité occidentale, Zeiss.

« Que faites-vous ici ?

— Je voulais voir Weimar... Le monument de Goethe.

— Vous êtes dans la mauvaise direction. Weimar est par là. »

Le policier lui indiqua la bonne voie du doigt. Une jeep gris-vert GAZ soviétique passa sans s'arrêter. Son calot incliné sur le front, le conducteur tourna la tête vers Morenz, croisa son regard l'espace d'un instant, remarqua la voiture des vopos garée, et continua de rouler. Rendez-vous annulé. Smolensk ne ferait pas son approche maintenant.

« Oui, j'ai pris un mauvais virage en sortant de la ville. Je cherchais un endroit pour ma manœuvre quand j'ai vu le niveau d'eau qui baissait... »

Il fit demi-tour sous l'œil des vopos, qui le suivirent jusqu'à Weimar et le lâchèrent à l'entrée de la ville. Morenz continua sa route jusqu'à Iéna et prit une chambre à l'hôtel de l'Ours brun.

A vingt heures, sur sa colline au-dessus de la Saale, Sam McCready reposa ses jumelles. L'obscurité naissante l'empêchait de voir le poste-frontière est-allemand et la route qui en partait. Il se sentait fatigué, vidé. Quelque chose s'était mal passé, là-bas derrière les champs de mines et les barbelés-rasoirs. Peut-être rien de grave, un pneu crevé, un embouteillage... peu probable. Son agent roulait peut-être en ce moment même vers le sud et la frontière. Peut-être Pankratine n'était-il pas venu au premier rendez-vous, parce qu'il n'avait pu obtenir de jeep, ou n'avait pas réussi à se libérer... L'attente était la phase la plus pénible. Attendre, sans savoir ce qui avait pu mal tourner.

« Redescendons sur la route, dit-il à Johnson. On ne peut plus rien voir d'ici, de toute façon. »

Il installa Johnson dans le parking de la station-service de Frankenwald, côté sud mais face au nord et à la frontière. Johnson ferait le guet toute la nuit, jusqu'à ce que la BMW réapparaisse. McCready trouva un camionneur qui allait vers le sud, lui expliqua que sa voiture était en panne, et se fit conduire six kilomètres plus loin. Il descendit à l'embranchement de Münchberg, marcha un peu plus d'un kilomètre jusqu'à la petite ville, et prit une chambre au Braunschweiger Hof. Il avait mis son téléphone portable dans un fourre-tout au cas où Johnson aurait besoin de l'appeler. Il réserva un taxi pour six heures du matin.

Le Dr Herrmann avait un contact au BfV. Des années auparavant, quand il travaillait sur le scandale Günther Guillaume, le secrétaire personnel du chancelier Willy Brandt qu'on avait démasqué comme agent est-allemand, les deux hommes s'étaient rencontrés et avaient collaboré. Ce soir-là à six heures, le Dr Herrmann téléphona au BfV à Cologne, et demanda qu'on lui passe son ami.

« Johann ? Ici Lothar Herrmann... Non, non, je suis ici à Cologne. Oh, la routine, tu sais... Je voulais t'inviter à dîner. Parfait. Bon, écoute, je suis au Dom. Tu veux me rejoindre au bar ? Vers huit heures ? Je suis ravi. »

Johann Prinz raccrocha et se demanda ce qui pouvait amener Herrmann à Cologne. Revue des troupes ? Peut-être...

Herrmann et Prinz, assis à une table en coin, commandèrent leur dîner. Jusque-là ils avaient devisé tranquillement. Comment vont les affaires ? Très bien... Pendant qu'il mangeait son cocktail de crabe, Herrmann aborda discrètement le sujet.

« Je suppose qu'on t'a parlé de cette affaire de call-girl ? »

Prinz était étonné. Quand le BND avait-il été mis au courant ? Lui-même avait seulement pris connaissance du dossier à cinq heures. Herrmann avait téléphoné à six heures, et il était déjà à Cologne.

« Oui, répondit-il. J'ai eu le dossier cet après-midi. »

Ce fut au tour d'Herrmann d'être surpris. Pourquoi un double meurtre à Cologne avait-il été confié au contre-espionnage ? Il s'était attendu à devoir donner des explications à Prinz avant de lui demander un service.

« Sale affaire, murmura-t-il comme son steak arrivait.

— Et ça ne s'arrange pas, renchérit Prinz. Bonn ne va pas apprécier que des cassettes porno se baladent dans la nature. »

Herrmann resta impassible, mais il avait l'estomac retourné. Des cassettes porno ? Bon Dieu, mais quelles cassettes ? Il montra un léger étonnement, et remplit les deux verres de vin.

« C'en est là ? Je devais être sorti du bureau quand les derniers détails sont arrivés. Tu peux me mettre au courant, s'il te plaît ? »

Prinz s'exécuta. Herrmann en perdit tout appétit. Il ne humait pas seulement une odeur de bordeaux, mais une odeur de scandale aux dimensions catastrophiques.

« Et toujours pas d'indices, murmura-t-il l'air chagrin.

— Pas beaucoup, non, convint Prinz. La première K a reçu l'ordre de mettre tous ses hommes sur cette affaire, et d'abandonner les autres. Évidemment, on recherche avant tout le pistolet, et le propriétaire des empreintes.

— Je me demande si le coupable peut être un étranger,

suggéra Lothar Herrmann en soupirant, tandis que Prinz finissait sa glace et reposait sa cuiller.

— Ah, maintenant, je vois ! sourit-il. Notre Service de renseignements à l'étranger s'intéresse à cette affaire ?

— Mon cher ami, nous remplissons la même fonction, tous les deux…, rappela Herrmann avec un haussement d'épaules indolent. Nous protégeons nos dirigeants. »

Comme tous les hauts fonctionnaires de l'État, les deux hommes avaient une vision de leurs maîtres qu'ils se gardaient prudemment de partager avec eux.

« Bien sûr, nous avons nos propres dossiers, dit Herrmann. Des empreintes d'étrangers qui ont retenu notre attention… Hélas, nous ne possédons pas celles que nos amis de la KA recherchent…

— Tu pourrais faire une demande officielle, remarqua Prinz.

— Oui, mais d'un autre côté, pourquoi déclencher tout un processus s'il ne doit pas aboutir ? En revanche, officieusement…

— Je n'aime pas le mot " officieusement ", déclara Prinz.

— Moi non plus, mon ami, mais de temps en temps… en souvenir du passé. Tu as ma parole : si je découvre quoi que ce soit, je te le transmets directement. Un effort conjoint de nos deux services. Tu as ma parole. Si ça n'aboutit pas, ça n'aura rien coûté.

— Bon d'accord, en souvenir du passé, concéda Prinz en se levant. Mais juste pour cette fois. »

En quittant l'hôtel, il se demanda ce que Herrmann savait, ou soupçonnait, que lui-même ignorait.

Sam McCready était installé au bar du Braunschweiger Hof à Münchberg. Il buvait seul, le regard posé sur les lambris sombres du mur. Il était inquiet, très inquiet. Il ne cessait de se demander s'il avait bien fait d'envoyer Morenz. Quelque chose n'allait pas chez cet homme. Le rhume des foins ? Plutôt la grippe. Mais la grippe ne vous rend pas nerveux. Or son vieil ami semblait tellement nerveux… Perte de sang-froid ? Non, pas chez ce vieux Bruno. Il avait accompli ce genre de mission maintes fois auparavant, et il n'était pas grillé… pour autant que McCready le sache. Il essaya de se trouver des excuses. Il n'avait pas eu le temps de chercher un homme plus jeune. Et Pankratine n'aurait pas marché pour un inconnu, car sa vie était tout de même en jeu. Si McCready avait refusé d'envoyer Morenz, ils auraient perdu l'ordre de bataille soviétique. Il n'avait pas eu le choix… Mais il ne pouvait s'empêcher d'être inquiet.

A cent kilomètres plus au nord, Bruno Morenz se trouvait au bar de l'hôtel de l'Ours brun à Iéna. Lui aussi buvait seul, et il buvait beaucoup trop.

De l'autre côté de la rue, il apercevait l'entrée de l'antique université Schiller, devant laquelle s'élevait un buste de Karl Marx. Une plaque indiquait que Marx y avait enseigné la philosophie en 1841. Si seulement le barbu avait pu y crever ! se disait Morenz. Il ne serait pas allé à Londres, il n'aurait pas écrit *Le Capital*, et Morenz ne vivrait pas ce cauchemar si loin de chez lui.

MERCREDI

A une heure du matin, une enveloppe brune cachetée arriva à l'hôtel Dom pour le Dr Herrmann, qui n'était pas encore couché. Elle contenait trois grandes photographies, une de chacune des deux balles de 9 mm, et une des empreintes, pouce, doigts et paume. Herrmann résolut de ne pas les envoyer à Pullach, mais de les y porter en personne ce matin-là. Si les empreintes et les minuscules éraflures sur les balles correspondaient, il allait être confronté à un grave dilemme. A qui en parler, et jusqu'où aller dans le détail ? Si seulement cet enfoiré de Morenz refaisait surface... A neuf heures, Herrmann prit le premier vol pour Munich.

A dix heures, à Berlin, le major Vanavskaïa vérifia encore où se trouvait l'homme qu'elle traquait. « Il est avec la garnison près d'Erfurt, lui dit-on. Il part à six heures ce soir pour Potsdam. Demain il rentre à Moscou par avion. »

Et je serai avec toi, mon salaud, pensa-t-elle.

A onze heures et demie, Morenz quitta la table de la cafétéria où il avait tué le temps, et se dirigea vers son véhicule. Il avait la gueule de bois. Sa cravate était défaite, et il ne pouvait pas supporter l'idée de se raser. Sur ses joues et son menton s'étendait une ombre grise. Il n'avait pas l'air d'un homme d'affaires se préparant à discuter lentilles optiques dans la salle du conseil d'administration de l'usine Zeiss. Il conduisit prudemment pour sortir de la ville, et partit vers l'ouest en direction de Weimar. L'aire de stationnement se trouvait à cinq kilomètres.

Elle était plus grande que celle de la veille, et recevait l'ombre des bouleaux feuillus qui flanquaient les bas-côtés de la route. En face, à l'abri des arbres, se trouvait la cafétéria de Mühltalperle, qui semblait vide, désertée par les clients. Morenz se gara sur l'aire de repos à midi moins cinq, sortit sa trousse à outils et souleva de nouveau le capot. A midi deux, la jeep GAZ s'arrêta sur le gravier. L'homme qui en sortit portait un ample treillis et des bottes montant jusqu'aux genoux. Il arborait des galons de caporal, et un calot lui masquait les yeux. Il s'avança vers la BMW.

« Si vous avez des difficultés, j'ai peut-être une meilleure trousse », dit-il.

Il posa sa boîte en bois près du moteur, sur le bloc-cylindres, et de l'ongle crasseux de son pouce, en fit sauter le loquet. A l'intérieur, tout un fatras de clefs à molette.

« Alors, Poltergeist, comment ça va ? murmura-t-il.

— Très bien », souffla Morenz, qui avait de nouveau la bouche sèche.

Il poussa les outils d'un côté, découvrant le manuel recouvert de plastique rouge. Le Russe se saisit d'une clef, et resserra l'écrou défait. Morenz sortit le manuel, qu'il fourra dans son imperméable léger, le coinçant du bras gauche sous son aisselle. Le Russe rangea ses outils, puis referma la boîte.

« Je dois y aller, murmura-t-il. Laissez-moi dix minutes pour partir. Et ayez l'air reconnaissant. On nous observe peut-être. »

Il se redressa, agita le bras en signe d'adieu, et remonta dans sa jeep, dont le moteur tournait encore. Morenz se releva et lui rendit son salut, en criant « *Danke* ». La jeep s'éloigna dans la direction d'Erfurt. Morenz se sentait faible. Il voulait partir. Il avait besoin d'un verre. Il ferait un arrêt plus tard et rangerait le manuel dans le compartiment secret sous la batterie. Mais avant tout, il avait besoin d'un verre. Il rabattit le capot, jeta sa trousse à outils dans le coffre, qu'il referma avant de monter dans la voiture. Il sortit sa flasque de la boîte à gants, et avala une longue gorgée revigorante. Cinq minutes plus tard, sa confiance retrouvée, il fit demi-tour et repartit vers Iéna. Il avait repéré une autre aire de repos après cette ville, juste avant la bretelle de l'autoroute qui le ramènerait à la frontière. Il s'arrêterait là pour faire le transfert.

L'accident ne fut même pas de sa faute. Au sud d'Iéna, dans la banlieue de Stadtroda, il roulait sur la route bordée d'immenses HLM très laides quand la Trabant sortit en trombe d'une route transversale. Morenz freina presque à temps, mais ses réflexes n'étaient pas excellents. La BMW, bien plus solide, enfonça l'arrière de la mini est-allemande.

Morenz paniqua aussitôt. Était-ce un piège ? Le conducteur de la Trabant n'appartenait-il pas en fait au SSD ? L'homme sortit de sa voiture, jeta un coup d'œil à l'arrière enfoncé, et se précipita vers la BMW, le visage crispé par la fureur, et les yeux lançant des éclairs.

« Non mais ça va pas la tête ? hurla-t-il. Vous croyez vraiment que vous pouvez conduire comme des malades, vous les gens de l'Ouest ? »

Au revers de sa veste était épinglé le petit badge rond du parti socialiste unifié (communiste). Un membre du Parti. Morenz plaqua son bras gauche contre son corps pour maintenir le manuel en place, descendit de voiture, et prit une liasse de marks dans sa poche. Des marks de RDA, évidemment. Il ne pouvait pas proposer des deutschemark, c'eût été une autre injure. Des badauds commençaient à s'approcher.

« Écoutez, je suis désolé, s'excusa Morenz. Je paierai les dégâts. Voilà, ça, ça devrait largement suffire. Mais je suis déjà très en retard. »

L'Allemand furibond regarda l'argent. C'était vraiment une grosse liasse.

« Ce n'est pas le problème, répondit-il. J'ai dû attendre quatre ans pour obtenir cette voiture.

— Elle est réparable, dit un des spectateurs.

— Tu parles ! rétorqua l'homme du Parti. Il va falloir la renvoyer à l'usine. »

La foule comptait à présent vingt personnes. La vie était souvent ennuyeuse dans les HLM industrielles. Et une BMW, ça valait le coup d'œil. Sur ces entrefaites, la police arriva. Une patrouille de routine, mais Morenz se mit à trembler. Les policiers descendirent de voiture. L'un des deux examina les dégâts.

« C'est réparable, déclara-t-il. Vous voulez porter plainte ?

— Eh bien, euh…, fit le conducteur de la Trabant, qui perdait de son assurance.

— *Ausweis, bitte !* » fit l'autre policier en s'approchant de Morenz.

Morenz sortit son passeport de la main droite. Ses doigts tremblaient. Le policier le remarqua, ainsi que le regard trouble et le menton mal rasé.

« Vous avez bu, dit-il en reniflant. Bon, je vous emmène au poste. Allez, montez… »

Il se mit à pousser Morenz vers la voiture de police, dont le moteur tournait toujours. La portière du conducteur était ouverte. C'est alors que Bruno Morenz finit par craquer. Il serrait toujours le manuel sous son aisselle. On le découvrirait forcément une fois au commissariat. Morenz balança son autre bras en arrière et

86

donna un grand coup de poing au policier, qui s'effondra, le nez cassé. Puis il sauta dans la voiture de police, passa la marche avant d'un geste brusque, et démarra. Il était dans la mauvaise direction, vers le nord et Iéna. L'autre policier, médusé, réussit pourtant à dégainer et tira quatre coups de feu. Trois manquèrent leur cible. La voiture des vopos prit un virage sur les chapeaux de roues, et disparut. Le réservoir fuyait, percé par la quatrième balle.

Chapitre quatre

Les deux vopos étaient tellement abasourdis par l'incident qu'ils réagirent avec lenteur. Jamais leur entraînement ni leur expérience passée ne les avaient confrontés à pareil acte de désobéissance civique. Le fait d'avoir été publiquement agressés et humiliés devant une foule de gens les rendait fous de rage. Ils passèrent un certain temps à vociférer avant de se décider sur la marche à suivre.

L'officier indemne laissa son collègue au nez cassé sur le lieu de l'agression et retourna au poste de police. Ils ne disposaient pas d'émetteurs portables, et faisaient habituellement leur rapport au QG sur la radio de la voiture. Quand il avait demandé à se servir d'un téléphone, la foule avait répondu par des haussements d'épaules indifférents. Les ouvriers n'avaient pas de téléphone en RDA.

Le membre du Parti à la Trabant cabossée demanda s'il pouvait s'en aller, et fut promptement arrêté par Nez-Cassé qui le menaçait de son pistolet, prêt à croire que n'importe qui pouvait avoir pris part au complot.

Son collègue, parti à pied sur la route d'Iéna, vit arriver une Wartburg, la fit arrêter en brandissant son revolver, et demanda au conducteur de le conduire directement au poste de police du centre-ville d'Iéna. Un kilomètre plus loin, ils virent une voiture de police roulant en sens inverse. Le vopo assis dans la Wartburg agita frénétiquement les bras pour faire stopper ses collègues, et leur expliqua ce qui s'était passé. Ils se servirent de la radio de bord pour contacter le poste, décrivirent la nature des divers délits commis, et reçurent l'ordre de se rendre immédiatement au QG. Pendant ce temps, des voitures de patrouille se rendaient en renfort sur le lieu de l'accident.

L'appel au poste central d'Iéna fut consigné à 12 h 35. Il fut également intercepté à plusieurs kilomètres de là, dans les hauteurs du Harz, de l'autre côté de la frontière, par une station d'écoute anglaise portant le nom de code Archimède.

A une heure de l'après-midi, le Dr Lothar Herrmann, de retour à son bureau de Pullach, décrocha son téléphone pour recevoir l'appel tant attendu du laboratoire balistique du BND, situé dans un bâtiment voisin. Le labo, qui jouxtait l'armurerie et le stand de tir, avait pour subtile pratique, à chaque fois qu'il fournissait une arme à un agent, de relever le numéro de série et de faire signer un reçu, mais aussi de tirer deux cartouches dans un caisson étanche, de récupérer les balles et de les garder.

Si tout avait été pour le mieux dans le meilleur des mondes, le technicien aurait préféré être en possession des balles récupérées dans les corps à Cologne, mais il se débrouilla avec les simples photographies. Tous les canons rayés diffèrent les uns des autres par de menus détails, et au moment du tir, ils laissent des marques sur le projectile, s'identifiant ainsi comme par des empreintes digitales. Le technicien avait comparé les marques des deux balles échantillons, conservées depuis la remise d'un Walther PPK dix ans auparavant, avec celles des photographies qu'il avait en main, et dont il ignorait totalement l'origine.

« Elles correspondent parfaitement ? Je vois. Merci bien », dit le Dr Herrmann.

Il téléphona au service des empreintes (le BND conserve celles de tous ses employés, outre celles qu'il découvre par ailleurs), et obtint la même réponse. Il poussa un long soupir et décrocha de nouveau le combiné. Il n'avait désormais d'autre choix que de soumettre l'affaire au directeur général en personne.

Ce qui suivit fut l'entretien le plus difficile de toute sa carrière. Le DG était obsédé par l'efficacité de son Agence et son image, à la fois dans les allées du pouvoir à Bonn et dans la communauté du Renseignement occidental. La nouvelle que lui communiqua Herrmann lui fit l'effet d'un coup de poing dans l'estomac. Il envisagea l'idée de « perdre » les balles échantillons et les empreintes de Morenz, mais l'abandonna rapidement. Morenz serait tôt ou tard arrêté par la police, les techniciens du labo seraient assignés à comparaître, et le scandale n'en ferait que plus de bruit.

Le BND allemand n'est responsable que devant le *Kanzleramt*, le bureau du Chancelier, et le DG savait que tôt ou tard, sans doute très bientôt, il devrait aller lui faire part de ce scandale. Cette perspective ne l'enchantait guère.

« Trouvez-le, ordonna-t-il à Herrmann. Trouvez-le au plus vite, et récupérez ces cassettes. »

Alors qu'Herrmann s'apprêtait à quitter le bureau du DG, celui-ci, qui parlait couramment anglais, ajouta cette remarque :

« Dr Herrmann, il y a une expression anglaise que je vous recommande : "Tu ne tueras point, mais officieusement ne t'échineras point à préserver la vie. " »

Il avait cité le dicton en anglais. Le Dr Herrmann l'avait compris, mais ne voyait pas le sens du mot « officieusement ». De retour à son bureau, il consulta un dictionnaire, et se dit que le terme *unnötig* (inutilement) était sans doute la traduction appropriée. De toute une vie passée au service du BND, c'était le sous-entendu le plus lourd qu'on lui ait jamais fait. Il téléphona aux Archives du personnel.

« Envoyez-moi le CV de l'un de nos officiers, Bruno Morenz », ordonna-t-il.

A deux heures, Sam McCready faisait toujours le guet sur la colline avec Johnson, et ce, depuis sept heures du matin. Il se doutait que le premier rendez-vous près de Weimar avait été annulé, mais savait-on jamais ? Morenz aurait pu repasser la frontière à l'aube, seulement il ne l'avait pas fait. Une fois de plus, McCready vérifia son horaire : rendez-vous à midi, départ à midi dix, une heure trois quarts de route, Morenz devrait revenir d'une minute à l'autre. Il braqua de nouveau ses jumelles sur la route, au loin, de l'autre côté de la frontière.

Johnson lisait un journal régional qu'il avait acheté à la station-service de Frankenwald, quand son téléphone grelotta discrètement. Il décrocha, écouta, et passa le combiné à McCready.

« Le GCHQ veut vous parler. »

C'était un ami de McCready, qui l'appelait de Cheltenham.

« Écoute, Sam, je crois savoir où tu es. Il y a eu suractivité du trafic radio dans le coin où tu te trouves, tout d'un coup. Tu ferais peut-être bien d'appeler Archimède. Ils en sauront plus que nous, là-bas. »

La ligne fut interrompue.

« Passez-moi Archimède, dit McCready à Johnson. L'officier de garde à la section est-allemande. »

Johnson composa le numéro.

Au milieu des années cinquante, le gouvernement britannique, agissant par l'intermédiaire de son armée du Rhin, avait acheté un vieux château en ruine au sommet des monts du Harz, non loin de la ravissante et historique petite bourgade de Goslar. A travers le Harz, chaîne de plateaux très boisés, sinue la frontière est-allemande, ici à flanc de colline, là le long d'un ravin rocheux. C'était la région de prédilection des fuyards est-allemands décidés à tenter leur chance.

Le Schloss Löwenstein, rénové par les Anglais, fut officiellement converti en retraite musicale pour les fanfares militaires obligées de pratiquer leur art, subterfuge accrédité par les bruyants échos des répétitions, en fait enregistrées au préalable et diffusées par des haut-parleurs. Mais sous prétexte de réparer la toiture, des ingénieurs de Cheltenham avaient installé des antennes très sophistiquées, perfectionnées au fil des ans à mesure que la technique évoluait. Si l'on invitait parfois les dignitaires régionaux allemands à un vrai concert de musique de chambre ou de musique militaire donné par un orchestre venu en avion pour l'occasion, Löwenstein était en réalité une antenne de Cheltenham, au nom de code Archimède, avec pour mission d'écouter le bavardage continu sur les ondes radio entre Russes et Allemands de l'Est de l'autre côté de la frontière. D'où l'importance du site montagnard, l'altitude permettant une réception parfaite.

« Oui, nous venons de transmettre l'information à Cheltenham, confirma l'officier de garde une fois que McCready eut décliné son identité. Ils ont dit que vous nous appelleriez directement. »

La discussion dura plusieurs minutes, et quand McCready raccrocha, il était tout pâle.

« La police de la région d'Iéna est sur les dents, apprit-il à Johnson. Apparemment, il y a eu un accident au sud de la ville. Une voiture ouest-allemande de marque inconnue a heurté une Trabant. L'Allemand de l'Ouest a assommé un des vopos venus pour le constat, et il s'est enfui au volant de leur voiture, vous imaginez ? Évidemment, ça n'est peut-être pas notre homme. »

Johnson prit un air compatissant, mais il n'avait guère plus d'espoir que McCready.

« Qu'est-ce qu'on fait ? demanda-t-il.

— On attend, répondit McCready, assis sur le capot de la Range Rover, la tête entre les mains. On ne peut rien faire d'autre. Archimède rappellera s'ils ont du nouveau. »

A la même heure, on conduisait la BMW noire dans l'enceinte du quartier général de la police à Iéna. Personne ne se souciait des empreintes... Ils savaient parfaitement qui ils recherchaient. Le vopo au nez cassé avait été soigné et faisait une longue déposition, ainsi que son collègue. Le chauffeur de la Trabant fut retenu pour interrogatoire, avec une dizaine de témoins. Sur le bureau du responsable au poste de police se trouvait le passeport au nom de Hans Grauber ramassé sur la route à l'endroit où Nez-Cassé l'avait laissé tomber. D'autres détectives examinaient chaque objet rangé dans l'attaché-case et le sac de voyage. Le directeur des exportations de chez Zeiss fut convoqué. Il nia avoir jamais entendu parler de Hans Grauber, mais convint qu'il avait eu des échanges par le passé avec la BKI de Würzburg. Quand on lui montra sa signature contrefaite au bas des lettres d'introduction, il déclara qu'elle ressemblait bien à la sienne, mais ne pouvait être authentique. Son cauchemar ne faisait que commencer.

Parce que le passeport était ouest-allemand, le responsable local de la police populaire passa un coup de téléphone au bureau régional du SSD, qui le rappela dix minutes plus tard. « Nous voulons que cette voiture soit transportée par dépanneuse à notre garage central d'Erfurt, ordonnèrent-ils. Arrêtez de la couvrir d'empreintes. Tous les objets récupérés dans la voiture nous reviennent. Et les copies des déclarations de tous les témoins. Et que ça saute ! »

Le colonel vopo savait à qui il avait affaire. Quand les hommes de la Stasi donnaient un ordre, on obéissait. La BMW noire arriva sur sa dépanneuse au garage central du SSD d'Erfurt à quatre heures trente, et les mécaniciens de la police secrète se mirent au travail. Le colonel vopo dut reconnaître que le SSD avait raison. Tout cela était inexplicable. L'Allemand de l'Ouest aurait au pire écopé d'une lourde amende pour conduite en état d'ivresse (après tout, la RDA avait grand besoin de devises). Mais à présent, c'étaient des années de prison qui l'attendaient. Pourquoi s'était-il enfui ? En tout cas, et quel que fût l'intérêt que la Stasi trouvait à cette voiture, lui avait sa mission à remplir : retrouver le fuyard. Il alerta toutes les patrouilles à pied ou motorisées à des kilomètres alentour et leur donna l'ordre de repérer Grauber et la voiture de police volée, dont la description fut communiquée par radio à toutes les unités, jusqu'à Apolda au nord d'Iéna et Weimar à l'ouest. On ne passa aucun appel à témoins dans la presse. La collaboration de la population avec la police dans un État policier est un luxe rare. Mais tout ce trafic radio fut capté par Archimède.

A seize heures, le Dr Herrmann contacta Dieter Aust à Cologne. Il ne lui communiqua pas les résultats des tests du laboratoire, ni même ce que Johann Prinz lui avait appris la veille au soir. Aust n'avait pas besoin de le savoir.

92

« Je veux que vous interrogiez personnellement Frau Morenz, dit-il. Vous avez placé une de nos auxiliaires auprès d'elle ? Très bien, qu'elle y reste. Si la police vient interroger Frau Morenz, ne vous en mêlez pas, mais prévenez-moi. Essayez d'obtenir d'elle n'importe quel indice sur le lieu où il pourrait se trouver, maison de vacances, de famille, appartement d'une petite amie, n'importe quoi. Employez toute votre équipe pour suivre la moindre piste. Et faites-moi des rapports détaillés.

— Il n'a pas de famille en Allemagne, dit Aust, qui avait lui aussi passé en revue la vie de Morenz, telle que la décrivaient les dossiers personnels. A part sa femme, son fils et sa fille, personne. Je crois que sa fille est hippie, et qu'elle vit dans un squat à Düsseldorf. Je vais y envoyer un homme, au cas où...

— Excellente idée », dit Herrmann avant de raccrocher.

En raison d'un détail qu'il avait relevé dans le dossier de Morenz, il envoya un message codé classé « blitz » à Wolfgang Fietzau, l'agent du BND en poste à l'ambassade allemande de Belgrave Square à Londres.

A cinq heures, le téléphone posé sur le hayon de la Range Rover sonna. McCready décrocha, pensant qu'il s'agissait de Londres ou d'Archimède. La voix était faible, métallique, comme si son interlocuteur suffoquait.

« Sam, c'est toi ?

— Oui, lâcha-t-il en se raidissant. C'est moi.

— Je suis désolé, Sam. Vraiment désolé. J'ai foiré complètement.

— Tu es OK, au moins ? demanda impatiemment McCready, car Morenz gâchait de précieuses secondes.

— OK. Avec un K comme *kaputt*. Je suis fichu, Sam. Je ne voulais pas la tuer. Je l'aimais, Sam. Je l'aimais... »

McCready raccrocha brutalement. Personne ne pouvait appeler l'Ouest depuis une cabine est-allemande, tout contact étant interdit par la RDA. Mais le SIS avait une planque dans la région de Leipzig, occupée par un agent est-allemand au service de Londres. Un appel à ce numéro, composé depuis la RDA, passait par un relais qui le renvoyait sur un satellite, et de là à l'Ouest.

Seulement, les communications ne devaient pas durer plus de quatre secondes, pour éviter que les Allemands de l'Est ne repèrent la source, et donc la planque. Morenz avait bavardé pendant neuf secondes. McCready l'ignorait, mais l'équipe de surveillance audio du SSD avait déjà repéré que l'appel venait des environs de Leipzig quand il avait raccroché. Six secondes de plus,

93

et ils auraient découvert la maison et son occupant. On avait dit à Morenz de n'utiliser le numéro qu'en cas d'extrême urgence, et d'être très bref.

« Il a craqué, dit Johnson. Il a perdu les pédales.

— Nom de Dieu, il pleurait comme un gamin ! s'exclama McCready. Ses nerfs ont complètement lâché. Expliquez-moi quelque chose. Qu'est-ce qu'il pouvait bien vouloir dire par " Je ne voulais pas la tuer " ?

— Il vient de Cologne ? demanda Johnson, songeur.

— Vous le savez très bien. »

En fait Johnson l'ignorait. Il savait seulement qu'il était allé chercher McCready au Holiday Inn de l'aéroport de Cologne. Il n'avait jamais vu Poltergeist. Inutile. Il déplia le journal local et désigna du doigt le deuxième grand article de la une. C'était le papier de Günther Braun paru dans le quotidien de Cologne, qu'avait repris le *Nordbayerischer Kurier*, journal bavarois du Nord imprimé à Bayreuth. L'article était précédé de la mention « Cologne », et son titre annonçait : UNE CALL-GIRL ET SON MAQUEREAU ASSASSINÉS DANS LEUR NID D'AMOUR. McCready le lut, reposa le journal, et tourna un regard morne vers le nord.

« Oh ! Bruno, mon pauvre ami, qu'as-tu donc fait ? »

Cinq minutes plus tard, Archimède téléphonait.

« Nous avons capté la communication, dit l'officier de garde. Alors les autres aussi, j'imagine. Je suis désolé. Il est fichu, non ?

— Quelles nouvelles ? demanda Sam.

— Ils diffusent le nom de Hans Grauber, déclara Archimède. Ils le recherchent partout dans le sud de la Thuringe. Conduite en état d'ivresse, coups et blessures, et vol d'une voiture de police. Il conduisait bien une BMW noire, c'est ça ? Ils l'ont convoyée au garage central du SSD à Erfurt. Apparemment, toutes ses affaires ont été saisies et remises à la Stasi.

— A quelle heure exactement s'est produit l'accident ? » demanda Sam.

L'officier de garde s'entretint brièvement avec quelqu'un.

« Le premier appel au poste d'Iéna a été émis par une voiture de patrouille. Le correspondant devait être le vopo qui n'avait pas été frappé. Il a dit " il y a cinq minutes ", et l'appel a été consigné à 12 h 35.

— Je vous remercie », conclut McCready.

A huit heures, dans le garage d'Erfurt, l'un des mécaniciens découvrit la cache sous la batterie. Autour de lui, trois collègues s'affairaient sur la carcasse de la BMW. Les sièges et les revêtements intérieurs jonchaient le sol, les roues avaient été démontées, et les pneus retournés. Seule restait la carrosserie, et c'est là que le mécano trouva le compartiment secret. Il appela un homme en civil, major du SSD. Ils examinèrent ensemble leur découverte, et le major hocha la tête.

« *Ein Spionwagen* », dit-il (la voiture d'un espion).

Les hommes continuèrent leur travail, bien qu'il ne restât plus grand-chose à faire. Le major monta à l'étage et téléphona au quartier général berlinois du Service de sécurité d'État. Il savait qui demander, et parla directement à l'Abteilung II, le service de *Spionageabwehr* (contre-espionnage), où la situation fut personnellement prise en main par le directeur, le colonel Otto Voss. Il donna d'abord l'ordre que fût apporté à Berlin-Est tout ce qui avait rapport à l'affaire ; puis il exigea que tous ceux qui avaient vu ou simplement entr'aperçu la BMW ou son occupant depuis son entrée sur le territoire, en commençant par les gardes-frontières de la Saale, fussent amenés pour un interrogatoire poussé. Cela inclurait par la suite les employés de l'hôtel de l'Ours brun, les policiers dans la voiture de patrouille qui avaient remarqué la BMW sur l'autoroute, notamment les deux qui avaient fait rater le premier rendez-vous, et ceux qui s'étaient fait voler leur véhicule.

Le troisième ordre de Voss fut d'interdire toute mention de l'affaire sur les canaux radio ou les lignes téléphoniques non brouillées. Après quoi, il décrocha son téléphone intérieur et se fit passer l'Abteilung VI, police de l'air et des frontières.

A dix heures du soir, Archimède contacta McCready pour la dernière fois.

« J'ai bien peur que ce soit foutu, dit l'officier de garde. Non, ils ne lui ont pas encore mis la main dessus, mais ça ne saurait tarder. Apparemment, ils ont dû découvrir quelque chose au garage d'Erfurt. Il y a eu un énorme trafic radio codé, entre Erfurt et Berlin-Est, et un arrêt complet des conversations en clair sur les ondes. Ah oui, tous les points de passage de la frontière sont en état d'alerte rouge : la garde est doublée, les projecteurs sont braqués en permanence. La totale, quoi ! Désolé. »

Même de son point d'observation sur la colline, McCready voyait bien aux pinceaux lumineux des phares que depuis une heure, le nombre de voitures sortant d'Allemagne de l'Est avait considérablement diminué. Ils devaient retenir les véhicules pendant des heures sous les lampes à arc, un kilomètre en amont, pendant qu'ils fouillaient chaque voiture et chaque camion pour s'assurer que même une souris ne leur échapperait pas.

A dix heures trente, Timothy Edwards téléphona.

« Écoutez, Sam, nous sommes tous désolés, mais c'est fini. Revenez à Londres immédiatement.

— Ils ne l'ont pas encore pris. Je dois rester sur place. Je pourrai peut-être l'aider. Rien n'est perdu.

— C'est tout comme ! insista Edwards. Nous devons discuter de choses importantes ici. La perte du colis n'étant pas la moindre. Nos Cousins américains ne sont pas ravis ravis, c'est le moins qu'on puisse dire. Veuillez vous trouver à bord du premier vol partant de Munich ou Francfort, peu importe, le premier qui décolle. »

Ce fut Francfort. Johnson roula toute la nuit pour l'accompagner à l'aéroport, puis ramena la Range Rover et son équipement à Bonn. Il était épuisé. McCready put dormir quelques heures au Sheraton de l'aéroport, avant de prendre le premier vol pour Heathrow le lendemain matin, qui atterrit juste après huit heures, en raison du décalage horaire d'une heure. Denis Gaunt était venu l'accueillir, et le conduisit directement à Century House. Pendant le trajet, McCready lut le dossier contenant les interceptions radio.

Le major Ludmilla Vanavskaïa se leva tôt ce jeudi-là et, faute de disposer d'une salle, fit sa gymnastique dans sa chambre à la caserne du KGB. Son avion ne décollait pas avant midi, mais elle avait l'intention de passer au quartier général pour vérifier une dernière fois l'itinéraire de l'homme qu'elle traquait.

Elle savait qu'il était revenu d'Erfurt à Potsdam avec un convoi la veille au soir, et qu'il avait passé la nuit dans les quartiers des officiers. Ils prenaient tous deux le même vol Potsdam-Moscou à midi. Il avait une place à l'avant, parmi celles que l'on réservait (même sur les vols militaires) aux *vlasti*, aux privilégiés. Elle se faisait passer pour une modeste sténodactylo de l'immense ambassade sise Unter den Linden, le véritable siège du pouvoir (soviétique) en RDA. Ils ne se rencontreraient pas, il ne la remarquerait même pas, mais dès qu'ils pénétreraient dans l'espace aérien soviétique, il serait sous surveillance.

A huit heures, elle entra au quartier général du KGB, à un kilomètre de l'ambassade, et se dirigea vers le bureau des communications. On passerait pour elle un coup de téléphone à

96

Potsdam, afin de s'assurer que l'horaire de l'avion n'avait pas changé. En attendant son renseignement, elle but un café à la même table qu'un jeune lieutenant visiblement épuisé qui n'arrêtait pas de bâiller.

« La nuit a été longue ? demanda-t-elle.

— Ouais. L'équipe de nuit. Les Chleuhs étaient complètement surexcités. »

Il n'utilisa pas le grade de la jeune femme en s'adressant à elle, car elle était en civil. Et le terme qu'il avait employé pour désigner les Allemands de l'Est était peu flatteur. Tous les Russes faisaient de même.

« Pourquoi ? demanda-t-elle.

— Oh, ils ont récupéré une voiture ouest-allemande, et ils ont trouvé un compartiment secret. Je crois qu'elle avait servi à un de leurs agents.

— Ici à Berlin ?

— Non, près d'Iéna.

— Où ça exactement ?

— Écoutez, ma grande, ma journée est terminée. Je vais me coucher. »

Elle le gratifia d'un sourire charmant, ouvrit son sac à main et exhiba sa carte d'identité rouge. Le lieutenant s'arrêta de bâiller et pâlit. La présence d'un major de la Troisième Direction était une très mauvaise nouvelle. Il lui indiqua l'endroit sur une carte accrochée au mur à l'autre bout de la cantine. Elle le laissa partir et continua d'étudier la carte. Zwickau, Gera, Iéna, Weimar, Erfurt... toutes sur la même ligne, la route qu'avait suivie le convoi dans lequel se trouvait sa proie. Hier, Erfurt. Et Iéna se trouvait à vingt-deux kilomètres. C'était proche, sacrément proche.

Dix minutes plus tard, un major soviétique la briefait sur la méthode de travail des Allemands de l'Est.

« L'affaire doit être entre les mains de l'Abteilung II, maintenant, dit-il. Le colonel Voss. C'est lui qui va diriger les opérations. »

Elle utilisa le téléphone du major, fit jouer ses relations et obtint une entrevue au quartier général du SSD à Lichtenberg avec le colonel Voss. A dix heures.

A neuf heures, heure de Londres, McCready prenait place dans la salle de conférences, à l'étage au-dessous du bureau du Chef à Century House. Claudia Stuart, assise en face de lui, le regardait

97

d'un air réprobateur. Chris Appleyard, venu à Londres en avion afin de rapporter lui-même l'ordre de bataille soviétique à Langley, fumait, les yeux au plafond. Il semblait penser : Cette affaire regarde les Rosbifs. Vous l'avez fait foirer, à vous de vous démerder pour la démêler. Timothy Edwards s'assit en bout de table, jouant les arbitres. Il n'y avait qu'un seul point à l'ordre du jour : évaluation des dégâts. Limiter les dégâts, si faire se pouvait, viendrait plus tard. Personne n'avait besoin d'être briefé sur ce qui s'était passé. Ils avaient tous lu le dossier des interceptions radio et les rapports sur la situation.

« Parfait, dit Edwards. Il semblerait que votre Poltergeist ait craqué, et fait échouer la mission. Essayons de voir si nous pouvons sauver les meubles...

— Bon sang, mais pourquoi l'avez-vous envoyé, Sam ? demanda Claudia, exaspérée.

— Vous le savez très bien : parce que vous vouliez que quelqu'un fasse le travail, répondit McCready. Parce que vous ne pouviez pas le faire vous-même. Parce que c'était une mission éclair. Parce qu'on m'a empêché d'y aller moi-même. Parce que Pankratine a insisté pour que ce soit moi. Parce que Poltergeist était le seul remplaçant possible. Et parce qu'il a accepté. Voilà pourquoi !

— Mais il semblerait maintenant, commença Appleyard d'une voix traînante, qu'il venait d'assassiner sa petite prostituée et qu'il était à bout de nerfs. Vous n'avez rien remarqué ?

— Non. Il m'a paru nerveux, mais maître de lui. C'est normal d'être nerveux... jusqu'à un certain point. Il ne m'a pas parlé de ses problèmes personnels, et je ne suis pas devin.

— Le drame, c'est qu'il a vu Pankratine, dit Claudia. Quand la Stasi lui mettra la main dessus et commencera à l'interroger, il parlera. Nous avons donc aussi perdu Pankratine, et Dieu sait les dégâts que son interrogatoire à la Loubianka va causer.

— Où est Pankratine en ce moment ? demanda Edwards.

— Selon son emploi du temps, il embarque à la minute sur un vol militaire Potsdam-Moscou.

— Vous ne pouvez pas le joindre pour le prévenir ?

— Eh non, c'est là le problème. Dès son arrivée, il part une semaine en permission à la campagne avec des collègues militaires. On ne peut pas lui faire parvenir un avertissement urgent avant qu'il revienne à Moscou, si jamais il revient.

98

— Et l'ordre de bataille ? s'enquit Edwards.

— Je pense que Poltergeist l'a sur lui, répondit McCready, attirant ainsi toute leur attention.

— Pourquoi ça ? demanda Appleyard, qui s'arrêta de fumer.

— A cause de l'horaire. Le rendez-vous était à midi. Supposons qu'il ait quitté l'aire de repos vers midi vingt. L'accident a eu lieu à midi trente. Soit dix minutes pour faire les huit kilomètres au-delà d'Iéna. Je crois que si le manuel avait encore été dans le compartiment sous la batterie, Poltergeist aurait accepté malgré son état les conséquences de sa conduite en état d'ivresse. Il aurait passé la nuit au trou et payé l'amende. Les vopos n'auraient sans doute pas fouillé la voiture de fond en comble.

» Si le manuel était resté dans la BMW, je pense que nos interceptions auraient laissé passer l'excitation des policiers. Le SSD aurait été contacté dans les dix minutes, pas deux heures après. Donc j'imagine qu'il l'a sur lui, peut-être sous sa veste. Voilà pourquoi il ne pouvait pas se laisser emmener au poste. Pour une prise de sang, on lui aurait fait ôter sa veste. Alors il s'est enfui. »

Il y eut un silence de plusieurs minutes.

« Donc, on en revient à Poltergeist, dit Edwards (tout le monde connaissait à présent le véritable nom de l'agent, mais ils préféraient continuer à utiliser son nom de code opérationnel). Il doit bien être quelque part. Où pourrait-il aller ? Il a des amis là-bas ? Une maison sûre ? Quelque chose ?

— Il y a une planque à Berlin-Est, répondit McCready en secouant la tête. Il la connaît depuis longtemps. Mais j'ai essayé et personne ne répond. Dans le Sud, il ne connaît personne. Il n'y est jamais allé.

— Il pourrait se cacher dans la forêt, non ? demanda Claudia.

— La région ne s'y prête pas. Ce n'est pas comme dans le Harz, avec ces forêts très touffues. Là, ce sont des champs à perte de vue, avec des petites villes, des villages, des hameaux, des fermes…

— Pas le coin rêvé pour un fugitif d'âge mûr qui perd les pédales, commenta Appleyard.

— Alors il est foutu, dit Claudia. Lui, l'ordre de bataille, et Pankratine. Bravo !

— J'ai bien peur que vous n'ayez raison, approuva Edwards. La police populaire va utiliser ses tactiques de saturation. Barrages routiers dans la moindre rue, le moindre chemin. S'il n'a pas d'endroit où se cacher, il sera pris avant midi, je le crains. »

La réunion se termina sur cette note pessimiste. Après le départ des Américains, Edwards retint McCready qui se dirigeait vers la porte.

« Sam, je sais que c'est sans espoir, mais restez sur l'affaire, vous voulez bien ? J'ai demandé à la section est-allemande de Cheltenham d'intensifier son écoute et de vous prévenir dès qu'ils auront du nouveau. Quand les autres tiendront Poltergeist, ce qui arrivera tôt ou tard, je veux le savoir immédiatement. Il faudra trouver un moyen pour apaiser les Cousins, mais je ne vois vraiment pas lequel. »

De retour à son bureau, McCready se laissa tomber dans son fauteuil, complètement abattu. Il décrocha le téléphone et contempla fixement le mur.

S'il avait été alcoolique, il se serait réfugié dans la boisson. S'il n'avait pas arrêté de fumer depuis des années, il se serait réfugié dans le tabac.

Il avait échoué, et le savait. Quoi qu'il ait dit à Claudia au sujet de la pression qu'on lui avait fait subir, la décision d'envoyer Morenz avait quand même été la sienne, au bout du compte. Une mauvaise décision.

Il avait perdu l'ordre de bataille, et sans doute grillé Pankratine. Il eût été surpris de savoir qu'il était le seul dans le bâtiment à considérer ces pertes comme secondaires par rapport à la responsabilité qu'il avait prise.

Pour lui, le pire était d'avoir envoyé un ami à une mort certaine, après arrestation et interrogatoire, parce qu'il n'avait pas réussi à repérer les signaux d'alarme qui maintenant lui semblaient si clairs. Morenz n'était pas en état de partir. Il avait accepté pour ne pas décevoir son ami Sam McCready.

Le Manipulateur savait à présent, mais trop tard, que pour le restant de ses jours, au petit matin quand le sommeil ne vient pas, il reverrait le visage décomposé de Bruno Morenz dans la chambre d'hôtel.

Il essaya de chasser ce sentiment de culpabilité, et se demanda ce qui peut bien se passer dans la tête d'un homme dont les nerfs lâchent. Personnellement il n'avait jamais assisté à ce genre de crise. Où en était Bruno Morenz, de ce point de vue ? Comment réagirait-il à la situation ? Avec logique ? Ou de façon irrationnelle ? Il téléphona au psychiatre consultant du Service, un éminent praticien familièrement surnommé « le Psy », qu'il finit par joindre à son cabinet de Wimpole Street. Le Dr Alan Carr lui dit qu'il était pris toute la matinée, mais serait ravi de le retrouver pour un déjeuner/consultation. McCready fixa le rendez-vous à une heure à l'hôtel Montcalm.

A dix heures précises, le major Ludmilla Vanavskaïa passa la porte principale du quartier général du SSD au 22, Normannen-strasse, et se fit conduire au quatrième étage, qu'occupait l'Abteilung II, *Spionageabwehr*. Le colonel Voss l'attendait. Il la fit entrer dans son bureau privé et lui indiqua le fauteuil faisant face à sa table de travail. Il s'assit et demanda qu'on leur apporte du café. Quand l'ordonnance eut quitté la pièce, il demanda poliment : « Que puis-je faire pour vous, camarade major ? »

Il était curieux de connaître la raison de cette visite, en cette journée qui allait être fort chargée. Mais la requête lui en avait été faite par le général en chef du QG du KGB, et le colonel Voss savait parfaitement qui tirait les ficelles en République démocratique allemande.

« Vous vous occupez d'une affaire dans la région d'Iéna, commença Vanavskaïa. Un agent ouest-allemand, qui s'est enfui après un accident et a laissé sa voiture sur place. Pourriez-vous me fournir les derniers détails ? »

Voss lui communiqua les éléments ne figurant pas dans le rapport de situation que la Russe avait déjà lu.

« Supposons..., commença Vanavskaïa quand il eut fini. Sup-posons que cet agent, Grauber, soit venu récupérer ou livrer quelque chose... A-t-on trouvé quoi que ce soit dans le compar-timent secret qui pourrait être ce qu'il apportait ou essayait de faire sortir ?

— Non, absolument rien. Tous ses papiers personnels concernaient sa couverture. La cache était vide. S'il est venu effectuer une livraison, il l'avait déjà faite. S'il est venu en prendre une, il ne l'avait pas encore reçue.

— Ou le document est encore en sa possession.

— Peut-être. Nous le saurons quand nous l'interrogerons. Puis-je vous demander pourquoi vous vous intéressez à cette affaire ?

— Il y a une possibilité, minime j'avoue, qu'une affaire sur laquelle je travaille se recoupe avec la vôtre... », fit-elle en pesant savamment ses mots.

Sous son masque impassible, Otto Voss se réjouissait. Ainsi, cette jolie fouine russe soupçonnait l'Allemand de l'Ouest de s'être trouvé à l'Est pour prendre contact avec une source soviétique et non avec un traître est-allemand. Intéressant.

« Avez-vous une bonne raison de croire que Grauber venait effectuer un contact personnel, ou simplement relever une boîte aux lettres morte, colonel ?

— Nous pensons qu'il s'agissait d'un rendez-vous, répondit Voss. L'accident s'est produit à midi et demi hier, mais il avait en fait passé la frontière à onze heures mardi. S'il était simplement venu déposer ou récupérer un paquet dans une boîte aux lettres morte, ça ne lui aurait pas pris vingt-quatre heures. Il aurait eu le temps de le faire avant mardi soir. Or il a passé la nuit à l'Ours brun d'Iéna. Nous supposons donc qu'il est venu pour un contact personnel. »

Vanavskaïa jubilait. Une rencontre personnelle, quelque part dans la région d'Iéna et Weimar, sans doute sur une route, une route qu'avait parcourue exactement à la même heure l'homme qu'elle traquait. C'est toi qu'il est venu rencontrer, mon salaud.

« Vous avez identifié Grauber ? demanda-t-elle. Ce n'est sûrement pas son vrai nom. »

Le triomphe modeste, Voss ouvrit un dossier et lui passa un portrait-robot réalisé à partir des indications des deux policiers d'Iéna, des deux autres qui avaient aidé Grauber à resserrer un écrou à l'ouest de Weimar, et des employés de l'Ours brun. Il était excellent. Sans un mot, Voss lui passa ensuite une photographie grand format. Les deux étaient identiques.

« Il s'appelle Morenz, dit Voss. Bruno Morenz. Officier de carrière à plein temps au BND basé à Cologne. »

Vanavskaïa fut étonnée. C'était donc une opération ouest-allemande. Elle avait toujours cru que son homme travaillait pour la CIA ou les Anglais.

« Vous ne l'avez pas encore pris ?

— Non, major. J'avoue que ce contretemps me surprend. Mais nous l'aurons. Nous avons retrouvé tard hier soir la voiture de police abandonnée. Les rapports signalent que le réservoir avait été percé par une balle. La voiture n'a pas pu rouler plus de dix à quinze minutes après le vol. On l'a retrouvée là, près d'Apolda, juste au nord d'Iéna. Donc, notre homme est à pied, et nous avons son signalement précis : grand, costaud, cheveux grisonnants, porte un imperméable froissé. Il n'a pas de papiers, il a un accent rhénan, et il n'est pas en bonne forme physique. Il va se remarquer comme le nez au milieu de la figure.

— Je veux assister à son interrogatoire, dit Vanavskaïa qui

avait l'estomac solide, et n'en était pas à la première séance du genre.

— Si c'est une requête officielle du KGB, j'y satisferai, bien évidemment.

— Ce sera officiel, affirma Vanavskaïa.

— Alors restez dans les parages, major. Nous aurons sans doute notre homme avant la mi-journée. »

Le major Vanavskaïa retourna à l'immeuble du KGB, annula son vol au départ de Potsdam, et utilisa une ligne sûre pour contacter le général Chaliapine, qui accepta son plan.

A midi, un avion-cargo Antonov 32 des forces aériennes soviétiques décollait de Potsdam, avec à son bord le général Pankratine et d'autres officiers haut gradés de l'armée de Terre ou de l'Air retournant à Moscou. Au fond, avec les sacs postaux, se trouvaient des sous-officiers. Mais aucune « secrétaire » en tailleur sombre travaillant à l'ambassade n'était sur ce vol.

Le Dr Carr dégustait son cocktail d'avocat au melon.

« Il s'agit sûrement de ce que nous appelons un état dissociatif, un épisode crépusculaire ou un voyage pathologique... », dit-il.

Il avait écouté attentivement la description que McCready lui avait faite d'un inconnu apparemment victime d'une très grave dépression nerveuse. Il n'avait rien appris, ni demandé, au sujet de la mission qu'accomplissait cet homme, ni sur l'endroit où avait eu lieu cette dépression, hormis le fait que c'était en territoire ennemi. Un serveur vint emporter les assiettes vides, et préparer les filets de sole.

« Dissociatif de quoi ? demanda McCready.

— De la réalité, évidemment, répondit le docteur Carr. C'est un des symptômes classiques de ce genre de syndrome. Il se peut qu'il ait déjà présenté un certain manque de lucidité avant le stade final. »

Et comment ! pensa McCready. Se persuader qu'une prostituée superbe était vraiment tombée amoureuse de lui, et qu'il pouvait commettre impunément un double meurtre !

« Un voyage pathologique, c'est une fuite, continua le docteur Carr en prenant une bouchée fondante de sole meunière. S'échapper de la réalité, surtout quand elle est dure et pénible. A mon avis, votre homme doit être en mauvais état à l'heure actuelle.

— Mais qu'est-ce qu'il va faire ? s'enquit McCready. Où va-t-il aller ?

« — Il va chercher un refuge, un endroit où il se sent en sécurité, où il peut se cacher, où tous ses problèmes disparaîtront et où les gens le laisseront en paix. Il se peut même qu'il fasse une régression infantile. J'ai eu un patient qui avait beaucoup de problèmes. Il s'est réfugié dans son lit, a pris la position fœtale, a sucé son pouce, et n'a plus bougé. Il refusait d'en sortir. Sa petite enfance, quoi. La sécurité, la tranquillité. Plus de problèmes. Excellente sole, au fait. Oui, je reprendrais bien un peu de Meursault... Merci. »

Tout cela est bien joli, songea McCready, mais Bruno Morenz n'a aucun sanctuaire où se réfugier. Né et élevé à Hambourg, en poste à Berlin, Munich et Cologne, il ne connaît aucun lieu sûr près d'Iéna ou Weimar.

« Et s'il n'a aucun endroit où aller ? demanda-t-il en reservant du vin.

— Dans ce cas, j'imagine qu'il va errer, dans un état second, incapable de s'en sortir tout seul. D'après mon expérience, si par hasard il a un refuge, il agira de façon rationnelle pour s'y rendre. Mais sinon, ils l'auront. Ils l'ont déjà, sans doute. Au plus tard, ce sera ce soir... », ajouta-t-il avec un haussement d'épaules.

Ce ne fut pourtant pas le cas. Au fil de l'après-midi, la fureur et la frustration du colonel Voss s'intensifièrent. Cela dura vingt-quatre heures, puis trente. La police, secrète ou régulière, surveillait chaque coin de rue, chaque barrage routier dans la région d'Apolda, Iéna et Weimar. Mais le grand Allemand de l'Ouest exténué, malade, affolé et désorienté s'était purement et simplement évaporé.

Voss arpenta son bureau de Normannenstrasse toute la nuit ; Vanavskaïa resta assise au bord de son lit de camp dans les quartiers réservés aux femmes célibataires de la caserne du KGB ; des techniciens veillèrent, l'oreille collée à leurs récepteurs radio à Schloss Löwenstein et Cheltenham ; sur toutes les routes et tous les chemins du sud de la Thuringe, les faisceaux lumineux des torches électriques enjoignaient aux véhicules de s'arrêter ; McCready but tasse après tasse de café noir dans son bureau de Century House. Tout ça... pour rien. Bruno Morenz avait bel et bien disparu.

Chapitre cinq

Le major Vanavskaïa n'arrivait pas à dormir. Elle essaya, mais resta allongée dans l'obscurité les yeux ouverts, à se demander comment diable les Allemands de l'Est, pourtant si réputés pour leur contrôle efficace de la population, pouvaient perdre un homme comme Morenz dans une région de trente-cinq kilomètres carrés. Avait-il fait de l'auto-stop ? Volé une bicyclette ? Se terrait-il encore dans un fossé ? Mais que foutaient donc les vopos sur place ?

A trois heures du matin, elle s'était convaincue que quelque chose manquait, une petite pièce du puzzle. Comment un fuyard paniqué réussissait-il à ne pas se faire repérer dans un petit périmètre grouillant d'hommes de la police populaire ?

A quatre heures, elle se leva et retourna dans les locaux du KGB, où elle dérangea l'équipe de nuit en leur réclamant une ligne sûre afin de joindre le quartier général du SSD. L'ayant obtenue, elle parla au colonel Voss, qui n'avait pas quitté son bureau de la nuit.

« Cette photo de Morenz, elle est récente ? demanda-t-elle.

— Elle remonte à un an environ, répondit Voss sans comprendre.

— Où l'avez-vous obtenue ?

— Par la HVA », répondit-il, avant que Vanavskaïa le remercie et raccroche.

Mais bien sûr, la HVA *(Haupt Verwaltung Aufklärung)*, l'Agence de renseignements est-allemande à l'étranger, qui pour des raisons linguistiques évidentes avait surtout organisé des réseaux en Allemagne de l'Ouest... Ce service était dirigé par le colonel-général Marcus Wolf, que même le KGB tenait en haute estime, malgré sa réputation de mépriser les services de renseignements des pays satellites. Marcus « Mischa » Wolf avait réussi des coups brillants contre les Allemands de l'Ouest, en particulier la manipulation de la secrétaire personnelle du chancelier Brandt. Vanavskaïa téléphona au chef régional de la Troisième Direction, qu'elle réveilla, et lui présenta sa requête, en mentionnant le nom du général Chaliapine, véritable sésame. Le colonel répondit qu'il allait voir ce qu'il pourrait faire. Il la rappela une demi-heure plus tard. « Apparemment, le général Wolf est un lève-tôt, lui dit-il. Vous avez rendez-vous à son bureau à six heures. »

A cinq heures ce matin-là, le service cryptographique du GCHQ à Cheltenham achevait de décoder la masse de papiers relativement banals accumulés au cours des dernières vingt-quatre heures. Ils seraient ensuite transmis par un réseau terrestre très sûr à une série de destinataires, notamment le SIS à Century House, le MI-5 dans Curzon Street, et le ministère de la Défense à Whitehall. Copie serait faite de la plupart des messages, s'ils présentaient un intérêt quelconque pour deux, voire trois, de ces services. Les renseignements urgents suivaient des canaux beaucoup plus rapides, mais pour transmettre à Londres des informations de moindre importance, le petit matin offrait l'avantage de réseaux moins encombrés.

Le lot du jour comprenait un message envoyé le mercredi soir de Pullach au représentant du BND à l'ambassade de RFA. L'Allemagne était et reste un allié apprécié et respecté de la Grande-Bretagne. Aucune malveillance, donc, dans le fait que Cheltenham intercepte et décode un message confidentiel envoyé par un de ses alliés à sa propre ambassade. Le code avait été discrètement brisé quelque temps auparavant. Aucune malveillance, simple travail de routine. Ce message-là fut communiqué au MI-5 et au bureau de l'OTAN à Century House, chargé de la liaison avec tous les alliés de la Grande-Bretagne hormis la CIA, qui disposait d'un service de liaison indépendant.

Le chef du bureau de l'OTAN avait été le premier à attirer l'attention d'Edwards sur le fait potentiellement gênant que McCready contrôle à titre personnel un officier du BND allié. Mais il restait néanmoins un ami de McCready. Quand il vit le message allemand à dix heures ce matin-là, il résolut d'en faire part à son ami Sam, au cas où... mais n'en eut pas le temps avant la mi-journée.

A six heures, le major Vanavskaïa fut introduite dans le bureau de Marcus Wolf, deux étages au-dessus de celui du colonel Voss. Le maître-espion est-allemand détestait l'uniforme, et portait donc un costume sombre de bonne coupe. Il préférait également le thé au café, et se faisait envoyer un mélange particulièrement savoureux de chez Fortnum and Mason à Londres. Il en offrit une tasse au major soviétique.

« Camarade général, cette photo récente de Bruno Morenz venait de vous ? »

Mischa Wolf l'observa longuement par-dessus le bord de sa tasse. Même s'il avait des sources, des atouts, au sein des hautes sphères ouest-allemandes, ce qui était le cas, il n'allait pas le confirmer à cette étrangère.

« Pourriez-vous obtenir une copie du curriculum vitae de Morenz ? demanda-t-elle.

— A quelle fin ? » demanda Marcus Wolf d'une voix douce après avoir étudié cette demande.

Elle le lui expliqua. En détail. Et en violant certaines règles.

« Je sais bien qu'il ne s'agit que de soupçons, dit-elle. Rien de solide. Le sentiment que quelque chose manque dans le tableau. Peut-être un événement de sa vie passée. »

Wolf approuva. Il aimait ce genre de raisonnement. Certains de ses plus grands succès étaient nés d'intuitions, du sentiment que l'ennemi avait un talon d'Achille qu'il lui fallait découvrir. Il se leva, se dirigea vers un classeur et en sortit une liasse de huit feuillets, sans un mot. C'était l'histoire de la vie de Bruno Morenz, venue tout droit de Pullach, celle-là même que Lothar Herrmann avait compulsée le mercredi après-midi. Vanavskaïa poussa un soupir admiratif. Wolf sourit.

Si Marcus Wolf avait une spécialité dans le monde de l'espionnage, ce n'était pas tant de suborner et calomnier des hauts fonctionnaires ouest-allemands (quoique cela arrivât) que de placer auprès de ces grosses légumes une respectable secrétaire, vieille fille, d'une moralité irréprochable, et blanchie par la Sécurité. Il savait qu'une secrétaire privée voit tout ce que voit son maître, et parfois davantage.

Au fil des années, l'Allemagne de l'Ouest avait été ébranlée par une série de scandales : les secrétaires personnelles de plusieurs ministres, hauts fonctionnaires ou fournisseurs d'armes avaient été arrêtées par le BfV ou s'étaient discrètement enfuies à l'Est. Un jour, Wolf le savait bien, il devrait faire sortir Fräulein Erdmute Keppel du BND de Cologne pour la renvoyer dans sa RDA bien-aimée. Jusque-là, comme d'habitude, elle arriverait au bureau une heure avant Dieter Aust pour copier tout document intéressant, dont le dossier personnel de chaque employé. Comme d'habitude.

pendant l'été, elle déjeunerait dans le calme du parc, mangerait son sandwich salade très proprement, donnerait quelques miettes de pain aux pigeons, et jetterait l'emballage vide dans la poubelle la plus proche, où il serait récupéré quelques instants plus tard par le monsieur qui promenait son chien. En hiver, comme d'habitude elle déjeunerait dans la douce chaleur du café, et déposerait son journal dans la corbeille près de la porte, où le balayeur le ramasserait.

Quand elle repasserait à l'Est, Fräulein Keppel aurait droit à une réception officielle, un accueil personnel du ministre de la Sécurité Erich Mielke, voire du chef du Parti Erich Honecker en personne. Et en prime, une médaille, une pension confortable, et une jolie maison de retraite près des lacs de Fürstenwalde.

Évidemment, même Marcus Wolf n'était pas devin. Il ne pouvait prévoir qu'en 1990, la RDA aurait cessé d'exister, que Mielke et Honecker seraient déchus de leurs fonctions, que lui-même serait à la retraite et écrirait ses mémoires pour une somme rondelette, et que Erdmute Keppel passerait la fin de ses jours en Allemagne de l'Ouest, dans une retraite nettement moins confortable que celle prévue à Fürstenwalde.

Le major Vanavskaïa leva les yeux.

« Il a une sœur, dit-elle.

— Oui. Vous pensez qu'elle sait quelque chose ?

— C'est dans le domaine du possible. Si seulement je pouvais aller la voir...

— A condition d'obtenir l'autorisation de vos supérieurs, souffla gentiment Wolf. Hélas, vous ne travaillez pas sous mes ordres.

— Mais si je l'obtenais, il me faudrait une couverture. Qui ne soit ni russe ni est-allemande.

— J'ai quelques " légendes " prêtes à servir, bien sûr, fit Wolf avec un haussement d'épaules modeste. Cela fait partie de notre étrange métier. »

Un vol LOT 104 polonais faisait escale à l'aéroport de Berlin-Schönefeld à dix heures du matin. On retarda son départ de dix minutes pour permettre à Ludmilla Vanavskaïa de monter à bord. Comme l'avait fait remarquer Wolf, elle parlait correctement allemand, mais pas suffisamment bien. A Londres, il y avait peu de chances qu'elle rencontre des gens parlant polonais. Elle avait donc les papiers d'une institutrice polonaise allant rendre visite à un parent. La Pologne avait un régime fort libéral...

L'avion polonais atterrit à onze heures, gagnant une heure grâce au décalage horaire. Le major Vanavskaïa passa le contrôle des passeports et la douane en moins de trente minutes, donna deux coups de téléphone depuis une cabine publique dans l'aérogare 2 et prit un taxi jusqu'à un quartier de Londres appelé Primrose Hill.

Le téléphone sur le bureau de Sam McCready sonna à midi. Il venait de raccrocher après une nouvelle conversation avec Cheltenham. Réponse : toujours rien. Quarante-huit heures, et Morenz était encore en cavale. Cette fois-ci, le correspondant était l'homme du bureau de l'OTAN à l'étage au-dessous.

« Il y a un mémo qui est arrivé par le sac du matin, dit-il. Ce n'est peut-être rien d'intéressant, auquel cas vous le jetez à la poubelle. De toute façon, je vous l'envoie par coursier. »

Le document arriva cinq minutes plus tard. Quand il le vit, ainsi que l'heure indiquée dessus, McCready poussa un juron.

La règle du cloisonnement dans le monde du secret fonctionne normalement à la perfection. Ceux qui n'ont pas besoin de savoir certaines choses pour remplir leurs fonctions ne les apprennent jamais. Ainsi, en cas de fuite délibérée ou involontaire, les dégâts sont relativement limités. Mais parfois, le système se retourne contre lui-même. Une information susceptible de changer le cours des événements n'est pas communiquée parce que personne n'en voit l'utilité.

La station d'écoute Archimède dans le massif du Harz et les Oreilles de la section Allemagne de l'Est à Cheltenham avaient reçu l'ordre de transmettre sans délai le moindre détail à McCready. Les mots « Grauber » et « Morenz », notamment, étaient déclencheurs de communication immédiate. Mais personne n'avait eu l'idée d'alerter ceux qui étaient à l'écoute du trafic diplomatique et militaire des alliés.

Le message qu'il avait entre les mains était daté du mercredi à 16 h 22. Il disait :

« Ex-Herrmann.
Pro-Fietzau.
Très urgent. Contacter Mrs A. Farquarson, née Morenz, supposée vivre à Londres stop. Demander si elle a vu son frère ou reçu nouvelles ces quatre derniers jours. Terminé. »

Il ne m'a jamais dit qu'il avait une sœur à Londres. Il ne m'a même jamais dit qu'il avait une sœur ! songeait McCready. Il commença à se demander ce que son ami Bruno lui avait caché

109

d'autre sur son passé. Il prit un annuaire téléphonique sur une étagère et chercha le nom de Farquarson.

Heureusement, ce n'était pas un nom très courant. Smith eût été une autre paire de manches. Il y avait quatorze Farquarson, mais pas de « Mrs A. ». Il téléphona à tous, l'un après l'autre. Sur les sept premiers, cinq lui répondirent qu'ils ne connaissaient pas de Mrs A. Farquarson, et deux étaient absents. Il eut de la chance au huitième appel. La ligne appartenait à Robert Farquarson. Ce fut une femme qui répondit.

« Oui, ici Mrs Farquarson. »

Une petite pointe d'accent allemand ?

« Mrs A. Farquarson ?

— Oui, fit-elle, apparemment sur la défensive.

— Excusez-moi de vous déranger, madame. J'appartiens au Service de l'immigration de Heathrow. Auriez-vous par hasard un frère du nom de Bruno Morenz ?

— Est-il là ? s'enquit-elle après un long silence. A Heathrow ?

— Je n'ai pas le droit de vous le dire, madame. A moins que vous ne soyez sa sœur.

— Oui, je suis Adelheid Farquarson. Bruno Morenz est mon frère. Puis-je lui parler ?

— Pas maintenant, désolé. Puis-je vous retrouver chez vous, disons dans un quart d'heure ? C'est très important.

— Très bien, je ne bouge pas. »

McCready commanda une voiture du Service avec chauffeur, et se précipita au garage.

Il arriva dans un grand studio au dernier étage d'une villa de solide construction édouardienne derrière Regent's Park Road. En haut de l'escalier, il sonna à la porte. Mrs Farquarson l'accueillit en blouse de peintre, et le fit entrer dans un atelier encombré de tableaux sur des chevalets et d'esquisses éparpillées sur le sol.

Elle était belle, avec des cheveux gris comme son frère. McCready supposa qu'elle avait largement dépassé la cinquantaine, et qu'elle était donc plus âgée que Bruno. Elle dégagea un coin, lui offrit un fauteuil, et le regarda droit dans les yeux. McCready remarqua deux tasses à café sur une table. Toutes deux vides. Il réussit à en effleurer une pendant que Mrs Farquarson s'asseyait. La tasse était encore chaude.

« Que puis-je faire pour vous, monsieur... ?

— Jones. Je voudrais vous poser quelques questions concernant votre frère, Herr Bruno Morenz.

— Pourquoi ?

— Cela concerne le Service de l'immigration.

— Vous mentez, monsieur Jones.

— Vraiment ?

— Oui, car mon frère ne vient pas ici. Et s'il le souhaitait, il n'aurait aucun problème avec l'Immigration. C'est un citoyen ouest-allemand. Vous êtes de la police ?

— Non, madame. Mais je suis un ami de Bruno. De longue date. Nous nous sommes connus il y a très longtemps. Je vous demande de me croire, parce que c'est la stricte vérité.

— Il a des ennuis, c'est ça ?

— Oui, j'en ai bien peur. J'essaie de l'aider, dans la mesure de mes moyens. Ce n'est pas facile.

— Qu'a-t-il fait ?

— Apparemment, il a assassiné sa maîtresse à Cologne. Et il s'est enfui. Il a réussi à me faire passer un message, où il disait que ce n'était pas voulu. Et puis il a disparu. »

Elle se leva, alla jusqu'à la fenêtre et laissa errer son regard sur la verdure de cette fin d'été dans Primrose Hill Park.

« Oh Bruno ! Pauvre idiot ! Mon pauvre frère, tu dois avoir si peur. »

Elle se retourna, faisant face à McCready.

« Un homme de l'ambassade allemande est venu ici hier matin, reprit-elle. Il avait déjà appelé mercredi soir, mais j'étais sortie. Il ne m'a pas dit la même chose que vous... Il m'a juste demandé si j'avais eu des nouvelles de Bruno. J'ai répondu que non, car c'est vrai. Je ne peux pas vous aider non plus, monsieur Jones. Vous en savez sans doute plus que moi, s'il vous a fait passer un message. Savez-vous où il est parti ?

— Là est le problème. Je crois qu'il a traversé la frontière. Qu'il est passé en Allemagne de l'Est. Quelque part dans la région de Weimar. Peut-être pour aller chez des amis. Mais autant que je sache, il n'a jamais mis les pieds dans cette région auparavant.

— Comment ça ? demanda-t-elle, l'air intriguée. Il a vécu là-bas pendant deux ans. »

McCready demeura impassible, cachant sa stupeur.

« Je suis désolé. Je l'ignorais. Il ne m'en a jamais parlé.

— Oh, c'est normal. Il détestait cet endroit. Ce furent les deux années les plus tristes de sa vie. Il refuse d'en parler.

— Je croyais que votre famille était de Hambourg. Qu'il y était né et y avait grandi.

— En effet. Nous en sommes partis en 1943, quand Hambourg

111

a été détruite par la RAF. Le grand bombardement Fire Storm. Vous en avez entendu parler ? »

McCready hocha la tête. Il avait cinq ans à l'époque. La Royal Air Force avait soumis le centre de Hambourg à un pilonnage si intense que de terribles incendies s'étaient déclarés, aspirant l'oxygène des faubourgs, provoquant un enfer de flammes et une telle élévation de la température que l'acier avait fondu et les blocs de béton avaient explosé comme des bombes. Ce cataclysme avait ravagé la ville entière.

« Bruno et moi sommes devenus orphelins cette nuit-là. »

Elle s'arrêta, son regard lointain ne voyant pas McCready mais les flammes dévastant la ville où elle était née, réduisant en cendres ses parents, ses amis, ses camarades d'école, toute sa vie. Au bout de quelques secondes, elle sortit de sa rêverie et se remit à parler, avec cette voix calme qui gardait une légère pointe d'accent allemand.

« Après, les autorités nous ont pris en charge, et nous avons été évacués. J'avais quinze ans, Bruno dix. On nous a séparés. On m'a placée dans une famille près de Göttingen. Bruno a été envoyé chez un fermier près de Weimar.

» Après la guerre, je l'ai recherché, et la Croix-Rouge nous a aidés à nous retrouver. Nous sommes retournés à Hambourg. Je me suis occupée de lui. Mais il ne parlait presque jamais de Weimar. Je me suis mise à travailler à la cantine de la NAAFI britannique, pour pouvoir faire vivre Bruno. Les temps étaient durs, vous savez.

— Oui, je suis désolé, approuva McCready.

— C'était la guerre, commenta-t-elle avec un haussement d'épaules. Enfin, en 1947, j'ai rencontré un sergent anglais, Robert Farquarson. Nous nous sommes mariés, et nous sommes venus nous installer ici. Il est mort il y a huit ans. Quand nous avons quitté Hambourg en 1948, Robert et moi, Bruno s'est trouvé un stage à plein temps dans une entreprise qui fabriquait des lentilles optiques. Je ne l'ai revu que trois ou quatre fois, mais pas depuis dix ans.

— Avez-vous raconté tout ça à l'homme de l'ambassade ?

— Herr Fietzau ? Non, il ne m'a pas posé de questions sur l'enfance de Bruno. Mais je l'ai dit à la dame.

— Quelle dame ?

— Elle est partie il y a une heure à peine. La dame du service des retraites.

— Des retraites ?

112

— Oui. Elle a dit que Bruno travaillait dans le verre optique, pour une compagnie du nom de BKI à Würzburg. Mais apparemment, BKI appartient à Pilkington Glass en Angleterre, et comme la retraite de Bruno approche, elle avait besoin de connaître certains détails de sa vie pour la reconstitution de sa carrière. Elle n'était pas envoyée par les employeurs de Bruno ?

— J'en doute. Elle doit plutôt appartenir à la police ouest-allemande. J'ai bien peur qu'ils recherchent Bruno eux aussi, mais pas pour l'aider.

— Je suis désolée. Je me suis comportée comme une idiote.

— Vous ne pouviez pas savoir, madame Farquarson. Parlait-elle un bon anglais ?

— Oui, parfait. Avec un très léger accent, peut-être bien polonais. »

McCready ne se faisait aucune illusion sur le pays d'origine de la dame. Il y avait d'autres chasseurs sur la piste de Bruno Morenz, et en nombre, mais seuls McCready et un autre groupe connaissaient BKI de Würzburg. Il se leva.

« Essayez de vous souvenir du peu qu'il vous a dit sur ces années après la guerre. Y a-t-il quelqu'un, qui que ce soit, vers qui il pourrait se tourner en cas d'ennui ? Pour trouver refuge ? »

Elle réfléchit longuement, fouillant dans sa mémoire.

« Il y avait un nom qu'il mentionnait, une personne qui avait été gentille avec lui. Son institutrice. Fräulein... Zut...! Fräulein Neuberg... Non, ça y est, je me souviens, Fräulein Neumann. Voilà. Neumann. Bien sûr, elle doit être morte maintenant. C'était il y a quarante ans.

— Une dernière chose, madame Farquarson. Avez-vous fourni ce détail à la dame de la compagnie de verre optique ?

— Non, je viens juste de m'en souvenir. Je lui ai seulement dit que Bruno avait passé deux ans comme réfugié dans une ferme à moins de quinze kilomètres de Weimar. »

De retour à Century House, McCready emprunta un annuaire téléphonique de Weimar au bureau est-allemand. Il y trouva plusieurs Neumann, mais un seul précédé de la mention « Frl », l'abréviation de Fräulein. Une vieille fille. Une adolescente n'aurait pas un appartement et une ligne téléphonique personnels, pas en RDA. En revanche, une célibataire d'un certain âge qui travaillait encore, oui. C'était hasardeux, très hasardeux... McCready aurait pu demander à un des agents du bureau est-allemand infiltrés de l'autre côté du Mur de téléphoner. Mais la Stasi était partout, mettait tout sur écoute. La simple question :

« Avez-vous été l'institutrice d'un petit garçon du nom de Morenz, et est-il venu vous voir récemment ? » pouvait tout faire rater. Il se rendit à la section de Century House spécialisée dans la préparation de cartes d'identité très fausses.

Il téléphona en vain à British Airways, mais eut du succès auprès de Lufthansa, qui proposait un vol à 17 h 15 pour Hanovre. McCready demanda à Denis Gaunt de le conduire une fois de plus à Heathrow.

On a beau faire, on ne peut jamais tout prévoir. Le vol de la compagnie polonaise pour Varsovie via Berlin-Est devait décoller à 15 h 30. Quand le pilote mit en marche ses systèmes de navigation, un signal rouge s'alluma. Il s'agissait seulement d'un solénoïde défectueux, mais cela retarda le décollage jusqu'à dix-huit heures. Dans le hall des départs, le major Ludmilla Vanav-skaïa jeta un coup d'œil aux écrans d'information sur les vols, remarqua un retard pour « raisons techniques », jura intérieurement et se replongea dans son livre.

McCready quittait son bureau quand le téléphone sonna. Il hésita à répondre, puis se ravisa. Cela pouvait être important. C'était Edwards.

« Sam, un type qui travaille aux Vrais-Faux Papiers vient de me parler. Ecoutez-moi bien, Sam, vous n'avez pas, je répète, absolument pas, mon autorisation pour aller en RDA. Est-ce clair ?

— Absolument, Timothy, vous ne pourriez être plus clair.

— Parfait », lâcha le chef adjoint avant de raccrocher.

Gaunt avait entendu la voix à l'autre bout du fil, et tout ce qu'elle avait dit.

McCready commençait à bien aimer Gaunt, qui faisait partie du Bureau depuis six mois seulement, mais se révélait brillant, fiable et capable de se taire. En faisant le tour du rond-point Hogarth, et tout en se faufilant habilement dans la circulation dense du vendredi après-midi sur la route de Heathrow, Gaunt décida de délier sa langue.

« Sam, je sais que vous vous êtes plus d'une fois retrouvé sur la corde raide, mais là, vous êtes sur la liste noire en Allemagne de l'Est, et le patron vous a interdit d'y retourner.

— Me l'interdire est une chose, m'en empêcher en est une autre. »

En traversant le hall des départs de l'aérogare 2 pour attraper son vol Lufthansa vers Hanovre, il ne jeta pas un regard à la jeune femme bien mise, aux cheveux blonds soyeux et aux yeux bleus perçants, assise en train de lire à moins de deux mètres de lui. De son côté, elle ne leva pas les yeux, et ne remarqua donc pas l'homme de taille moyenne, d'allure plutôt négligée, aux cheveux bruns clairsemés, vêtu d'un imperméable gris, qui passait devant elle.

Le vol de McCready décolla à l'heure dite et atterrit à Hanovre à huit heures heure locale. Le major Vanavskaïa partit à six heures et arriva à Berlin-Est-Schönefeld à neuf heures. McCready loua une voiture et conduisit au-delà de Hildesheim et Salzgitter jusqu'à sa destination, le bois aux alentours de Goslar. Vanavskaïa fut accueillie par une voiture du KGB, et conduite au 22, Normannenstrasse. Elle dut attendre une heure pour voir le colonel Otto Voss, en tête à tête avec le ministre de la Sécurité d'État Erich Mielke.

McCready avait téléphoné à son hôte depuis Londres, il était donc attendu. L'homme l'accueillit à la porte d'entrée de sa confortable demeure, un pavillon de chasse à flanc de colline superbement rénové, d'où l'on avait, le jour, une vue sur toute la longue vallée plantée de conifères. A moins de dix kilomètres, les lumières de Goslar scintillaient dans la pénombre. Si la nuit n'était déjà tombée, McCready aurait aperçu, loin à l'est sur un sommet du Harz, le toit d'une haute tour, qu'on aurait pu à tort prendre pour un repaire de chasseur. C'était en fait un mirador, qui ne servait pas à la chasse au sanglier sauvage mais à la chasse à l'homme. L'ami que McCready était venu voir avait choisi de couler une retraite tranquille dans un endroit d'où il pouvait voir la frontière qui avait jadis fait sa fortune.

Son hôte avait changé avec le temps, songeait McCready en entrant dans un salon lambrissé aux murs ornés de têtes de sangliers et de bois de cerfs. Un beau feu crépitait dans l'âtre. Même au début de septembre, les nuits étaient fraîches au sommet des collines.

L'homme qui l'accueillit avait pris du poids ; sa silhouette jadis élancée s'était empâtée. Il avait toujours sa petite taille, évidemment, et son visage tout rond et rose surmonté maintenant d'une chevelure blanche mousseuse lui donnait l'air encore plus candide qu'avant. Mais il y avait ses yeux. Des yeux malins, rusés, qui en avaient trop vu, avaient trop souvent marchandé la vie et la mort, avaient touché le fond et avaient survécu. Un enfant machiavélique de la guerre froide, jadis le roi sans couronne du monde souterrain de Berlin.

Pendant vingt ans, depuis la construction du Mur de Berlin en

115

1961 jusqu'à sa retraite en 1981, André Kurzlinger avait été *Grenzengänger* — littéralement, passeur de frontières. Le Mur avait fait sa fortune. Avant sa construction, les Allemands de l'Est désireux de passer à l'Ouest n'avaient guère qu'à gagner Berlin-Est et entrer à pied dans Berlin-Ouest. Puis, la nuit du 21 août 1961, les énormes blocs de béton avaient été mis en place, et Berlin était devenue une cité divisée. Beaucoup essayèrent d'escalader le Mur, certains y parvinrent. D'autres furent repris, et entraînés malgré leurs hurlements vers une vie de captivité ; d'autres encore furent fauchés par une rafale de mitraillette au sommet des barbelés, où ils restaient pendus comme du gibier mort jusqu'à ce qu'on les décroche. Pour la plupart, le passage du Mur se résumait à un exploit unique. Pour Kurzlinger, jusqu'alors simple gangster vivant du marché noir berlinois, cela devint une profession.

Il fit sortir les gens moyennant finance. Il traversait sous de multiples déguisements, ou envoyait des émissaires, et négociait le prix. Certains payaient en marks de l'Est... des sommes faramineuses, avec lesquelles Kurzlinger achetait les trois choses qui en valaient la peine à Berlin-Est : des bagages hongrois en peau de porc, des disques classiques tchèques, et des *corona coronas* cubains. Ces produits étaient si bon marché que, malgré le coût pour les faire passer en contrebande à l'Ouest, Kurzlinger réalisa des bénéfices considérables.

D'autres réfugiés acceptaient de le payer en deutschemark une fois arrivés à l'Ouest et pourvus d'un travail. Peu manquaient à leur promesse. Kurzlinger collectait ses créances avec grand soin, employant même des associés musclés pour être sûr de ne pas se faire avoir.

Selon certaines rumeurs, il travaillait pour un service de renseignements occidental. Faux, même s'il faisait parfois sortir quelqu'un pour le compte de la CIA ou du SIS. Selon d'autres, il travaillait main dans la main avec le SSD ou le KGB. Peu probable, car il causait trop de dégâts à l'Allemagne de l'Est. Il avait sûrement donné une quantité astronomique de pots-de-vin à des gardes-frontières et officiels communistes. On le disait capable de flairer à cent pas un officiel corruptible.

Si Berlin était son terrain de prédilection, il faisait également passer la frontière entre les deux Allemagnes de la Baltique à la Tchécoslovaquie. Quand il finit par prendre sa retraite, à la tête d'une coquette fortune, il choisit de s'installer en Allemagne de l'Ouest, mais pas à Berlin. Il ne pouvait pas s'éloigner de sa frontière. Son manoir en était séparé de moins de dix kilomètres, au cœur des monts du Harz.

« Alors, Herr McCready, mon ami Sam, ça fait longtemps ! »

Il était debout dos au feu, gentleman retraité en veste d'intérieur de velours... Plus rien à voir avec le chenapan aux yeux de bête traquée qui avait rampé hors des décombres en 1945 pour commencer à vendre des filles aux GI contre des Lucky Strike.

« Vous êtes à la retraite vous aussi ?

— Non, André, je travaille toujours pour gagner ma croûte. Je n'ai pas été aussi malin que vous, je l'avoue. »

Kurzlinger eut l'air ravi. Il appuya sur une sonnette, et un serviteur apporta du vin de Moselle frais dans des verres de cristal.

« Alors..., commença Kurzlinger en observant les flammes à travers son verre. Que peut faire un vieil homme pour le vaillant service d'espionnage de Sa Majesté ? »

McCready le lui expliqua. Kurzlinger contemplait toujours le feu, mais il fit la moue et secoua la tête.

« Je ne suis plus dans le coup, Sam. Je suis à la retraite. Maintenant, ils me laissent tranquille. Des deux côtés. Mais voyez-vous, ils m'ont prévenu, de même qu'ils vous ont prévenu, je pense. Si je recommence, ils viendront me prendre. Une simple opération éclair, un petit saut de l'autre côté de la frontière et retour avant l'aube... Ils viendront me cueillir ici dans ma propre maison. Et ils ne plaisantent pas. Dans le temps, je leur ai causé beaucoup d'ennuis, vous savez.

— Je sais.

— Et puis, les choses ont changé. Oui, il fut un temps où j'aurais pu vous faire traverser à Berlin. Même dans la campagne, je faisais des petits sauts de puce. Mais ils ont fini par découvrir toutes les filières, et ils les ont bouclées. Les mines que j'avais désamorcées ont été remplacées. Les gardes que j'avais achetés ont été transférés... Vous savez bien qu'ils ne restent jamais très longtemps en poste ici. On les déplace constamment. Mes contacts sont tous rompus. C'est trop tard.

— Il faut que je passe, articula McCready. Nous avons un homme là-bas. Il est malade, très malade. Mais si j'arrive à le faire sortir, ça brisera sans doute la carrière de celui qui dirige actuellement l'Abteilung II. Otto Voss. »

Kurzlinger ne broncha pas, mais son regard se durcit. Des années auparavant, il avait eu un ami, McCready le savait. Un ami très proche, sans doute le meilleur de tous. L'homme s'était fait prendre en passant le Mur. On avait dit plus tard qu'il avait levé les mains en l'air. Mais Voss lui avait tiré dessus de toute façon. Dans les deux rotules d'abord, puis dans les deux coudes, et les deux épaules. Et finalement dans l'estomac. Des balles semi-blindées.

« Allons manger, proposa Kurzlinger. Je vais vous présenter mon fils. »

Le beau jeune homme blond d'une trentaine d'années qui les rejoignit à table n'était évidemment pas son fils. Mais Kurzlinger l'avait légalement adopté. De temps à autre, le vieil homme souriait et le fils adoptif lui rendait un regard empli d'adoration.

« J'ai fait sortir Siegfried de l'Est, dit Kurzlinger comme pour lancer la conversation. Il n'avait nulle part où aller, alors... maintenant il vit ici avec moi. »

McCready continua de manger, car il devinait que l'histoire ne s'arrêtait pas là.

« Avez-vous entendu parler de l'*Arbeitsgruppe Grenzen* ? » demanda Kurzlinger en prenant une grappe de raisin.

McCready en avait entendu parler. Le groupe de travail des frontières. Au cœur du SSD, distincte de toutes les autres *Abteilungen* désignées par des chiffres romains, existait une petite unité à la spécialité des plus étranges.

La plupart du temps, quand Marcus Wolf voulait faire passer un agent à l'Ouest, il le faisait par l'intermédiaire d'un pays neutre, et l'agent adoptait sa nouvelle « légende » pendant l'escale. Mais parfois le SSD ou la HVA voulait faire traverser un homme chargé d'une opération « noire ». Dans ce cas, les Allemands de l'Est créaient une filière de passage à travers leur propre système de défense entre l'Est et l'Ouest. La plupart des filières s'ouvraient en sens inverse, destinées à faire quitter l'Ouest à des gens qui n'étaient pas censés partir. Quand le SSD voulait en ouvrir une pour des motifs personnels, il utilisait les experts de l'*Arbeits-gruppe Grenzen*. Ces techniciens, qui travaillaient en pleine nuit (car les gardes ouest-allemands surveillaient également la fron-tière), creusaient une galerie sous les barbelés-rasoirs, se frayaient un chemin à travers le champ de mines, et ne laissaient nulle trace de leur passage.

Restait alors la Friche de deux cents mètres de large, le champ de tir, où un vrai fugitif se ferait sans doute prendre dans le faisceau des projecteurs, puis faucher par une rafale de mitraillette. Enfin, du côté Ouest, il y avait la clôture. L'AGG la laissait intacte, se contentant de découper une fenêtre dans le grillage, par où l'agent se faufilait, et de resserrer les maillons aussitôt après.

118

Les soirs où l'on faisait ainsi passer un agent à l'Ouest, les projecteurs étaient braqués dans l'autre direction. Par ailleurs, la Friche était envahie par les herbes, surtout vers la fin de l'été. Le lendemain matin, les tiges s'étaient redressées, masquant toute trace de la course de l'homme.

Quand les Allemands de l'Est menaient ce genre d'opération, ils avaient la coopération de leurs gardes-frontières. Mais pénétrer chez eux était une tout autre entreprise, qui ne recevrait pas la coopération est-allemande.

« Siegfried travaillait pour l'AGG, déclara Kurzlinger. Jusqu'au jour où il a utilisé une de ses propres filières. Évidemment, la Stasi l'a immédiatement fermée. Siegfried, notre ami a besoin de passer. Tu peux l'aider ? »

McCready se demanda s'il avait bien jugé son homme, et décida que oui. Kurzlinger haïssait Voss à cause de son acte passé, et la rancune d'un homosexuel pleurant son amour assassiné ne doit jamais être sous-estimée.

Siegfried réfléchit un moment.

« Il y avait bien une filière, dit-il enfin. C'est moi que l'ai ouverte. Mais je n'ai pas écrit de rapport. Je voulais l'utiliser moi-même, alors, je n'en ai pas parlé. Et finalement, je suis sorti par un autre moyen.

— Où se trouve-t-elle ? demanda McCready.

— Pas loin d'ici. Entre Bad Sachsa et Ellrich. »

Il prit une carte, et lui indiqua les deux petites villes dans le sud du Harz, Bad Sachsa en Allemagne de l'Ouest, et Ellrich en RDA.

« Puis-je voir les papiers que vous comptez utiliser ? » demanda Kurzlinger.

McCready les lui tendit, et Siegfried les étudia.

« Ils sont bons, déclara-t-il. Mais vous aurez besoin d'une carte de train. J'en ai une. Elle est toujours valable.

— Quelle est la meilleure heure ? demanda McCready.

— Quatre heures. Avant l'aube. Il y a très peu de lumière, et les gardes sont fatigués. Ils balayent moins souvent la Friche avec les projecteurs. On aura besoin de tenues de camouflage, au cas où on serait pris dans le faisceau lumineux. Le camouflage peut nous sauver. »

Ils discutèrent des points de détail pendant une heure.

« Vous comprenez, Herr McCready, ça fait cinq ans..., dit Siegfried. Je ne serai peut-être pas capable de retrouver l'endroit exact. J'ai laissé une ligne de pêche sur le sol, là où j'ai ouvert la voie à travers le champ de mines. Il se pourrait que je ne la

119

retrouve pas. Si c'est le cas, il faudra revenir. Entrer dans ce champ sans avoir retrouvé le chemin que j'ai tracé, c'est la mort à coup sûr. Et peut-être aussi que mes anciens collègues l'ont découvert et refermé. Auquel cas on fait demi-tour, si on le peut encore.

— Je comprends. Je vous suis très reconnaissant. »

Siegfried et McCready levèrent le camp à une heure, pour faire les deux heures de route difficile en voiture à travers la montagne.

« Veillez sur mon garçon, dit Kurzlinger, debout sur le pas de la porte. Je n'ai accepté de vous aider qu'en souvenir de l'autre, celui que Voss m'a enlevé il y a longtemps. »

« Si vous arrivez à passer, commença Siegfried une fois dans la voiture, marchez dix kilomètres jusqu'à Nordhausen. Évitez le village d'Ellrich, il y a des gardes, et les chiens aboieraient. Prenez le train de Nordhausen vers le sud, descendez à Erfurt et prenez le car pour Weimar. Il y aura des travailleurs à bord des deux. »

Ils roulèrent en silence, traversèrent la ville endormie de Bad Sachsa, et se garèrent dans la banlieue. Siegfried resta debout dans la pénombre, étudiant sa boussole à l'aide d'un crayon-torche. Quand il eut trouvé ses points de repère, il s'enfonça dans la forêt de pins en direction de l'est. McCready le suivit.

Quatre heures plus tôt, le major Vanavskaïa avait eu un tête-à-tête avec le colonel Voss dans son bureau.

« Selon sa sœur, il y a un endroit où il pourrait aller se cacher dans la région de Weimar. »

Elle raconta l'exil de Bruno Morenz pendant la guerre.

« Une ferme ? dit Voss. Quelle ferme ? Il y en a des centaines, dans la région.

— Elle avait oublié le nom. Elle savait seulement que c'était à moins de quinze kilomètres de Weimar. Tracez un cercle sur la carte, colonel. Envoyez des troupes. Vous l'aurez avant la fin de la journée. »

Le colonel Voss appela l'Abteilung XIII, le Service de renseignements et de sécurité de l'Armée nationale populaire, la NVA. Les téléphones sonnèrent dans le quartier général de la NVA à Karlshorst, et avant l'aube, des camions prirent la route du sud en direction de Weimar.

« Le dispositif d'encerclement est en place, dit Voss à minuit. Les troupes rayonneront à partir de Weimar, et balaieront la région par secteurs en s'en éloignant. Ils fouilleront chaque ferme, chaque étable, chaque grange, silo ou porcherie jusqu'à la limite des quinze kilomètres. J'espère seulement que vous avez raison, major Vanavskaïa. Beaucoup d'hommes sont impliqués, maintenant. »

Dans les premières heures de la journée, il partit vers le sud dans sa voiture personnelle. Le major Vanavskaïa l'accompagnait. La traque commencerait à l'aube.

Chapitre six

Couché sur le ventre à la lisière de la forêt qui marquait l'entrée en Allemagne de l'Est à quelque trois cents mètres de là, Siegfried étudiait les contours sombres des grands arbres. McCready était allongé près de lui. Il était trois heures du matin, le samedi.

Cinq ans auparavant, également dans l'obscurité, Siegfried avait ouvert sa brèche à partir du tronc d'un pin particulièrement haut côté Est, jusqu'à un rocher d'un blanc éclatant sur la colline du côté Ouest. L'ennui, c'est qu'il avait toujours pensé apercevoir le rocher depuis l'Est, luisant vaguement dans la grisaille d'avant l'aube. Il n'avait pas prévu qu'un jour il ferait le trajet en sens inverse. Du coup, le rocher se trouvait très au-dessus de lui, masqué par les arbres, et ne deviendrait visible qu'une fois au cœur du no man's land. Siegfried calcula sa direction du mieux qu'il put, rampa sur les derniers dix mètres d'Allemagne de l'Ouest, et entreprit de couper discrètement les mailles du grillage.

Quand il eut ménagé un passage, il leva le bras et fit signe à McCready, qui rampa lui aussi à découvert en direction de la clôture. Il avait passé les cinq dernières minutes à étudier les miradors des gardes-frontières est-allemands, et l'étendue balayée par leurs projecteurs. Siegfried avait bien choisi son point de passage, à mi-distance entre les deux tours de guet. En outre, durant la pousse estivale, certaines branches des pins au-delà du champ de mines s'étaient allongées de plusieurs mètres ; au moins, un des projecteurs était ainsi en partie masqué. En automne, des élagueurs viendraient tailler les branches, mais ce n'était pas encore le moment.

L'autre projecteur couvrait totalement le chemin qu'ils comptaient suivre, mais l'homme qui l'actionnait devait être fatigué ou distrait, car il le laissait parfois éteint plusieurs minutes à la file. Quand il se rallumait, son faisceau était toujours braqué dans l'autre direction, puis revenait vers eux, repartait dans l'autre sens et s'éteignait à nouveau. Si l'opérateur continuait ainsi, ils auraient quelques secondes de répit.

Siegfried fit un signe de tête, puis se faufila par l'ouverture. McCready le suivit, traînant derrière lui son sac de jute. L'Allemand se retourna et remit en place la section de grillage qu'il avait découpée. L'ouverture ne se remarquerait qu'à quelques mètres, or les gardes ne traversaient jamais la Friche pour vérifier, sauf s'ils avaient déjà repéré une brèche. Eux non plus n'aimaient pas les champs de mines.

Il était tentant de traverser au pas de course les cent mètres de terre meuble, envahie à cette saison de patiences, de chardons et d'orties. Mais il risquait d'y avoir des fils métalliques tendus au ras du sol, et reliés à des sonneries d'alarme. Mieux valait ramper. Ils arrivèrent ainsi à mi-chemin, protégés du projecteur de gauche par le couvert des arbres, lorsque celui de droite s'alluma. Les deux hommes en tenue verte s'immobilisèrent, face contre terre. Ils s'étaient noirci le visage et les mains, Siegfried avec du cirage, et McCready avec un bouchon brûlé, dont les traces partiraient plus facilement à l'eau une fois qu'il serait passé à l'Est.

Le pâle rayon de lumière les éclaboussa, hésita, repartit dans l'autre sens et s'éteignit de nouveau. Dix mètres plus loin, Siegfried découvrit un cordon d'alarme et fit signe à McCready de le contourner en rampant. Encore quarante mètres, et ils atteignirent le champ de mines, où les chardons et les mauvaises herbes s'élevaient à hauteur de poitrine, car personne ne s'aventurait à le désherber.

L'Allemand regarda en arrière. McCready aperçut alors le rocher blanc surplombant les arbres, tache pâle sur le fond noir de la forêt de pins. Siegfried tourna la tête vers l'Est, repéra l'arbre géant, et vérifia son alignement par rapport au rocher. Il était décalé de dix mètres à droite. Il rampa de nouveau, en bordure du champ de mines, puis se mit à tâtonner dans l'herbe haute. Deux minutes plus tard, McCready l'entendit pousser un soupir de triomphe. Il tenait une fine ligne de pêche entre le pouce et l'index. Il tira doucement dessus. Si elle était détachée à l'autre bout, la mission était annulée. La ligne tint bon.

« Suivez ce fil, murmura Siegfried. Il vous permettra de traverser le champ de mines et d'atteindre le tunnel qui passe sous les barbelés. Le couloir fait moins d'un mètre de large. Quand revenez-vous ?

— Dans vingt-quatre heures. Quarante-huit au maximum. Après, laissez tomber. C'est que je ne reviendrai pas. J'utiliserai mon crayon-torche en me plaçant au pied du grand arbre juste avant de retraverser. Ouvrez-moi la clôture à ce moment-là. »

McCready disparut à plat ventre dans le champ de mines, sans être tout à fait caché par les herbes folles. Siegfried attendit un dernier balayage du projecteur, puis retourna en rampant vers l'Ouest.

McCready progressa entre les mines, suivant toujours le fil de nylon. Parfois il tirait légèrement dessus pour vérifier qu'il était bien droit. Il savait qu'il ne verrait pas les mines. Il ne s'agissait pas de gros engins plats capables de faire exploser un camion, mais de petites mines antipersonnelles en plastique, indécelables par un détecteur de métal (certains fuyards avaient essayé à leurs dépens). Elles étaient enterrées et répondaient à une certaine pression. Elles ne sautaient pas au passage d'un renard ou d'un lapin, mais étaient assez sensibles pour détecter un corps humain. Et assez perverses pour arracher une jambe, faire éclater les entrailles ou défoncer la cage thoracique. Elles ne tuaient pas sur le coup, et souvent le fugitif malchanceux hurlait toute la nuit jusqu'à ce que les gardes arrivent après le lever du soleil, accompagnés de guides qui récupéraient le corps.

McCready aperçut devant lui les rouleaux de barbelés-rasoirs, au bout du champ de mines. Le fil le conduisit jusqu'à un passage étroit sous les barbelés. Il roula sur le dos, les repoussa vers le haut à l'aide de sa besace, et avança à la force des talons. Centimètre par centimètre, il se coula sous l'entrelacs des lames scintillantes, qui rendaient ce système de défense bien plus dangereux que de simples barbelés.

Il y en avait dix mètres, sur une hauteur de huit mètres au-dessus de lui. Quand il déboucha à l'Est, il trouva le fil de nylon attaché à un petit taquet presque sorti du sol. S'il avait tiré dessus une fois de plus, il l'aurait arraché, ce qui aurait mis un terme à sa mission. McCready le recouvrit d'un épais matelas d'aiguilles de pin, en repéra la position par rapport à l'arbre géant, puis consulta sa boussole et partit en rampant.

Il s'orienta à 90° jusqu'à ce qu'il trouve un sentier. Il ôta alors sa combinaison, la roula en boule autour de sa boussole, et cacha le paquet sous des aiguilles de pin à dix mètres à l'intérieur de la forêt, car des chiens risquaient de passer par là, et repéreraient sans aucun doute l'odeur des vêtements. En bordure du sentier, il cassa une branche au-dessus de sa tête et la laissa pendre au bout d'un filament d'écorce. Personne d'autre que lui ne la remarquerait.

Au retour, il devrait retrouver le sentier, la branche cassée, et récupérer combinaison et boussole. Un cap à 270° le ramènerait au pin géant. Il se retourna et marcha vers l'est. En chemin, il mémorisa les moindres points de repère : les arbres déracinés, les tas de bûches, les virages et détours. Un kilomètre et demi plus loin, il déboucha sur la route et aperçut devant lui la flèche de l'église luthérienne du village d'Ellrich.

Il le contourna comme on le lui avait indiqué, et traversa les champs de blé coupé jusqu'à ce qu'il croise la route de Nordhausen huit kilomètres plus loin. Il était cinq heures précises. Il marcha le long de la route, prêt à plonger dans le fossé si un véhicule apparaissait dans un sens ou dans l'autre. Il espérait qu'une fois plus au sud, son caban élimé, son pantalon de velours côtelé, ses bottes et sa casquette, tenue traditionnelle de nombreux travailleurs agricoles allemands, passeraient inaperçus. Mais ici, la communauté était si réduite que tout le monde devait se connaître. Ce n'était vraiment pas le moment qu'on lui pose des questions sur sa destination ou, pire encore, sur sa provenance. Il n'y avait aucun endroit d'où il aurait pu venir, excepté le village d'Ellrich et la frontière.

Aux abords de Nordhausen, il eut un coup de chance. Derrière une clôture entourant une maison plongée dans l'obscurité, une bicyclette était appuyée contre un arbre. Rouillée, mais utilisable. Il soupesa les risques : la voler lui permettrait d'avancer plus vite. Si sa disparition n'était pas découverte dans les trente minutes, cela en valait la peine. Il s'en empara, marcha sur cent mètres, puis l'enfourcha et roula jusqu'à la gare. Il était six heures moins cinq. Le premier train pour Erfurt partait quinze minutes plus tard.

Plusieurs dizaines d'ouvriers attendaient sur le quai, pour aller travailler dans le Sud. McCready s'acheta un ticket, et le train arriva, à l'heure malgré sa locomotive à vapeur démodée. Comparé au retard habituel des trains britanniques, c'était une très bonne surprise. McCready posa sa bicyclette dans le fourgon et prit place sur les bancs en bois. Le train fit un arrêt à Sonderhausen, Greussen et Straussfurt avant d'entrer en gare d'Erfurt à 6 h 41. McCready récupéra son vélo et pédala à travers les rues de la ville vers la banlieue est, et l'autoroute 7 en direction de Weimar.

Peu après sept heures et demie, à quelques kilomètres à l'est de la ville, il se trouva suivi par un tracteur et sa remorque, conduits par un vieil homme qui venait de livrer des betteraves à Erfurt et rentrait à la ferme. Il ralentit et s'arrêta.

« *Steig mal rauf !* » cria-t-il pour couvrir le grondement du moteur épuisé qui vomissait d'épais nuages de fumée noire.

McCready lui fit un signe de remerciement, balança la bicyclette dans la remorque et monta. Le vacarme du moteur empêchait toute conversation, à la grande satisfaction de McCready, qui parlait couramment allemand mais ne pouvait imiter cet étrange accent de Basse-Thuringe. Quoi qu'il en soit, le vieux fermier se contenta de conduire en tirant sur sa pipe éteinte. A quinze kilomètres de Weimar, McCready aperçut le barrage de soldats.

Il y avait plusieurs dizaines d'hommes en travers de la route, et d'autres dans les champs de chaque côté, dont il distinguait les casques au milieu des épis de maïs. Sur la droite partait un chemin de terre menant à une ferme, mais des soldats étaient postés de part et d'autre à intervalles de dix mètres, tournés vers Weimar. Le tracteur ralentit et s'arrêta devant le barrage. Un sergent cria au conducteur de couper le moteur. Le vieil homme répondit en hurlant que s'il l'arrêtait, il ne pourrait sans doute plus le faire repartir. « Vos gars m'aideront à pousser ? » Le sergent réfléchit, haussa les épaules et lui réclama ses papiers d'un geste. Il les regarda, les lui rendit, et fit le tour pour se diriger vers McCready.

« *Papiere !* »

McCready lui donna sa carte d'identité, qui le décrivait comme Martin Hahn, travailleur agricole, et avait été délivrée par le district administratif de Weimar. Le sergent, citadin originaire de Schwerin dans le Nord, renifla.

« Qu'est-ce que c'est que ça ? demanda-t-il.

— De la betterave », répondit McCready.

Il se garda bien de lui dire qu'il était monté en stop dans le tracteur, et personne ne lui posa de questions.

Il ne révéla pas non plus qu'avant la betterave, la remorque avait contenu une cargaison bien plus parfumée. Le sergent fronça le nez, lui rendit ses papiers, et fit signe au tracteur de reprendre sa route. Un camion plus intéressant arrivait de Weimar, et on avait recommandé au sergent de concentrer son attention sur les gens, en particulier un homme à cheveux gris avec un accent du Rhin, qui cherchaient à sortir du cercle, pas sur un tracteur malodorant qui essayait d'y entrer. Le tracteur s'engagea dans un chemin à cinq kilomètres de la ville. McCready sauta à terre, prit sa bicyclette, fit un signe d'adieu au vieux fermier, et pédala jusqu'à la ville.

A partir de la banlieue, il roula le long du caniveau pour éviter les camions qui déchargeaient des troupes en uniforme vert-de-gris de la NVA, l'Armée nationale populaire. Il y avait également quelques uniformes vert clair de la police populaire, les vopos.

126

Des petits groupes de citoyens de Weimar s'agglutinaient à chaque coin de rue par curiosité. Quelqu'un suggéra qu'il s'agissait d'un exercice militaire ; personne ne le contredit. Les manœuvres étaient courantes dans l'armée. C'était normal, quoique inhabituel en centre-ville.

McCready aurait bien voulu avoir un plan, mais ne pouvait se permettre d'être pris à le consulter, n'étant pas un touriste. Dans l'avion pour Hanovre, il avait mémorisé son trajet sur la carte empruntée au bureau d'Allemagne de l'Est à Londres. Il entra en ville par l'Erfurterstrasse, continua tout droit vers le centre historique, et vit le Théâtre national se dresser devant lui. La route goudronnée laissa place à une rue pavée. Il tourna à gauche dans la Heinrich Heine Strasse, puis s'arrêta Karl Marx Platz, où il mit pied à terre et continua en poussant son vélo, tête baissée au passage des voitures de vopos qui filaient dans les deux sens.

A Rathenau Platz il chercha Brennerstrasse, qu'il trouva à l'autre bout. Dans son souvenir, Bockstrasse devait prendre sur la droite. C'était exact. Le numéro quatorze était un vieil immeuble, qui avait besoin d'un ravalement depuis longtemps, comme tant d'autres choses dans le paradis de Herr Honecker. La peinture et le plâtre s'écaillaient, et les noms sur les huit sonnettes étaient presque illisibles. Mais McCready distingua « Neumann » sur l'étiquette du numéro 3. Il fit passer sa bicyclette par la grande porte cochère, la déposa dans le hall dallé et monta l'escalier. Il y avait deux appartements par étage. Le numéro 3 se trouvait au premier. Il ôta sa casquette, arrangea sa veste, et sonna. Il était neuf heures moins dix.

Pendant un moment, rien ne se passa. Au bout de deux minutes, il entendit un bruit de pas, et la porte s'ouvrit lentement. Fräulein Neumann était une très vieille dame à cheveux blancs vêtue d'une robe noire, qui s'aidait de deux cannes pour marcher. McCready devina qu'elle devait avoir dépassé les quatre-vingts ans. Elle leva les yeux vers lui et dit : « *Ja ?* »

Il la gratifia d'un large sourire, comme s'il la reconnaissait.

« C'est bien vous, Fräulein. Vous avez changé. Mais pas plus que moi. Vous ne vous souvenez sans doute pas de moi. Martin Kroll. Vous étiez mon institutrice, il y a quarante ans. »

Elle le regarda fixement de ses yeux bleu clair, derrière ses lunettes à monture dorée.

« Je me trouve par hasard à Weimar. Je viens de Berlin, où j'habite. Et je me demandais si vous viviez toujours ici. Vous êtes dans l'annuaire, alors je suis venu à tout hasard. Puis-je entrer ? »

Elle s'écarta pour le laisser passer. Un vestibule très sombre, qui sentait le moisi. Vacillant sur ses jambes d'arthritique, elle le précéda dans son salon, dont les fenêtres donnaient sur la rue. Il attendit qu'elle se soit assise pour prendre un siège.

« Alors vous étiez mon élève à la vieille école primaire de Heinrich Heine Strasse. Quand était-ce ?

— Oh, en 1943-1944, je crois. Nous avions dû quitter Berlin à cause des bombes. J'ai été évacué sur Weimar avec plusieurs autres. Ça devait être l'été de 1943. J'étais en classe avec, euh… Ah, les noms… Si, je me souviens de Bruno Morenz, c'était mon copain. »

Elle lui lança un long regard, puis se leva. Il l'imita. Elle alla péniblement jusqu'à la fenêtre et observa la rue. Un camion plein de vopos passa. Ils étaient tous assis le dos très droit, un pistolet AP 9 hongrois glissé dans la ceinture.

« Toujours les uniformes…, dit-elle doucement comme pour elle-même. D'abord les nazis, après les communistes. Mais toujours les uniformes et les armes. D'abord la Gestapo, maintenant le SSD. Oh, pauvre Allemagne, qu'avons-nous fait pour mériter de te voir coupée en deux ? »

Elle se retourna.

« Vous êtes anglais, n'est-ce pas ? Asseyez-vous. »

McCready obéit avec plaisir. Il se rendit compte que malgré son âge, elle avait encore l'esprit aiguisé comme une lame de rasoir.

« Pourquoi cette étrange question ? protesta-t-il, sans pour autant la déconcerter par cet accès d'indignation.

— Pour trois raisons. Je me souviens de chaque garçon que j'ai eu dans ma classe pendant la guerre et après, et il n'y avait pas de Martin Kroll. Et l'école ne se trouvait pas Heinrich Heine Strasse. Heine était juif, et les nazis avaient effacé son nom de toutes les rues et des monuments. »

McCready se serait giflé. Il aurait dû savoir que le nom de Heine, l'un des plus grands écrivains allemands, n'avait été réhabilité qu'après la guerre.

« Si vous criez ou donnez l'alarme, je ne vous ferai aucun mal, dit-il doucement. Mais ils viendront me chercher, m'arrêteront et me fusilleront. A vous de choisir. »

Elle clopina jusqu'à son fauteuil et s'assit.

« En 1934 j'enseignais à l'université Humboldt de Berlin. J'étais la seule femme, et le plus jeune professeur. Les nazis sont arrivés au pouvoir. Je les méprisais. Je l'ai dit. Je crois que j'ai eu de la chance, ils auraient pu m'envoyer dans un camp. Mais ils se sont montrés indulgents. Ils m'ont exilée ici à l'école primaire, pour que j'enseigne aux enfants des travailleurs agricoles.

» Après la guerre, je ne suis pas retournée à l'université. D'une part j'estimais que les enfants d'ici avaient autant droit à mon enseignement que les jeunes intellectuels de Berlin. Et puis, je ne voulais pas enseigner les mensonges communistes. C'est pour ça que je ne donnerai pas l'alarme, monsieur l'espion.

— Et s'ils m'arrêtaient de toute façon et que je leur parle de vous ?

— Jeune homme, commença-t-elle en souriant pour la première fois, quand on a quatre-vingt-huit ans, on ne peut rien vous faire d'autre que ce que le Seigneur va bientôt vous faire. Pourquoi êtes-vous ici ?

— A cause de Bruno Morenz. Vous vous souvenez de lui ?

— Oh, oui, très bien. Il a des ennuis ?

— Oui, Fräulein, de gros ennuis. Il est ici, tout près. Il est venu en mission pour moi. Il est tombé malade, malade dans sa tête. Une dépression grave. Il se cache quelque part dans la région. Il a besoin d'aide.

— La police, et tous ces soldats, c'est pour Bruno ?

— Oui. Si j'arrive à le trouver avant eux, je pourrai peut-être l'aider. Le faire sortir à temps.

— Pourquoi vous êtes-vous adressé à moi ?

— Sa sœur, à Londres, m'a dit qu'il lui avait à peine parlé des deux années qu'il a passées ici pendant la guerre. Simplement qu'il avait été très malheureux, et que sa seule amie avait été son institutrice, Fräulein Neumann. »

Elle se balança d'avant en arrière, sans un mot.

« Pauvre Bruno ! soupira-t-elle enfin. Ce pauvre Bruno que tout effrayait. Il avait toujours peur. Des cris et de la douleur.

— Pourquoi avait-il peur, Fräulein Neumann ?

— Sa famille, à Hambourg, était sociale-démocrate. Son père était mort dans le bombardement, mais il avait dû faire une remarque assez sévère sur Hitler chez lui avant de mourir. Bruno a été confié à un fermier en dehors de la ville, une brute, un ivrogne, et un fervent nazi. Un soir, Bruno a dû lui répéter quelque chose que son père lui avait dit. Le fermier a pris sa ceinture et l'a fouetté. Très fort. Et il a souvent recommencé par la suite. Bruno s'enfuyait quand il le pouvait.

— Où se cachait-il, Fräulein ? Je vous en prie, où ça ?

— Dans la grange. Il me l'a montrée une fois. Je suis allée à la ferme protester auprès du fermier. Il y avait une grange à l'autre bout du champ de foin, loin de la maison et des autres fenils. Bruno s'était aménagé une cachette dans les balles de foin, en haut dans la soupente. Il s'y réfugiait en attendant que le fermier s'endorme, abruti par l'alcool.

— Où se trouvait la ferme exactement ?

— Le hameau s'appelle Marionhain. Je crois qu'il existe toujours. Il n'y a que quatre fermes. Elles sont toutes collectives, maintenant. C'est situé entre les villages de Ober et Nieder Grünstedt. Prenez la route vers Erfurt. A six kilomètres, suivez le sentier qui part sur la gauche. Il y a un panneau. Dans le temps la ferme portait le nom de Müller, mais ça a dû changer. Il n'y a sans doute qu'un numéro, aujourd'hui. Si elle est toujours là, cherchez une grange à deux cents mètres des autres, au bout de la prairie. Vous croyez pouvoir l'aider ?

— S'il est là-bas, Fräulein, j'essaierai, dit-il en se levant. Je vous jure que j'essaierai. Merci pour votre aide. »

Arrivé à la porte, il se retourna.

« Vous avez dit qu'il y avait trois raisons pour lesquelles vous pensiez que j'étais anglais, et vous ne m'en avez donné que deux.

— Ah, oui ! Vous portez des vêtements de travailleur agricole, mais vous avez dit que vous veniez de Berlin. Il n'y a pas de fermes là-bas. Alors, vous êtes un espion. Vous travaillez soit pour eux (elle fit un signe de tête vers la fenêtre, sous laquelle passait un autre camion), soit pour l'autre bord.

— J'aurais pu être un agent du SSD.

— Non, mister Englander, fit-elle en souriant à nouveau. Je me souviens des officiers anglais en 1945, qui sont restés un certain temps avant que les Russes n'arrivent. Vous êtes bien trop poli. »

Le sentier qui partait de la route principale était là où elle l'avait indiqué, sur la gauche, vers l'étendue de belle terre cultivée entre la nationale 7 et l'autoroute E 40. Un panonceau indiquait Ober Grünstedt. McCready continua à vélo le long du chemin jusqu'à un croisement un kilomètre et demi plus loin. La route formait une fourche. Vers la gauche se trouvait Nieder Grünstedt, encerclé par un rempart d'uniformes verts. De chaque côté s'étendaient des champs de maïs haut d'un mètre cinquante. McCready s'aplatit sur le guidon et prit la voie de droite. Il contourna Ober Grünstedt, et découvrit un chemin encore plus étroit. Un kilomètre plus loin, il distingua les toits d'ardoises pentus d'un groupe de fermes et de granges, construites dans le style thuringien, avec des flèches et de hautes portes bien larges pour laisser entrer les chariots de foin dans les petites cours carrées intérieures. Marionhain.

Il ne voulait pas traverser le hameau, où il aurait pu croiser des journaliers qui l'auraient automatiquement repéré comme étranger. Il dissimula sa bicyclette dans le maïs, et monta sur une barrière pour avoir une meilleure vue. A sa droite, il vit une haute grange isolée des autres bâtiments, faite de brique et de poutres noircies. Il contourna le hameau et se dirigea vers elle en se dissimulant dans le champ. Au loin, la marée d'uniformes verts commençait à quitter Nieder Grünstedt.

Le Dr Lothar Herrmann travaillait également ce matin-là. Depuis son câble adressé à Fietzau, de l'ambassade allemande à Londres, et la réponse qui n'avait pas fait avancer l'enquête, la piste de Bruno Morenz s'était arrêtée net. Il restait introuvable. Herrmann n'avait pas pour habitude d'aller au bureau le samedi, mais aujourd'hui il avait besoin de s'occuper l'esprit et d'oublier ses soucis. La veille, il avait dîné avec le directeur général. La soirée n'avait pas été agréable.

On n'avait procédé à aucune arrestation dans l'affaire du meurtre de Heimendorf. La police n'avait même pas lancé d'avis de recherche pour interroger un suspect. Elle semblait dans une impasse concernant le jeu d'empreintes et les deux balles du pistolet.

Un certain nombre de messieurs très respectables travaillant dans le secteur public ou privé avaient été discrètement interrogés, et avaient terminé l'entretien le rouge de la honte au front. Mais chacun avait coopéré au maximum. Ils avaient fourni leurs empreintes, remis leur arme pour examen, et donné leur alibi pour vérification. Résultat : néant...

Le directeur général s'était montré désolé mais inflexible. Le manque de coopération du Service avait assez duré. Le lundi matin, lui, le directeur général, se rendrait au bureau du Chancelier pour rencontrer le secrétaire d'État investi de la responsabilité politique du BND. L'entrevue serait très difficile, et lui, le directeur général, était mécontent. Très mécontent.

Le Dr Herrmann ouvrit l'épais dossier où était consigné le trafic radio transfrontalier sur la période comprise entre mercredi et vendredi. Il remarqua qu'il y en avait eu énormément. Une certaine panique chez les vopos dans la région d'Iéna. Puis il eut l'œil attiré par une phrase extraite d'une conversation entre une voiture de patrouille et le central d'Iéna : « Grand, cheveux gris, accent rhénan... » Il devint pensif. Cela lui rappelait quelque chose...

Un assistant entra et déposa un mémo devant son patron. Si le Docteur s'entêtait à travailler le samedi matin, autant qu'il reçoive le trafic radio au fur et à mesure qu'il arrivait. Le message avait été gracieusement transmis par le Service de sécurité intérieure, le BfV. Il signalait simplement qu'un agent très observateur posté à l'aéroport de Hanovre avait remarqué un visage connu qui arrivait sous le nom de Maitland en Allemagne par un vol de Londres. Ayant l'esprit vif, l'homme du BfV avait consulté ses dossiers, et transmis l'identification à la Centrale de Cologne. Cologne l'avait retransmise à Pullach. Maitland n'était autre que Mr Samuel McCready.

Le Dr Herrmann était outré. C'était très mal élevé de la part d'un officier supérieur d'un service allié de l'OTAN d'entrer dans le pays sans se faire annoncer. Et inhabituel. Sauf si... Il consulta les interceptions d'Iéna et le message de Hanovre. Il n'oserait pas, songea-t-il. Mais une autre partie de son esprit lui souffla : Et comment, qu'il oserait ! Le Dr Herrmann décrocha son téléphone et prit ses dispositions.

McCready quitta le couvert du maïs, jeta un coup d'œil à droite et à gauche, et traversa les quelques mètres de terrain herbeux qui le séparaient de la grange. La porte grinça sur ses gonds rouillés quand il la poussa. La lumière filtrait dans la pénombre à travers une dizaine de fentes dans les parois de bois, faisant danser des grains de poussière dans l'air et révélant les formes endormies de vieilles charrettes, de barriques, de harnais et de mangeoires rouillées. McCready leva les yeux. L'étage supérieur, auquel conduisait une échelle verticale, était rempli de foin. Il monta les échelons et appela doucement : « Bruno ! »

Pas de réponse. Il longea le tas de foin, en quête de signes d'un passage récent. Au bout de la grange, il aperçut un pan d'imperméable entre deux balles. Il en souleva doucement une.

Bruno Morenz était couché sur le côté dans son sanctuaire, les yeux ouverts, mais il ne fit pas un geste. Quand la lumière s'infiltra dans sa cachette, il tressaillit.

« Bruno, c'est moi, Sam. Ton ami. Regarde-moi, Bruno. »

Morenz tourna les yeux vers McCready. Il avait le teint cendreux, et n'était pas rasé. Il n'avait pas mangé depuis trois jours, et n'avait bu que l'eau stagnante d'une barrique. Ses yeux semblaient incapables d'accommoder, mais essayèrent pourtant de se fixer sur McCready.

« Sam ?

— Oui, c'est moi, Sam. Sam McCready.

— Ne leur dis pas que je suis ici, Sam. Ils ne me trouveront pas si tu ne leur dis rien.

— Je ne leur dirai pas, Bruno. Jamais. »

Par une fente entre deux planches, McCready aperçut la colonne d'uniformes verts qui avançait à travers les champs de maïs en direction d'Ober Grünstedt.

« Essaie de t'asseoir, Bruno. »

Il aida Morenz à se redresser, et lui cala le dos contre les bottes de foin.

« Le temps presse, Bruno. Je vais essayer de te sortir de là.

— Reste avec moi, Sam, dit Morenz, secouant la tête d'un air borné. On est en sécurité. Personne ne m'a jamais retrouvé, ici. »

Non, pensa McCready, un fermier aviné en était peut-être incapable. Mais pas cinq cents soldats. Il essaya en vain de faire tenir Morenz sur ses jambes. Son corps s'affaissait sous son poids, et ses jambes refusaient de fonctionner. Il serrait ses mains sur sa poitrine, car il dissimulait quelque chose sous son bras gauche. McCready le laissa s'affaler sur le matelas de foin. Morenz se recroquevilla de nouveau. McCready savait qu'il ne pourrait pas le ramener à la frontière près d'Ellrich, le faire passer sous le fil et à travers le champ de mines. C'était fini.

Par la fissure, au-delà des épis de maïs rutilant sous le soleil, il apercevait un grouillement d'uniformes verts dans les fermes et les granges d'Ober Grünstedt. Marionhain serait l'étape suivante.

« Je suis allé voir Fräulein Neumann. Tu te souviens de Fräulein Neumann ? Elle est gentille.

— Oui, très gentille. Elle sait peut-être que je suis ici, mais elle ne leur dira pas.

— Jamais, Bruno, jamais. Elle m'a dit que tu avais des devoirs à lui rendre. Il faut qu'elle les note. »

Morenz extirpa de son imperméable un gros manuel dont la couverture de plastique rouge s'ornait d'un marteau et d'une faucille en or. Morenz avait ôté sa cravate, et sa chemise était ouverte. Une clef attachée à un bout de ficelle pendait à son cou. McCready prit le volume.

« J'ai soif, Sam. »

McCready lui tendit une petite flasque en argent qu'il avait sortie de sa poche-revolver. Morenz but le whisky avidement.

McCready jeta un coup d'œil par la fente. Les soldats avaient terminé leur fouille d'Ober Grünstedt. Certains s'avançaient déjà sur le sentier, d'autres se déployaient en éventail à travers champs.

« Je vais rester ici, Sam, dit Morenz.

— Oui, approuva McCready. Au revoir, mon ami. Dors bien. Personne ne te fera plus jamais de mal.

— Plus jamais », murmura l'homme avant de sombrer dans le sommeil.

McCready allait se relever quand il remarqua l'éclat de la clef sur la poitrine de Morenz. Il ôta la ficelle et sa clef du cou de Morenz, fourra le manuel dans sa musette, descendit l'échelle et se faufila dans le champ de maïs. Deux minutes plus tard, l'étau se refermait sur la grange. Il était midi.

Il lui fallut douze heures pour retourner au pin géant à la frontière près du village d'Ellrich. Il enfila sa combinaison et attendit sous le couvert des arbres jusqu'à trois heures et demie. Puis, ayant lancé trois signaux lumineux avec son crayon-torche en direction du rocher blanc de l'autre côté de la frontière, il rampa sous les barbelés, traversa le champ de mines et la Friche. Siegfried l'attendait à la clôture.

Dans la voiture qui les ramenait à Goslar, il examina la clef qu'il avait prise à Bruno Morenz. Elle était en acier, et au dos étaient gravés les mots *Flughafen Köln*. Il fit ses adieux à Kurzlinger et Siegfried après un petit déjeuner substantiel, et conduisit en direction du sud-ouest au lieu d'aller au nord vers Hanovre.

A une heure, ce même samedi après-midi, les soldats prirent contact avec le colonel Voss, qui arriva dans une voiture du service accompagné d'une dame en civil. Ils montèrent l'échelle et examinèrent le corps couché dans le foin. On procéda à une fouille minutieuse, la grange fut entièrement retournée, mais on ne trouva aucune trace de documents écrits, ni a fortiori d'un gros manuel. Cela dit, les soldats ne savaient pas ce qu'ils cherchaient exactement.

L'un d'eux récupéra une petite flasque en argent dans la main du mort, et la passa au colonel Voss, qui en renifla le contenu et murmura : « cyanure ». Le major Vanavskaïa s'en saisit et la retourna. Au dos était gravé : « HARRODS, LONDON ». Elle laissa échapper un juron très peu féminin. Le colonel Voss ne possédait que quelques rudiments de russe, mais il crut saisir quelque chose comme « espèce d'enfoiré ».

DIMANCHE

A midi, McCready arriva à l'aéroport de Cologne largement à temps pour son vol de 13 heures. Il changea son billet Hanovre-Londres pour un Cologne-Londres, enregistra ses bagages, et se dirigea vers les casiers en acier de la consigne qui s'alignaient d'un côté du hall. Il prit la clef et l'inséra dans la serrure du numéro 47. A l'intérieur se trouvait un sac en toile noire. Il le sortit.

« Je crois que je vais me charger du sac, Herr McCready. »

Il se retourna. Le chef adjoint de la direction Opérations du BND se tenait à trois mètres de lui, et un peu plus loin, deux grands gaillards. L'un regardait ses ongles, l'autre le plafond, comme s'il y cherchait des fissures.

« Tiens, Dr Herrmann, c'est un plaisir de vous revoir ! Quel bon vent vous amène à Cologne ?

— Le sac... s'il vous plaît, monsieur McCready. »

McCready s'exécuta, et Herrmann le passa à l'un de ses hommes. Il pouvait se permettre d'être bon prince.

« Venez, monsieur McCready. Nous les Allemands sommes un peuple accueillant. Laissez-moi vous reconduire à votre avion. Vous ne voudriez pas le rater. »

Ils se dirigèrent vers le contrôle des passeports.

« Un de mes collègues..., commença Herrmann.

— Il ne reviendra pas, Dr Herrmann.

— Ah, le pauvre. Mais ce n'est peut-être pas un mal. »

Ils arrivèrent au contrôle. Le Dr Herrmann sortit une carte qu'il agita sous le nez des agents de l'Immigration, et ils passèrent en un clin d'œil. Quand l'embarquement fut annoncé, McCready fut escorté à la porte de l'avion.

« Monsieur McCready. »

Il se retourna. Herrmann souriait enfin.

« Nous aussi, nous savons écouter les conversations radio transfrontalières. Bon voyage, monsieur McCready. Bonjour à Londres pour moi. »

La nouvelle arriva à Langley une semaine plus tard. Le général Pankratine avait été transféré. A l'avenir, il commanderait un réseau de camps de détention militaire dans le Kazakhstan.

Claudia Stuart l'apprit par l'homme qui travaillait pour elle à l'ambassade de Moscou. Elle nageait encore dans les compliments que lui avaient adressés ses supérieurs au fur et à mesure que les analystes militaires étudiaient l'ordre de bataille soviétique. Elle était donc prête à envisager avec philosophie la perte de son général russe. Comme elle le fit remarquer à Chris Appleyard à la cantine :

« Il sauve sa peau et il conserve son grade. C'est mieux que les mines de plomb en Iakoutie. Quant à nous, eh bien, ça nous revient moins cher qu'un immeuble à Santa Barbara. »

Interlude

L'audience reprit le lendemain matin, mardi. Timothy Edwards resta l'incarnation même de la politesse, tout en espérant secrètement que cette affaire pourrait être réglée au plus vite. De même que les deux contrôleurs à ses côtés, il avait autre chose à faire.

« Merci de nous avoir rappelé les événements de 1985, dit-il. Mais, me semble-t-il, on pourrait vous faire remarquer qu'en termes d'espionnage, cette année-là appartient maintenant à une ère totalement révolue. »

Denis Gaunt ne voulait rien entendre. Il connaissait son droit d'évoquer un épisode quelconque de la carrière de son supérieur, pour tenter d'inciter le conseil à recommander au Chef de revenir sur sa décision. Il savait également qu'il y avait peu de chances que Timothy Edwards prenne cette initiative, mais la décision finale serait adoptée aux voix à la fin de l'audience, et Gaunt souhaitait donc en appeler aux deux contrôleurs. Il se leva, alla trouver l'employé des Archives et lui demanda un autre dossier.

Sam McCready avait trop chaud et commençait à s'ennuyer. Contrairement à Gaunt, il savait que ses chances s'amenuisaient comme une peau de chagrin. Il avait exigé cette audience uniquement par esprit de contradiction. Il se carra dans son siège et laissa ses pensées vagabonder. Quoi que Denis Gaunt raconte, Sam connaissait déjà l'histoire.

Cela faisait longtemps, trente ans, qu'il vivait dans le microcosme de Century House et de l'Intelligence Service, presque la totalité de sa carrière. S'il se faisait virer maintenant, il se demandait bien où il irait. Il se demanda même, et ce n'était pas la première fois, comment il était entré dans cet étrange royaume des ombres. Rien dans ses origines ouvrières n'aurait pu laisser prévoir qu'un jour il serait officier supérieur dans le SIS.

Il était né au printemps 1939, l'année où la Seconde Guerre mondiale avait éclaté. De son père, garçon laitier dans le sud de

137

Londres, il n'avait que quelques souvenirs flous, comme autant de photos figées du passé.

Tout bébé, il avait été évacué de Londres avec sa mère après la défaite de la France en 1940, quand la Luftwaffe avait commencé son interminable été de raids sur la capitale anglaise. Il n'en gardait aucun souvenir. D'après ce que sa mère lui avait raconté par la suite, ils étaient retournés dans leur petit pavillon de Norbury Street, dans un quartier pauvre et néanmoins propret, à l'automne de 1940, mais à cette date, son père était déjà parti au front.

Il se souvenait parfaitement d'une photographie de ses parents le jour de leur mariage. Sa mère était en blanc, avec un petit bouquet à la main, et le grand monsieur près d'elle se tenait raide, l'air digne dans un costume orné d'un œillet à la boutonnière. La photo trônait dans un cadre argenté sur la cheminée, et sa mère l'astiquait tous les jours. Plus tard, une autre photographie trouva sa place à l'autre bout de la cheminée, celle d'un homme de haute taille, souriant, vêtu d'un uniforme dont la manche portait l'insigne de sergent.

Sa mère prenait chaque jour le bus pour Croydon, où elle briquait l'escalier et les couloirs d'un immeuble de petits-bourgeois prospères. Elle faisait aussi du lavage à la maison. Il se souvenait encore que la minuscule cuisine était toujours pleine de vapeur, car elle travaillait toute la nuit pour que le linge soit prêt le lendemain matin.

Un jour, sans doute en 1944, le grand homme souriant revint à la maison, le prit dans ses bras et le souleva en l'air, ce qui fit rire l'enfant aux éclats. Puis il partit rejoindre les forces armées qui débarquèrent sur les plages de Normandie, et mourut lors de l'attaque sur Caen. Sam se rappelait que sa mère avait pleuré tout l'été, et qu'il avait voulu lui dire quelque chose mais n'avait pas trouvé les mots. Alors il avait pleuré avec elle, sans vraiment savoir pourquoi.

En janvier de l'année suivante, il était entré au jardin d'enfants, si bien que sa mère put aller tous les jours à Croydon sans avoir à le confier à Tante Vi. Dommage, car Tante Vi gérait la confiserie au bout de la rue, et laissait toujours l'enfant sucer son doigt avant de le tremper dans le bocal de poudre acidulée. Ce fut ce même printemps que les V-1 allemands, les bombes volantes, commencèrent à pleuvoir sur Londres, lancées depuis leurs rampes aux Pays-Bas.

Il se rappelait nettement ce jour, peu avant son sixième anniversaire, où l'homme en uniforme de la défense passive était venu à l'école, casque sur la tête et masque à gaz en bandoulière.

Il y avait eu un raid aérien, et les enfants avaient passé la matinée dans la cave, ce qui était bien plus drôle que les cours. Après la sirène de fin d'alerte, ils étaient retournés en classe.

L'homme avait murmuré quelque chose à la directrice, qui avait pris Sam par la main, l'avait fait sortir de la salle de classe, et l'avait emmené derrière, dans son bureau, où elle lui avait donné du cake. Il avait attendu là, tout petit et tout dérouté, jusqu'à ce que le gentil monsieur de chez le Dr Barnardo vienne le chercher pour le conduire à l'orphelinat. Plus tard, on lui avait dit qu'il n'y avait plus de photo dans le cadre d'argent, ni de photo du grand homme souriant en uniforme de sergent.

Il travailla bien chez Barnardo, réussit tous ses examens, et partit rejoindre l'armée comme enfant de troupe. A dix-huit ans, il fut envoyé en Malaisie, où une guerre officieuse faisait rage dans la jungle entre les Britanniques et les terroristes communistes. Il fut affecté au Renseignement militaire.

Un jour il alla trouver son colonel et lui fit une suggestion. Le colonel, officier de carrière, lui dit aussitôt : « Mettez-la par écrit. » McCready s'exécuta.

Les hommes du contre-espionnage avaient capturé un chef terroriste avec l'aide d'autochtones sino-malais. McCready proposait de faire courir dans la communauté chinoise une rumeur selon laquelle l'homme racontait tout ce qu'il savait, et devait être transféré d'Ipoh à Singapour tel jour.

Quand les terroristes attaquèrent le convoi, le fourgon se révéla être blindé, et pourvu de meurtrières derrière lesquelles se dissimulaient des mitrailleuses sur trépied. A la fin de l'embuscade, seize communistes chinois gisaient morts dans les fourrés, douze étaient gravement blessés, et les éclaireurs malais supprimèrent les autres. Sam McCready resta à son poste à Kuala Lumpur un an de plus, puis quitta l'armée et retourna en Angleterre. La proposition qu'il avait soumise par écrit à son colonel avait dû être classée, mais quelqu'un quelque part l'avait forcément lue.

Il attendait son tour à la bourse du travail (l'appellation agence pour l'emploi n'existait pas encore à l'époque) quand il sentit quelqu'un lui donner une petite tape sur l'épaule. Un homme d'âge mûr portant une veste en tweed et un feutre marron l'invita à venir boire un verre au pub avec lui. Deux semaines et trois entrevues plus tard, il était recruté par la Firme. Depuis lors, c'est-à-dire pendant trente ans, la Firme avait représenté sa seule famille...

Il entendit mentionner son nom et sortit de sa rêverie. Mieux vaudrait prêter l'oreille, se dit-il. C'est de ta carrière qu'on parle.

139

C'était Denis Gaunt, qui tenait entre les mains un volumineux dossier.

« Messieurs, je crois que nous pourrions nous intéresser à une série d'événements survenus en 1986, qui à eux seuls justifieraient que soit reconsidérée la retraite anticipée de Sam McCready. Des événements qui ont commencé, du moins pour nous, par un matin de printemps dans la plaine de Salisbury... »

LA MARIÉE
ÉTAIT TROP BELLE

Chapitre un

De légères traînées de brouillard s'attardaient encore sur leur droite, au-dessus de l'étendue boisée connue sous le nom de Fox Covert, présageant une belle journée de chaleur.

Sur le tertre qui surplombait le terrain vallonné surnommé Frog Hill par des générations de soldats, le groupe d'officiers disparate prit son poste pour suivre les manœuvres qui allaient opposer deux bataillons de force égale en un simulacre de combat. Les deux camps seraient composés de soldats britanniques, diplomatiquement divisés en « Bleus » et « Verts », au lieu de « British » et « Ennemis ». Même l'habituelle désignation de « Rouges » avait été abandonnée, eu égard à la composition du groupe d'officiers sur le tertre.

Disséminés à travers l'étendue de rase campagne à la lisière nord de la plaine de Salisbury, terrain de manœuvre très apprécié par l'Armée britannique en raison de sa ressemblance parfaite avec la plaine d'Allemagne, où l'on estimait que se déroulerait peut-être un jour la troisième guerre mondiale, des arbitres étaient chargés d'attribuer des points qui détermineraient l'issue de la bataille. Les hommes ne mourraient pas ce jour-là ; ils s'y prépareraient seulement.

Derrière le groupe d'officiers se trouvaient les véhicules qui les avaient amenés, plusieurs voitures d'état-major et de nombreuses Land-Rover moins confortables, au camouflage bigarré ou couleur vert-de-gris. Des plantons de l'Intendance installaient des cuisines roulantes pour servir tout au long de la journée les indispensables tasses de thé et de café bouillants, et commençaient à déballer des sandwiches pour la collation.

Les officiers allaient et venaient, ou restaient figés dans les attitudes propres aux fonctions d'observateur. Certains étudiaient des cartes plastifiées, sur lesquelles seraient faites puis effacées des annotations au crayon céramique. D'autres observaient le terrain

143

au loin avec de puissantes jumelles. D'autres encore conféraient gravement entre eux.

Au centre se tenait le général en chef britannique, l'officier responsable du Commandement pour le Sud, avec à ses côtés son homologue étranger et invité personnel. Entre eux, et légèrement en retrait, un brillant jeune subalterne, frais émoulu d'une école d'interprétariat, chuchotait à l'oreille de chacun la traduction simultanée de leurs propos respectifs.

Le groupe d'officiers britanniques était le plus important, avec un peu plus de trente hommes. Ils affichaient tous une expression grave, comme parfaitement conscients de l'importance d'une occasion aussi inhabituelle, et semblaient également quelque peu méfiants, sans doute incapables de se défaire d'une habitude si fortement ancrée. Car c'était la première année de la perestroïka, et si les officiers soviétiques avaient déjà été conviés à assister à des manœuvres anglaises en Allemagne, c'était la première fois que l'Armée britannique les invitait au cœur de l'Angleterre. Les vieilles habitudes ne se perdent pas facilement.

Les Russes avaient l'air aussi sévère que les Anglais, sinon plus. Ils étaient dix-sept, tous triés sur le volet. Plusieurs se débrouillaient en anglais et l'avaient dit ; cinq le parlaient couramment mais le cachaient.

Les critères linguistiques n'avaient cependant pas été retenus en priorité pour la sélection. C'était la compétence qui avait primé. Chacun était expert en son domaine, et très au fait des équipements, des tactiques et des structures britanniques. Leurs instructions ne consistaient pas seulement à écouter ce qu'on leur dirait, encore moins à prendre tout pour argent comptant, mais à observer avec minutie, ne rien omettre, et faire un rapport sur la valeur réelle des Anglais, leur type d'équipement, leur manière de l'utiliser et, le cas échéant, sur leurs points faibles.

Ils étaient arrivés la veille au soir après une journée passée à Londres, en majeure partie dans leur ambassade. Leur premier dîner au mess des officiers de la base de Tidworth avait été plutôt guindé, voire même légèrement tendu, mais sans incident. Les blagues et les chansons trouveraient place plus tard, peut-être le deuxième ou le troisième soir. Les Russes étaient conscients que sur leur groupe de dix-sept, il devait y en avoir au moins cinq chargés de surveiller les autres, et de se surveiller entre eux.

Personne n'en toucha mot aux Britanniques, qui ne jugèrent pas utile non plus de faire remarquer que parmi leurs trente membres s'en trouvaient quatre appartenant au contre-espionnage, les

144

Guetteurs. Au moins ceux-ci n'étaient-ils là que pour surveiller les Russes, et pas leurs compatriotes.

Le groupe soviétique comprenait deux généraux, l'un des Fusiliers motorisés, selon son insigne, et l'autre des Blindés ; un colonel d'état-major ; un colonel, un major et un capitaine du Renseignement militaire, tous trois « officiels », c'est-à-dire ayant reconnu appartenir réellement au Renseignement militaire ; un colonel des Forces aéroportées, dont la combinaison de combat au col ouvert laissait apercevoir un bout du maillot rayé bleu et blanc porté par les Spetsnaz (Forces spéciales) ; un colonel et un capitaine de l'Infanterie, et leurs homologues des Blindés. Plus un lieutenant-colonel de l'état-major opérationnel, ainsi qu'un major et deux capitaines, un colonel et un major des Transmissions.

Le Service de renseignements militaire soviétique s'appelle le GRU, et les trois « officiels » du GRU portaient leurs vrais insignes. Eux seuls savaient que le major des Transmissions et l'un des capitaines de l'état-major opérationnel appartenaient également, mais officieusement, au GRU. Les autres Russes et les Britanniques l'ignoraient.

Quant aux Anglais, ils n'avaient pas estimé nécessaire de dire aux Russes que vingt agents du Service de sécurité étaient disséminés dans le mess des officiers à Tidworth, et y resteraient jusqu'à ce que la délégation soviétique regagne Londres, et prenne le vol pour Moscou le matin du troisième jour. Ces guetteurs s'occupaient pour l'heure à entretenir les pelouses et les parterres de fleurs, servir aux tables ou astiquer les cuivres. Toute la nuit ils se relaieraient pour garder le bâtiment du mess sous surveillance constante, depuis des points d'observation largement répartis. Comme le chef d'état-major général l'avait dit à l'officier responsable du Commandement pour le Sud durant le briefing du ministère quelques jours plus tôt : « Il vaudrait nettement mieux ne pas perdre un de ces lascars dans la nature. »

Les manœuvres commencèrent à neuf heures, selon l'horaire prévu, et durèrent toute la journée. Le largage de parachutistes du deuxième bataillon eut lieu juste après le déjeuner. Un major du Deuxième para se trouvait juste à côté du colonel des Forces aéroportées soviétiques, qui observait très attentivement l'opération.

« Je vois que vous utilisez toujours le mortier de cinquante, constata le Russe.

— Un outil fort pratique, convint l'Anglais. Efficace et toujours fiable.

145

— Je suis bien d'accord, répondit le Russe dans un anglais traînant, avec un léger accent. Je les ai utilisés en Afghanistan.

— Vraiment ? Moi je m'en suis servi dans les Malouines », déclara le major du Deuxième para, tout en pensant intérieurement : La différence, c'est qu'on les a battus en moins de deux aux Malouines, alors que pour vous, ça sent le roussi en Afghanistan.

Le Russe eut un petit sourire amer, et l'Anglais sourit à son tour. Salaud ! songea le Russe ; il est en train de se dire que ça va mal pour nous en Afghanistan.

Les deux hommes continuaient de sourire. Aucun ne pouvait deviner que deux ans plus tard à Moscou, l'étonnant nouveau secrétaire général ordonnerait à toute l'armée soviétique de se retirer d'Afghanistan. Il était trop tôt encore, et les vieilles habitudes ne se perdent pas facilement.

Ce soir-là, l'ambiance fut plus détendue durant le dîner à la caserne de Tidworth. Le vin coula à flots, et la vodka, qu'on ne boit pas d'ordinaire dans l'Armée britannique, était sur toutes les tables. Une franche gaieté s'installait malgré l'obstacle de la langue. Les Russes suivaient l'exemple de leur général en chef, celui des Fusiliers motorisés. Il semblait ravi d'entendre les propos (traduits) du général britannique ; alors les hommes se détendirent. Le major de l'état-major opérationnel, qui écoutait un Anglais des Blindés raconter une blague, faillit éclater de rire, mais se souvint qu'il n'était pas censé comprendre, et attendit la fin de la traduction.

Le major du Deuxième para, assis près du major officiel du GRU, le Renseignement militaire soviétique, crut bon de mettre à l'épreuve ses rudiments de russe.

« *Govaritié vi pa angliski ?* demanda-t-il, à la grande joie du Russe.

— *Otchin malinko*, répondit-il avant d'ajouter dans un anglais maladroit : Tout petit peu, je crains. J'essaie avec des livres à la maison, mais pas très bien.

— C'est sûrement mieux que mon russe, dit le parachutiste. Au fait, je m'appelle Paul Sinclair.

— S'il vous plaît, pardon, dit le Russe en se tournant de trois quarts pour lui tendre la main. Pavel Koutchenko. »

Le repas fut excellent, et se termina par des chansons au bar, avant que les deux groupes d'officiers regagnent leurs quartiers à onze heures. Certains devaient être bien contents de pouvoir faire la grasse matinée le lendemain. Les ordonnances avaient pour instructions de leur apporter le thé à sept heures.

146

En fait, le major Koutchenko se leva à cinq heures et passa deux heures assis discrètement derrière les rideaux de dentelle de sa chambre. Toutes lumières éteintes, il observait le chemin qui passait devant le mess des officiers et conduisait à l'entrée principale, donnant sur la route de Tidworth. Il repéra (ou crut repérer) trois hommes dans la pénombre du petit matin, peut-être des guetteurs.

A six heures précises, il vit également le colonel Arbuthnot sortir par la porte principale du mess juste sous sa fenêtre, et commencer ce qui semblait son habituel jogging matinal. Le major avait tout lieu de penser qu'il s'agissait d'un entraînement quotidien, ayant vu le vieux colonel en faire autant la veille à la même heure.

Le colonel Arbuthnot se repérait facilement, car il était manchot. Il avait perdu son bras gauche des années auparavant, lors d'une expédition avec ses hommes dans les collines du Dhofar durant cette étrange guerre oubliée, une campagne engagée par les Forces spéciales britanniques et les troupes omanaises pour éviter qu'une révolution communiste ne renverse le sultan d'Oman et ne prenne le contrôle du détroit d'Hormouz. Un conseil militaire compréhensif lui avait permis de rester dans l'armée, et l'avait nommé officier d'intendance au mess de Tidworth. Chaque matin, il entretenait sa forme en courant huit kilomètres aller-retour sur la route. Tout le monde connaissait sa silhouette encapuchonnée, en survêtement blanc à rayures bleues, manche gauche soigneusement épinglée au côté. Pour la deuxième matinée consécutive, le major Koutchenko l'observa attentivement.

La seconde journée de manœuvres se déroula sans incident, et les officiers des deux groupes convinrent finalement que les arbitres avaient eu raison d'accorder une victoire technique aux Verts, qui avaient réussi à déloger les Bleus de leurs positions sur Frog Hill et à protéger Fox Covert d'une contre-attaque. Le troisième dîner fut très joyeux. On porta de nombreux toasts, et l'on applaudit plus tard à tout rompre *Kalinka,* chantée par le jeune capitaine de l'état-major opérationnel soviétique, qui n'était pas un espion mais avait une très belle voix de baryton. Le groupe russe devait se réunir dans le hall principal le lendemain matin à neuf heures, après le petit déjeuner, et prendre le car à destination de Heathrow, venu de Londres avec à son bord deux employés d'ambassade chargés de les escorter jusqu'à l'embarquement. Pendant *Kalinka,* personne n'avait remarqué que quelqu'un s'était introduit dans la chambre non verrouillée du colonel Arbuthnot, pour en ressortir soixante secondes plus tard aussi discrètement qu'il y était entré. L'homme avait rejoint le groupe au bar comme s'il revenait des toilettes.

A six heures moins dix le lendemain matin, une silhouette en survêtement blanc à rayures bleues, capuchon baissé, manche gauche épinglée au côté, descendit en trottinant les marches du mess, et se dirigea vers l'entrée principale. Elle fut repérée par un guetteur derrière la fenêtre d'une chambre située au sommet d'un autre immeuble à deux cents mètres de là. Il en prit bonne note, mais ne fit rien d'autre.

A la grille d'entrée, le caporal de la Garde sortit du poste et fit un salut au coureur qui se glissait sous la barrière. Comme il ne portait pas de képi, le joggeur ne put le lui rendre, mais il lui fit un petit signe de la main, et prit sa route habituelle vers Tidworth.

A six heures dix, le caporal leva les yeux, les écarquilla, puis se tourna vers son sergent.

« Je viens juste de voir passer le colonel Arbuthnot, dit-il.

— Et alors ?

— C'est la deuxième fois ! »

Le sergent était fatigué, on allait les relever dans vingt minutes, et le petit déjeuner attendait. Il haussa les épaules.

« Il a dû oublier quelque chose », conclut-il.

Il regretterait cette remarque. Plus tard, au cours de l'audience disciplinaire.

Le major Koutchenko s'enfonça dans un bouquet d'arbres près de la route après avoir couru huit cents mètres, ôta le survêtement blanc qu'il avait volé, et le cacha au cœur des fourrés. Quand il regagna la route, il portait un pantalon de flanelle grise, une veste en tweed, une chemise et une cravate. Seules ses chaussures de course Adidas détonnaient. Sans pouvoir en être sûr, il soupçonnait qu'à un kilomètre et demi derrière lui courait un colonel Arbuthnot énervé d'avoir perdu dix minutes à chercher son survêtement habituel, avant d'en arriver à la conclusion que son ordonnance avait dû le donner à nettoyer et ne l'avait pas récupéré. Il en portait un autre, et n'avait pas encore remarqué qu'il lui manquait aussi une chemise, une cravate, une veste, un pantalon et une paire de tennis.

Koutchenko aurait facilement pu conserver son avance sur le colonel britannique jusqu'à ce que ce dernier fasse demi-tour pour rentrer au bercail, mais il n'eut même pas à se donner ce mal, car une voiture arriva derrière lui. Koutchenko l'arrêta d'un geste et se pencha vers la vitre côté passager.

« Je suis vraiment désolé, mais ma voiture est tombée en panne. Je me demandais si je trouverais un garagiste à North Tidworth ?

— C'est un peu tôt, répondit le conducteur. Mais je peux quand même vous y conduire. Montez. »

Le major du Deuxième para aurait sans doute été fort étonné de voir Koutchenko maîtriser subitement la langue anglaise. Mais son accent étranger n'avait pas disparu.

« Vous n'êtes pas d'ici, vous ? demanda l'automobiliste pour lancer la conversation.

— Non, reconnut Koutchenko en riant. Je viens de Norvège. Je visite les cathédrales du pays. »

Le conducteur serviable déposa Koutchenko au centre de la ville endormie de North Tidworth à sept heures moins dix, puis continua sa route en direction de Marlborough. Il n'aurait jamais la moindre raison de parler de cet incident à quiconque, et personne ne le lui demanderait, d'ailleurs.

Dans le centre-ville, Koutchenko trouva une cabine téléphonique, et à sept heures moins une exactement, il composa un numéro londonien, et introduisit une pièce de cinquante pence dans la fente. On décrocha à la cinquième sonnerie.

« Pourrais-je parler à Mr Roth ? Mr Joe Roth, précisa Koutchenko.

— Lui-même, répondit la voix à l'autre bout du fil.

— Dommage. Vous voyez, j'espérais parler à Chris Hayes. »

Dans son petit appartement chic de Mayfair, Joe Roth se raidit, et toutes ses antennes professionnelles passèrent à l'alerte rouge. Réveillé depuis vingt minutes seulement, il était encore en pyjama, pas rasé, et se faisait couler un bain tout en préparant son premier café de la journée. Il traversait le salon en venant de la cuisine, jus d'orange dans une main, café dans l'autre, quand le téléphone avait sonné. Il était tôt, même pour lui, qui pourtant ne se levait jamais tard, alors que son travail comme adjoint aux Relations publiques à l'ambassade des États-Unis, à quatre cents mètres de là sur Grosvenor Square, ne requérait pas sa présence avant dix heures.

Joe Roth faisait partie de la CIA, mais n'était pas le chef de la station londonienne. Cet honneur revenait à William Carver qui, comme tout chef d'antenne, appartenait à la division du Secteur occidental. En tant que tel, Carver était « déclaré », donc tous les gens concernés n'ignoraient ni qui il était ni ce qu'il faisait. Étant le représentant officiel de la Compagnie à Londres, Carver siégeait d'office au Comité interagences du Renseignement britannique.

Roth venait du Bureau des Projets spéciaux, formé seulement

six ans auparavant pour s'occuper, comme son nom l'indiquait, des projets et mesures actives que Langley considérait comme suffisamment délicats pour que le chef de station puisse plus tard clamer son innocence, même auprès des alliés des Américains.

Tous les officiers de la CIA, quel que soit leur département de provenance, ont un vrai nom et un nom opérationnel ou professionnel. Le vrai nom, dans les ambassades amies, est vraiment le vrai ; Joe Roth s'appelait en effet Joe Roth, et figurait comme tel sur la liste diplomatique. Mais contrairement à Carver, il n'était pas « déclaré », sauf à un petit cénacle de trois ou quatre homologues britanniques appartenant à l'Intelligence Service. Et son nom professionnel n'était également connu que de ces mêmes privilégiés, plus quelques-uns de ses collègues aux USA. Se l'entendre jeter à la figure par téléphone à sept heures du matin, et par une voix qui n'avait pas l'accent anglais, constituait une sérieuse alerte.

« Je suis désolé, dit-il en détachant ses mots. C'est à Joe Roth que vous parlez. Qui est à l'appareil ?

— Écoutez-moi bien, monsieur Roth, ou monsieur Hayes. Mon nom est Piotr Alexandrovitch Orlov. Je suis colonel au KGB.

— Si c'est une blague...

— Monsieur Roth, le fait que je vous appelle par votre nom opérationnel n'est pas une blague pour vous. Et mon offre de service aux USA n'en est pas une pour moi. Or c'est justement ça que je vous propose. Je veux passer aux USA, très vite. Dans peu de temps, je serai dans l'incapacité de retourner dans mon camp. On ne m'accordera aucune excuse. Je détiens une masse de renseignements qui seraient très précieux pour votre Agence, monsieur Roth. Vous devez prendre votre décision rapidement, sinon je repars tant qu'il en est encore temps. »

Roth avait tout noté rapidement sur un bloc qu'il avait attrapé sur la table du salon. La page portait encore les scores de la partie de poker qu'il avait jouée jusqu'à une heure avancée de la nuit avec Sam McCready. Plus tard, il se souvint avoir pensé : Bon Dieu, si Sam entendait ça, il grimperait aux rideaux.

« Où vous trouvez-vous à l'heure actuelle, colonel ? demanda-t-il.

— Je vous appelle d'une cabine téléphonique, dans une petite ville près de la plaine de Salisbury. »

Son anglais était presque parfait du point de vue grammatical. Seul l'accent trahissait son origine étrangère. Roth avait été entraîné à reconnaître les accents. Celui-là était slave, sans doute russe. Il se demandait encore s'il s'agissait d'une des blagues idiotes de Sam McCready, s'il n'allait pas bientôt entendre un gros éclat de rire à l'autre bout de la ligne. Nom de Dieu, ce n'était même pas le 1ᵉʳ avril, mais le 3.

« Depuis trois jours, reprit la voix, j'assiste avec un groupe d'officiers soviétiques à des manœuvres militaires anglaises dans la plaine de Salisbury. Nous sommes logés à la caserne de Tidworth. Mon nom de couverture là-bas est major Pavel Koutchenko, du GRU. Je suis parti à pied il y a une heure. Si je ne suis pas de retour dans l'heure qui vient, je ne peux plus y retourner du tout. Cela me prendra une demi-heure pour faire le trajet, vous avez donc trente minutes pour me faire part de votre décision, monsieur Roth.

— D'accord, colonel. Je marche, jusqu'à présent. Je veux que vous me rappeliez dans quinze minutes. La ligne sera libre. Je vous donnerai la réponse.

— Quinze minutes, pas plus. Après, je rentre », fit l'homme avant de raccrocher.

Roth réfléchit à toute allure. Il avait trente-neuf ans, et en avait passé douze à l'Agence. Rien de semblable ne lui était jamais arrivé. Cela dit, certains hommes passaient leur carrière entière à l'Agence sans jamais voir de près un transfuge soviétique. Mais Roth savait tout sur ces personnages, car tous les agents de terrain comme lui étaient briefés, informés et entraînés dans l'éventualité constante d'une défection soviétique.

Il savait que la plupart faisaient d'abord une première approche qui marquait généralement l'aboutissement d'une longue période de réflexion et de préparation. Le transfuge potentiel faisait passer des messages aux hommes de la région qu'il savait appartenir à l'Agence. « Je veux vous rencontrer pour discuter des conditions. » Souvent, on lui demandait de rester infiltré sur place, et de fournir des tonnes de renseignements avant de sauter vraiment le pas. S'il refusait, on le suppliait au moins d'arriver avec une valise pleine de documents. La quantité qu'il pourrait fournir avant de passer à l'Ouest, ou apporter avec lui, affecterait ensuite son statut, sa rémunération, son niveau de vie. Dans le métier, on appelait ça la « dot ».

Parfois, mais parfois seulement, il se produisait ce qu'on appelle un *walk-in*. Le transfuge débarquait sans prévenir, ayant brûlé ses vaisseaux et ne pouvant plus revenir en arrière. Il n'y avait d'autre issue que d'accepter l'homme ou l'abandonner dans un camp de réfugiés, solution rarement adoptée, même dans le cas d'un transfuge de petite envergure, comme un marin de la marine marchande ou un simple soldat n'ayant pas grand-chose à offrir. Sauf si les tests par détecteur de mensonges faits au moment de la défection révélaient que l'homme était un désinformateur. Alors l'Amérique refusait de l'accueillir. En pareille circonstance, les Russes serraient les dents, faisaient sortir leur agent du camp de réfugiés et le ramenaient au pays.

A la connaissance de Roth, il était arrivé une fois que les Russes débusquent un transfuge envoyé dans un camp, et le liquident. Parce qu'il avait échoué au test du polygraphe alors même qu'il disait la vérité. La machine avait interprété sa nervosité comme un signe de mensonge. Manque de pot. Évidemment, il y avait longtemps de cela. Ces appareils sont bien plus efficaces aujourd'hui.

Et voilà qu'un homme se disant colonel du KGB voulait faire un *walk-in*. Sans avertissement, sans négociation, sans valise de documents sortis tout droit de la Résidence du KGB où il avait pris son dernier poste. Et pour couronner le tout, il faisait ça en plein cœur de l'Angleterre, pas au Moyen-Orient ou en Amérique latine. Et il s'offrait aux Américains, pas aux Anglais. Ou bien avait-il déjà parlé aux Rosbifs ? S'était-il vu rejeter ? L'esprit de Roth envisageait toutes les possibilités à une vitesse record, tandis que les minutes s'égrenaient.

Sept heures cinq. Deux heures cinq du matin à Washington. Tout le monde dormait. Il devrait en parler à son patron, Calvin Bailey, chef de la division des Projets spéciaux. Sans doute profondément endormi à Georgetown. Mais le temps... Roth manquait de temps. Il ouvrit un petit placard, dans lequel était rangé son micro-ordinateur. Il se connecta à l'unité centrale, enfouie au plus profond des sous-sols de l'ambassade à Grosvenor Square, fit passer son PC en mode crypté, et demanda à l'unité centrale de rechercher les officiers supérieurs du KGB connus à l'Ouest. Puis il tapa : Qui est Piotr Alexandrovitch Orlov ?

Fait étrange, le monde secret ressemble quasiment à un petit club privé. Ce genre de camaraderie existe entre les pilotes, où elle est admise, ainsi que chez les parachutistes et dans les Forces spéciales.

En général, les professionnels ont du respect les uns pour les autres, même s'ils sont rivaux, concurrents, ou carrément ennemis déclarés. Durant la Seconde Guerre mondiale, les pilotes de la Luftwaffe et de la RAF se détestaient rarement, laissant de tels sentiments aux fanatiques et aux civils. Les professionnels servent toujours loyalement leurs maîtres politiques et les bureaucrates, mais ils préféreraient descendre une pinte de bière en compagnie de leurs pairs, même s'ils sont ennemis.

Dans le monde secret, on consigne soigneusement tout changement hiérarchique dans les rangs de l'ennemi. Les promotions et les transferts dans les agences alliées, rivales ou ennemies sont soigneusement relevés et fichés. Dans chaque capitale, le Résident du KGB sait en général qui sont les chefs des antennes anglaise et américaine, et réciproquement. Un jour, lors d'un cocktail à Dar-es-Salaam, le Résident du KGB s'approcha du chef de l'antenne du SIS, un verre de whisky-soda à la main.

« Monsieur Child, annonça-t-il solennellement, vous savez qui je suis et je sais qui vous êtes. Nous faisons un métier difficile. Nous ne devrions pas nous ignorer. »

Sur quoi ils trinquèrent.

L'unité centrale de la CIA à Londres est reliée directement à Langley en Virginie. En réponse à la question de Roth, des petits circuits commencèrent à passer au crible les listes d'officiers du KGB connus de la CIA. Il y avait des centaines de « confirmés » et des milliers de « soupçonnés ». Pour la majeure partie, ces renseignements provenaient des transfuges eux-mêmes, car la première préoccupation des officiers de débriefing est d'apprendre par un transfuge récemment arrivé qui est qui en ce moment, qui a été transféré, rétrogradé ou promu, etc. Leurs informations augmentent avec chaque nouveau transfuge.

Roth savait qu'au cours des quatre années précédentes, les Anglais s'étaient montrés plus que serviables à cet égard, en fournissant des centaines de noms, la plupart inédits, les autres servant à confirmer des soupçons. Les Anglais attribuaient le mérite de cette connaissance en partie aux interceptions, en partie à de subtiles analyses, et enfin aux transfuges comme Vladimir Kouzichkine, l'homme de la direction des Illégaux qu'ils avaient réussi à faire sortir de Beyrouth. Quelle que fût l'origine de ses informations, la banque de données de Langley ne perdit pas de temps. Des lettres vertes se mirent à clignoter sur le petit écran de Roth :

PIOTR ALEXANDROVITCH ORLOV. COLONEL AU KGB. QUATRE DERNIÈRES ANNÉES SANS DOUTE À LA TROISIÈME DIRECTION. COUVERTURE SOUPÇONNÉE : MAJOR GRU AU SEIN ÉTAT-MAJOR INTERARMES DE L'ARMÉE ROUGE À MOSCOU. POSTES PRÉCÉDENTS : PLANIFICATION

Roth émit un sifflement au moment où la machine mettait un terme à son exposé sur Orlov. Il éteignit son PC. Ce que lui avait dit l'homme au téléphone tenait la route. La direction des Forces armées du KGB (la troisième) était celle chargée de veiller sur la loyauté des troupes. En tant que telle, elle était haïe mais tolérée. Les agents de la DFA infiltraient généralement les forces armées en se faisant passer pour des officiers du Renseignement militaire, le GRU. Ceci expliquait qu'ils soient partout, posent des questions, et exercent une constante surveillance. Si pendant quatre ans Orlov avait assumé la fonction de major du GRU à l'état-major interarmes du ministère de la Défense soviétique, il devait en effet être une encyclopédie vivante. Cela expliquait aussi qu'il fasse partie du groupe d'officiers soviétiques invités dans la plaine de Salisbury pour assister aux manœuvres anglaises, sous l'égide du récent accord entre l'OTAN et le Pacte de Varsovie.

Roth consulta sa montre. Sept heures quatorze. Plus le temps d'appeler Langley. Soixante secondes pour prendre la décision. Trop risqué. Dis-lui de retourner au mess des officiers, de se glisser dans sa chambre et d'accepter la bonne tasse de thé que lui apportera l'ordonnance britannique. Ensuite, retour à Heathrow et Moscou. Essaie de le persuader de sauter le pas à Heathrow, ça te donnera le temps de contacter Calvin Bailey à Washington. Le téléphone sonna.

« Monsieur Roth, il y a un car devant la cabine téléphonique. Le premier de la matinée. Je crois qu'il ramasse les civils qui se chargent de l'entretien à la caserne de Tidworth. J'ai juste le temps de rentrer, si je dois... »

Roth prit une profonde respiration. C'est ta carrière qui est en jeu, mon garçon, toute ta carrière.

« OK, colonel Orlov, nous vous prenons. Je vais contacter mes collègues britanniques, ils vous conduiront en lieu sûr en moins de trente minutes.

— Non, fit Orlov d'une voix dure, refusant toute contradiction. Je me livre seulement aux Américains. Je veux partir d'ici et me retrouver très vite aux USA. C'est ça le marché, monsieur Roth. Il n'y a pas le choix.

— Écoutez, colonel...

— Non, monsieur Roth. Je veux que vous veniez me chercher vous-même. Dans deux heures, cour centrale de la gare d'Abing-

154

don. De là, vous m'emmènerez à la base de l'USAF à Upper Heyford, et vous me mettrez à bord d'un avion de transport pour les USA. Je ne traiterai qu'à ces conditions.

— Parfait, colonel. Vous avez gagné. J'arrive. »

Il fallut dix minutes à Roth pour s'habiller, ramasser son passeport, sa carte de la CIA, son argent, ses clefs, et descendre chercher sa voiture dans le parking souterrain.

Quinze minutes après avoir raccroché, il tournait dans Park Lane et prenait la direction du nord, vers Marble Arch et Bayswater Road, choisissant ce chemin pour éviter les embouteillages de Knightsbridge et Kensington.

A huit heures, il avait dépassé Heathrow, et pris la M 25 vers le sud, puis la M 3 vers le sud-ouest, se raccordant à l'A 303 en direction d'Abington. Il entra dans la cour centrale de la gare à neuf heures dix. Un flot de voitures arrivait, déposait des passagers et repartait aussitôt, tandis que les voyageurs s'engouffraient dans la gare. Seul un homme restait immobile. En veste de tweed, pantalon gris et chaussures de sport, appuyé contre un mur, il lisait un journal du matin. Roth s'approcha de lui.

« Vous devez être celui que je suis venu chercher », murmura-t-il.

L'homme leva les yeux, des yeux gris et calmes dans un visage aux traits durs qui accusait la quarantaine.

« Cela dépend de vos papiers d'identité », répondit-il.

C'était la même voix qu'au téléphone. Roth tendit sa carte de la CIA, qu'Orlov étudia avant d'acquiescer d'un signe de tête. Roth lui indiqua sa voiture. Le moteur tournait toujours et elle bloquait d'autres véhicules. Orlov jeta un regard circulaire, comme pour un dernier adieu à un monde familier. Puis il monta.

Roth avait dit à l'officier de garde à l'ambassade de prévenir Upper Heyford qu'il arrivait avec un invité. Il fallut deux heures pour traverser la campagne et atteindre la base de l'USAF dans l'Oxfordshire. Roth roula directement jusqu'à l'entrée du bureau du commandant de la base. Deux coups de fil à Washington, et Langley intervint auprès du Pentagone, qui envoya ses instructions au commandant. Un vol de liaison partant d'Upper Heyford pour la base de l'USAF à Andrews dans le Maryland cet après-midi-là à trois heures compta deux passagers supplémentaires.

Cela faisait alors cinq heures que l'onde de choc s'était propagée de Tidworth à Londres et retour. Bien avant l'heure

155

prévue du décollage, une algarade retentissante avait éclaté entre l'Armée anglaise, le ministère de la Défense, le Service de sécurité et l'ambassade soviétique.

Le groupe des Russes se réunit vers huit heures pour le petit déjeuner dans le restaurant du mess des officiers. Les discussions allaient maintenant bon train entre les Russes et leurs homologues britanniques. A huit heures vingt, ils étaient seize. L'absence du major Koutchenko fut remarquée, mais sans soulever d'inquiétude.

A neuf heures moins dix environ, les seize Russes se retrouvèrent dans le hall central avec leurs bagages, et l'absence du major Koutchenko fut à nouveau remarquée. On dépêcha une ordonnance dans sa chambre pour lui demander de se presser. Le car attendait devant l'entrée.

L'ordonnance revint, et annonça que la chambre du major était vide, mais que ses affaires s'y trouvaient toujours. Une délégation de deux officiers britanniques et deux russes monta le chercher. Ils constatèrent que quelqu'un avait dormi dans le lit, que la serviette de toilette était humide, et que tous les vêtements de Koutchenko étaient là, ce qui signifiait qu'il ne devait pas être loin, en pyjama et robe de chambre. On fouilla la salle de bains au bout du couloir (seuls les deux généraux avaient eu droit à une chambre avec salle de bains), mais sans résultat. On inspecta aussi les toilettes, qui étaient vides. Le visage des deux Russes, notamment celui du colonel du GRU, avait maintenant perdu toute trace de bonhomie.

Les Anglais commençaient également à s'inquiéter. On fouilla minutieusement tout le bâtiment du mess, en vain. Un capitaine du Renseignement britannique s'éclipsa pour parler aux guetteurs invisibles du Service de sécurité. Leur journal de bord révéla que deux officiers en survêtement étaient allés faire du jogging ce matin-là, mais qu'un seul était revenu. On lança un appel affolé au poste de l'entrée principale. Le registre de nuit indiquait seulement que le major Arbuthnot était sorti, puis rentré.

Pour résoudre le problème, le caporal de la Garde fut tiré du lit. Il raconta le double départ du colonel Arbuthnot, qu'on interrogea à son tour et qui nia farouchement avoir passé la grille principale, puis être revenu sur ses pas et reparti. Une fouille de sa chambre révéla qu'il lui manquait un survêtement blanc, une veste, une chemise, une cravate et un pantalon. Le capitaine du Renseignement s'entretint brièvement en aparté avec le général en chef britannique, qui demanda d'un air extrêmement grave au responsable soviétique de le suivre dans son bureau.

Quand il en ressortit, le général russe, blême de rage, exigea qu'une voiture de fonction l'emmène immédiatement à son ambassade à Londres. La nouvelle se répandit parmi les quinze autres Soviétiques, qui se montrèrent aussitôt froids et distants. Il était dix heures. La série de coups de téléphone commença.

Le général britannique prévint le chef d'état-major à Londres, et lui fit un rapport complet de la situation. Un autre fut envoyé par le chef des guetteurs à ses supérieurs au QG du Service de sécurité, dans Curzon Street à Londres. De là, il fut immédiatement transmis au Directeur général adjoint, qui vit aussitôt derrière cette affaire la main de CESAR, charmant acronyme que le Service de sécurité utilise parfois pour désigner l'Intelligence Service. Ça veut dire : Ces Enfoirés Sur l'Autre Rive.

Au sud de la Tamise, à Century House, le chef adjoint Timothy Edwards reçut un appel de Curzon Street, et nia que le SIS eût quelque chose à voir dans cette histoire. Quand il eut raccroché, il actionna l'interphone sur son bureau et aboya :

« Faites monter Sam McCready immédiatement ! »

A midi, le général russe, accompagné du colonel du GRU, était en conférence à l'ambassade soviétique de Kensington Palace Gardens avec l'attaché militaire, qui se faisait passer pour un major-général de l'Infanterie, alors qu'il l'était réellement, mais dans le GRU. Aucun des trois ne savait que le major Koutchenko était en fait le colonel Orlov du KGB — identité que seuls connaissaient quelques officiers supérieurs de l'état-major inter-armes de Moscou. Les trois hommes auraient certainement été fort soulagés de l'apprendre. Rien ne ravit autant un soldat soviétique que de voir le KGB se couvrir de boue. Ils pensaient avoir perdu un major du GRU, et s'inquiétaient fortement de la réaction prévisible de Moscou.

A Cheltenham, le Centre gouvernemental des communications, station d'écoute nationale, nota et signala un affolement soudain du trafic radio soviétique entre l'ambassade et Moscou, utilisant à la fois les codes diplomatiques et militaires.

A l'heure du déjeuner, l'ambassadeur soviétique, Leonide Zamiatine, déposa une plainte virulente auprès du Foreign Office, prétendant qu'il y avait eu enlèvement, et exigeant un contact immédiat avec le major Koutchenko. Le Foreign Office la communiqua aussitôt à toutes les agences secrètes, qui protestè-rent en chœur de leur innocence et répondirent : nous ne l'avons pas.

Bien avant la mi-journée, la fureur des Russes n'avait d'égale que la perplexité des Britanniques. La façon dont Koutchenko (ils l'appelaient encore par ce nom) avait fait sa « fugue » était pour le moins étrange. Les transfuges sautent rarement le pas dans le simple but d'aller boire une bière au pub. D'ordinaire, ils se rendent à un refuge, souvent repéré à l'avance. Si Koutchenko s'était précipité dans un commissariat (ça s'était déjà vu), la police du Wiltshire en aurait aussitôt averti Londres. Puisque par ailleurs toutes les agences britanniques clamaient leur innocence, il ne restait plus qu'à chercher du côté des agences étrangères basées sur le territoire britannique.

Bill Carver, le chef de l'antenne de la CIA à Londres, se trouvait dans une position insoutenable. Roth avait été obligé de contacter Langley depuis la base aérienne pour obtenir l'autorisation de prendre le vol de l'USAF, et Langley en avait informé Carver. Celui-ci connaissait parfaitement les termes de l'accord anglo-américain concernant ce genre d'affaire. On considérerait comme totalement scandaleux que les Américains fassent sortir un Russe d'Angleterre au nez et à la barbe des Rosbifs, sans les en avertir. Mais Carver reçut l'ordre de faire traîner les choses jusqu'à ce que le vol MATS ait quitté l'espace aérien anglais. Il rusa en faisant dire qu'il était occupé toute la matinée, puis demanda un rendez-vous urgent avec Timothy Edwards à trois heures de l'après-midi, qui lui fut accordé.

Carver arriva en retard. Il était resté dans sa voiture à quelques pâtés de maisons de là, jusqu'à ce qu'on lui annonce par téléphone que le vol MATS avait décollé. Il rencontra Edwards à trois heures dix, heure à laquelle le jet américain avait survolé le canal de Bristol et le sud de l'Irlande, prochaine escale : le Maryland.

Au moment de l'entrevue, Carver avait déjà reçu un rapport complet de Roth, apporté à Londres par coursier depuis la base de l'USAF. Roth expliquait qu'il n'avait eu d'autre alternative que d'emmener Koutchenko/Orlov sans préavis, ou de le laisser repartir ; et qu'Orlov ne voulait avoir affaire qu'aux Américains.

Carver utilisa cette information pour essayer d'arrondir les angles avec les Anglais. Edwards avait depuis longtemps appris par McCready qui était Orlov — la banque de données américaine consultée par Roth peu après sept heures du matin utilisait à l'origine des renseignements du SIS. En lui-même, Edwards savait qu'il aurait agi exactement comme Roth face à une aussi belle occasion, mais il se montra froid et offensé. Ayant reçu le rapport officiel de Carver, il informa aussitôt le ministère de la Défense, le Foreign Office et le Service de sécurité. Koutchenko (il ne voyait pas pour l'instant l'intérêt de révéler à tout le monde que son vrai nom était Orlov) se trouvait en territoire souverain américain, hors de tout contrôle britannique.

Une heure plus tard, l'ambassadeur Zamiatine se présentait au Foreign Office, King Charles Street, et fut directement introduit dans le bureau du ministre. Quoique décidé à accueillir ses explications avec scepticisme, il était en secret tout prêt à croire Sir Geoffrey Howe, qu'il savait homme d'honneur. Affichant toujours un air indigné, le Russe retourna à l'ambassade et avertit Moscou. Les membres de la délégation militaire soviétique prirent l'avion du retour tard ce soir-là, effondrés à l'idée des interminables interrogatoires qui les attendaient.

A Moscou, la bataille faisait rage depuis un certain temps entre le KGB, qui accusait le GRU de n'avoir pas exercé une vigilance suffisante, et le GRU, qui accusait le KGB de réchauffer des traîtres en son sein. La femme d'Orlov, affolée et clamant son innocence, se faisait interroger, ainsi que tous les collègues, supérieurs, amis et contacts d'Orlov.

A Washington, le directeur de la CIA reçut un appel furieux du secrétaire d'État, qui avait lui-même reçu un télégramme très attristé de Sir Geoffrey Howe sur le déroulement de cette affaire. Quand il raccrocha, le directeur leva les yeux vers les deux hommes assis en face de lui : le directeur adjoint (opérations) et le chef des Projets spéciaux, Calvin Bailey. C'est à ce dernier qu'il s'adressa.

« Votre jeune Mr Roth a vraiment mis le feu aux poudres, ce coup-ci. Vous dites qu'il a agi de son propre chef ?

— Absolument. D'après ce que j'ai compris, le Russe ne lui a pas laissé le temps de passer par la voie hiérarchique. C'était à prendre ou à laisser. »

Bailey était un homme mince et sec, peu enclin à établir des relations d'amitié au sein de l'Agence. Les gens le trouvaient distant, presque froid. Mais il faisait bien son travail.

« Nous avons sérieusement vexé les Anglais. Vous-même, vous auriez pris ce risque ? demanda le directeur.

— Je ne sais pas, répondit Bailey. Nous ne pourrons rien savoir tant que nous n'aurons pas discuté avec Orlov. Discuté sérieusement. »

Le directeur hocha la tête. Dans le monde du secret comme partout ailleurs, la règle est simple. Quand on prend un risque et que cela paye, on est un malin destiné aux plus hauts sommets. Quand on echoue, il y a toujours l'option retraite anticipée. Le directeur voulait que les choses soient bien claires.

159

« Vous assumez la responsabilité des actes de Roth ? Pour le meilleur et pour le pire ?

— Oui, confirma Bailey. Je m'y engage. Ce qui est fait est fait. Maintenant, il faut voir ce que nous avons entre les mains. »

Quand l'avion MATS atterrit à Andrews peu après six heures du soir, heure de Washington, cinq limousines de l'Agence attendaient sur la piste. Avant que les membres d'équipage puissent débarquer, les deux hommes qu'ils n'avaient jamais vus et ne reverraient jamais furent escortés à leur descente d'avion, et disparurent dans les conduites intérieures aux vitres fumées qui les attendaient. Bailey fut présenté à Orlov, eut un hochement de tête distant, et s'assura qu'il montait dans la deuxième voiture, puis il se tourna vers Roth.

« Il est tout à vous, Joe. Vous l'avez amené ici, vous le débriefez.

— Je ne suis pas un interrogateur, répondit Roth. Ce n'est pas ma spécialité.

— Vous l'avez fait sortir, rétorqua Bailey avec un haussement d'épaules. Il vous doit une fière chandelle. Il sera peut-être plus à l'aise avec vous. Vous aurez tout le soutien nécessaire, les traducteurs, les analystes, les spécialistes de tous les domaines qu'il a abordés. Et le polygraphe, bien sûr. Commencez donc par ça. Emmenez-le au Ranch, vous y êtes attendus. Et Joe, je veux tout savoir. Au fur et à mesure, tout ce qu'il dit, réservé à moi seul, en main propre, OK ? »

Roth acquiesça de la tête. Dix-sept heures plus tôt, au moment où il enfilait le survêtement blanc dans une chambre en Angleterre, Piotr Orlov, alias Pavel Koutchenko, était encore un officier soviétique fiable, avec un foyer, une épouse, une carrière, et une mère patrie. Maintenant, il n'était plus qu'un paquet, un ballot à l'arrière d'une limousine dans un pays étranger, destiné à être pressé comme un citron jusqu'à la dernière goutte, et ressentant certainement, comme tous les autres, les premières affres du doute, peut-être même de la panique. Roth se prépara à monter en voiture à côté du Russe.

« Une dernière chose, Joe. Si Orlov, dorénavant nom de code Ménestrel, se révèle pourri, le directeur aura ma peau. Trente secondes exactement après que j'aurai eu la vôtre. Bonne chance. »

Le Ranch était (et est toujours) une planque de la CIA, une authentique ferme dans le sud de la Virginie, région renommée pour l'élevage des chevaux. Pas trop loin de Washington, mais enfoui au cœur de la forêt, clôturé et barricadé, desservi par une longue allée privée et gardé par des équipes de robustes jeunes gens ayant tous réussi haut la main les cours d'entraînement au close-combat et au tir de Quantico.

Orlov fut introduit dans une confortable suite de deux pièces, aux couleurs reposantes, avec une salle de bains et les commodités que l'on trouve dans les bons hôtels : téléviseur, magnétoscope, magnétophone, fauteuils relax, table de salle à manger. On lui servit son repas, le premier depuis son arrivée en Amérique, et Joe Roth le partagea avec lui. Durant le vol, les deux hommes étaient convenus de s'appeler respectivement Peter et Joe. Il semblait maintenant que leur relation allait devoir se prolonger.

« Ce ne sera pas toujours facile, Peter », avertit Roth, en regardant le Russe engloutir un énorme hamburger.

Peut-être pensait-il aux fenêtres blindées qui ne s'ouvraient pas, aux miroirs sans tain dans toutes les pièces, à l'enregistrement de la moindre parole prononcée dans la suite, et au rigoureux débriefing à venir. Le Russe approuva du chef.

« On commencera demain, Peter. Il faut qu'on parle, qu'on parle à fond. Vous devrez vous soumettre au détecteur de mensonges. Si vous êtes blanchi, il faudra que vous me disiez... des tas de choses. En fait, tout. Tout ce que vous savez, ou soupçonnez. Et qu'il faudra répéter et rerépéter.

— Joe, nous avons tous les deux passé notre vie dans ce monde étrange, déclara Orlov avec un sourire, en reposant sa fourchette. Vous n'avez pas besoin de... (il chercha ses mots)... prendre des gants. Je dois bien justifier le risque que vous avez pris pour moi, en me faisant sortir. C'est ce que vous appelez la dot, non ?

— Oui, Peter, dit Roth en riant. C'est ça qu'il nous faut, maintenant. La dot. »

A Londres, l'Intelligence Service n'était pas resté totalement inactif. Par le ministère de la Défense, Timothy Edwards avait vite appris le nom du fugitif : Pavel Koutchenko. Sa propre banque de données lui avait aussitôt révélé que c'était le nom de couverture du colonel Piotr Orlov, de la Troisième Direction du KGB. C'est alors qu'il convoqua Sam McCready.

« J'ai fait chier nos Cousins américains un maximum. Nous sommes très choqués, tout le monde est scandalisé, bla-bla-bla. Bill Carver est profondément mortifié, parce qu'il se voit en assez mauvaise posture ici. De toute façon, il insistera auprès de Langley pour qu'ils nous refilent tous les renseignements au fur et à

161

mesure. Je veux former un petit groupe qui sera chargé d'analyser la marchandise d'Orlov quand elle nous parviendra. Je voudrais que ce soit vous qui le dirigiez... sous mes ordres.

— Merci, répondit le Manipulateur. Mais il m'en faut davantage. Je demanderai à avoir accès. Il se peut qu'Orlov sache des choses qui nous concernent, nous, en particulier. Des renseignements qui ne vaudront pas grand-chose aux yeux de Langley. Alors il me faut un accès direct à Orlov.

— Ce sera peut-être difficile, fit Edwards, songeur. Ils l'ont sans doute planqué quelque part en Virginie. Mais je peux toujours demander.

— Vous en avez le droit, insista McCready. On leur a donné des tonnes d'informations récemment. »

L'idée était lancée. Les deux hommes savaient d'où venait la plupart des renseignements fournis les quatre années précédentes. Et puis il y avait eu l'ordre de bataille soviétique, qu'ils avaient remis à Langley l'année passée.

« Autre chose, dit Sam. Je voudrais vérifier l'histoire de cet Orlov. Avec Talisman. »

Edwards le foudroya du regard. Talisman était une source russe travaillant pour le SIS, mais tellement haut placée et sensible qu'à Century House, douze hommes à peine savaient qu'il existait, parmi lesquels quatre seulement connaissaient son identité : le Chef, Edwards, le contrôleur du bloc soviétique, et McCready, son officier traitant, l'homme qui le dirigeait.

« Est-ce bien raisonnable ? demanda Edwards.

— Je crois que ça s'impose.

— Soyez prudent. »

Le lendemain matin, la voiture noire était indiscutablement garée sur une double ligne jaune, et le contractuel rédigea la contravention sans la moindre hésitation. Il venait juste de finir et de glisser la pochette en plastique sous l'essuie-glace quand un homme élancé et élégant portant un costume sombre sortit d'un magasin voisin, repéra le PV et commença de protester. C'était une scène tellement banale que personne n'y prêta attention, même à Londres.

De loin, un passant aurait vu les gesticulations rituelles du conducteur, les haussements d'épaules imperturbables du contractuel. L'automobiliste tira l'agent par la manche et lui fit faire le tour de la voiture pour lui montrer les plaques minéralogiques. C'est alors que le policier remarqua le petit macaron CD près de l'immatriculation, et cela en disait long... Corps diplomatique. Il l'avait assurément raté, mais ne se laissa pas impressionner. Le personnel d'ambassade étrangère est peut-être dispensé de l'amende, mais pas de la contravention. Il s'éloigna.

Le conducteur arracha le PV du pare-brise et l'agita sous le nez de l'autre, qui lui posa une question. Pour prouver son authentique statut de diplomate, il sortit de sa poche une carte d'identité qu'il obligea le contractuel à regarder. Coup d'œil, haussement d'épaules, et deuxième départ. Fou de rage, l'étranger froissa la contravention en boule, et la lança dans sa voiture par sa vitre ouverte avant de monter et de démarrer.

Ce qu'un passant n'aurait pas remarqué, c'est le papier coincé dans la carte d'identité, sur lequel était écrit : SALLE DE LECTURE DU BRITISH MUSEUM, DEMAIN, 14 HEURES. Non plus que le geste du conducteur, deux kilomètres plus loin. Il défroissa la contravention et lut au verso : LE COLONEL PIOTR ALEXANDROVITCH ORLOV S'EST LIVRÉ AUX AMÉRICAINS. SAIS-TU QUELQUE CHOSE SUR LUI ?

Le Manipulateur venait de contacter Talisman.

Chapitre deux

Le traitement, ou la « manipulation », d'un transfuge varie du tout au tout d'un cas à l'autre, selon son état émotionnel ou les pratiques de l'agence d'accueil qui se charge du débriefing. Le seul facteur commun est qu'il s'agit toujours d'une affaire délicate et compliquée.

Il faut d'abord placer le transfuge dans un environnement qui, sans lui paraître menaçant, puisse néanmoins empêcher toute évasion, et ce, pour son bien. Deux ans avant Orlov, les Américains avaient commis une erreur avec Vitali Ourtchenko, un autre *walk-in*. Soucieux de créer une atmosphère de normalité, ils l'avaient emmené dîner dans un restaurant de Georgetown à Washington. L'homme avait changé d'avis, s'était échappé par la fenêtre des toilettes, et avait marché jusqu'à l'ambassade soviétique, où il s'était rendu. Cela ne lui avait pas réussi. Il avait été renvoyé à Moscou par avion, soumis à un interrogatoire brutal, et fusillé.

Outre les éventuelles tendances autodestructrices du transfuge, il fallait également le protéger contre les risques de représailles. L'URSS, et notamment le KGB, réputés pour ne pas pardonner à ceux qu'ils considèrent comme des traîtres, ont pour habitude de les pourchasser et de les liquider, quand c est possible. Plus le rang du transfuge est élevé, plus la trahison est grave, et un officier supérieur du KGB fait partie des plus haut gradés. Le KGB est en effet le dessus du panier. On lui accorde tous les privilèges et les luxes dans un pays où la majorité des gens ont faim et froid. Rejeter ce train de vie, le plus enviable en URSS, c'est faire preuve d'une ingratitude qui ne mérite pas moins que la mort. De toute évidence, le Ranch fournissait le niveau de sécurité adéquat.

Le principal élément de complication est l'état mental du transfuge. Après la poussée d'adrénaline déclenchée par le passage éclair à l'Ouest, la plupart commencent à repenser à leur acte. Petit à petit, l'énormité du pas qu'ils ont franchi leur apparaît, ils comprennent qu'ils ne reverront jamais leur femme, leur famille, leurs amis, leur terre natale. Ceci mène parfois à la dépression, comme chez un drogué qui redescend sur terre après son trip.

Pour minimiser ce risque, de nombreux débriefings commencent par un survol tranquille de la vie passée du transfuge, le curriculum vitae complet depuis la naissance et l'enfance. Loin d'accentuer la nostalgie et la dépression, le récit des premières années — la description du père et de la mère, des amis d'école, du patinage dans le parc l'hiver, des promenades à la campagne l'été — a généralement un effet apaisant. Et tout, jusqu'aux moindres faits et gestes, est pris en note.

Une chose à laquelle s'intéressent toujours les interrogateurs est le motif. Pourquoi avez-vous décidé de nous rejoindre ? (On évite systématiquement le terme « défection », qui suggère la déloyauté plutôt qu'une décision raisonnée d'opinion.)

Parfois, le transfuge ment sur ses véritables motifs. Il dira par exemple qu'il a été profondément déçu de constater la corruption, le cynisme et le népotisme du système qu'il a servi puis renié. Pour beaucoup, c'est en effet la véritable raison, et donc de loin la plus fréquente. Mais ce n'est pas toujours exact. Il se peut que le transfuge ait détourné des fonds, et ait craint la sévère punition du KGB. Ou encore, il était sur le point d'être rappelé à Moscou pour subir des sanctions disciplinaires à cause d'une vie amoureuse trop complexe. La peur d'être rétrogradé ou la haine d'un supérieur peuvent aussi être de vrais motifs. On écoutera attentivement ces prétextes d'un air compatissant, même quand on les sait faux, et on en prendra note. L'homme peut mentir par vanité sur ses motifs, mais il ne mentira pas pour autant au sujet des renseignements secrets. Quoique...

D'autres disent des contre-vérités par vantardise, cherchant à embellir leur rôle dans leur vie passée pour impressionner leurs hôtes. Tout sera vérifié ; tôt ou tard les hôtes connaîtront le vrai motif, le vrai statut. Mais pour l'instant, ils écoutent avec sympathie. Le véritable contre-interrogatoire viendra plus tard, comme au tribunal.

Quand on aborde enfin le domaine des renseignements secrets, on tend des pièges. Les interrogateurs posent de très nombreuses questions dont ils connaissent déjà la réponse. Et si ce n'est pas le cas, les analystes, qui travaillent toute la nuit sur les enregistrements, les découvrent très vite en se livrant à des vérifications et contre-vérifications. Après tout, il y a eu de nombreux transfuges,

165

et les agences occidentales disposent d'une masse énorme d'informations sur le KGB, le GRU, l'Armée rouge, la Marine et l'Aviation soviétiques, et même le Kremlin, dans laquelle puiser.

Si l'on constate que le transfuge ment au sujet d'un certain nombre de choses sur lesquelles il devrait savoir la vérité, en raison de ses postes officiels, il devient immédiatement suspect. Il se peut qu'il mente par bravade, pour impressionner, ou parce qu'il n'a jamais eu accès à cette information malgré ses dires, ou parce qu'il a oublié, ou...

Il n'est guère facile de mentir à une Agence d'accueil pendant un débriefing long et ardu. L'interrogatoire peut prendre des mois, voire des années, selon la quantité de renseignements fournis par le transfuge qui semblent inexacts.

Si une information apportée par un nouveau transfuge diffère de ce qu'on croit être la vérité, il se peut qu'en fait, celle-ci soit fausse. Les analystes vérifient alors à nouveau leur source d'origine, car il est possible qu'ils aient été dans l'erreur depuis longtemps et que le nouveau transfuge ait raison. On n'abordera plus le sujet le temps des vérifications, mais on y reviendra plus tard. Sans relâche.

Souvent, le transfuge ne se rend pas compte de l'importance d'un détail minime qu'il fournit, et auquel il n'attache pas de valeur particulière. Mais pour ses hôtes, cette broutille peut s'avérer la pièce manquante d'un puzzle qu'ils cherchent à terminer de longue date.

Parmi les questions pièges, on en glisse quelques-unes auxquelles on ignore véritablement la réponse. C'est ce qu'on appelle « chercher le filon ». Ce nouveau transfuge peut-il nous révéler quelque chose que nous ne savons déjà, et si oui, de quelle qualité seront ses renseignements ?

Dans le cas du colonel Piotr Alexandrovitch Orlov, la CIA commença de s'apercevoir au bout de quatre semaines qu'elle avait entre les mains une mine d'or pur. La marchandise était extraordinaire.

Il se montra très calme et pondéré dès le départ. Il raconta à Joe Roth l'histoire de sa vie, depuis sa naissance dans une humble chaumière près de Minsk juste après la guerre, jusqu'au jour, six mois plus tôt, à Moscou, où il avait décidé qu'il ne pouvait plus supporter une société et un régime qu'il en était venu à mépriser. Il ne nia jamais qu'il conservait un profond amour pour sa mère patrie, et fit preuve d'une émotion bien normale à l'idée qu'il l'avait abandonnée à jamais.

Il déclara que son mariage avec Gaïa, directrice renommée d'un théâtre de Moscou, n'était plus qu'un vain mot depuis trois ans et, saisi d'une colère compréhensible, reconnut qu'elle avait eu des aventures avec de jeunes et beaux acteurs.

Il passa trois tests au détecteur de mensonges concernant son histoire, sa carrière, sa vie privée et son changement de convictions politiques. Puis il commença à révéler des informations de tout premier ordre.

En effet, sa carrière avait été très variée. Au terme de quatre années passées à la Troisième Direction (Forces armées), à travailler au sein de l'état-major prévisionnel central au QG de l'Armée tout en se faisant passer pour le major Koutchenko du GRU, il connaissait parfaitement la personnalité de toute une série de haut gradés, ainsi que la position des divisions des armées de Terre et de l'Air soviétiques, et celle des navires de la Flotte, en mer et à quai.

Il exposa des théories fascinantes sur les revers subis par l'Armée rouge en Afghanistan, révéla la démoralisation des troupes soviétiques envoyées sur place, et la déception croissante de Moscou au sujet du dictateur afghan dont ils tiraient les ficelles, Babrak Karmal.

Avant de travailler à la Troisième Direction, Orlov avait appartenu à celle des Illégaux, département inclus dans la Première Direction principale, et responsable du contrôle des agents « illégaux » dans le monde entier. Ces agents des plus secrets espionnent dans leur propre pays contre les intérêts de celui-ci, ou partent à l'étranger travailler sous couverture. Ils n'ont aucune protection diplomatique, et s'ils sont démasqués et capturés, ne risquent pas seulement la honte d'être déclarés *persona non grata* et expulsés, mais l'épreuve plus douloureuse d'une arrestation suivie d'un interrogatoire violent et parfois d'une exécution.

Les souvenirs d'Orlov remontaient à quatre ans, mais il semblait jouir d'une mémoire encyclopédique, et entreprit de griller tous les réseaux qu'il avait aidé à construire et à faire fonctionner, principalement en Amérique centrale et du Sud, où il avait travaillé le plus récemment.

Quand arrive un transfuge dont les renseignements se révèlent controversés, il se crée généralement deux camps au sein des officiers de l'agence d'accueil : l'un qui le croit et le soutient, l'autre qui s'en méfie et s'oppose à lui. De toute l'histoire de la CIA, le cas le plus célèbre du genre est l'affaire Golitsine/Nozenko.

En 1960, Anatoli Golitsine passa à l'Ouest et décida d'avertir la CIA que le KGB était à l'origine de tous les drames survenus dans le monde depuis la fin de la Seconde Guerre mondiale. Pour Golitsine, il n'existait pas d'infamie à laquelle le KGB ne s'abaisserait, ou qu'il ne soit alors en train de mijoter. Cette nouvelle réchauffa le cœur d'une faction dure de la CIA, dirigée par le chef du contre-espionnage, James Angleton, qui en disait autant à ses supérieurs depuis des années. Golitsine devint une superstar.

En novembre 1963, le président Kennedy fut assassiné, apparemment par Lee Harvey Oswald, un gauchiste marié à une Russe qui était passé à l'Est à une certaine époque et avait vécu en URSS pendant un an. En janvier 1964, Youri Nozenko, lui, passa à l'Ouest, déclara qu'il avait été l'officier traitant d'Oswald en URSS, que le KGB avait finalement considéré Oswald comme un enquiquineur, avait rompu tout contact avec lui, et n'était donc pour rien dans l'assassinat de Kennedy.

Soutenu par Angleton, Golitsine dénonça aussitôt son compatriote, qui fut interrogé sans ménagement mais s'en tint à son histoire. La querelle divisa l'Agence pendant des années, et se prolongea pendant vingt ans. En fonction de la réponse à la question : « Qui a tort et qui a raison ? », des carrières se firent et se défirent. Comme on le sait, la carrière de celui qui a participé à une réussite majeure décolle en flèche.

Dans le cas de Piotr Orlov, il n'y eut pas de faction hostile, et tous les honneurs retombèrent sur le chef du Bureau des Projets spéciaux qui l'avait amené aux USA, Calvin Bailey.

Le lendemain du jour où Joe Roth commença de partager la vie du colonel Orlov en Virginie, Sam McCready passa discrètement les grilles du British Museum, au cœur du quartier de Bloomsbury, et se dirigea vers la grande salle de lecture circulaire surmontée d'une coupole vitrée.

Il était accompagné de deux hommes plus jeunes, Denis Gaunt, auquel il faisait de plus en plus confiance, et un autre agent du nom de Patten. Aucun de ses deux acolytes ne verrait le visage de Talisman — c'était inutile, et aurait pu s'avérer dangereux. Ils avaient simplement pour mission de traîner près des entrées, en feignant de s'intéresser aux journaux sur les présentoirs, afin de s'assurer que leur chef de Bureau ne serait pas dérangé.

McCready alla vers une table encadrée de deux rangées de

bibliothèques, et demanda poliment à l'homme qui y était déjà installé la permission de s'asseoir. Tête penchée sur un volume tout en prenant des notes, l'homme lui désigna d'un geste la chaise en face de lui et continua sa lecture. McCready attendit en silence. Il avait choisi un ouvrage qu'il souhaitait lire, et quelques instants plus tard, un préposé à la salle de lecture le lui apporta et disparut sans bruit. L'homme en face gardait la tête baissée. Quand ils furent seuls, McCready engagea la conversation.

« Comment ça va, Nikolaï ?

— Bien, murmura l'homme, griffonnant toujours sur son bloc.

— Des nouvelles ?

— Nous allons recevoir un visiteur la semaine prochaine à la Résidence.

— Du Centre Moscou ?

— Oui. Le général Drozdov en personne. »

McCready resta impassible. Il poursuivit sa lecture, et ses lèvres semblaient à peine bouger. Personne en dehors de l'enclave entre les étagères chargées de livres n'aurait pu entendre leurs murmures, et personne ne pénétrerait dans leur repaire, Gaunt et Patten y veilleraient. Il était pourtant stupéfait d'entendre ce nom. Drozdov, un petit homme râblé qui ressemblait étonnamment à feu le président Eisenhower, était le chef de la direction des Illégaux, et s'aventurait rarement en dehors des frontières de l'URSS. Venir dans l'antre du lion à Londres étant très inhabituel, l'affaire devait être de toute première importance.

« C'est une bonne ou une mauvaise nouvelle ? demanda-t-il.

— Je n'en sais rien, répondit Talisman. En tout cas, c'est curieux. Il n'est pas mon supérieur direct, mais il ne pourrait pas venir s'il n'avait pas eu le feu vert de Krioutchkov. »

Le général Vladimir Krioutchkov, président du KGB depuis 1988, était alors le chef du Renseignement soviétique à l'étranger, la Première Direction principale.

« Va-t-il parler avec toi de ses " illégaux " en Grande-Bretagne ?

— J'en doute. Il dirige toujours ses agents sans intermédiaire. Il se peut que cela ait un rapport avec Orlov. Cette affaire a foutu un bordel monstrueux. Les deux autres officiers du GRU dans la légation sont déjà soumis à un interrogatoire. Au mieux, ils s'en tireront avec la cour martiale pour négligence. Ou alors...

— Il y aurait une autre raison à sa visite ? »

Talisman soupira et leva les yeux pour la première fois. McCready lui rendit son regard. Au fil des années, il s'était lié d'amitié avec le Russe. Il lui faisait confiance, et il croyait en lui.

169

« C'est juste une impression, avança Talisman. Il se peut qu'il vienne simplement inspecter la Résidence. Rien de tangible, juste une idée qui flotte dans l'air. Ils se doutent peut-être de quelque chose.

— Nikolaï, ça ne pouvait pas durer éternellement, on le savait. Tôt ou tard les pièces du puzzle s'assemblent. Trop de fuites, trop de coïncidences. Tu veux qu'on te sorte de là maintenant ? Je peux arranger ça. Tu n'as qu'à le dire.

— Pas encore. Bientôt peut-être, mais pas tout de suite. Je peux encore vous fournir des documents. S'ils commencent vraiment à passer au crible les opérations à Londres, je saurai qu'ils tiennent quelque chose. A temps. A temps pour m'en tirer. Mais ce n'est pas encore le moment. Au fait, n'arrêtez pas Drozdov. S'ils ont vraiment des soupçons, cela ne ferait qu'apporter de l'eau à leur moulin.

— Il vaudrait mieux me dire sous quelle couverture il vient, au cas où un incident imprévu se produirait à Heathrow.

— Un homme d'affaires suisse, répondit le Russe. De Zurich. British Airways, mardi.

— Je ferai en sorte qu'on le laisse parfaitement tranquille. Tu as quelque chose sur Orlov ?

— Pas encore. J'ai entendu parler de lui, mais je ne l'ai jamais rencontré. Je suis surpris qu'il soit passé à l'Ouest. Il était au sommet de l'échelle.

— Toi aussi, remarqua McCready, ce qui fit sourire le Russe.

— Évidemment. Des goûts et des couleurs… Je trouverai ce que je peux à son sujet. Pourquoi t'intéresse-t-il ?

— Rien de solide, répondit McCready. Comme tu le disais, une idée en l'air. La façon dont il est venu, en ne laissant pas à Joe Roth le temps de vérifier ses dires. Pour un marin qui déserte le navire, c'est normal. Pour un colonel du KGB, c'est un peu bizarre. Il aurait pu obtenir un meilleur marché.

— Je suis bien de ton avis. Je ferai ce que je peux. »

La position du Russe à l'ambassade était si délicate que les rencontres personnelles étaient dangereuses, et donc rares. Le prochain rendez-vous fut fixé au début du mois suivant, en mai, dans un petit café sordide de Shoreditch, dans l'est de Londres.

A la fin avril, le directeur de la CIA eut un entretien à la Maison-Blanche avec le président. Rien d'inhabituel, car ils se rencontraient très fréquemment, soit avec d'autres membres du

Conseil national de sécurité, soit en privé. Mais en cette occasion, le président fut particulièrement élogieux au sujet de la CIA. La gratitude exprimée par nombre d'agences et départements concernant la CIA, suite aux renseignements transmis depuis le Ranch en Virginie du Sud, avait franchi les murs du Bureau ovale.

Le directeur, un dur à cuire dont la carrière remontait à l'époque de l'OSS durant la Seconde Guerre mondiale, était un collaborateur dévoué de Ronald Reagan. Il était également beau joueur, et ne voyait donc aucune raison de ne pas accorder sa part de mérite au chef des Projets spéciaux ayant supervisé la défection du colonel Orlov. De retour à Langley, il convoqua Calvin Bailey.

Bailey trouva le directeur devant les baies vitrées qui formaient tout un mur de son bureau au sommet de l'immeuble de la CIA, en train de contempler la vallée, où de vertes frondaisons avaient finalement triomphé du paysage hivernal sur la rivière Potomac. Quand Bailey entra, le directeur se retourna, affichant son plus beau sourire.

« Que puis-je vous dire ? Toutes mes félicitations, Cal. La Marine est ravie, elle en redemande. Les Mexicains sont aux anges, ils viennent de neutraliser un réseau de dix-sept agents, avec appareils photo, radio de transmissions, etc.

— Je vous remercie, dit prudemment Calvin Bailey, réputé pour être méfiant, et ne pas faire montre de chaleur humaine.

— Tout le monde sait que Frank Wright part à la retraite à la fin de l'année. Je vais avoir besoin d'un nouveau DAO. Et il se pourrait bien que j'aie déjà ma petite idée, Calvin. »

Le regard morne et voilé de Bailey laissa exceptionnellement filtrer une lueur de plaisir. A la CIA, le directeur est nommé par les politiques depuis trente ans. A l'échelon au-dessous viennent les deux principales sections de l'Agence : les Opérations, dirigées par le Directeur adjoint des Opérations (DAO) et le Renseignement (analyse), chapeauté par le Directeur adjoint du Renseignement (DAR). Ces deux postes sont les plus élevés auxquels un officier de carrière peut raisonnablement aspirer. Le DAO est responsable de tout ce qui concerne la collecte de renseignements à l'Agence, et le DAR, de l'analyse des informations brutes afin de les présenter sous forme de données exploitables.

Une fois les compliments faits, le directeur passa à des questions plus pratiques.

« Voilà, c'est au sujet des Anglais. Comme vous le savez, Margaret Thatcher est venue... »

Calvin Bailey hocha la tête. L'amitié personnelle du Premier ministre anglais et du président américain était connue de tous.

« Elle était accompagnée de Christopher... (Le directeur mentionna le nom de l'homme qui dirigeait alors le SIS.) Nous avons eu quelques excellentes séances de travail. Il nous a vraiment fourni un matériau formidable. On leur doit une fière chandelle, Cal. Je voudrais leur rendre un service, histoire d'être quittes. Ils ont deux griefs. Ils se disent très reconnaissants pour tous les renseignements Ménestrel qu'on leur a fournis. Toutefois, en ce qui concerne les agents soviétiques infiltrés en Angleterre, ils signalent que c'est intéressant, mais qu'ils ont seulement les noms de code, pour l'instant. Ménestrel peut-il se souvenir des vrais noms, ou des postes occupés... enfin, quelque chose qui leur permettrait d'identifier les agents ennemis sur leur territoire ?

— On lui a déjà demandé, répondit Bailey après un instant de réflexion. On a envoyé aux Anglais tout ce qui les touche de près ou de loin. Mais je vais lui redemander, voir si Joe Roth peut lui soutirer un vrai nom, OK ?

— Parfait, parfait. Une dernière chose. Ils ne cessent de demander à avoir accès à Ménestrel. Là-bas, chez eux. Pour cette fois, je suis prêt à leur accorder. Je pense que nous pouvons nous le permettre.

— Je préférerais qu'il reste ici. Il est plus en sécurité.

— On peut assurer sa sécurité là-bas. Ecoutez, on peut le loger sur une base américaine. Upper Heyford, Lakenheath, Alconbury, qu'importe. Ils pourront le voir, lui parler sous surveillance, et puis on le fait revenir ici.

— Je n'aime pas ça.

— Cal..., commença le directeur avec une pointe de dureté dans la voix. J'ai accepté, alors occupez-vous-en. »

Calvin Bailey se rendit au Ranch pour un entretien en privé avec Joe Roth, dans sa suite située au-dessus du portique central de la demeure. Bailey trouva son subordonné fatigué, vidé. Débriefer un transfuge est un travail épuisant, impliquant de longues heures en tête à tête avec lui, puis de longues nuits à préparer l'interrogatoire du lendemain. Le repos n'est généralement pas au programme, et quand, comme cela arrive souvent, le transfuge a établi une relation personnelle avec son interrogateur principal, il n'est pas aisé pour cet officier de se faire remplacer par un collègue.

« Ils sont très satisfaits, à Washington, annonça Bailey. Plus que satisfaits, ravis. Tout ce qu'il dit concorde. Les renseignements sur le déploiement de l'armée de Terre, de l'Air et de la Marine soviétiques sont confirmés par d'autres sources d'information sur les pays satellites. Le niveau d'armement, l'état de préparation des troupes, la débâcle en Afghanistan... le Pentagone adore. Vous avez fait un excellent travail, Joe. Excellent.

— Il y a encore beaucoup à faire, répondit Roth. Il détient encore une foule d'informations, c'est sûr. Cet homme est une véritable encyclopédie. Avec une mémoire phénoménale. Si un détail lui échappe, il finit toujours par le retrouver. Mais...

— Mais quoi ? Écoutez, Joe, il est en train de foutre par terre le travail de fourmi que fait le KGB depuis des années en Amérique centrale et en Amérique du Sud. Nos amis là-bas nettoient un réseau après l'autre. Ce n'est pas grave, je sais que vous êtes fatigué. Continuez, c'est tout. »

Il rapporta à Roth l'allusion du directeur de la CIA concernant le poste de Directeur adjoint des Opérations prochainement vacant. Non qu'il fût homme à faire des confidences, mais il ne voyait aucune raison de ne pas donner à son subordonné le coup de pouce dont lui-même venait de bénéficier.

« Si ça aboutit, il y aura un nouveau poste vacant, Joe, celui de chef des Projets spéciaux. Ma recommandation aura beaucoup de poids. Et c'est vous que je soutiendrai. Je voulais que vous le sachiez. »

Roth se montra reconnaissant, mais sans plus. Il semblait particulièrement las. Quelque chose le tourmentait.

« Il vous cause des ennuis ? s'enquit Bailey. A-t-il tout ce dont il a besoin ? Souhaiterait-il de la compagnie féminine ? Et vous ? C'est isolé, ce coin. Ça fait un mois que vous êtes là. On peut arranger ça. »

Il savait que Roth était divorcé et ne s'était pas remarié. L'Agence connaît un taux de divorces faramineux. Comme on dit à Langley : ça fait partie du travail.

« Non, je lui ai déjà proposé. Il s'est contenté de refuser d'un signe de tête. On fait de la gymnastique ensemble, ça aide. On fait du jogging dans les bois jusqu'à ne plus tenir debout. Je n'ai jamais été en meilleure forme. Lui est plus âgé, mais plus entraîné. Voilà une des choses qui m'inquiètent, Calvin. Il n'a aucun défaut, aucune faiblesse. Si encore il se saoulait, s'il courait les filles, ou pleurait comme une madeleine sa patrie perdue, ou qu'il piquait une crise de rage...

— Vous avez essayé de le provoquer ? »

173

Pousser un transfuge à la colère, à un défoulement de ses émotions refoulées, opère parfois une décompression, une catharsis. C'est du moins ce que soutiennent les psychiatres maison.

« Oui. Je lui ai envoyé à la figure qu'il n'était qu'un pourri, qu'il avait retourné sa veste. Rien. Il en a même rajouté, et il s'est moqué de moi. Et puis il s'est remis à ce qu'il appelle son " travail " : griller les sources du KGB dans le monde entier. C'est un pro complet.

— C'est ce qui fait de lui le meilleur transfuge que nous ayons jamais eu, Joe. Ne crachez pas dans la soupe. Réjouissez-vous.

— Calvin, ce n'est pas la pire de mes préoccupations. Humainement, je l'aime bien, je le respecte même. Je n'aurais jamais cru pouvoir respecter un transfuge. Mais il y a autre chose. Il nous cache quelque chose. »

Calvin Bailey se fit soudain très calme et silencieux.

« Le polygraphe n'est pas de cet avis, finit-il par dire.

— Je sais bien. C'est pour ça que je suis sûr d'avoir raison. Je le sens. Il y a quelque chose qu'il ne nous a pas dit. »

Bailey se pencha pour regarder Roth droit dans les yeux. La question qu'il s'apprêtait à poser était cruciale.

« Joe, à votre avis, pourrait-il y avoir la moindre possibilité qu'en dépit de tous nos tests, il soit bidon ? Infiltré par le KGB ? »

Roth laissa échapper un soupir. Ce qui l'avait tant dérangé était enfin sorti.

« Je ne sais pas. Je ne crois pas, mais je n'en sais rien. Pour moi, il y a une marge d'erreur de dix pour cent. J'ai l'intuition qu'il nous cache quelque chose. Et je n'arrive pas à comprendre pourquoi, si toutefois j'ai raison.

— Il faut absolument en être sûr, Joe », déclara Calvin Bailey.

Point n'était besoin de signaler que s'il y avait quoi que ce soit de douteux au sujet du colonel Piotr Orlov, la carrière des deux hommes de la CIA risquait fort de finir au panier.

« Personnellement, je ne le crois pas, Joe, ajouta-t-il en se levant. Mais faites tout ce qu'il faut. »

Roth trouva Orlov dans son salon, allongé sur le divan, à écouter sa musique préférée. Quoiqu'il fût virtuellement prisonnier, il jouissait au Ranch de tous les agréments d'un country club haut de gamme. Outre sa course quotidienne dans la forêt, accompagné de quatre des jeunes athlètes de Quantico, il avait accès au gymnase, au sauna, à la piscine, et disposait d'un excellent chef cuisinier et d'un bar bien approvisionné, qu'il n'utilisait que rarement, au demeurant.

Peu après son arrivée, il avait reconnu apprécier les chanteurs de ballades des années soixante et soixante-dix. Maintenant, quand Roth rendait visite au Russe, il le trouvait toujours à écouter Simon et Garfunkel, les Seekers, ou la voix douce et veloutée de Presley sur le magnétophone.

Ce soir-là, quand il entra, la pièce résonnait de la voix cristalline et flûtée de Mary Hopkin, dans la chanson qui l'avait rendue célèbre. Orlov se leva du divan avec un sourire satisfait. Il désigna le magnétophone du doigt.

« Vous aimez ? Écoutez... »

Those were the days, my friend, we thought they'd never end...

C'était la grande époque, mon ami, nous pensions qu'elle durerait toujours...

« Oui, c'est chouette, dit Roth, qui préférait le jazz traditionnel.

— Vous savez ce que c'est ?

— La chanteuse anglaise, non ?

— Non, non. Pas la chanteuse, l'air. Vous pensez que c'est une mélodie anglaise, non ? Des Beatles, peut-être ?

— Sans doute, oui, fit Roth en souriant également.

— Erreur ! s'écria triomphalement Orlov. C'est une chanson folklorique russe. *Daragoï dlinnoyou da notchkoï lounayou.* Sur une longue route par nuit de lune. Vous l'ignoriez ?

— Ça, en effet. »

Le petit air guilleret se termina, et Orlov éteignit la chaîne.

« Vous voulez qu'on parle encore ? demanda-t-il.

— Non, non. Je suis juste venu voir si tout allait bien. Je vais me coucher. La journée a été longue. Au fait, on va bientôt retourner en Angleterre. Pour que les Anglais puissent vous parler un petit peu. Ça vous va ?

— Le marché, c'était que je vienne ici, répondit le Russe, sourcils froncés. Ici, et nulle part ailleurs.

— Ne vous inquiétez pas, Peter. Nous n'y resterons que très peu de temps, sur une base de l'US Air Force. En tout état de cause, nous serons en territoire américain. Et je serai là pour vous protéger des vilains Grands-Bretons. »

La plaisanterie ne fit pas rire Orlov, et Roth redevint sérieux.

« Peter, avez-vous une raison particulière de ne pas vouloir retourner en Angleterre ? Quelque chose que je devrais savoir ?

— Rien de spécial, Joe, fit Orlov avec un haussement d'épaules. Simplement un pressentiment. Plus je suis loin de l'URSS, mieux je me porte.

175

— Il ne vous arrivera rien en Angleterre, je vous en donne ma parole. Vous allez vous coucher ?

— Non, je vais rester debout un petit peu. Je vais lire en écoutant de la musique. »

En fait, la lumière de sa chambre resta allumée jusqu'à une heure et demie du matin. Quand l'équipe d'assassins du KGB attaqua, il était presque trois heures.

On expliqua par la suite à Orlov qu'ils avaient réduit au silence deux gardes en faction à l'extérieur au moyen de puissantes arbalètes, traversé la pelouse derrière la maison sans se faire repérer, puis pénétré à l'intérieur par les cuisines.

Le premier bruit que Roth et Orlov entendirent de l'étage supérieur fut une rafale de pistolet-mitrailleur venant du rez-de-chaussée, puis un martèlement de pas pressés dans l'escalier. Orlov ne dormait que d'un œil. Il se leva, traversa le salon en moins de trois secondes, ouvrit la porte palière et aperçut le garde de Quantico dévaler les marches. Une silhouette en combinaison et cagoule noires à mi-hauteur dans l'escalier tira une courte rafale. L'Américain, touché en pleine poitrine, s'effondra contre la rampe, le devant de la chemise ensanglanté. Orlov claqua sa porte et courut vers sa chambre.

Il savait que ses fenêtres ne s'ouvraient pas. Impossible de fuir par là. Et il était sans arme. Il entra dans la chambre tandis que l'homme en noir franchissait la porte du couloir, un Américain sur les talons. La dernière chose que vit Orlov avant de refermer la porte de sa chambre fut l'assassin qui se retourna et abattit l'Américain. Orlov en profita pour pousser le verrou.

Mais ce n'était qu'un instant de répit. Quelques secondes plus tard, le verrou sauta, et l'homme enfonça la porte d'un coup de pied. Dans la demi-clarté filtrant du couloir au-delà du salon, Orlov vit l'homme du KGB jeter son pistolet-mitrailleur vide et sortir de sa ceinture un Makarov 9 mm automatique. Il ne distinguait pas son visage derrière le masque, mais il comprit le terme lancé en russe, et ressentit le mépris avec lequel il fut prononcé.

L'homme en noir saisit le Makarov à deux mains, le braqua sur le visage d'Orlov et siffla : « Predatiel. » Traître.

Il y avait un cendrier en verre taillé sur la table de chevet. Orlov ne s'en était jamais servi, car il ne fumait pas, contrairement à la plupart des Russes. Mais le cendrier était resté là. Dans un ultime geste de défi, il le saisit et le lança droit au visage du tueur, en criant : « Podly. » Ordure.

176

L'agresseur fit un pas de côté pour éviter le projectile, ce qui lui coûta une demi-seconde, pendant laquelle le chef de l'équipe de sécurité entra dans le salon et tira deux coups avec son gros Colt 44 Magnum dans le dos de l'homme en noir sur le seuil de la chambre. Le Russe fut projeté en avant, sa poitrine explosant dans un jaillissement de sang qui éclaboussa les draps et la couverture sur le lit. Orlov s'avança pour faire lâcher d'un coup de pied le Makarov à l'assassin qui s'effondrait, mais c'était inutile : personne ne continue le combat avec deux balles de Magnum dans le corps.

Kroll, l'homme qui avait tiré, traversa le salon en direction de la porte de la chambre. Il était blanc de rage, et haletant.

« Ça va ? lâcha-t-il. (Orlov hocha la tête.) Quelqu'un a merdé quelque part. Ils étaient deux. Et deux de mes hommes y sont passés, peut-être d'autres à l'extérieur. »

Joe Roth entra, encore en pyjama, et visiblement très ébranlé.

« Mon Dieu, Peter, je suis vraiment désolé. Il faut qu'on parte d'ici, tout de suite. Ne traînons pas.

— Où va-t-on ? demanda Orlov, très pâle mais maître de lui. Vous aviez dit que c'était une maison sûre, ici, autant que je m'en souvienne.

— Ouais, eh bien pas assez, apparemment. Plus maintenant. On va essayer de découvrir pourquoi. Mais plus tard. Habillez-vous, et faites vos bagages. Kroll, restez avec lui. »

Il y avait une base militaire à moins de trente-cinq kilomètres du Ranch. Langley s'arrangea avec le commandant de la base. En deux heures, Roth, Orlov et ce qui restait de l'équipe de Quantico avaient réquisitionné un étage entier des quartiers pour célibataires. La police militaire encerclait le bâtiment. Roth n'avait même pas voulu s'y rendre en voiture. Un hélicoptère les avait déposés sur la pelouse devant le club des officiers, réveillant tout le monde.

Ce n'était qu'un logement provisoire. Avant la tombée de la nuit, ils avaient emménagé dans une autre planque de la CIA, au cœur du Kentucky, et bien mieux protégée.

Tandis que le groupe Roth/Orlov se trouvait à la base, Calvin Bailey retourna au Ranch. Il voulait un rapport complet. Il avait déjà parlé à Roth au téléphone pour avoir sa version des événements. Il entendit d'abord Kroll, mais l'homme dont il souhaitait réellement le témoignage était le Russe en cagoule qui avait affronté Orlov face à face.

Le jeune officier des Bérets verts se faisait soigner un poignet foulé, conséquence du coup de pied d'Orlov pour lui faire lâcher son pistolet. Il avait depuis longtemps nettoyé le faux sang, et enlevé la combinaison noire percée de deux trous devant, puis le harnais contenant les minuscules détonateurs et les poches de sang très réaliste qui avait souillé le lit.

« Votre verdict ? demanda Bailey.

— Il est OK, répondit l'officier qui connaissait le russe. Ou alors, il se fiche de vivre ou mourir, et ça, j'en doute. Ça n'existe pas.

— Il n'a rien soupçonné ?

— Non, monsieur. Je l'ai vu dans ses yeux. Il était convaincu qu'il allait y passer. Et il a continué à se battre. Un sacré bonhomme.

— D'autres suggestions ?

— Une seule, répondit l'officier avec un haussement d'épaules. S'il est bidon et qu'il s'est cru sur le point de se faire liquider par un des siens, il aurait dû crier pour l'avertir. Si on suppose qu'il aime la vie, ça ferait de lui le type le plus courageux que j'aie jamais rencontré. »

Un peu plus tard, Bailey téléphona à Roth.

« Je crois que nous tenons notre réponse. Il est OK, et c'est officiel. Essayez d'obtenir de lui un nom, pour les Rosbifs. Vous partez mardi prochain en jet militaire à Alconbury. »

Roth passa deux jours avec Orlov dans leur nouvelle planque, à récapituler les divers détails que le Russe avait déjà fournis sur les agents soviétiques implantés en Grande-Bretagne, souvenirs de ses jours à la direction des Illégaux. Étant spécialiste de l'Amérique centrale et de l'Amérique du Sud, il ne s'était pas particulièrement intéressé à l'Angleterre, mais il fouilla néanmoins dans sa mémoire. Il ne se rappelait que les noms de code. Puis au terme du deuxième jour, un détail lui revint.

Un fonctionnaire du ministère de la Défense à Whitehall. L'argent était toujours versé sur le compte de cet homme à la Midland Bank de Croydon High Street.

« C'est plutôt maigre, déclara l'homme du MI-5, le Service de sécurité, quand on lui apprit la nouvelle dans le bureau de Timothy Edwards au quartier général du service frère, le MI-6. Il se peut que cet homme ait plié bagage depuis longtemps. Ou qu'il ait ouvert le compte sous un faux nom. Mais on va essayer. »

Il retourna à Curzon Street dans Mayfair et lança la machine. Les banques anglaises n'ont pas droit au secret total, mais elles refusent généralement de fournir au premier venu des détails sur les comptes privés. La seule institution à laquelle la loi assure leur coopération est le Fisc.

Le Fisc accepta de collaborer, et le directeur de la Midland de Croydon High Street, dans une grande banlieue du sud de Londres, fut interrogé sous le sceau du secret. Lui était nouveau dans la compagnie, mais pas son ordinateur.

Un homme du Service de sécurité qui accompagnait le véritable inspecteur du Fisc prit alors les choses en main. Il avait apporté une liste de tous les fonctionnaires employés par le ministère de la Défense et ses nombreuses antennes depuis dix ans. Étonnamment, la chasse fut courte. Un seul homme correspondant à la description était client de la Midland de Croydon High Street. On envoya chercher les registres. L'homme vivait toujours dans le quartier, et détenait un compte courant et un compte épargne.

Au fil des années, un total de vingt mille livres avait été crédité sur son compte épargne, toujours par lui-même, en liquide et assez régulièrement. Il s'appelait Anthony Milton-Rice.

La conférence à Whitehall ce soir-là réunit le directeur et le directeur général adjoint du MI-5, ainsi que le commissaire adjoint de la police métropolitaine responsable de la Special Branch. Le MI-5 n'a pas le droit de procéder à des arrestations. Seule la police en a le pouvoir. Quand le Service de sécurité veut arrêter quelqu'un, c'est à la Special Branch que revient cet honneur. La réunion était dirigée par le président du Comité interagences du Renseignement. C'est lui qui posa la première question.

« Qui est Mr Milton-Rice, exactement ?

— Un fonctionnaire du deuxième échelon au ministère de l'Équipement, répondit le directeur adjoint du MI-5 après avoir consulté ses notes.

— Donc de rang assez bas ?

— Oui, mais avec accès à des renseignements sensibles. Systèmes de défense, estimation technique des nouveaux armements...

— Hum..., fit le président, songeur. Qu'est-ce que vous voulez au juste ?

— Le problème, Tony, c'est que nous n'avons pas beaucoup d'éléments pour démarrer, commença le directeur général. Des versements sans origine pendant des années sur son compte, ça n'est pas assez pour l'arrêter, sans même parler de l'inculper. Il pourrait soutenir qu'il joue aux courses, et qu'il gagne son argent comme ça. Évidemment, il pourrait aussi avouer. Mais d'un autre côté, rien ne l'y oblige. »

Le policier acquiesça d'un signe de tête. Sans aveux, il aurait du mal à essayer de convaincre le Parquet d'entamer une procédure. Il doutait que l'homme, quel qu'il fût, qui avait dénoncé Milton-Rice comparaisse jamais devant un tribunal en tant que témoin.

« Nous aimerions commencer par le faire suivre, dit le directeur général. Vingt-quatre heures sur vingt-quatre. S'il prend contact avec les Russes, il est cuit, avec ou sans aveux. »

Cette solution fut adoptée. Les guetteurs, équipe d'élite d'agents du MI-5 qui (du moins sur leur terrain) sont considérés comme les meilleurs du monde par tous les services de renseignements occidentaux, reçurent pour consigne de ne plus quitter Anthony Milton-Rice d'une semelle dès la minute où il arriverait au ministère de la Défense le lendemain matin.

Comme tant d'autres salariés, Anthony Milton-Rice avait ses petites habitudes, et une vie bien réglée. En semaine, il quittait sa maison d'Addiscombe à huit heures moins dix précises, et parcourait à pied les huit cents mètres qui la séparaient de la gare d'East Croydon, sauf par grosse pluie, auquel cas le fonctionnaire célibataire empruntait le bus. Il prenait le même train de banlieue tous les jours, montrait sa carte d'abonné, et descendait à Victoria Station. De là, il n'y avait qu'un court trajet en bus le long de Victoria Street jusqu'à Parliament Square, d'où il rejoignait à pied l'immeuble du ministère en traversant Whitehall.

Le matin suivant la conférence le concernant, il se conforma exactement à cette routine. Il ne remarqua pas le groupe de jeunes Noirs qui monta à Norwood Junction, du moins jusqu'à ce qu'ils pénètrent dans son wagon bondé. Les femmes poussèrent des hurlements, et les hommes des cris d'inquiétude quand les délinquants commencèrent leur raid : ils parcoururent le wagon, arrachant au vol les sacs et les bijoux des femmes, exigeant des hommes leur portefeuille à la pointe du couteau, et menaçant quiconque semblait protester, sans même parler de résister.

Quand le train s'arrêta à la station suivante, la vingtaine de voyous, hurlant toujours leur haine contre le monde entier, descendirent du train et se dispersèrent, sautant le portillon et disparaissant dans les rues de Crystal Palace. Ils laissaient derrière eux des femmes hystériques, des hommes ébranlés, et un Service de sécurité frustré. Il n'y eut aucune interpellation, car l'attaque avait été trop rapide et imprévisible.

Le train fut retardé, ce qui bouleversa l'horaire de toutes les autres navettes derrière lui, pendant que les hommes de la sécurité ferroviaire relevaient les dépositions. Ce fut seulement lorsqu'ils tapèrent sur l'épaule du passager en imperméable mastic qui somnolait dans un coin que l'homme glissa lentement à terre. Les hurlements reprirent quand le sang du coup de stylet porté au cœur se mit à couler sous la forme recroquevillée de l'homme. Mr Anthony Milton-Rice était mort, et bien mort.

Le Café d'Ivan, au nom prédestiné pour une rencontre avec un agent soviétique, se trouvait situé dans Crondall Street à Shore-ditch, et comme toujours, Sam McCready y entra le deuxième, quoique étant arrivé le premier dans la rue. Si l'un des deux se faisait filer, ce serait plutôt Talisman. Alors il attendait toujours trente minutes assis dans sa voiture, regardait le Russe arriver au rendez-vous, et patientait encore quinze minutes pour s'assurer que sa source à l'ambassade soviétique n'était pas suivie.

Quand McCready entra chez Ivan, il commanda une tasse de thé au comptoir et l'emporta vers l'une des deux tables placées côte à côte près du mur. Talisman occupait celle du fond, et semblait absorbé par la lecture de *Sporting Life*. McCready déplia son *Evening Standard* et se plongea dedans.

« Comment était le général Drozdov ? demanda-t-il dans un murmure couvert par le brouhaha du café et le sifflement du samovar.

— Aimable et mystérieux, répondit le Russe, lisant les pronostics pour la course de quinze heures trente à Sandown. J'ai bien peur qu'il ne soit venu se renseigner sur nous. J'en saurai plus si la ligne K décide de nous rendre visite, ou si mon type de la ligne K s'affaire de façon anormale. »

La ligne K est la branche contre-espionnage et sécurité interne du KGB, qui ne s'occupe pas tant d'espionnage que de surveillance des autres membres pour repérer les éventuelles fuites.

« As-tu entendu parler d'un certain Anthony Milton-Rice ? demanda McCready.

— Non, jamais. Pourquoi ?

— Vous ne le dirigiez pas, à la Résidence ? Un fonctionnaire du ministère de la Défense...

— Je n'en ai jamais entendu parler. Je ne me suis jamais occupé de sa marchandise.

— Eh bien, il est mort. Trop tard pour lui demander qui le contrôlait, si c'était bien le cas. Aurait-il pu être dirigé directement depuis Moscou par le canal des Illégaux ?

— S'il travaillait pour nous, c'est la seule explication possible, marmonna le Russe. Mais il n'a jamais travaillé pour nous à la ligne PR, pas à la station de Londres. Je te l'ai dit, nous n'avons jamais vu passer ce genre de documents. Il devait communiquer avec Moscou par l'intermédiaire d'un officier traitant fonctionnant ici en dehors de l'ambassade. Pourquoi est-il mort ?

— Je l'ignore », soupira McCready.

Mais il savait qu'hormis coïncidence extraordinaire, sa mort avait été planifiée. Quelqu'un connaissait les habitudes du fonctionnaire, avait renseigné les malfrats sur le train qu'il prenait, leur avait communiqué sa description... et les avait payés. Peut-être Milton-Rice n'avait-il jamais travaillé pour les Russes. Alors pourquoi la dénonciation ? Pourquoi ces rentrées d'argent inexplicables ? Ou alors, Milton-Rice avait en effet servi Moscou, mais par l'intermédiaire d'un coupe-circuit inconnu de Talisman, qui avait fait ses rapports à la direction des Illégaux à Moscou. Et le général Drozdov venait de faire une petite visite à Londres. Et c'était lui qui dirigeait les Illégaux...

« Il a été dénoncé, précisa McCready. On a eu le tuyau, et juste après, il est mort.

— Qui l'a donné ? demanda Talisman en remuant son thé, alors qu'il n'avait pas l'intention de boire cette mixture douceâtre et lactée.

— Le colonel Piotr Orlov.

— Ah ! fit Talisman en baissant encore la voix. J'ai quelque chose pour toi, là. Piotr Alexandrovitch Orlov est un officier du KGB loyal et dévoué. Sa défection est totalement bidon. C'est un agent de désinformation infiltré. Il est hyper-entraîné et très efficace. »

Voilà qui n'arrange pas nos affaires..., songea McCready.

Chapitre trois

Timothy Edwards écouta attentivement le récit et l'analyse de McCready pendant une demi-heure, après quoi il lui demanda calmement : « Et vous croyez vraiment en Talisman ? »

McCready s'était attendu à cette réaction. Quoique Talisman ait travaillé pendant quatre ans pour les Anglais, du jour où il avait contacté un officier du SIS au Danemark en lui proposant ses services comme agent infiltré, le milieu dans lequel ils évoluaient était un monde d'incertitude et de soupçon. Restait donc la possibilité, même infime, que Talisman fût un agent double toujours loyal envers Moscou, ce dont il accusait justement Orlov.

« Ça fait quatre ans, déclara McCready. Depuis quatre ans, la marchandise de Talisman a été testée selon tous les critères. Il est réglo.

— Certes, certes, fit mielleusement Edwards. Malheureusement, si un mot de cette histoire arrivait aux oreilles de nos Cousins, ils diraient exactement le contraire : notre homme ment, et le leur dit la vérité. A ce qu'il paraît, Langley raffole d'Orlov.

— Je ne crois pas qu'il faille leur parler de Talisman, répliqua McCready, qui couvait comme une mère poule le Russe de l'ambassade de Kensington Palace Gardens. En plus, Talisman a l'impression qu'il a peut-être fait son temps. L'intuition que Moscou soupçonne l'existence d'une fuite quelque part. Si ce soupçon devient certitude, ils ne tarderont pas à mettre le cap sur leur antenne à Londres. Le jour où Talisman se décidera à venir du froid, on pourra tout raconter aux Cousins. Mais pour l'instant, ce serait très dangereux d'élargir le cercle des personnes au courant.

— D'accord, Sam, décida Edwards. Mais cette fois-ci, il faut que j'en parle au Chef. Il a une réunion au Cabinet Office, ce matin. Je le verrai plus tard. On reste en contact. »

A l'heure du déjeuner, tandis qu'Edwards prenait un repas léger en compagnie du Chef dans les bureaux de Sir Christopher au der-

183

nier étage, la réplique militaire d'un Grumman Gulfstream III atterrit à la base de l'USAF à Alconbury, juste au nord de Huntingdon dans le Cambridgeshire. Il avait décollé à minuit de la base de surveillance aérienne de Trenton dans le New Jersey, ses passagers arrivant du Kentucky et embarquant dans l'obscurité protectrice, loin des bâtiments de la base.

En choisissant Alconbury, Calvin Bailey avait été subtil. C'était la base de l'escadron 527 de l'USAF, les « Aggressors », dont les pilotes, aux commandes de chasseurs F-5, ont une mission très particulière. Cet appareil ayant une configuration similaire à celle du Mig-29 soviétique, les Aggressors ont gagné leur surnom en jouant le rôle d'attaquants russes lors d'entraînements au combat à altitude moyenne, contre leurs collègues pilotes de chasse américains et anglais. Ils étudient et maîtrisent toutes les tactiques de combat soviétiques, et se mettent tellement dans la peau de leur personnage qu'ils se parlent constamment en russe quand ils sont en vol. Leurs mitrailleuses et fusées sont modifiées, de façon à ne toucher ou manquer leur cible que sur écran, mais tout le reste — insignes, combinaisons de vol, manœuvres et jargon — est cent pour cent russe.

Quand Roth, Orlov, Kroll et les autres débarquèrent du Grumman, ils portaient des combinaisons de l'escadron des Aggressors. Personne ne les remarqua, et ils s'enfermèrent aussitôt dans l'immeuble d'un étage séparé des autres qu'on leur avait alloué, avec quartiers d'habitation, cuisine, salles de conférences et une pièce truffée de micros pour le débriefing du colonel Orlov. Roth s'entretint avec le commandant de la base, et l'équipe britannique reçut l'autorisation de pénétrer dans l'enceinte le lendemain matin. Après quoi le groupe des Américains, quelque peu fatigué par le décalage horaire, alla se coucher.

Le téléphone de McCready sonna à trois heures de l'aprèsmidi. Edwards désirait le revoir.

« Les propositions ont été acceptées, dit Edwards. Si nous confirmons notre jugement que Talisman dit la vérité, les Américains ont sur les bras un agent de désinformation. Cela dit, le problème est que nous ignorons toujours la raison de la présence d'Orlov. Comme dans l'immédiat il fournit apparemment de la bonne marchandise, il serait étonnant que nos Cousins nous croient, d'autant plus que le Chef est de notre avis : on ne peut pas révéler l'existence de Talisman, encore moins son identité. Alors, comment doit-on s'y prendre, selon vous ?

— Laissez-moi lui parler, répondit McCready. On a obtenu le droit d'accès. On peut lui poser des questions. C'est Joe Roth qui en a la responsabilité, et je le connais, c'est loin d'être un imbécile. Je pourrais peut-être bousculer un peu Orlov, même sérieusement, mais au bout d'un moment Roth s'interposera. Ça me laisserait quand même le temps d'instiller le doute... faire que les Cousins envisagent l'idée qu'il n'est peut-être pas ce qu'il paraît être.

— Parfait, conclut Edwards. A vous de jouer. »

Il prononça ces mots comme s'il s'agissait de sa propre décision, d'un effet de sa grande générosité. En réalité, son déjeuner avec le Chef, qui prenait sa retraite à la fin de l'année, avait été relativement tendu.

L'ambitieux chef adjoint, qui se flattait d'entretenir d'excellentes relations avec la CIA, s'imaginait qu'un jour, son crédit auprès de Langley jouerait en sa faveur pour sa nomination comme chef.

Pendant le déjeuner, Edwards avait avancé le nom d'un interrogateur beaucoup moins talentueux mais beaucoup moins tenace que Sam McCready pour prendre en main l'affaire de la gênante dénonciation par Talisman du nouveau joyau de la CIA.

Il s'était vu opposer une fin de non-recevoir. Sir Christopher avait maintenu que le Manipulateur, un ancien collègue de terrain qu'il avait lui-même nommé à ce poste, serait responsable de l'interrogatoire d'Orlov.

Tôt le lendemain matin, McCready partit en voiture pour Alconbury, avec Denis Gaunt au volant. A la demande de McCready, Edwards avait obtenu que Gaunt puisse assister à l'interrogatoire du Russe. A l'arrière était assise une jeune femme du MI-5. Le Service de sécurité avait fait une demande pressante pour avoir lui aussi le droit d'envoyer quelqu'un, car un des principaux axes d'interrogatoire concernerait les agents soviétiques travaillant en Angleterre contre les intérêts de la Couronne, et ceci était l'affaire du MI-5. Alice Daltry avait à peine trente ans, elle était jolie et très intelligente, mais semblait toujours assez impressionnée par McCready. Malgré le principe de cloisonnement, des rumeurs avaient circulé dans leur petit monde fermé à propos de l'affaire Pankratine l'année précédente.

La voiture était équipée d'un téléphone sûr, qui ressemblait à un banal appareil portable en un peu plus grand, mais qu'on pouvait brancher sur mode crypté pour communiquer avec Londres. Certains points évoqués pendant la discussion avec Orlov risquaient de devoir être vérifiés à Londres.

McCready resta silencieux pendant la majeure partie du trajet, regardant à travers le pare-brise la campagne en ce matin du début de l'été, et admirant une fois de plus la beauté de l'Angleterre à cette période de l'année.

Il se remémora ce que lui avait dit Talisman. Des années auparavant à Londres, le Russe avait vaguement participé aux phases préparatoires d'une opération de déstabilisation, dont Orlov était sans aucun doute l'aboutissement. L'opération avait reçu pour nom de code : projet Potemkine.

Ironique, songea McCready. Comme quoi le KGB pratiquait l'humour noir... Le nom ne venait sûrement pas du célèbre cuirassé, ni du maréchal en l'honneur duquel on l'avait baptisé, mais des villages Potemkine.

Jadis, l'impératrice Catherine la Grande, le plus impitoyable des tyrans dont cette malheureuse Russie eut à subir le joug, se rendit en Crimée, territoire conquis de fraîche date. Craignant qu'elle ne voie les paysans grelotter de froid dans leurs cabanes glaciales, le premier ministre Potemkine envoya avant son arrivée des charpentiers, des maçons et des peintres construire et peindre de coquettes façades de maisonnettes propres et solides, aux fenêtres desquelles des paysans souriants acclameraient l'impératrice lors de son passage. Alors âgée et myope, celle-ci se montra enchantée de ce tableau idyllique et regagna son palais. Après quoi les ouvriers démantelèrent les façades, laissant place aux misérables bidonvilles qu'elles avaient dissimulés. Cette opération de dissimulation fut baptisée : villages Potemkine.

« La cible est la CIA », avait dit Talisman.

Il ignorait qui au juste serait la victime, et comment l'arnaque serait menée, car le projet n'était pas directement contrôlé par son service, auquel on avait simplement demandé une aide logistique.

« Mais c'est sûrement l'opération Potemkine qui prend effet, avait-il ajouté. Tu auras deux types de preuves. D'une part, aucune information fournie par Orlov ne causera de torts considérables et irréversibles aux intérêts soviétiques. Par ailleurs, tu constateras une perte de moral énorme au sein de la CIA. »

Rien de tel à l'heure actuelle, songea McCready. Après l'atroce humiliation due à l'affaire Ourtchenko, ses amis américains

186

étaient au sommet de la vague, grâce à leur nouvelle source. McCready résolut de concentrer son attention sur le premier éventuel faisceau de preuves.

A l'entrée de la base aérienne, il présenta sa carte d'identification (établie à un autre nom que le sien) et demanda Joe Roth à un numéro de poste. Quelques instants plus tard, ce dernier arrivait dans une jeep de l'USAF.

« Sam, je suis ravi de te revoir.

— Et moi, content que tu sois de retour, Joe. Tu as pris de sacrées vacances...

— Écoute, je suis vraiment désolé. Je n'ai pas eu le choix, ni le temps de me justifier. Soit je me chargeais du type en cinq sec, soit je le renvoyais chez lui.

— Aucune importance, le rassura McCready. On nous a tout expliqué, et tout est arrangé. Je voudrais te présenter mes deux collègues. »

Roth se pencha à l'intérieur de la voiture pour serrer la main à Gaunt et Daltry. Il était détendu et chaleureux, ne prévoyait aucune difficulté et était ravi que les Anglais puissent profiter de la poule aux œufs d'or. Il obtint l'accord du chef de la sécurité pour les laisser passer, et les voitures traversèrent la base l'une derrière l'autre, jusqu'au bâtiment isolé où logeait l'équipe de la CIA.

Comme de nombreux édifices administratifs, il n'avait rien d'un joyau architectural, mais était fonctionnel. Un couloir le traversait sur toute la longueur, desservant des chambres à coucher, une salle à manger, des cuisines, des toilettes et des salles de conférences. Une douzaine d'agents de la police militaire encerclaient le bâtiment, leurs armes bien en vue.

McCready jeta un regard circulaire avant d'entrer. Il remarqua que si lui et ses deux collègues n'éveillaient aucune curiosité, de nombreux membres du personnel de l'USAF observaient d'un air intrigué le cordon de gardes armés.

« Tout ce que ces imbéciles ont réussi à faire, c'est désigner l'endroit à n'importe quelle équipe du KGB munie de jumelles », murmura-t-il à Gaunt.

Roth les conduisit dans une pièce au centre du bâtiment, dont les fenêtres et les volets étaient fermés, la seule lumière venant des lampes. Des fauteuils confortables formaient un cercle autour d'une table basse au milieu de la pièce, et le long des murs s'alignaient des chaises et des tables pour les sténotypistes.

Roth invita d'un geste le groupe britannique à s'installer dans les fauteuils, et commanda du café.

« Je vais chercher Ménestrel, annonça-t-il. A moins que vous ne vouliez vous reposer un peu avant ?

— Autant se mettre tout de suite au travail, Joe », répondit McCready.

Quand Roth fut sorti, McCready fit signe à Gaunt et Daltry de s'asseoir sur les chaises le long du mur. Ce qui signifiait en clair : observez, écoutez, et ne ratez rien. Joe Roth avait laissé la porte ouverte. Du couloir filtrait la mélodie lancinante de *Bridge Over Troubled Water*. Quelqu'un dut éteindre le magnétophone, car la musique s'arrêta. Roth revint, précédant un homme râblé, à l'air coriace, qui portait des tennis, un pantalon et un polo.

« Sam, je te présente le colonel Piotr Orlov. Piotr, voici Sam McCready. »

Le Russe regarda McCready d'un œil inexpressif. Il avait entendu parler de lui, comme la plupart des officiers supérieurs du KGB, mais n'en laissa rien paraître. McCready s'avança et lui tendit la main.

« Mon cher colonel Orlov, je suis ravi de vous rencontrer », dit-il avec un sourire chaleureux.

On leur servit du café et tout le monde prit place, McCready en face d'Orlov, et à côté de Roth. Sur une console, un magnétophone commença à tourner. Il n'y avait pas de micros sur la table basse, pour ne pas perturber la séance. Le magnétophone enregistrerait tout.

McCready commença en douceur, et continua de même pendant une heure. Les réponses d'Orlov s'enchaînaient naturellement. Mais au bout de la première heure, McCready se montra de plus en plus perplexe.

« Ce sont des renseignements excellents, formidables, déclara-t-il. Mais j'ai un tout petit problème. Qui n'en a pas, d'ailleurs ? Vous ne nous avez fourni que des noms de code. L'agent Perdrix au ministère des Affaires étrangères, l'agent Faucon qui est soit un officier d'active dans la Marine, soit un civil travaillant à l'Amirauté. Voyez-vous, colonel, mon problème, c'est que rien de tout ça ne peut nous mener à une identification ou une arrestation.

— Monsieur McCready, comme je vous l'ai déjà expliqué plusieurs fois, mon temps à la direction des Illégaux a pris fin il y a quatre ans. Et j'étais spécialiste de l'Amérique centrale et du Sud. Je n'avais pas accès aux dossiers des agents en Europe occidentale, en Grande-Bretagne ou aux USA. Ils étaient hautement protégés, comme je suis certain qu'ils le sont ici.

— Mais oui, bien sûr, suis-je bête ! Seulement, je pensais plutôt

188

à la Planification, où vous avez aussi travaillé. D'après ce qu'on sait, on s'y occupe de préparer les couvertures, les « légendes » destinées aux agents qu'on va infiltrer ou qui viennent d'être recrutés. Et aussi les systèmes de prise de contact, de transmission des informations et... le paiement. Ce qui implique les banques qu'ils utilisent, les sommes versées, les périodes auxquelles elles le sont, le coût total. Or, vous semblez avoir... oublié tout ça.

— J'ai travaillé à la Planification avant même d'aller à la direction des Illégaux, il y a huit ans ! répliqua Orlov. Les numéros de compte en banque ont huit chiffres, il est impossible de se les rappeler tous. »

Il avait soudain la voix tendue, car ces questions le dérangeaient. Roth fronça les sourcils.

« Ou de se rappeler un seul chiffre, ou même une seule banque..., déclara McCready comme s'il pensait à voix haute.

— Sam ! interrompit Roth d'une voix pressante, en se penchant. Où veux-tu en venir ?

— J'essayais simplement de découvrir si les renseignements que le colonel Orlov nous a donnés, à vous ou à nous, au cours des six semaines passées, risquent de causer des torts considérables et irréversibles aux intérêts soviétiques.

— Qu'insinuez-vous par là ? lança rageusement Orlov en se levant d'un bond. J'ai fourni à longueur de journée des détails sur la planification militaire soviétique, le déploiement des forces, le niveau d'armement et de préparation, la personnalité de certains hommes, l'affaire afghane... Des réseaux ont déjà été démantelés en Amérique centrale et en Amérique du Sud. Et maintenant vous me traitez comme... comme un criminel ! »

Roth s'était levé lui aussi.

« Sam, je peux te parler en privé ? demanda-t-il. Passons dehors. »

Il se dirigea vers la porte. Orlov se rassit en regardant le plancher d'un air chagrin. McCready se leva et suivit Roth. Daltry et Gaunt restèrent à leur table, comme paralysés. Le jeune agent de la CIA assis près du magnétophone l'éteignit. Roth marcha jusqu'à la pelouse devant le bâtiment, puis il se tourna vers McCready.

« Sam, qu'est-ce que tu fous, nom de Dieu ?

— J'essaie d'établir si Orlov est de bonne foi, répondit McCready en haussant nonchalamment les épaules. C'est pour ça que je suis ici.

— Mettons les choses parfaitement au point. Tu n'es surtout

189

pas ici pour établir si Ménestrel est de bonne foi. Nous l'avons déjà fait. Fait et refait. Nous sommes certains qu'il est sincère, et qu'il fait de son mieux pour se souvenir de tous les détails. Tu es ici, grâce au bon vouloir du directeur de la CIA, pour partager la récolte avec nous. Un point c'est tout. »

McCready contemplait rêveusement les champs de blé ondulant dans le vent au-delà de la clôture.

« Et toi, Joe, que penses-tu réellement de la valeur de ses informations ?

— Grand bien. Il l'a dit : le déploiement des forces, les affectations, le niveau d'armement, les plans...

— Mais tout ça peut être modifié rapidement et très facilement, s'ils sont au courant de ce qu'il vous raconte.

— Et l'Afghanistan », ajouta Roth.

McCready resta silencieux. Il ne pouvait pas dire à son collègue de la CIA ce que Talisman lui avait confié dans le café vingt-quatre heures plus tôt, mais il entendait encore ses paroles :

« Sam, le nouvel homme de Moscou, Gorbatchev, vous ne savez pas encore grand-chose sur lui, mais moi je le connais. Quand il est venu rendre visite à Mrs Thatcher, avant de devenir secrétaire général, alors qu'il n'était encore que membre du Politburo, c'est moi qui me suis occupé de sa sécurité. Et nous avons discuté. Il n'est pas comme les autres, il est très ouvert, très franc. La perestroïka dont il parle, et la glasnost, tu sais ce que ça veut dire, mon ami ? Dans deux ans, en 1988, ou peut-être 1989, tous ces détails militaires seront complètement inutiles. Il ne va pas lancer une attaque dans la plaine d'Allemagne. Il va vraiment essayer de restructurer toute l'économie et la société soviétiques. Il échouera, bien évidemment, mais il aura essayé. Il va ordonner le retrait des troupes d'Afghanistan et des bases en Europe. Tout ce qu'Orlov raconte aux Américains sera bon pour les archives d'ici deux ans. Mais ce qui compte vraiment, c'est le Grand Mensonge qu'il est venu vous faire. Ça aura des conséquences pendant dix ans, mon ami. Attends le Grand Mensonge. Le reste est un sacrifice mineur parfaitement calculé par le KGB. Ils jouent bien aux échecs, mes anciens collègues. »

« Et les réseaux en Amérique du Sud, poursuivait Roth. Enfin, merde, le Mexique, le Chili et le Pérou sont aux anges. Ils ont démasqué des foules d'agents soviétiques.

— Ce n'étaient que des assistants recrutés sur place. Il n'y

190

avait pas un Russe parmi eux. Des réseaux fatigués et surmenés, des agents cupides, des informateurs de bas étage... des gens qu'on peut sacrifier.

— Mon Dieu ! souffla Roth en le regardant droit dans les yeux. Tu crois vraiment qu'il est bidon, c'est ça ? Tu le prends pour un agent double. Où as-tu obtenu ce renseignement, Sam ? Vous avez une source que nous ne connaissons pas ?

— Non », lâcha McCready.

Mentir à Roth ne lui plaisait guère, mais les ordres étaient les ordres. De fait, la CIA avait toujours bénéficié des tuyaux de Talisman, mais maquillés et attribués à sept sources différentes.

« Je veux simplement le pousser à bout. Je crois qu'il nous cache quelque chose. Tu n'es pas idiot, Joe. Je suis sûr que dans ton cœur, tu as la même impression. »

Le coup porta. C'était en effet exactement ce que pensait Roth au fond de son cœur.

« D'accord, acquiesça-t-il en hochant la tête. On va le bousculer un peu. Après tout, il n'est pas venu ici en vacances. Et il est solide. On y retourne. »

La séance reprit à midi moins le quart. McCready souleva de nouveau la question des agents soviétiques implantés en Grande-Bretagne.

« Je vous en ai déjà donné un, dit Orlov. Si vous arrivez à le repérer... L'homme qu'ils appelaient Junon, celui qui avait un compte à Croydon, à la Midland.

— Nous avons retrouvé sa trace, dit McCready d'un ton égal. Il s'appelle, ou plutôt il s'appelait, Anthony Milton-Rice.

— Eh bien, voilà ! dit Orlov.

— Comment ça " il s'appelait " ? demanda Roth.

— Il est mort.

— Je l'ignorais, fit Orlov. Ça fait déjà quelques années.

— Voilà un autre de mes problèmes, soupira McCready. Il n'est pas mort il y a plusieurs années. Il est mort hier matin. Assassiné, liquidé, à peine une heure avant que notre équipe de surveillance le prenne en charge. »

Il y eut un silence stupéfait. Puis Roth se leva de nouveau, réellement furieux. Deux minutes plus tard, lui et McCready se retrouvaient une fois de plus à l'extérieur du bâtiment.

« Non mais tu joues à quel jeu de con, Sam ? hurla-t-il. Tu aurais pu me prévenir.

— Je voulais voir la réaction d'Orlov, répondit Sam sans

ambages. Je pensais que si je te le disais, tu allais peut-être lui annoncer la nouvelle toi-même. Tu as vu sa réaction ?

— Non, je te regardais toi.

— Il n'en a pas eu. Je croyais qu'il serait relativement étonné. Et inquiet, même, vu les implications.

— Il a des nerfs d'acier. C'est un pro complet. S'il ne veut rien montrer, il y réussit très bien. Au fait, c'est vrai ? Il est mort ? Ou c'était juste un piège ?

— Oh, il est bien mort, Joe. Poignardé par un gang d'adolescents alors qu'il se rendait à son travail. On appelle ça un " raid ". Nous voilà avec un joli problème, non ?

— La fuite venait peut-être du côté anglais.

— Non, les délais étaient trop courts. Il faut du temps pour organiser un assassinat comme ça. On n'a connu la véritable identité de cet homme qu'avant-hier soir, après vingt-quatre heures de recherches. Ils l'ont descendu hier matin. C'est trop court. Dis-moi, où va le matériau que fournit Ménestrel ?

— D'abord à Calvin Bailey, directement et en mains propres. Ensuite aux analystes, et enfin aux clients.

— Quand Orlov a-t-il donné le renseignement sur un espion au sein de notre ministère de la Défense ? »

Roth le lui apprit.

« Cinq jours, répéta McCready. Avant qu'on ne soit au courant. Ça laisse le temps...

— Attends une petite minute..., protesta Roth.

— Ce qui nous laisse trois possibilités, poursuivit McCready. Soit il s'agit d'une coïncidence extraordinaire, et dans notre métier on ne peut pas se permettre d'y croire trop souvent. Soit quelqu'un situé entre toi et l'opérateur du télex a parlé. Ou alors, le coup était préparé à l'avance. C'est-à-dire que l'assassinat était prévu pour telle heure tel jour. Quelques heures plus tôt, la mémoire revient soudain à Orlov. Et avant que les bons aient pu s'organiser, l'agent dénoncé est retrouvé mort.

— Je ne pense pas que nous ayons une fuite à l'Agence, et je ne pense pas non plus qu'Orlov soit bidon, fit Roth d'un ton sec.

— Dans ce cas, pourquoi ne joue-t-il pas franc jeu ? Allons-y », suggéra gentiment McCready.

Quand ils rentrèrent, Orlov était calme. La nouvelle que l'espion anglais dénoncé avait été si commodément liquidé l'avait de toute évidence ébranlé. Changeant de ton, McCready lui parla avec douceur.

« Colonel Orlov, vous êtes un étranger en territoire inconnu.

192

Vous vous inquiétez de votre avenir. Alors vous gardez des choses pour vous, comme sécurité. Nous le comprenons parfaitement. J'en ferais autant si j'étais à Moscou. Nous avons tous besoin de ce genre d'assurance. Mais Joe vient de me dire que vous avez maintenant un tel statut aux yeux de l'Agence que vous n'en avez plus besoin. Alors, y a-t-il d'autres noms authentiques que vous pourriez nous fournir ? »

Silence total dans la pièce. Orlov hocha lentement la tête. Tout le monde poussa un soupir.

« Peter, c'est vraiment le moment de parler..., fit Roth d'un ton engageant.

— Remiants, dit Piotr Orlov. Guenadi Remiants.

— Mais nous savons tout sur lui ! dit Roth, visiblement exaspéré, avant d'expliquer à McCready : Il est représentant d'Aéroflot à Washington. C'est sa couverture. Le FBI l'a pincé et retourné il y a deux ans. Il travaille pour nous depuis.

— Non, dit Orlov en levant les yeux. Vous vous trompez. Remiants n'est pas un agent double. Son identification a été calculée par Moscou. Son arrestation était volontaire. Et son retournement n'a rien d'authentique. Tout ce qu'il vous a fourni était élaboré par Moscou. Un jour, l'Amérique dépensera des milliards pour réparer les dégâts. Remiants est un major du KGB qui travaille pour la direction des Illégaux. Il dirige quatre réseaux soviétiques différents sur le territoire américain et connaît toutes les identités des agents.

— Si c'est vrai, c'est un beau filon ! s'exclama Roth en laissant échapper un sifflement. Si c'est vrai...

— Il n'y a qu'une façon de le savoir, avança McCready. Arrêtez Remiants, bourrez-le de penthotal, et voyez ce qu'il en sort. Par ailleurs, c'est l'heure de déjeuner.

— Ça fait deux bonnes idées en dix secondes, reconnut Roth. Mes enfants, il faut que j'aille à Londres discuter avec les gens de Langley. On fait une pause de vingt-quatre heures. »

Joe Roth obtint une liaison directe avec Calvin Bailey à huit heures du soir, heure de Londres, trois heures à Washington. Roth s'était enfermé dans la salle du chiffre située sous l'ambassade américaine à Grosvenor Square ; Bailey se trouvait à son bureau de Langley. Ils parlèrent d'une voix claire et intelligible, rendue légèrement métallique par les systèmes d'encodage qui protégeaient la liaison à travers l'Atlantique.

« J'ai passé la matinée avec les Anglais à Alconbury, annonça Roth. Leur première rencontre avec Ménestrel.

— Comment ça s'est passé ?

— Mal.

— Vous plaisantez ? Les salauds ! Aucune reconnaissance. Qu'est-ce qui s'est mal passé ?

— Calvin, l'interrogateur était Sam McCready. Il n'est pas anti-américain, et ce n'est pas un imbécile. Il pense que Ménestrel est bidon, qu'il est infiltré.

— Quelle connerie ! Vous lui avez dit combien de tests Ménestrel a passés ? Et que nous sommes certains qu'il est OK ?

— Oui, je lui ai donné tous les détails. Mais il ne démord pas de son idée.

— Il a fourni des preuves solides pour soutenir cette idiotie ?

— Non. Il a dit que c'était le fruit de l'analyse anglaise du travail de Ménestrel.

— Bon Dieu, c'est dingue ! Ça fait à peine six semaines, et la marchandise de Ménestrel est excellente. Quels sont les arguments de McCready ?

— On a parlé de trois points. Au sujet des renseignements militaires, il a dit que Moscou pouvait tout modifier, du moment qu'ils savent ce que Ménestrel nous raconte, et ce serait le cas s'il est infiltré.

— Foutaises ! Continuez.

— Sur l'Afghanistan, il n'a rien dit. Mais je connais Sam. J'ai eu l'impression qu'il savait quelque chose que j'ignorais, sans vouloir me le confier. Tout ce que j'ai pu tirer de lui c'est un " Supposez que... ". Il a insinué que d'après les Anglais, Moscou pourrait se retirer d'Afghanistan dans un avenir assez proche. Et qu'alors, tous les renseignements de Ménestrel iraient droit aux archives. Nos analyses vont-elles dans le même sens ?

— Joe, rien n'indique que les Ruskofs vont abandonner Kaboul, ni maintenant, ni plus tard. Quoi d'autre gênait McCready ?

— Il a dit que les réseaux démantelés en Amérique centrale et du Sud étaient déjà fatigués, " surmenés ", selon ses propres termes. Et qu'il ne s'agissait que d'assistants recrutés sur place, pas de Russes pure souche.

— Écoutez, Joe, Ménestrel a grillé des dizaines de réseaux dirigés par Moscou dans quatre pays, là-bas. Évidemment que les agents avaient été recrutés sur place. Ils ont été interrogés, et pas en douceur, je dois dire. Bien sûr, ils étaient tous dirigés à partir des ambassades soviétiques. Ces pays sont en train d'expulser des dizaines de diplomates russes en disgrâce. Il a bousillé des années de boulot du KGB. McCready raconte des conneries.

— Il a eu raison sur un point. Tout ce que Ménestrel a donné aux Anglais concernant les agents soviétiques chez eux, c'est des noms de code. Rien qui permette d'identifier un agent russe. Sauf un, et il est mort. Vous êtes au courant ?

— Oui. Pas de pot, hein ? Une coïncidence regrettable.

— D'après Sam, ce n'est pas une coïncidence. A son avis, Ménestrel savait que c'était prévu pour un jour donné, et il a fourni l'information juste un peu trop tard pour que les Anglais puissent coincer le type ; ou alors, il y a une fuite chez nous.

— Ces deux hypothèses sont débiles.

— Il penche plutôt pour la première. Il croit que Ménestrel travaille pour le Centre Moscou.

— Et monsieur Je-sais-tout vous a donné des preuves pour étayer ses soupçons ?

— Non. Je lui ai précisément demandé s'ils avaient une source à Moscou qui avait dénoncé Ménestrel. Il a nié. Il a dit que c'était simplement le résultat de l'analyse des renseignements par son Service. »

Il y eut un instant de silence, comme si Bailey réfléchissait. Ce qui était le cas.

« Vous y croyez, vous ? finit-il par demander.

— Honnêtement, non. Je crois qu'il mentait. Je les soupçonne de contrôler quelqu'un dont on ignore tout.

— Mais alors pourquoi les Anglais ne mettent-ils pas cartes sur table ?

— Je n'en sais rien, Calvin. S'ils ont dans leur manche quelqu'un qui a dénoncé Ménestrel, ils refusent de l'admettre.

— Bon, écoutez. Dites à Sam McCready de ma part qu'il marche avec nous ou qu'il la boucle. On tient la perle rare, et je ne vais pas permettre qu'une campagne de débinage à Century House gâche tout. En tout cas, pas sans preuves solides, vraiment très solides. Compris, Joe ?

— Reçu cinq sur cinq.

— Autre chose. Même si on leur a dit qu'Orlov était bidon, ça ne serait pas étonnant que ça vienne du Centre Moscou, c'est leur genre. Moscou le laisse filer, nous on le récupère, et les Anglais l'ont mauvaise. Alors évidemment, Moscou fait dire aux Anglais que notre succès n'en est pas un. Et les Anglais ne demandent qu'à y croire, parce qu'ils sont frustrés de ne pas avoir pu récupérer

195

Ménestrel eux-mêmes. Pour moi, le tuyau des Rosbifs, c'est de la désinformation. S'ils ont un homme là-bas, c'est lui qui ment. Le nôtre est réglo.

— Parfait, Calvin. Si la question est soulevée à nouveau, je peux dire ça à Sam ?

— Tout à fait. C'est l'opinion officielle à Langley, et nous la défendrons. »

Aucun des deux hommes ne prit la peine de rappeler à l'autre que la défense d'Orlov était liée de près au sort de leur carrière.

« Sam a marqué un point, ajouta Joe Roth. Il a un peu bousculé Ménestrel (j'ai même dû faire sortir Sam deux fois pour lui parler), et il lui a fait cracher un autre nom. Guenadi Remiants.

— C'est nous qui dirigeons Remiants, répliqua Bailey. Ses renseignements arrivent sur mon bureau depuis deux ans. »

Roth lui rapporta les propos d'Orlov sur la fidélité toujours intacte de Remiants à Moscou, et la suggestion de McCready : la seule façon de découvrir la vérité serait d'arrêter Remiants et de le faire parler. Bailey garda le silence, et finit par dire :

« Peut-être bien. Nous allons y réfléchir. J'en parlerai au DAO et au FBI. Si nous décidons d'agir, je vous préviendrai. Entre-temps, tenez McCready à l'écart de Ménestrel. Qu'ils se reposent un peu, tous les deux. »

Joe Roth invita McCready à prendre le petit déjeuner avec lui dans son appartement le lendemain matin, et McCready accepta.

« Ne t'inquiète pas, dit Roth au téléphone. Je sais qu'il y a de très bons hôtels dans le coin, et Oncle Sam peut largement payer un petit déjeuner pour deux, mais je me débrouille comme un chef en cuisine. Jus d'orange, œufs au plat, gaufres et café, ça te va ?

— Jus d'orange et café, ce sera parfait », répondit McCready en riant.

Quand il arriva, Roth était en tablier dans la cuisine, et lui fit une superbe démonstration de ce qu'il savait faire avec du jambon et des œufs. McCready finit par céder et en prit également.

« Sam, j'aimerais que tu révises ton opinion sur Ménestrel, dit Roth pendant qu'ils buvaient leur café. J'ai téléphoné à Langley hier soir.

— Tu as parlé à Calvin ?

— Ouais.

— Sa réaction ?

— Il était peiné par ton attitude.

196

— Peiné, mon cul ! s'exclama McCready. Je parie qu'il a employé de bonnes vieilles expressions anglo-saxonnes en parlant de moi.

— Bon, d'accord. Il était furibard. Pour lui, on vous a fait une fleur avec Ménestrel. J'ai un message à te transmettre. L'opinion de Langley, c'est : nous, on a Ménestrel, et à Moscou, ils sont fous de rage. Ils essaient de discréditer Ménestrel en refilant à Londres un bon tuyau selon lequel c'est en fait un agent de Moscou. Voilà ce qu'on pense à Langley. Je suis désolé, Sam, mais cette fois tu as tort. Orlov dit la vérité.

— Joe, on n'est pas complètement idiots, ici. On ne va pas se laisser avoir par une fausse information qui tombe du ciel. Si on avait obtenu un renseignement par une source secrète, ce qui n'est pas le cas, il serait antérieur à la défection d'Orlov. »

Roth posa sa tasse et regarda McCready bouche bée. Le langage alambiqué ne l'avait pas abusé une seconde.

« Mon Dieu, Sam, vous avez une source quelque part à Moscou ! Mais dis-le, à la fin !

— Je n'ai pas le droit, répondit Sam. Et ce n'est pas vrai, de toute façon... qu'on a quelqu'un à Moscou dont on ne vous a pas parlé. »

Au sens littéral, ce n'était même pas un mensonge.

« Alors je suis désolé, Sam, mais Orlov reste. Il est honnête. A notre avis, votre homme ment... celui qui n'existe pas. C'est vous, et pas nous, qu'on a menés en bateau. Et ça, c'est officiel. Orlov a passé trois tests au détecteur de mensonges, bon Dieu ! C'est suffisant comme preuve. »

Pour toute réponse, McCready sortit une feuille de papier de sa poche poitrine, et la posa devant Roth. Il était écrit :

« Nous avons découvert que certains Européens de l'Est pouvaient déjouer le polygraphe à leur gré. Les Américains ne sont pas très bons à cet exercice, parce que nous avons été élevés dans le respect de la vérité, et à chaque fois que nous mentons, ça se voit. Mais nous avons établi que de nombreux Européens... se débrouillent parfaitement avec le polygraphe... Il y a toujours un individu venant de cette partie du monde qui a menti toute sa vie sur une chose ou une autre, et est passé maître en cet art, au point qu'il peut réussir le test du détecteur. »

Roth renifla de mépris et rendit le papier à McCready.

« Sûrement un pauvre con d'universitaire qui n'a aucune expérience de Langley ! lâcha-t-il.

— En fait, c'est une déclaration de Richard Helms qui remonte à deux ans », dit doucement McCready.

Richard Helms était un ancien directeur légendaire de la CIA. Roth eut l'air secoué. McCready se leva.

« Joe, s'il y a une chose dont Moscou rêve depuis des années, c'est que les Anglais et les Américains se battent comme des chiffonniers. Nous y allons tout droit, et Orlov n'est ici que depuis quarante-huit heures. Penses-y. »

A Washington, le directeur de la CIA et le FBI avaient conclu que s'il y avait du vrai dans la déclaration d'Orlov au sujet de Remiants, le seul moyen de le prouver était d'arrêter ce dernier. L'opération fut montée le jour même où Roth et Sam McCready avaient petit-déjeuné ensemble, et l'arrestation fut prévue pour ce soir-là à cinq heures, au moment où Remiants quitterait les bureaux d'Aéroflot à Washington, donc bien après la tombée de la nuit à Londres.

Le Russe sortit du bâtiment peu après cinq heures, suivit la rue puis emprunta une galerie marchande pour rejoindre l'endroit où il avait garé sa voiture.

Les bureaux d'Aéroflot étaient sous surveillance, mais Remiants ne repéra pas les six agents armés du FBI qui le filèrent à travers la galerie marchande. Ils comptaient l'arrêter quand il monterait dans sa voiture. Ce serait rapide et discret, personne ne remarquerait rien.

La galerie comprenait plusieurs allées bordées de parterres fatigués et jonchés d'ordures, avec çà et là des bancs prévus pour que les honnêtes citoyens de Washington s'assoient au soleil en mangeant leur déjeuner. Le conseil municipal ne pouvait pas prévoir que ce mail allait devenir un lieu de rencontre pour les revendeurs de drogue et leurs nombreux clients. Sur l'un des bancs, au moment où Remiants traversait la galerie en direction du parking, un Noir et un Cubain négociaient, chacun des dealers ayant amené ses hommes de main.

La bagarre fut déclenchée par un cri de rage du Cubain, qui se leva et sortit un couteau. L'un des gorilles du Noir dégaina et le descendit. Huit hommes des deux gangs saisirent aussitôt leurs armes et se mirent à tirer. Les quelques passants non impliqués s'enfuirent en hurlant. Les agents du FBI, un instant déconcertés par la rapidité de la chose, appliquèrent les principes de leur entraînement à Quantico : ils roulèrent au sol et pointèrent leurs armes.

Remiants reçut une balle semi-blindée dans la nuque et

s'effondra. Son assassin fut aussitôt abattu par un agent du FBI. Les deux gangs, noir et cubain, se dispersèrent rapidement. La fusillade avait duré sept secondes en tout, laissant deux hommes sur le carreau, un Cubain et le Russe tué par une balle perdue.

La méthode américaine repose essentiellement sur la technologie, ce qui lui vaut parfois des critiques. Mais personne ne peut nier les résultats positifs quand la technologie fonctionne au maximum.

Les deux cadavres furent emmenés à la morgue la plus proche, où le FBI prit les choses en main. L'arme utilisée par le Cubain fut envoyée au laboratoire, mais ne fournit aucun indice. C'était un Star tchèque sans doute importé d'Amérique centrale ou du Sud, par une filière impossible à remonter. En revanche, les empreintes digitales du Cubain se révélèrent plus parlantes. On l'identifia comme étant Gonzalo Appio, déjà fiché au FBI. La contre-vérification de l'ordinateur indiqua rapidement qu'il était également connu de l'Agence de lutte antidrogue et de la police métropolitaine qui couvrait Miami.

C'était un dealer et un tueur à gages. A l'origine, un des Marielitos, ces Cubains si généreusement « libérés » par Castro, quand il avait expédié en Floride du port de Mariel tous les criminels, psychopathes, pédérastes et voyous qui encombraient ses prisons et ses asiles, et que l'Amérique avait eu la faiblesse d'accueillir.

La seule chose toutefois impossible à établir au sujet d'Appio, malgré les soupçons du FBI, était qu'il servait de tueur au DGI, la police secrète de Cuba contrôlée par le KGB. Les soupçons se fondaient sur l'implication supposée d'Appio dans l'assassinat de deux journalistes radio anticastristes, très connus et efficaces, qui émettaient depuis Miami.

Le FBI transmit le dossier à Langley, où l'inquiétude fut vive. Le DAO, Frank Wright, prit sur lui de court-circuiter Bailey et de contacter directement Roth à Londres.

« Il faut qu'on sache, Joe. Et très vite. S'il y a un fond de vérité dans les doutes qu'ont les Anglais au sujet de Ménestrel, il faut absolument qu'on le sache. Plus besoin de prendre des gants, Joe. Allez-y avec le détecteur de mensonges et tout le tremblement. Retournez là-bas, et trouvez pourquoi les choses tournent mal. »

Avant de partir pour Alconbury, Roth revit Sam McCready. La rencontre ne fut pas plaisante, car il était amer et en colère.

« Sam, si tu sais vraiment quelque chose, il faut tout me dire. Je te tiendrai pour responsable si on a fait une grosse bêtise ici parce que vous n'avez pas joué franc jeu. Nous, on a été réglo. Alors bas les masques, qu'est-ce que tu sais ? »

McCready regarda son ami d'un air impassible. Il jouait trop bien au poker pour trahir un sentiment qu'il voulait cacher. Il se trouvait confronté à un dilemme. Personnellement, il aurait aimé parler à Joe Roth de Talisman, lui donner les preuves tangibles dont Roth avait besoin pour perdre sa confiance en Orlov. Mais Talisman marchait vraiment sur la corde raide et, fil après fil, cette corde allait être coupée par le contre-espionnage soviétique, dès l'instant où ils prendraient le mors aux dents, convaincus qu'ils avaient une fuite quelque part en Europe occidentale. Il ne pouvait pas, il n'osait pas révéler l'existence de Talisman, encore moins son rang et son rôle.

« Vous avez un problème, Joe, répondit-il. Mais ne t'en prends pas à moi. J'ai fait tout ce que j'ai pu. On est bien d'accord que pour Milton-Rice, ça pouvait éventuellement être une coïncidence, mais deux fois, c'est trop.

— Il y avait peut-être une fuite ici, suggéra Roth, regrettant aussitôt ses paroles.

— Impossible, répondit calmement McCready. Il aurait fallu qu'on connaisse l'heure et le lieu de l'arrestation à Washington. Or, on les ignorait. Alors, soit Orlov les dénonce en fonction d'un plan pré-établi, soit vous avez une fuite. Tu connais mon avis : c'est Orlov. Au fait, combien de personnes ont accès au matériau Orlov, chez vous ?

— Seize.

— Bon Dieu ! Vous auriez carrément dû passer une annonce dans le *New York Times*.

— Moi, deux assistants, des opérateurs magnétophone, des analystes, ça grimpe vite. Le FBI était au courant pour l'arrestation de Remiants, mais pas pour Milton-Rice. Il n'y avait que seize personnes qui savaient dans les deux cas. J'ai bien peur qu'on ait un pourri quelque part, sans doute au bas de l'échelle... un employé, un chiffreur, une secrétaire.

— Et moi, je crois que vous avez un transfuge bidon.

— Quoi qu'il en soit, je vais trouver la vérité.

— Je peux venir ?

— Désolé, mon vieux, pas cette fois. Cette affaire concerne la CIA, maintenant. A bientôt, Sam. »

Le colonel Orlov remarqua un changement d'attitude chez les gens qui l'entouraient dès le retour de Roth à Alconbury. En quelques minutes, la familiarité bon enfant s'évanouit. L'équipe de la CIA dans le bâtiment se fit distante et guindée. Orlov attendit patiemment.

Quand Roth prit place en face de lui dans la salle de débriefing, deux assistants apportèrent une machine sur un chariot. Orlov y jeta un coup d'œil. Il en avait déjà vu. Détecteur de mensonges. Ses yeux se reportèrent sur Roth.

« Quelque chose ne va pas, Joe ? demanda-t-il d'une voix posée.

— Ça, Peter, c'est le moins qu'on puisse dire. »

En quelques phrases, Roth informa le Russe du fiasco de Washington. Une lueur passa dans les yeux d'Orlov. De la peur ? De la culpabilité ? La machine allait bientôt le découvrir.

Orlov ne protesta pas lorsque les techniciens posèrent les ventouses sur sa poitrine, ses poignets et son front. Roth ne s'occupait pas de faire marcher la machine (il y avait un technicien pour ça), mais il savait déjà les questions qu'il allait poser.

Le polygraphe a la même apparence et le même fonctionnement qu'un électrocardiographe d'hôpital. Il enregistre le rythme cardiaque, le pouls, la transpiration, révélateurs de mensonge chez un individu sous tension, cette tension étant due au simple fait d'être soumis à l'épreuve.

Roth commença traditionnellement par les questions banales destinées à établir une norme de réaction, et le fin stylet traça paresseusement sur le rouleau de papier des courbes et des creux. Orlov avait déjà subi ce test trois fois, et n'avait jamais montré les symptômes d'un homme qui ment. Roth l'interrogea sur son passé, ses années au KGB, sa défection, et les renseignements qu'il avait donnés jusqu'à présent. Puis il passa aux questions sérieuses.

« Êtes-vous un agent double travaillant pour le KGB ?

— Non. »

Le stylet continua sa lente oscillation sur le papier.

« Les renseignements que vous nous avez fournis jusqu'à présents sont-ils authentiques ?

— Oui.

— Reste-t-il des informations vitales que vous ne nous avez pas fournies ? »

Orlov ne répondit pas, mais agrippa les bras du fauteuil.

« Non », répondit-il enfin.

Le stylet eut plusieurs violentes secousses avant de se stabiliser. Roth jeta un coup d'œil au technicien, qui hocha la tête en signe de confirmation. Il se leva, marcha jusqu'à l'appareil, regarda le papier, et dit au technicien d'arrêter.

« Je suis désolé, Peter, mais vous venez de me mentir. »

Silence dans la pièce. Cinq personnes dévisageaient le Russe, qui gardait les yeux fixés sur le plancher. Finalement, il les leva vers Roth.

« Joe, mon ami, puis-je vous parler ? Seul à seul ? Mais vraiment, sans microphones, juste vous et moi ? »

C'était contraire au règlement, et risqué. Roth réfléchit. Pourquoi ? Qu'avait à dire cet homme énigmatique, qui pour la première fois venait d'échouer au test, que ne pouvait entendre une équipe blanchie par la Sécurité ? Il acquiesça de la tête. Quand ils furent seuls, tous appareils débranchés, il lui dit :

« Alors ?

— Joe, commença le Russe après un long soupir. Vous ne vous êtes jamais demandé pourquoi j'étais passé à l'Ouest de cette façon ? Pourquoi si vite, sans vous laisser le temps de contacter Washington ?

— Si, j'y ai pensé. Je vous ai même posé la question. Et à vrai dire, je n'ai jamais été totalement satisfait de vos réponses là-dessus. Alors pourquoi ?

— Parce que je ne voulais pas finir comme Volkov. »

Roth s'affala comme s'il venait de recevoir un coup de poing dans l'estomac. Tout le monde dans le métier connaissait cette désastreuse affaire. Au début de septembre 1945, Constantin Volkov, vice-consul soviétique à Istanbul, en Turquie, se présenta au consulat général britannique et dit à un officiel médusé qu'il était en réalité le chef adjoint du KGB en Turquie, et qu'il souhaitait passer à l'Ouest. Il proposa de griller 314 agents soviétiques en Turquie et 250 en Grande-Bretagne. Et surtout, il déclara que deux diplomates anglais travaillant au Foreign Office étaient à la solde des Russes, ainsi qu'un homme haut placé dans le SIS.

Tandis que Volkov retournait à son consulat, la nouvelle fut transmise à Londres, où l'on confia l'affaire au chef de la section russe, qui prit les mesures nécessaires et partit en avion à Istanbul. Volkov fut aperçu pour la dernière fois, couvert de bandages, emmené de force dans un avion de fret soviétique à destination de Moscou, où il mourut des suites d'atroces tortures dans les locaux de la Loubianka. Le chef anglais de la section russe arriva trop tard. Rien d'étonnant à cela, puisque c'est lui qui avait prévenu Moscou depuis sa base londonienne. Il s'appelait Kim Philby, et c'était justement la taupe soviétique que les preuves de Volkov auraient permis de démasquer.

« Qu'êtes-vous en train d'essayer de me dire au juste, Peter ?

— J'étais obligé de choisir cette méthode, parce que je savais que je pouvais vous faire confiance. Vous n'étiez pas assez haut placé.

— Pas assez haut placé pour quoi ?

— Pas assez haut placé pour être lui.

— Je ne vous suis pas, Peter », avoua Roth, alors qu'il suivait très bien.

Le Russe parla lentement, en détachant les mots, comme s'il se libérait d'un fardeau supporté trop longtemps.

« Depuis dix-sept ans, le KGB a un homme au sein de la CIA. Et je pense qu'aujourd'hui, il a un poste très élevé. »

Chapitre quatre

Allongé sur son lit de camp dans le bâtiment isolé d'Alconbury, Joe Roth se demandait ce qu'il devait faire. La mission qui, six semaines plus tôt, lui avait semblé fascinante et susceptible de faire avancer sa carrière à pas de géant venait de se transformer en cauchemar.

Depuis sa création en 1948, la CIA a une obsession majeure : se préserver de toute infiltration par une taupe soviétique. A cette fin, elle a dépensé des milliards de dollars en mesures préventives de contre-espionnage. Tous les employés subissent plusieurs contrôles de sécurité, des tests au détecteur de mensonges, des interrogatoires, des vérifications et contre-vérifications.

Et ça a marché. Tandis que les Anglais étaient ébranlés au début des années cinquante par la trahison de Philby, Burgess et Maclean, l'Agence restait pure. Tandis que l'affaire Philby continuait de faire du bruit après son éviction du SIS (il vécut discrètement à Beyrouth jusqu'à son départ définitif pour Moscou en 1963), l'Agence restait immaculée.

Alors que l'affaire Georges Pâques secouait la France et celle de George Blake l'Angleterre, au début des années soixante, la CIA restait vierge de toute infiltration. Au long de ces années, la branche contre-espionnage de l'Agence, l'Office of Security, fut dirigée par un homme remarquable, James Jesus Angleton, un maniaque solitaire et secret qui ne vivait que pour une chose : prévenir toute infiltration soviétique dans l'Agence.

Angleton finit par devenir la victime de ses propres soupçons. Il commença de croire qu'en dépit de ses efforts, il y avait bien une taupe acquise à Moscou au sein de la CIA. Malgré tous les tests et toutes les vérifications, il se persuada qu'un traître avait réussi à s'infiltrer, selon le raisonnement suivant : s'il n'y a pas de taupe, il devrait y en avoir une, donc il doit y en avoir une, donc il y en a une. La traque d'un certain « Sacha » prit de plus en plus de temps et d'efforts.

Le transfuge russe paranoïaque, Golitsine, qui tenait le KGB pour responsable de toutes les horreurs du monde, était du même avis, ce qui mit du baume dans le cœur d'Angleton.

La chasse au Sacha passa à la vitesse supérieure. La rumeur se répandit que son nom commençait par un K. Tous les officiers tombant dans cette catégorie vécurent un enfer. L'un d'eux, écœuré, remit sa démission ; d'autres furent renvoyés faute d'avoir pu prouver leur innocence, mesure certes prudente mais dévastatrice pour le moral des troupes, qui sombra. Pendant encore dix ans, entre 1964 et 1974, la chasse continua. Finalement, le directeur, William Colby, en eut assez. Il mit Angleton à la retraite.

L'Office of Security passa entre d'autres mains. Sa mission de protection de l'Agence contre une infiltration soviétique se poursuivit, mais à une allure beaucoup plus calme et pondérée.

Ironiquement, les Anglais, qui s'étaient débarrassés des traîtres idéologiques de la vieille génération, ne connaissaient plus de scandales d'espionnage au sein de leur communauté du Renseignement. C'est alors que le pendule oscilla, et l'Amérique, épargnée depuis la fin des années quarante, se mit à produire une flopée de traîtres, non des idéologues, mais des minables prêts à trahir leur patrie pour de l'argent : Boyce, Lee, Harper, Walker et enfin Howard, un homme de la CIA qui trahit les agents travaillant dans leur Russie natale pour le compte de l'Amérique. Dénoncé par Ourtchenko qui, curieusement, allait peu après repasser à l'Est, Howard réussit à s'enfuir à Moscou avant d'être arrêté. La trahison de Howard et le revirement d'Ourtchenko, survenus l'année précédente, avaient sévèrement mortifié l'Agence.

Mais tout ceci n'était rien comparé aux conséquences potentielles de la révélation d'Orlov. S'il disait vrai, la chasse à l'homme déchirerait l'Agence, l'évaluation des dégâts prendrait des années, le réalignement de milliers d'agents, de codes, de réseaux à l'étranger et d'alliances durerait une décennie et coûterait des milliards. La réputation de l'Agence serait souillée pour longtemps.

Toute la nuit, Roth fut tourmenté par une question : vers qui diable puis-je me tourner ? Juste avant l'aube, il prit sa décision, se leva, s'habilla et prépara un sac de voyage. Avant son départ, il alla jeter un coup d'œil à Orlov, qui dormait profondément dans sa chambre, et dit à Kroll : « Veillez bien sur lui. Personne ne doit entrer ni sortir. Cet homme vient de prendre une valeur inimaginable. »

Kroll ne comprit pas pourquoi, mais acquiesça. Il était homme à obéir aux ordres sans poser de questions. La garde meurt et ne se rend pas...

Roth conduisit jusqu'à Londres, évita l'ambassade et se rendit directement à son appartement, où il prit un passeport établi sous un faux nom. Il réserva l'une des dernières places sur une compagnie privée anglaise à destination de Boston, et fit escale à l'aéroport de Logan en attendant son vol pour le National de Washington. Malgré les cinq heures gagnées par le décalage horaire, la nuit tombait déjà quand il se rendit à Georgetown dans une voiture de louage, se gara, et descendit à pied la rue K jusqu'au campus de l'université de Georgetown.

La maison qu'il cherchait était une belle bâtisse de brique rouge, que seul distinguait de ses voisines un système de sécurité perfectionné, couvrant la rue et tous les accès possibles. Intercepté au moment où il traversait en direction du porche, il montra sa carte de la CIA. A la porte, il demanda à voir l'homme qu'il cherchait, s'entendit répondre que Monsieur était en train de dîner, et lui fit transmettre un message. Quelques minutes plus tard, il fut introduit dans une bibliothèque lambrissée, qui sentait le cuir des reliures et le cigare froid. Il s'assit et attendit. La porte s'ouvrit enfin, et le directeur de la CIA entra.

Quoique peu accoutumé à recevoir de jeunes officiers subalternes de l'Agence à son domicile, sauf sur convocation, il s'assit dans un fauteuil club, fit signe à Roth de prendre place en face de lui, et lui demanda tranquillement le motif de sa visite. Roth le lui apprit en y mettant les formes.

Le directeur avait soixante-dix ans passés, âge exceptionnel pour ce poste, mais c'était un homme exceptionnel. Il avait servi dans l'OSS pendant la Seconde Guerre mondiale, infiltrant des agents en France occupée et aux Pays-Bas. Après la guerre, une fois l'OSS démantelé, il était retourné à la vie civile, reprenant une petite usine léguée par son père dont il fit un énorme conglomérat. Quand on avait formé la CIA pour succéder à l'OSS, le premier directeur, Allen Dulles, lui avait proposé d'y entrer, mais il avait refusé.

Des années plus tard, devenu riche et soutenant activement le parti républicain, il avait remarqué un ex-acteur prometteur qui faisait campagne pour le poste de gouverneur de la Californie, et s'était lié à lui. Quand Ronald Reagan arriva à la Maison-Blanche, il demanda à son fidèle ami de diriger la CIA.

Le directeur était catholique, veuf depuis longtemps, puritain très austère, et connu dans les couloirs de Langley pour être un « sacré dur à cuire ». Il récompensait toujours le talent et l'intelligence, mais son obsession était la loyauté. Ayant vu de bons amis finir dans les chambres de torture de la Gestapo après avoir été dénoncés, la trahison était la seule chose qu'il ne tolérait en aucune circonstance. Les traîtres ne lui inspiraient qu'un mépris viscéral. Dans son esprit, il ne pouvait y avoir de pitié pour une telle engeance.

Il écouta attentivement le récit de Roth, les yeux tournés vers le feu de bois décoratif, éteint par cette nuit tiède. Son visage ne trahit aucune émotion, hormis une crispation de ses bajoues.

« Vous êtes venu directement ici ? demanda-t-il quand Roth eut terminé. Vous n'avez parlé à personne d'autre ? »

Roth lui expliqua son voyage, son arrivée de nuit dans son pays comme un voleur, avec un faux passeport, et par un trajet détourné. Le vieil homme approuva du chef : il s'était lui-même introduit en Europe occupée de la même façon. Il se leva et alla remplir un gobelet de brandy, reposant la carafe sur la desserte ancienne, et donnant au passage une petite tape rassurante sur l'épaule de Roth.

« Vous avez bien agi, mon garçon, dit-il, proposant du brandy à Roth, qui fit non de la tête. Ça fait dix-sept ans, vous dites ?

— D'après Orlov, oui. Tous mes officiers supérieurs, y compris Frank Wright, appartiennent à l'Agence depuis au moins ce temps. Je ne savais pas à qui m'adresser, à part vous.

— Bien sûr, bien sûr. »

Le directeur se rassit dans son fauteuil, et s'absorba dans ses pensées. Roth se garda de l'interrompre. Finalement, le vieil homme déclara :

« C'est forcément à l'Office of Security. Mais ça ne peut pas être le chef. Il est sûrement loyal, cela dit il travaille là depuis vingt-cinq ans. Je l'enverrai en vacances. Il y a un jeune homme très brillant qui lui sert d'adjoint, un ancien avocat, et lui ne doit pas être avec nous depuis plus de quinze ans. »

Le directeur appela un assistant et lui fit passer plusieurs coups de téléphone. Il fut confirmé que le chef adjoint de l'OS avait quarante et un ans, et qu'il avait été engagé par l'Agence à sa sortie de la faculté de Droit quinze ans auparavant. Il habitait Alexandria, et fut aussitôt convoqué. Il s'appelait Max Kellogg.

« Heureusement qu'il n'a pas travaillé sous les ordres d'Angleton, remarqua le directeur. Son nom commence par K. »

Tendu et inquiet, Max Kellogg arriva peu après minuit. Il s'apprêtait à se coucher quand il avait reçu l'appel, et avait été stupéfait d'entendre le directeur en personne au bout du fil.

« Racontez-lui », ordonna le directeur.

Roth répéta son histoire. L'avocat écouta sans broncher, enregistra tous les détails, posa deux questions, et ne prit pas de notes.

« Pourquoi moi, monsieur ? finit-il par demander au directeur de la CIA. Harry habite en ville.

— Vous n'êtes chez nous que depuis quinze ans, déclara le directeur.

— Ah, oui.

— J'ai décidé de laisser Orlov, je veux dire Ménestrel, peu importe, à Alconbury, précisa le directeur. Il est autant en sécurité là-bas qu'ici, sinon plus. Faites lanterner les Anglais, Joe. Dites-leur que Ménestrel vient de fournir des renseignements intéressant uniquement les Américains, et qu'ils auront de nouveau droit d'accès dès que nous aurons tout vérifié.

» Vous prendrez l'avion demain matin... (il consulta sa montre), enfin, ce matin, direct pour Alconbury. Finies les méthodes douces. C'est trop tard, et l'enjeu est trop élevé. Orlov comprendra. Faites-lui cracher le morceau. Je veux tout savoir. Et surtout deux choses, très vite : si c'est vrai, et si oui, de qui il s'agit.

» A partir de maintenant, vous travaillez tous les deux pour moi et moi seul. Faites-moi vos rapports directement, sans intermédiaires. Pas de questions. Vous me les soumettrez personnellement. Je m'occuperai de tout ici. »

La flamme du combat brillait de nouveau dans les yeux du vieil homme.

Roth et Kellogg essayèrent de dormir à bord du Grumman qui les emportait d'Andrews à Alconbury, mais arrivèrent néanmoins fatigués et défaits. C'est dans le sens ouest-est que la traversée est la plus dure. Heureusement, ils n'avaient pas bu d'alcool, mais seulement de l'eau. Ils prirent à peine le temps de se laver et se recoiffer avant d'aller dans la chambre du colonel Orlov. Quand ils entrèrent, Roth entendit la voix d'Art Garfunkel sur le magnétophone.

Hello Darkness, my old friend, I've come to talk with you again...

Bonjour, Obscurité, ma vieille amie, je suis venu te parler une fois de plus...

Ça tombe bien, songea tristement Roth, nous sommes venus te

parler une fois de plus. Mais cette fois-ci, il n'y aura pas le son du silence.

Orlov se montra très coopératif. Il semblait résigné à l'idée d'avoir à présent divulgué la dernière parcelle de sa précieuse « assurance ». La dot était complète. La seule question restante était de savoir si les prétendants allaient l'accepter.

« Je ne connais pas son nom », déclara-t-il dans la pièce de débriefing.

Kellogg avait décidé que micros et magnétophone seraient débranchés. Il avait son propre enregistreur portable, et prenait des notes manuscrites. Il voulait qu'aucune cassette ne soit copiée, qu'aucun agent de la CIA ne soit présent. Les techniciens avaient été renvoyés ; Kroll et deux hommes gardaient le couloir derrière la porte insonorisée. La dernière mission des techniciens avait été de passer la pièce au crible en quête de micros cachés, et de la déclarer « sûre ». A l'évidence, les nouvelles méthodes les surprenaient.

« Je le jure. Je sais seulement qu'il s'appelait Épervier, et était contrôlé personnellement par le général Drozdov.

— Quand et où a-t-il été recruté ?

— Au Viêt-nam en 1968 ou 1969, je crois.

— Vous " croyez " ?

— Non, je suis sûr que c'était au Viêt-nam. Je travaillais à la Planification, et on avait une grosse opération en cours, là-bas, principalement à Saigon et dans les environs. Les assistants recrutés sur place étaient vietnamiens, bien sûr, du Viêt-cong, mais nous avions aussi des gens de chez nous. L'un d'eux a signalé que le Viêt-cong lui avait amené un Américain mécontent. Notre résident local a pris contact avec lui et l'a retourné. A la fin de 1969, le général Drozdov s'est rendu en personne à Tokyo s'entretenir avec l'Américain. C'est à ce moment-là qu'on lui a donné le nom de code Épervier.

— Comment le savez-vous ?

— Il y avait des dispositions à prendre, des réseaux de communication à établir, des fonds à transférer. C'est moi qui dirigeais tout ça. »

Ils parlèrent une semaine entière. Orlov se rappela les banques auxquelles les versements avaient été faits pendant des années, et les mois (quand ce n'étaient pas les jours exacts) où les virements avaient eu lieu. Les sommes s'étaient arrondies au fil des ans, sans doute à cause des promotions de l'agent, et de la valeur accrue de sa marchandise.

« Quand je suis passé à la direction des Illégaux, sous les ordres directs de Drozdov, ma participation à l'affaire Épervier s'est poursuivie. Mais je ne m'occupais plus des virements. C'était plus le côté opérationnel. Quand Épervier nous donnait le nom d'un agent qui travaillait contre nous, j'informais le service compétent, en général les Opérations actives, ou " Affaires mouillées ", et ils faisaient liquider l'agent hostile s'il était à l'étranger, ou l'arrêtaient quand il se trouvait sur notre territoire. Nous avons eu quatre Cubains anticastristes, comme ça. »

Max Kellogg prit tout en note, et se repassa les bandes pendant la nuit.

« Il n'y a qu'un profil de carrière qui correspond à toutes ces allégations, finit-il par annoncer à Roth. Je ne sais pas à qui il appartient, mais les archives le diront. C'est seulement une question de contre-vérifications, maintenant. Des heures et des heures de recherches. Je ne peux m'en occuper qu'à Washington, au Fichier central. Il faut que j'y retourne. »

Il prit l'avion le lendemain matin, passa cinq heures avec le directeur de la CIA dans sa maison de Georgetown, puis s'enferma aux Archives. Il avait carte blanche, sur ordre personnel du directeur. Personne n'osa lui refuser quoi que ce fût. Malgré le secret, des rumeurs commencèrent à circuler dans les couloirs de Langley. Il se passait quelque chose. Il y avait anguille sous roche, et cela concernait la sécurité interne. Le moral fut atteint. Ces choses-là ne restent jamais tout à fait secrètes.

A Golders Hill, dans le nord de Londres, se trouve un petit parc, attenant à celui, plus grand, de Hampstead Heath, et qui abrite une ménagerie de cerfs, chèvres, canards et autres animaux sauvages. McCready y rencontra Talisman le jour où Max Kellogg s'envolait vers Washington.

« Les choses tournent mal à l'ambassade, dit Talisman. Sur ordre de Moscou, l'homme de la ligne K a commencé à demander des dossiers qui remontent à des années. Je crois qu'une enquête de sécurité a été lancée, sans doute dans toutes nos ambassades en Europe. Tôt ou tard, ils vont réduire le champ à celle de Londres.

— On peut faire quelque chose pour t'aider ?

— Peut-être.

210

— Vas-y.

— Ça aiderait si je pouvais leur communiquer un tuyau vraiment utile. De bonnes nouvelles au sujet d'Orlov, par exemple. »

Quand un transfuge reste travailler dans son pays, il serait suspect qu'il ne fournisse pas d'informations chaque année. Il est donc habituel pour ses nouveaux maîtres de lui confier des renseignements authentiques, qu'il pourra transmettre chez lui pour prouver quel formidable agent il est.

Talisman avait déjà donné à McCready tous les agents soviétiques qu'il connaissait en Grande-Bretagne, ce qui représentait presque la totalité. Bien évidemment, les Anglais ne les avaient pas tous arrêtés, pour ne pas vendre la mèche. Certains avaient été éloignés des dossiers confidentiels, non de façon évidente mais progressivement, au fil de prétendus changements administratifs. D'autres avaient été promus, mais dans des services où ils n'avaient plus accès aux informations secrètes. D'autres encore n'avaient plus reçu sur leur bureau que des dossiers falsifiés, qui causeraient du mal plutôt que du bien.

Talisman avait même reçu l'autorisation de « recruter » quelques nouveaux agents afin de prouver sa valeur à Moscou. L'un d'eux était employé au Fichier central du SIS, un homme totalement dévoué à la Couronne, mais qui transmettait ce qu'on lui disait de transmettre. Moscou avait été ravi du recrutement de l'agent Glouton. Il fut convenu que deux jours plus tard, Glouton passerait à Talisman la copie du brouillon d'une note de service écrite à la main par Denis Gaunt, signalant qu'Orlov était à présent enfermé à Alconbury, et que les Américains avaient gobé l'hameçon avec l'appât, ainsi que les Anglais d'ailleurs.

« Comment ça se passe avec Orlov ? demanda Talisman.

— Ça s'est calmé, tout d'un coup, répondit McCready. Je l'ai vu une demi-journée, sans grand résultat. Je crois que j'ai semé le doute dans l'esprit de Joe Roth, là-bas et à Londres. Il est retourné à Alconbury pour discuter de nouveau avec Orlov, et puis il s'est envolé en hâte aux USA avec un faux passeport. Il a pensé qu'on ne le repérerait pas. Il semblait bougrement pressé. Il n'a pas réapparu, du moins pas dans un aéroport officiel. Il est peut-être retourné directement à Alconbury par vol militaire. »

Talisman arrêta de jeter des miettes aux canards, et se tourna vers McCready.

« Ils t'ont recontacté, depuis ? Ils t'ont proposé de reprendre l'interrogatoire ?

— Non, ça fait une semaine. Silence complet.

— Alors, il leur a sorti le Grand Mensonge, celui qu'il est venu spécialement leur faire avaler. C'est pour ça que la CIA se replie sur elle-même.

— Tu as une idée de ce que ça pourrait être ?

— Si j'étais le général Drozdov, je réfléchirais en homme du KGB, soupira Talisman. Il y a deux choses dont le KGB a toujours rêvé par-dessus tout. La première, c'est de déclencher une guerre ouverte entre la CIA et le SIS. Ils ont commencé à vous agresser ?

— Non, ils restent très polis. Pas très causants, c'est tout.

— Alors c'est la seconde solution. L'autre rêve du KGB est de faire exploser la CIA de l'intérieur. De saper le moral. De dresser un collègue contre l'autre. Orlov dénoncera quelqu'un comme étant un agent du KGB infiltré à la CIA. Et l'accusation portera. Je t'ai prévenu, Potemkine est une opération montée de longue date.

— Comment va-t-on pouvoir repérer l'homme, s'ils ne nous en parlent pas ? »

Talisman repartait déjà vers sa voiture. Il se tourna, et lança par-dessus son épaule :

« Cherchez l'homme que la CIA commence à tenir à l'écart. Ce sera lui, et il sera innocent. »

Edwards était horrifié.

« Faire savoir à Moscou qu'Orlov est confiné à Alconbury ? Si jamais Langley l'apprend, ce sera la guerre. Mais pourquoi faire ça, grand Dieu ?

— Une épreuve. Je crois en Talisman. Je suis convaincu de sa sincérité. J'ai confiance en lui. Et je pense qu'Orlov est bidon. Si Moscou ne réagit pas, s'ils n'essaient pas de liquider Orlov, nous tiendrons notre preuve. Même les Américains seront forcés de l'admettre. Ils seront furieux, évidemment, mais ils verront que c'est logique.

— Et si jamais ils attaquent Orlov et le descendent ? C'est vous qui irez annoncer la nouvelle à Calvin Bailey ?

— Ils ne le feront pas, déclara McCready. C'est aussi simple que deux et deux font quatre.

— Au fait, il vient ici. En vacances.

— Qui ça ?

— Calvin, avec sa femme et sa fille. Le dossier est sur votre bureau. J'aimerais que la Firme fasse preuve d'hospitalité. Un ou deux dîners avec des gens qu'il voudrait rencontrer... Il a toujours été un grand ami de l'Angleterre. C'est le moins qu'on puisse faire. »

McCready descendit dans son bureau d'un air sinistre, et jeta un coup d'œil au dossier. Denis Gaunt était assis en face de lui.

« Il est fana d'opéra, lut McCready. J'imagine qu'on peut lui avoir des billets pour Covent Garden ou Glyndebourne, ce genre de trucs.

— Ça alors ! s'écria Gaunt d'un ton envieux. Moi, je n'ai jamais pu y aller, à Glyndebourne. Il y a une liste d'attente de sept ans. »

Ce superbe manoir au cœur du Sussex, entouré de pelouses verdoyantes et renfermant l'une des plus belles salles d'opéra du pays, a toujours été le fantasme absolu pour tout amateur d'opéra un soir d'été.

« Vous aimez l'opéra ? demanda McCready.

— Oh oui !

— Parfait. Vous pourrez chaperonner Calvin et madame pendant leur séjour. Obtenez des billets pour Covent Garden et Glyndebourne. Servez-vous du nom de Timothy. Faites jouer les relations, allez-y carrément. Ce boulot pourri a parfois des avantages, même si moi, je n'y ai jamais eu droit. »

Il s'apprêta à aller déjeuner. Gaunt prit le dossier.

« Il arrive quand ? demanda-t-il.

— Dans une semaine, lui répondit McCready depuis la porte. Téléphonez-lui. Annoncez-lui le programme des réjouissances. Demandez-lui ses préférences. Si on doit se farcir ça, autant le faire bien. »

Max Kellogg s'enferma aux Archives, et y vécut pendant dix jours. On dit à sa femme chez eux à Alexandria qu'il était en déplacement, et elle le crut. Kellogg se faisait apporter ses repas, mais se sustentait essentiellement de café et de cigarettes filtre king size.

Deux employés des Archives avaient été mis à son entière disposition. Ils ignoraient tout de son enquête, et lui apportaient simplement les dossiers dont il avait besoin l'un après l'autre. Il alla pêcher des photographies dans des classeurs relégués aux oubliettes depuis longtemps. Comme toute agence de renseignements, la CIA ne jetait jamais rien, même les documents mineurs ou périmés ; on ne pouvait jamais prévoir si un jour tel infime détail, tel petit bout de journal ou de photo ne se révélerait pas d'utilité. Et c'était d'ailleurs le cas pour beaucoup aujourd'hui.

Quand l'enquête en fut à mi-course, deux agents furent envoyés en Europe. L'un se rendit à Vienne et Francfort, l'autre à Stockholm et Helsinki. Chacun avait sur lui une carte de l'Agence de lutte antidrogue, et une lettre personnelle du ministre américain des Finances demandant la coopération des banques. Épouvantée à l'idée d'être utilisée pour le blanchiment de l'argent de la drogue, la principale banque de chacune de ces villes réunit le conseil d'administration, et accepta d'ouvrir ses archives.

On convoqua les guichetiers pour leur montrer une photographie, en leur rappelant les dates et les numéros de compte. L'un ne se souvenait de rien, les trois autres acquiescèrent d'un air entendu. Les agents reçurent les photocopies des relevés de compte, portant le montant des sommes déposées et des virements. Ils emportèrent les échantillons de signatures faites sous différents noms pour que les graphologues de Langley les analysent. Leur mission remplie, ils retournèrent à Washington et déposèrent leur glorieux butin sur le bureau de Max Kellogg.

Sur un premier groupe de plus de vingt officiers de la CIA ayant servi au Viêt-nam pendant la période désignée (Kellogg l'avait d'ailleurs étendue à deux ans avant et après celle mentionnée par Orlov), les douze premiers furent rapidement éliminés. Un par un les autres furent innocentés.

Ils n'étaient pas dans la bonne ville au bon moment, ou n'auraient pu divulguer telle information parce qu'ils ne la détenaient pas, ou encore n'auraient pu assister à tel rendez-vous parce qu'ils étaient à l'autre bout du monde. Tous sauf un.

Avant que les agents ne reviennent d'Europe, Kellogg savait déjà qu'il tenait son homme. Les preuves fournies par les banques ne firent que confirmer ses soupçons. Quand il se sentit prêt, quand il eut réuni tous les éléments, il retourna chez le directeur de la CIA à Georgetown.

Trois jours avant cette date, Calvin Bailey et madame, accompagnés de leur fille Clara, s'envolaient de Washington pour Londres. Bailey adorait Londres, il était même un anglophile pur et dur. C'était toute l'histoire de ce lieu qui l'enthousiasmait.

Il aimait visiter les vieux châteaux et manoirs construits au temps passé, se promener dans la fraîcheur des cloîtres d'antiques abbayes ou d'universités. Il s'installa dans un appartement de Mayfair que la CIA réservait pour les VIP en visite, loua une voiture et se rendit à Oxford, préférant les petites routes de campagne à l'autoroute, s'arrêtant pour déjeuner au pub The Bull à Bisham, dont les poutres en chêne étaient déjà en place avant même la naissance de la reine Elizabeth la grande.

Le deuxième soir de son séjour, Joe Roth passa prendre un verre et rencontra Mrs Bailey, une femme étonnamment banale, et Clara, petite fille de huit ans un peu godiche, avec des tresses blondes, des lunettes et des dents de lapin. C'était la première fois qu'il voyait la famille Bailey, et il n'avait jamais imaginé son supérieur racontant des histoires avant le passage du marchand de sable, ou préparant un barbecue dans le jardin. Mais la froideur coutumière de Calvin Bailey semblait s'être évaporée. Était-ce le fait de jouir de longues vacances consacrées à l'opéra, aux concerts et aux musées qu'il admirait tant, ou la perspective d'une promotion ? Roth n'aurait su le dire.

Il aurait voulu expliquer à Bailey les tensions causées par la bombe Orlov, mais les ordres du directeur de la CIA étaient formels. Personne, pas même Calvin Bailey, le chef des Projets spéciaux, n'avait encore le droit de savoir. Une fois l'accusation d'Orlov réfutée ou confirmée par des preuves solides, tous les officiers supérieurs de la CIA seraient personnellement briefés par le directeur. Jusque-là, motus et bouche cousue. Si l'on posait des questions, elles resteraient sans réponse, et aucun renseignement ne serait donné. Alors Joe Roth mentit.

Il dit à Bailey que le débriefing d'Orlov avançait bien, quoique sur un rythme moins rapide. Normal, puisqu'il avait divulgué en premier les informations qu'il se rappelait le mieux. Maintenant, il s'agissait d'aller dénicher dans sa mémoire des détails de plus en plus petits. Il coopérait totalement, et les Anglais s'en montraient fort satisfaits. A l'heure actuelle on passait de nouveau au crible les domaines déjà explorés. Cela prenait du temps, mais chaque nouvel interrogatoire sur un sujet donné fournissait quelques infimes détails supplémentaires... infimes, mais précieux.

Tandis que Roth sirotait son verre, Sam McCready sonna à la porte, accompagné de Denis Gaunt. On fit de nouveau les présentations. Roth ne put qu'admirer le numéro de son collègue britannique. McCready fut parfait. Il félicita Bailey pour le magnifique succès dans l'opération Orlov, et lui soumit le « menu » concocté par le SIS pour rendre agréable son séjour en Grande-Bretagne.

Bailey fut enchanté d'avoir des places pour Covent Garden et Glyndebourne. Ce serait le point culminant du séjour de douze jours de la famille à Londres.

215

« Et après, retour aux USA ? demanda McCready.

— Non. Un petit saut à Paris, Salzbourg et Vienne, et puis retour à la maison », répondit Bailey.

McCready hocha la tête. A Salzbourg et Vienne se donnaient des opéras réputés être des chefs-d'œuvre du genre.

La soirée fut très sympathique. La grosse Mrs Bailey s'affaira à servir des boissons à tout le monde. Clara fit une apparition avant d'aller se coucher, pour être présentée aux trois invités : Roth, Gaunt et McCready, qui la gratifia de son sourire en coin, qu'elle lui rendit timidement. En moins de dix minutes il la subjuguait par des tours de passe-passe.

Il sortit une pièce de sa poche, la lança en l'air et la rattrapa. Mais quand Clara ouvrit la main de McCready, la pièce avait disparu. Et il la récupéra derrière l'oreille de la petite fille, qui gloussa de plaisir. Mrs Bailey affichait un sourire rayonnant.

« Où avez-vous appris ce genre de trucs ? demanda Bailey.

— Oh, c'est un de mes petits talents de société », répondit McCready.

Roth avait observé la scène en silence. Secrètement, l'agent de la CIA, désorienté, se demandait si McCready pourrait faire disparaître les allégations du colonel Orlov avec autant d'aisance. Il en doutait.

McCready surprit son regard, et lut dans ses pensées. Il secoua discrètement la tête. Pas maintenant, Joe, pas encore. Il reporta son attention sur la petite fille complètement fascinée.

Les trois visiteurs prirent congé de leurs hôtes à neuf heures. Sur le trottoir, McCready s'adressa à Roth.

« L'enquête avance, Joe ? murmura-t-il.

— Tu n'es qu'un minable.

— Attention, vous vous faites mener en bateau.

— A notre avis, ce serait plutôt vous.

— Qui a-t-il donné, Joe ?

— Bas les pattes, lâcha Roth. A partir de maintenant, Ménestrel concerne exclusivement la Compagnie. Il n'a plus rien à voir avec vous. »

Il lui tourna le dos et partit d'un pas rapide vers Grosvenor Square.

Deux soirs plus tard, Max Kellogg se retrouvait dans la bibliothèque du directeur de la CIA, avec dossiers et notes,

216

copies de relevés de compte et photographies. Il entreprit de résumer son enquête.

Il était complètement épuisé, avec des cernes noirs autour des yeux, ayant abattu un travail qui aurait normalement pris deux fois plus de temps à une équipe au complet.

Le directeur était assis de l'autre côté de la vieille table de réfectoire en chêne, qu'il avait réclamé qu'on installe entre eux pour poser tous les papiers. Le vieil homme semblait étriqué dans sa veste d'intérieur en velours, son crâne chauve et ridé luisant sous les lampes, ses yeux de vieux lézard scrutant Kellogg, ou balayant les documents que lui tendait celui-ci.

« Il n'y a aucun doute possible ? demanda-t-il quand Kellogg eut fini son exposé.

— Ménestrel a fourni vingt-sept éléments de preuve, répondit Kellogg en secouant la tête. Et vingt-six concordent.

— Tous par présomption ?

— Forcément. A part le témoignage des trois guichetiers des banques. Ils l'ont formellement identifié à partir de photographies.

— Peut-on accuser un homme sur de simples preuves indirectes ?

— Oui, monsieur. Il y a jurisprudence, sur de nombreux cas. Il n'y a pas toujours besoin d'avoir un cadavre pour accuser de meurtre.

— Pas d'obligation d'obtenir des aveux ?

— Pas nécessairement. Et il n'en fera sûrement pas de lui-même. C'est un homme rusé, talentueux, solide et très expérimenté.

— Rentrez chez vous, Max, soupira le directeur. Retournez auprès de votre épouse. Et pas un mot. Je vous enverrai chercher quand j'aurai besoin de vous. Ne revenez pas au bureau tant que je ne vous ai pas contacté. Reposez-vous un peu. »

Il lui indiqua la porte. Max Kellogg se leva et partit. Le vieux monsieur appela un assistant et lui ordonna d'envoyer à Londres un télégramme codé destiné uniquement à Joe Roth, qui disait : RENTREZ IMMÉDIATEMENT, MÊME TRAJET. VENEZ ME FAIRE VOTRE RAPPORT. MÊME ENDROIT. Il le signa du mot de code signalant à Roth qu'il provenait du directeur en personne.

L'ombre s'épaississait sur Georgetown en ce soir d'été, comme dans l'esprit du vieil homme. Resté seul, le directeur se remémora les amis et collègues de l'ancien temps, des jeunes gens brillants auxquels il avait fait passer le mur de l'Atlantique, et qui étaient morts sous la torture à cause d'un informateur, d'un traître. On ne s'embarrassait pas de scrupules à l'époque, il n'y avait pas de Max Kellogg pour éplucher toutes les preuves et établir un dossier accablant. Et il n'y avait pas de pitié non plus, pas pour les informateurs. Il contempla la photo devant lui.

« Salaud ! murmura-t-il. Espèce de sale traître ! »

Le lendemain, un coursier entra dans le bureau de Sam McCready à Century House, et déposa un message venant de la salle du chiffre. Trop occupé, McCready fit signe à Gaunt de l'ouvrir. Gaunt le lut, émit un sifflement et le lui passa. C'était une requête de la CIA à Langley. Pendant la durée de ses vacances, Calvin Bailey ne devait avoir accès à aucune information secrète.

« Orlov ? fit Gaunt.

— Je ne vois que ça, acquiesça McCready. Mais qu'est-ce que je pourrais bien faire pour les convaincre ? »

Il prit seul sa décision. Il utilisa un largage dans une boîte aux lettres morte, signalant à Talisman qu'il souhaitait le voir au plus vite.

A l'heure du déjeuner, il reçut un rapport de la surveillance des aéroports, une branche du MI-5, l'informant que Joe Roth avait de nouveau quitté Londres pour Boston, en utilisant son faux passeport.

Ce même soir, ayant gagné cinq heures en traversant l'Atlantique, Joe Roth était assis à la table en chêne dans la demeure du directeur de la CIA, avec celui-ci en face de lui et Max Kellogg à sa droite. Le vieil homme avait l'air lugubre, Kellogg simplement nerveux. Chez lui à Alexandria, il avait dormi la majeure partie des vingt-quatre heures entre son arrivée la veille au soir et l'appel téléphonique lui ordonnant de se rendre de nouveau à Georgetown. Il avait confié tous ses documents au directeur, et les retrouvait maintenant sous ses yeux.

« Recommencez tout depuis le début, Max, exactement comme vous me l'avez raconté. »

Kellogg lança un regard à Roth, chaussa ses lunettes et prit une feuille sur le dessus de la pile.

« En mai 1967, Calvin Bailey a été envoyé au Viêt-nam en tant qu'officier de district, G-12. Voici son affectation. Comme vous pouvez le voir, on l'a mis sur le programme Phénix. Vous en avez sûrement entendu parler, Joe. »

Roth acquiesça du cnet. Au plus fort de la guerre du Viêt-nam, les Américains avaient monté une opération destinée à contrer les effets désastreux sur la population locale des agissements du Viêt-

218

cong, qui assassinait en public et de façon sadique des gens pris au hasard. L'idée était de combattre la terreur par une contre-terreur, d'identifier et d'éliminer les activistes viêt-congs. C'était là le but du programme Phénix. Le nombre exact de partisans du Viêt-cong envoyés *ad patres* sans preuve ni procès n'a jamais été établi. Certains ont avancé le chiffre de vingt mille, la CIA celui de huit mille.

Parmi ceux-là, il est encore plus délicat de déterminer combien appartenaient réellement au Viêt-cong, car il devint bientôt pratique courante chez les Vietnamiens de donner toute personne qui les gênait. Des gens furent ainsi dénoncés à cause de querelles familiales, de guerres de clans, de conflits concernant des lopins de terre, et même de dettes, puisqu'une fois le créditeur mort, il ne pouvait venir réclamer la somme due.

En général, la personne dénoncée était livrée à la police secrète vietnamienne ou à l'armée, l'ARVN. Les techniques d'interrogatoire et de mise à mort dépassaient même le cruel raffinement oriental.

« Des jeunes Américains qui débarquaient tout juste des USA ont vu des choses là-bas qu'aucun homme ne devrait être obligé de voir. Certains ont démissionné, d'autres ont dû avoir recours à une aide psychiatrique. Un homme s'est converti par la pensée à la philosophie de ceux contre lesquels on l'avait envoyé se battre. C'était Calvin Bailey, la même histoire que pour George Blake en Corée. Nous n'en avons aucune preuve, parce que tout ça s'est passé à l'intérieur d'un cerveau humain, mais les éléments que je vais vous fournir rendent cette supposition totalement logique.

» En mars 1968 s'est produit ce que nous pensons être le déclic. Bailey se trouvait au village de Mi Laï quatre heures seulement après le massacre. Vous vous rappelez Mi Laï ? »

Roth hocha de nouveau la tête. Tout cela faisait partie de sa jeunesse, et il ne s'en souvenait que trop bien. Le 16 mars 1968, une compagnie d'infanterie américaine traversa un petit village appelé Mi Laï, où l'on soupçonnait que se cachaient des sympathisants ou des partisans du Viêt-cong. La raison exacte pour laquelle ils perdirent leur sang-froid et se déchaînèrent ne fut établie que bien plus tard, plus ou moins clairement. Ils commencèrent à tirer parce qu'ils n'obtenaient aucune réponse à leurs questions, et la fusillade ne s'arrêta qu'une fois quatre cent cinquante civils tués, hommes, femmes et enfants dont les corps déchiquetés jonchaient le sol en tas. Il fallut dix-huit mois pour que la nouvelle filtre aux États-Unis, et trois ans presque jour pour jour pour que le lieutenant William Calley passe en cour martiale et soit condamné. Mais Calvin Bailey, lui, était arrivé sur les lieux quatre heures après le massacre, et il avait tout vu.

« Voilà le rapport qu'il a fait à l'époque, dit Kellogg en lui passant plusieurs feuillets. C'est écrit de sa propre main, et il était visiblement très ébranlé, vous le constaterez comme moi. Malheureusement, il semble que cette expérience ait fait de lui un sympathisant communiste.

» Six mois plus tard, Bailey a signalé qu'il avait recruté deux cousins vietnamiens, Nguyen Van Troc et Vo Nguyen Can, et qu'il les avait infiltrés dans l'organisation de renseignements viêt-cong. C'était un joli coup, et le premier d'une longue série. A en croire Bailey, il a contrôlé ces hommes pendant deux ans. Orlov soutient la thèse inverse : c'est eux qui le contrôlaient. Regardez ça. »

Il tendit à Roth deux photographies. La première montrait deux jeunes Vietnamiens sur fond de jungle. L'un avait le visage barré d'une croix, ce qui signifiait qu'il était aujourd'hui mort. Sur l'autre cliché, pris bien plus tard, un groupe d'officiers vietnamiens assis dans des sièges en rotin à l'ombre d'une véranda prenaient le thé, servis par un homme qui regardait l'objectif en souriant.

« Le serveur a fini avec les boat-people comme réfugié dans un camp de Hong-Kong. Cette photo représentait un vrai trésor à ses yeux, mais les Anglais étaient intéressés par le groupe d'officiers et ils la lui ont prise. Regardez l'homme à gauche du serveur. »

Roth le reconnut. Nguyen Van Troc, avec dix ans de plus, mais parfaitement identifiable. Ses épaulettes indiquaient qu'il était officier supérieur.

« Il est à présent chef adjoint du contre-espionnage vietnamien, l'informa Kellogg. Premier point.

» Deuxièmement, nous avons la déclaration de Ménestrel disant que Bailey a rallié le KGB sur place, à Saigon. Ménestrel a cité le nom d'un homme d'affaires suédois aujourd'hui décédé, en fait le Résident du KGB à Saigon en 1970. Nous savons depuis 1980 que cet homme n'était pas ce qu'il prétendait être, et le contre-espionnage suédois a percé sa couverture à jour depuis longtemps. Il n'avait jamais mis les pieds en Suède, et venait sans doute de Moscou. Bailey a pu le rencontrer n'importe quand.

» Ensuite, Tokyo. Ménestrel prétend que Drozdov s'y est rendu la même année, en 1970, pour prendre le contrôle de Bailey, et qu'il lui a donné le nom de code Épervier. Nous ne pouvons pas prouver que Drozdov y était réellement, mais Ménestrel a fourni des dates très précises, et Bailey s'y trouvait exactement au même moment. Voici sa feuille de route sur Air America, notre propre compagnie d'aviation. Tout concorde. Quand il est revenu aux États-Unis en 1971, c'était un agent dévoué du KGB. »

Calvin Bailey avait alors obtenu deux postes successifs en Amérique centrale et en Amérique du Sud, puis trois en Europe, continent sur lequel il s'était souvent rendu par la suite, à mesure qu'il grimpait dans la hiérarchie, sous prétexte d'inspecter les antennes à l'étranger.

« Servez-vous un verre, Joe, grommela le directeur. Le pire est à venir.

— Ménestrel a donné le nom de quatre banques auxquelles son service à Moscou a fait des virements d'argent pour le traître. Il a même donné les dates des transferts sans se tromper. Voici les quatre numéros de compte, un dans chacune des banques qu'il a mentionnées, à Francfort, Helsinki, Stockholm et Vienne. Voici les récépissés de dépôt, de grosses sommes en liquide versées à chaque fois un mois après l'ouverture du compte. On a montré une photo aux quatre guichetiers, trois l'ont identifiée comme celle de l'homme qui a ouvert les comptes. La voici. »

Kellogg fit glisser sur la table une photographie de Calvin Bailey. Roth la regarda comme s'il s'agissait d'un inconnu. Il n'arrivait pas à y croire. Il avait mangé avec cet homme, bu avec lui, rencontré sa famille. Le visage sur la photo le regardait d'un œil inexpressif.

« Ménestrel nous a énuméré cinq renseignements en possession du KGB et qui n'auraient jamais dû l'être. Ainsi que l'époque à laquelle ils sont tombés entre leurs mains. Chacun était connu de Calvin Bailey et de quelques autres seulement.

» Même les succès de Bailey, les gros coups qui lui ont assuré des promotions, étaient préparés par Moscou. D'authentiques sacrifices du KGB dans le but d'améliorer l'image de leur homme auprès de nous. Ménestrel nous a raconté quatre opérations réussies sous la direction de Bailey, et il dit vrai. Il soutient qu'elles étaient toutes autorisées par Moscou, et j'ai bien peur qu'il ait raison, Joe.

» Ça fait donc en tout vingt-quatre éléments fournis par Orlov, dont vingt et un sont exacts. Restent trois autres, beaucoup plus récents. Joe, quand Orlov vous a appelé à Londres, ce jour-là, qui a-t-il demandé ?

— Hayes.

« — Votre nom professionnel. Comment le connaissait-il ? »

Roth se contenta de hausser les épaules.

« Et enfin, on en arrive aux deux récents assassinats des agents donnés par Orlov. Bailey vous a dit de lui soumettre en premier et sans intermédiaire la marchandise d'Orlov, c'est bien ça ?

— Oui, mais c'était normal. Il s'agissait d'un projet des Opérations spéciales, donc de renseignements très précieux. Il voulait les vérifier avant tout le monde.

— Quand Orlov a désigné l'Anglais, Milton-Rice, Bailey l'a su le premier ? »

Roth hocha la tête.

« Et les Anglais, trois jours plus tard ?

— Oui.

— Et Milton-Rice est mort avant que les Anglais lui mettent la main dessus. Même chose pour Remiants. Désolé, Joe, mais c'est du solide. Il y a trop de preuves. »

Kellogg referma son dernier dossier, tandis que Roth contemplait toujours les documents devant lui : photos, récipissés bancaires, billets d'avion, feuilles de route. C'était comme si un puzzle s'était assemblé sans qu'il manque une seule pièce. Même le motif, l'expérience atroce au Viêt-nam, paraissait logique.

Le directeur remercia Kellogg et le pria de les laisser, puis il tourna son regard vers Roth.

« Votre avis, Joe ?

— Les Anglais pensent que Ménestrel est bidon, vous le saviez ? Je vous ai dit quelle était l'opinion de Londres quand je suis venu vous voir, la première fois.

— Des preuves, Joe, fit le directeur avec un geste d'irritation. Vous leur avez demandé des preuves solides, ils vous les ont données ? »

Roth secoua la tête.

« Vous ont-ils dit qu'ils avaient une source haut placée à Moscou qui avait dénoncé Ménestrel ?

— Non, monsieur. Sam McCready l'a même nié.

— Alors ils racontent n'importe quoi. Ils n'ont aucune preuve. Joe. Ils sont simplement ulcérés parce qu'ils n'ont pas eu Ménestrel eux-mêmes. Tandis que ça, c'est des preuves, Joe, des pages et des pages de preuves. »

Roth regarda les papiers d'un œil éteint. Savoir qu'il avait été le proche collaborateur d'un homme qui trahissait constamment et avec préméditation son pays depuis des années lui faisait l'effet d'un coup de poing dans le plexus solaire. Il avait la nausée.

« Qu'attendez-vous de moi, monsieur ? fit-il d'une voix faible.

— Je suis le directeur de la CIA, répondit le vieil homme en se levant pour arpenter son élégante bibliothèque. J'ai été nommé par le président lui-même. En tant que tel, j'ai pour devoir de protéger ce pays du mieux possible contre tous ses ennemis, qu'ils se trouvent à l'intérieur ou à l'extérieur. Je ne peux ni ne veux aller dire au président que nous avons sur les bras un scandale à côté duquel toutes les autres trahisons depuis Benedict Arnold semblent dérisoires. Pas après toutes les fuites récentes.

» Je refuse de le jeter en pâture à la presse, et de le soumettre à l'opprobre des pays étrangers. Il ne peut y avoir ni arrestation, ni procès, Joe. Le procès s'est tenu ici, dans cette pièce, le verdict a été prononcé, et la sentence sera fixée par moi-même. Que Dieu me vienne en aide.

— Que voulez-vous que je fasse ? répéta Roth.

— Tout bien considéré, Joe, je pourrais me faire violence et accepter la confiance détruite, les secrets trahis, la perte d'assurance, le moral à zéro, les médias fouille-merde, et les ricanements des nations étrangères. Mais je ne peux pas chasser de mon esprit l'image des agents grillés, des veuves et des orphelins. Pour un traître, il n'y a qu'un verdict possible, Joe.

» Il ne remettra jamais les pieds dans ce pays. Il ne souillera plus ce territoire de sa présence. Il est condamné aux ténèbres éternelles. Vous allez retourner en Angleterre, et avant qu'il puisse se rendre à Vienne et passer en Hongrie, comme il l'a certainement prévu depuis l'arrivée de Ménestrel, vous ferez ce qui doit être fait.

— Je ne suis pas certain de pouvoir, monsieur. »

Le directeur de la CIA se pencha par-dessus la table, et souleva le menton de Roth pour le regarder dans les yeux. Les siens semblaient durs comme de l'obsidienne.

« Vous le ferez, Joe. Parce que ce sont mes ordres en tant que directeur, parce que je parle au nom du président pour ce pays, et parce que vous le ferez pour votre patrie. Retournez à Londres, et faites votre devoir.

— Très bien, monsieur. »

Chapitre cinq

Le bateau à vapeur quitta l'embarcadère de Westminster Pier à trois heures précises, et entreprit sa paisible descente du fleuve en direction de Greenwich. Tout le long de la rambarde, des touristes japonais, appareil photo en main, mitraillaient pour l'éternité le palais de Westminster qui s'éloignait.

Au moment où le bateau arrivait en eaux profondes, un homme en complet gris clair se leva tranquillement pour marcher jusqu'à la poupe, d'où il contempla le sillage tumultueux, accoudé à la lisse. Quelques instants plus tard, un autre homme, vêtu d'un imperméable d'été, se leva d'un autre banc et le rejoignit.

« Comment ça va, à l'ambassade ? demanda McCready à voix basse.

— Pas très fort, répondit Talisman. La mise en œuvre d'une importante opération de contre-espionnage se confirme. Pour l'instant, ils mènent seulement une enquête sur le comportement de mes subordonnés, mais dans les moindres détails. Dès qu'ils les auront blanchis, ils se tourneront vers le haut de l'échelle... vers moi. Je brouille les pistes de mon mieux, mais je ne peux pas non plus faire disparaître des dossiers entiers, ce serait pire que tout.

— Combien de temps crois-tu qu'il te reste ?

— Au plus quelques semaines.

— Fais bien attention, mon ami. Prends toutes les précautions. Nous ne voulons surtout pas un nouveau Penkovski. »

Au début des années soixante, le colonel Oleg Penkovski du GRU avait brillamment travaillé pour les Anglais pendant deux ans et demi. Il était alors, et resta longtemps, le plus précieux agent soviétique jamais recruté et celui qui causa le plus de tort à l'URSS. Pendant cette brève carrière, il transmit plus de cinq mille documents top secret, en particulier des renseignements cruciaux sur les missiles soviétiques à Cuba en 1962, qui permirent au président Kennedy de jouer un coup de maître face à Nikita

Khrouchtchev. Mais Penkovski voulut s'incruster. Vivement encouragé par les Anglais à quitter son pays, il insista pour rester quelques semaines de plus. Il fut démasqué, interrogé, jugé et fusillé.

« Ne t'inquiète pas, sourit Talisman. Il n'y aura pas un autre Penkovski. Et de votre côté, comment ça marche ?

— Pas très bien. Nous pensons qu'Orlov a dénoncé Calvin Bailey.

— Rien que ça ! fit Talisman avec un sifflement d'étonnement. Ils ont tapé haut. Calvin Bailey, carrément. Alors c'était lui la cible du projet Potemkine. Sam, il faut les convaincre qu'ils ont tort, qu'Orlov leur a menti.

— Impossible, j'ai déjà essayé. Ils ont pris le mors aux dents.

— Essaie encore. Il y a une vie humaine en jeu.

— Tu ne crois pas vraiment que...

— Oh si, mon ami, je le crois. Le directeur de la CIA est un homme passionné. Je ne pense pas qu'il puisse se permettre un autre gros scandale, plus gros que tous les autres réunis, à ce stade de la carrière de son président. Il choisira d'étouffer l'affaire définitivement. Mais évidemment ça ne marchera pas. Il se dira que si Bailey est supprimé, rien ne s'ébruitera. Nous, on sait bien que non. Les rumeurs commenceront très vite à circuler, parce que le KGB y veillera. Ils sont très forts dans ce domaine.

» C'est assez ironique, mais en fait Orlov a déjà remporté la partie. Si Bailey est arrêté et jugé, le scandale éclatera en causant d'énormes dégâts, et Orlov aura gagné. Si on réduit Bailey au silence, et que la nouvelle se répand, le moral de la CIA tombera en chute libre, et Orlov aura gagné. Si on renvoie Bailey sans retraite, il clamera son innocence, et la controverse durera des années. Là encore, Orlov aura gagné. Il faut absolument que tu les détrompes.

— J'ai bien essayé, mais ils trouvent toujours la marchandise d'Orlov précieuse et authentique. Ils croient en lui. »

Le Russe regarda pensivement l'écume sous la poupe, tandis que le bateau dépassait le quartier des docks, en plein réaménagement, bric-à-brac de grues et d'entrepôts en ruine à moitié démolis.

« Je t'ai déjà expliqué ma théorie du cendrier ? demanda-t-il.

— Non, je ne crois pas.

— Quand j'enseignais à l'école d'entraînement du KGB, je disais à mes élèves : prenez un cendrier en cristal et cassez-le en trois morceaux. Si vous en récupérez un, vous saurez seulement que vous avez entre les mains un bout de verre. Si vous en récupérez deux, vous saurez que vous avez en main les deux tiers d'un cendrier, mais vous ne pourrez pas y écraser votre cigarette. Pour avoir le cendrier entier et pouvoir vous en servir, il vous faut les trois morceaux.

— Et alors ?

— Alors tout ce qu'Orlov a fourni, ça donne à peine un ou deux morceaux de nombreux cendriers. Il n'a jamais apporté aux Américains un cendrier complet, quelque chose de top secret que l'URSS cache depuis des années et ne veut pas lâcher. Demande-leur de faire passer à Orlov une épreuve décisive, il échouera. Moi, quand je viendrai, j'apporterai le cendrier entier. Et là, ils me croiront.

— Est-ce qu'Orlov connaîtrait le nom du Cinquième Homme ? » demanda McCready après un instant de réflexion.

Talisman y réfléchit.

« Moi je l'ignore, mais lui le connaît certainement, finit-il par répondre. Orlov a passé des années à la direction des Illégaux, pas moi. J'ai toujours travaillé à la Ligne PR, en opérant à partir des ambassades. On a tous les deux visité la Salle du Souvenir, ça fait partie de l'entraînement classique. Mais lui seul aura vu le Livre noir. Oui, il connaît sûrement le nom. »

Au cœur du 2, place Dzerjinski, le quartier général du KGB, se trouve la Salle du Souvenir, sorte de châsse dans un lieu impie, dédiée à la mémoire des grands précurseurs de la génération actuelle d'officiers du KGB. Au nombre des portraits sacrés qui la tapissent, ceux d'Arnold Deutsch, Teodor Maly, Anatoli Gorski et Youri Modine, recruteurs et contrôleurs successifs du plus terrible réseau d'espions jamais monté par le KGB au sein de l'Angleterre.

Le recrutement avait principalement eu lieu parmi un groupe de jeunes étudiants à l'Université de Cambridge vers le milieu et à la fin des années trente. Tous avaient flirté avec le communisme, ainsi que de nombreux autres qui avaient fini par le renier. Mais cinq d'entre eux continuèrent à servir Moscou si brillamment qu'à ce jour, on les appelle encore les « Cinq Magnifiques » ou les « Cinq Étoiles ».

Le premier, Donald Maclean, entra au Foreign Office à sa sortie de Cambridge. Au milieu des années quarante, il était en poste à l'ambassade britannique de Washington, et transmit à Moscou des centaines de secrets concernant la nouvelle bombe atomique à laquelle les USA et l'Angleterre collaboraient.

Guy Burgess travaillait également au Foreign Office. C'était un ivrogne, un gros fumeur et un homosexuel forcené, qui hélas réussit à ne pas se faire renvoyer avant qu'il ne soit trop tard. Il servait de courrier et d'intermédiaire entre Maclean et leurs maîtres de Moscou. Ils furent tous deux grillés en 1951, échappèrent à l'arrestation grâce à un avertissement discret, et s'enfuirent à Moscou.

Le troisième était Anthony Blunt, lui aussi homosexuel, un brillant esprit chargé de repérer les talents pour Moscou. Exploitant parallèlement sa grande connaissance de l'histoire de l'art, il devint conservateur de la collection privée de la Reine, et fut anobli. Ce fut lui qui prévint Burgess et Maclean de leur arrestation imminente en 1951. Ayant réussi à déjouer une série d'enquêtes, il ne fut démasqué, démis de son titre et disgracié que dans les années quatre-vingt.

Le plus efficace de tous fut Kim Philby, qui entra au SIS et s'éleva dans la hiérarchie jusqu'à diriger le Bureau soviétique. La fuite de Burgess et Maclean en 1951 jeta aussi des soupçons sur lui. Interrogé, il n'avoua rien et fut renvoyé du Service, partant finalement de Beyrouth pour Moscou en 1963.

Les portraits des quatre hommes sont accrochés dans la Salle du Souvenir. Mais il y en a un cinquième, représenté par un carré noir. La véritable identité du Cinquième Homme ne peut être découverte que dans le Livre noir. La raison en est simple.

Troubler et démoraliser l'adversaire est un des principaux buts de la guerre secrète, ainsi que la cause de la formation tardive du bureau IDOP, dirigé par McCready. Les Anglais savaient depuis le début des années cinquante qu'il y avait un cinquième homme dans ce réseau recruté de longue date, mais n'arrivèrent jamais à établir son identité. Tout cela apportait de l'eau au moulin de Moscou.

Pendant trente-cinq ans, et pour la plus grande joie des Russes, le Renseignement britannique fut rongé par ce mystère, qu'entretenaient une presse déchaînée et les auteurs de plusieurs ouvrages.

Une quinzaine d'officiers loyaux depuis de longues années furent soupçonnés, virent leur carrière brisée et leur vie saccagée. Principal suspect : feu Sir Roger Hollis, le directeur général du MI-5. Il devint la cible de l'infâme Peter Wright, obsédé du même acabit que James Angleton, qui fit fortune grâce à un livre terriblement ennuyeux dans lequel il se plaignait continuellement d'avoir une si petite pension (la même que celle des autres,

227

pourtant), et se disait convaincu que Roger Hollis était le Cinquième Homme.

On soupçonna d'autres individus, dont deux adjoints de Hollis et même Lord Victor Rothschild, pourtant patriote convaincu. Accusation sans fondement, et l'énigme restait entière. Le Cinquième Homme était-il toujours vivant et actif, à un poste élevé dans le gouvernement, la fonction publique ou le Renseignement ? Si oui, la catastrophe était totale. L'affaire ne pourrait être close que lorsque le Cinquième Homme, recruté depuis des années, serait enfin identifié. Bien évidemment, le KGB gardait jalousement son secret depuis trente-cinq ans.

« Dis aux Américains de demander son nom à Orlov, conseilla Talisman. Il ne vous le donnera pas. Mais moi, je le découvrirai, et je vous le fournirai quand je passerai à l'Ouest.

— Il y a un problème de délai, dit McCready. Combien de temps peux-tu tenir ?

— Pas plus de quelques semaines, et encore...

— Ils ne voudront peut-être pas attendre, si la réaction du directeur de la CIA est celle que tu as prévue.

— Il n'y aurait pas un moyen de les persuader de patienter ?

— Si, mais il faut que tu me donnes le feu vert. »

Talisman écouta la proposition de McCready, puis hocha la tête.

« Si Roth donne sa parole, et si tu lui fais confiance, d'accord. »

Quand Joe Roth émergea de l'aérogare le lendemain matin, ayant pris le vol de nuit depuis Washington, il souffrait du décalage horaire et n'était pas d'excellente humeur.

Cette fois-ci, il avait beaucoup bu dans l'avion, et ne trouva pas amusant d'entendre une voix lui parler avec un faux accent irlandais.

« Bien le bonjour, monsieur Casey ! Ça fait plaisir de vous revoir. »

Il se retourna, et vit Sam McCready. Cet enfoiré devait savoir depuis le début qu'il avait un passeport au nom de Casey, et il avait consulté les listes de passagers au départ de Washington pour venir l'attendre à l'arrivée du bon avion.

« Monte, dit McCready quand ils arrivèrent dans la rue. Je te conduis à Mayfair, si tu veux. »

Roth haussa les épaules. Pourquoi pas ? Il se demanda ce que McCready savait d'autre, ou ce qu'il avait deviné. L'agent britannique s'en tint à des banalités jusqu'à ce qu'ils atteignent les faubourgs de Londres. Là, il passa aux choses sérieuses sans prévenir.

« Quelle a été la réaction du directeur de la CIA ? demanda-t-il.

— Je ne vois pas de quoi tu veux parler.

— Allons, Joe, Orlov a dénoncé Calvin Bailey. C'est de la connerie. Vous ne le prenez pas sérieusement, j'espère ?

— Ça ne te regarde absolument pas, Sam.

— On a reçu une note à Century House, nous disant de ne pas communiquer à Bailey de renseignements classés secrets. Donc, vous le soupçonnez. Tu prétends que ça n'est pas parce que Orlov l'a accusé d'être un agent soviétique ?

— C'est juste une procédure de routine, nom de Dieu. Parce qu'il a un peu trop de petites amies.

— Mon cul, oui ! Calvin a peut-être des défauts, mais ce n'est sûrement pas un coureur de jupons. Trouve autre chose.

— Ne me pousse pas à bout, Sam. Ne joue pas avec notre amitié. Je te l'ai déjà dit, cette affaire concerne la Compagnie. Pas touche.

— Pour l'amour de Dieu, Joe. C'est allé trop loin, vous perdez le contrôle. Orlov vous ment, et j'ai peur que vous fassiez quelque chose de terrible.

— Arrête la voiture ! cria Joe Roth, perdant le peu de calme qui lui restait. Arrête-toi, merde ! »

McCready gara la Jaguar le long du trottoir. Roth prit son sac à l'arrière et ouvrit la portière. McCready lui saisit le bras.

« Joe, demain à deux heures et demie. J'ai quelque chose à te montrer. Je viendrai te chercher devant ton immeuble à deux heures et demie.

— Va te faire voir, répondit l'Américain.

— Quelques minutes de ton temps, ce n'est pas trop te demander ? En souvenir du passé, Joe, du bon vieux temps. »

Roth descendit et marcha le long du trottoir à la recherche d'un taxi.

Mais le lendemain à deux heures et demie, il était là, devant son immeuble. McCready l'attendait dans sa Jaguar. Quand Roth fut monté, il démarra sans dire un mot. Son ami restait méfiant et furibond. Ils roulèrent pendant un kilomètre. Roth crut que McCready le conduisait à son ambassade, tant ils se rapprochaient de Grosvenor Square, mais la voiture s'arrêta dans Mount Street, à un pâté de maisons de là.

Dans cette rue se trouve l'un des meilleurs restaurants de

229

poisson de Londres, Chez Scott. A trois heures précises, un homme élégamment vêtu d'un costume gris perle en sortit, et s'arrêta juste devant la porte. Une limousine noire de l'ambassade soviétique descendit la rue jusqu'à sa hauteur.

« Tu m'as demandé deux fois si on avait une source au KGB à Moscou, dit tranquillement McCready. J'ai dit non. Je ne mentais pas vraiment. Il n'est pas à Moscou, il est ici à Londres. Le voici.

— Je rêve ? murmura Roth. C'est Nikolaï Gorodov. Il dirige toute la Résidence du KGB en Angleterre, nom de Dieu !

— En personne. Et il travaille pour nous depuis quatre ans. On vous a transmis tous ses renseignements, en les attribuant à d'autres sources, mais ils sont authentiques. Et il dit qu'Orlov ment.

— Prouve-le, le défia Roth. Tu n'arrêtes pas d'exiger qu'Orlov prouve ses dires. Maintenant, fais-en autant. Prouve-moi qu'il est vraiment à votre solde.

— Si Gorodov se gratte l'oreille gauche avec la main droite avant de monter dans la voiture, c'est notre homme », déclara McCready.

La limousine noire s'était arrêtée devant la porte du restaurant. Gorodov ne jeta pas un regard vers la Jaguar. Il se contenta de lever sa main droite, tira légèrement sur le lobe de son oreille gauche, et monta dans la voiture de l'ambassade, qui s'éloigna silencieusement.

Roth se pencha et enfouit son visage dans ses mains. Il prit plusieurs inspirations avant de se redresser.

« Je dois en parler au directeur, dit-il. Et en personne. Je reprends l'avion.

— Pas question. J'ai donné ma parole à Gorodov, et tu m'as donné la tienne il y a dix minutes.

— Il faut que j'en parle au directeur, sinon les dés sont jetés. On ne peut plus revenir en arrière, maintenant.

— Fais traîner, alors. Tu peux obtenir d'autres preuves, ou du moins de bonnes raisons pour retarder l'opération. Je vais te raconter la théorie du cendrier. »

Il rapporta à Roth les propos tenus par Talisman deux jours plus tôt à bord du bateau à vapeur.

« Demande à Orlov le nom du Cinquième Homme. Il le connaît forcément, mais il ne te le dira pas. En revanche, Talisman l'obtiendra et nous l'apportera quand il passera à l'Ouest.

— Ce sera quand ?

— Bientôt, maintenant. Quelques semaines, au mieux. Moscou a des soupçons. L'étau se resserre.

— Une semaine, concéda Roth. Bailey part pour Salzbourg et Vienne dans une semaine. Il ne doit pas atteindre Vienne. Le directeur pense qu'il va filer en Hongrie.

— Fais-le rappeler d'urgence à Washington. S'il obéit, ça vaut bien un délai supplémentaire. S'il refuse, je jette l'éponge.

— Je vais essayer, accepta Roth après avoir envisagé le problème. D'abord je vais à Alconbury. Demain, à mon retour, si Orlov a refusé de me fournir le nom du Cinquième Homme, j'envoie un télégramme au directeur en disant que les Anglais ont apporté de nouvelles preuves qu'Orlov ment, et je demande que Bailey soit rappelé immédiatement à Langley. Une sorte d'épreuve. Je pense que le directeur acceptera ça, au moins. Ça retardera tout de plusieurs semaines.

— Ce sera suffisant, mon ami, dit McCready. Plus que suffisant. Talisman aura sauté le pas, d'ici là, et on pourra tous jouer franc jeu avec le directeur. Fais-moi confiance. »

Roth arriva à Alconbury peu après le coucher du soleil. Il trouva Orlov dans sa chambre, allongé sur son lit, à lire en écoutant de la musique. Il avait fait le tour de Simon et Garfunkel (Kroll raconta que l'équipe de gardes du corps avait pratiquement mémorisé toutes les paroles de leurs vingt plus grands succès), et était passé aux Seekers. Il coupa *Morningtown* quand Roth entra, et se leva avec un sourire.

« On retourne aux USA ? demanda-t-il. Je m'ennuie ici. Même le Ranch, c'était mieux, malgré les risques. »

Il avait pris du poids à force de rester inactif. Son allusion au Ranch était une blague. Pendant un certain temps après la fausse tentative d'assassinat, Roth avait continué de prétendre qu'il s'agissait d'une opération du KGB, et que Moscou avait dû obtenir d'Ourtchenko des détails sur le Ranch, où il avait été débriefé avant de retourner bêtement au KGB. Puis il avait avoué à Orlov qu'il s'était agi d'un plan de la CIA pour mettre à l'épreuve ses réactions. Orlov avait d'abord été furieux (« Bande d'enfoirés, j'ai cru que j'allais mourir », avait-il hurlé), mais il avait fini par rire de toute l'affaire.

« Bientôt, répondit Roth. Bientôt on en aura terminé, ici. »

Il dîna avec Orlov, ce soir-là, et lui parla de la Salle du Souvenir à Moscou.

« Bien sûr que je l'ai vue, dit Orlov en hochant la tête. Tous les

231

officiers nommés y sont conduits. Pour voir les héros et les admirer. »

Roth orienta la conversation sur les portraits des Cinq Magnifiques. Orlov mâchait une bouchée de steak, et il secoua la tête.

« Quatre, corrigea-t-il. Il n'y a que quatre portraits. Burgess, Philby, Maclean et Blunt. Les Quatre Étoiles.

— Mais il y a un cinquième cadre, avec du papier noir dessus, non ? avança Roth.

— Oui, reconnut Orlov en avalant une bouchée qu'il avait mâchée beaucoup plus lentement. Un cadre, mais pas de portrait.

— Alors il y avait bien un cinquième homme ?

— Apparemment. »

Roth ne changea pas de ton, mais il riva son regard sur Orlov.

« Mais vous étiez major à la direction des Illégaux. Vous avez forcément vu son nom dans le Livre noir. »

Une lueur passa dans les yeux d'Orlov.

« On ne m'a jamais montré de Livre noir, dit-il d'un ton égal.

— Peter, qui était le Cinquième Homme ? Son nom, je vous prie.

— Je n'en sais rien, mon ami. Je vous le jure. Vous voulez me faire passer au détecteur de mensonges pour ça ? » ajouta-t-il avec un beau sourire.

Roth le lui rendit, mais il pensait : Non, Peter, je suis sûr que vous pouvez tromper le détecteur quand ça vous chante. Il décida de retourner à Londres le lendemain matin et d'envoyer le télégramme demandant un délai, et le rappel de Bailey à Washington, à titre d'épreuve. S'il avait le moindre doute — et malgré le dossier imparable de Kellogg il en avait à présent —, il n'obéirait pas à l'ordre qu'il avait reçu, pas même pour le directeur et l'avancement de sa propre carrière. C'était trop cher payer.

Le lendemain matin, les femmes de ménage arrivèrent à leur travail. Elles venaient de Huntingdon, et s'occupaient également de tout le reste de la base. Chacune avait été blanchie par la Sécurité, et avait reçu un passe pour pénétrer dans la zone réservée. Roth prenait son petit déjeuner face à Orlov dans le mess, essayant de se faire entendre malgré le vacarme d'une cireuse dans le couloir. Le ronronnement insistant de la machine s'intensifiait ou diminuait au rythme des brosses rotatives.

Orlov essuya le café sur ses lèvres, dit qu'il avait besoin d'aller aux toilettes et se leva de table. A l'avenir, Roth ne rirait plus jamais de la notion de sixième sens. Quelques secondes après le départ d'Orlov, il remarqua un changement dans le bruit de la cireuse. Il alla dans le couloir, où la machine était abandonnée, les brosses continuant à tourner avec une plainte stridente.

Roth avait vu la femme de ménage quand il était entré au mess, une dame assez mince en salopette imprimée, des bigoudis dans les cheveux et un fichu par-dessus. Elle avait fait un pas de côté pour le laisser passer, puis avait repris sa tâche sans lever les yeux. A présent, elle avait disparu. Au bout du couloir, la porte des toilettes pour hommes battait encore.

Roth hurla « Kroll ! » à pleins poumons, et courut dans le couloir. La femme était à genoux dans les toilettes, le seau qui avait contenu les produits d'entretien et les chiffons renversé à côté d'elle. Elle tenait à la main un Sig Sauer avec silencieux que les serpillières avaient dissimulé. A l'autre bout de la pièce, la porte d'une cabine s'ouvrit, et Orlov en sortit. La tueuse agenouillée leva son arme.

Roth ne parlait pas russe, mais il connaissait quelques mots. Il cria « *Stoï !* ». La femme se retourna, Roth se jeta à terre, il entendit un coup de feu étouffé, et sentit passer l'onde de choc près de sa tête. Il était toujours sur le carrelage quand une forte détonation retentit derrière lui, se répercutant tout autour de lui. Des toilettes ne sont pas un lieu privilégié pour tirer avec un 44 Magnum.

Debout dans l'encadrement de la porte, Kroll tenait son Colt à deux mains. Pas besoin d'un deuxième coup de feu. La femme gisait sur le dos, une tache rouge s'élargissant sur le parterre fleuri de sa salopette. Ils découvriraient plus tard la vraie femme de ménage ligotée et bâillonnée chez elle à Huntingdon.

Orlov était toujours près de la porte de la cabine, blême de peur.

« Ça suffit, les petits jeux de la CIA ! cria-t-il.

— Ce n'était pas un jeu, ce coup-ci, dit Roth en se relevant. C'était le KGB. »

Orlov vit que la tache rouge sombre qui s'étendait sur le carrelage n'était pas du maquillage hollywoodien. Pas cette fois-ci.

Il fallut deux heures à Roth pour organiser un passage rapide aux États-Unis et un transfert immédiat d'Orlov et du reste de l'équipe au Ranch. Orlov partit sans regret, emportant avec lui sa précieuse collection de ballades. Quand l'avion de transport MATS décolla pour les USA, Roth roulait vers Londres, furieux et amer.

Il se tenait pour en partie responsable. Il aurait dû deviner qu'après la dénonciation de Bailey, Alconbury ne pouvait être considéré comme un refuge sûr pour Orlov. Mais l'intervention britannique l'avait tellement préoccupé qu'il n'y avait plus pensé. Personne n'est parfait. Il se demanda pourquoi Bailey n'avait pas averti Moscou plus tôt pour organiser l'assassinat d'Orlov, avant que le colonel du KGB ait eu le temps de le nommer. Peut-être avait-il espéré qu'Orlov ne le donnerait pas, ou n'avait pas connaissance de son identité. Fatale erreur de la part de Bailey. Personne n'était parfait.

S'il s'était agi de n'importe qui d'autre, Roth aurait été sûr à cent pour cent que les Anglais se trompaient et qu'Orlov disait la vérité. Mais parce que c'était McCready, Roth voulait bien accorder à son ami une possibilité de cinq pour cent que Bailey soit réglo. La balle était dans le camp de McCready, à présent.

Roth savait ce qu'il allait faire en arrivant à l'ambassade. Si McCready voulait vraiment corroborer l'authenticité de Gorodov comme transfuge et la traîtrise d'Orlov pour disculper Bailey, innocente victime d'une subtile machination, il n'avait qu'une solution : faire passer Gorodov à l'Ouest immédiatement, afin que les gens de Langley puissent lui parler directement, et débrouiller l'affaire une fois pour toutes. En allant dans son bureau appeler McCready à Century House, il croisa son chef d'antenne dans le couloir.

« Tiens, au fait, Century House vient juste de nous transmettre une information, dit Bill Carver. Nos petits amis de Kensington Palace Gardens font du ménage, apparemment. Leur Résident, Gorodov, a pris l'avion pour Moscou ce matin. Le rapport est sur votre bureau. »

Roth ne passa pas son coup de téléphone, mais resta assis à son bureau, abasourdi. Ainsi, ils avaient vu juste, lui, le directeur et toute l'Agence. Il découvrit même au fond de lui une certaine compassion pour McCready. S'être trompé aussi grossièrement, avoir été à ce point dupé pendant quatre ans, devait être un coup très dur. Quant à lui, il se sentait curieusement soulagé, malgré la tâche qu'il lui restait à accomplir. Il n'avait plus de doute à présent, plus le moindre. Les deux événements de la matinée avaient fait disparaître ses dernières réticences. Le directeur avait raison. Il fallait qu'il accomplisse son devoir.

Il restait néanmoins désolé pour McCready, songeant qu'il devait être en train de passer un sale quart d'heure à Century House.

Il avait raison. Et c'était Timothy Edwards qui se chargeait de le lui faire passer.

« Je suis désolé d'avoir à vous le dire, Sam, mais c'est un fiasco

234

complet. Je viens d'en toucher un mot au Chef, et l'idée, c'est qu'il va falloir envisager sérieusement que Talisman ait été infiltré par les Soviets depuis le début.

— C'est faux, déclara abruptement McCready.

— C'est vous qui le dites, mais les récents événements sembleraient indiquer que nos Cousins américains avaient raison et que nous, on s'est fait rouler. Vous savez ce que ça implique ?

— J'imagine.

— Il va falloir réexaminer et réévaluer tous les renseignements fournis par Talisman depuis quatre ans. C'est une tâche énorme. Pire encore, on les a transmis aux Cousins, alors on va devoir leur dire d'en faire autant. L'évaluation des dégâts prendra des années. Sans même parler de ça, ce sera une humiliation épouvantable. Le Chef n'est pas content du tout. »

Sam poussa un soupir. C'était toujours la même histoire. Tant que la marchandise de Talisman était au goût du jour, l'honneur de le contrôler revenait au Service entier. Mais à présent, tout était de la faute du Manipulateur.

« Vous a-t-il laissé entendre qu'il avait l'intention de retourner à Moscou ?

— Non.

— Quand devait-il abandonner et passer à l'Ouest ?

— Dans deux ou trois semaines, répondit McCready. Il devait me faire savoir quand sa situation deviendrait désespérée, et franchir le pas.

— Eh bien, il ne l'a pas fait. Il est rentré chez lui. Et sans doute de son propre chef. La Police de l'air et des frontières signale qu'il a passé la douane à Heathrow sans coercition apparente. Nous pouvons donc considérer que Moscou est sa véritable patrie.

» Et puis il y a toute cette merde à Alconbury. Mais qu'est-ce qui vous a pris, bon sang ? Vous avez dit que c'était un test. Eh bien, Orlov l'a brillamment réussi. Ces enfoirés ont essayé de le descendre. On a vraiment de la chance que personne ne soit mort à part l'assassin. Et ça, on n'en parlera jamais aux Cousins. On enterre l'affaire.

— Je ne crois toujours pas que Talisman ait été retourné.

— Et pourquoi donc ? Il est bien reparti à Moscou.

— Peut-être pour aller nous chercher une dernière valise de documents.

— C'est trop dangereux. Il faudrait qu'il soit fou, vu sa situation.

— C'est vrai. Ce serait une erreur. Mais il est comme ça. Il y a

235

des années, il a promis de nous donner un dernier colis avant de passer à l'Ouest. Je crois que c'est ça l'explication.

— Et vous avez de quoi le prouver ?

— Une intuition.

— Une intuition, répéta Edwards. On n'arrive à rien avec des intuitions.

— Regardez Christophe Colomb. Ça ne vous ennuie pas que j'aille voir le Chef ?

— Le jugement de César, c'est ça ? Allez-y. Mais ça ne changera rien. »

Pourtant McCready obtint satisfaction. Sir Christopher écouta attentivement sa proposition, et finit par lui poser une question.

« Et s'il était vraiment resté fidèle à Moscou ?

— Je le saurai en quelques secondes.

— Ils pourraient vous arrêter, dit le Chef.

— Je ne crois pas. Mr Gorbatchev semble vouloir éviter une guerre diplomatique, à l'heure actuelle.

— Et ce n'est pas nous qui la déclencherons, déclara abruptement le Chef. Sam, on se connaît depuis longtemps, depuis les Balkans, la crise de Cuba, les premiers jours du Mur de Berlin. Vous étiez sacrément bon, et vous l'êtes encore. Mais j'ai peut-être fait une erreur en vous nommant à la Centrale. C'est un boulot pour une équipe de terrain, ça.

— Talisman ne fera confiance à personne d'autre, vous le savez.

— C'est vrai, soupira le Chef. Si quelqu'un doit y aller, c'est vous. Je ne me trompe pas ?

— Non, j'en ai peur. »

Le Chef réfléchit. La perte de Talisman était un coup très dur. S'il y avait une once de possibilité que McCready ait raison et que Gorodov ne soit pas bidon, le Service se devait de le tirer de là. Mais les conséquences politiques d'un gros scandale, si le Manipulateur était pris en flagrant délit à Moscou, briseraient sa carrière. Il poussa un soupir et se détourna de la fenêtre.

« D'accord, Sam. Vous pouvez y aller. Mais tout seul. A partir d'aujourd'hui, je ne vous connais plus. Vous êtes seul. »

McCready se prépara donc à partir dans ces conditions. Tout ce qu'il espérait, c'est que Mr Gorbatchev les ignorerait. Il lui fallut trois jours pour s'organiser.

Le deuxième jour, Joe Roth téléphona à Calvin Bailey.

« Calvin, je viens juste de rentrer d'Alconbury. Je crois qu'il faut qu'on parle.

— Pas de problème, Joe. Passez me voir.

— Ce n'est pas si pressé que ça. Pourquoi ne viendriez-vous pas dîner demain soir ?

— Ah, c'est très gentil à vous, Joe, mais Gwen et moi avons déjà un emploi du temps assez chargé. J'ai déjeuné à la Chambre des Lords, aujourd'hui.

— Vraiment ?

— Oui, avec le chef de la Défense. »

Roth était stupéfait. A Langley, Bailey se montrait distant et méfiant. Une fois lâché à Londres, il était comme un enfant dans une confiserie. Pourquoi pas ? Dans six jours, il aurait tranquillement traversé la frontière pour aller à Budapest.

« Calvin, je connais une merveilleuse vieille auberge sur la Tamise, à Eton. Ils ont d'excellents fruits de mer. On dit qu'Henry VIII y faisait venir Anne Boleyn en bateau pour des rendez-vous secrets.

— C'est vrai ? Elle est si vieille que ça, cette auberge ? OK, Joe. Demain on est à Covent Garden, mais jeudi, on est libres.

— Parfait, alors on se voit jeudi, Calvin. Je serai devant chez vous à huit heures. »

Le lendemain, Sam McCready termina ses préparatifs, et s'endormit pour ce qui pouvait bien être sa dernière nuit à Londres.

Ce jour-là, trois hommes atterrirent à Moscou par des vols différents. Le premier était le rabbin Birnbaum, qui arrivait de Zurich sur Swissair. L'officier de contrôle des passeports à Cheremetievo, appartenant à la direction des Frontières du KGB, était un jeune homme blond comme les blés, avec des yeux bleus et froids. Il observa longuement le rabbin, puis porta son attention sur le passeport américain : Norman Birnbaum, cinquante-six ans.

Si l'officier avait été plus âgé, il se serait souvenu de l'époque où Moscou (et toute la Russie) comptait de nombreux juifs orthodoxes qui ressemblaient au rabbin Birnbaum. C'était un homme un peu fort, portant un complet noir sur une chemise blanche et une cravate noire. Il avait une grande barbe grise et une moustache. Sur la tête, un feutre noir, et, masquant ses yeux, des lunettes aux verres si épais qu'on distinguait mal ses pupilles. De longues boucles grises pendaient de chaque côté du chapeau le long de son visage. L'homme sur le passeport était exactement le même, mais sans chapeau.

Le visa était valable, ayant été délivré par le consulat général soviétique à New York. L'officier leva de nouveau les yeux.

« L'objet de votre séjour à Moscou ?

— Je rends une petite visite à mon fils. Il travaille à l'ambassade américaine.

— Un instant », dit l'officier en se levant.

Il passa une porte vitrée pour parler à son supérieur, qui étudia le passeport. Les rabbins orthodoxes étaient rares dans un pays dont la dernière école rabbinique avait été fermée des dizaines d'années auparavant. Le jeune officier revint.

« Veuillez patienter, s'il vous plaît. »

Il fit signe au passager suivant de s'approcher. On passa des coups de téléphone. A Moscou, quelqu'un consulta la liste diplomatique. L'officier supérieur revint avec le passeport et murmura quelque chose au plus jeune. Apparemment, il y avait un Roger Birnbaum à la section économique de l'ambassade. La liste diplomatique ne disait pas que son véritable père s'était retiré en Floride et n'avait pas remis les pieds dans une synagogue depuis la bar-mitsva de son fils vingt ans plus tôt. Le rabbin reçut l'autorisation de passer.

Ils fouillèrent néanmoins son sac à la douane. Il contenait des rechanges, chemises, chaussettes et caleçons, un autre costume noir, un nécessaire de toilette et un exemplaire du Talmud en hébreu. Le douanier le feuilleta sans comprendre, puis laissa passer le rabbin.

Mr Birnbaum prit le bus de l'Aéroflot pour Moscou Centre, s'attirant des regards curieux ou amusés pendant tout le voyage. Il marcha du terminus à l'hôtel National sur la place du Manège, alla aux toilettes, utilisa l'urinoir jusqu'à ce que le seul autre occupant en parte, et se glissa dans une cabine.

Le dissolvant était dissimulé dans son flacon d'eau de Cologne. Quand le rabbin sortit, il portait toujours son costume sombre, mais le pantalon, réversible, était maintenant gris foncé, le chapeau enfoui dans le sac, ainsi que les sourcils broussailleux, la barbe, la moustache, la chemise et la cravate. Ses cheveux n'étaient plus gris mais châtains, et il portait un polo jaune poussin qu'il avait gardé jusque-là sous sa chemise. Il quitta l'hôtel sans se faire remarquer, prit un taxi et se fit déposer devant la grille de l'ambassade britannique, sur la rive face au Kremlin.

Les deux miliciens du MVD qui montaient la garde devant la grille, en territoire soviétique, lui demandèrent ses papiers. Il leur montra son passeport britannique et fit des mines au jeune garde qui l'examinait. Le milicien, très gêné, remit rapidement son passeport à l'homosexuel anglais, et lui fit signe d'entrer dans son ambassade, avec un haussement de sourcils expressif à l'intention de son collègue. Quelques instants plus tard, l'Anglais disparaissait derrière les portes.

En fait, le rabbin Birnbaum n'était ni rabbin, ni américain, ni homosexuel. Il s'appelait David Thornton, et était l'un des meilleurs maquilleurs professionnels du cinéma anglais. La différence entre le maquillage pour la scène et pour les films est que sur scène, l'éclairage est violent, et la distance entre les acteurs et le public très grande. Au cinéma, il faut être plus subtil, plus réaliste. David Thornton avait travaillé pendant des années aux studios de Pinewood, où on n'arrêtait pas de faire appel à lui. Il faisait également partie d'un groupe d'experts que le Renseignement britannique réussissait toujours à faire coopérer si besoin était.

Le deuxième homme arriva directement de Londres par la British Airways. C'était Denis Gaunt, semblable à lui-même hormis ses cheveux grisonnants et l'air d'avoir quinze ans de plus que son âge. Une petite mallette était attachée à son poignet gauche par une chaîne. Gaunt portait une cravate bleue ornée d'un lévrier, insigne du corps des Messagers de la Reine.

Tous les pays ont des courriers diplomatiques qui passent leur vie à acheminer des documents d'une ambassade à l'autre et retour au ministère. Ils sont couverts par le traité de Vienne comme personnel diplomatique, et leurs bagages ne sont pas fouillés. Le passeport de Gaunt, établi à un faux nom, était britannique et parfaitement authentique. Il le montra et passa les contrôles sans problème.

Une Jaguar officielle était venue l'accueillir, et il se fit aussitôt conduire à l'ambassade, où il arriva une heure après Thornton, auquel il remit son nécessaire de maquillage, qu'il avait apporté dans sa valise.

Le troisième à arriver fut Sam McCready, sur un vol British Airways d'Helsinki. Lui aussi avait un vrai passeport anglais sous un faux nom, et lui aussi était déguisé. Mais la chaleur dans l'avion avait eu des conséquences fâcheuses.

Sa perruque rousse était légèrement de travers, et une mèche de cheveux plus foncés se voyait par en dessous. La colle gomme qui maintenait un côté de sa moustache d'un roux assorti avait fondu, si bien qu'un bout s'était détaché de la lèvre supérieure.

L'officier regarda la photo du passeport, puis l'homme en face de lui. Visage, barbe et moustache étaient identiques. Il n'y a rien d'illégal à porter une perruque, même en URSS ; beaucoup de chauves le font. Mais une moustache qui se décolle ? L'officier (pas celui qui avait vu passer le rabbin Birnbaum, car Cheremetievo est un grand aéroport) alla lui aussi consulter son supérieur, qui regarda l'homme à travers un miroir sans tain.

Derrière la glace, un appareil-photo se déclencha plusieurs fois, on donna des ordres, et un groupe d'hommes passa de l'état d'attente à celui d'alerte. Quand McCready sortit de l'aéroport, deux Moskvitch banalisées attendaient. Il monta dans une voiture de l'ambassade britannique, moins luxueuse qu'une Jaguar, et fut conduit à l'ambassade, suivi pendant tout le trajet par les deux véhicules du KGB, dont les passagers allèrent ensuite faire leur rapport à leurs supérieurs de la Deuxième Direction principale.

A la fin de l'après-midi, les photos de l'étrange visiteur arrivèrent à Iazenevo, quartier général de la branche étrangère du Renseignement du KGB, la Première Direction principale. Elles atterrirent sur le bureau du chef adjoint, le général Vadim V. Kirpitchenko, qui les étudia, lut le rapport concernant la perruque et le coin de la moustache, puis descendit le tout au laboratoire photographique.

« Essayez de faire disparaître la perruque et la moustache », ordonna-t-il.

Les techniciens s'y employèrent au moyen d'un aérographe. Quand il vit le résultat final, il faillit éclater de rire.

« Eh ben ça alors ! murmura-t-il. C'est Sam McCready. »

Il informa la Deuxième Direction principale que ses hommes à lui reprendraient la filature, et donna quelques ordres par téléphone.

« Vingt-quatre heures sur vingt-quatre. S'il prend contact avec quelqu'un, arrêtez-les tous les deux. S'il récupère un document par largage, arrêtez-le. S'il pète devant le mausolée de Lénine, arrêtez-le. »

Il raccrocha, et relut les détails portés sur le passeport de McCready, censé être un expert en électronique venu de Londres via Helsinki pour vérifier que l'ambassade n'était pas truffée de micros. Très banal.

« Mais qu'es-tu réellement venu faire ici ? » demanda-t-il à la photo sur son bureau.

A l'ambassade, McCready, Gaunt et Thornton dînèrent seuls. L'ambassadeur n'appréciait guère d'avoir de tels hôtes, mais la requête était venue du Cabinet Office, et on lui avait assuré que le dérangement ne durerait que vingt-quatre heures. Son Excellence était impatiente de voir partir ces sinistres fantoches.

« J'espère que ça va marcher, dit Gaunt pendant qu'ils prenaient le café. Les Russes sont très forts aux échecs.

— C'est vrai, reconnut McCready. Demain on va voir s'ils sont aussi forts au bonneteau. »

Chapitre six

A huit heures moins cinq exactement, par une chaude matinée de juillet, une Austin Montego banalisée franchit les grilles de l'ambassade britannique à Moscou et traversa le pont sur la Moskova en direction du centre-ville.

Selon le rapport du KGB, Sam McCready conduisait, seul à bord. Sa perruque et sa moustache rousses étaient maintenant parfaitement en place, nettement visibles pour les guetteurs derrière le pare-brise de leurs voitures. Ils prirent des photos au téléobjectif à ce moment-là, et tout au long de la journée.

L'agent britannique roula prudemment à travers Moscou, jusqu'à l'Exposition des Réalisations de l'Économie nationale, au nord de la ville. En route, il essaya plusieurs fois de semer d'éventuels poursuivants, mais sans succès. Il ne repéra d'ailleurs pas la filature, car le KGB utilisait six véhicules prenant la relève à tour de rôle, si bien qu'aucun ne se trouvait derrière la Montego sur plus de quelques centaines de mètres.

Quand il fut entré dans l'immense parc, l'homme du SIS se gara et continua à pied. Deux des voitures du KGB restèrent en faction près de la Montego. Les équipes à bord des quatre autres descendirent et se disséminèrent parmi les divers monuments, jusqu'à ce que l'Anglais soit entouré par un filet invisible.

Il acheta une glace et passa la majeure partie de la matinée assis sur un banc, feignant de lire un journal, et consultant fréquemment sa montre, comme s'il attendait quelqu'un. Mais personne ne vint, excepté une vieille dame qui lui demanda l'heure. Il exhiba sa montre sans un mot, elle la regarda, le remercia et s'éloigna.

Elle fut promptement arrêtée, fouillée et interrogée. Le lendemain matin, le KGB était convaincu qu'il s'agissait réellement d'une vieille dame qui voulait savoir l'heure. Le marchand de glaces avait subi le même traitement.

Peu après midi, l'agent de Londres sortit un paquet de

sandwiches de sa poche et les mangea tranquillement. Quand il eut fini, il se leva, jeta l'emballage dans une corbeille, s'acheta une autre glace et alla se rasseoir.

La corbeille fut placée sous surveillance constante, mais personne ne vint récupérer l'emballage jusqu'à l'arrivée de l'équipe de nettoyage et son chariot de ramassage. Le KGB s'empara de l'emballage avant que la corbeille ne soit vidée, et le soumit à un examen scientifique poussé. Les tests visaient entre autres à déceler des écritures secrètes, des micropoints, des microfilms coincés entre deux couches de papier. Résultat nul. En revanche, on découvrit des traces de pain, de beurre, de concombre et d'œuf.

Bien avant ce moment, à une heure de l'après-midi, l'agent de Londres se leva et quitta le parc en voiture. De toute évidence, son premier rendez-vous avait raté, et il devait se rendre à un deuxième, dit de repêchage, dans une boutique *beriozka* pour touristes. Deux agents du KGB entrèrent dans le magasin, où ils se promenèrent entre les étalages pour voir si l'Anglais déposait un message parmi les denrées de luxe en vente, ou s'il en relevait un. S'il avait acheté quelque chose, on l'aurait arrêté, selon les ordres, car son achat aurait sans doute contenu un message, le magasin servant de boîte aux lettres morte. Mais il n'acheta rien et ne fut pas inquiété.

Une fois sorti de la boutique, il retourna à l'ambassade britannique. Dix minutes plus tard, il en repartait, assis à l'arrière d'une Jaguar avec chauffeur. Quand la Jaguar quitta la ville en direction de l'aéroport, le chef de l'équipe des guetteurs contacta directement le général Kirpitchenko.

« Il arrive à l'aéroport, camarade général.

— A-t-il pris contact avec quelqu'un ?

— Non, camarade général. En dehors de la vieille dame et du marchand de glaces, qui sont tous les deux en garde à vue, il n'a parlé à personne, et personne ne lui a parlé. Le journal et l'emballage de sandwiches qu'il a jetés à la poubelle sont en notre possession. Et il n'a touché à rien d'autre. »

La mission a dû être annulée, songea Kirpitchenko. Il reviendra. Et nous l'attendrons de pied ferme.

Il savait que McCready, qui se faisait passer pour un technicien du Foreign Office, voyageait avec un passeport diplomatique.

« Laissez-le partir, ordonna Kirpitchenko, mais veillez à ce qu'il ne frôle pas quelqu'un. Il pourrait passer des documents comme ça, à l'intérieur de l'aéroport. Sinon, assurez-vous qu'il se rend bien à l'embarquement et qu'il monte à bord. »

Par la suite, le général étudierait les clichés pris au téléobjectif par son équipe, demanderait qu'on lui apporte un microscope puissant, les regarderait de nouveau, se redresserait, le visage empourpré de colère, et hurlerait : « Bande d'abrutis, ce n'est pas McCready ! »

A huit heures dix ce matin-là, une Jaguar conduite par Barry Martins, chef de l'antenne du SIS à Moscou, quitta l'ambassade et roula lentement vers le vieux quartier de l'Arbat, aux rues étroites et flanquées de maisons élégantes ayant jadis appartenu à des marchands prospères. Une Moskvitch la prit en filature, par simple routine. Les Anglais appelaient les agents du KGB qui les suivaient partout dans Moscou, tâche des plus ennuyeuses, les « roues de secours ». La Jaguar roula sans but précis dans l'Arbat, le conducteur s'arrêtant de temps à autre près du trottoir pour consulter un plan de la ville.

A huit heures vingt, une Mercedes quitta l'ambassade. Au volant, en veste bleue et casquette, un chauffeur officiel. Personne ne regarda à l'arrière, et personne ne vit donc une silhouette tapie sur le sol, dissimulée sous une couverture. Une autre Moskvitch démarra derrière la Mercedes.

Ayant pénétré dans l'Arbat, la Mercedes dépassa la Jaguar garée. A ce moment-là, Martins, qui consultait toujours son plan de la ville, se décida à redémarrer, et s'intercala entre la Mercedes et la Moskvitch qui la suivait. Le convoi se composait donc maintenant d'une Mercedes, une Jaguar, et deux Moskvitch en file indienne.

La Mercedes emprunta une rue étroite à sens unique, suivie par la Jaguar, dont le moteur eut alors des ratés, toussa, cracha, fut secoué d'un soubresaut et s'arrêta. Des deux Moskvitch bloquées derrière descendirent une nuée d'agents du KGB. Martins tira une manette, sortit de son véhicule et ouvrit le capot. Il fut aussitôt cerné d'hommes en veste de cuir lui enjoignant de redémarrer.

La Mercedes disparut au bout de la rue, et tourna dans une autre. Des Moscovites amusés s'assemblèrent sur le trottoir étroit pour entendre le conducteur de la Jaguar dire au chef d'équipe du KGB : « Écoutez, mon vieux, si vous pensez que vous pouvez la faire repartir, ne vous gênez pas, allez-y. »

Rien ne réjouit plus un Moscovite que le spectacle des *tchekisti* se ridiculisant. L'un des hommes du KGB remonta dans sa voiture et activa la radio.

Quittant l'Arbat au volant de la Mercedes, David Thornton

obéit à Sam McCready, qui, sans aucun déguisement et redevenu lui-même, sortit de sous la couverture et lui indiqua le trajet.

Vingt minutes plus tard, ils s'arrêtaient sur un chemin désert bordé d'arbres au cœur du parc Gorki. McCready arracha le macaron diplomatique, fixé par un simple ressort, et colla une nouvelle plaque par-dessus l'immatriculation anglaise. Thornton faisait de même à l'avant. McCready sortit du coffre la trousse de maquillage de Thornton et monta à l'arrière. Thornton ôta son képi bleu marine et mit une casquette en cuir d'allure plus russe, avant de se réinstaller au volant.

A neuf heures dix-huit, le colonel Nikolaï Gorodov quitta son appartement de la rue Chabolovski, et marcha en direction de la place Dzerjinski pour aller au quartier général du KGB. Il était pâle et décharné, et la raison de ce triste état apparut bientôt derrière lui : deux hommes sortirent de sous une porte cochère, et lui emboîtèrent le pas sans même prendre la peine d'être discrets.

Il avait fait deux cents mètres quand une Mercedes noire se mit à longer le trottoir à son pas. Il entendit le petit bruit d'une vitre à ouverture électrique, et une voix lui dit en anglais :

« Bonjour, colonel. Je peux vous déposer quelque part ? »

Gorodov s'arrêta et regarda à l'intérieur. Dans l'encadrement de la vitre, masqué par les rideaux sur la lunette arrière à la vue des deux hommes du KGB, apparut Sam McCready. Gorodov eut l'air stupéfait, mais pas triomphant.

Voilà l'expression que je voulais voir, songea McCready.

Gorodov se ressaisit, et dit assez fort pour que les fouines du KGB l'entendent : « Merci, camarade, c'est très aimable à vous. »

Il monta dans la voiture, qui s'éloigna rapidement. Les deux hommes du KGB restèrent pétrifiés pendant trois secondes... fatale erreur. Leur hésitation était due à la présence sur les plaques minéralogiques de la Mercedes des lettres MOC suivies de deux chiffres.

Ce type de plaques, très rare, est réservé aux seuls membres du comité central, et il faudrait être un petit agent du KGB bien hardi pour oser arrêter ou faire des ennuis à un homme du comité central. Ils se contentèrent donc de relever le numéro, et firent leur rapport affolé à la Centrale sur leur radio portable.

Martins avait fait le bon choix. Les plaques fixées sur la Mercedes correspondaient à celles d'un membre briguant l'entrée au Politburo, qui se trouvait actuellement à l'extrême est de l'URSS, près de Khabarovsk. Il fallut quatre heures pour le retrouver et apprendre qu'il possédait une Tchaïka et non une

Mercedes, garée dans un parking à Moscou. Mais il était alors trop tard : la Mercedes arborait déjà les couleurs de l'ambassade britannique, et le drapeau anglais flottait à l'avant.

Gorodov se renfonça dans le siège, ayant maintenant définitivement brûlé ses vaisseaux.

« Si tu es une taupe soviétique implantée de longue date, je suis mort, annonça McCready.

— Et si toi tu es une taupe soviétique, moi je suis mort ! lâcha Gorodov après mûre réflexion.

— Pourquoi es-tu revenu ?

— C'était une erreur, au bout du compte. Je t'avais promis quelque chose, et j'ai compris que je ne le découvrirais pas à Londres. Quand je donne ma parole, j'aime à la tenir. Et puis Moscou m'a rappelé pour consultation urgente. Désobéir m'obligeait à passer immédiatement à l'Ouest. Aucun prétexte n'aurait justifié le fait que je ne revienne pas, à part rester à l'ambassade. Je me suis dit que je pourrais venir une semaine, trouver ce que je cherchais, et obtenir l'autorisation de retourner à Londres.

» C'est seulement en arrivant ici que j'ai compris mon erreur. De gros soupçons pesaient sur moi, mon appartement et mon bureau étaient sur écoute, on me suivait partout, on m'a interdit d'aller à Iazenevo, on m'a imposé un travail idiot au Centre Moscou. Au fait, j'ai quelque chose pour toi. »

Il ouvrit son attaché-case et donna à McCready un mince dossier qui renfermait cinq feuillets, chacun portant une photographie et un nom. Sur le premier : Donald Maclean, et sur le deuxième : Guy Burgess. Tous deux étaient aujourd'hui morts et enterrés dans leur Moscou d'adoption. Le troisième était consacré à Kim Philby, qui vivait à Moscou. La quatrième photo montrait les traits ascétiques d'Anthony Blunt, alors en disgrâce en Angleterre. McCready arriva à la cinquième page.

La photo, très ancienne, représentait un jeune homme élancé, à la chevelure ondulée et désordonnée, portant de grosses lunettes rondes. Sous la photo, deux mots : John Cairncross. McCready s'enfonça dans son siège avec un soupir.

« Nom de Dieu, c'était lui ! »

Il le connaissait de nom. Pendant et après la guerre, Cairncross avait occupé des postes de haut fonctionnaire malgré son jeune âge : secrétaire privé du ministre de la Défense, Lord Hankey ; employé aux communications à Bletchley Park, au ministère des Finances et à celui de la Défense. Il avait eu accès aux secrets nucléaires à la fin des années quarante. Au début de la décennie suivante, il avait commencé à éveiller des soupçons, mais il n'avait rien avoué, et avait été relâché. Comme rien ne pouvait être prouvé contre lui, il reçut l'autorisation de travailler à l'Organisation pour l'Alimentation et l'Agriculture à Rome. En 1986, il prenait sa retraite en France. Le Cinquième Homme. Talisman avait tenu sa promesse. Une chasse vieille de trente-cinq ans venait de s'achever, et plus aucun innocent ne serait jamais accusé.

« Sam, où allons-nous ? demanda Gorodov d'une voix hésitante.

— Mon horoscope dit que je vais voyager vers l'Ouest, aujourd'hui. Le tien aussi. »

Thornton se gara de nouveau dans le parc Gorki, changea de place avec un des hommes assis à l'arrière et se mit au travail, l'autre le remplaçant devant comme chauffeur. Personne n'oserait arrêter la limousine d'un membre du comité central. Les huiles du Parti faisaient toujours draper de rideaux la lunette arrière, et ceux-ci étaient à présents fermés. Thornton s'occupait de son « client » (il appelait toujours ainsi les gens qu'il maquillait) à la lumière du soleil qui filtrait à travers le tissu.

Il lui fit enfiler le gilet gonflable qui donnerait à l'homme élancé la silhouette rondelette du rabbin Birnbaum. Puis la chemise blanche, le pantalon noir, la cravate et la veste. Il colla la grande barbe grise et la moustache, teignit les cheveux de la même couleur et fixa aux tempes les boucles grises du rabbin orthodoxe. Avec son feutre noir sur la tête et son sac de voyage à la main, le rabbin Birnbaum était la réplique exacte de celui qui avait passé la douane la veille. Sauf que c'était un autre homme. Dernière touche : la voiture fut de nouveau transformée en véhicule de l'ambassade britannique.

On déposa le rabbin à l'entrée de l'hôtel National, où il s'offrit un bon déjeuner qu'il paya en dollars américains, puis il prit un taxi pour l'aéroport. Il avait une place réservée sur le vol de Londres partant l'après-midi même, et son billet indiquait qu'il se rendait ensuite à New York.

Thornton ramena la voiture à l'ambassade britannique, son autre client tapi sous la couverture à l'arrière. Il se remit aussitôt au travail, avec la perruque et la moustache rousses, le fond de teint, les teintures, les verres de contact colorés et du noir pour les dents. Dix minutes après que Denis Gaunt, mort de chaleur et irrité par des démangeaisons à cause de la perruque rousse qu'il avait portée toute la journée pour déjouer le KGB, fut arrivé à l'ambassade dans sa Montego, le second client partait pour l'aéroport dans sa Jaguar, conduite par un vrai chauffeur. Une heure plus tard, Thornton, déguisé en Messager de la Reine, se faisait également conduire à Cheremetievo par Barry Martins.

Le rabbin attira les habituels coups d'œil intrigués, mais ses papiers étaient en ordre. S'étant débarrassé des formalités en un quart d'heure, il gagna la salle d'embarquement, où il s'assit et lut son Talmud, marmottant de temps à autre une prière incompréhensible.

L'homme à perruque et moustache rousses se trouva presque escorté à la porte d'embarquement, tant les hommes du KGB voulant s'assurer qu'il ne donnait ni ne recevait de message ou de paquet étaient nombreux.

Le dernier à arriver fut le Messager de la Reine, son attaché-case enchaîné à son poignet gauche. Cette fois-ci, la précieuse trousse de Thornton était dans sa propre valise. Il n'avait pas besoin qu'un autre la transporte à sa place, puisqu'elle ne serait pas fouillée.

Denis Gaunt resta à l'ambassade. Trois jours plus tard, il sortirait du pays quand un autre homme du SIS se faisant passer pour un Messager arriverait à Moscou et donnerait à Gaunt un passeport établi au même nom que le sien : Mason. A la même heure exactement, les deux Mason franchiraient les contrôles à des endroits différents de l'aéroport, et British Airways recevrait l'ordre d'embarquer deux Mason pour le prix d'un.

Cet après-midi-là, les passagers pour Londres embarquèrent à l'heure, et le vol BA quitta l'espace aérien soviétique à cinq heures et quart. Peu après, le rabbin se leva, marcha jusqu'à la section fumeurs et dit à l'homme à perruque et moustache rousses : « Nikolaï, mon ami, tu es à l'Ouest, maintenant. »

Il commanda du champagne pour eux et le Messager de la Reine. Le plan avait fonctionné parce que McCready avait remarqué que lui, Gaunt et Gorodov avaient la même stature.

Grâce au décalage horaire, ils arrivèrent à Heathrow juste après sept heures. Alertée par Martins depuis Moscou, une équipe de Century House les attendait. Ils furent encadrés dès leur descente d'avion et prestement emmenés en voiture.

Timothy Edwards avait accordé à McCready la faveur de recevoir Nikolaï Gorodov chez lui à Abingdon Villas pour la soirée.

« Colonel, j'ai bien peur que le vrai débriefing ne doive commencer dès demain matin. On a préparé une maison de campagne très agréable. Vous ne manquerez de rien, je vous l'assure.

— Merci, je comprends », répondit Gorodov.

Il était à peine dix heures quand Joe Roth arriva, sur un coup de téléphone de McCready. Il trouva deux gorilles du SIS dans le vestibule, et deux autres devant la porte du modeste appartement de McCready, ce qui l'étonna.

McCready lui ouvrit la porte en pantalon et sweater, un verre de whisky à la main.

« Merci d'être venu, Joe. Entre. Il y a quelqu'un que je veux te présenter depuis longtemps, tu n'imagines pas. »

Il le précéda dans le salon. L'homme debout devant la fenêtre se retourna et sourit.

« Bonsoir, monsieur Roth, dit Gorodov. Je suis ravi de pouvoir enfin vous rencontrer. »

Roth resta un instant pétrifié, puis il s'affala dans un fauteuil et accepta le whisky de McCready. Gorodov s'assit en face de lui.

« Tu ferais mieux de lui raconter, dit McCready au Russe. Tu connais mieux l'histoire que moi. »

Gorodov sirota son verre en se demandant par où commencer.

« Bon. Le projet Potemkine a été lancé il y a huit ans. L'idée de départ est venue d'un officier subalterne, mais le général Drozdov l'a reprise à son compte. C'est devenu son bébé. Le but était de dénoncer un officier supérieur de la CIA comme étant un agent soviétique infiltré, mais d'une façon si convaincante et avec une telle abondance de preuves irréfutables que tout le monde sans exception y croirait.

» L'objectif à long terme était de semer la discorde au sein de l'Agence, pour détruire le moral des troupes pendant une dizaine d'années, et saboter les relations entre la CIA et le SIS.

» Au départ, il n'y avait pas de cible précise, mais après examen de six ou sept dossiers, c'est celui de Calvin Bailey qui a été retenu, pour deux raisons : d'abord, nous savions qu'il n'était pas très populaire au sein de l'Agence à cause de son comportement ; en outre, il avait servi au Viêt-nam, endroit plausible pour un recrutement.

» Repérer Calvin Bailey comme agent de la CIA au Viêt-nam faisait partie de la routine. Comme vous le savez, nous essayons tous d'identifier les agents ennemis, et quand on y arrive, on note soigneusement leur progression dans l'échelle hiérarchique. Une absence de promotion peut engendrer de l'amertume, éventuellement exploitable par un agent recruteur habile. Enfin, ça vous le savez, c'est notre technique à tous.

» Comme la CIA, le KGB ne jette jamais rien à la poubelle. La moindre petite parcelle d'information est soigneusement archivée. Le coup de chance de Drozdov s'est produit quand il réexaminait les documents que nous ont transmis les Vietnamiens après la chute de Saigon en 1975. Vous aviez brûlé la plupart de vos papiers, mais dans la confusion générale, quelques-uns ont échappé à la destruction. L'un faisait état d'un certain Nguyen Van Troc, qui avait travaillé pour les Américains.

» Ce papier a signé l'arrêt de mort de Van Troc. Lui et son cousin ont été arrêtés... ils n'avaient pas réussi à s'enfuir. Le cousin a été exécuté, mais Van Troc, après un interrogatoire brutal qui a duré plusieurs mois, a échoué dans un camp de travail nord-vietnamien. C'est là que Drozdov l'a retrouvé, toujours vivant, en 1980. Sous la torture, il avait avoué qu'il travaillait pour Calvin Bailey au sein du Viêt-cong.

» Le gouvernement de Hanoi a accepté de coopérer, et on a organisé la séance photo. On a sorti Van Troc du camp, on l'a engraissé avec de la bonne nourriture, et on lui a fait revêtir l'uniforme d'un colonel du Renseignement de Hanoi. Les photos le montrent pendant le thé avec d'autres officiers juste après l'invasion du Cambodge. On a utilisé trois serveurs différents, tous trois agents de Hanoi, et on les a envoyés à l'Ouest avec leur photo. Après quoi Van Troc a été liquidé.

» L'un des serveurs se faisait passer pour un réfugié des boat-people, et il montrait fièrement son trésor à tous les officiers britanniques stationnés à Hong-Kong. La photo a fini par être confisquée et envoyée à Londres... exactement comme prévu.

— Nous en avons gracieusement transmis une copie à Langley, dit McCready. Elle semblait sans importance.

— Drozdov savait déjà que Bailey avait été impliqué dans le programme Phénix, reprit Gorodov. Notre Résident à Saigon l'avait repéré, un homme se faisant passer pour un Suédois, importateur d'alcool destiné à la communauté étrangère. Et Drozdov a appris que Bailey s'était trouvé à Mi Laï, parce que Bailey a témoigné en cour martiale contre le jeune officier. Vous ne vous souciez pas de restreindre l'accès à vos archives publiques, aux États-Unis. Le KGB les épluche avec grand intérêt.

» Bref, un scénario plausible pour le retournement de Bailey était au point. En 1970, son séjour à Tokyo avait été remarqué et archivé. Simple routine. Drozdov n'avait plus qu'à briefer Orlov pour qu'il dise que Drozdov en personne s'était trouvé à Tokyo à telle date, afin de prendre le contrôle d'un renégat de la CIA, et quand vous avez vérifié, paf ! les dates concordaient. Évidemment,

Drozdov n'y était pas du tout en 1970, c'était simplement un détail ajouté par la suite.

» A partir de là, on a monté le dossier contre Bailey pièce par pièce. Piotr Orlov a été choisi comme agent de désinformation en 1981, et a subi depuis un entraînement et des répétitions constants. Quand Ourtchenko est bêtement revenu, il nous a fourni de précieux renseignements, avant de mourir, sur la façon dont vous les Américains traitez les transfuges. Orlov a pu ainsi se préparer pour éviter tous les pièges, déjouer le détecteur de mensonges et vous dire systématiquement ce que vous vouliez entendre. Jamais trop à la fois, mais assez pour que tout concorde quand vous iriez vérifier.

» Une fois choisi par Drozdov comme victime, Bailey a été mis sous surveillance intensive. Où qu'il aille, il était suivi. Quand il est monté en grade et qu'il a commencé à voyager en Europe et ailleurs pour faire le tour des stations, on a lancé l'opération des comptes en banque. Dès qu'il était repéré dans une ville d'Europe, on ouvrait un compte sous un nom qu'il aurait pu choisir, comme celui de sa belle-sœur ou de sa grand-mère maternelle.

» Drozdov a formé un acteur, un sosie de Bailey, pour qu'il prenne l'avion dès qu'on lui en donnait l'ordre et aille ouvrir les comptes. Ainsi, le guichetier pourrait plus tard identifier Bailey. Ensuite, on a fait verser de grosses sommes en liquide sur les comptes par un homme avec un fort accent slave.

» Des renseignements obtenus en fait grâce à des sources très variées (conversations, interceptions radio, écoutes téléphoniques, publications techniques — dont certaines donnent ouvertement des informations pourtant confidentielles) ont été attribués à Bailey. Même les discussions au sein de votre ambassade à Moscou sont enregistrées, vous le saviez ? Non ? Nous en reparlerons.

» Drozdov se contentait de modifier les dates. Des renseignements secrets seulement découverts au début des années quatre-vingt étaient connus depuis le milieu des années soixante-dix, à en croire Orlov, qui en a désigné Bailey comme la source. Tout cela n'était que mensonge, mais habilement monté. Et évidemment, Orlov a tout mémorisé.

» Les victoires du KGB sur la CIA étaient attribuées à Bailey, les opérations foireuses de la CIA aussi, et les dates étaient toujours modifiées pour donner l'idée que nous étions au courant bien avant que nous n'aurions dû l'être... sauf si la CIA abritait un traître en son sein.

» Mais il y a deux ans, il manquait toujours quelque chose à

Drozdov. Il lui fallait des bruits de couloir à l'intérieur de Langley, des surnoms connus seulement là-bas, et votre nom professionnel à vous, monsieur Roth : Hayes. C'est alors qu'Edward Howard est passé à l'Est. Du coup, Drozdov avait tous les éléments en main. Il avait même une nouvelle liste d'opérations réussies par Bailey qu'il ignorait jusqu'alors, et il a instruit Orlov pour qu'il dise qu'elles avaient été acceptées par le KGB pour permettre la promotion de leur agent Épervier. Il va sans dire que ces succès n'ont jamais été autorisés par Moscou... Bailey a travaillé dur pour les remporter.

» Enfin, Orlov est passé à l'Ouest, et d'une façon si bizarre qu'il pourrait affirmer plus tard avoir procédé ainsi de peur d'être arrêté et trahi par Épervier. C'est pour cette même raison qu'il devait se livrer aux Américains et non aux Anglais, car ceux-ci l'auraient interrogé sur d'autres points.

» Il est donc venu, et a dénoncé deux agents du KGB juste avant qu'ils ne soient liquidés, selon un plan pré-établi. En apparence, il y avait une fuite à Washington, quelqu'un qui informait Moscou du détail de son débriefing. Une fois les gogos appâtés, il a lâché la bombe : une taupe soviétique haut placée à la CIA. C'est bien ça ? »

Roth hocha la tête. Il avait l'air hagard.

« Mais pourquoi la tentative d'assassinat d'Orlov à Alconbury ? demanda-t-il.

— Drozdov voulait assurer ses arrières. Il ignorait tout de mes activités, bien sûr. Il voulait simplement rendre le dossier encore plus étanche. La meurtrière était un de nos meilleurs agents, une femme très dangereuse. Elle avait reçu l'ordre de blesser sans tuer, et de s'enfuir. »

Silence dans la pièce. Joe Roth regardait son verre d'un œil éteint. Puis il se leva.

« Je dois m'en aller », dit-il d'un ton sec.

McCready l'accompagna à la porte et jusqu'au bas de l'escalier. Arrivé dans le vestibule, il lui donna une tape dans le dos.

« Allez, ne fais pas cette tête, Joe. Tout le monde peut faire des erreurs à ce petit jeu-là, bon sang. Ma firme en a fait de belles, dans le temps. Et puis, le bon côté, c'est que tu peux aller à l'ambassade, et envoyer un télégramme au directeur pour lui dire que tout est arrangé. Bailey est blanchi.

252

« — Je crois que je vais prendre l'avion et le lui dire de vive voix », marmonna Roth avant de partir.

McCready le suivit jusqu'à l'entrée de l'immeuble, étonné par la morosité de son ami.

Quand il regagna son appartement, les deux gardes du corps s'écartèrent pour le laisser passer, et refermèrent la porte derrière lui. Dans le salon, il trouva Gorodov le regard fixé sur un exemplaire de l'*Evening Standard* qu'il avait feuilleté en l'attendant. Sans un mot, le Russe le lui passa en lui indiquant du doigt un article page cinq.

« Les hommes-grenouilles de la police ont découvert ce matin dans la Tamise le corps d'un touriste américain, à l'écluse de Teddington. Selon un porte-parole officiel, l'homme serait tombé à l'eau près d'Eton hier soir. Il s'agit de Calvin Bailey, fonctionnaire américain en vacances à Londres.

» Selon l'ambassade américaine, Mr Bailey était allé dîner à Eton en compagnie d'un ami, second secrétaire à l'ambassade. Après le repas, Mr Bailey s'est senti mal et est sorti prendre l'air. Son ami est resté pour payer l'addition. Quand il est allé rejoindre Mr Bailey, il ne l'a pas trouvé. Après avoir attendu une heure, il a supposé que Mr Bailey avait décidé de rentrer seul à Londres, hypothèse démentie lorsqu'il s'est renseigné par téléphone. Il a donc averti la police d'Eton. Des recherches ont été entreprises dans cette ville, mais sans succès.

» Ce matin, un porte-parole de la police d'Eton a déclaré que Mr Bailey avait apparemment fait quelques pas dans l'obscurité le long du chemin de halage, avait glissé et était tombé à l'eau. Mais il ne savait pas nager. Mrs Gwen Bailey n'a pu faire aucune déclaration, étant sous sédatifs dans l'appartement que le couple avait loué. »

McCready reposa le journal et jeta un coup d'œil vers la porte.

« Enfoiré ! murmura-t-il. Pauvre enfoiré... »

Le lendemain, Joe Roth prit le premier vol pour Washington et se rendit à la maison de Georgetown. Il remit sa démission, qui prendrait effet dans les vingt-quatre heures. Après sa visite, le directeur de la CIA était devenu un homme plus sage et plus modéré. Avant de partir, Roth lui avait demandé une faveur, que le directeur lui avait accordée.

Roth arriva au Ranch très tard ce soir-là.

Le colonel Orlov ne dormait pas encore. Seul dans sa chambre, il jouait aux échecs contre un micro-ordinateur, qui était plus fort que lui. L'ordinateur avait les blancs, Orlov les autres pièces, qui au lieu d'être noires étaient rouge sang. Sur la chaîne passait un album des Seekers de 1965.

Kroll entra le premier, fit un pas de côté et se mit en faction près du mur. Roth le suivit, et referma la porte. Orlov leva les yeux, intrigué.

Kroll fixa sur lui un regard vide, le visage impassible. Il y avait une bosse sous son aisselle gauche. Orlov le remarqua et jeta à Roth un regard interrogateur. Aucun des deux ne parla. Roth se contenta de l'observer d'un œil glacial. La perplexité d'Orlov disparut, remplacée par une résignation lucide. Et toujours pas une parole échangée.

La voix pure et cristalline de Judith Durham emplissait la pièce.
Fare thee well, my own true lover,
This will be our last goodbye...
Adieu, mon bel amour,
Ceci est notre dernier adieu.
La main de Kroll s'avança vers le magnétophone.
For the carnival is over... Car la fête est terminée.

Du bout du doigt, Kroll éteignit l'appareil, et le silence se fit. Orlov dit un mot, quasiment le seul en russe depuis son arrivée aux États-Unis : *Kto* ? Qui ?

Roth répondit : « Gorodov. »

Ce fut comme si Orlov avait reçu un coup de poing dans l'estomac. Il ferma les yeux et secoua la tête, refusant d'y croire.

Puis il tourna le regard vers l'échiquier devant lui, et plaça le bout de son index sur la couronne de son roi. Une pression, et le roi rouge s'abattit. Le joueur d'échecs avait capitulé. La dot avait été payée et acceptée, mais il n'y aurait pas de mariage. Le roi rouge roula une seule fois sur lui-même et s'immobilisa.

Kroll dégaina son revolver.

« Allons-y », dit-il.

Le colonel Piotr Alexandrovitch Orlov, en courageux patriote, se leva et s'enfonça dans les ténèbres à la rencontre de son Créateur.

Interlude

« Eh bien tout cela est parfait, Denis, très impressionnant, reconnut Timothy Edwards quand le conseil se réunit à nouveau le mercredi matin. Mais il faut bien nous le demander : aurons-nous jamais l'occasion de réutiliser ces talents remarquables à l'avenir ?

— Je ne suis pas bien sûr de vous suivre, Timothy », répondit Denis Gaunt.

Sam McCready se renfonça dans son siège, une chaise droite peu confortable, et laissa ses collègues à leur discussion. Ils parlaient de lui comme s'il était déjà une pièce de musée, une antiquité, un sujet de discussion à évoquer autour d'un verre au club.

Il regarda par la fenêtre le beau ciel bleu de cette journée d'été. Il y avait un monde à l'extérieur, un autre monde dans lequel il devrait bientôt entrer, et faire son chemin sans le soutien du petit cénacle d'officiers du Renseignement parmi lesquels il avait passé la majeure partie de sa vie d'adulte.

Il pensa à sa femme. Si elle avait été encore vivante, il aurait été heureux de prendre sa retraite avec elle, de trouver un cottage en bord de mer dans le Devon ou en Cornouailles. Il avait parfois rêvé d'avoir un petit bateau de pêche à lui, qu'il imaginait au port, à l'abri des bourrasques hivernales, attendant l'été pour gagner le large et rentrer le soir avec dans sa cale un bon dîner de morues, de plies ou de fins maquereaux luisants.

Dans son rêve, il était simplement Mr McCready de la maison sur le port, ou Sam quand il buvait une bière dans la chaleur du pub local avec les pêcheurs et les vieux loups de mer du village. Ce n'était qu'un rêve, bien sûr, qu'il avait parfois fait dans des ruelles sombres, sous une pluie battante, en Tchécoslovaquie ou en Pologne, tandis qu'il attendait un « contact » ou surveillait une boîte aux lettres morte pour voir si l'ennemi l'avait repérée, avant de s'en approcher et de récupérer le message.

Seulement, May n'était plus là, et il se retrouvait seul au monde, uniquement protégé par la camaraderie des hommes de son microcosme, qui avaient choisi de servir leur pays et de passer leur vie dans l'ombre, où la mort n'apparaît pas auréolée de gloire, mais dans le faisceau d'une lampe-torche, au son des claquements de bottes des soldats sur le pavé. Il avait survécu à tout cela, mais il savait qu'il ne survivrait pas aux mandarins.

En outre, il se sentirait seul à vivre dans le Sud-Ouest, isolé des autres vétérans de la guerre froide qui allaient boire un gin au club des Forces spéciales dans Herbert Crescent. Comme la plupart de ceux qui consacrent leur vie au Service, c'était un solitaire qui se liait difficilement d'amitié, un vieux renard préférant le couvert des buissons familiers à l'infini de la plaine.

« Ce que je veux dire, poursuivait Timothy Edwards, c'est que l'époque où l'on passait secrètement en Allemagne de l'Est est révolue. En octobre, la RDA aura officiellement cessé d'exister... même aujourd'hui, ce n'est déjà plus qu'un nom. Les relations avec l'URSS ont radicalement changé. Il n'y aura plus de transfuges, seulement des invités... »

Nom de Dieu, songea McCready, il est vraiment tombé dans le panneau. Et qu'est-ce qui va se passer, pauvre connard, quand la famine frappera Moscou et que les gros durs s'en prendront à un Mikhaïl Gorbatchev aux abois ? Tu verras...

Il laissa son esprit vagabonder, et pensa à son fils. C'était un bon garçon, qui venait de sortir de l'université et voulait être architecte. Tant mieux pour lui. Il vivait avec sa petite amie, une jolie blonde. Tous les jeunes faisaient ça, maintenant... plus besoin que la jeune fille ait le feu vert des autorités parentales. Dan lui rendait visite, de temps à autre, c'était gentil. Mais il avait sa vie devant lui, bientôt sa carrière, des amitiés à nouer, des endroits à découvrir, et Sam espérait qu'ils seraient plus beaux et plus sûrs que ceux que lui avait connus.

Il regrettait de ne pas avoir passé plus de temps avec son fils dans son enfance. Se mettre à quatre pattes sur le tapis du salon, lire des histoires avant que le petit ne s'endorme... Trop souvent, il avait laissé faire May, parce que lui était en mission à la frontière d'un pays lointain, le regard fixé sur les barbelés, attendant que son agent apparaisse en rampant, redoutant les sirènes signalant que l'homme ne reviendrait jamais.

Tant de choses qu'il avait faites ou vues, tant d'endroits où il était allé resteraient à jamais un secret pour le jeune homme qui l'appelait encore Papa.

« Timothy, merci pour cette remarque qui annonce celle que je me préparais justement à faire. »

Denis Gaunt s'en sortait très bien, se faisait entendre de ces salauds, et gagnait en assurance à mesure qu'il parlait. C'était un type bien, un homme de la Centrale, certes, mais un type bien.

« En effet, poursuivit Gaunt, Sam ici présent est parfaitement conscient que nous ne pouvons pas vivre dans le passé, à ruminer sans arrêt la guerre froide. Mais le fait est que d'autres menaces pèsent sur notre pays, et qu'elles ne cessent de s'accumuler. La prolifération d'armements sophistiqués en possession de dictateurs instables du Tiers Monde — nous savons tous ce que la France a vendu à l'Irak — et bien sûr, le terrorisme...

» De ce point de vue (il prit des mains de l'employé des Archives un dossier beige, et l'ouvrit), laissez-moi vous rappeler l'affaire qui a commencé en avril 1986 et s'est achevée, si l'on peut dire que la question irlandaise s'achèvera jamais, au printemps 1987. De tels incidents se reproduiront sûrement, et ce sera le devoir de la Firme d'y mettre un terme, une fois de plus. Se débarrasser de Sam McCready ? Honnêtement, messieurs, c'est une très mauvaise idée. »

Les contrôleurs du Secteur occidental et des Opérations internes hochèrent la tête, s'attirant un regard foudroyant d'Edwards, que ce genre d'approbation irritait prodigieusement. Mais Gaunt, imperturbable, leur lut le rapport sur les événements d'avril 1986 à l'origine de l'affaire qui occupa la majeure partie du printemps 1987.

« Le 16 avril 1986, des chasseurs ayant décollé de porte-avions américains croisant dans le golfe de Syrte et des bombardiers venus de bases britanniques pilonnèrent les quartiers d'habitation privés du colonel Kadhafi près de Tripoli. L'endroit où couchait ce cher colonel fut touché par un chasseur venu de l'USS Exeter, code Iceman Four.

» Kadhafi survécut, mais fut victime d'une dépression nerveuse. Une fois rétabli, il jura qu'il se vengerait autant de l'Angleterre que des États-Unis, parce que nous avions autorisé leurs bombardiers F-111 à décoller de nos bases d'Upper Heyford et Lakenheath.

» Au début du printemps 1987, nous avons appris comment Kadhafi voulait exécuter cette vengeance contre l'Angleterre, et l'affaire fut confiée à Sam McCready... »

UNE VICTIME DE GUERRE

Chapitre un

Le Père Dermot O'Brien reçut le message de Libye par voie postale — procédure habituelle pour une prise de contact.

C'était une lettre des plus ordinaires et l'eût-on ouverte — ce qui n'avait pas été le cas, la République d'Irlande n'interceptant pas le courrier — qu'on n'y eût rien découvert d'intéressant. Le timbre indiquait qu'elle venait de Genève — ce qui était vrai — et le logo le jouxtant que le scripteur travaillait pour le Conseil œcuménique des Églises — ce qui était faux.

Le Père O'Brien la trouva dans son casier dans l'immense couloir menant au réfectoire, un matin du début du printemps 1987, après avoir pris son petit déjeuner. Il jeta un œil sur les quatre autres lettres arrivées pour lui, mais son regard revint se poser sur celle en provenance de Genève. Elle portait la légère marque au crayon qui lui intimait de ne pas l'ouvrir en public ni de la laisser traîner.

O'Brien salua aimablement deux de ses coreligionnaires qui s'apprêtaient à pénétrer dans le réfectoire et regagna sa chambre au premier étage.

La lettre était écrite sur le papier pelure propre au courrier aérien. Le texte en était chaleureux et amical, commençant par ces mots : « Mon cher Dermot », et poursuivant sur le même ton, celui d'un vieil ami s'adressant à un autre, engagé dans une œuvre pastorale identique. Même s'il est vrai que le Conseil œcuménique des Églises est une organisation protestante, aucun lecteur éventuel n'aurait pu juger étrange qu'un ecclésiastique luthérien écrive à l'un de ses amis, par ailleurs prêtre catholique. L'époque était à un œcuménisme prudent, en particulier sur le plan international.

Son ami de Genève montrait les meilleures dispositions à l'égard d'O'Brien, l'espérait en bonne santé et blablatait sur l'œuvre du Conseil œcuménique dans le Tiers Monde. La *substantifique moelle* se trouvait au troisième paragraphe du texte tapé à la machine. Le correspondant d'O'Brien y signalait que son évêque se souvenait avec plaisir de sa précédente rencontre avec ce dernier et serait enchanté de le revoir. La lettre était simplement signée : « Votre ami, Harry. »

Le Père O'Brien reposa la lettre, l'air pensif, et contempla par la fenêtre les champs verdoyants du comté de Wicklow, dans la direction de Bray, et au-delà, le moutonnement des collines dissimulant les flots gris de la mer d'Irlande. Même les flèches de Bray s'estompaient dans le lointain, vues du vieux manoir qui abritait le siège de son Ordre à Sandymount. Mais le soleil brillait de tout son éclat sur les vertes prairies qu'O'Brien chérissait du fond du cœur, autant qu'il haïssait à vrai dire l'ennemi héréditaire campé de l'autre côté de la mer.

La lettre l'intriguait. Il y avait si longtemps — presque deux ans — qu'il s'était rendu à Tripoli pour une audience personnelle avec le colonel Muammar Kadhafi, Guide Suprême de la Jamahariya libyenne, Gardien de la Parole d'Allah — « l'évêque » auquel la lettre faisait référence.

L'occasion avait été celle d'un privilège rarement accordé, mais en dépit du langage fleuri, de la voix douce et des promesses extravagantes, rien n'en était sorti. Ni subsides ni armes pour la Cause irlandaise. En fin de compte, ç'avait été une déception, et celui qui avait arrangé l'entrevue, Hakim al-Mansour, chef de la branche étranger des Services secrets libyens, le *Moukhabarat*, et qui signait maintenant « Harry », s'en était excusé.

Et à présent, cette convocation pressante, car c'était bien de cela qu'il s'agissait. Aucune date n'était suggérée pour la rencontre avec l'évêque, mais le Père O'Brien savait que ce n'était pas nécessaire. Harry voulait dire « sans délai ». Quoique les Arabes soient capables de faire traîner les choses des années s'ils en ont décidé ainsi, quand Kadhafi vous convoquait de la sorte, on lui obéissait — si l'on voulait bénéficier de ses largesses.

Le Père O'Brien savait pertinemment que ses fidèles amis de la Cause désiraient bénéficier de semblables largesses. Les fonds d'origine américaine étaient en baisse ; les appels constants du gouvernement de Dublin, dont les membres étaient considérés par le Père O'Brien comme des traîtres, à n'envoyer ni subsides ni armes en Irlande avaient fait leur effet. Ignorer la convocation de Tripoli serait tout sauf avisé. L'écueil résidait dans la nécessité d'inventer une excuse valable pour un nouveau déplacement, si rapproché dans le temps du précédent.

Dans le meilleur des mondes, il aurait suffi au Père O'Brien d'un écart de quelques semaines, mais il était rentré d'Amsterdam trois jours plus tôt, revenant ostensiblement d'assister à un séminaire consacré à la lutte contre la pauvreté.

Au cours de son séjour sur le continent européen, il avait pu s'éclipser d'Amsterdam et, grâce à des fonds précédemment mis en lieu sûr à Utrecht, signer sous de faux noms les baux à long terme d'un premier appartement à Roermond, aux Pays-Bas, et d'un second à Münster, en RFA. Ils serviraient plus tard de refuges sûrs aux jeunes héros qui viendraient combattre l'ennemi là où il s'y attendait le moins.

Les voyages représentaient une constante dans la vie de Dermot O'Brien. Son Ordre s'occupait d'œuvres missionnaires et œcuméniques et il en était le Secrétaire international. C'était une excellente couverture pour la lutte qu'il menait par ailleurs ; non pas contre la pauvreté mais contre les Anglais. Il y avait voué son existence depuis le jour, il y avait des années de cela, où il avait soutenu la tête d'un jeune homme mourant dans une rue de Londonderry que les parachutistes britanniques parcouraient en tous sens. Il avait proféré les dernières paroles rituelles et prononcé d'autres vœux, personnels ceux-là, dont son Ordre et son évêque ignoraient tout.

Depuis lors, il avait entretenu et aiguisé sa haine viscérale des gens de l'autre côté de l'eau et proposé ses services à la Cause. On les avait agréés et depuis une dizaine d'années, il était le principal « fixeur » sur le plan international de l'IRA provisoire. Il avait levé des fonds, les avait virés d'un compte bancaire secret à un autre, s'était procuré de faux passeports, avait assuré la livraison et le stockage de Semtex et de détonateurs.

C'était grâce à lui que les bombes de Regent's Park et de Hyde Park avaient déchiqueté musiciens et chevaux et aussi que les boulons acérés de la bombe qui avait explosé devant chez Harrods avaient fauché les passants, les amputant ou les éventrant. Il en déplorait la nécessité mais savait que ce n'était que justice. Il lisait les articles de journaux et regardait les reportages de la télévision au Manoir, aux côtés de ses coreligionnaires horrifiés ; mais quand l'un d'eux l'invitait dans sa paroisse, il y assistait à la sainte messe l'âme tranquille.

Son problème, ce matin-là de printemps, se trouva résolu, fortuitement, par une petite annonce du *Dublin Press*, dont un exemplaire traînait encore sur son lit ; il l'avait lu en buvant sa tasse de thé matinale.

Sa chambre lui servait également de bureau, avec une ligne de téléphone personnelle. Il passa deux appels et, au cours du second, fut chaleureusement invité à se joindre au pèlerinage annoncé dans le journal. Puis il se rendit chez le Supérieur.

« Je ressens la nécessité d'une expérience de ce genre, Frank, lui dit-il. Si je reste au bureau, le téléphone n'arrête pas de sonner. J'ai besoin de calme et de temps pour prier. Si vous pouvez vous passer de moi, j'aimerais y aller. »

Le Supérieur jeta un œil sur l'itinéraire et opina du bonnet.

« Que ma bénédiction vous accompagne, Dermot. Et priez pour nous tous une fois à destination. »

Le pèlerinage devait avoir lieu huit jours plus tard. Le Père O'Brien savait qu'il n'avait pas besoin de prévenir le Conseil de l'Armée ni de demander l'autorisation de le suivre. S'il revenait porteur de nouvelles, tout serait pour le mieux ; dans le cas contraire, inutile de déranger le Conseil. Il expédia une lettre à Londres en payant un supplément pour qu'elle soit distribuée dans les vingt-quatre heures ; il savait qu'elle atteindrait le Bureau du Peuple libyen — autrement dit l'ambassade — sous trois jours. Ce qui laisserait le temps à ceux de Tripoli de prendre leurs dispositions.

Le pèlerinage débuta par une messe et des séances de prières à Knock, haut lieu saint d'Irlande ; puis ses participants se portèrent à l'aéroport de Shannon d'où ils s'envolèrent pour Lourdes, au pied des Pyrénées, en avion charter. Une fois rendu, le père O'Brien s'éclipsa du groupe des pèlerins, religieux et laïcs, et monta à bord d'un petit avion de location qui l'attendait à l'aéroport de Lourdes et le déposa quatre heures plus tard à La Valette, dans l'île de Malte, où les Libyens le prirent en charge. Leur jet d'affaires banalisé atterrit sur une petite base militaire aux environs de Syrte vingt-quatre heures à peine après que O'Brien eut décollé de Shannon. Hakim al-Mansour, courtois et affable comme toujours, était là pour l'accueillir.

Étant donné l'urgence qu'il y avait à regagner Lourdes pour rejoindre le groupe de pèlerins, il n'y eut pas de rencontre avec le colonel Kadhafi. En fait, elle n'avait jamais été envisagée. Al-Mansour avait été chargé de mener l'opération par lui-même. Les deux hommes eurent un entretien dans un bureau de la base mis à leur disposition et sous la protection de la garde personnelle d'al-Mansour. Quand ils en eurent terminé et que l'Irlandais eut fait une petite sieste, il repartit pour Lourdes via Malte. Ce qu'il avait appris le faisait déborder d'excitation. Si cela venait à porter ses fruits, cela constituerait un énorme pas en avant pour la Cause qu'il servait.

Trois jours plus tard, Hakim al-Mansour obtint une entrevue personnelle avec le Guide Suprême. Comme d'habitude, il fut appelé à se présenter, à l'improviste, à l'endroit où Kadhafi se trouvait ce jour-là. Depuis le bombardement de l'année précédente, le dirigeant libyen avait opté plus que jamais pour le changement permanent de lieu de résidence, passant des périodes de plus en plus longues dans le désert à une heure de voiture de Tripoli.

Vêtu d'un simple caftan blanc, il était dans ce qu'al-Mansour nommait à part lui son « humeur bédouine », vautré à son aise sur une pile de coussins dans la grande tente surchargée d'ornements de son camp du désert. Il écoutait d'un air plus languissant que jamais le compte rendu de deux de ses ministres, assis en tailleur en face de lui et plutôt nerveux. Il était clair que ces derniers, citadins de naissance, auraient préféré siéger derrière leur bureau. Mais puisque le bon plaisir du Guide Suprême était qu'ils s'accroupissent sur un tapis parmi des coussins, ils obtempéraient.

Kadhafi salua l'arrivée d'al-Mansour d'un geste de la main, lui faisant signe de s'asseoir sur le côté et d'attendre son tour. Une fois les ministres congédiés, Kadhafi avala une gorgée d'eau et s'enquit d'une affaire en cours.

Le plus jeune des officiers fit un rapport sans exagération ni fleurs de rhétorique. A l'instar de tous ceux qui entouraient le dirigeant libyen, il était quelque peu terrifié par lui. Kadhafi représentait une énigme et les hommes sont toujours terrifiés par une énigme, surtout si celui qui l'incarne peut d'un simple geste provoquer votre exécution immédiate.

Al-Mansour n'ignorait pas que de nombreux étrangers, en particulier les Américains, étaient persuadés — même au plus haut niveau — de la folie de Kadhafi. Mais lui, al-Mansour, savait qu'il n'y avait rien d'insensé chez Muammar Kadhafi. L'homme n'aurait jamais survécu à dix-huit ans de domination suprême et incontestée sur ce pays turbulent, violemment divisé, s'il avait été mentalement dérangé.

C'était en réalité un animal politique subtil et habile. Il avait commis des erreurs et entretenu certaines illusions, notamment sur le reste du monde et le statut de son propre pays dans ce monde. Il croyait ingénument être une superstar, occupant le devant de la scène internationale en solitaire. Il était intimement persuadé que ses longs discours décousus étaient écoutés avec vénération par des millions d'individus, des masses au-delà de ses frontières, quand il les encourageait à renverser leurs gouvernants et à reconnaître sa suprématie inévitable dans le processus de purification de l'Islam, dont il avait fait sa cause et sa tâche après avoir reçu un message divin. Personne dans son entourage n'osait le contredire sur ce point.

Mais en Libye, il était incontesté et pratiquement incontestable. Il comptait pour le conseiller sur un cercle restreint d'intimes dont il était sûr. Les ministres valsaient mais les membres de ce cercle — à moins qu'il ne vînt à soupçonner l'un d'eux de trahison — étaient écoutés de lui et exerçaient en réalité le pouvoir. Parmi ces derniers, peu étaient informés de ce qui se passait dans cette bizarre contrée qu'on nommait « l'étranger ». Sur ce point, Hakim al-Mansour, éduqué dans une *public school* anglaise, faisait figure d'expert. Al-Mansour savait que Kadhafi avait un faible pour lui — à juste titre ; le chef de la branche étranger du Moukhabarat, dans sa jeunesse, avait prouvé sa loyauté en exécutant de sa propre main, en Europe où ils s'étaient réfugiés, trois des opposants politiques à Kadhafi.

Toutefois le dictateur bédouin était délicat à manier. Certains s'en tiraient par des flatteries ampoulées. Al-Mansour avait dans l'idée que Kadhafi les recevait avec un léger recul ; sa façon à lui d'aborder ce dernier était respectueuse ; mais il n'embellissait pas la vérité. Prudent dans sa formulation, il ne la donnait certes pas tout entière — ce qui eût été suicidaire — même s'il soupçonnait que derrière son sourire rêveur et ses gestes presque efféminés, Muammar Kadhafi désirait l'entendre.

Ce jour d'avril 1987, Hakim al-Mansour rapporta à son chef la visite du prêtre irlandais et la teneur de leur discussion. Pendant son récit, l'un des médecins personnels de Kadhafi, qui venait de préparer une potion sur une table dans un coin de la tente, s'approcha et présenta à ce dernier une petite tasse. Le dirigeant libyen avala son contenu d'un trait et congédia le docteur de la main. L'homme rangea ses médications et sortit de la tente quelques instants plus tard.

Bien qu'une année entière se fût écoulée depuis le bombardement par les Américains de sa demeure, Muammar Kadhafi ne s'en était pas complètement remis. Il souffrait encore à l'occasion de cauchemars et subissait les effets de son hypertension. Son médecin lui avait administré un léger sédatif.

« Le principe du fractionnement du matériel à cinquante-cinquante est-il accepté ? demanda-t-il.

266

— Le prêtre communiquera cette condition, répondit al-Mansour. Je suis persuadé que le Conseil de l'Armée y souscrira.

— Et pour ce qui touche l'ambassadeur américain ?

— Également. »

Kadhafi poussa un soupir propre à ceux qui croulent sous le poids de leur tâche terrestre.

« Ce n'est pas suffisant, fit-il d'un ton rêveur. Il faut aller plus loin. Jusque sur le territoire américain.

— Les recherches se poursuivent, Excellence. Le problème reste inchangé. En Angleterre existe l'IRA provisoire qui vous procurera une juste vengeance. Sur votre ordre, les infidèles détruiront les infidèles. C'était une brillante idée... »

L'utilisation de l'IRA provisoire dans ce but avait germé en réalité dans le cerveau d'al-Mansour, mais Kadhafi croyait à présent en avoir été l'instigateur, inspiré par Allah.

« En Amérique, poursuivit al-Mansour, il n'existe malheureusement aucun noyau de résistance organisée susceptible d'être utilisé de la même manière. En poursuivant nos recherches, nous finirons bien par découvrir les instruments de votre vengeance. »

Kadhafi approuva de la tête à plusieurs reprises, avant de signifier d'un geste que l'entretien était clos.

« Veillez-y », murmura-t-il.

La collecte de renseignements est une étrange affaire. Rarement obtient-on en bloc toutes les réponses et encore moins résoud-on tous les problèmes. La quête de la solution miracle, seule et unique, est une caractéristique américaine. La plupart du temps, l'image finale apparaît comme celle d'un puzzle géant patiemment assemblé, une pièce après l'autre. En règle générale, les dix derniers fragments manquent toujours ; un bon analyste discernera l'image à partir de cet assemblage incomplet.

Parfois les pièces elles-mêmes ne font pas du tout partie de l'image du puzzle étudié mais de celle d'un autre. D'autre fois encore, les pièces en question sont fausses. Et elles ne s'emboîtent jamais aussi parfaitement que celles d'un vrai puzzle aux contours prédécoupés.

Il existe dans les bureaux de Century House, siège du Service de renseignements britanniques, des experts en puzzles. Ils vont rarement sur le terrain et se contentent d'analyser les informations que d'autres rassemblent et d'en dégager l'image. Vers la fin du mois d'avril, deux pièces d'un nouveau puzzle étaient parvenues à Century House.

L'une d'entre elles était fournie par le médecin libyen qui se trouvait sous la tente de Kadhafi et lui avait préparé sa potion. Cet homme avait eu un fils qu'il chérissait. Venu finir ses études d'ingénieur à Londres, le jeune homme avait été contacté par le Moukhabarat ; on lui avait laissé entendre que s'il tenait à la vie de son père, il se chargerait d'une mission pour le Guide Suprême. La bombe qu'il devait poser avait explosé prématurément. Son père avait dissimulé son chagrin, accepté les condoléances mais, le cœur chargé de haine, s'était mis à fournir aux Britanniques tous les renseignements qu'il réussissait à glaner, grâce à la position qu'il occupait dans l'entourage immédiat de Kadhafi.

Ainsi il rapporta la moitié de conversation qu'il avait surprise sous la tente avant d'être renvoyé ; l'information n'avait pas été transmise par l'ambassade de Grande-Bretagne à Tripoli, qui était sous surveillance vingt-quatre heures sur vingt-quatre, mais via Le Caire où elle parvint une semaine plus tard avant d'être expédiée prestement à Londres ; on l'y jugea suffisamment importante pour être communiquée au sommet de la hiérarchie.

« Il s'apprête à faire *quoi* ? s'exclama le Chef quand on l'informa.

— Il semble avoir offert des explosifs et des armes à l'IRA, répondit Timothy Edwards, qui venait d'être promu ce même mois chef adjoint. C'est du moins, apparemment, la seule interprétation possible à donner de cette conversation.

— Et comment cette offre a-t-elle été faite ?

— Grâce à l'intermédiaire d'un prêtre irlandais, venu en Libye en avion, à ce qu'il semble.

— L'a-t-on identifié ?

— Non, monsieur. Ce pourrait être un faux prêtre, une couverture pour un membre du Conseil de l'Armée. Mais l'offre semble être venue du côté de Kadhafi.

— Bien. Il nous reste à découvrir qui est ce mystérieux ecclésiastique. Je vais en parler à la Boîte pour voir s'ils ont quelque chose. S'il réside dans le Nord, il est à eux. S'il vient du Sud ou d'ailleurs, on s'en charge. »

La Boîte Cinq Cents désigne en jargon interne le MI-5, le service de la Sécurité du Territoire britannique, chargé du contre-terrorisme en Irlande du Nord. Le SIS, pour sa part, est mandaté pour assurer les opérations d'espionnage ou de contre-espionnage partout ailleurs, y compris en République d'Irlande — le « Sud ».

Le même jour, le Chef déjeunait avec son collègue, le directeur général du MI-5. Le troisième convive était le président de l'Inter-Commission des renseignements ; son travail consistait à faire la liaison avec le Cabinet Office. Deux jours plus tard, une opération du MI-5 récoltait la deuxième pièce du puzzle.

Rien n'avait été prévu ; c'était simplement l'un de ces heureux hasards qui, à l'occasion, facilitent l'existence. Un jeune membre de l'IRA, au volant d'une voiture avec un Armalite dans le coffre, se heurta à un barrage de police dressé par la gendarmerie royale d'Ulster. Le jeune homme hésita, songea au fusil qui lui vaudrait plusieurs années d'emprisonnement et tenta de forcer le barrage.

Il avait failli réussir. Il manquait simplement d'expérience. Le sergent et deux gendarmes avaient été obligés de se projeter sur le côté quand la voiture volée avait soudain bondi en avant. Mais un troisième policier, bien en retrait, épaula son arme et fit feu à quatre reprises sur la voiture lancée à toute allure. L'une des rafales avait emporté le sommet du crâne du jeune homme.

Ce n'était qu'un simple messager, mais l'IRA décida qu'il méritait des funérailles où les honneurs militaires lui seraient rendus. Elles eurent lieu dans le village natal du jeune homme, dans le comté d'Armagh du Sud. La famille plongée dans l'affliction reçut le réconfort du président du Sinn Fein, Gerry Adams, qui lui demanda une faveur. Autoriserait-elle un prêtre de passage, qu'on présenterait comme un vieil ami de la famille, à assurer le service funèbre à la place du curé de la paroisse ? La famille, tous républicains purs et durs, dont un autre fils purgeait une peine de prison à vie pour meurtre, accepta sans hésiter. Et le Père Dermot O'Brien conduisit le service funèbre.

Un fait peu connu, concernant les funérailles des membres de l'IRA en Irlande du Nord, c'est qu'elles fournissent aux chefs de l'Armée secrète l'occasion régulière de se réunir et de conférer entre eux. Ces cérémonies sont sévèrement contrôlées par les « noyaux durs » de l'IRA. Tout participant au cortège funèbre, homme, femme ou enfant, est en règle générale un partisan convaincu de l'IRA. Dans certains petits villages de l'Armagh du Sud, du Fermanagh et du Tyrone du Sud, c'est chaque membre de la communauté qui est un partisan fanatique de l'IRA.

Même si les caméras de télévision couvrent souvent ce type d'enterrement, les chefs de l'IRA, que la foule soustrait à toute possibilité de « lecture sur les lèvres », peuvent tenir des conférences à mi-voix, organiser, décider, se passer des informations ou mettre sur pied leurs futures opérations, ce qui n'est pas toujours facile pour des hommes constamment surveillés. Pour un soldat britannique ou un gendarme royal d'Ulster, s'approcher du cortège funèbre suffirait à déclencher une émeute ou même à provoquer son propre assassinat, comme l'expérience l'a prouvé. Aussi délègue-t-on la surveillance aux objectifs à longue focale des caméras, même s'il est impossible de surprendre par ce biais la teneur d'une conversation murmurée, la bouche en coin. Ainsi l'IRA se sert-elle même du caractère sacré de la mort pour planifier de futurs massacres.

Les Britanniques, dès qu'ils entendirent parler de ces pratiques, ne furent pas longs à se rattraper. On a prétendu un jour que la chose la plus importante qu'un gentleman anglais apprenne jamais, c'est à repérer le moment où il doit précisément cesser d'en être un. Et les Britanniques se mirent à truffer de micros les cercueils.

La nuit précédant l'enterrement à Ballycrane, deux hommes du Special Air Service, habillés en civil, s'introduisirent dans l'établissement des pompes funèbres où se trouvait le cercueil vide qui devait servir le lendemain. Le corps, suivant la tradition irlandaise, reposait encore chez sa famille, dans le salon donnant sur la rue. L'un des soldats était un expert en électronique, l'autre en ébénisterie et en polissage. En moins d'une heure le micro fut implanté dans le bois du cercueil. Son existence serait brève puisque avant le lendemain midi, il serait à six pieds sous terre.

Bien à couvert, au flanc d'une colline qui dominait le village, le SAS surveillait l'enterrement, filmant toutes les personnes présentes à l'aide d'une caméra dont l'objectif évoquait le canon d'un bazooka. Un autre homme écoutait les sons transmis par le micro dissimulé dans le bois du cercueil, tandis que celui-ci traversait les rues du village et était porté à l'intérieur de l'église. Ce dispositif enregistra en totalité la cérémonie funèbre, puis les soldats virent le cercueil ressortir de l'église et être acheminé vers la fosse.

La brise matinale gonflait le surplis du prêtre qui psalmodia les dernières paroles en répandant une poignée de terre sur le cercueil, que l'on descendit dans la fosse. Le bruit de la terre frappant le bois du cercueil fit sursauter le soldat à l'écoute. Au bord de la tombe, se tenait près du Père O'Brien un homme que les Britanniques savaient être le chef d'état-major adjoint du Conseil de l'Armée de l'IRA. Tête baissée, dissimulant leur bouche, ils commencèrent à chuchoter.

Ce qu'ils se dirent s'inscrivit sur la bande magnétique qui se dévidait au flanc de la colline. Puis ce fut transmis à Lurgan et de là, via l'aéroport d'Aldergrove, jusqu'à Londres. Ce qui n'avait été qu'une opération de routine se révéla une mine d'or. Le Père O'Brien transmettait au Conseil de l'Armée l'offre de Kadhafi dans les moindres détails.

« *Combien ?* demanda Sir Anthony, qui présidait aux destinées de l'Inter-Commission des renseignements ; on était deux jours plus tard à Londres.

— Vingt tonnes, Tony. Voilà ce qu'il leur offre. »

Le directeur général du MI-5 referma le dossier dont son collègue venait d'achever la lecture et le remit dans sa serviette. La bande enregistrée n'y figurait pas. Sir Anthony était un homme très occupé ; un résumé écrit lui suffisait amplement.

Le MI-5 était en possession de la bande depuis à peine plus d'une journée. Ils avaient travaillé vite. La qualité sonore était inévitablement mauvaise. D'une part, le micro dissimulé sous une couche d'un demi-centimètre de bois avait eu du mal à capter les paroles puisqu'on avait descendu le cercueil dans la fosse quand la conversation avait démarré ; d'autre part, il avait enregistré des sons parasites : les gémissements et les pleurs de la mère du jeune terroriste, le souffle de la brise s'engouffrant dans la fosse qui faisait bruire les habits sacerdotaux du prêtre, enfin le claquement des trois salves à blanc qu'avaient tirées en l'air les membres de la garde d'honneur de l'IRA en cagoules noires.

La cassette aurait paru un vrai méli-mélo aux oreilles d'un producteur radio. Mais cet enregistrement n'était pas destiné à la diffusion. Par ailleurs, d'énormes progrès technologiques ont été accomplis en matière de son électronique pour rehausser un signal. Les ingénieurs du son avaient soigneusement éliminé les bruits périphériques et « remonté » le volume des paroles chuchotées en les permutant sur un mode de fréquence différent, les séparant ainsi de l'ensemble. Les voix d'O'Brien et du membre du Conseil de l'Armée n'auraient jamais remporté un prix de diction mais la teneur de leurs propos était assez claire.

« Et les conditions ? demanda Sir Anthony. Il n'y a aucun doute à leur sujet ?

— Pas le moindre, répondit le directeur général. Ces vingt tonnes se répartiront comme d'habitude en mitrailleuses, fusils, grenades, lanceurs de projectiles divers, mortiers, pistolets, minuteries et bazookas — probablement le modèle RPG-7 tchèque. Plus deux tonnes métriques de Semtex-H ; la moitié doit être utilisée pour une campagne d'attentats à la bombe sur le sol anglais, comportant en outre certaines cibles plus précises

271

comme l'assassinat de l'ambassadeur américain à Londres. Selon toute apparence, les Libyens ont beaucoup insisté sur ce dernier point.

— Bobby, je veux que vous communiquiez le tout au SIS, finit par dire Sir Anthony. Pas de rivalité entre services, je vous en prie. Mais une totale coopération. Il y a toutes les chances qu'il s'agisse d'une affaire extérieure, donc qui les regarde. De Libye jusqu'à une baie d'Irlande oubliée de Dieu et des hommes, l'opération aura lieu hors du territoire. Je vous demande de leur apporter une coopération sans aucune restriction. Et cela à tous les échelons.

— Pas de problème, fit le directeur général. Ils l'auront. »

Avant la tombée du jour, le chef du SIS et son adjoint, Timothy Edwards, avaient eu droit à un briefing en long et en large au quartier général de leur service jumeau, à Curzon Street. Exceptionnellement, le Chef était prêt à admettre qu'il pouvait corroborer en partie l'information obtenue en Ulster en la recoupant avec le témoignage du médecin de Kadhafi. En temps normal, même sous la torture on ne lui aurait pas tiré de la bouche le moindre renseignement en provenance de l'étranger détenu par le SIS. Mais on était loin de la normale.

Il réclama — et on lui accorda — toute la coopération qu'il voulait. Le MI-5 renforcerait — physiquement et électroniquement — sa surveillance du membre du Conseil de l'Armée de l'IRA. Tant que le Père O'Brien séjournerait dans le Nord, les mêmes mesures lui seraient appliquées. Quand il regagnerait l'Eire, le SIS prendrait le relais. On doublerait également la surveillance du troisième homme mentionné dans la conversation devant la tombe, individu bien connu des Forces de sécurité britanniques, quoiqu'il n'eût jamais été encore ni inculpé ni emprisonné.

Le Chef donna l'ordre à ses propres réseaux en République d'Irlande de guetter le retour du Père O'Brien, de le prendre en filature et surtout de prévenir immédiatement Londres s'il se rendait à l'étranger par air ou par mer. Il serait plus facile de l'intercepter sur le continent européen.

De retour à Century House, le Chef convoqua Sam McCready.

« Il faut m'arrêter ça, Sam, dit-il en conclusion. A la source, en Libye, ou en cours de transport. Ces vingt tonnes ne doivent pas nous échapper. »

Sam McCready passa des heures, plongé dans le noir, à visionner le film pris lors des funérailles. Tandis que l'enregistrement allait bon train à l'intérieur de l'église, pendant tout l'office funèbre, la caméra panotait sur le cimetière à l'extérieur, filmant la poignée de gardes de l'IRA placés là pour empêcher quiconque d'approcher. Ils étaient tous méconnaissables, affublés de leurs passe-montagnes noirs.

Quand le cortège réapparut sous le porche de l'église pour se diriger vers la fosse, le cercueil porté par six hommes masqués, McCready demanda aux techniciens de synchroniser l'image et le son. Rien de bien suspect ne fut dit jusqu'au moment où le prêtre se tint, tête baissée, devant la tombe, flanqué du membre du Conseil de l'Armée de l'IRA. O'Brien ne releva la tête qu'à une seule reprise pour offrir des paroles de réconfort à la mère éplorée du jeune homme.

« Arrêt sur image. Zoomez en gros plan. »

Quand le visage du Père O'Brien remplit l'écran, McCready le contempla une vingtaine de minutes, en mémorisant chaque trait pour être sûr de reconnaître ce visage en toute circonstance.

Puis il lut et relut la transcription de la partie de l'enregistrement où le prêtre rendait compte de sa visite en Libye ; plus tard, resté seul dans son bureau, il examina un lot de photographies.

Celle de Muammar Kadhafi était du nombre : ses abondants cheveux noirs jaillissaient de sous la casquette militaire, sa bouche était à demi ouverte car on l'avait pris en train de parler. Il y avait celle d'Hakim al-Mansour, descendant d'une voiture à Paris, dans un costume bien coupé de Savile Row ; élégant et courtois, il était parfaitement bilingue (l'anglais étant sa seconde langue), parlait aussi couramment le français ; cultivé, charmant, cosmopolite, il était mortellement dangereux. La troisième photo montrait le chef d'état-major du Conseil de l'Armée de l'IRA discourant dans une réunion publique à Belfast et assumant son autre rôle, respectueux de la légalité celui-là, à savoir conseiller municipal du Sinn Fein. Quant à la quatrième, c'était celle de l'homme cité dans l'entretien près de la tombe comme celui que le Conseil de l'Armée choisirait probablement pour prendre en main toute l'opération, celui que le Père O'Brien devait introduire et recommander par une lettre à Hakim al-Mansour. Les Britanniques savaient qu'il s'agissait d'un ancien chef de brigade de l'IRA en Armagh du Sud ; il ne prenait plus part à des actions locales mais se chargeait à présent des Projets Spéciaux : c'était un homme impitoyable, doté à la fois d'une grande intelligence et d'une grande expérience. Il s'appelait Kevin Mahoney.

McCready étudia ces photographies des heures durant, tâchant de glaner quelques lueurs sur l'état mental que dissimulaient ces différents visages. S'il devait triompher, il lui faudrait aligner son mental sur le leur. Jusque-là, ils avaient l'avantage. Ils savaient, présumait-il, non seulement ce qu'ils allaient faire mais quand et comment ils allaient s'y prendre. Lui ne connaissait que la première donnée du problème. La deuxième et la troisième étaient des inconnues.

Mais il possédait deux avantages sur eux. Il savait ce qu'ils avaient en tête et eux ne savaient pas qu'il savait. Il pouvait les reconnaître et eux ne le connaissaient pas. A moins qu'al-Mansour ne connût son visage ? Le Libyen avait travaillé avec le KGB et les Russes connaissaient McCready. Lui avaient-ils communiqué le portrait du Manipulateur ?

Le Chef n'était pas prêt à courir ce risque.

« Désolé, Sam. Il est absolument hors de question que vous vous en occupiez personnellement. Je me moque qu'il n'y ait qu'un pour cent de chances qu'ils possèdent votre photo dans leur fichier, la réponse est non. Il n'y a rien de personnel dans ma décision. En aucune circonstance, on ne doit vous capturer vivant. Je ne veux pas assister à une nouvelle affaire Buckley. »

Richard Buckley, chef de la CIA en poste à Beyrouth, avait été fait prisonnier par le Hezbollah. Il avait connu une sale et longue agonie. Les fanatiques avaient fini par expédier à la CIA une cassette vidéo sonore enregistrée quand ils l'avaient écorché vif. Et bien entendu, il avait parlé, leur avait tout dit.

« Il faudra que vous trouviez quelqu'un d'autre, fit le Chef, et que Dieu le protège. »

Sur ce, McCready se plongea dans les fichiers, les passant au crible des jours durant, pesant le pour et le contre pour chacun. Il se décida en fin de compte et livra le nom du candidat « possible » à Timothy Edwards.

« Vous êtes cinglé, Sam, s'exclama Edwards. Vous savez bien qu'on ne peut pas l'accepter. Le MI-5 l'a dans le collimateur. Nous essayons de travailler en collaboration avec eux et vous ne proposez rien de mieux que ce... spécialiste du retournement de veste. Bon sang, c'est un renégat au sens propre du terme, quelqu'un qui a mordu la main qui l'a nourri. Impossible que nous l'utilisions.

— Justement », répliqua Sam tranquillement. Edwards changea son fusil d'épaule.

« De toute manière, il n'acceptera jamais de travailler pour nous.

— Qui sait ?

— Donnez-moi une bonne raison qui le ferait changer d'avis. »

McCready la lui donna.

« Oui, fit Edwards, mais autant qu'il m'en souvienne, c'est un outsider. Il nous est interdit de l'utiliser. Totalement interdit. Est-ce clair ?

— Tout à fait, dit McCready.

— Quoi qu'il en soit, ajouta Edwards, vous suivrez probablement votre instinct. »

Quand McCready quitta la pièce, Edwards éteignit l'enregistreur dissimulé sous son bureau. La dernière phrase effacée, il serait couvert. C'est ainsi qu'on s'assure une longue et brillante carrière.

McCready était au courant de la présence de l'enregistreur ; l'ingénieur qui l'avait installé était un vieil ami.

« Vas-y connard, tu peux commencer à bricoler ton montage », murmura-t-il en longeant le couloir.

McCready n'entretenait aucune illusion sur l'IRA provisoire. Les journalistes de la presse écrite, qui traitaient les terroristes irlandais d'idiots congénitaux qui tapaient dans le mille par hasard, ne savaient tout bonnement pas de quoi ils parlaient.

Une telle opinion aurait pu se justifier dans le bon vieux temps, à la fin des années soixante et au début des années soixante-dix, quand les chefs de l'IRA étaient une bande d'idéologues d'âge mûr en trench-coat, armés de petits calibres et fabriquant des bombes artisanales avec l'engrais de leur jardin. A cette époque, on aurait pu les « retirer de la circulation » et les arrêter net. Mais, à leur habitude, les politiciens n'y avaient vu que du feu et avaient sous-estimé le danger en considérant les poseurs de bombes comme une simple extension du mouvement des droits civiques. Cette époque était depuis longtemps révolue. Au milieu des années quatre-vingt, l'IRA avait pris du galon en devenant sans nul doute le groupe terroriste le plus efficace du monde.

Elle possédait les quatre atouts essentiels à la survie d'un groupe de ce genre sur une durée de vingt ans. Ses membres avaient à leur disposition, en premier lieu, le réservoir inépuisable de jeunes recrues qui, par vertu tribale, venaient combler les vides laissés par les morts et les « relégués ». Même si leurs rangs n'avaient jamais compté plus de cent cinquante terroristes déployés sur le terrain et probablement pas plus de deux fois ce nombre de partisans « actifs » prêts à offrir refuges, caches

275

d'armes et autres soutiens logistiques, même si le nombre de morts et de « relégués » dépassait la centaine, le flot de nouvelles recrues, issues de la communauté républicaine pure et dure, ne se tarissait jamais.

Second atout, la position de repli assurée dans le Sud, en Eire, d'où l'on montait les opérations lancées contre le Nord, gouverné par l'Angleterre. Même si en réalité de nombreux membres de l'IRA résidaient dans le Nord, un terroriste recherché pouvait toujours se faufiler dans le Sud et s'y perdre. Si les six comtés d'Irlande du Nord formaient une île, il y a beau temps que le sort de l'IRA serait réglé.

Troisièmement, il y avait leur détermination impitoyable à ne reculer devant aucune atrocité. Au fil du temps, les anciens des années soixante, et leur idéalisme fervent en faveur de la réunification de l'île sous la bannière démocratique d'une Irlande unie, avaient été mis au rancart. A leur place avaient surgi des fanatiques butés et rusés dont l'éducation et l'intelligence masquaient la cruauté. Cette nouvelle race de terroristes était vouée également à la cause de l'Irlande unie, mais une Irlande qu'ils régiraient suivant les principes marxistes — clause qu'ils s'étaient bien gardés de communiquer à leurs bailleurs de fonds américains.

Enfin, ils s'étaient assurés d'un réapprovisionnement permanent de leurs finances, le nerf de tout combat terroriste ou révolutionnaire. Dans les premiers temps, leurs fonds avaient été collectés dans les bars de Boston ou lors de descentes occasionnelles dans les banques locales. Au milieu des années quatre-vingt, ceux de l'IRA provisoire contrôlaient un réseau de débits de boissons, de racket « protectionniste » et d'entreprises criminelles « normales » dans tout le pays, source d'un énorme revenu annuel qui leur permettait de financer leurs opérations terroristes. Tout comme ils avaient fait des progrès en matière d'argent, ils s'étaient améliorés sur le plan de la sécurité interne, du besoin d'information et d'un cloisonnement strict. Les jours d'autrefois où l'on parlait à tort et à travers en buvant trop avaient vécu.

Leur talon d'Achille, c'étaient les armes. Avoir les fonds pour en acheter était une chose. Marchander des mitrailleuses M-60, des mortiers, des bazookas ou des missiles sol-air en était une autre. Ils avaient remporté des succès — et essuyé des échecs. Ils avaient organisé nombre d'opérations pour faire venir des armes d'Amérique, mais habituellement le FBI les prenait de court. Ils avaient obtenu des armes du bloc communiste, via la Tchécoslovaquie, avec l'aval du KGB. Mais depuis l'arrivée au pouvoir de Gorbatchev, la propension soviétique à encourager le terrorisme à l'Ouest avait décliné et finalement était en voie de disparition.

Ils avaient besoin d'armes, McCready le savait ; et si on leur en offrait, ils enverraient les meilleurs et les plus brillants d'entre eux les récupérer. Voilà à quoi il songeait en quittant au volant de sa voiture la petite ville de Cricklade pour franchir la frontière invisible du Gloucestershire.

La grange aménagée se trouvait bien à l'endroit indiqué, blottie au bas d'une route secondaire ; en vieilles pierres des Cotswold, elle avait abrité par le passé le bétail et le foin. Celui qui l'avait transformée en paisible maison de campagne avait fait du bon travail. Un mur de pierre orné de roues de charrette l'entourait et le jardin resplendissait de floraisons printanières. McCready franchit le portail avec sa voiture et s'arrêta devant le seuil. Une jeune et jolie femme, qui arrachait les mauvaises herbes d'une bordure de fleurs, posa sa corbeille et se redressa.

« Bonjour, dit-elle, vous venez pour un tapis ? »

Ainsi, pensa-t-il, il vend des tapis comme à-côté. L'information concernant la mévente de ses livres était peut-être vraie.

« J'ai bien peur que non, répondit-il. En fait, je suis venu voir Tom. »

Son sourire s'évanouit et un léger soupçon assombrit son regard. Elle paraissait avoir déjà vu des individus surgir dans la vie de son mari et savoir qu'ils étaient synonymes d'ennuis.

« Il écrit dans son appentis au fond du jardin. Il aura fini dans une heure environ. Vous pouvez attendre ?

— Certainement. »

Elle lui servit un café dans le salon clair aux rideaux de chintz où ils attendirent. La conversation était languissante. Au bout d'une heure, ils entendirent quelqu'un traverser la cuisine d'un pas traînant. Elle sauta sur ses pieds.

« Nikki... »

Tom Rowse s'encadra dans la porte et, apercevant le visiteur, s'immobilisa. Son sourire ne s'altéra pas mais son regard se chargea de méfiance.

« Mon chéri, ce monsieur est venu te rendre visite. Nous t'avons attendu ensemble. Tu veux du café ? »

Il ne tourna pas les yeux vers elle, toute son attention fixée sur McCready.

« Oui, un café me ferait très plaisir. »

Elle quitta les lieux. McCready se présenta. Rowse prit un siège. D'après le fichier, il avait trente-trois ans. On n'y disait pas qu'il avait l'air extrêmement en forme. La précision était inutile.

Tom Rowse avait été capitaine dans le régiment du SAS. Trois ans plus tôt, il avait quitté l'Armée, épousé Nikki et acheté une grange en ruine à l'ouest de Cricklade qu'il avait retapée lui-même ; il y avait investi sa colère pendant de longues journées consacrées aux briques et au mortier, aux poutres et aux chevrons, aux fenêtres et aux canalisations. Le jour, il taillait l'herbe haute de la prairie dont il faisait une pelouse, creusait des plates-bandes et construisait le mur ; la nuit, il écrivait.

Il fallait que cela prenne la forme d'un roman ; un ouvrage non fictionnel aurait été interdit au nom du secret d'État. Et même sous sa forme romanesque, son premier livre avait indigné le quartier général du MI-5 à Curzon Street. Il traitait de l'Irlande du Nord en adoptant le point de vue d'un combattant clandestin et ridiculisait les efforts de contre-espionnage du MI-5.

L'*establishment* britannique peut faire preuve d'une indéfectible loyaute envers ceux qui en font preuve à son égard mais se montrer terriblement vindicatif envers ceux qui se sont retournés contre lui. Le roman de Tom Rowse finit par être publié et remporta un petit succès pour le premier livre d'un auteur inconnu. Ses éditeurs lui en commandèrent un second, auquel il travaillait pour le moment. Mais Curzon Street avait décrété que Tom Rowse, ancien capitaine du SAS, était devenu un paria, un intouchable qu'il ne fallait ni approcher ni contacter ni aider sous aucun prétexte. Rowse le savait et s'en moquait éperdument. Il s'était construit un nouvel univers dans sa nouvelle demeure en compagnie de sa nouvelle épouse.

Nikki servit le café et, sentant le vent, quitta la pièce. C'était la première femme de Rowse mais lui n'était pas son premier mari. Quatre ans auparavant, Rowse, accroupi derrière une camionnette dans une rue chaude de Belfast-Ouest, avait observé Nigel Quaid, harnaché tel un crabe géant, s'avancer d'un pas mal assuré vers la Ford Sierra rouge, garée une centaine de mètres plus bas.

Rowse suspectait la présence d'une bombe dans le coffre de la voiture. Une explosion contrôlée aurait fait l'affaire mais l'officier supérieur voulait qu'on désamorçât la bombe si possible. Les Britanniques connaissent pratiquement l'identité de chaque fabricant de bombes de l'IRA en Irlande grâce à la « signature » personnelle qu'indique le mode d'assemblage de l'engin. Cette signature vole en éclats si la bombe explose mais si, en désamorçant cette dernière, on peut la retrouver, elle procure une moisson d'informations : l'origine de l'explosif, la source de la charge d'amorçage et du détonateur, des empreintes peut-être. Et même sans relevé des empreintes, on identifie habituellement la main responsable de la mise au point.

Quaid, donc, son ami depuis les bancs de l'école, engoncé dans sa cuirasse de protection, pouvant à peine marcher, était parti devant pour ouvrir le coffre et démonter le mécanisme anti-manipulation. Il avait échoué. Le coffre s'ouvrit mais le mécanisme était fixé sous le couvercle ; Quaid releva les yeux une seconde trop tard. Quand la lumière du jour frappa la cellule photosensible, la bombe partit. Malgré son casque de protection, Quaid fut décapité.

Rowse avait réconforté la jeune veuve. Le réconfort s'était transformé en affection et l'affection, en amour. Quand il lui demanda de l'épouser, elle posa une seule condition : qu'il quitte l'Irlande et l'Armée. Quand elle avait aperçu McCready, elle avait eu des soupçons car elle avait déjà vu ses pareils. Des hommes tranquilles, toujours des hommes tranquilles. C'était quelqu'un de tranquille qui était venu voir Nigel ce jour-là et lui avait demandé de se rendre dans la ruelle de Belfast-Ouest. A l'extérieur, dans le jardin, elle arrachait avec colère les mauvaises herbes pendant que celui qu'elle aimait s'entretenait avec l'un de ces maudits hommes tranquilles.

McCready parla dix minutes d'affilée ; et Rowse l'écouta. Quand le premier eut terminé, le second lui dit :

« Jetez un œil dehors. »

McCready lui obéit. La riche terre arable s'étendait jusqu'à l'horizon. Un oiseau chantait.

« J'ai refait ma vie ici, loin de toute cette saloperie et de cette racaille. Je suis sur la touche, McCready. Définitivement. On ne vous l'a pas dit à Curzon Street ? J'ai fait en sorte de devenir un paria. Je mène une vie nouvelle avec ma femme, dans une maison qui n'a rien d'une planque humide dans un marécage irlandais, et je la gagne modestement avec mes livres. Pourquoi, bon Dieu, j'irais remettre ça ?

— J'ai besoin d'un homme sur le terrain, Tom. Capable de se déplacer au Moyen-Orient avec une bonne couverture. Et qu'ils n'ont jamais vu.

— Trouvez quelqu'un d'autre.

— S'ils réussissent à ce que cette tonne de Semtex-H arrive ici en Angleterre, répartie en cinq cents paquets de deux kilos, il y aura des centaines d'autres Nigel Quaid. Des milliers d'autres Mary Feeney. J'essaie d'empêcher que ça se produise, Tom.

— Non, McCready. Non, pas moi. Pourquoi devrais-je vous dire oui, merde ?

— Ils sont en train de charger de l'affaire quelqu'un que vous connaissez, je crois. Kevin Mahoney. »

Rowse se raidit comme si on l'avait frappé.

« Il sera là-bas ? demanda-t-il.

— Nous pensons que la mission lui sera confiée. S'il échoue, ce sera sa fin. »

Rowse contempla longtemps le paysage. Mais c'est une autre campagne qu'il voyait, beaucoup moins bien entretenue et d'un vert plus sombre ; il y avait un garage et un petit corps au bord de la route, celui d'une fillette du nom de Mary Feeney. Il se leva et sortit. McCready entendit parler à voix basse et sangloter Nikki. Rowse revint et alla boucler son sac de voyage.

Chapitre deux

Le briefing de Rowse prit une semaine et McCready s'en chargea personnellement. Il était hors de question d'exhiber Rowse dans les parages de Century House et encore moins du côté de Curzon Street. McCready se fit prêter l'une des trois maisons de campagne à une heure à peine en voiture de Londres que le SIS réserve à de tels usages, et se fit envoyer tous les éléments du briefing depuis Century House.

Le lot se composait de documents écrits et filmés ; ces derniers étaient plutôt indistincts, ayant été pris à très grande distance ou par une ouverture ménagée au flanc d'une camionnette ou encore à travers les branches d'un buisson. Mais les visages étaient assez reconnaissables.

Rowse vit le film et écouta la bande de la scène du cimetière de Ballycrane qui avait eu lieu une semaine plus tôt. Il étudia les traits du prêtre irlandais qui avait joué les messagers et ceux du membre du Conseil de l'Armée qui se tenait à ses côtés. Mais quand il eut devant lui leurs photographies, son regard revint se poser encore et encore sur le beau visage froid de Kevin Mahoney.

Quatre ans plus tôt, il avait failli tuer le terroriste de l'IRA. Mahoney était en fuite et il avait fallu des semaines d'un travail patient de taupe pour le débusquer. Il avait été poussé, à la suite d'une manœuvre de diversion, à s'aventurer en Irlande du Nord loin de sa planque de Dundalk, dans le Sud. Un autre membre de l'IRA conduisait la voiture et les deux hommes s'étaient arrêtés dans une station-service, près de Moira, pour faire le plein. Rowse les suivait d'assez loin, tenu au courant de leur progression par les messages radio des hommes postés tout le long de la route et dans le ciel. Quand il apprit que Mahoney avait stoppé pour prendre de l'essence, il décida d'aller y voir de plus près.

Au moment où il atteignit le terre-plein de la station-service, le chauffeur de l'IRA avait terminé de remplir son réservoir et s'était réinstallé au volant. Il était seul dans l'habitacle de la voiture. Rowse crut un instant avoir laissé échapper sa proie. Il ordonna à son collègue de tenir en joue le conducteur et descendit. Pendant qu'il s'activait avec la pompe à essence, la porte des toilettes s'ouvrit et Mahoney en sortit.

Rowse portait son Browning à treize coups du SAS accroché à sa ceinture dans son dos, sous sa grosse veste-duffle-coat bleue. Un bonnet de laine minable lui couvrait presque toute la tête et une barbe de plusieurs jours lui mangeait le visage. Il ressemblait à l'ouvrier irlandais pour lequel il se faisait passer.

Quand Mahoney apparut, Rowse s'accroupit à l'abri de la pompe à essence, sortit son arme et adopta la position de tir à deux mains.

« Tu bouges plus, Mahoney ! » hurla-t-il.

Ce dernier réagit rapidement. Tandis que Rowse dégainait, il cherchait déjà sa propre arme. La loi autorisait Rowse à en finir sur-le-champ. Il aurait aimé le faire mais il cria une fois encore :

« Lâche ça ou tu es mort ! »

Mahoney avait sorti son arme mais ne la braquait pas. Il observa l'homme à demi dissimulé derrière la pompe, aperçut le Browning et sut instantanément qu'il ne pourrait pas avoir le dessus. Il laissa tomber son Colt.

A ce moment précis, deux vieilles dames engagèrent leur Volkswagen sur l'aire de ciment. Elles ne se doutaient pas de ce qui se jouait et vinrent stationner exactement entre Rowse, près de la pompe, et Mahoney, près du mur. Ce dernier mit à profit cette diversion. Il se laissa tomber comme une masse et récupéra son arme. Son acolyte fit mine de démarrer pour se porter à sa rescousse mais le collègue de Rowse lui braquait déjà le canon de son arme sur la tempe, à travers la glace de la portière.

Les deux vieilles dames empêchaient Rowse de tirer. Elles avaient calé et s'étaient mises à hurler sans quitter leur siège. Mahoney surgit de derrière la Volkswagen et, contournant un camion garé là, gagna la route. Le temps que Rowse fasse dégager le camion, Mahoney avait atteint le milieu de la chaussée.

Le vieux conducteur de la Morris Minor écrasa son pied sur le frein pour éviter l'homme qui accourait. Mahoney s'arrangea pour être séparé de Rowse par la Morris, éjecta le vieil homme en le tirant par la veste, le frappa avec son Colt jusqu'à ce qu'il s'effondre, sauta derrière le volant et démarra.

Il y avait une passagère dans la voiture. Le vieillard avait emmené sa petite-fille au cirque. Rowse, planté au beau milieu de la route, vit s'ouvrir à la volée la portière côté passager et l'enfant être précipitée à terre. Il entendit un faible cri, vit le petit corps heurter la chaussée puis être fauché de plein fouet par une camionnette qui arrivait.

« Oui, dit McCready doucement, nous savons que c'était lui. Malgré les dix-huit témoins qui ont juré l'avoir vu à la même heure dans un bar de Dundalk.

— Je continue à écrire à la mère, dit Rowse.

— Le Conseil de l'Armée a écrit aussi, ajouta McCready. Ils ont exprimé leurs regrets, en prétendant qu'elle était tombée accidentellement.

— On l'a poussée, dit Rowse. J'ai vu le bras de Mahoney. On va vraiment lui donner la responsabilité de cette opération ?

— C'est ce que nous pensons. Nous ignorons si le transbordement se fera par terre, air ou mer et l'endroit où lui entrera en scène. Mais nous pensons qu'il dirigera la manœuvre. Vous avez entendu comme moi l'enregistrement. »

McCready mit Rowse au courant des scénarios d'approche. Il y en aurait deux. Le premier serait passablement transparent. Avec un peu de chance, ceux qui l'examineraient de près découvriraient la faille et le second scénario qu'il dissimulait. En se fiant une nouvelle fois à la chance, ils s'en contenteraient.

« Par où je commence ? demanda Rowse alors que la semaine touchait à sa fin.

— Par où aimeriez-vous commencer ? lui rétorqua McCready.

— Quiconque enquêterait sur le trafic d'armes international pour son prochain roman découvrirait vite que les deux plaques tournantes de ce trafic en Europe sont Anvers et Hambourg, déclara Rowse.

— Exact, confirma McCready. Avez-vous un contact dans l'une de ces villes ?

— Je connais quelqu'un à Hambourg, dit Rowse. C'est un fou dangereux mais il est peut-être en rapport avec des membres de la pègre internationale.

— Il s'appelle ?

— Kleist. Ulrich Kleist.

— Mon Dieu, vous connaissez de bien étranges salopards, Tom.

— Je lui ai sauvé la peau une fois, dit Rowse. A Mogadiscio. A l'époque, il n'était pas fou. C'est venu plus tard quand on a camé son fils et qu'il en est mort.

— Oui, il a dû y avoir une certaine relation de cause à effet, fit

McCready. Bon, va pour Hambourg. Je ne vous quitterai pas d'une semelle. Vous ne me verrez pas et nos adversaires pas davantage. Mais je serai là, quelque part dans les environs. Si les choses tournent au vinaigre, je serai tout près avec deux de vos anciens collègues du SAS. Ce sera OK pour vous ; si la situation s'envenime, nous vous soutiendrons. J'aurai besoin de vous joindre de temps à autre pour être tenu au courant de la façon dont les choses progressent... »

Rowse acquiesça. Il savait qu'on lui mentait mais c'était agréable à entendre. McCready aurait besoin de mises à jour régulières pour que le SIS, si Rowse quittait cette terre à l'improviste, sache exactement jusqu'où il était allé. Car Rowse possédait cette qualité si prisée des chefs de l'espionnage : il était parfaitement remplaçable.

Rowse se rendit à Hambourg à la mi-mai. Son arrivée n'avait pas été annoncée et il vint seul. Il savait que McCready et ses deux « anges gardiens » l'avaient précédé. Il ne les aperçut nulle part et ne chercha pas à les repérer. Il se doutait qu'il devait probablement connaître les deux membres du SAS qui accompagnaient McCready, mais ignorait leur nom. Aucune importance ; eux le connaissaient et leur job consistait à ne pas le quitter des yeux tout en demeurant invisibles. C'étaient des spécialistes en la matière. Tous deux parleraient couramment allemand et hanteraient l'aéro-port de Hambourg, les rues, les abords de son hôtel, toujours aux aguets et faisant leur rapport à McCready, qui resterait plus en retrait.

Rowse évita de descendre dans un hôtel de luxe comme le Vier Jahreszeiten ou l'Atlantik ; il choisit un établissement plus modeste près de la gare. Il avait loué chez Avis une petite voiture, correspondant à la modicité de son budget, celui d'un romancier au succès moyen effectuant des recherches pour son prochain livre. Deux jours après son arrivée, il découvrit Ulrich Kleist qui conduisait un chariot élévateur sur les docks.

Le gigantesque Allemand venait d'arrêter son engin et descen-dait de la cabine quand Rowse l'interpella. Kleist pivota et se mit un instant sur la défensive avant de reconnaître Rowse. Son visage anguleux se fendit d'un sourire.

« Tom, ce bon vieux Tom ! »

Rowse se retrouva écrasé dans une étreinte semblable à celle d'un ours. Quand Kleist le relâcha, Rowse recula d'un pas et examina l'ancien combattant des Forces spéciales qu'il n'avait plus vu depuis quatre ans et qu'il avait rencontré en 1977 sur un aéroport de Somalie écrasé de chaleur. Rowse avait vingt-quatre ans à l'époque et Kleist était son aîné de six ans. Mais aujourd'hui, ce dernier faisait plus, beaucoup plus, que ses quarante ans.

Le 13 octobre 1977, quatre terroristes palestiniens avaient détourné un avion de la Lufthansa sur la ligne Majorque-Francfort, avec quatre-vingt-six passagers et cinq membres d'équipage à bord. Sous haute surveillance, le jet capturé avait atterri successivement à Rome, Larnaka, Bahreïn, Dubaï et Aden, avant de finir par se poser à court de carburant à Mogadiscio, morne capitale de la Somalie.

C'est là que dans la nuit du 17 au 18 octobre, peu après minuit, l'avion avait été pris d'assaut par la Force spéciale d'intervention de RFA, le GSG-9, émule du SAS britannique qui avait largement contribué à son entraînement. C'était la première « sortie » à l'étranger des soldats d'élite du colonel Ulrich Wegener. Malgré leur haut degré de perfection, deux sergents du SAS les accompagnaient néanmoins. L'un d'eux était Tom Rowse — qui n'avait pas encore été nommé officier.

Il y avait une double raison à la présence des Anglais ; d'une part, ils étaient passés maîtres dans le démontage des portes étanches d'un avion de ligne en une fraction de seconde ; d'autre part, ils savaient aussi comment utiliser les grenades « incapacitantes » mises au point dans leur pays et dont trois paramètres servaient à neutraliser un terroriste pendant deux secondes vitales : primo, un éclair aveuglait des yeux non protégés, secundo, une onde de choc provoquait la perte du sens de l'orientation, et tertio, une explosion ébranlait les tympans et le cerveau en gelant toute capacité de réaction.

Après la réussite de la libération de l'appareil, le chancelier Helmut Schmidt avait passé en revue sa troupe d'élite et médaillé ses membres au nom de la nation reconnaissante. Les deux Britanniques s'étaient éclipsés avant l'apparition des politiciens et de la presse.

Les deux sergents du SAS n'avaient été présents qu'en tant que conseillers techniques — et le gouvernement travailliste n'avait pas voulu transiger sur ce point. Cependant, les choses s'étaient déroulées comme suit :

Les Britanniques avaient grimpé les premiers à l'échelle pour se livrer au démontage de la porte passagers arrière, qu'ils avaient atteinte en se faufilant sous la carlingue pour éviter que les terroristes ne détectent la manœuvre.

Comme il était impossible de changer de position une fois au

285

bout d'une échelle en aluminium dans l'obscurité totale, les deux hommes du SAS franchirent les premiers l'ouverture béante en lançant leurs grenades « incapacitantes ». Puis ils avaient dégagé le passage pour que l'équipe du GSG-9 puisse terminer le boulot. L'un des deux Allemands de tête était Uli Kleist ; avec son compagnon, ils se jetèrent à plat ventre dans l'allée centrale, suivant les instructions, et braquèrent leur fusil vers l'avant de l'avion où, leur avait-on dit, se trouvaient les terroristes.

Ils y étaient en effet, près de la cloison étanche, encore sonnés par le souffle de l'explosion. Zohair Yussef Akache, alias le capitaine Mahmoud, qui avait déjà assassiné Jürgen Schumann, capitaine de la Lufthansa, se relevait, mitraillette à la main. A ses côtés, l'une des deux femmes du commando, Nadia Hind Alameh, faisait de même, en cherchant à dégoupiller la grenade qu'elle tenait. Uli Kleist n'avait jamais encore tiré à bout portant et ce fut Rowse qui, se précipitant dans l'allée centrale par la fenêtre des toilettes, s'en chargea à sa place. Puis l'équipe du GSG-9 acheva le travail, pulvérisant le second terroriste, Nadi Ibrahim Harb, et blessant la seconde femme, Suheila Saleh. Cela prit en tout et pour tout huit secondes.

Dix années plus tard, Ulrich Kleist se tenait sur un quai ensoleillé de Hambourg et souriait de toutes ses dents au jeune homme svelte qui avait tiré à deux reprises au-dessus de sa tête dans la cabine étroite d'un avion de ligne, il y avait si longtemps.

« Quel bon vent t'amène à Hambourg, Tom ?

— Laisse-moi t'inviter à dîner et je te l'expliquerai. »

Ils mangèrent hongrois et épicé dans une *csarda* située dans l'une des venelles de Sankt Pauli, bien loin des lumières et des coups de barre de la Reeperbahn. Ils firent glisser le tout avec du *Sangre de Toro*. Et Rowse fit tous les frais de la conversation.

« *Ja,* ça me paraît un bon plan, dit Kleist en fin de compte. Je n'ai pas encore lu tes livres. On les a traduits en allemand ?

— Non, pas encore, dit Rowse. Mon agent espère décrocher un contrat en Allemagne ; ça m'aiderait, l'Allemagne est un gros marché.

— Alors on peut gagner sa vie en écrivant des thrillers ?

— Disons que ça paye le loyer, fit Rowse en haussant les épaules.

— Et pour celui que tu as en vue, sur les terroristes, les trafiquants d'armes et la Maison-Blanche, tu as trouvé le titre ?

— Non, pas encore. »

L'Allemand réfléchit.

« Je vais essayer de te fournir les renseignements que tu cherches, mais seulement à titre d'information, c'est bien entendu ? fit-il en éclatant de rire et en se tapotant le bout du nez, comme pour dire : " Je sais pertinemment que ça va plus loin que ça mais nous avons tous besoin de gagner notre vie. " Donne-moi vingt-quatre heures, le temps de parler à certains de mes amis. Je verrai avec eux s'ils savent où tu pourrais obtenir ce genre de truc. Tu m'as l'air de t'en être mieux sorti que moi depuis que tu as quitté l'Armée...

— J'ai entendu parler de tes ennuis, dit Rowse.

— *Ach*, deux ans de prison à Hambourg. Du gâteau. Deux ans de plus et je finissais directeur de l'établissement. De toute façon, ça en valait la peine. »

Kleist, bien que divorcé, avait eu un fils. Il avait à peine seize ans quand quelqu'un l'avait branché sur la cocaïne, puis sur le crack. Le garçon était mort d'une overdose. Le désespoir avait fait perdre toute retenue à Kleist. Il avait découvert les noms du grossiste colombien et du dealer allemand de la livraison qui avait tué son fils, puis s'était rendu au restaurant où dînaient les deux hommes et leur avait fait sauter la cervelle. Kleist n'opposa aucune résistance à la police. Un juge de la vieille école, qui avait des vues personnelles sur les trafiquants de drogue, écouta la défense plaider le coup de sang, et condamna Kleist à quatre ans de prison. Il en fit deux et venait de sortir six mois plus tôt. On racontait qu'il était la cible d'un contrat. Kleist s'en foutait éperdument et certains le tenaient pour fou.

Ils se séparèrent à minuit et Rowse regagna son hôtel en taxi. Un homme seul, en moto, le suivit tout au long du parcours. Le motard parla à deux reprises dans un émetteur radio. Rowse venait de régler le taxi quand McCready surgit de l'ombre.

« On ne vous a pas filé, fit-il. Enfin, pas encore. Que diriez-vous d'un dernier verre ? »

Ils burent de la bière dans un bar ouvert toute la nuit près de la gare et Rowse résuma la situation.

« Kleist pense que votre histoire de documentation pour un roman, c'est du pipeau ? demanda McCready.

— Il s'en doute.

— Bien, espérons qu'il va l'ébruiter. Je crains bien que vous ne parveniez pas jusqu'au grand méchant loup dans cette histoire, d'ailleurs je préférerais qu'il vienne vous chercher lui-même. »

Rowse fit remarquer qu'il se sentait comme un morceau de fromage dans une souricière et descendit de son tabouret.

« Quand la souricière est bien tendue, déclara McCready en sortant du bar derrière lui, le fromage reste intact.

— Je le sais, vous le savez, mais allez le dire au fromage pour voir », fit Rowse, qui partit se coucher.

Il avait rendez-vous avec Kleist le lendemain soir. L'Allemand hocha la tête d'un air désappointé.

« J'ai questionné mon entourage, dit-il, mais ce à quoi tu as fait allusion est beaucoup trop sophistiqué pour une ville comme Hambourg. Ce type de matériel sort des manufactures d'armes et des laboratoires d'État. On ne le trouve pas au marché noir. Il y a pourtant un homme, du moins à ce qu'on murmure...

— Ici, à Hambourg ?

— Non, à Vienne. Il s'agit de l'attaché militaire soviétique, un certain major Vitali Kariaguine. Comme tu n'es pas sans le savoir, Vienne sert de principal débouché à Omnipol, la manufacture tchèque. On les autorise à faire le plus gros de leurs exportations par eux-mêmes mais, pour un certain type de marchandises, les acheteurs doivent recevoir l'aval de Moscou. Le canal par lequel transitent ces autorisations, c'est Kariaguine.

— Pourquoi se montrerait-il coopératif ?

— A ce qu'on dit, il aime les bonnes choses de la vie. Il appartient au GRU, bien entendu, mais rien n'empêche les membres du Service de renseignements de l'armée soviétique d'avoir des goûts personnels. Il se trouve qu'il a un faible pour les filles, celles qui coûtent cher, celles auxquelles on est obligé de faire des cadeaux somptueux. Donc lui aussi accepte les cadeaux, de préférence cash, et sous enveloppe. »

Rowse réfléchit. Il savait que la corruption était davantage la règle que l'exception dans le système soviétique, mais un major du GRU qui « touchait » ? L'univers du trafic d'armes est bizarre et tout y est possible.

« Au fait, dit Kleist, dans le... roman que tu écris, tu parleras de l'IRA ?

— Pourquoi tu me poses cette question ? répliqua Rowse, qui n'avait fait aucune allusion au groupe terroriste.

— Ils ont une unité basée par ici, répondit Kleist en haussant les épaules. Dans un bar tenu par des Palestiniens. Ils font la liaison avec d'autres groupes terroristes à l'échelon international et ils achètent des armes. Tu veux les rencontrer ?

— Et pour quoi faire, bon Dieu ? »

Kleist laissa échapper un rire un brin trop bruyant.

« Ça pourrait être marrant, ajouta-t-il.

— Ces Palestiniens, ils savent que tu as effacé quatre des leurs autrefois ? demanda Rowse.

— Probablement. Dans notre monde tout le monde connaît tout le monde. Et surtout ses ennemis. Mais je continue à être un client de leur bar.

— Pourquoi ?

— Pour le plaisir de tirer sur la queue du tigre. »

Tu es *vraiment* cinglé, songea Rowse.

« Je crois que vous devriez vous y rendre, lui conseilla McCready, plus tard cette nuit-là. Vous pourriez y apprendre ou y voir quelque chose. Ou bien *eux* pourraient vous apercevoir et se demander ce que vous faites là. S'ils se renseignent, ils tomberont sur la fable de vos prétendues recherches pour votre roman. Ils n'y croiront pas et en déduiront que vous êtes là en réalité pour acheter des armes dont l'utilisation se fera aux États-Unis. Ils feront circuler la nouvelle. Et c'est ce que nous voulons. Buvez simplement quelques bières en gardant votre calme. Puis prenez vos distances avec ce cinglé d'Allemand. »

McCready ne jugea pas nécessaire de mentionner qu'il connaissait le bar en question. Il s'appelait le *Mäusehöhle* ou Trou-à-Rats et il existait à son sujet une rumeur persistante selon laquelle un agent secret allemand, travaillant pour les Britanniques, y avait été démasqué puis abattu dans une pièce du premier étage, un an auparavant. Il était certain que l'individu en question avait disparu sans laisser de trace ; mais ça ne parut pas suffisant à la police allemande pour fouiller l'endroit et le contre-espionnage allemand préféra laisser Palestiniens et Irlandais là où ils étaient ; démanteler leur quartier général aurait eu pour unique conséquence qu'ils seraient allés le rétablir ailleurs. Cependant la rumeur courait toujours.

Le soir suivant, Uli Kleist paya leur taxi sur la Reeperbahn et remonta avec Rowse la Davidstrasse. Ils passèrent devant le portail d'entrée en acier de la Herbertstrasse, où les prostituées sont assises jour et nuit dans leurs vitrines, puis devant celui de la brasserie, avant de redescendre vers l'Elbe qui scintillait au clair de lune. Ils tournèrent à droite dans Bernhard Nochtstrasse et au bout de deux cents mètres, s'arrêtèrent devant une porte en bois clouté.

Kleist appuya sur la sonnette discrète de l'entrée et on fit glisser un judas grillagé. Un œil l'examina, on entendit chuchoter à l'intérieur, puis la porte s'ouvrit. Le portier et l'homme en smoking qui se tenait à ses côtés étaient tous deux arabes.

« Bonsoir, Mr Abdallah, le salua chaleureusement Kleist en allemand. J'ai très soif et j'aimerais prendre un verre. »

Abdallah lança un coup d'œil à Rowse.

« Oh, rien à craindre, c'est un ami », fit Kleist.

Le nommé Abdallah fit un signe de tête au portier, qui ouvrit largement le battant pour leur permettre d'entrer. Kleist était un costaud mais le portier était une super-baraque au crâne rasé qui n'avait pas l'air d'un plaisantin. Des années auparavant, dans les camps du Liban, il avait assuré le service d'ordre de l'OLP. D'un certain point de vue, c'était toujours le cas.

Abdallah les escorta tous deux jusqu'à une table, fit un signe à un serveur et lui ordonna en arabe de bien soigner ses invités. Deux entraîneuses d'origine allemande à forte poitrine se détachèrent du bar et vinrent s'asseoir à leur table. Kleist se fendit d'un sourire.

« Je te l'avais dit. Aucun problème. »

On leur servit à boire. De temps en temps, Kleist faisait danser l'une des filles. Rowse examinait les lieux tout en tripotant son verre. En dépit de la rue sordide où il était situé, le décor du Trouà-Rats était luxueux, la musique était *live* et l'alcool non additionné d'eau. Même les filles étaient jolies et bien habillées.

La clientèle se composait en partie d'Arabes de l'étranger et en partie d'Allemands. Ils paraissaient prospères et seulement soucieux de prendre du bon temps. Rowse avait mis un costume ; seul Kleist avait gardé son blouson d'aviateur en cuir et une chemise à col ouvert. S'il ne s'était pas agi de lui, et de la réputation qui le suivait, Mr Abdallah ne l'aurait jamais admis dans cette tenue.

Le redoutable portier mis à part, Rowse ne décelait aucun signe indiquant que l'endroit était autre chose qu'un point de chute pour des hommes d'affaires prêts à se délester de gros billets dans l'espoir — certainement souvent déçu — de raccompagner chez elle l'une des entraîneuses. La plupart des clients buvaient du champagne ; Kleist avait commandé de la bière.

Au-dessus du bar, un grand miroir reflétait la salle. C'était une glace sans tain derrière laquelle se trouvait le bureau de la direction. Deux hommes y étaient postés et regardaient la salle en contrebas.

« C'est qui ton homme ? demanda l'un d'eux à l'accent rocailleux de Belfast.

— Un nommé Kleist. Allemand. Il vient de temps en temps. Il a appartenu au GSG-9. Mais c'est terminé. Il a fait deux ans de prison pour meurtre.

— Je ne parle pas de lui, dit le premier à avoir pris la parole. Mais du British.

— Aucune idée, Seamus.

— Découvre-moi qui c'est, je l'ai déjà vu quelque part. »

Ils surgirent dans les toilettes où Rowse était allé faire un tour. Il en avait fini avec l'urinoir et se lavait les mains quand les deux hommes entrèrent. Le plus gros des deux s'approcha de l'urinoir devant lequel il se posta, se débattant avec les boutons de sa braguette. L'Irlandais, plus beau et plus mince, resta près de la porte. Il sortit une petite cale en bois de la poche de sa veste, la laissa tomber à terre et la fit glisser de son pied sous la porte. Ils ne seraient pas dérangés.

Rowse surprit la manœuvre dans la glace du lavabo mais fit mine de n'avoir rien remarqué. Quand le gros se détourna de l'urinoir, il était prêt. Il esquiva en pivotant le poing-massue qui visait sa tempe et décocha du bout de l'orteil un coup sensible dans le tendon de la rotule gauche de son adversaire.

Le malabar, pris par surprise, lâcha un grognement de souffrance. Il fléchit sur sa jambe gauche, ce qui amena sa tête à la hauteur du genou de Rowse qui l'en frappa à la mâchoire en le relevant. Il y eut un crissement de dents brisées et du sang jaillit de la bouche fracassée. Rowse sentit un élancement remonter le long de sa cuisse en partant de son genou endolori. Le troisième coup — quatre phalanges bien dures balancées dans la gorge du colosse — mit fin au combat. Il se tourna vers celui qui était resté près de la porte.

« Tout doux, mon ami, fit celui qu'on appelait Seamus. Il désirait simplement vous parler. »

Il arborait un large sourire de bonne pâte, qui avait dû faire des ravages auprès des filles. Mais son regard restait froid et vigilant.

« *Qu'est-ce qui se passe ?* » demanda Rowse en français. A son entrée dans la boîte, il s'était fait passer pour un touriste suisse.

« Suffit, Mr Rowse, dit Seamus. Primo, vous puez le British à plein nez ; deuzio, votre photo est au verso de votre livre, que j'ai lu avec beaucoup d'intérêt. Et tertio, vous faisiez partie du SAS à Belfast, il y a quelques années. Je savais bien que je vous avais déjà vu quelque part.

— Et alors ? fit Rowse. J'en suis sorti et bien sorti. Je gagne ma vie en écrivant des romans à présent. Un point c'est tout. »

Seamus O'Keefe réfléchit.

« Ça se pourrait, reconnut-il. Si les British expédiaient un de leurs agents dans mon pub, il y a gros à parier qu'ils n'utiliseraient pas quelqu'un dont la figure est collée sur tant de bouquins. Ou bien justement c'est ce qu'ils feraient ?

— Ce serait envisageable, dit Rowse, mais pas avec moi. Parce que je ne voudrais pas retravailler pour eux. Nous avons eu de complètes divergences de vues.

— C'est ce que j'ai entendu dire, c'est sûr. Eh bien alors, viens trinquer avec moi, mec du SAS, en souvenir du bon vieux temps. »

Il ôta d'un coup de pied la cale de la porte qu'il tint ouverte. Le malabar se remit à genoux sur le carrelage. Rowse franchit la porte tandis qu'O'Keefe s'arrêtait pour murmurer quelque chose à l'oreille du colosse.

Uli Kleist était toujours attablé dans le bar. Les filles avaient disparu. Le directeur et le gigantesque portier se tenaient à côté de la table. Comme Rowse passait près de lui, il l'interrogea d'un haussement de sourcils. Si Rowse en avait décidé ainsi, il n'aurait pas hésité à se jeter dans la mêlée, même si les chances étaient des plus faibles. Mais Rowse lui fit non de la tête.

« Tout va bien, Uli, lui dit-il. Tiens-toi tranquille et rentre chez toi. Je passerai te voir. »

O'Keefe l'emmena dans son appartement. Ils burent plusieurs verres de Jameson à l'eau.

« Parle-moi un peu de tes " recherches ", mec du SAS », fit O'Keefe posément.

Rowse savait qu'il y avait deux autres types dans le couloir, à portée de voix. Nul besoin de recourir encore une fois à la violence. Il raconta à O'Keefe les grandes lignes de l'intrigue de son prétendu nouveau roman.

« Alors, ça concerne plus les p'tits gars de Belfast ? demanda O'Keefe.

— Je ne peux pas traiter des mêmes sujets deux fois de suite, expliqua Rowse. Les éditeurs n'en voudraient pas. Celui-ci traite de l'Amérique. »

Ils parlèrent toute la nuit. Sans cesser de boire. Rowse tenait particulièrement bien le whisky, ce qui tombait à pic. O'Keefe le laissa partir à l'aube. Il regagna son hôtel à pied pour dissiper les vapeurs de whisky.

Les autres travaillèrent au corps Kleist dans l'entrepôt abandonné où ils l'avaient entraîné après que Rowse eut quitté la boîte. C'était le portier colossal qui le maintenait tandis qu'un autre Palestinien jouait des instruments. Uli Kleist était très endurant mais les Palestiniens en avaient appris long sur la douleur à Beyrouth-Sud. Kleist résista tant qu'il put mais il parla juste avant

292

l'aube. Ils le laissèrent mourir en paix au lever du soleil. La délivrance fut la bienvenue. L'Irlandais des toilettes assista à l'interrogatoire en tamponnant de temps en temps sa bouche ensanglantée. O'Keefe lui avait demandé de découvrir si Kleist connaissait la véritable raison de la présence de Rowse à Hambourg. Quand tout fut terminé, il vint instruire O'Keefe de ce qu'il avait appris. Le chef de l'IRA hocha la tête.

« J'avais raison de penser que cette histoire de roman cachait autre chose », fit-il.

Un peu plus tard, il expédia un câble à Vienne, dont chaque mot était soigneusement pesé.

Quand Rowse quitta l'appartement d'O'Keefe et revint à son hôtel proche de la gare en traversant à pied la ville qui s'éveillait, l'un de ses anges gardiens lui emboîta tranquillement le pas. Le second continua à surveiller l'entrepôt mais n'intervint pas.

A l'heure du déjeuner, Rowse dévora une énorme *Bratwurst* assaisonnée de moutarde douce qu'il acheta dans un *Schnellimbiss*, l'une de ces baraques au coin des rues où l'on prépare de délicieux sandwiches à la saucisse pour ceux qui sont pressés. Tout en mangeant, il s'adressait, la bouche en coin, à l'homme qui se trouvait près de lui.

« Vous pensez qu'O'Keefe vous a cru ? demanda McCready.

— Peut-être. L'explication est assez plausible. Les auteurs de thrillers, après tout, sont obligés de se livrer à d'étranges travaux de recherche dans des lieux non moins étranges. Mais il a peut-être eu des doutes. Ce n'est pas un imbécile.

— Et pensez-vous que Kleist vous a cru ?

— Non, pas Uli, répondit Rowse en éclatant de rire. Il me voit comme une sorte de renégat, devenu mercenaire, cherchant à procurer des armes à l'un de ses clients. Il est trop poli pour m'avoir dit le fond de sa pensée mais cette histoire de documentation pour un roman, il ne l'a pas gobée.

— Ah, fit McCready. Eh bien, la nuit dernière nous a peut-être ajouté un bonus. Vous vous êtes certainement fait remarquer. Voyons si Vienne vous permettra de remonter la filière. Au fait, vous avez réservé une place d'avion demain matin. Payez en liquide à l'aéroport. »

Le vol Hambourg-Vienne était via Francfort et décolla à l'heure prévue. Rowse était en classe affaires. Après le décollage, l'hôtesse distribua les journaux. Comme c'était un vol intérieur, il n'y avait pas de presse anglaise. Rowse parlait un allemand hésitant mais pouvait déchiffrer les gros titres. Celui qui barrait la partie inférieure de la première page du *Morgenpost* était aisément compréhensible. Il chapeautait la photo d'un visage, les yeux clos, au milieu d'un tas d'ordures. LE MEURTRIER DES BARONS DE LA DROGUE TROUVÉ MORT, disait le titre. En légende, on précisait que deux éboueurs avaient découvert le corps près d'une poubelle dans une ruelle aux alentours des docks. Pour la police, il s'agissait d'un règlement de comptes entre gangs. Rowse ne fut pas dupe et soupçonna qu'une intervention de ses anges gardiens du SAS aurait sauvé son ami.

Il se leva et franchit les rideaux qui séparaient la classe touriste de la classe affaires pour se rendre aux toilettes. A l'arrière de l'avion, il laissa tomber le journal sur les genoux d'un homme à l'air chiffonné, plongé dans le magazine du bord.

« Espèce de salaud ! » siffla-t-il.

A la grande surprise de Rowse, le major Kariaguine le prit en ligne dès son premier appel à l'ambassade soviétique. Rowse s'exprimait en russe.

Les membres du SAS, et les officiers tout particulièrement, se doivent de posséder de multiples talents. Comme l'unité de combat de base du SAS ne compte que quatre hommes, un large éventail de compétences est nécessaire. Ces quatre hommes auront tous reçu une formation médicale poussée, sauront procéder à des liaisons radio et connaîtront à eux tous plusieurs langues, sans parler de leurs diverses aptitudes au combat. Comme le Régiment a opéré en Malaisie, Indonésie, dans le sultanat d'Oman, en Amérique centrale et du Sud, exception faite de son rôle dans l'OTAN, les langues en faveur ont toujours été le malais, l'arabe et l'espagnol. En ce qui concerne l'OTAN, les préférences linguistiques vont au russe (bien entendu) et à une ou deux langues des pays alliés. Rowse parlait français, russe et l'irlandais gaélique.

Qu'un étranger absolu téléphone au major Kariaguine à l'ambassade n'était pas si bizarre quand on se souvenait qu'il avait aussi pour tâche d'observer d'un œil vigilant le flot de demandes adressées à la firme tchèque d'armement Omnipol.

Certaines commandes intergouvernementales étaient passées directement au gouvernement de Husak à Prague et ne le concernaient pas. D'autres, de source beaucoup plus douteuse, atterrissaient sur le bureau des relations extérieures d'Omnipol, situé à Vienne, en territoire neutre. Kariaguine les vérifiait toutes. Il en approuvait certaines, en soumettait d'autres à Moscou ou leur opposait son veto immédiat. Ce qu'il ne précisait pas à Moscou, c'était qu'un généreux pourboire pouvait infléchir sa décision. Il accepta de rencontrer Rowse le soir même chez *Sacher.*

Il n'avait rien du Russe tel qu'on le caricature. Il avait de bonnes manières, était soigné de sa personne et portait un costume de bonne coupe. On le connaissait dans ce célèbre restaurant. Le maître d'hôtel le conduisit jusqu'à une table éloignée de l'orchestre et du bavardage des autres dîneurs. Les deux hommes s'installèrent et commandèrent un *Wienerschnitzel* et du vin rouge autrichien, sec et léger.

Rowse raconta sa quête d'informations pour son prochain roman. Kariaguine l'écouta poliment.

« Ces terroristes américains..., fit-il quand Rowse eut terminé son laïus.

— Terroristes fictifs, précisa Rowse.

— Évidemment. Ces terroristes américains fictifs seraient à la recherche de quoi, exactement ? »

Rowse lui tendit un feuillet tapé à la machine qu'il sortit de la poche-poitrine de sa veste. Kariaguine parcourut la liste, haussa les sourcils et la rendit à Rowse.

« Impossible, fit-il. Vous ne vous êtes pas adressé à la bonne personne. Pourquoi êtes-vous venu me voir ?

— L'un de mes amis de Hambourg a prétendu que vous étiez très bien informé.

— Laissez-moi vous poser la question différemment : pourquoi rencontrer qui que ce soit ? Pourquoi ne pas tout inventer ? Il s'agit d'un roman après tout.

— Par souci d'authenticité, lui répondit Rowse. De nos jours, un romancier ne peut se permettre d'erreur grossière. Beaucoup trop de lecteurs sont capables actuellement d'épingler la moindre bourde dans un texte.

— Malgré tout, je crains que vous ne vous soyez trompé d'endroit, Mr Rowse. Cette liste comporte certains articles qui excèdent le cadre de l'armement conventionnel. Serviettes piégées, mines Claymore... ne sont pas fournies par le bloc communiste. Pourquoi ne pas recourir à des armes moins sophistiquées dans votre... roman ?

— Parce que les terroristes...

— Terroristes fictifs, murmura Kariaguine.

— Bien sûr, en apparence... c'est-à-dire que je leur prête l'intention, dans mon livre, de perpétrer un attentat contre la

Maison-Blanche. De simples fusils qu'on peut acheter chez n'importe quel armurier du Texas ne feraient pas l'affaire.

— Je ne peux pas vous aider, dit le Russe, en s'essuyant les lèvres. Nous sommes en période de *glasnost*; et un type d'armement comme les mines Claymore, qui est, de toute façon, américain et impossible à obtenir...

— Il en existe une version à l'Est.

— ... n'est tout bonnement pas exporté, sauf de gouvernement à gouvernement, et encore dans des buts de défense légitimes. Mon pays n'envisagerait jamais de fournir du matériel semblable ni même d'accepter qu'un pays frère le fasse.

— La Tchécoslovaquie, par exemple ?

— Vous l'avez dit.

— Et pourtant, des armes de ce calibre tombent entre les mains de certains groupes terroristes, les Palestiniens entre autres, dit Rowse.

— C'est possible mais je n'ai pas la moindre idée de leur acheminement, ajouta Kariaguine, en se levant. Et maintenant, si vous voulez bien m'excuser...

— Je sais que c'est beaucoup demander, lança Rowse, mais dans ma quête d'authenticité, je possède un modeste budget pour mes recherches. »

Il souleva un coin du journal qu'il avait posé sur la chaise inoccupée. Une enveloppe blanche était glissée entre les pages. Kariaguine se rassit, s'empara de l'enveloppe et jeta un œil sur les deutschemark qu'elle contenait. Il parut réfléchir avant de l'empocher.

« Si j'étais comme vous désireux d'acquérir un certain type de matériel pour le revendre à un groupe de terroristes américains, absolument fictifs cela va sans dire, je crois que je me rendrais à Tripoli et que je chercherais à y rencontrer un certain colonel Hakim al-Mansour. Et maintenant, je dois vraiment y aller. Bonne nuit, Mr Rowse. »

« Jusque-là tout va bien, déclara McCready, alors qu'ils se tenaient côte à côte dans les toilettes d'un bar louche près de la rivière. (Les sergents du SAS avaient confirmé qu'aucun des deux hommes n'était encore filé, sinon leur entrevue aurait été annulée. A mon avis, vous devriez vous rendre là-bas.

— Et le visa ?

— Le Bureau du Peuple libyen à La Valette représente votre meilleure chance. S'ils vous accordent un visa sans délai, cela signifiera que l'on a prévenu de votre arrivée.

— Vous pensez que Kariaguine va tuyauter Tripoli ? demanda Rowse.

— Oh que oui ! Pourquoi sinon vous aurait-il conseillé d'aller y faire un tour ? Oui, Kariaguine a voulu offrir à son ami al-Mansour la chance de jeter les yeux sur vous et de sonder un peu plus sérieusement votre fable ridicule. En tout cas, plus personne ne croit à cette recherche de documentation pour un roman. Vous avez franchi le premier obstacle. Les " affreux " commencent à penser pour de bon que vous n'êtes qu'un renégat décidé à se faire du fric rapido en travaillant pour un obscur groupuscule d'enragés américains. Al-Mansour voudra en savoir davantage, bien entendu. »

Depuis Vienne, Rowse s'envola pour Rome et de là, gagna la capitale de l'île de Malte. Deux jours plus tard — inutile de les bousculer, avait conseillé McCready —, il remplit une demande de visa touristique pour Tripoli auprès du Bureau du Peuple. La raison qu'il avança était d'étudier pour un ouvrage en préparation les progrès étonnants accomplis par la Jamahariya du Peuple. Son visa fut délivré en vingt-quatre heures.

Le lendemain matin, Rowse prit le vol Libyan Airways La Valette-Tripoli. Alors que le rivage brun ocre de la Tripolitaine apparaissait de l'autre côté de la Méditerranée d'un bleu scintillant, il songea au colonel David Stirling et à tous les autres, Paddy Mayne, Jock Lewis, Reilly, Almonds, Cooper, etc., les premiers membres du SAS qui, juste après sa formation, avaient accompli des raids aériens le long de cette côte pour y bombarder les bases allemandes, et cela plus de dix ans avant sa naissance.

Puis il songea aux paroles que McCready lui avait dites à l'aéroport de La Valette, tandis que les deux anges gardiens attendaient dans la voiture.

« Je crains fort que Tripoli soit un endroit où je ne puisse vous accompagner. C'est ici que vous perdez mon soutien. Vous serez seul là-bas. »

Comme ceux qui l'avaient précédé en 1941, et dont certains étaient encore ensevelis là, dans le désert, il aurait à découvrir son absolue solitude en Libye.

L'avion vira sur l'aile et amorça sa descente vers l'aéroport de Tripoli.

Chapitre trois

Tout se déroula d'abord sans incident. Rowse, installé en classe économique, fut le dernier à quitter l'avion. Il descendit la passerelle derrière les autres voyageurs dans le soleil aveuglant de la matinée. Du poste d'observation que constituait la terrasse de l'aéroport blanc et moderne, un regard impassible le repéra et des jumelles furent braquées sur lui un instant, alors qu'il traversait la piste vers la porte des Arrivées.

Au bout de quelques secondes, on reposa les jumelles et on prononça calmement quelques mots en arabe.

Rowse pénétra dans la fraîcheur de l'air conditionné de l'aérogare et prit son tour dans la queue qui attendait le contrôle des passeports. Les agents du Service d'immigration à l'œil d'encre prenaient tout leur temps. Ils passaient au crible chaque page de chaque passeport, examinaient le visage de chaque passager et le comparaient longuement avec celui de la photo collée sur le passeport, avant de consulter un manuel, dissimulé à l'abri des regards sous leur bureau. Les possesseurs d'un passeport libyen faisaient la queue séparément.

Deux ingénieurs pétroliers américains, que Rowse avait aperçus dans la partie fumeurs de l'avion, fermaient la queue derrière lui. Il fallut vingt minutes à Rowse pour atteindre le bureau des passeports.

L'agent en uniforme vert prit son passeport, l'ouvrit et jeta un coup d'œil sur une note dissimulée par le grillage. Sans expression aucune, il releva les yeux et fit un signe de tête à quelqu'un qui se trouvait derrière Rowse. Il se sentit tiré par la manche, se retourna et vit un autre individu en uniforme vert, plus jeune, courtois mais ferme, et plus loin deux soldats en armes.

« Voulez-vous bien me suivre, s'il vous plaît ? dit le jeune homme dans un anglais passable.

— Y a-t-il un problème ? » demanda Rowse.

Les deux Américains s'étaient tus. Dans une dictature, le fait d'isoler un passager dans la queue du contrôle des passeports contribue grandement à geler toute conversation.

Le nouveau venu récupéra le passeport de Rowse, en glissant la main sous le guichet grillagé.

« Par ici, s'il vous plaît », dit-il.

Les deux soldats se rapprochèrent et encadrèrent Rowse, restant légèrement en retrait. Le jeune homme en uniforme montra la voie, Rowse le suivit et les soldats leur emboîtèrent le pas. Ils quittèrent le hall principal en bifurquant dans un long couloir blanc. Arrivé à son extrémité, le jeune militaire ouvrit une porte sur la gauche et fit signe à Rowse d'entrer. Les soldats se postèrent de chaque côté de la porte.

Le jeune homme en uniforme suivit Rowse à l'intérieur et ferma la porte. La pièce était nue, peinte en blanc, avec des barreaux aux fenêtres. Il y avait en son centre une table et deux chaises se faisant face, rien d'autre. Un portrait de Muammar Kadhafi, sourire minaudier aux lèvres, était accroché au mur. Rowse prit l'une des chaises ; le jeune militaire s'assit en face de lui et se mit à étudier son passeport.

« Je ne comprends pas ce qui cloche, dit Rowse. Mon visa m'a été délivré pas plus tard qu'hier par votre Bureau à La Valette. Il est sûrement en règle. »

Le jeune homme se contenta d'un geste languissant pour suggérer à Rowse de se tenir tranquille. Il se le tint pour dit ; une mouche bourdonnait. Cinq minutes s'écoulèrent.

Rowse entendit la porte s'ouvrir dans son dos. Le jeune homme en uniforme leva les yeux, se leva précipitamment et fit le salut militaire. Puis sans un mot, il quitta la pièce.

« Alors, vous voici enfin, Mr Rowse », dit une voix au timbre grave et modulé, dans un anglais qui ne pouvait avoir été appris que dans l'une des meilleures *public schools*.

Rowse se retourna vers son interlocuteur. Son visage ne trahit aucun signe de reconnaissance, il avait pourtant examiné les photos de cet homme pendant des heures lors des séances de briefing de McCready.

« Il est courtois, beau parleur et a reçu la meilleure éducation — celle prodiguée chez nous, avait dit McCready. Il est aussi impitoyable au dernier degré et mortellement dangereux. Prenez garde à Hakim al-Mansour. »

Le chef du Service de renseignements libyen pour l'étranger était beaucoup plus jeune que ses photos ne l'avaient laissé supposer ; il était à peine plus âgé que Rowse lui-même. Trente-trois ans, était-il écrit dans le dossier.

En 1969, à l'âge de quinze ans, Hakim al-Mansour fréquentait l'école de Harrow, près de Londres. Il était le fils et l'héritier d'un membre de la cour du roi Idris extrêmement riche, proche confident du monarque.

Ce fut cette année-là qu'un groupe de jeunes officiers extrémistes, avec à leur tête un obscur colonel, bédouin d'origine, du nom de Kadhafi, avait renversé le roi Idris, séjournant alors à l'étranger, par un coup d'État. Ils annoncèrent la formation immédiate de la Jamahariya du Peuple, ou république socialiste. Le roi et sa cour se réfugièrent à Genève, où se trouvaient leurs colossales richesses, et demandèrent à l'Ouest d'aider à leur restauration. Ils ne furent pas entendus.

A l'insu de son père, le jeune Hakim fut transporté par le tour que prenaient les événements dans son pays. Il avait déjà désavoué son père et sa vision politique car, une année auparavant, les émeutes et la quasi-révolution des étudiants gauchistes et des ouvriers parisiens avaient enflammé sa jeune imagination. Il n'est pas rare qu'un jeune homme passionné se radicalise politiquement, et l'élève de Harrow s'était converti corps et âme. Sans réfléchir, il bombarda l'ambassade libyenne à Londres de demandes d'autorisation de quitter Harrow et de rejoindre son pays natal pour participer à la révolution socialiste.

Ses lettres furent prises en compte mais ses demandes rejetées. Mais un diplomate, soutien de l'ancien régime, passa l'information à al-Mansour père à Genève. Une sanglante dispute s'ensuivit entre le père et le fils. Ce dernier refusa de revenir sur ses positions. A dix-sept ans, les vivres coupés, Hakim al-Mansour quitta Harrow plus tôt que prévu. Une année durant, il parcourut l'Europe, essayant de persuader Tripoli de son loyalisme et se faisant constamment repousser. En 1972, il prétendit avoir changé de vues, se réconcilia avec son père et rejoignit la cour en exil à Genève.

Alors qu'il s'y trouvait, il apprit les détails d'un complot fomenté par d'anciens officiers des Forces spéciales britanniques et financé par le Chancelier du Trésor du roi Idris. Ce complot visait à renverser Kadhafi par un contre-coup d'État, grâce à un raid commando sur les côtes libyennes d'un bateau appelé le *Léonard de Vinci*, en provenance de Gênes. Le but de l'opération était de prendre d'assaut la prison principale de Tripoli, surnommée le Tripoli Hilton, pour délivrer les chefs de clans nomades du désert, partisans du roi Idris, qui détestaient Muammar Kadhafi. Une fois libérés, ils se disperseraient, soulèveraient leurs tribus et renverseraient l'usurpateur. Hakim al-Mansour révéla immédiatement l'intégralité du plan à l'ambassade libyenne à Paris.

En fait, ce plan avait déjà été « éventé » (par la CIA qui devait s'en mordre les doigts par la suite) et le complot démantelé par les Forces de sécurité italiennes à la demande des Américains. Mais la démarche d'al-Mansour lui valut un long entretien dans les locaux de l'ambassade de Paris.

Il avait déjà mémorisé la plupart des discours décousus et des idées loufoques de Kadhafi, et son enthousiasme impressionna suffisamment l'officier qui l'interrogeait pour lui faire gagner son voyage de retour. Deux ans plus tard, il était détaché au Service de renseignements, le Moukhabarat.

Kadhafi en personne rencontra le jeune homme, le prit en sympathie et lui donna de l'avancement malgré son jeune âge. Entre 1974 et 1984, al-Mansour mena une série d'affaires « délicates » à l'étranger au bénéfice de Kadhafi, passant sans effort de l'Angleterre aux États-Unis et des États-Unis à la France, et l'on apprécia partout sa courtoisie et sa connaissance parfaite de la langue ; il fréquenta aussi les foyers terroristes du Moyen-Orient où il pouvait se montrer totalement arabe. Il organisa l'assassinat de trois opposants politiques de Kadhafi à l'étranger et noua des liens très étroits avec l'OLP en devenant l'ami intime et l'admirateur du cerveau de l'organisation Septembre-Noir, Abu Hassan Salameh, auquel il ressemblait beaucoup.

Seul un rhume de cerveau l'empêcha de rejoindre Salameh pour une partie de squash, à l'aube de ce jour de 1979 où le Mossad mit finalement la main sur celui qui avait organisé le massacre des athlètes israéliens aux Jeux olympiques de Munich et le réduisit en poussière. Le commando « kidon » (baïonnette) de Tel-Aviv ne sut jamais combien il avait été près de couper les ailes à deux oiseaux de la même volée avec une seule bombe.

En 1984, Kadhafi l'avait nommé responsable de toutes les opérations terroristes à l'étranger. Et deux ans plus tard, bombes et roquettes américaines avaient sérieusement ébranlé le système nerveux de ce dernier. Il tenait à se venger et Hakim al-Mansour avait pour tâche de le satisfaire rapidement. Du côté anglais, aucun problème ; les hommes (qu'il considérait d'un point de vue personnel comme des animaux) de l'IRA sèmeraient la mort et la désolation à travers toute la Grande-Bretagne, si on leur en donnait les moyens. Découvrir un groupe qui ferait de même sur le territoire américain faisait autrement problème. Et voici que surgissait à point nommé ce jeune Britannique, « renégat » ou pas...

« Mon visa, je vous le répète une fois encore, est parfaitement en règle, s'écria Rowse avec indignation. Pourrais-je savoir ce qui se passe, à la fin ?

— Mais certainement, Mr Rowse. La réponse est très simple. On vous refuse l'entrée en territoire libyen. »

Al-Mansour traversa la pièce d'un pas nonchalant jusqu'à la fenêtre et se plongea dans la contemplation des ateliers de maintenance aérienne.

« Mais pourquoi ? demanda Rowse. Mon visa m'a été accordé à La Valette hier. Il est en règle. Tout ce que je me propose, c'est de vérifier certains points de détail pour mon prochain roman.

— Je vous en prie, Mr Rowse, épargnez-moi ces protestations d'innocence. Vous êtes un ancien soldat des Forces spéciales britanniques, apparemment converti à la littérature. Et vous débarquez ici en prétendant vouloir donner une description de notre pays dans votre prochain ouvrage. Franchement, je doute que cette description soit très flatteuse et le peuple libyen, hélas, ne partage aucunement le goût très britannique de l'autodérision. Non, Mr Rowse, il est hors de question que vous séjourniez ici. Suivez-moi, je vais vous raccompagner jusqu'à l'avion pour Malte. »

Il lança un ordre en arabe et la porte s'ouvrit. Les deux soldats entrèrent. L'un d'eux s'empara du sac de voyage de Rowse. Al-Mansour ramassa le passeport sur la table. Le second soldat s'effaça pour laisser passer les deux civils.

Al-Mansour guida Rowse le long d'un couloir différent de celui de l'aller. Ils sortirent au grand jour. L'avion des lignes aériennes libyennes se tenait prêt à décoller.

« Mes bagages ? demanda Rowse.

— Ils sont déjà à bord, Mr Rowse.

— Puis-je savoir à qui j'ai eu l'honneur de parler ? ajouta ce dernier.

— Pas encore, mon cher. Appelez-moi simplement... Mr Aziz. Et où vont vous mener vos recherches en partant d'ici ?

— Je n'en sais rien, fit Rowse. J'ai l'impression d'être arrivé au terminus.

— Alors faites un break, suggéra al-Mansour. Prenez des petites vacances. Pourquoi ne pas vous rendre à Chypre ? C'est une île fort agréable. Personnellement, j'ai toujours eu un faible pour la fraîcheur des monts Troghodhos, à cette époque de l'année. Juste à la sortie de Pedhoulas, dans la vallée de la Marathassa, se trouve une charmante hostellerie nommée l'Apollonia. Je vous la recommande. Nombre de gens intéressants y séjournent. Faites bon voyage, Mr Rowse. »

Par une heureuse coïncidence, l'un des sergents du SAS le repéra à sa sortie de l'aéroport de La Valette. Ils ne l'espéraient pas si tôt de retour. Les deux hommes partageaient la même chambre à l'hôtel de l'aéroport, se relayant dans le hall des arrivées, à raison de quatre heures d'affilée chacun. Celui qui était en faction lisait un magazine sportif quand il vit Rowse franchir la douane, sa valise dans une main, son sac de voyage dans l'autre. Sans lever la tête, il laissa Rowse passer devant lui et le vit s'approcher du guichet des lignes aériennes chypriotes. Avisant un téléphone mural, il réveilla son collègue à l'hôtel. Celui-ci, à son tour, réveilla McCready, logé au centre de La Valette.

« Merde, jura-t-il. Qu'est-ce qui le ramène si vite, bon sang ?

— J'sais pas, Patron, fit le sergent. Mais, d'après Danny, il se renseigne sur les vols pour Chypre. »

McCready réfléchissait à toute allure. Il avait escompté que Rowse resterait plusieurs jours à Tripoli et qu'éventuellement, sa prétendue quête d'armement sophistiqué pour un groupe terroriste américain imaginaire provoquerait son arrestation et son interrogatoire par al-Mansour en personne. A présent, tout portait à croire qu'on l'avait refoulé. Mais pourquoi Chypre ? Rowse avait-il perdu la maîtrise des événements ? Il lui fallait arriver jusqu'à lui et découvrir ce qui s'était passé à Tripoli. Mais Rowse, au lieu de descendre dans un hôtel où on pourrait l'approcher secrètement pour obtenir un état de la situation, poursuivait sa route. Peut-être pensait-il être à présent surveillé par l'adversaire ?

« Bill, fit-il dans l'appareil, dis à Danny de ne pas le lâcher ; quand la voie sera libre, tâche de te renseigner au guichet d'Air Chypre. Puis retiens une place pour Danny sur le même vol que lui et deux places pour nous sur le vol suivant. Je vous rejoins là-bas le plus vite possible. »

Au coucher du soleil, la circulation est intense en plein centre de La Valette. Quand McCready arriva à l'aéroport, l'avion de la soirée à destination de Nicosie venait de décoller — avec Danny et Rowse à son bord. Il n'y avait pas d'autre vol avant le lendemain. McCready prit lui aussi une chambre à l'hôtel de l'aéroport. A minuit, il reçut un appel de Danny.

« Allô, l'Oncle. Je suis à l'hôtel de l'aéroport de Nicosie. Tatie vient d'aller se coucher.

— Elle doit être fatiguée, fit McCready. L'hôtel est bien ?

— Oui, charmant. On a une super-chambre. La 610.

— Tant mieux. Je descendrai probablement là, moi aussi, à mon arrivée. Et comment se passent les vacances jusqu'à présent ?

— Extra. Tatie a loué une voiture pour demain. Je pense que nous allons faire un petit tour dans les montagnes.

— Ça promet, fit McCready sur un ton jovial à son " neveu ", sa voix franchissant la Méditerranée orientale. Pourquoi ne pas réserver une chambre pour moi ? Je vous rejoindrai Tatie et toi dès que je pourrai. Bonne nuit, mon cher garçon. »

Et il raccrocha.

« Cet enculé va faire grimpette dans les montagnes demain, dit-il d'un air sombre. Qu'est-ce qu'il a bien pu apprendre, bordel, pendant son escale à Tripoli ?

— On le saura demain, Patron, dit Bill. Danny nous laissera un message à l'endroit habituel. »

Ne voyant jamais l'intérêt de laisser perdre de bonnes heures de sommeil, Bill se tourna contre le mur et dormait à poings fermés trente secondes plus tard. Dans sa profession, on ne savait jamais quand une occasion de dormir en paix se représenterait.

L'avion de McCready en provenance de La Valette atterrit à l'aéroport de la capitale chypriote peu après onze heures, ayant perdu une heure à cause du changement de fuseau horaire. Il avait veillé à être nettement séparé de Bill, bien qu'ils soient descendus du même avion et aient emprunté la même navette jusqu'à l'hôtel de l'aéroport. McCready s'installa au bar dans le hall tandis que Bill gagnait la chambre 610.

Une femme de chambre y faisait le ménage. Bill, avec force sourires et hochements de tête, expliqua qu'il avait oublié son rasoir et pénétra dans la salle de bains. Danny avait scotché son rapport sous le couvercle de la chasse d'eau. Bill ressortit de la salle de bains, fit un signe de tête à la femme de chambre en lui montrant le rasoir qu'il avait pris dans sa poche ; elle le gratifia en retour d'un sourire et il regagna le rez-de-chaussée.

Ils firent l'échange dans les toilettes pour hommes, près du hall. McCready s'isola dans l'une des cabines pour y lire le rapport.

Il valait mieux que Rowse n'eût pas essayé d'entrer en contact avec eux. Selon Danny, peu après que Rowse eut franchi la douane à l'aéroport de La Valette, il avait été pris en filature par un jeune homme au teint olivâtre, en costume de couleur fauve. L'agent libyen n'avait pas lâché Rowse d'une semelle jusqu'au décollage de l'avion d'Air Chypre pour Nicosie. Mais il n'était pas monté à bord. Un autre agent, prévenu sans doute par le Bureau du Peuple libyen à Nicosie, l'attendait à l'aéroport et avait filé Rowse jusqu'à l'hôtel, où il avait passé la nuit dans le hall. Si Rowse avait repéré les deux hommes, il n'en avait rien laissé paraître. Danny, lui, les avait repérés et était demeuré bien en retrait.

Rowse avait demandé au comptoir de la réception qu'on lui loue une voiture pour le lendemain matin sept heures. Bien plus tard, Danny avait fait de même. Rowse avait également réclamé une carte de l'île et s'était renseigné auprès du chef réceptionniste sur le meilleur itinéraire pour se rendre dans le massif du Troghodhos.

A la fin de son rapport, Danny avait précisé qu'il quitterait l'hôtel à cinq heures, se garerait de façon à surveiller l'unique issue du parking et attendrait que Rowse apparaisse. Il ignorait si le correspondant libyen suivrait Rowse jusque dans les montagnes ou s'assurerait simplement de son départ. Lui, Danny, resterait le plus près possible et appellerait le hall de l'hôtel quand il serait sûr du point de chute de Rowse et aurait déniché un téléphone public. Il demanderait à parler à Mr Meldrum.

McCready regagna le hall et passa un rapide coup de fil à l'ambassade britannique depuis l'une des cabines. Quelques minutes plus tard, il parlait au chef de la station du SIS, poste de première importance compte tenu de la présence de bases britanniques sur Chypre et de la proximité du Liban, de la Syrie, d'Israël et des divers bastions palestiniens, de l'autre côté de la mer. McCready avait connu en son temps son collègue à Londres et vit ses exigences rapidement satisfaites — à savoir une voiture banalisée et un chauffeur parlant grec couramment qu'il aurait dans l'heure qui suivait.

On appela Mr Meldrum à deux heures dix. McCready prit le combiné des mains du chef réceptionniste. La comédie habituelle de l'oncle et du neveu se répéta.

« Allô, comment vas-tu, mon garçon ? Ça me fait plaisir d'avoir de tes nouvelles.

— Allô, l'Oncle. Avec Tatie, on vient de s'arrêter pour déjeuner dans un hôtel très agréable, à la sortie de Pedhoulas, un village tout en haut des montagnes. Il s'appelle l'Apollonia, je pense que Tatie va vouloir rester ici, c'est tellement joli. Comme la voiture nous a donné des soucis sur la fin du voyage, je l'ai confiée à un garagiste de Pedhoulas qui s'appelle Mr Demetriou.

— Ce n'est pas grave. Et les oliviers ?

— On n'en voit pas par ici, mon Oncle. C'est trop haut. Il n'y a que des pommiers et des cerisiers. Les oliviers poussent seulement en plaine. »

McCready reposa le combiné et se rendit aux toilettes pour hommes. Bill le suivit. Ils attendirent le départ de l'unique autre occupant, puis vérifièrent chaque cabine avant de parler.

« Danny va bien, Patron ?

— Mais oui. Il a filé Rowse jusqu'à un hôtel des Troghodhos. Il semble que Rowse y ait pris une chambre. Danny est au village dans un certain garage Demetriou, où il nous attend. Le Libyen au teint olivâtre est resté ici ; apparemment ça lui a suffi que Rowse aille là où il devait aller. La voiture ne va pas tarder. Je veux que tu boucles ton sac et que tu y ailles. Attends-nous à deux kilomètres d'ici sur la route. »

Trente minutes plus tard, la voiture de Mr Meldrum avait été avancée. C'était une Ford Orion quelque peu cabossée, unique et véritable caractéristique d'une voiture « banalisée » sur l'île de Chypre. Le chauffeur était un agent, jeune et alerte, de la Station de Nicosie ; il s'appelait Bertie Marks et parlait couramment le grec. Au passage, ils prirent Bill, qui les attendait à l'ombre d'un arbre sur le bord de la route, et se dirigèrent vers le massif montagneux du Sud-Ouest. C'était un long trajet. Le soir tombait quand ils atteignirent Pedhoulas, pittoresque village et capitale de la cerise des monts Troghodhos.

Danny les attendait dans un café en face du garage. Le pauvre Mr Demetriou n'avait pas encore réparé la voiture de location — Danny avait fait en sorte, quand il avait saboté le moteur, que cela prenne une bonne demi-journée pour le remettre en état.

Il leur désigna l'hôtel Apollonia ; puis Bill et lui inspectèrent la campagne environnante de l'œil exercé du professionnel. Comme le crépuscule s'accentuait, ils optèrent pour le versant de la vallée qui faisait face à la magnifique terrasse de l'hôtel où l'on servait les repas, ramassèrent leurs affaires et disparurent en silence entre les cerisiers. L'un d'eux tenait l'émetteur radio portatif que Marks avait apporté de Nicosie. McCready gardait l'autre avec lui. Les deux membres du SIS s'installèrent dans une auberge moins prétentieuse du village.

306

Rowse était arrivé à l'heure du déjeuner après un trajet agréable et buissonnier. Il supposait que ses anges gardiens du SAS le filaient, du moins espérait-il que c'était le cas.

La veille au soir à Malte, il avait fait traîner délibérément les formalités à la douane. Tous les autres passagers, sauf un, en avaient terminé avant lui. Seul le jeune agent de la Moukhabarat au teint olivâtre était resté en arrière. C'est ainsi qu'il sut qu'Hakim al-Mansour l'avait fait suivre. Il n'avait pas cherché à repérer les sergents du SAS dans la foule, espérant qu'ils ne tenteraient pas de l'approcher.

Il savait par ailleurs que son « fileur » de Tripoli n'avait pas pris le vol pour Nicosie. Aussi en avait-il conclu qu'un autre assurerait le relais à son arrivée à Malte. Il ne s'était pas trompé. Rowse avait agi avec un naturel parfait et avait bien dormi. Il s'aperçut que le Libyen le lâchait après l'aéroport et espéra seulement qu'un agent du SAS était quelque part derrière lui. Il prit tout son temps et ne se retourna pas une seule fois pour rétablir le contact : un autre Libyen pouvait être posté à flanc de colline.

Il y avait une chambre libre à l'Apollonia. Peut-être al-Mansour avait-il fait en sorte qu'elle soit disponible, ou peut-être pas. C'était une chambre agréable avec une vue extraordinaire sur la vallée et au-delà sur un côteau couvert de cerisiers, qui commençaient à perdre leurs fleurs.

Il déjeuna frugalement d'un délicieux ragoût d'agneau local, arrosé d'un vin rouge léger d'Omhodos, et prit des fruits pour dessert. L'hôtel était une ancienne taverne, bien rénovée et modernisée par des ajouts tels que la salle à manger en terrasse, construite sur pilotis et dominant la vallée ; les tables étaient bien séparées sous des parasols à rayures. Peu de clients étaient descendus déjeuner. Un homme d'un certain âge aux cheveux d'un noir de jais, assis tout seul à une table d'angle, s'adressait au serveur dans un anglais hésitant et plusieurs couples, des Chypriotes à n'en pas douter, étaient simplement de passage pour le déjeuner. Au moment où il avait pénétré sur la terrasse, une très jolie jeune femme l'avait quittée. Rowse s'était retourné sur elle ; elle était du type à faire tourner les têtes et, à en juger par sa crinière blonde, n'était pas originaire de Chypre. Il avait remarqué que les trois serveurs pétris d'admiration avaient salué profondément son départ, avant que l'un d'eux daigne l'escorter jusqu'à sa table.

Après le déjeuner, il alla faire une sieste dans sa chambre. Si les allusions laborieuses d'al-Mansour signifiaient qu'il était maintenant « en place », il ne pouvait rien faire d'autre que voir venir. Il avait appliqué à la lettre la marche à suivre. La balle était maintenant dans le camp des Libyens. Il espérait seulement, en cas de coup dur, pouvoir toujours compter sur un soutien quelconque dans les environs.

Au moment où il achevait sa sieste, le soutien logistique s'était effectivement mis en place. Les deux sergents avaient découvert une cahute en pierres au milieu des cerisiers, au flanc de la colline qui faisait face à la terrasse de l'hôtel. En retirant soigneusement l'une des pierres dans la paroi tournée vers la vallée, ils s'étaient ménagé un bon observatoire pour surveiller l'hôtel à sept cents mètres de là. Grâce à la puissance de leurs jumelles, la terrasse paraissait à six mètres à peine.

La fin du crépuscule approchait quand ils appelèrent McCready pour lui indiquer comment rejoindre leur planque depuis l'autre versant de la montagne. Marks suivit leurs indications en voiture et, à la sortie de Pedhoulas, après avoir emprunté et descendu deux pistes, ils virent Danny se dresser devant eux.

Abandonnant le véhicule, McCready suivit Danny ; ils contournèrent le flanc de la montagne, disparurent dans le verger de cerisiers et purent ainsi gagner la cahute, sans craindre d'avoir été aperçus de l'autre côté de la vallée. Bill tendit à McCready ses jumelles à infrarouge qui permettaient de voir de nuit comme en plein jour.

Sur la terrasse, on allumait les lumières. Une guirlande d'ampoules de couleur délimitait le périmètre de la salle à manger et des chandelles étaient piquées dans des bougeoirs sur chaque table.

« Il nous faudra des habits de paysan chypriote demain, Patron, murmura Danny. On pourra pas circuler longtemps dans le coin, habillés comme ça. »

McCready nota mentalement d'envoyer Marks dans la matinée acheter, dans un autre village, les blouses et pantalons de toile dont ils avaient vu les ouvriers agricoles accoutrés en venant. Avec de la chance on ne viendrait pas les déranger dans cette cahute ; au mois de mai, c'était trop tard pour vaporiser les cerisiers et encore trop tôt pour la cueillette des fruits. Le toit à demi effondré de la cahute montrait assez qu'elle était à l'abandon. Partout de la poussière ; contre un mur, des bêches et des pioches au manche fendu. Aux yeux des sergents du SAS qui avaient planqué des semaines durant, trempés par l'humidité des collines d'Ulster, l'endroit tenait du quatre étoiles.

« Bonjour le morceau », murmura Bill qui avait repris les jumelles. Il les passa à McCready.

Une jeune femme avait gagné la terrasse de l'hôtel. L'un des serveurs, l'air rayonnant, l'escortait jusqu'à une table. Elle ne portait qu'une simple robe blanche, très élégante, sur son bronzage doré. Ses cheveux blonds tombaient sur ses épaules. Elle prit place et commanda apparemment quelque chose à boire.

« Gardez l'esprit concentré sur le travail, grommela McCready. Où est Rowse ? »

Les sergents eurent un sourire jaune.

« Ah ouais, lui. Premier étage au-dessus de la terrasse. Troisième fenêtre à droite. »

McCready y braqua les jumelles. Aucune fenêtre n'avait les rideaux tirés et il y avait de la lumière dans plusieurs. McCready aperçut une silhouette, une serviette de bain drapée autour de la taille, sortir de la douche et traverser la chambre. C'était Rowse. Jusque-là, parfait. Mais aucun des « affreux » n'avait pointé le bout de son nez. Deux autres clients s'installèrent sur la terrasse ; un homme d'affaires, Levantin grassouillet, aux doigts duquel des bagues lançaient leurs feux, et un individu d'un âge certain, qui alla s'asseoir dans une partie reculée de la terrasse et se mit à étudier le menu. McCready soupira. Son existence avait eu son lot d'insupportables attentes et il détestait ça toujours autant. Il rendit les jumelles et vérifia l'heure à sa montre. Sept heures et quart. Il se donnait deux heures avant de rentrer au village dîner avec Marks. Les deux sergents veilleraient toute la nuit. C'était leur point fort — avec l'action violente.

Rowse s'habilla et jeta un œil à sa montre. Sept heures vingt. Il ferma sa chambre à clé et descendit prendre un verre sur la terrasse avant le dîner. Le soleil avait disparu derrière les hauteurs et la silhouette des montagnes se découpait, violemment éclairée par-derrière, tandis que l'extrémité de la vallée plongeait dans une obscurité épaisse. A Paphos, sur la côte, on pouvait encore jouir d'une chaude soirée de fin de printemps et d'une heure de soleil supplémentaire.

Il n'y avait que trois personnes sur la terrasse : un homme corpulent de type méditerranéen, le vieux à l'incroyable chevelure noire et la femme blonde. Elle lui tournait le dos, les yeux fixés sur le panorama de la vallée. Un serveur s'approcha. Rowse lui désigna de la tête la table voisine de celle de la jeune femme, tout contre la balustrade. Le serveur eut un large sourire et se hâta de l'y précéder. Rowse commanda un ouzo et une carafe d'eau de source fraîche.

Au moment où il s'asseyait, la jeune femme lui jeta un regard de biais. Il la salua en murmurant « Bonsoir ». Elle lui rendit son salut et se replongea dans sa contemplation de la vallée obscurcie. Son ouzo arriva.

Lui aussi regarda la vallée.

« Puis-je vous proposer un toast ? » dit-il au bout d'un moment.

Elle tressaillit.

« Un toast ? »

Il leva son verre vers les montagnes, ensevelies dans l'ombre, postées en sentinelle autour d'eux et baignées dans le halo orange flamboyant du couchant.

« A la tranquillité et au spectacle de la beauté. »

Elle esquissa un sourire.

« A la tranquillité », fit-elle en buvant une gorgée de vin blanc sec. Le serveur apporta deux menus. Ils les consultèrent chacun de leur côté. Elle commanda une truite des montagnes.

« Je ne saurais faire un meilleur choix. La même chose, s'il vous plaît », dit Rowse au serveur. Ce dernier s'éloigna.

« Vous dînez seule ? demanda calmement Rowse.

— Mais oui, dit-elle, sur ses gardes.

— Moi aussi, ajouta-t-il. Et ça me chagrine car je suis un homme qui craint Dieu. »

Elle fronça les sourcils, l'air perplexe.

« Qu'est-ce que Dieu a à voir dans cette affaire ? »

Il s'aperçut qu'elle n'avait pas l'accent anglais, sa voix avait des intonations nasillardes et voilées à la fois. Américaine ? Il continua à montrer le paysage.

« Cette paix, ces montagnes, ce soleil mourant, cette soirée. Il a créé tout cela, mais sûrement pas le fait de dîner seul devant sa création. »

Elle éclata de rire, dévoilant des dents parfaites dans son visage doré par le soleil. Tâche de les faire rire, lui avait dit son père, elles adorent qu'on les fasse rire.

« Puis-je me joindre à vous ? Le temps de ce dîner ?

— Pourquoi pas ? Le temps de ce dîner. »

Il prit son verre et alla s'installer en face d'elle.

« Tom Rowse, se présenta-t-il.

— Monica Browne », répondit-elle.

Puis ils parlèrent de choses et d'autres. Il lui expliqua qu'il était un romancier dont les livres se vendaient moyennement et qu'il était venu faire des recherches dans la région pour son prochain ouvrage, qui traiterait de la politique du Proche et du Moyen-

Orient. Il avait décidé de terminer son périple en Méditerranée orientale en prenant quelques jours de repos dans cet hôtel, dont un ami lui avait vanté le calme et la bonne chère.

« Et vous ? demanda-t-il.

— Rien d'aussi passionnant. J'élève des chevaux et je suis venue acheter trois étalons pur-sang. Mais les formalités d'embarquement n'en finissent pas. Alors — elle haussa les épaules — j'ai du temps à perdre. J'ai pensé que ce serait plus agréable par ici qu'en cuisant dans mon jus sur les quais.

— Vous avez trouvé des étalons à Chypre ? s'étonna-t-il.

— Non, en Syrie. A la vente de yearlings d'Hama ; des arabes pure race. Les plus beaux. Saviez-vous que toutes les races chevalines d'Angleterre sont issues en fait de trois étalons arabes ?

— Trois seulement ? Non, je l'ignorais. »

Elle débordait d'enthousiasme pour ses chevaux. Il apprit qu'elle était l'épouse du major Eric Browne, beaucoup plus âgé qu'elle, et qu'ils dirigeaient à Ashford un haras dont ils étaient propriétaires. Elle était originaire du Kentucky, où elle avait acquis ses connaissances en matière de pur-sang et de courses hippiques. Rowse connaissait vaguement Ashford, petite ville du Kent sur la route Londres-Douvres.

On leur servit les truites, délicieusement grillées sur un brasero et accompagnées d'un vin blanc sec de la région, des coteaux de la vallée de la Marathassa. A l'intérieur de l'hôtel, au-delà des portes du patio ouvertes sur la terrasse, un groupe de trois hommes avait pénétré dans le bar.

« Et quand aurez-vous une réponse ? demanda Rowse. Pour les étalons, je veux dire ?

— D'un jour à l'autre, j'espère. Je me fais du souci pour eux. Peut-être aurais-je dû rester en Syrie. Ils sont terriblement fougueux. Et le transport les rend nerveux. Mais j'ai un très bon agent maritime ici. Il me préviendra de leur arrivée et je veillerai moi-même à leur embarquement. »

Les hommes du bar achevèrent leur whisky et on les achemina vers une table de la terrasse. Rowse saisit des bribes de leur accent. D'une main ferme, il porta à sa bouche un morceau de truite piqué sur sa fourchette.

« Demande à ton gars de nous apporter une autre tournée », dit l'un des trois hommes.

« Patron », dit calmement Danny de l'autre côté de la vallée.

McCready sauta sur ses pieds et s'approcha de l'ouverture

311

ménagée entre les pierres. Danny lui tendit les jumelles et recula d'un pas. McCready ajusta la mise au point et laissa échapper un long soupir.

« Bingo ! fit-il en repassant les jumelles à Danny. Continue à les avoir à l'œil. Je m'en retourne avec Marks surveiller la façade de l'hôtel. Toi, Bill, tu viens avec moi. »

Il faisait à présent si noir au flanc de la montagne qu'ils pouvaient rejoindre la voiture sans crainte d'être aperçus.

Sur la terrasse, Rowse focalisait toute son attention sur Monica Browne. En un clin d'œil, il avait appris tout ce qu'il avait besoin de savoir. Il n'avait encore jamais vu deux des Irlandais. Le troisième, le leader du groupe, ça crevait les yeux, était Kevin Mahoney.

Rowse et Monica Browne refusèrent les desserts et commandèrent des cafés. De petits bonbons poisseux les accompagnaient. Monica hocha la tête, d'un air désapprobateur.

« Ce n'est pas du tout indiqué pour la ligne, fit-elle.

— La vôtre ne risque vraiment rien. Elle est du tonnerre », dit Rowse.

Elle balaya d'un éclat de rire le compliment, qui ne lui déplut pas. Elle se pencha vers lui. A la lueur des bougies, Rowse put avoir un léger aperçu de la profondeur vertigineuse de son décolleté.

« Vous connaissez ces hommes ? lui demanda-t-elle d'un air grave.

— Non, je ne les ai jamais vus, dit-il.

— Eh bien, l'un d'entre eux me paraît vous examiner beaucoup. »

Rowse ne voulait pas se retourner pour les fixer. Mais après une telle remarque, il aurait été suspect de ne pas le faire. Tout en mâchant sa côtelette d'agneau, Kevin Mahoney, le beau ténébreux, ne le quittait pas des yeux. Et il ne les détourna pas quand Rowse pivota sur sa chaise. Ils se mesurèrent du regard. Rowse lut dans celui de Mahoney un certain malaise et de l'embarras. Ceux qu'on éprouve en essayant de resituer une personne à qui l'on trouve un air de déjà vu. Rowse lui tourna à nouveau le dos.

« Eh bien, non. Ce sont de parfaits inconnus.

— Des inconnus d'une grossièreté sans nom, alors.

— Quel est cet accent ? demanda Rowse.

— Irlandais, dit-elle. Irlandais du Nord.

— Et où avez-vous donc appris à distinguer les différents accents irlandais ?

312

— Sur les terrains de courses, évidemment. Eh bien, Tom, j'ai passé un agréable moment mais si vous voulez bien m'excuser, je vais aller me coucher. »

Elle se leva et Rowse fit de même.

« Je suis d'accord avec vous, ce fut un merveilleux dîner. J'espère que nous aurons l'occasion de recommencer. »

Il guetta vainement un signe qui trahirait son envie qu'il la raccompagne. Elle venait d'avoir trente ans, faisait montre d'indépendance et était loin d'être bête. Si elle le désirait, elle le lui ferait comprendre d'une manière ou d'une autre, discrètement. Dans le cas contraire, ce serait stupide de tout gâcher. Elle lui adressa un sourire radieux et se retira. Rowse prit un autre café, continua d'ignorer le trio irlandais et contempla la masse sombre des montagnes. Il les entendit bientôt se replier sur le bar et leur verre de whisky.

« Je vous avais dit que l'endroit était charmant », dit une voix profonde et distinguée derrière lui.

Hakim al-Mansour, habillé à la perfection comme à l'accoutumée, se glissa à la place laissée vacante et commanda un café d'un geste. De l'autre côté de la vallée, Danny reposa les jumelles et murmura rapidement quelques mots dans l'émetteur radio. Dans la Ford Orion, garée sur la route en surplomb de l'entrée principale de l'Apollonia, McCready était tout ouïe. Il n'avait pas vu le Libyen entrer dans l'hôtel, mais il avait pu s'y trouver depuis des heures.

« Tiens-moi au courant », ordonna-t-il à Danny.

« En effet, Mr Aziz, répondit Rowse avec sang-froid. C'est le cas. Mais si vous désiriez me parler, pourquoi m'avoir fait expulser de Libye ?

— Oh je vous en prie, évitons le terme " expulser ", dit al-Mansour de son ton languissant. Parlons plutôt de " refus d'admission ". Eh bien, la raison était que je désirais m'entretenir avec vous dans la plus stricte intimité. Même dans mon pays, il y a des formalités à remplir, des registres à tenir, la curiosité de mes supérieurs à satisfaire. Ici... ne règnent que la paix et la sérénité. »

Sans compter la facilité de liquider quelqu'un en toute quiétude et d'abandonner aux autorités chypriotes le soin de justifier un cadavre britannique, songea Rowse.

« Alors, fit-il, je dois vous remercier de bien vouloir consentir à m'aider dans mes recherches. »

Hakim al-Mansour rit doucement.

« Je crois que le moment est venu de renoncer à ce paravent

imbécile, Mr Rowse. Vous savez, avant que certains... animaux... ne mettent fin à ses tourments, Herr Kleist, votre défunt ami, s'est montré plutôt disert. »

Rowse se retourna vivement vers lui, amer et furieux.

« Les journaux ont raconté qu'il avait été victime d'une vengeance du milieu de la drogue.

— Hélas, non. Ceux qui sont responsables de ce qu'on lui a fait se livrent en effet au commerce de la drogue ; mais leur enthousiasme les porte de préférence à poser des bombes dans les endroits publics, en Angleterre principalement.

— Mais pourquoi ? Pourquoi ces Irlandais de merde se seraient-ils intéressés à Ulrich ?

— Il ne les intéressait pas, mon cher Rowse. Ce qui les intéressait vraiment, c'était de découvrir ce que vous fabriquiez à Hambourg, et ils ont pensé que votre ami pouvait le savoir ou du moins en avoir une idée. C'était le cas. Kleist paraissait convaincu que toutes vos balivernes concernant des terroristes américains " fictifs " masquaient un tout autre dessein. Cette information, s'ajoutant à des renseignements ultérieurs obtenus à Vienne, m'a amené à considérer qu'il pouvait y avoir un certain intérêt à s'entretenir avec un homme tel que vous. J'espère ne pas me tromper, Mr Rowse ; et dans votre propre intérêt, je l'espère de tout cœur. L'heure de cet entretien a sonné. Mais pas ici. »

Deux hommes, grands et le teint olivâtre, avaient surgi derrière Rowse.

« A mon avis, nous devrions aller faire une petite promenade, dit al-Mansour.

— Le genre de promenade dont on revient ? demanda Rowse.

— Cela dépendra beaucoup de votre capacité à répondre à quelques questions simples d'une façon satisfaisante », déclara al-Mansour en se levant.

McCready guettait la voiture quand elle franchit le portail de l'Apollonia pour s'engager sur la route ; Danny l'avait prévenu. Il vit la voiture des Libyens s'éloigner de l'hôtel. Rowse était assis à l'arrière, encadré par les deux « patibulaires ».

« On les suit, Chef ? demanda Bill, sur la banquette arrière de la Ford Orion.

— Non », dit McCready.

Tenter de les suivre, tous feux éteints, serait suicidaire sur cette route en lacets. Quant à allumer les phares, ce serait vendre la mèche. Al-Mansour avait parfaitement choisi son terrain.

« S'il en réchappe, Rowse nous dira de quoi il retourne. Dans le cas contraire... eh bien, le voilà du moins qui joue sa partie. Ils sont en train d'examiner l'appât. Nous saurons demain matin s'ils y ont mordu ou non. Au fait, Bill, peux-tu te faufiler dans cet hôtel sans qu'on te remarque ? »

Bill eut l'air d'avoir été gravement insulté.

« Glisse ça sous sa porte », dit McCready en tendant au sergent un dépliant touristique.

Le trajet dura une heure. Rowse se força à ne pas se retourner. Mais par deux fois, le chauffeur ayant négocié des virages en épingle à cheveux, Rowse put apercevoir la route qu'ils venaient de parcourir ; aucune lueur de phares ne les suivait. Le chauffeur s'arrêta à deux reprises au bord de la route, éteignit les phares et attendit cinq minutes. Personne ne les dépassa. Un peu avant minuit, ils arrivèrent devant une villa imposante dont ils franchirent la grille en fer forgé. Rowse, transporté, fut poussé vers la porte qu'ouvrit un autre Libyen poids lourd. En comptant al-Mansour, ils étaient cinq. A cinq contre un, le rapport était trop fort.

Un autre homme les attendait dans le grand salon où on le précipita : trapu, un visage brutal aux traits épais, avec des bajoues, du ventre et de grosses mains rouges, la cinquantaine environ. Il n'était pas libyen, c'était évident. Sans rien laisser paraître, Rowse le reconnut immédiatement. Ce visage faisait partie de la Galerie des Monstres de McCready ; on le lui avait désigné comme susceptible de croiser sa route si jamais il acceptait de plonger dans l'univers du terrorisme au Moyen-Orient.

Frank Terpil était un ancien de la CIA, que l'Agence avait viré en 1971. Peu après, il avait embrassé sa véritable — et fort lucrative — vocation : la fourniture de matériel de torture en tout genre et de conseils experts en matière de terrorisme auprès du maréchal Idi Amin Dada en Ouganda. Quand le monstre de Kampala fut renversé et son effroyable Service de recherches d'État démantelé, il avait déjà présenté l'Américain à Muammar Kadhafi. Depuis lors, Terpil, associé parfois à un autre renégat, Ed Wilson, s'était spécialisé dans la livraison d'un vaste éventail technologique d'équipement aux groupuscules terroristes les plus extrémistes du Moyen-Orient, tout en demeurant au service du dictateur libyen.

Bien qu'il eût coupé les ponts depuis une quinzaine d'années avec la communauté occidentale du Renseignement, on le considérait toujours en Libye comme l'expert « américain ». Ce qui lui permettait de masquer le fait qu'à la fin des années 1980, il était complètement hors du coup.

On désigna à Rowse une chaise au beau milieu de la pièce. Le mobilier était presque entièrement dissimulé sous des housses. Il était évident que la villa était la résidence d'été de quelque famille fortunée qui l'avait fermée pour l'hiver. Les Libyens en avaient pris possession uniquement pour la soirée, ce qui expliquait qu'on n'eût pas bandé les yeux à Rowse.

Al-Mansour retira l'une des housses et s'installa avec moult précautions sur une chaise à haut dossier tendue de brocart. Une ampoule nue pendait au-dessus de la tête de Rowse. Terpil, sur un signe de tête d'al-Mansour, s'approcha d'un pas pesant.

« OK mon garçon, on va causer. Tu as fait le tour de l'Europe pour trouver des armes. Des armes très spéciales. Que mijotes-tu, en réalité, bordel ?

— J'effectue des recherches pour mon prochain roman. J'ai tenté d'expliquer ça une bonne dizaine de fois. Il ne s'agit que d'un roman. C'est mon job ; c'est ma façon de gagner ma vie d'écrire des thrillers qui mettent en scène des soldats, des espions, des terroristes — des terroristes imaginaires. »

Terpil le frappa une seule fois, sur le visage, de côté. Le coup était suffisamment fort pour indiquer qu'il en tenait d'autres en réserve et à foison.

« Arrête tes conneries, dit-il sans animosité aucune. D'une façon ou d'une autre, je saurai la vérité. Ça pourrait se faire sans douleur — pour moi, c'est du pareil au même. Pour qui tu travailles réellement ? »

Rowse s'arracha son histoire lentement — on l'avait briefé en ce sens —, se souvenant parfois avec exactitude de certaines choses, parfois devant fouiller dans sa mémoire.

« Quel magazine ?
— *Soldier of Fortune*.
— Quel numéro ?
— Celui d'avril... ou de mai, l'année dernière. Oui, celui de mai. Pas celui d'avril.
— Et qu'est-ce qu'elle disait cette petite annonce ?
— RECHERCHONS EXPERT EN ARMEMENT EN EUROPE, POUR POSTE INTÉRESSANT... ou quelque chose d'approchant. Avec un numéro de boîte postale.
— Tu te fous de ma gueule. J'achète cette revue tous les mois. J'ai jamais vu cette annonce.

— Elle est passée. Vérifiez.

— Oh, nous n'y manquerons pas », murmura al-Mansour, depuis le coin de la pièce où il prenait des notes avec un mince stylo d'or sur un bloc de chez Gucci.

Rowse savait que Terpil bluffait. Une annonce de ce type avait paru dans *Soldier of Fortune*. C'est McCready qui l'avait dénichée et s'était assuré, après quelques coups de fil passés à ses amis de la CIA et du FBI — du moins Rowse l'espérait-il ardemment — que l'auteur de l'annonce ne serait pas en mesure de démentir avoir jamais reçu une réponse d'un certain Mr Thomas Rowse, en Angleterre.

« Alors tu as répondu ?

— Ouais. Papier sans en-tête. Adresse de complaisance. J'ai indiqué ma formation et mon domaine de spécialisation. Et les instructions pour me répondre. Au cas où.

— C'est-à-dire ?

— Une petite annonce dans le *London Daily Telegraph*. »

Il récita le libellé qu'il avait appris par cœur.

« L'annonce a paru ? Ils ont pris contact ?

— Ouais.

— A quelle date ? »

Rowse la donna. Octobre dernier. McCready avait également déniché cette annonce-là. Il l'avait choisie au hasard, une petite annonce parfaitement authentique d'un citoyen britannique innocent, dont les termes étaient adéquats. La direction du *Telegraph* avait accepté de modifier les registres pour faire croire qu'elle avait été passée depuis l'Amérique par quelqu'un qui en avait réglé le montant cash.

L'interrogatoire se poursuivit. Il évoqua le coup de téléphone qu'il avait reçu d'Amérique, après avoir fait paraître une autre annonce dans le *New York Times* (qu'on avait découverte aussi après des heures de recherche — une annonce véridique comportant un numéro de téléphone britannique. Celui de Rowse avait été modifié pour lui correspondre).

« Pourquoi toutes ces précautions dans la prise de contact ?

— J'ai pensé qu'une certaine discrétion s'imposait au cas où l'auteur de l'annonce d'origine se révélerait être un fou. Et aussi que mon goût du secret pourrait impressionner qui que ce fût.

— Et ça a marché ?

— Apparemment. Mon interlocuteur m'a dit qu'il avait apprécié. Et une rencontre a été organisée. »

Quand ? En novembre dernier. Où ? A l'hôtel George-V à Paris. Et à quoi ressemblait-il ?

« Assez jeune, très bien habillé, parfaite élocution. Il n'était pas descendu à l'hôtel. J'ai vérifié. Il se faisait appeler Galvin Pollard. Certainement un pseudo. Le genre yuppie.

— Le genre quoi ? fit Terpil, décontenancé.

— Jeune cadre dynamique, expliqua al-Mansour de son ton traînant. Vous n'êtes plus dans le coup, mon vieux. »

Terpil devint cramoisi.

Qu'avait-il dit ? Qu'il représentait un groupe d'extrême gauche que le gouvernement Reagan excédait et rendait malade, en montrant de l'hostilité envers les Soviétiques et les pays du Tiers Monde. En envoyant par exemple aux frais du contribuable l'aviation américaine bombarder femmes et enfants à Tripoli, au mois d'avril précédent.

« Et il a fourni une liste de ce qu'il voulait ?

— Oui.

— Celle-ci ? »

Rowse y jeta un œil. C'était une copie de celle qu'il avait montrée à Kariaguine à Vienne. Ce dernier devait avoir une excellente mémoire.

« Oui.

— Des mines Claymore, rien que ça. Du Semtex-H. Des valises piégées. Tous les trucs high-tech. Et qu'est-ce qu'ils veulent faire avec tout ça, bon Dieu de merde ?

— Leur émissaire m'a dit qu'ils voulaient frapper un grand coup. Il a fait allusion à la Maison-Blanche et au Sénat. Il m'a semblé particulièrement branché sur le Sénat. »

Rowse se laissa soutirer les détails financiers de l'opération : le compte du *Kreditanstalt* à Aix-la-Chapelle et les cinq cent mille dollars qui s'y trouvaient (grâce à McCready, un compte de ce type existait, antidaté pour s'adapter à la période en question. Et le secret bancaire n'est pas si bien gardé en réalité. Les Libyens le vérifieraient quand ils le voudraient).

« Et pourquoi tu as marché dans la combine ?

— Il y avait une commission de vingt pour cent. Cent mille dollars.

— Que dalle !

— Pas pour moi.

— Tu écris des thrillers, souviens-toi.

— Ils ne se vendent pas si bien que ça. Malgré le baratin publicitaire de l'éditeur. Je voulais me faire un *bob* ou deux.

— Un *bob* ou deux ?

— Des shillings, murmura al-Mansour, c'est l'équivalent anglais de la thune ou de l'oseille. »

A quatre heures du matin, Terpil et al-Mansour se réunirent en petit comité dans une pièce voisine pour y parler tranquillement.

« Serait-il possible qu'existât aux États-Unis un groupe d'extrémistes prêt à exécuter un attentat d'envergure contre la Maison-Blanche et le Sénat ? demanda al-Mansour.

— Pour sûr, rétorqua le robuste Américain qui détestait sa patrie d'origine. Dans un pays de cette taille, il y a toutes sortes de barjos. Une mine Claymore dissimulée dans une valise au beau milieu de la pelouse de la Maison-Blanche. Merde, vous imaginez un peu ? »

Al-Mansour avait beaucoup d'imagination. La mine Claymore est l'une des bombes antipersonnelles les plus dévastatrices jamais mises au point. Elle épouse la forme d'un disque et expédie grâce au souffle de l'explosion des milliers de billes d'acier dans son périmètre. Une vague de projectiles de ce type hacherait menu des centaines d'individus. A une heure d'affluence moyenne, une Claymore n'épargnerait que quelques banlieusards sur les milliers faisant la navette si on la mettait à feu dans une gare. C'est pour cette raison que l'utilisation de ce type d'armement est strictement contrôlée par les Américains. Mais il y a toujours des copies...

A quatre heures et demie du matin, les deux hommes regagnèrent le salon. Bien que Rowse l'ignorât, les dieux lui étaient favorables cette nuit-là. Al-Mansour avait besoin de mettre sans délai quelque chose sous la dent de son chef pour apaiser son désir de vengeance envers l'Amérique ; quant à Terpil, il lui fallait prouver à ses hôtes qu'il était toujours l'homme de la situation, concernant les États-Unis et l'Occident. Finalement, les deux hommes furent convaincus pour la meilleure raison du monde : parce qu'ils voulaient l'être.

« Vous pouvez partir, Mr Rowse, dit al-Mansour, d'une voix douce. Nous vérifierons vos dires, bien entendu ; je resterai en contact avec vous. Attendez à l'Apollonia que moi ou quelqu'un envoyé par moi vous fassions signe. »

Les deux malabars qui l'avaient accompagné le ramenèrent en voiture et le déposèrent à l'entrée de l'hôtel, avant de redémarrer. Quand il entra dans sa chambre, il alluma la lumière car la lueur de l'aube n'atteignait pas encore la pièce, orientée à l'ouest. De l'autre côté de la vallée, Bill, qui montait la garde, activa son émetteur radio et réveilla McCready dans sa chambre d'hôtel de Pedhoulas.

Rowse se baissa pour ramasser quelque chose sur le tapis. C'était une brochure qui invitait les touristes à visiter le monastère historique de Kykko pour y admirer l'icône de la Madone au masque d'argent. A la pointe feutre, on avait simplement écrit en regard de ce paragraphe : 10 heures du matin.

Rowse régla la sonnerie de son réveil — s'accordant trois heures de sommeil.

« Allez vous faire foutre, McCready », fit-il en sombrant.

Chapitre quatre

Le plus important monastère chypriote, Kykko, a été fondé au XIIᵉ siècle par les empereurs byzantins. Ils en choisirent l'emplacement avec soin, gardant à l'esprit qu'une vie monastique est censée se dérouler dans l'isolement, la méditation et la solitude.

Ce vaste édifice se trouve au sommet d'un pic, à l'ouest de la vallée de la Marathassa. Le site est si reculé que deux routes seulement y accèdent — une sur chaque versant. Finalement, juste en dessous du monastère, ces deux voies n'en font plus qu'une et c'est une simple allée qui mène jusqu'à l'entrée.

A l'exemple des empereurs de Byzance, McCready avait également bien choisi son lieu. Danny était resté dans la cahute de pierres à surveiller les fenêtres aux rideaux tirés derrière lesquelles dormait Rowse. Bill, de son côté, s'était rendu en éclaireur à Kykko grâce à la moto que lui avait procurée Marks, le seul à parler grec couramment. A l'aube, le sergent du SAS, dissimulé au milieu des pins, surveillait en surplomb le dernier tronçon du chemin du monastère.

Il vit arriver McCready dans la voiture conduite par Marks et vérifia que personne ne les suivait. Un seul Irlandais du trio serait-il apparu ou encore le véhicule des Libyens (dont ils avaient relevé le numéro) qu'il en aurait averti McCready par trois bips d'alarme de l'émetteur radio ; ce dernier n'aurait eu qu'à s'éclipser. Mais seul le contingent habituel de touristes, grecs et chypriotes en majorité, gravissait la côte en cette matinée de mai.

Au cours de la nuit, le chef de la Station de Nicosie avait dépêché l'un de ses jeunes subordonnés à Pedhoulas, porteur de plusieurs messages de Londres et d'un troisième émetteur radio. Outre McCready, chaque sergent avait maintenant le sien.

A huit heures et demie, Danny annonça que Rowse s'était montré sur la terrasse et avait pris un petit déjeuner léger : café et petits pains. Aucun signe de vie de Mahoney et de ses acolytes ni du « jupon » que Rowse avait levé la veille au soir, ni même d'aucun autre client de l'hôtel.

« Il a l'air crevé, ajouta Danny.

— Personne n'a prétendu que ce serait des vacances », le rembarra McCready, assis dans la cour du monastère à trente kilomètres de là.

Rowse quitta l'hôtel à neuf heures vingt. Danny signala son départ. Il sortit de Pedhoulas en voiture, dépassa la grande église de Saint-Michel-Archange, célèbre pour ses fresques, qui dominait le village et obliqua vers le nord-ouest en direction de Kykko. Danny continua à surveiller l'hôtel. A neuf heures trente, la bonne pénétra dans la chambre de Rowse et tira les rideaux. Ce qui simplifia la tâche de Danny. D'autres rideaux furent tirés sur la façade regardant la vallée. Malgré le soleil levant qui l'aveuglait, le sergent eut sa récompense : Monica Browne accomplit dix minutes d'exercices respiratoires, entièrement nue, devant sa fenêtre.

« Voilà qui vaut cent fois l'Armagh du Sud », murmura le vétéran d'un ton reconnaissant.

A dix heures dix, Bill annonça que Rowse était en vue, qu'il escaladait les lacets de la piste escarpée qui montait à Kykko. McCready se leva et pénétra à l'intérieur du monastère ; il s'émerveillait du travail qu'il avait fallu pour monter ces pierres énormes si haut dans les montagnes et de l'art des « maîtres » qui avaient peint les fresques à la feuille d'or, mêlant le bleu et l'écarlate, qui décoraient les salles à la douce odeur d'encens.

Rowse le retrouva devant la célèbre icône de la Madone au masque d'argent. A l'extérieur, Bill s'assura que Rowse n'avait pas été suivi et envoya deux doubles bips sur l'émetteur radio que McCready portait dans sa poche-poitrine.

« Il semble que tout soit parfait », murmura-t-il à Rowse qui surgissait à ses côtés.

Il n'y avait rien d'insolite à ce qu'ils s'entretiennent à voix basse ; tout autour d'eux, les touristes murmuraient comme s'ils avaient craint de troubler la paix du sanctuaire.

« Si nous commencions par le commencement, dit McCready. Je crois me souvenir de vous avoir accompagné à l'aéroport de La Valette avant votre si bref séjour à Tripoli. A partir de là, racontez-moi tout en détail, s'il vous plaît. »

Rowse reprit tout depuis le début.

« Ah ! vous avez donc rencontré le fameux Hakim al-Mansour, s'exclama McCready au bout de quelques minutes. J'osais à peine espérer qu'il se montrerait en personne à l'aéroport. Le message que Kariaguine lui a expédié de Vienne a dû vraiment titiller son imagination. Continuez. »

McCready était en mesure de recouper certains détails du récit de Rowse avec ses propres observations et celles des sergents du SAS : le jeune agent au teint olivâtre qui avait suivi Rowse lors de son retour à La Valette et s'était assuré qu'il s'envolait bien pour Chypre, le second qui avait pris le relais de la filature à Nicosie jusqu'à son départ pour le massif montagneux du Troghodhos.

« Avez-vous aperçu mes deux sergents ? Vos anciens collègues ?

— Non. Jamais. Il vous faudra me convaincre qu'ils sont bien là », dit Rowse.

Ils levèrent simultanément les yeux vers la Madone qui les contemplait de son regard paisible et compatissant.

« Oh ! n'ayez crainte, ils sont bien dans les parages, dit McCready. L'un d'eux se trouve en ce moment à l'extérieur pour être sûr que ni vous ni moi n'avons été suivis. En fait, ils prennent beaucoup de plaisir à vos aventures. Quand toute cette histoire sera terminée, vous pourrez prendre un verre ensemble. C'est encore trop tôt. Donc... nous en étions à votre arrivée à l'hôtel... »

Rowse glissa dans son récit au moment où il avait aperçu pour la première fois Mahoney et ses deux potes.

« Pas si vite. Et la fille ? Qui est-ce ?

— Simple drague de vacances. C'est une éleveuse de chevaux de course qui attend l'arrivage de trois pur-sang arabes dont elle a fait l'acquisition la semaine dernière lors d'une vente de yearlings, à Hama, en Syrie. Américaine d'origine. Monica Browne, avec un " e ". Pas de problème ; il m'a été très agréable de dîner en sa compagnie.

— Vous répondez d'elle ?

— Oui, Sam. Ce n'est qu'une jeune et jolie femme.

— Ça, nous l'avons remarqué, marmonna McCready. Poursuivez. »

Rowse lui narra l'arrivée de Mahoney et les regards soupçonneux qu'il lui avait jetés sur la terrasse et que sa compagne avait remarqués.

« Vous pensez qu'il vous a reconnu ? Qu'il a fait le lien avec l'épisode de la station-service ?

— C'est impossible, affirma Rowse. J'avais un bonnet de laine enfoncé jusqu'aux yeux, une barbe de deux jours et j'étais à moitié caché par les pompes à essence. Non, il aurait dévisagé de la sorte n'importe quel Anglais dès qu'il aurait reconnu son accent. Vous êtes au courant de la haine qu'il nous porte.

— Peut-être. Ensuite... »

C'était ce qui se rapportait à la soudaine apparition d'Hakim al-Mansour et à l'interrogatoire nocturne par Frank Terpil qui intéressait surtout McCready. Il interrompit Rowse une bonne dizaine de fois pour lui faire clarifier le détail le plus infime. Le Manipulateur tenait un ouvrage consacré aux églises et monastères byzantins de Chypre. Pendant que Rowse parlait, il annota abondamment le livre, à même le texte grec. La pointe de son crayon ne laissait aucune trace — il suffirait pour faire apparaître ses notes d'une application chimique. Aux yeux des visiteurs, il n'était qu'un simple touriste faisant des mémos de ce qui l'entourait.

« Jusque-là, ça roule, dit d'un ton rêveur McCready. Ils paraissent attendre un feu vert quelconque pour procéder à l'expédition des armes. Mahoney et al-Mansour dans le même hôtel à Chypre, c'est trop énorme pour signifier autre chose. Maintenant il nous faut découvrir quand, où, comment. Par mer, par air ou par la route ? Le point de départ et le point de chute. Et le moyen de transport. Camion, avion-cargo, bateau ?

— Vous êtes toujours certain qu'ils iront jusqu'au bout ? Qu'ils n'annuleront pas tout ?

— Certain. »

Il n'était pas nécessaire de mettre Rowse au courant. Il n'avait pas besoin de savoir que le médecin libyen qui soignait Kadhafi leur avait fait parvenir un nouveau message. La cargaison aurait de multiples destinations. Une partie des armes était réservée aux séparatistes basques de l'ETA, une autre au groupe d'extrême gauche français Action directe, une autre encore au groupuscule terroriste belge, mortellement dangereux, des Cellules communistes combattantes. Et il y aurait un énorme paquet-cadeau pour la Fraction armée rouge allemande, dont une bonne partie du contenu serait utilisée dans les bars fréquentés par les militaires américains. Enfin, *last but not least*, la moitié de la cargaison irait à l'IRA.

Le rapport ajoutait que l'IRA devrait se charger de l'assassinat de l'ambassadeur américain à Londres. McCready se doutait que l'IRA, ne faisant pas fi des fonds qu'elle levait aux États-Unis, sous-traiterait le travail, probablement aux Allemands de la RAF, les successeurs de la Bande à Baader, moins nombreux mais tout autant redoutables, et prêts à accepter ce genre de contrat contre des armes.

« Vous ont-ils demandé, au cas où ils accepteraient de vendre, où vous désiriez réceptionner la marchandise au nom de ce groupe terroriste américain ?

— Oui.

— Et que leur avez-vous dit ?

— N'importe où en Europe de l'Ouest.

— Et vos plans pour les faire passer aux États-Unis ?

— Je leur ai raconté ce que vous m'aviez dit : c'est moi qui me chargerais de récupérer l'arrivage, d'un volume assez réduit, à l'endroit, peu importe lequel, désigné par eux ; je le mettrais à l'abri dans un garage de location connu de moi seul ; puis je reviendrais le chercher en fourgon ou en caravane, avec des caches ménagées dans les portières. Je traverserais le Danemark du sud au nord, prendrais le ferry pour la Suède, monterais jusqu'en Norvège et m'embarquerais sur l'un des cargos qui font la liaison avec le Canada. Je jouerais au touriste amateur de vie sauvage.

— Ça leur a plu ?

— A Terpil, oui. Il a dit que c'était net et sans bavure. Al-Mansour a objecté que cela impliquait le franchissement de plusieurs frontières. J'ai souligné alors qu'en période de vacances, une armada de caravanes sillonnent l'Europe et qu'à chaque contrôle, je prétendrais que j'allais chercher femme et enfants à l'aéroport de la capitale voisine où ils étaient attendus. Il a opiné plusieurs fois du chef.

— Très bien. Nous les avons appâtés. Il nous faut maintenant attendre pour voir si vous les avez convaincus et s'ils vont mordre à l'hameçon, leur désir de vengeance contre la Maison-Blanche outrepassant leur prudence coutumière. Ça s'est déjà vu.

— Et quelle est la suite du programme ? demanda Rowse.

— Vous retournez à l'hôtel. S'ils gobent le complot américain et incluent votre paquet dans la cargaison, al-Mansour vous contactera soit personnellement soit en vous envoyant un émissaire. Suivez ses instructions à la lettre. Je viendrai avec vous faire le point de la situation quand la voie sera libre.

— Et s'ils ne gobent pas ?

— Alors ils essaieront de vous réduire au silence et demande-ront probablement à Mahoney et ses garçons de se charger de cette corvée comme preuve de leur bonne foi. Ça vous donnera votre chance avec Mahoney. Et les sergents seront dans les environs et feront en sorte que vous en sortiez vivant. »

Compte là-dessus, se dit Rowse. Cela équivaudrait à révéler que Londres était au courant de tout. Les Irlandais s'égailleraient dans la nature et l'intégralité de la cargaison les atteindrait par une autre voie, à un autre endroit et à un autre moment. Si al-Mansour lui cherchait noise, directement ou indirectement, il devrait affronter le danger en solo.

« Désirez-vous un beeper d'alarme ? lui demanda McCready. Un truc qui nous ferait accourir ?

— Non », fit Rowse sèchement.

Ça ne servirait à rien. Personne ne viendrait à sa rescousse.

« Bien. Alors vous n'avez plus qu'à retourner à l'hôtel et attendre, lui dit McCready. Et veillez à ne pas vous crever à la tâche avec la jolie Mrs Browne. Avec ou sans " e ". Vous pourriez avoir besoin de toutes vos forces un peu plus tard. »

Sur ce, il se perdit dans la foule des touristes. McCready savait pertinemment, comme Rowse, qu'il ne pourrait pas intervenir si les Libyens ou les Irlandais décidaient de s'occuper de ce dernier. D'ailleurs qui avait prétendu que ce serait une partie de plaisir ? Ce qu'il avait décidé de faire, au cas où le « fin limier » libyen ne croirait pas Rowse, c'était de convoquer une équipe plus étoffée de guetteurs et de ne pas quitter Mahoney des yeux. Son moindre déplacement signifierait que l'expédition du contingent d'armes pour les Irlandais était en bonne voie. Maintenant qu'il avait retrouvé Mahoney, grâce à Rowse, le membre de l'IRA était sa meilleure piste pour repérer la cargaison.

Rowse acheva la visite du monastère et regagna sa voiture en plein soleil. Bill, planqué sous les pins en haut de la colline, juste en dessous de la tombe de Monseigneur Makarios, le vit démarrer et prévint Danny que « leur homme » rebroussait chemin. Dix minutes plus tard, McCready partit à son tour. Marks était au volant. En descendant, ils chargèrent un paysan chypriote au bord de la route et ramenèrent de la sorte Bill jusqu'à Pedhoulas.

Au bout d'un quart d'heure de route — le trajet n'excédait pas quarante-cinq minutes — l'émetteur radio de McCready se mit à crachoter. C'était Danny.

« Mahoney et ses acolytes viennent de pénétrer dans la chambre de " notre homme ". Ils la fouillent de fond en comble, la passent vraiment au peigne fin. Dois-je aller sur la route le prévenir ?

— Non, dit McCready, restez où vous êtes et ne perdez pas le contact.

326

« Si j'appuie sur le champignon, nous pouvons le rattraper », suggéra Marks.

McCready jeta un coup d'œil à sa montre. Geste vide de sens. Il ne se donna même pas la peine de calculer les kilomètres qui les séparaient de Pedhoulas ni le temps nécessaire pour les couvrir.

« Trop tard, fit-il. Nous n'y arriverions pas.

— Pauvre Tom », dit Bill sur la banquette arrière.

Fait inhabituel dans ses rapports avec ses subordonnés, Sam McCready perdit son sang-froid et tempêta.

« Si jamais nous échouons, si jamais ce chargement de merde nous échappe, alors il sera temps de plaindre les pauvres clients de Harrods, les pauvres touristes de Hyde Park et les pauvres femmes et les pauvres enfants des quatre coins de notre foutu pays ! » aboya-t-il.

Le silence régna jusqu'à Pedhoulas.

La clé de Rowse était toujours accrochée au tableau de la réception. Il la prit lui-même — il n'y avait personne derrière le comptoir — et monta dans sa chambre. La serrure n'avait pas été forcée ; Mahoney avait utilisé la clé et l'avait remise en place. Mais la porte n'était pas fermée. Rowse pensa que la femme de chambre faisait encore les lits, aussi entra-t-il sans hésiter.

A peine avait-il franchi le seuil qu'une forte poussée de l'homme dissimulé derrière la porte le fit chanceler en avant. La porte claqua et le « trapu » en barra l'accès. Des photos prises au téléobjectif par Danny avaient été expédiées à Nicosie avec le courrier, avant l'aube, et faxées à Londres au service d'identification. Le « trapu » s'appelait Tim O'Herlihy, c'était un tueur de la Brigade de Derry ; le rouquin baraqué, près de la cheminée, était Eamonn Kane, homme de main de Belfast-Ouest ; quant à Mahoney, il s'était installé dans l'unique fauteuil de la pièce, le dos tourné à la fenêtre, dont on avait tiré les rideaux pour atténuer la clarté du jour.

Sans dire un mot, Kane empoigna Rowse, déséquilibré, et le fit valser contre le mur où il le plaqua. Il tâta rapidement de ses mains expertes sa chemisette et les jambes de son pantalon. Si Rowse avait transporté le beeper que lui avait proposé McCready, ils l'auraient découvert et la partie aurait été terminée sur-le-champ.

La chambre était sens dessus dessous ; on avait ouvert et vidé tous les tiroirs et répandu le contenu de l'armoire un peu partout. Rowse — c'était là sa seule consolation — n'était en possession de rien d'autre que du matériel de travail d'un écrivain en voyage : carnets, résumé de l'intrigue, cartes routières, dépliants touristi-

327

ques, machine à écrire portable, vêtements et nécessaire de toilette. Son passeport se trouvait dans la poche-revolver de son pantalon. Kane l'y pêcha et le lança à Mahoney. Ce dernier le feuilleta mais sans rien apprendre qu'il ne sût déjà.

« Alors, mec du SAS, si tu me racontais maintenant ce que tu fous par ici ? »

Il arborait son charmant sourire habituel, mais ses yeux, eux, ne souriaient pas.

« Je ne sais pas de quoi vous parlez, nom de Dieu ! » s'écria Rowse avec indignation.

Kane lui balança un coup de poing en plein plexus. Rowse aurait pu l'éviter mais il était pris en tenaille par Kane, sur le côté, et O'Herlihy, derrière lui. Même sans compter Mahoney, la partie était inégale. Les deux hommes n'étaient pas des enfants de chœur. Rowse poussa un grognement en accusant le coup et, plié en deux, s'appuya au mur en tâchant de reprendre son souffle.

« Tu sais toujours pas ? fit Mahoney sans se lever. En temps normal, je me fais comprendre sans bavasser, mais pour toi, le mec du SAS, je vais faire une exception. Un de mes amis de Hambourg t'a reconnu, il y a de ça quelques semaines. Tom Rowse, ancien capitaine du Special Air Service, fan-club bien connu du peuple irlandais, posait d'étranges questions. Après deux petits tours dans l'île d'Émeraude, le revoici qui réapparaît dans les montagnes de Chypre où mes amis et moi essayons de passer des vacances pépères. Alors je te le redemande : qu'est-ce que tu fous par ici ?

— Écoutez, fit Rowse ; d'accord, j'ai fait partie du SAS. Mais j'ai démissionné parce que je pouvais plus supporter. Je les ai tous dénoncés, ces salauds ! Il y a trois ans de ça ; c'est fini et bien fini. Les autorités britanniques ne lèveraient pas le petit doigt pour moi. Maintenant, je gagne ma vie en écrivant des thrillers et basta ! »

Mahoney fit un signe de tête à O'Herlihy. Le coup le cueillit par-derrière, à la hauteur des reins. Rowse poussa un cri et tomba à genoux. Malgré les circonstances, il aurait pu se défendre et en éliminer au moins un, peut-être deux, avant de se faire descendre une bonne fois. Mais il encaissa la douleur et s'effondra. Malgré le ton rogue de Mahoney, il devinait l'embarras du chef terroriste. Il avait dû surprendre la conversation entre Rowse et Hakim al-Mansour sur la terrasse, la veille au soir, avant la randonnée. Rowse était revenu vivant de cette balade nocturne. Et al-Mansour était sur le point de faire une très grande faveur à Mahoney. Non, le membre de l'IRA n'était pas encore dangereux. Il prenait simplement du bon temps.

« Tu me racontes des salades, mec du SAS, et j'aime pas ça. J'ai déjà entendu la chanson *Je suis en voyage d'études pour mon roman*. Tu dois savoir que nous autres, Irlandais, on est un peuple friand de littérature. Et les questions que tu as posées n'avaient rien à voir avec la littérature. Alors tu fous quoi par ici ?

— J'écris un thriller, nasilla Rowse. De nos jours, un thriller doit être précis, sans inexactitudes. On ne peut pas s'en tirer par des généralités. Prenez des auteurs comme Le Carré ou Tom Clancy, vous croyez qu'ils ne contrôlent pas tout jusqu'au moindre détail ? Pas moyen de faire autrement aujourd'hui.

— Ah oui ? Et le gentleman d'outre-mer avec lequel tu as eu une longue conversation la nuit dernière, c'est un de tes co-auteurs ?

— C'est une affaire personnelle. Pourquoi ne pas l'interroger, lui ?

— Oh, c'est déjà fait, mec du SAS, ça date de ce matin, par téléphone. Et il m'a demandé de te tenir à l'œil. Si on me laissait le choix, mes gars te balanceraient du plus haut sommet du massif. Mais mon ami m'a demandé de te surveiller et c'est ce que je vais faire, jour et nuit, jusqu'à ton départ. Mais il n'a rien exigé d'autre. Alors juste entre nous, voici un petit quelque chose en souvenir du bon vieux temps. »

Kane et O'Herlihy entrèrent dans la danse. Mahoney les regarda faire. Quand ses jambes ne le soutinrent plus, Rowse se coucha sur le sol en se recroquevillant pour se protéger le bas-ventre. Leurs pieds relayèrent leurs poings. Tom courba la tête pour éviter de récolter des lésions cérébrales et sentit la pointe de leurs chaussures le frapper, avec un bruit sourd, dans le dos, sur les épaules, dans les côtes et la poitrine. Des vagues de douleur l'étouffaient. Mais après un ultime coup de pied derrière la nuque, une obscurité miséricordieuse l'envahit.

Il revint à lui à la manière des accidentés de la route ; il prit peu à peu conscience qu'il n'était pas mort, puis retrouva la sensation de la douleur. Sous le pantalon et la chemise son corps n'était que souffrance.

Il était couché sur le visage et il examina un moment le dessin du tapis. Puis il commit l'erreur de rouler sur le dos. Il se passa la main sur la figure. A l'exception d'un renflement sous l'œil gauche, son visage était à peu de chose près celui qu'il rasait tous les matins. Il fit une tentative pour se redresser et grimaça.

Quelqu'un lui passa un bras autour des épaules, l'aidant à se retrouver en position assise.

« Bon Dieu, qu'est-ce qui s'est passé ici ? »

Monica Browne était agenouillée à ses côtés. Elle effleura du bout des doigts l'ecchymose sous son œil gauche ; elle avait les mains fraîches.

« En passant, j'ai vu la porte entrouverte...

— J'ai dû m'évanouir et me cogner en tombant, fit-il.

— C'était avant ou après que vous avez mis la chambre à sac ? »

Il jeta un regard autour de lui. Il avait oublié les tiroirs en désordre et les vêtements jetés en vrac. Elle déboutonna le devant de sa chemise.

« Merde, tu parles d'une chute », fut son seul commentaire. Puis elle l'aida à se remettre debout et l'accompagna jusqu'au lit. Il s'y assit ; elle le força à s'étendre, lui souleva les jambes et le fit rouler sur le matelas.

« Ne bougez pas, dit-elle un peu inutilement. J'ai du liniment dans ma chambre. »

Elle fut de retour dans l'instant et referma la porte derrière elle, lui donnant un rapide tour de clé. Elle acheva de déboutonner sa chemisette de coton et la fit glisser de ses épaules ; elle émit un *tttt* désapprobateur à la vue des quatre ecchymoses, virant au plus beau des bleus, qui ornaient son torse et ses côtes.

Il se sentait désarmé mais elle paraissait savoir ce qu'elle faisait. Elle déboucha une fiole et de ses doigts délicats, elle enduisit de baume les zones meurtries. Ça piquait.

« Ouille, fit-il.

— Ça va vous faire du bien et atténuera l'enflure et le bleu. Tournez-vous. »

Elle imprégna de liniment les meurtrissures de ses épaules et de son dos.

« Comment se fait-il que vous ayez du liniment sur vous ? marmonna-t-il. Est-ce que tous ceux avec qui vous dînez finissent dans cet état ?

— C'est un remède de cheval, fit-elle.

— Merci bien.

— Arrêtez de faire des manières, l'effet est le même sur les imbéciles que sur les chevaux. Demi-tour. »

Il lui obéit. Elle le dominait, ses cheveux tombant sur ses épaules.

« Ils vous ont frappé aussi dans les jambes ?

— Partout. »

Elle dégrafa la ceinture de son pantalon, baissa la fermeture Éclair, et l'en débarrassa en un tour de main. On aurait dit une jeune femme affligée d'un mari gros buveur. Outre une bosse au tibia droit, il avait une demi-douzaine de taches bleuâtres sur les cuisses. Elle y fit pénétrer le liniment en le massant. Une fois passé le picotement, la sensation était de pur plaisir. L'odeur lui rappelait l'époque où il jouait au rugby à l'école. Elle s'interrompit et reposa la bouteille.

« Et ça, c'est le résultat d'un coup ? » demanda-t-elle.

Il jeta un œil sur son caleçon. Non, la raison n'était pas la même.

« Dieu merci », murmura-t-elle, en se détournant et en saisissant dans son dos la fermeture Éclair de sa robe de shantung crème. Les rideaux filtraient la lumière et plongeaient la pièce dans une fraîche pénombre.

« Où avez-vous appris à soigner les bleus ? » demanda-t-il.

Après le passage à tabac et le massage, il se sentait somnolent. Sa tête, du moins, dodelinait.

« Autrefois, au Kentucky, mon petit frère était jockey amateur. Je l'ai rafistolé une fois ou deux. »

Sa robe crème glissa sur le sol, ondoyante. Elle portait un mini-slip mais aucune bretelle de soutien-gorge ne barrait son dos. Malgré son abondante poitrine, elle n'en avait pas besoin. Elle se retourna et Rowse en avala sa salive de travers.

« Ce qui va suivre, aucun de mes frères ne me l'a appris », fit-elle.

Il songea fugitivement à Nikki, là-bas dans le Gloucestershire. Il n'avait jamais fait une chose pareille depuis qu'il l'avait épousée. Mais, se raisonna-t-il, un guerrier a besoin de repos et s'il lui est offert, il serait inhumain de le refuser.

Il tendit la main vers elle alors qu'elle l'enfourchait. Mais elle le saisit aux poignets et lui rabattit les mains sur l'oreiller.

« Restez tranquille, murmura-t-elle, vous êtes trop mal en point pour participer. »

Mais au cours de l'heure suivante ou à peu près, elle parut tout à fait satisfaite de s'être trompée.

Un peu avant quatre heures, elle se leva, traversa la chambre et tira les rideaux. Le soleil n'était plus au zénith et descendait vers les montagnes. De l'autre côté de la vallée, Danny fit le point sur ses jumelles.

« Ça alors, Tom ; ben mon salaud ! » lâcha-t-il.

331

Leur liaison dura trois jours. Les chevaux n'arrivaient toujours pas de Syrie et Rowse ne reçut aucun message d'Hakim al-Mansour. Monica appelait régulièrement son agent maritime sur la côte mais il lui répondait invariablement « demain ». Alors ils allaient se promener dans les montagnes, pique-niquaient au-dessus des vergers de cerisiers, là où poussaient les conifères, et faisaient l'amour sur les aiguilles de pin.

Ils petit-déjeunaient et dînaient sur la terrasse, pendant que Danny et Bill les observaient en silence sur l'autre versant de la vallée et que Mahoney et ses acolytes les fusillaient du regard depuis le bar.

McCready et Marks ne quittaient pas leur pension de Pedhou-las, ce qui permit à McCready d'obtenir des renforts auprès de la Station de Nicosie et quelques hommes de plus à Malte. Tant qu'Hakim al-Mansour ne reprenait pas contact avec Rowse et ne révélait pas d'une manière ou d'une autre le succès ou l'échec de leur coup monté, l'élément clé restait Mahoney. Avec ses deux compères, il dirigeait l'opération de l'IRA ; tant qu'ils hanteraient les parages, cela signifierait que la phase d'exécution n'avait toujours pas commencé. Les deux sergents du SAS assureraient les arrières de Rowse et le reste des effectifs garderait, jour et nuit, les membres de l'IRA sous surveillance.

Le lendemain du jour où Monica et Rowse avaient couché pour la première fois ensemble, l'équipe de McCready était en place, éparpillée dans les collines, embrassant tous les moyens d'accès à la région depuis ses postes d'observation.

La ligne téléphonique de l'hôtel avait été mise sur écoute. Les hommes chargés de ce travail étaient campés dans un autre hôtel des environs. Peu des nouveaux venus connaissaient le grec mais, par chance, les touristes étaient assez nombreux pour qu'une dizaine de plus passent inaperçus.

Mahoney et ses hommes ne quittaient jamais l'hôtel. Eux aussi attendaient quelque chose : une visite, un coup de téléphone ou un message qu'on leur remettrait en main propre.

Le troisième jour, Rowse se leva comme d'habitude aux premières lueurs de l'aube. Monica dormait encore et ce fut lui qui prit le plateau, sur lequel était posé le café du matin, des mains du serveur. En soulevant le pot à café pour se verser une première tasse, il découvrit le papier plié en dessous. Il le déposa entre la tasse et la soucoupe pendant qu'il se servait du café, puis alla le lire dans la salle de bains.

Le message disait simplement ceci : CLUB ROSALINA, PAPHOS, 23 H. AZIZ.

Ça posait un problème, songeait-il en jetant le message déchiré en morceaux dans la cuvette des W-C, dont il tira la chasse. Écarter Monica de son chemin pendant les quelques heures nécessaires à l'aller-retour Pedhoulas-Paphos au beau milieu de la nuit ne serait pas chose aisée.

Le problème se régla à midi quand le destin s'en mêla et prit la forme de l'agent maritime de Monica ; il l'appela pour lui annoncer que ses trois étalons arriveraient au port de Limassol le soir même, en provenance de Latakieh, et la prier d'avoir l'obligeance d'être présente lors de la signature et de leur installation dans une écurie à l'extérieur du port.

Après le départ de Monica à quatre heures de l'après-midi, Rowse simplifia la vie de son équipe de renfort en grimpant au village de Pedhoulas pour y appeler le directeur de l'Apollonia : il lui annonça qu'il descendait à Paphos le soir même pour dîner et lui demanda de lui indiquer la meilleure route pour s'y rendre. Le message fut intercepté par ceux qui étaient à l'écoute et transmis à McCready.

Le Rosalina Club se révéla être un casino au cœur de la vieille ville. Rowse y pénétra peu avant vingt-trois heures et aperçut bientôt la silhouette mince et élégante d'Hakim al-Mansour assis à l'une des tables de roulette. Il y avait une chaise vide près de lui où Rowse se glissa.

« Bonsoir, Mr Aziz, quelle agréable surprise. »

Al-Mansour inclina la tête avec gravité.

« *Faites vos jeux !* » s'écria le croupier. Le Libyen plaça plusieurs jetons à gros numéros sur une combinaison des chiffres les plus élevés. La roulette tourbillonna et la petite boule blanche choisit de tomber dans la case nº 4. Al-Mansour ne manifesta aucune contrariété en voyant ses jetons ratissés. Sa perte représentait le revenu d'un paysan libyen et de sa famille pour un mois.

« C'est très aimable à vous d'être venu, fit-il du même ton grave. J'ai des nouvelles pour vous, d'excellentes nouvelles que vous aurez plaisir à entendre. C'est tellement agréable d'être porteur de bonnes nouvelles. »

Rowse se sentit soulagé. Le fait que le Libyen lui ait envoyé un message au lieu de donner l'ordre à Mahoney de le « perdre » définitivement dans les montagnes avait été encourageant. A présent, les choses se présentaient encore mieux.

Il regarda al-Mansour perdre une autre pile de jetons. Il était imperméable à la tentation du jeu, jugeant la roulette une invention d'une stupidité et d'un ennui sans nom. Mais en tant que joueurs, les Arabes ne sont comparables qu'aux Chinois et même al-Mansour, si détaché par ailleurs, était transporté par la trajectoire dansante de la petite boule blanche de la roulette.

« Je suis ravi de vous apprendre, dit-il en disposant d'autres jetons, que notre Guide Suprême a accepté votre requête. Le matériel que vous recherchez vous sera fourni — dans sa totalité. Eh bien, qu'en dites-vous ?

— Je suis enchanté, fit Rowse. Je suis persuadé que mes commanditaires sauront en faire... un bon usage.

— Nous devons l'espérer profondément. C'est, selon votre expression consacrée, à vous les soldats britanniques, le but de la manœuvre.

— Quelles sont vos préférences en matière de règlement ? » demanda Rowse.

Le Libyen balaya cette remarque de la main.

« Acceptez le tout comme un don de la Jamahariya du Peuple, Mr Rowse.

— Je vous en suis fort reconnaissant et je ne doute pas que mes clients ne le soient également.

— Permettez-moi d'en douter, car vous vous montreriez stupide de les en informer. Et vous êtes tout sauf stupide ; un mercenaire peut-être, mais pas un imbécile. Donc, comme vous allez toucher à présent une commission non plus de cent mille dollars mais d'un demi-million, peut-être seriez-vous disposé à la partager avec moi ? Irons-nous jusqu'à dire sur une base de cinquante-cinquante ?

— Somme destinée à financer la lutte armée, bien entendu ?

— Vous l'avez dit. »

Retraite complémentaire bien plutôt, songea Rowse.

« Marché conclu, Mr Aziz. Une fois cette somme versée par mes clients, je vous en remettrai la moitié.

— Je l'espère bien », murmura al-Mansour.

Il venait de gagner et on poussa devant lui une pile de jetons. Sa bonne éducation ne réussit pas à masquer son contentement.

« J'ai le bras très long.

— Faites-moi confiance, lui dit Rowse.

— Ce serait insultant, mon cher, dans le monde qui est le nôtre...

— Il me faudra tout savoir sur la livraison de la marchandise ; où la récupérer et quand.

« — Vous le saurez. Bientôt. Vous avez manifesté une préférence pour un port européen. Je pense que la chose peut s'arranger. Retournez à l'Apollonia, je vous y recontacterai sous peu. »

Sur ce, il se leva et tendit à Rowse les jetons qui lui restaient.

« Attendez un quart d'heure pour quitter le casino, dit-il. Tenez, amusez-vous. »

Rowse lui obéit puis échangea les jetons contre du liquide. Il préférait s'en servir pour acheter à Nikki un beau cadeau.

Il quitta le casino et revint en flânant vers sa voiture. Par suite de l'étroitesse des rues de la vieille ville, les places étaient chères, même tard le soir. Sa voiture était garée à deux rues de là. Il n'aperçut même pas Danny et Bill, dissimulés dans des encoignures de porte, de part et d'autre de la chaussée. Comme il approchait de la voiture, il croisa un vieil homme vêtu de jeans et coiffé d'un calot qui balayait les ordures du caniveau.

« *Kali spera !* le salua le vieux balayeur de rues, d'une voix rauque.

— *Kali spera !* » lui répondit Rowse en s'arrêtant. Le vieil homme faisait partie de ces vaincus de la vie affectés aux basses besognes tout autour du globe. Rowse se souvint de la liasse de billets d'al-Mansour, sortit une grosse coupure et la fourra dans la poche-poitrine du vieux balayeur.

« Mon cher Tom, fit le balayeur, j'ai toujours été persuadé de votre bon cœur.

— Qu'est-ce que vous foutez là, McCready ?

— Continuez à jouer avec vos clés de voiture et racontez-moi votre entrevue », dit McCready en se remettant à balayer.

Rowse s'exécuta.

« Bon, conclut McCready. Ça m'a tout l'air d'être par bateau. Ce qui veut dire qu'ils vont probablement adjoindre votre lot à celui de l'IRA, bien plus conséquent. Il nous faut l'espérer. Si le vôtre est tout bonnement expédié dans un conteneur et par des voies différentes, nous nous retrouvons à notre point de départ. Avec Mahoney comme seul atout. Mais comme le volume de votre cargaison équivaut à celui d'une camionnette, il y a gros à parier qu'ils ne feront qu'une seule et même livraison. Vous avez une idée du port ?

— Non. Je sais seulement qu'il est en Europe.

— Rentrez à l'hôtel et faites ce qu'il vous dira », lui ordonna McCready.

Rowse démarra. Danny le suivit sur sa moto. Marks, en compagnie de Bill, rejoignit McCready avec la voiture. Ce dernier, lors du trajet de retour, assis sur le siège arrière, resta plongé dans ses pensées.

Le bateau, si bateau il y avait, ne battrait pas pavillon libyen. Ce serait trop énorme. Il s'agirait vraisemblablement d'un cargo frété dont le capitaine et l'équipage ne poseraient pas de questions. On pouvait en trouver par dizaines sur les côtes de la Méditerranée orientale. Et Chypre était connue pour ses pavillons de complaisance.

Si on le frétait sur place, il faudrait qu'il cingle ensuite vers un port libyen pour y charger les armes qu'on dissimulerait, c'était probable, sous une cargaison parfaitement normale de caisses d'olives ou de dattes. Les envoyés de l'IRA l'escorteraient certainement. Quand ils quitteraient l'hôtel, il serait vital qu'ils soient filés jusqu'au quai d'embarquement pour qu'on y relève le nom du navire ; ce qui permettrait de l'intercepter par la suite.

Une fois identifié, le bateau serait suivi par un sous-marin en plongée périscopique. Ce dernier était paré au large des côtes maltaises. Un satellite Nemrod de la base aérienne britannique d'Akrotiri (Chypre) guiderait le sous-marin jusqu'au cargo avant de s'éclipser. Le sous-marin ferait le reste du voyage jusqu'à ce que les vaisseaux de surface de la Royal Navy puissent l'arraisonner dans les eaux territoriales anglaises de la Manche.

Mais il lui fallait le nom du bateau ou même sa destination portuaire. En possession de cette dernière donnée, il pourrait savoir, grâce à ses amis du département Shipping Intelligence de la Lloyd's, quels navires avaient réservé le mouillage dans ce port et à quelles dates. Cela restreindrait l'éventail des possibilités. Surveiller Mahoney deviendrait peut-être inutile, si seulement les Libyens daignaient informer Rowse.

Ce dernier reçut un message téléphonique vingt-quatre heures plus tard. La voix n'était pas celle d'al-Mansour. Par la suite, les ingénieurs de McCready relièrent l'appel au Bureau du Peuple libyen de Nicosie.

« Retournez dans votre pays, Mr Rowse. On vous y recontactera sous peu. Vous recevrez les olives par bateau dans un port d'Europe. Vous serez prévenu personnellement de la date et des détails de livraison. »

McCready étudia le texte de l'écoute dans sa chambre d'hôtel. Al-Mansour avait-il eu des soupçons ? Avait-il percé à jour Rowse et s'était-il décidé à surbluffer ? S'il se doutait de l'identité des véritables employeurs de Rowse, il savait que Mahoney et ses acolytes se trouvaient aussi sous surveillance. Alors ordonnait-il à

Rowse de rentrer en Angleterre pour que cette surveillance se relâche du côté de Mahoney ? Possible.

Au cas où cette possibilité serait une réalité, McCready décida de jouer sur les deux tableaux. Il partirait avec Rowse pour Londres et son équipe continuerait à observer Mahoney.

Rowse décida de prévenir Monica au matin. Il était rentré de Paphos à l'hôtel avant elle. Elle était revenue de Limassol tout excitée à trois heures du matin. Ses étalons étaient en parfaite condition et logés dans une écurie à l'extérieur de la ville, lui dit-elle en se déshabillant. Il ne restait qu'à remplir les formalités de transit pour les ramener en Angleterre.

Rowse s'éveilla très tôt ; mais elle l'avait devancé. Il jeta un regard sur la place vide dans le lit, puis longea le couloir pour aller vérifier si elle n'était pas dans sa chambre. On lui donna son message au comptoir de la réception, une lettre brève glissée dans une enveloppe de l'hôtel.

« Mon cher Tom, ça a été magnifique mais c'est fini. Je suis partie rejoindre mon mari et mes chevaux. C'est ma vie. Garde un bon souvenir de moi comme j'en garderai un excellent de toi. Monica. »

Il soupira. A deux reprises, il avait brièvement songé que les apparences pourraient être trompeuses. En parcourant sa lettre, il comprit qu'il avait vu juste depuis le début — elle n'était rien qu'une jeune et jolie femme. Elle avait raison. Ils avaient chacun leur vie. La sienne, c'était d'écrire ses livres dans sa maison de campagne aux côtés de Nikki. Soudain il eut l'envie très forte de revoir Nikki.

En roulant vers l'aéroport de Nicosie, il supposait que les deux sergents de son escorte étaient quelque part derrière lui. C'était le cas. Mais pas celui de McCready. Grâce au chef de la Station de Nicosie, il était déjà à bord d'un vol de la Royal Air Force à destination de Lyneham, Wiltshire, qui précéderait l'avion régulier de la British Airways sur le sol anglais.

Juste avant midi, Rowse regarda à travers le hublot la masse verte des monts Troghodhos filer à tire-d'aile. Il songeait à Monica, à Mahoney jouant les piliers de bar, et à al-Mansour ; il découvrit qu'il était heureux de rentrer chez lui. Il se sentirait terriblement plus en sécurité dans les vertes prairies du Gloucestershire qu'au beau milieu du chaudron du Levant.

Chapitre cinq

Rowse atterrit peu après le déjeuner ; en volant de Chypre vers l'ouest, on regagnait du temps. McCready l'avait précédé d'une heure, mais Rowse l'ignorait. Comme il sortait de l'avion pour s'engager dans le tunnel qui le reliait au hall des arrivées, il avisa une jeune femme pimpante en uniforme de la British Airways tenant un écriteau qui portait son nom.

Il se fit connaître.

« Ah, Mr Rowse, un message vous attend au guichet informations de l'aéroport. Juste après la Douane », fit-elle.

Il la remercia, intrigué, et s'avança vers le contrôle des passeports. Il n'avait pas prévenu Nikki de son arrivée, désirant lui en faire la surprise. Le message disait ceci : SCOTT'S. VINGT HEURES. J'OFFRE LA LANGOUSTE.

Il jura. Cela signifiait qu'il ne serait pas chez lui avant le lendemain matin. Sa voiture était garée dans le parking longue durée — s'il n'était pas revenu, nul doute que la Firme, toujours efficace, l'aurait rendue à sa veuve.

Il prit la navette, récupéra sa voiture et prit une chambre dans l'un des hôtels de l'aéroport. Cela lui donna le temps de prendre un bain, de se raser et d'enfiler un costume. Comme il avait l'intention de boire du bon vin en quantité, puisque c'était la Firme qui invitait, il préféra prendre un taxi pour son aller-retour dans le West End.

Mais il téléphona d'abord à Nikki. Sa voix débordait de soulagement et de joie.

« Tu vas bien, mon chéri ?

— Oui, je suis en pleine forme.

— Tu as fini ?

— Oui, mes recherches sont terminées, hormis quelques détails supplémentaires que je peux régler ici, en Angleterre. Comment ça s'est passé de ton côté ?

— Oh, fabuleusement bien. Tout est parfait. Devine ce qui est arrivé

— Vas-y, étonne-moi !

— Après ton départ, un homme est venu. Il m'a dit qu'il décorait le siège d'une grande compagnie à Londres et qu'il recherchait des tapis. Et il a acheté tout notre stock ; il a payé seize mille livres en liquide. Mon chéri, nous sommes à flot. »

Rowse, le récepteur à la main, contemplait la reproduction de Degas sur le mur.

« Cet acheteur, il venait d'où ?

— Mr Da Costa ? Du Portugal. Pourquoi ?

— Cheveux noirs, teint olivâtre ?

— Oui, je crois. »

Arabe, songea Rowse. Libyen. Ce qui signifiait que pendant l'absence de Nikki — elle avait dû se rendre dans la grange où étaient stockés les tapis qu'il vendait en appoint — quelqu'un était entré dans la maison et avait probablement mis la ligne sur écoute. Mr al-Mansour aimait certainement contrôler tous les paramètres.

« Bien, fit-il gaiement. Peu importe d'où il venait. L'important c'est qu'il ait payé cash ; rien que pour ça, c'est un type formidable.

— Quand rentres-tu à la maison ? demanda-t-elle avec empressement.

— Demain matin. Je serai là aux alentours de neuf heures. »

Il se présenta dans le magnifique restaurant de poissons de Mount Street à huit heures dix et fut conduit jusqu'à la table d'angle où l'attendait McCready. Ce dernier affectionnait les tables d'angle ; chaque dîneur pouvait s'y installer dos au mur et y discuter plus commodément avec son convive, même si tous deux ne pouvaient plus voir l'ensemble de la salle. « Ne vous laissez jamais surprendre dans le dos », lui avait appris l'un de ses instructeurs, des années auparavant. Le même homme fut trahi par la suite par George Blake et ne revint pas de sa « surprise » dans une salle d'interrogatoire du KGB. McCready avait passé la plus grande partie de sa vie le dos collé au mur.

Rowse choisit une langouste à la Neuberg. McCready se fit servir la sienne froide avec de la mayonnaise. Rowse attendit qu'on leur verse à chacun un verre de Meursault et que le sommelier se soit éloigné avant de mentionner le mystérieux acheteur de tapis. McCready mâchonna une bouchée de langouste, puis l'avala.

« Merde ! dit-il laconiquement. Vous avez souvent appelé Nikki de Chypre ? Je veux dire avant que je n'aie mis la ligne de l'hôtel sur écoute.

— Jamais, répliqua-t-il. Je l'ai appelée pour la première fois du Post House Hotel il y a quelques heures.

— C'est positif et négatif. C'est positif qu'il n'y ait pas eu de gaffes inconsidérées. C'est négatif qu'al-Mansour soit allé jusque-là.

— Tant que nous y sommes, fit Rowse, je n'en suis pas certain mais il m'a semblé apercevoir une moto quand j'ai récupéré ma voiture au parking puis au Post House. Une Honda. Je ne l'ai plus vue dans le taxi mais la circulation était très dense.

— Nom de Dieu ! s'écria McCready, l'air ému. Je crois que vous avez raison. Il y a un couple à l'extrémité du bar qui n'arrête pas de nous regarder à la dérobée. Ne vous retournez pas, continuez à manger.

— Un homme et une femme plutôt jeunes ?

— Oui.

— Vous reconnaissez l'un ou l'autre ?

— Je crois. L'homme, en tout cas. Maintenant vous allez vous retourner et appeler le sommelier. Tâchez d'apercevoir ce type. Il a des cheveux raides et une moustache tombante. »

Rowse se retourna pour faire signe au serveur. Le couple était au bout du bar, séparé, chez Scott, de la salle à manger par une porte battante. Rowse avait suivi un entraînement antiterroriste intensif ; ce qui signifiait qu'il avait épluché des centaines d'albums-photos, ne concernant pas que l'IRA. Il fixa à nouveau McCready.

« Vu. Avocat allemand d'extrême gauche. Il a commencé par défendre la Bande à Baader avant d'en faire partie.

— En effet. Il s'appelle Wolfgang Ruetter. Et la fille ?

— Non, elle ne me dit rien. Mais la Fraction armée rouge a un certain nombre de groopies à sa disposition. Je ne connais pas sa tête. Ils travaillent pour al-Mansour ?

— Pas cette fois ; il utiliserait des gens à lui, pas des extrémistes allemands. Désolé, Tom, je pourrais me donner des coups. Parce qu'al-Mansour ne vous a pas fait suivre à Chypre et que j'ai voulu m'assurer que vous aviez réussi tous les tests auxquels il vous a soumis, j'ai négligé d'avoir à l'œil ce paranoïaque de merde de Mahoney. Si ces deux-là au bar sont de la RAF, c'est lui qui les a envoyés. Je pensais qu'il n'y aurait aucun risque à venir dîner ici. Je crains fort de m'être trompé.

— Alors qu'allons-nous faire ? demanda Rowse.

— Ils ont déjà vu que nous sommes ensemble. Si cette information circule, l'opération est foutue et vous aussi.

— Vous pourriez passer pour mon agent ou pour mon éditeur.

— Ça ne prendrait pas, fit-il en hochant négativement du chef. Si je m'esquive par la porte de service, ça leur suffira amplement. Si je sors par la grande porte comme un client normal, il y a gros à parier qu'ils me prendront en photo. Quelque part en Europe de l'Est, ma photo sera identifiée. Continuez à parler naturellement mais écoutez-moi bien. Voici ce que je veux que vous fassiez. »

Au moment du café, Rowse fit venir le serveur et lui demanda où se trouvaient les toilettes. Un membre du personnel s'y trouvait et McCready le savait. Le pourboire que Rowse laissa à la dame-pipi fut plus que généreux — excessif, peut-on dire.

« Tout ça pour un coup de fil ? Vous savez vivre, Patron ! »

L'appel à la Special Branch où travaillait un ami personnel de McCready fut passé pendant que ce dernier signait le récépissé de sa carte de crédit. La fille avait quitté le restaurant dès qu'il avait demandé l'addition.

Quand Rowse et McCready se retrouvèrent sous le porche illuminé de l'entrée, la fille s'était dissimulée un peu plus bas, près de la boutique d'un marchand de volailles qui faisait l'angle d'une ruelle. Elle cadra le visage de McCready à travers l'objectif de son appareil-photo et appuya deux fois sur le déclic. Elle n'utilisa pas de flash, les lumières du porche éclairant suffisamment. McCready surprit son mouvement mais n'en laissa rien paraître.

Rowse et lui avancèrent tranquillement jusqu'à l'endroit où était garée sa Jaguar. Ruetter sortit à son tour du restaurant et traversa la rue jusqu'à sa moto. Il prit son casque accroché au guidon et l'enfila, rabattant la visière. La fille quitta la ruelle et enfourcha la machine derrière lui.

« Ils ont ce qu'ils voulaient, fit McCready. Ils peuvent nous lâcher à tout moment. Espérons que leur curiosité les fera s'attarder encore un peu. »

Le téléphone de la voiture de McCready se mit à gazouiller. Il répondit. A l'autre bout du fil, il y avait son ami de la Special Branch. McCready le mit au courant.

« Des terroristes, armés probablement. Battersea Park, près de la Pagode. »

Il raccrocha le récepteur et jeta un œil dans le rétroviseur.

« Ils sont à deux cents mètres. Ils nous collent au train. »

La tension exceptée, le périple se déroula sans encombre jusqu'à Battersea Park, dont on verrouillait les grilles normalement au coucher du soleil. En approchant de la Pagode, McCready scruta la route vers l'avant et vers l'arrière. Rien à l'horizon ; ce qui n'était guère surprenant puisqu'on venait de rouvrir le parc après le coup de fil de Rowse.

« Exercice de protection diplomatique, vous vous en souvenez ?

— Ouais, fit Rowse en saisissant le frein à main.

— Maintenant ! »

Rowse tira d'un coup sec sur le frein tandis que McCready faisait effectuer à la Jaguar un demi-tour violent. L'arrière de la voiture fit un tête-à-queue et les pneus hurlèrent de réprobation. En deux secondes l'habitacle se retrouva dirigé en sens contraire et McCready fonça tout droit vers le phare unique de la moto qui se rapprochait. Deux voitures banalisées, garées non loin de là, allumèrent leurs feux et firent vrombir leur moteur.

Ruetter réussit à éviter la Jaguar d'une embardée. La puissante Honda quitta la chaussée, franchit le trottoir en direction du parc et manqua presque l'accotement. Pas tout à fait, cependant. Rowse, depuis le siège passager de la Jaguar, vit la moto voltiger et culbuter ses occupants dans l'herbe. Les autres véhicules stoppèrent et trois hommes en descendirent.

Ruetter, le souffle coupé, n'était pas blessé. Il se redressa et fouilla dans son blouson.

« Police armée. Ne bougez plus », dit une voix près de lui. Ruetter se retourna pour se retrouver nez à nez avec le canon d'un Webley calibre 38. Le visage au-dessus était souriant. Ruetter avait vu jouer *L'Inspecteur Harry* et décida qu'il ne servirait de carton à personne. Il retira sa main. Le sergent de la Special Branch recula d'un pas et braqua à deux mains son arme de service sur le front de l'Allemand. Son collègue cueillit le Walther P.38 Parabellum dissimulé sous le blouson du motard.

La fille était dans le coma. Un homme large d'épaules en costume gris clair se détacha de l'une des voitures et se dirigea vers McCready. Commandant Benson de la Special Branch.

« Qu'est-ce que tu m'as dégotté, Sam ?

— Fraction armée rouge. Ils sont armés et dangereux.

— La fille n'a pas d'arme, s'écria Ruetter d'une voix claire, en anglais. C'est un crime. »

Le commandant de la Special Branch sortit un petit automatique de sa poche, se dirigea vers la fille et le lui glissa dans la main droite ; puis il le fit tomber dans un sachet en plastique.

« Voilà. Maintenant, elle en a une, dit-il d'une voix douce.

— Je proteste, s'écria Ruetter. Ceci est une violation flagrante de nos droits.

— Ça, c'est bien vrai, commenta tristement le commandant. Qu'attends-tu de moi, Sam ?

— Ils m'ont pris en photo, ils peuvent découvrir qui je suis et surtout ils m'ont vu avec lui, fit-il en montrant Rowse de la tête. Si cette nouvelle circule, on va pleurer des larmes de sang dans les rues de Londres. J'ai besoin qu'on les neutralise incognito. Et sans laisser de traces. Ils doivent être sérieusement blessés après un choc pareil. Que dirais-tu d'un hôpital discret ?

— Je dirais même plus, la salle des contagieux. Et imaginons que ces pauvres petits chéris soient dans le coma, sans aucun papier sur eux ; ça me prendra des semaines pour les identifier.

— Je m'appelle Wolfgang Ruetter et je suis avocat à Francfort. J'exige de voir mon ambassadeur.

— C'est drôle comme on devient sourd en prenant de l'âge, se plaignit le commandant. Allez, embarquez-les-moi, les gars. Bien entendu, dès que je les aurai identifiés, il faudra que je les conduise au tribunal. Mais ça pourrait prendre un bon bout de temps. Reste en contact avec moi, Sam. »

Selon la loi, même un membre d'un groupe terroriste, armé et identifié, arrêté sur le sol anglais, ne peut être retenu plus de sept jours en détention sous la prévention d'Agissements terroristes sans passer devant une juridiction quelconque. Mais, à l'occasion, toute loi souffre des exceptions, même en démocratie.

Les deux voitures banalisées démarrèrent. McCready et Rowse remontèrent dans la Jaguar. Il leur fallait quitter le parc pour que l'on puisse en refermer les grilles.

« Quand tout sera terminé, est-ce qu'ils viendront s'occuper de moi et de Nikki ? demanda Rowse.

— Ils n'ont encore jamais agi de la sorte, répondit McCready. Hakim al-Mansour est un pro. Comme moi, il accepte que dans notre partie, l'on gagne et l'on perde tour à tour. Il se contentera de hausser les épaules et passera à l'opération suivante. Mahoney est plus retors, mais en vingt ans, l'IRA n'a visé que ses mouchards et certains membres de sa hiérarchie ; je suis vraiment convaincu qu'il rentrera en Irlande pour s'amender auprès du Conseil de l'Armée ; eux, du moins, lui ôteront toute idée de vengeance personnelle de la tête. Restez donc là-bas quelques jours de plus. »

Rowse regagna le Gloucestershire le lendemain matin pour reprendre les rênes de sa vie en main et attendre le contact qu'Hakim al-Mansour lui avait promis. Il voyait les choses ainsi : quand il recevrait l'information concernant la mise à quai du bateau transportant les armes, ainsi que l'heure et le lieu, il passerait le tuyau à McCready. Le SIS remonterait la filière à partir de ces renseignements, repérerait le bateau en Méditerranée et l'intercepterait dans l'Atlantique ou dans la Manche, avec Mahoney et son équipe à son bord. Ce ne serait pas plus compliqué que ça.

Le contact fut établi sept jours plus tard. Une Porsche noire vint s'arrêter en douceur dans la cour de la maison de Rowse ; un jeune homme en descendit et jeta un regard autour de lui, sur l'herbe verte de la pelouse et les parterres de fleurs que baignait la lumière de la fin mai. Il avait les cheveux noirs, l'air sombre, et venait d'une terre plus désertique et plus âpre.

« Tom, appela Nikki, il y a quelqu'un pour toi. »

Rowse quitta le jardin de derrière et contourna la maison. Il ne laissa rien transparaître sinon une expression de questionnement poli, mais il avait reconnu l'homme. C'était celui qui l'avait pris en filature de Tripoli à La Valette, puis jusqu'à son départ en avion pour Chypre, deux semaines plus tôt.

« Oui ? fit-il.

— Mr Rowse ?

— C'est moi.

— J'ai un message de Mr Aziz », dit-il dans un anglais trop étudié pour le parler couramment. Il récitait la leçon qu'on lui avait apprise. « Votre cargaison arrivera à Bremerhaven ; il s'agit de trois caisses de matériel de bureau. Votre signature suffira à vous en assurer la remise. Quai n° 9. Entrepôt Neuberg. Rossmannstrasse. Vous devrez les avoir retirées dans les vingt-quatre heures. Autrement, elles disparaîtront. Est-ce clair ? »

Rowse répéta l'adresse exacte, l'imprimant dans son esprit. Le jeune homme remonta en voiture.

« Une chose encore. Quand ? Quel jour ?

— Ah oui. Le vingt-quatre. Elles arriveront le vingt-quatre à midi. »

Et il démarra, laissant Rowse bouche bée. Quelques minutes plus tard, il courait au village pour y utiliser le téléphone public. Sa ligne était toujours sur écoute, les spécialistes l'avaient confirmé, et devrait le rester quelque temps encore.

« Bon sang, qu'est-ce qu'ils peuvent bien vouloir dire avec

344

leur vingt-quatre ? rageait McCready pour la dixième fois. C'est dans trois jours ; trois foutus jours.

— Mahoney n'a toujours pas bougé ? » demanda Rowse.

Il avait rejoint McCready à Londres ; ce dernier avait insisté et le rencontrait dans un appartement de Chelsea, l'un des abris à toute épreuve de la Firme. Il n'était toujours pas prudent d'emmener Rowse à Century House où il restait, officiellement, *persona non grata.*

« Non, il joue toujours les piliers de bar, à l'Apollonia, encadré de ses deux acolytes, attendant un signe d'al-Mansour et toujours sous le feu des regards de mes observateurs. »

Il avait déjà établi qu'il n'y avait qu'une alternative. Ou bien les Libyens avaient menti à propos du vingt-quatre et mettaient une nouvelle fois Rowse à l'épreuve, attendant de voir si la police faisait une descente à l'entrepôt Neuberg. Et dans ce cas, al-Mansour aurait tout le temps de dérouter le navire vers une autre destination. Ou bien, lui, McCready avait été dupé : Mahoney et ses deux compagnons étaient un leurre et l'ignoraient probablement eux-mêmes.

Il n'était certain que d'une chose : aucun navire ne pouvait relier Chypre à Bremerhaven via Tripoli ou Syrte en trois jours. En attendant Rowse, McCready était allé consulter son ami au siège du Shipping Intelligence de la Lloyd's à Dibben Place, Colchester. Ce dernier s'était montré péremptoire : un jour serait nécessaire pour voguer, disons, de Paphos à Tripoli ou Syrte. Accordons-leur une journée — ou plus vraisemblablement une nuit — pour le chargement. Deux jours pour rejoindre Gibraltar et encore cinq ou six pour atteindre le nord de l'Allemagne. Bilan, sept jours minimum, et plus probablement huit.

Donc, s'il ne s'agissait pas d'une nouvelle mise à l'épreuve de Rowse, le bateau et les armes étaient déjà en mer. Et toujours selon l'employé de la Lloyd's, pour s'arrimer à quai à Bremerhaven le vingt-quatre, il devait se trouver à l'ouest de Lisbonne, se dirigeant au nord pour doubler le cap Finisterre.

La Lloyd's effectuait des vérifications touchant au nom des navires attendus à Bremerhaven, le vingt-quatre, en provenance d'un port de la Méditerranée. Le téléphone sonna. C'était l'expert de la Lloyd's, dont on avait raccordé l'appel.

« Aucun bateau en provenance de la Méditerranée n'est attendu le vingt-quatre, dit-il. On a dû mal vous informer. »

Et sciemment, songea McCready. En Hakim al-Mansour, il avait trouvé un adversaire de taille. Il se tourna vers Rowse.

« Hormis Mahoney et son équipe, y avait-il à l'hôtel *quelqu'un d'autre* qui de près ou de loin aurait pu vous évoquer l'IRA ? »

Rowse hocha négativement la tête.

« Je crois bien que vous voilà bon pour compulser à nouveau nos albums-photos, conclut McCready. En long, en large et en travers. S'il y a un seul visage ou quoi que ce soit qui évoque en vous un vague souvenir de Tripoli, Malte ou Chypre, faites-le-moi savoir. Je vous laisse en leur compagnie, j'ai quelques courses à faire. »

Il ne consulta même pas Century House pour savoir s'il convenait d'appeler les Américains à la rescousse. Le temps manquait pour suivre la voie hiérarchique. Il alla voir directement le chef de Station de la CIA à Grosvenor Square. C'était toujours Bill Carver.

« Eh bien, ma foi, je ne sais pas, Sam. Dérouter un satellite n'est pas si facile. Ne pouvez-vous pas utiliser un Nemrod ? »

Les satellites Nemrod de la Royal Air Force ont la capacité de photographier en haute définition les navires en mer, mais volant à assez basse altitude, ils courent le risque d'être détectés. Ce qui les oblige d'autre part à effectuer de nombreux passages pour couvrir une zone maritime conséquente.

McCready pesa le pour et le contre. S'il avait été certain que la cargaison fût passée entre les mailles du filet et se trouvât entre les mains de l'IRA, il n'aurait pas perdu son temps à prévenir la CIA de la menace qui pesait sur l'ambassadeur des États-Unis à Londres, si l'on en croyait le médecin libyen.

Mais depuis des semaines, son unique souci avait été d'intercepter cette livraison d'armes. A présent, il avait besoin de l'aide de la CIA ; donc il lâcha cette nouvelle explosive.

Bill Carver jaillit de son fauteuil comme une fusée. Les deux hommes savaient qu'en plus de la catastrophe que constituerait l'assassinat d'un ambassadeur américain en territoire britannique, Charles et Carol Price étaient devenus les représentants les plus populaires des États-Unis depuis des décennies. Mrs Thatcher pardonnerait difficilement à un service qui permettrait qu'il arrive quoi que ce fût à Charlie Price.

« Vous allez l'avoir, votre foutu satellite, dit Carver. Mais la prochaine fois, merde, j'aimerais être prévenu un peu plus tôt. »

Minuit approchait quand Rowse reprit avec lassitude l'album n° 1, celui des débuts. Il se trouvait en compagnie d'un spécialiste du labo photo de Century House. On avait installé écran et projecteur pour que les photos puissent être agrandies sur le mur et des retouches apportées aux visages.

Vers une heure du matin, Rowse marqua une pause dans ses recherches.

« Pouvez-vous me projeter celle-ci ? » fit-il.

Le visage emplit la quasi-totalité du mur.

« Ne soyez pas stupide, dit McCready, il y a des années qu'il n'est plus dans la course, celui-là. C'est un *has been,* rangé des voitures. »

Le visage les fixait de ses yeux las, protégés par des lunettes à épaisse monture ; une frange de cheveux gris acier tombait sur le front raviné.

« Effacez les lunettes, demanda Rowse. Et mettez-lui des lentilles de contact marron. »

Le technicien apporta les correctifs. Les lunettes disparurent, le regard vira du bleu au brun.

« De quand date cette photo ?

— Dix ans environ, répondit le spécialiste.

— Vieillissez-le de dix ans. Éclaircissez les cheveux, rajoutez-lui des rides et un peu de peau flasque sous le menton. »

Ce qui fut fait. L'homme paraissait âgé de soixante-dix ans à présent.

« Teignez-lui les cheveux d'un noir de jais. »

La chevelure grise et clairsemée devint d'un noir profond. Rowse émit un léger sifflement.

« Il était toujours assis en solitaire dans un coin de la terrasse de l'Apollonia, fit-il. Il ne parlait à personne, toujours sur son quant-à-soi.

— Stephen Johnson était chef d'état-major de l'IRA, de l'ancienne IRA, il y a vingt ans de cela, expliqua McCready. Il a quitté l'organisation il y a dix ans après un violent différend avec la nouvelle génération sur la politique à mener. Il a soixante-cinq ans et vend du matériel agricole dans le comté de Clare, bon Dieu !

— Ancien crack, contestation, démission, *persona non grata,* au rancart. Ça ne vous rappelle personne ? demanda Rowse.

— Vous savez que parfois votre perspicacité m'étonne, mon petit Rowse », reconnut McCready.

Ce dernier appela un de ses amis de la police irlandaise, la *Garda Siochana.* Officiellement, les contacts entre la *Garda* irlandaise et son homologue britannique dans la lutte contre le terrorisme sont supposés rester formels et distants. En fait, entre professionnels, ces contacts sont souvent bien plus chaleureux et intimes que certains politiciens purs et durs ne le souhaiteraient.

347

L'homme en question faisait partie de la Special Branch irlandaise ; réveillé à son domicile à Ranelagh, il les recontacta fidèlement à l'heure du petit déjeuner.

« Il est en vacances, dit McCready. D'après la *Garda* de sa région, il s'est mis à jouer au golf et s'offre, à l'occasion, des séjours en Espagne pour s'exercer.

— Au sud de l'Espagne ?

— C'est possible. Pourquoi ?

— Vous vous souvenez de l'affaire de Gibraltar ? »

Il ne s'en souvenait que trop bien, tous deux. Trois tueurs de l'IRA, qui projetaient de déposer une énorme charge d'explosifs à Gibraltar, avaient été « retirés du circuit » par une équipe du SAS — prématurément mais de façon permanente. Les terroristes s'étaient fait passer pour des touristes de la Costa del Sol en visite sur le Rocher et l'aide fournie par la police espagnole et le contre-espionnage s'était révélée extrêmement précieuse.

« Une rumeur a toujours couru concernant un quatrième qui serait resté en Espagne, rappela Rowse. Et la région de Marbella est truffée de terrains de golf.

— L'enculé, dit McCready entre ses dents. Ce vieil enculé a repris du service. »

En milieu de matinée, McCready reçut un appel de Bill Carver et ils se rendirent à l'ambassade américaine. Carver les accueillit dans le hall principal, abrégea les formalités d'entrée et les emmena dans son bureau, au sous-sol, où une salle de visionnement était aménagée.

Le satellite avait fait du bon travail, tournoyant gentiment dans l'espace au-dessus de la côte est de l'Atlantique et balayant, en un seul passage, de ses objectifs à longue focale, une étendue maritime de cent milles au large du Portugal, de l'Espagne et de la France.

Sur la suggestion de son contact de la Lloyd's, McCready avait demandé l'examen d'un rectangle compris entre le nord de Lisbonne et la baie de Biscaye. Du fouillis continuel de photos reçues au National Reconnaissance Office de Washington, on avait tiré les clichés de chaque bateau naviguant dans ce rectangle.

« Cet oiseau-là peut prendre en photo tout ce qui flotte et qui est plus gros qu'une boîte de Coca-Cola, fit fièrement remarquer Carver. On commence ? »

On comptait plus de cent vingt navires circulant dans ces parages. La moitié ou presque étaient des bateaux de pêche. McCready les élimina, se réservant d'y retourner si besoin était. Bremerhaven possède aussi un port de pêche, mais les bateaux battraient en ce cas pavillon allemand et un navire étranger qui, de surcroît, viendrait y décharger tout autre chose que du poisson paraîtrait suspect. McCready porta toute son attention sur les cargos et quelques yachts privés de grand luxe, mais ignora les quatre paquebots. Sa liste réduisait ainsi les possibilités au nombre de cinquante-trois.

Il demanda ensuite à ce que les éclats métalliques de la grande nappe d'eau soient agrandis un par un sur l'écran. Chaque détail était passé au crible par les hommes présents dans la salle de projection. Certains bateaux étaient orientés dans la mauvaise direction — mais trente et un d'entre eux cinglaient vers le nord, vers la Manche.

A deux heures et demie, McCready marqua un temps d'arrêt.

« Cet homme, demanda-t-il au technicien de Bill Carver, celui qui se tient sur l'aileron de la passerelle, vous pouvez vous en rapprocher ?

— Y a qu'à demander », dit l'Américain.

Le cargo en question avait été photographié au large du cap Finisterre ; c'était la veille au soir, au coucher du soleil. Un homme d'équipage était attelé à une tâche routinière quelconque sur le gaillard d'avant et un autre l'observait du haut de la passerelle. McCready et Rowse virent le navire grossir de plus en plus sur l'écran mais la définition de l'image resta stable. Le coqueron avant et la proue disparurent hors champ et la silhouette de l'homme s'agrandit.

« A quelle altitude il vole, cet oiseau-là ? demanda Rowse.

— Un peu plus de cent cinquante kilomètres, précisa le technicien.

— Mince, c'est ce qu'on peut appeler un miracle de la technologie !

— Il peut vous relever une plaque minéralogique comme rien », se rengorgea l'Américain.

Il existait une vingtaine de prises de ce cargo particulier. Quand l'image de l'homme sur la passerelle couvrit tout le mur, Rowse demanda à ce qu'elles soient projetées avec le même cadrage ; en défilant, elles donnèrent l'illusion que l'homme bougeait, comme les petits bonshommes dessinés du praxinoscope de l'ère victorienne.

L'homme cessa de regarder le marin et ses yeux se portèrent vers le large. Puis il retira sa casquette à visière pour passer sa main dans sa chevelure clairsemée. Peut-être un oiseau de mer avait-il poussé un cri dans le ciel, car il leva soudain la tête.

« Stop ! s'écria Rowse. Zoomez ! »

Le technicien agrandit le visage jusqu'à la limite du flou.

« Bingo ! chuchota McCready par-dessus l'épaule de Rowse. C'est bien lui, Johnson. »

Le regard las, le cheveu rare et d'un noir de jais, il les fixait du haut de l'écran. Le dîneur solitaire de la terrasse de l'Apollonia, le prétendu *has been*.

« Maintenant le nom du bateau, fit McCready, il nous faut le nom du bateau. »

Il était inscrit à l'avant, près de l'ancre, et le satellite avait suivi le bateau jusqu'à ce qu'il plonge à l'horizon, vers le nord. On ne pouvait lire le nom que sur une seule prise. *Regina IV*. McCready saisit le téléphone et appela son contact à la Shipping Intelligence de la Lloyd's.

« Impossible, annonça l'homme de Colchester quand il rappela une demi-heure plus tard. Le *Regina IV* fait plus de dix mille tonneaux et croise au large du Venezuela. Vous avez dû vous tromper.

— Il n'y a pas d'erreur, répliqua McCready. C'est un cargo d'environ deux mille tonneaux et il file à toute vapeur vers le nord ; il doit être à l'heure actuelle au large de Bordeaux.

— Un instant, dit d'une voix enjouée l'homme de Colchester. Est-ce qu'il mijote du vilain ?

— A tous les coups, dit McCready.

— Je vous rappelle. »

Ce qu'il fit, moins d'une heure après. McCready avait passé le plus clair de ce laps de temps à téléphoner à certaines personnes basées à Poole dans le Dorset.

« *Regina* est un nom très courant pour un bateau, dit l'homme de la Lloyd's. Un peu comme *Stella Maris*. C'est pourquoi on ajoute des lettres ou des chiffres romains après le nom pour les distinguer. Il existe un *Regina VI* immatriculé à Limassol, qui doit être au mouillage à Paphos. Environ deux mille tonneaux. Capitaine allemand, équipage gréco-chypriote ; changement de propriétaire récent — une fabrique d'armements dont le siège est au Luxembourg. »

Autrement dit, le gouvernement libyen, songea McCready. C'était une ruse enfantine. Le *Regina VI*, une fois sorti de Méditerranée, voyait au beau milieu de l'Atlantique son *I* effacé derrière son *V* et repeint par-devant. Une main habile pouvait de la même manière falsifier les papiers du navire et le respectable *Regina IV* serait dûment couché sur les registres du port de

Bremerhaven, avec sa cargaison de matériel de bureau en provenance du Canada. Qui irait vérifier que le vrai *Regina IV* croisait en réalité au large du Venezuela ?

A l'aube du troisième jour, le capitaine Holst regardait la mer s'éclairer lentement à travers le pare-brise de la passerelle. On ne pouvait pas se tromper sur la nature de la fusée éclairante qui venait d'exploser dans le ciel sous ses yeux et était restée visible un instant avant de s'abîmer dans les flots. Marron. Signal de détresse. En scrutant le demi-jour, il réussit à apercevoir quelque chose à un mille ou deux : la lueur jaune d'un brasier. Il donna l'ordre à la chambre des machines de réduire la vitesse de moitié et demanda à travers un combiné à l'un de ses passagers de quitter sa couchette. L'homme le rejoignit moins d'une minute plus tard.

Le capitaine Holst se contenta de désigner en silence un point au-delà du pare-brise. Sur les eaux calmes, devant eux, un bateau de pêche de douze mètres tanguait, comme pris de boisson. Son moteur avait, de manière évidente, souffert d'une avarie ; de la fumée noire montait de sous le pont, mêlée de flammes orangées. Son accastillage était à moitié brûlé et noirci.

« Où sommes-nous ? demanda Stephen Johnson.

— En mer du Nord, à mi-chemin du Yorkshire et de la côte hollandaise », répondit Holst.

Johnson s'empara des jumelles du capitaine et les braqua, faisant le point, en direction du petit bateau de pêche. *Fair Maid*, Whitby, pouvait-on lire à la proue.

« Il nous faut stopper pour leur donner un coup de main, dit Holst en anglais. C'est la loi de la mer. »

Il ne connaissait pas exactement la nature de la cargaison et il ne tenait pas à le savoir. Ses employeurs lui avaient donné des ordres précis et une prime d'un montant extravagant. Son équipage n'avait pas été oublié lui non plus — financièrement parlant. Les caisses d'olives de Chypre qu'on avait chargées à Paphos l'avaient été en toute légalité. Au cours de l'escale de deux jours à Syrte, sur la côte libyenne, une partie de la cargaison avait été déchargée puis remise en place. Sans aucun changement notable. Il se doutait que quelque chose d'illicite était dissimulé quelque part, mais il ne put repérer où et s'en tint là. La preuve de la dangerosité de la cargaison était fournie par les six passagers — deux étaient montés à Chypre et les quatre autres à Syrte — et le changement de chiffre effectué après les Colonnes d'Hercule. Dans douze heures, il espérait être débarrassé d'eux tous tant qu'ils étaient. Il ferait à nouveau route à travers la mer du Nord et redeviendrait le *Regina VI* au plein large, avant de regagner tranquillement Limassol, son port d'attache, en homme beaucoup plus riche.

Alors il prendrait sa retraite. Les années passées à transporter d'étranges voyageurs et leurs chargements en Afrique occidentale, les ordres bizarres qui émanaient de ses nouveaux patrons depuis leur siège luxembourgeois — tout ça appartiendrait au passé. Il serait un retraité de cinquante ans pourvu de suffisamment d'économies pour ouvrir avec Maria, sa femme grecque, un petit restaurant dans les Cyclades et y vivre le reste de ses jours en paix.

« Impossible de nous arrêter, dit Johnson d'un air sceptique.

— Nous y sommes obligés. »

La visibilité devenait meilleure. Ils aperçurent une silhouette aux vêtements brûlés surgir de la timonerie du bateau de pêche, tituber sur le pont avant, esquisser avec peine un geste d'appel au secours, avant de s'écrouler.

Un autre membre de l'IRA se glissa derrière Holst qui sentit le canon d'une arme qu'on poussait dans ses côtes.

« On continue », fit une voix atone.

Holst ne pouvait pas ignorer l'arme mais il regarda Johnson.

« Si nous passons outre et qu'un autre navire les secoure — ce qui ne manquera pas d'arriver tôt ou tard — ils nous signaleront. Et on nous arrêtera en nous demandant les raisons de notre conduite. »

Johnson approuva du chef.

« Alors éperonnez-le, fit l'homme armé, on ne s'arrête pas.

— On peut leur donner les premiers secours et prévenir les gardes-côtes hollandais, insista Holst. Personne ne montera à bord et dès que la vedette hollandaise apparaîtra, nous poursuivrons notre route. Ils nous remercieront avec de grands gestes et ne s'occuperont plus de nous. Ça nous retardera d'une demi-heure au grand maximum. »

Johnson avait l'air persuadé et continuait à approuver de la tête.

« Lâche ce flingue », fit-il.

Holst mit son contrôle de vitesse en position « en arrière toute » et le *Regina* ralentit rapidement. Donnant un ordre en grec à l'homme de barre, Holst quitta la passerelle, gagna le passavant et remonta sur le gaillard d'avant. Il surveilla l'approche du bateau de pêche, puis fit un signe au timonier. Les moteurs furent mis au régime « barre à zéro » et le *Regina* avança doucement sur sa lancée jusqu'au navire en détresse.

« Holà, *Fair Maid* », s'écria Holst, comme le bateau de pêche se trouvait juste sous la proue. L'homme écroulé sur l'avant-pont essaya de bouger avant de s'évanouir à nouveau. Le *Fair Maid* dansait le long du *Regina*, qui le dominait de toute sa masse ; il arriva ainsi à hauteur du passavant, là où la lisse était la plus basse. Holst se dirigea vers l'arrière en donnant l'ordre en grec à l'un des membres de l'équipage de lancer une ligne à bord du *Fair Maid*. C'était bien inutile.

A l'instant où le bateau de pêche glissait à portée du passavant du *Regina*, l'homme gisant sur le pont bondit sur ses pieds avec une agilité confondante pour un grand brûlé, saisit un grappin près de lui et l'expédia à bord du *Regina* tout en fixant solidement son extrémité à un tasseau à la proue du *Fair Maid*. Un deuxième homme surgit en courant de la cabine du bateau de pêche et renouvela l'opération à la poupe. Et le *Fair Maid* cessa de dériver.

Quatre autres hommes se précipitèrent hors de la cabine, sautèrent sur le toit et de là directement à bord du *Regina*. Toute la manœuvre se déroula si vite et avec une telle coordination que le capitaine Holst n'eut que le temps de s'écrier : « *Was zum Teufel ist denn das ?* »

Les assaillants étaient tous vêtus de la même combinaison noire, de bottes de caoutchouc à semelles antidérapantes et de bonnets de laine noire. Leurs visages étaient noircis, mais pas par la suie. Un coup de poing cueillit le capitaine Holst au plexus solaire et le mit sur les genoux. Il devait confier par la suite qu'il n'avait jamais jusqu'alors vu en action les hommes du Special Boat Squadron, équivalent maritime du SAS, et qu'il espérait bien ne jamais les revoir.

Quatre hommes d'équipage chypriotes se trouvaient maintenant sur le pont principal. L'un des hommes en noir leur cria un ordre en grec et, lui obéissant, ils se couchèrent sur le pont et ne bougèrent plus. Mais il n'en alla pas de même avec les quatre membres de l'IRA qui sortirent ensemble de la porte latérale du tablier du pont. Ils étaient tous armés d'automatiques.

Deux d'entre eux eurent assez de jugeote pour comprendre qu'un pistolet ne fait pas le poids face à des mitraillettes MP5 Heckler et Koch ; ils levèrent les mains en jetant leurs armes sur le pont. Leurs deux compagnons tentèrent d'utiliser les leurs ; le premier eut de la chance et prit une brève rafale dans les jambes ; il survécut mais aurait à passer le reste de sa vie dans un fauteuil roulant. Le dernier n'eut pas cette veine et récolta quatre balles en pleine poitrine.

Six hommes vêtus de noir arpentaient le pont du *Regina*. Tom Rowse avait été le troisième à monter à bord. Il courut jusqu'à l'escalier des cabines qui grimpait à la passerelle. Comme il atteignait l'aileron, Stephen Johnson surgit, venant de l'intérieur. En apercevant Rowse, il leva les mains en l'air.

« Tire pas, mec du SAS, t'as gagné ! » s'écria-t-il.

Rowse fit un pas de côté et lui désigna l'escalier du canon de la mitraillette.

« Descends », fit-il.

L'ancien de l'IRA se mit à descendre vers le pont principal. Rowse perçut un mouvement dans son dos ; il y avait quelqu'un sur le seuil de la timonerie. Il se détourna et entendit claquer un coup de feu. La balle arracha le tissu de sa combinaison à l'épaule. Pas le temps de faire halte ni de crier. Il tira en riposte, comme on le lui avait appris, une double rafale, à deux reprises, crachant deux giclées de balles de neuf millimètres en moins d'une demi-seconde.

Il eut la vision de la silhouette dans l'encadrement de la porte qui recevait quatre balles en pleine poitrine, heurtait le chambranle en reculant sous le choc, puis rebasculait en avant. Et il aperçut l'éclair blond comme les blés de sa chevelure. Elle tomba sur l'acier du pont, tuée sur le coup ; un mince filet de sang coulait des lèvres qu'il avait un jour embrassées.

« Tiens, tiens, fit une voix derrière lui, Monica Browne avec un " e ". »

Rowse fit volte-face.

« Espèce de salaud, dit-il d'une voix sourde, vous étiez au courant, n'est-ce pas ?

— Je n'avais que des soupçons », dit McCready.

Le seul à porter des habits civils, il était sorti du bateau de pêche posément, une fois la fusillade terminée.

« Vous savez, Tom, nous avons dû enquêter sur elle après qu'elle eut établi le contact avec vous. Elle s'appelle bien... enfin, s'appelait bien Monica Browne, mais était née et avait été élevée à Dublin. Mariée une première fois à vingt ans, elle a vécu huit ans au Kentucky. Après son divorce, elle a épousé le major Eric Browne, beaucoup plus âgé qu'elle mais fort riche, et qui, à travers son brouillard éthylique, n'a sans doute jamais soupçonné la dévotion fanatique de sa jeune moitié pour l'IRA. Oui, elle dirigeait bien un haras, mais pas à Ashford, dans le Kent. A Ashford, Irlande, dans le comté de Wicklow. »

Le commando consacra deux heures au « nettoyage ». Le capitaine Holst se montra très coopératif. Il admit qu'il y avait eu un transfert de caisses en pleine mer sur un bateau de pêche, au large du cap Finisterre. Il indiqua son nom et McCready le communiqua aux autorités espagnoles. En faisant diligence, elles intercepteraient les armes destinées à l'ETA alors qu'elles seraient encore à bord du chalutier, manière comme une autre pour le SIS de remercier les Espagnols de leur aide dans l'affaire de Gibraltar.

Le capitaine Holst reconnut également qu'il venait d'atteindre les eaux territoriales anglaises quand il avait été arraisonné. Le reste regarderait les avocats, tant que la Grande-Bretagne conservait la juridiction. McCready n'avait aucune envie que les membres de l'IRA fussent emmenés en Belgique et rapidement relâchés comme le Père Ryan.

Les deux corps furent étendus côte à côte sur le pont principal et recouverts d'un drap trouvé dans une cabine. Les hommes d'équipage gréco-chypriotes aidèrent à retirer les panneaux des cales et à fouiller la cargaison. Les membres du commando du SBS s'en chargèrent. Deux heures après, le lieutenant qui était à leur tête vint faire son rapport à McCready.

« Nous n'avons rien trouvé, monsieur.

— Que voulez-vous dire ?

— Rien que des olives.

— Des olives ?

— Certaines caisses indiquaient matériel de bureau.

— Et contenaient ?

— Du matériel de bureau, monsieur. Et les trois étalons ? Ils sont plutôt énervés, monsieur.

— Rien à foutre des chevaux ! Moi aussi je suis énervé, dit McCready sèchement. Montrez-moi. »

Le lieutenant lui fit faire le tour des quatre cales du navire. Dans la première, des photocopieuses et des machines à écrire japonaises étaient visibles dans leurs caisses aux côtés défoncés ; dans les deux suivantes, des boîtes d'olives en conserve de Chypre s'échappaient de cartons éventrés ; aucune caisse n'avait été épargnée. Dans la quatrième cale, les étalons ruaient, hennissant de peur, installés chacun dans un box spacieux.

McCready sentait monter en lui l'horrible sensation d'avoir été dupé, d'avoir suivi la mauvaise piste et d'avoir à le payer très cher. S'il s'en revenait avec une simple cargaison d'olives et de machines à écrire, Londres clouerait sa dépouille sur la porte d'une grange.

Un jeune homme se tenait auprès d'eux dans la cale aux chevaux. Il paraissait savoir s'y prendre avec les animaux ; il leur parlait doucement pour les apaiser.

« Monsieur ? demanda-t-il.

— Oui.

— Pourquoi les a-t-on embarqués ?

— Oh ! Ce sont des pur-sang arabes ; des étalons destinés à un haras.

— Non, dit le jeune membre du commando. Ce sont des chevaux pour le manège. Des étalons, peut-être, mais des canassons surtout. »

A l'aide de pinces à levier, ils firent céder les planches de la paroi intérieure du premier box. La fouille était terminée. Entre les deux parois des boxes, construits spécialement pour le transport, il y avait un espace de trente bons centimètres. Derrière les planches, on pouvait apercevoir les blocs empilés de Semtex-H, lance-roquettes RPG-7 et missiles sol-air en rangs serrés. Les autres boxes livreraient les mitrailleuses lourdes, les munitions, les grenades, les mines et les mortiers.

« Je crois, dit McCready que nous pouvons prévenir la Marine à présent. »

Ils quittèrent la cale et regagnèrent le pont que baignait un chaud soleil. La Marine se chargerait du *Regina* et le remorquerait jusqu'à Harwich, où on le saisirait dans les règles et arrêterait équipage et passagers.

On avait asséché le *Fair Maid* pour qu'il cesse de donner de la gîte. On avait depuis longtemps jeté par-dessus bord les grenades fumigènes qui avaient donné l'impression qu'il était en feu.

Les soldats du commando avaient appliqué habilement sur le genou brisé du membre de l'IRA un garrot grossier pour arrêter le sang ; ce dernier était assis, le visage cendreux, le dos appuyé à une cloison d'abordage et attendait le chirurgien-chef de la Marine ; la frégate qui l'amenait ne se trouvait plus à présent qu'à un demi-mille par le travers. On avait attaché ses deux autres compagnons avec des menottes à un étançon, plus loin sur le pont. McCready gardait la clé des menottes.

Le capitaine Holst et son équipage avaient accepté sans se faire prier de descendre dans l'une des cales — évidemment pas celle contenant l'arsenal. Ils s'étaient assis au milieu des olives et attendaient que les hommes de la Marine leur jettent une échelle.

Stephen Johnson avait été enfermé dans sa cabine à l'entrepont.

Une fois prêts, les cinq membres du SBS sautèrent sur le toit de la cabine du *Fair Maid* avant de disparaître à l'intérieur. On entendit démarrer le moteur. Deux hommes du commando réapparurent et désarrimèrent le bateau de pêche. Le lieutenant fit un geste d'adieu à McCready tandis que le *Fair Maid* s'éloignait bruyamment. C'étaient là les guerriers de l'ombre ; une fois le travail accompli, ils n'avaient nul besoin de s'attarder.

Tom Rowse se laissa tomber, les épaules basses, sur une écoutille, près du corps inerte de Monica Browne. A l'autre extrémité du pont, la frégate de la Marine avait accosté le *Regina* et lancé ses grappins ; les premiers hommes montaient déjà à bord. McCready conféra avec eux.

Une bouffée de vent souleva un coin du drap et dévoila le beau visage, si paisible dans la mort. La brise fit glisser une mèche de cheveux blonds sur le front. Rowse tendit la main pour la remettre en place. Quelqu'un s'assit près de lui et une main se posa sur son épaule.

« C'est fini, Tom. Vous n'étiez pas censé le savoir. Vous n'avez rien à vous reprocher. Elle savait parfaitement ce qu'elle faisait.

— Si j'avais su qu'elle était à bord, je ne l'aurais pas tuée, dit Rowse avec tristesse.

— Alors c'est elle qui vous aurait tué. Elle était comme ça. »

Deux marins détachèrent les membres de l'IRA et les emmenèrent à bord de la frégate. Deux infirmiers, suivant les directives d'un chirurgien, installèrent le blessé sur un brancard avant de l'évacuer.

« Et maintenant ? Que va-t-il se passer ? » demanda Rowse.

McCready contempla la mer, le ciel, et soupira.

« Maintenant, Tom, c'est au tour des avocats d'entrer en lice. Ils vont traduire la vie et la mort, la passion, la cupidité, le courage, le désir et la gloire dans leur jargon desséchant.

— Et vous ?

— Oh ! je vais retourner à Century House et m'occuper d'une autre affaire. Et je rentrerai chaque soir dans mon petit appartement écouter la musique que j'aime en cuisinant mon frichti. Et vous, allez retrouver Nikki, mon ami, serrez-la très fort dans vos bras et puis continuez à écrire vos bouquins en oubliant tout ça. Hambourg, Vienne, Malte, Tripoli, Chypre... il faut les oublier. C'est fini tout ça. »

On emmenait Stephen Johnson. Il s'arrêta pour fixer les deux Anglais. Son accent était à couper au couteau la bruyère de la côte ouest de l'Irlande.

« Notre jour viendra », fit-il. Le cri de guerre de l'IRA provisoire.

McCready leva les yeux et hocha la tête en signe de dénégation.

« Non, Mr Johnson. Vos jours sont terminés depuis long-temps. »

Les deux infirmiers chargèrent le corps du membre de l'IRA qui avait été abattu sur une civière et l'évacuèrent.

« Pourquoi faisait-elle ça, Sam ? Mais, bon Dieu, pourquoi ? » demanda Rowse.

McCready se pencha et rabattit le drap sur le visage de Monica Browne. Les infirmiers revinrent pour l'emporter.

« Parce qu'elle y croyait, Tom. Elle se trompait, bien sûr. Mais elle y croyait. »

Il se leva, forçant Rowse à se mettre debout.

« Allons, mon garçon, on rentre à la maison. Laissez tomber, Tom, il faut laisser tomber. Elle n'est plus ; elle l'a voulu, elle l'a choisi. Elle n'est plus à présent qu'une victime de guerre de plus. Comme vous, Tom ; comme nous tous. »

Interlude

Le jeudi, l'audience entama sa quatrième journée. Timothy Edwards avait décidé que ce serait la dernière. Avant même que Denis Gaunt ne prenne la parole, Edwards décida de le devancer.

Il était conscient que ses deux collègues à cette table, les contrôleurs des Opérations internes et du Secteur occidental, se laissaient attendrir, prêts maintenant à faire une exception dans le cas de Sam McCready, à trouver un moyen de le garder en place.

Après la clôture de l'audience du mercredi, ses deux collègues avaient fait asseoir Edwards dans un coin tranquille au bar de Century House, et lui avaient exposé clairement leurs sentiments, proposant que d'une façon ou d'une autre, le vieux Manipulateur puisse continuer son travail dans le Service.

Cette solution ne s'inscrivait pas dans le scénario d'Edwards. Contrairement aux autres, il savait que la décision de faire une « procédure groupée » à partir de la mise à la retraite anticipée du Manipulateur émanait du sous-secrétaire permanent du Foreign Office, un homme qui un jour siégerait en conclave avec quatre autres pour choisir le prochain Chef du SIS. Il eût été idiot de contrarier un tel homme.

« Denis, nous avons tous écouté avec grand intérêt votre récit des hauts faits de Sam, et nous sommes tous très impressionnés. Il n'en reste pas moins que nous devons maintenant affronter les années quatre-vingt-dix, une décennie où certaines... comment dirais-je ?... mesures actives, entre autres le mépris des procédures établies, n'auront plus cours. Dois-je vous rappeler l'agitation soulevée par les actes de Sam aux Caraïbes l'hiver dernier ?

— Au contraire, Timothy, répliqua Gaunt. J'allais moi-même vous raconter l'épisode, comme dernier exemple de la valeur inestimable de Sam au sein du Service.

— Faites, je vous en prie », accorda Edwards, soulagé d'apprendre que ce serait le dernier plaidoyer qu'il devrait écouter avant de rendre son jugement sans appel.

En outre, songeait-il, ses deux collègues seraient obligés d'admettre que McCready s'était plutôt comporté en cow-boy qu'en représentant de Sa Gracieuse Majesté. Très bien si les jeunes applaudissaient quand Sam allait boire un verre au bar du Trou dans le Mur en rentrant au pays à l'occasion de sa permission du Nouvel An, mais c'était lui, Edwards, qui avait dû interrompre les festivités pour calmer Scotland Yard, le ministre de l'Intérieur et le Foreign Office outrés — épisode dont le souvenir l'exaspérait encore.

A contrecœur, Denis Gaunt traversa la pièce pour aller chercher le dossier que lui tendait l'employé des Archives. Malgré ses dires, il aurait nettement préféré ne pas avoir à évoquer l'affaire des Caraïbes. Aussi profonde que fût son admiration pour son chef de Bureau, il savait que Sam avait vraiment poussé le bouchon un peu loin, cette fois-là.

Il ne se rappelait que trop bien les notes de service qui avaient inondé Century House au tout début de l'année, et le long entretien que le Chef avait exigé en privé avec McCready à la mi-janvier.

Le nouveau Chef avait pris ses fonctions quinze jours auparavant, et comme étrennes, il avait reçu sur son bureau le dossier faisant état des exploits de Sam dans les Caraïbes. Heureusement, Sir Mark connaissait le Manipulateur de longue date, et, après l'engueulade officielle, il avait sorti des boîtes de bière (la marque préférée de McCready) pour fêter le Nouvel An, et lui avait fait promettre de ne plus contourner le règlement. Six mois plus tard, pour des raisons que McCready ne pouvait guère que deviner, le Chef était devenu beaucoup moins accessible.

Gaunt supposait à tort que le Chef avait attendu son heure pour décider de virer McCready au moment des vacances. Il ignorait totalement que l'ordre était venu de plus haut.

McCready, lui, le savait. Il n'avait pas besoin qu'on le lui dise, qu'on le lui prouve. Il connaissait le Chef. En bon officier de commandement, Sir Mark vous aurait annoncé la nouvelle en face, et s'il désapprouvait votre comportement, il vous aurait passé un savon s'il le jugeait mérité, il vous aurait même viré dans un cas vraiment grave. Mais il l'aurait fait en personne. Sinon, il se serait battu comme un lion pour ses hommes contre une opposition extérieure. Donc dans ce cas précis, les ordres venaient d'en haut, et le Chef lui-même n'avait pu avoir gain de cause.

Tandis que Denis Gaunt traversait à nouveau la pièce avec

le dossier, Edwards croisa le regard de McCready et sourit.

T'es vraiment un danger public, Sam, pensa-t-il. Bourré de talent, mais tu n'as plus ta place ici, de nos jours. C'est vraiment dommage. Si seulement tu décidais de t'en tenir au règlement, tu pourrais rester. Mais c'est trop tard. Tu as déjà réussi à être mal vu de Robert Inglis. Le monde sera différent dans les années quatre-vingt-dix, et ce sera un monde fait pour les gens comme moi. Dans trois ou quatre ans, je serai assis au bureau du Chef, et il n'y aura plus de place pour les gens de ton acabit. Tu ferais bien de tirer ta révérence tant qu'il en est temps, mon vieux Sam. On aura plein de nouveaux officiers, des jeunes gens brillants qui feront ce qu'on leur dit, respecteront les règles et n'embêteront personne.

Sam McCready lui rendit son sourire.

T'es vraiment un enfoiré de première, Timothy, pensait-il. Tu crois vraiment que la collecte de renseignements se fait dans les réunions de comités, avec des ordinateurs, et en léchant le cul de Langley pour obtenir quelques-unes de leurs interceptions. D'accord, c'est très joli l'espionnage des communications qu'ils font, et leur espionnage électronique. Ils sont les meilleurs, ils maîtrisent la technologie des satellites et des appareils d'écoute. Mais on peut toujours déjouer une machine, mon vieux Timothy.

Tu n'as jamais entendu parler de la *maskirovka*. C'est du russe, Timothy, c'est l'art de construire des leurres... de faux terrains d'aviation, des hangars, des ponts, des divisions entières de chars, avec du fer-blanc et du bois, et ça berne les grands oiseaux américains. Alors il y a des fois où il faut aller sur le terrain, envoyer un agent au cœur de la citadelle, recruter un mécontent, employer un transfuge infiltré. Tu n'aurais jamais pu travailler sur le terrain, avec des cravates aux couleurs de ton club et ta femme aristocrate. En moins de deux, le KGB aurait bouffé tes couilles arrosées de vodka.

Gaunt commençait sa dernière plaidoirie, essayant de justifier ce qui s'était passé aux Caraïbes sans perdre la sympathie des deux contrôleurs qui, la veille au soir, avaient semblé disposés à changer d'opinion et à recommander la clémence. McCready regardait par la fenêtre.

Les choses changeaient en effet, mais pas comme le croyait Timothy Edwards. Au lendemain de la guerre froide, le monde devenait tranquillement fou... mais on ne le découvrirait que plus tard.

En URSS, la superbe récolte n'avait pas été faite, faute d'équipement, et pourrirait sur des voies de garage jusqu'à l'automne faute de moyens de transport. La famine se déclarerait en décembre, janvier au plus tard, et obligerait Gorbatchev à se tourner vers le KGB et le Haut Commandement, qui exigeraient d'être dédommagés pour l'hérésie qu'il avait commise en cet été 1990. L'année 1991 s'annonçait très mal.

Le Moyen-Orient était une poudrière, et le Mossad israélien, l'Agence la mieux informée de la région, se faisait traiter comme un paria par Washington, Timothy Edwards suivant l'exemple. McCready soupira. La réponse se trouvait peut-être à bord d'un petit bateau de pêche dans le Devon. Et merde à tout le monde.

« Cette affaire a commencé au début décembre dans une petite île du nord des Caraïbes », commença Gaunt en ouvrant le dossier devant lui.

McCready fut rappelé à la réalité de Century House. Ah oui ! pensa-t-il, les Caraïbes. Ces foutues Caraïbes.

UNE PETITE ÎLE AU SOLEIL

Chapitre premier

Le *Gulf Lady* regagna son port d'attache une heure avant le
coucher du soleil, en fendant les eaux scintillantes de l'océan. Julio
Gomez était assis à la proue ; son immense arrière-train soutenu
par le toit de la cabine, ses pieds chaussés de mocassins posés sur le
pont avant, il tirait avec satisfaction sur l'un de ses cigares à bout
coupé portoricains, dont l'odeur abominable était emportée au
loin sur les flots des Caraïbes, qui n'en pouvaient mais.

Il était, à cet instant précis, un homme vraiment heureux. A dix
milles derrière lui, se trouvait la faille sous-marine où le banc de la
Grande Bahama cède la place au canal de Santaren ; où le lampris
tacheté côtoie le *wahoo,* où le thon chasse la bonite qui, à son tour,
chasse le *ballyhoo* et où tous, à l'occasion, fuient devant le pèlerin
et l'espadon.

Dans la vieille caisse déglinguée, à l'arrière du pont ouvert du
bateau de pêche, il y avait deux belles dorades ; l'une pour lui et
l'autre pour le capitaine qui barrait, le cap mis sur Port Plaisance,
où ils rentraient.

Sa pêche du jour ne s'était pas limitée à ces deux prises, loin de
là : il avait rendu à l'océan un superbe pèlerin qu'il avait ferré,
avait utilisé comme appât une ribambelle de menues bonites et
avait dû trancher sa ligne pour éviter de voir son moulinet dénudé
sous ses yeux, à cause des sursauts violents d'un thon albacore,
dont il avait estimé le poids à trente-cinq kilos, sans oublier deux
grosses sérioles qui lui avaient donné, chacune, du fil à retordre
pendant trente minutes. Ils les avaient tous relâchés, ne conservant
que les dorades, qui comptent parmi les poissons les plus goûteux
des tropiques.

Julio Gomez n'avait rien d'un tueur ; ce qui lui faisait effectuer
son pèlerinage annuel dans ces eaux-là, c'était le plaisir d'entendre
siffler son moulinet, de voir se dévider sa ligne, de sentir sa canne
se tendre et se plier, et l'excitation pure du combat acharné que se

livraient l'homme, animal de l'air, et certains monstrueux spécimens marins. La journée avait été fantastique.

Au loin, sur sa gauche, bien au-delà des Dry Tortugas, invisibles sous l'horizon à l'ouest, la grosse boule rouge du soleil plongeait à la rencontre de la mer, renonçant à sa chaleur qui cinglait la peau, s'abandonnant enfin à la fraîcheur de la brise du soir et de la nuit qui approchait.

A trois milles du *Gulf Lady*, l'île chevauchait l'océan. Ils y mouilleraient dans une vingtaine de minutes. Gomez expédia d'une chiquenaude le mégot de son cigare dans une fosse marine clapotante et se frictionna les avant-bras. Malgré son teint olivâtre, il devrait s'appliquer une bonne couche de crème contre les coups de soleil quand il regagnerait la pension. Jimmy Dobbs, à la barre, n'avait pas de problème de ce genre ; il était né et avait grandi dans l'île ; propriétaire de son bateau, il le louait aux touristes de passage qui désiraient pêcher, et le soleil était sans prise sur sa peau d'ébène.

Julio Gomez se laissa glisser du toit de la cabine sur le pont arrière.

« Je vais barrer à ta place, Jimmy. Comme ça, tu pourras nettoyer un peu. »

Jimmy Dobbs, le gratifiant d'un sourire qui lui fendit le visage d'une oreille à l'autre, lui confia la barre, s'arma d'un seau et d'un balai et se mit à évacuer par les dalots écailles de poisson et morceaux d'entrailles. Une demi-douzaine d'hirondelles de mer, surgies d'on ne sait où, s'abattirent dans le sillage pour y becqueter les déchets flottants. Rien ne se perd dans l'océan, du moins rien d'origine organique.

Bien sûr, des bateaux de location plus modernes sillonnaient la mer des Caraïbes ; bateaux pourvus de lances reliées au moteur pour nettoyer le pont, de bars à cocktail, de télévisions ou de programmes vidéo ; bateaux munis de tout un appareillage électronique pour repérer le poisson et de suffisamment d'aides à la navigation pour faire le tour du monde. Le *Gulf Lady* était dépourvu de tout cet attirail ; c'était un vieux rafiot écaillé, bordé à clins, actionné par un moteur diesel dégageant une épaisse fumée, qui avait essuyé l'écume de plus de milles marins que n'en pouvaient sonder de leur radar les petits malins des Keys de Floride. Il avait une petite cabine à l'avant, où s'entassaient pêle-mêle lignes et cannes à pêche, empestant le poisson et l'essence, et un pont arrière ouvert avec dix fixe-gaules et un unique « siège de combat », en chêne, de fabrication maison, avec coussins.

Jimmy Dobbs n'avait pas besoin de puces électroniques pour localiser le poisson ; il le trouvait par lui-même, suivant en cela les leçons de son père. Ses yeux notaient le plus infime changement de nuance de l'eau, la moindre ride incongrue en surface, le plongeon d'une frégate dans le lointain ; il savait par un instinct profondément ancré où il transiterait dans la semaine et de quoi il se nourrirait. Et il ne rentrait jamais bredouille. C'était pour cette raison que Julio Gomez venait pêcher avec lui dès qu'il était en vacances.

Le manque de raffinement de la vie dans les îles faisait le bonheur de Julio, tout comme l'absence de gadgets électroniques du *Gulf Lady*. Il passait une bonne part de sa vie professionnelle à se servir du dernier cri de la technologie américaine, à entrer des données dans un ordinateur et à conduire sa voiture dans les embouteillages du centre de Miami. Pendant ses vacances, il ne voulait avoir affaire qu'à la mer, au soleil et au vent. Et aux poissons. Car Julio Gomez n'avait que deux passions dans l'existence, son job et la pêche. Sa seconde passion venait de l'occuper cinq jours durant et il n'avait plus que deux jours devant lui, le vendredi et le samedi, pour l'assouvir encore. Dimanche prochain, il devrait rentrer en avion à Miami et faire le point sur son travail avec Eddie, le lundi matin. Cette perspective lui fit pousser un soupir.

Jimmy Dobbs était, lui aussi, un homme heureux. Il venait de passer une excellente journée avec un client, qui était aussi un ami, il avait quelques dollars en poche qui lui permettraient d'offrir une robe à sa femme, et du bon poisson pour leur souper et celui de leur progéniture. Que demander de plus à la vie ? se disait-il.

Ils accostèrent, un peu après cinq heures, au vieux quai de bois branlant qui aurait dû s'effondrer depuis des années et avait pourtant tenu le coup. L'ancien gouverneur avait déclaré qu'il demanderait des subventions à Londres pour en construire un neuf ; puis il avait été remplacé par l'actuel, Sir Marston Moberley, qui ne s'intéressait pas à la pêche. Pas plus qu'aux habitants de l'île, si l'on en croyait les conversations de bistrot de Shantytown. Et on les croyait toujours.

Il y eut la ruée habituelle des enfants venus voir ce qui avait été pêché et aider au transport du poisson à terre ; puis le *Gulf Lady* fut amarré pour la nuit au milieu des éclats de voix railleurs des insulaires à l'accent chantant et monotone.

« Tu es libre demain, Jimmy ? demanda Gomez.

— Sûr que je le suis. Tu veux y retourner ?

— C'est pour ça que je suis ici. Rendez-vous à huit heures. »

Julio Gomez donna un dollar à un petit garçon pour le transport de son poisson et tous deux quittèrent le dock en s'enfonçant dans les ruelles obscures de Port Plaisance. Ils n'avaient pas beaucoup de chemin à faire, car les distances étaient courtes à Port Plaisance ; ce n'était pas une ville, mais bien plutôt un gros village.

C'était le genre d'agglomération que l'on trouve dans la plupart des minuscules îles des Caraïbes : un enchevêtrement de maisons en bois peintes de couleurs vives, aux toits de bardeaux, séparées par des allées semées de débris de coquillage. Le long du rivage, autour du petit port que bornait une jetée courbe, taillée dans le corail, où venait mouiller chaque semaine un vapeur de marchandises, se dressaient les édifices les plus remarquables : le Bureau de la douane, le Palais de justice et le monument aux morts. Tous avaient été taillés dans le corail, il y avait fort longtemps.

Plus au centre, on trouvait la mairie, la petite église anglicane, le commissariat de police et le principal hôtel, Le Gaillard d'Arrière. Ces bâtiments mis à part, et exception faite d'un entrepôt en tôle ondulée des plus inesthétiques, à l'une des extrémités du port, la plupart des habitations étaient en bois. Au bord de la mer, juste à la sortie de la ville, se trouvait la résidence du Gouverneur, bâtisse immaculée cernée de murs blancs, flanquée de deux canons de l'ère napoléonienne de part et d'autre du portail d'entrée, avec un mât porte-drapeau planté dans la pelouse soigneusement entretenue. Pendant la journée, l'Union Jack britannique flottait en haut du mât ; mais comme Julio Gomez traversait la petite ville pour rejoindre la pension où il logeait, un gendarme amenait cérémonieusement les couleurs en présence de l'adjoint du Gouverneur.

Gomez aurait pu descendre au Gaillard d'Arrière, mais il lui préférait l'ambiance familiale de la pension de Mrs Macdonald. C'était une veuve aux cheveux frisés, blancs comme neige, d'une circonférence aussi ample que la sienne, et dont la soupe de strombes était à mourir.

Il atteignit la rue où elle habitait, sans prêter attention aux affiches électorales criardes, agrafées sur tous les murs et les barrières ou presque, et l'aperçut dans l'obscurité qui balayait le perron de sa maison pimpante et séparée des autres, rituel qu'elle accomplissait plusieurs fois par jour. Elle l'accueillit, lui et son poisson, du sourire rayonnant qui lui était coutumier.

« Ben, Missié Gomez, en voilà un poisson qu'il est beau.

— C'est pour notre souper, Mrs Macdonald. Ça suffira pour nous tous, je pense. »

Gomez paya le petit garçon, qui détala avec sa richesse toute neuve, et monta dans sa chambre. Mrs Macdonald se retira dans sa cuisine pour préparer la dorade, avant de la passer sur le gril. Gomez se débarbouilla, se rasa, se changea : il enfila une paire d'amples pantalons crème et une chemisette à manches courtes de couleur vive. Il décida de s'octroyer une grande bière bien fraîche et retraversa la ville jusqu'au bar du Gaillard d'Arrière.

Il n'était que sept heures du soir mais la nuit était tombée, et la ville était plongée dans le noir, sauf aux endroits où les fenêtres projetaient leur lueur. Émergeant des ruelles, Gomez arriva Place du Parlement, délimitée sur trois côtés respectivement par l'église anglicane, le commissariat de police et l'hôtel du Gaillard d'Arrière, et couronnée au centre d'un bouquet de palmiers dans son enclos.

Il passa devant le commissariat où brûlait encore la lumière électrique produite par le générateur municipal, qui ronronnait au loin du côté des docks. Depuis cette petite bâtisse de corail, l'inspecteur principal Brian Jones et un détachement de huit gendarmes et deux sergents faisaient régner la loi et l'ordre dans une communauté où le taux de criminalité était le plus faible de l'hémisphère occidental. Venant de Miami, Gomez ne pouvait que s'ébaubir devant une société qui semblait ignorer la drogue, les gangs, les agressions, la prostitution et le viol, ne possédait qu'une seule banque, jamais cambriolée jusque-là, et ne connaissait qu'une demi-douzaine de vols notables par an. Il soupira, passa devant l'église plongée dans le noir et franchit le porche du Gaillard d'Arrière.

Le bar se trouvait sur la gauche. Gomez s'installa sur un tabouret d'angle à l'une des extrémités et commanda une grande bière bien fraîche. Le poisson ne serait pas prêt avant une heure, ce qui lui laisserait le temps de prendre une seconde bière pour tenir compagnie à la première. Le bar était déjà à moitié plein, car c'était le « point d'eau » le plus couru de la ville par les touristes et les expatriés. Sam, le barman rieur à veste blanche, administrait comme chaque soir un assortiment de punchs, de bières, de jus de fruits, de Cocas, de daiquiris et de sodas, pour atténuer les effets cuisants des petits verres de rhum Mount Gay.

Il était huit heures moins cinq et Julio Gomez venait de plonger sa main dans sa poche pour y pêcher les quelques dollars qui régleraient sa note. En relevant les yeux, il suspendit son geste et se raidit en apercevant l'homme qui venait d'entrer et commandait à boire à l'autre extrémité du bar. Au bout de quelques secondes, il se glissa en arrière sur son tabouret et fit en sorte que la masse du client assis près de lui le dissimule. Il avait du mal à en croire ses yeux mais il savait qu'ils ne l'avaient pas trompé. On ne passe pas quatre jours et quatre nuits de sa vie en face de quelqu'un, de l'autre côté d'une table, à lire dans son regard la haine et le mépris qu'il vous porte, pour oublier son visage, même à huit ans de distance. On ne passe pas non plus quatre jours et quatre nuits à tenter de lui extorquer une seule parole et, n'obtenant pas même son nom, être obligé de lui donner un surnom pour avoir quelque chose à inscrire dans le dossier, pour oublier son visage.

Gomez fit signe à Sam de remplir à nouveau son verre, paya les trois bières et gagna un siège dans un coin d'ombre. Si cet homme se trouvait dans les parages, il avait une bonne raison pour ça. S'il était descendu dans un hôtel, il y avait laissé un nom. Gomez voulait savoir ce nom. Il resta assis dans son coin à attendre et à observer. A neuf heures, l'homme, qui avait bu en solitaire plusieurs rhums Mount Gay, se leva et quitta le bar. Émergeant de son recoin, Gomez lui emboîta le pas.

Sur la Place du Parlement, l'homme grimpa dans une jeep japonaise décapotée, mit le contact et démarra. Gomez jeta un regard désespéré aux alentours. Il n'avait pas de moyen de locomotion à sa disposition. Garé près de l'entrée de l'hôtel, il vit un petit scooter, muni de sa clé de contact. En équilibre périlleux, Gomez se lança à la poursuite de la jeep.

Celle-ci sortit de la ville et continua sa route en longeant la côte ; c'était la seule route, qui faisait le tour complet de l'île. Les propriétés, sises sur les collines à l'intérieur des terres, étaient reliées par des voies privées, des pistes poussiéreuses en pente, à la grand-route côtière. La jeep dépassa l'autre zone d'habitation de l'île, le village indigène qu'on appelait Shantytown (Bidonville), puis la piste herbeuse de l'aéroport.

Elle poursuivit son chemin jusqu'à atteindre l'autre côté de l'île. Ici la route épousait la forme de Teach Bay, qui devait son nom à Edward Teach, autrement dit Barbe-Noire le Pirate, qui y avait jeté l'ancre pour se ravitailler. La jeep quitta la route et grimpa un raidillon qui menait à une double grille de fer forgé, barrant l'accès à une vaste propriété ceinte de murs. Si le conducteur avait remarqué qu'un phare unique et cahotant le suivait depuis le Gaillard d'Arrière, il n'en avait rien montré. Mais il ne pouvait pas ne pas l'avoir vu. Près du portail, un homme surgit de l'ombre pour ouvrir les grilles devant la jeep, mais son conducteur ralentit, puis s'arrêta. Il décrocha de l'arceau de sécurité une puissante lampe-torche. Quand Gomez passa au bas du raidillon, le faisceau de la lampe-torche le balaya, puis revint et le garda captif jusqu'au moment où il disparut au bas de la route.

Gomez remit le scooter à sa place devant l'hôtel trente minutes plus tard et rentra chez lui. Il était plongé dans ses pensées et fortement préoccupé. Il avait vu ce qu'il avait vu et il savait qu'il avait vu juste. Il savait aussi à présent où habitait cet homme. Mais lui également, on l'avait vu. Il pouvait seulement prier pour qu'on ne l'ait pas reconnu à huit ans d'intervalle et au passage d'un scooter pétaradant, par une nuit noire des Caraïbes.

Mrs Macdonald digérait mal le manque de ponctualité de son hôte qui se présentait pour souper avec presque deux heures de retard et le lui fit savoir. Elle lui servit quand même la dorade et observa qu'il la mangeait sans plaisir. Il était perdu dans ses pensées et ne hasarda qu'une remarque.

« C'est des sottises, Missié, le gourmanda-t-elle, y a pas de ces bestioles par ici dans les îles. »

Julio Gomez passa la nuit couché sur le dos, pleinement éveillé, à examiner les choix à sa disposition. Combien de temps l'homme resterait-il dans les îles, il n'en savait rien. Mais il pensait que sa présence était une chose qu'il fallait signaler aux Britanniques, et en particulier l'endroit où il se trouvait actuellement. Le fait avait sûrement une signification. Il pouvait se rendre chez le Gouverneur, mais que pourrait faire au juste ce fonctionnaire ? Il n'y avait probablement aucune raison valable d'arrêter cet homme, qui ne se trouvait pas en territoire américain. Et Gomez était persuadé que l'inspecteur-chef Jones et son détachement d'opérette n'auraient pas plus de poids que le Gouverneur. La situation nécessitait un ordre émanant de Londres, après requête de l'Oncle Sam en personne. Il pourrait téléphoner dans la matinée — mais il écarta cette idée. L'île, en fait de communications, était reliée à Nassau, aux Bahamas, et au-delà à Miami, par une vieille ligne téléphonique aérienne. Rien à faire ; il lui faudrait regagner la Floride le lendemain matin.

Le même soir, un vol Delta Airlines en provenance de Washington atterrit à l'aéroport de Miami. Parmi les passagers, se trouvait un fonctionnaire britannique à l'air las, dont le passeport portait le nom de Mr Frank Dillon. Il avait en sa possession d'autres papiers, qu'il n'avait pas besoin de présenter à l'arrivée d'un vol intérieur, précisant son appartenance au Foreign Office et requérant toute personne concernée de lui être utile dans la mesure du possible.

Mais ni son passeport ni ses papiers ne révélaient que son véritable nom était Sam McCready. Seuls le savaient un groupe de membres de la CIA, à Langley, Virginie, en compagnie desquels il venait d'assister, pendant une semaine, à un séminaire intensif consacré au rôle que joueraient l'ensemble des Services de renseignements du monde libre au cours des dix années à venir, les futures années 90. Cela avait consisté essentiellement à écouter un quarteron de doctes professeurs et autres universitaires, dont pas un n'employait un mot simple quand dix compliqués faisaient, pensaient-ils, l'affaire.

McCready héla un taxi devant l'aérogare et demanda à être conduit au Sonesta Beach Hotel de Key Biscayne. Il y prit une chambre et se régala de homard, avant de sombrer dans un profond et paisible sommeil. Il était à la veille, du moins le croyait-il, de se rôtir au soleil une semaine d'affilée au bord de la piscine en parcourant plusieurs romans d'espionnage divertissants, et ne se désintéresserait de son verre de daiquiri glacé que pour suivre des yeux la démarche ondulante d'une fille de Floride. Century House était loin et le service Intoxication, Désinformation et Opérations psychologiques était entre de bonnes mains, celles de son adjoint nouvellement nommé, Denis Gaunt. Il était temps, pensa-t-il avant de s'endormir, que le Manipulateur soigne son bronzage.

Le vendredi matin, Julio Gomez quitta la pension de Mrs Macdonald sans demander de rabais pour les deux jours restants et en se confondant en excuses. Il prit son sac de voyage et marcha jusqu'à la Place du Parlement où il se fit emmener par l'un des deux seuls taxis de la ville jusqu'à l'aérodrome.

Son billet était pour le vol régulier du dimanche matin sur BWIA à destination de Nassau, avec correspondance pour Miami. Même si en fait la distance était plus courte en vol direct pour Miami, il n'existait pas de vol de ce type et il fallait passer obligatoirement par Nassau. Il n'y avait pas d'agence de voyages en ville et les réservations se faisaient directement à l'aérodrome ; aussi Julio Gomez pouvait-il seulement espérer qu'il existât un vol BWIA le vendredi matin. Il ne remarqua pas, quand il monta dans le taxi, qu'il était observé.

A l'aérodrome, son attente fut déçue. Le bâtiment, un long hangar qui ne contenait à peu près rien d'autre qu'un comptoir pour la douane, était ouvert mais quasiment désert. L'unique préposé au contrôle des passeports, assis au soleil, lisait un numéro du *Miami Herald* vieux d'une semaine qu'un voyageur, probablement Gomez en personne, avait abandonné derrière lui.

« Rien aujourd'hui, le renseigna-t-il, jovial. Jamais de vol le vendredi. »

Gomez regarda la piste herbeuse. A l'extérieur du hangar en métal, on voyait un Navajo Chief que vérifiait un Blanc en pantalon de toile et bras de chemise. Gomez s'en approcha en traversant le terrain.

« Vous sortez aujourd'hui ? demanda-t-il.

— Vouais, dit le pilote, américain comme lui.

— Avion-taxi ?

— Ah non, fit le pilote. C'est un avion privé. Il appartient à mon patron.

— Où allez-vous ? A Nassau ? demanda Gomez.

— Noôn. Key West. »

Le cœur de Gomez ne fit qu'un bond. De Key West, il pourrait prendre l'un des vols fréquents qui remontaient sur Miami.

« Y aurait moyen de dire un mot à votre patron ?

— Mr Klinger sera là dans une heure environ.

— Je vais l'attendre », conclut Gomez.

Il découvrit un coin à l'ombre près du mur du hangar et s'y installa. Quelqu'un sortit des buissons, enfourcha une moto cachée dans les broussailles et fila sur la route côtière.

Sir Marston Moberley vérifia l'heure à sa montre et abandonna la table du petit déjeuner, qu'on avait servi dans le jardin clos de murs de la Résidence ; il se dirigea d'un pas nonchalant vers les marches qui menaient à la véranda et, au-delà, à son bureau. Cette fastidieuse délégation allait arriver d'un moment à l'autre.

La Grande-Bretagne a conservé très peu de ses anciennes colonies antillaises. Il y a beau temps que l'ère coloniale est terminée. Cependant, cinq d'entre elles subsistent encore, charmants souvenirs d'une époque révolue. Elles ne sont plus qualifiées de colonies — dénomination devenue inacceptable aujourd'hui — mais de Territoires dépendants. Le premier de ces territoires est celui des îles Caïmans, bien connu pour son secret bancaire et ses facilités de placement à l'étranger. Par référendum, la population des trois îles Caïmans, quand Londres lui offrit l'indépendance, vota massivement pour demeurer britannique.

Depuis lors, leur prospérité fait contraste avec celle toute relative de certains de leurs voisins.

Un autre groupe est celui des îles Vierges anglaises, véritable paradis pour les yachtsmen et les pêcheurs au gros. Le troisième de ces territoires, l'un des moins connus, est la petite île d'Anguilla ; ses habitants firent la seule révolution des annales coloniales pour rester anglais et éviter d'être amalgamés de force à ceux de deux îles voisines, dont le Premier ministre leur inspirait, à juste titre, de vifs soupçons.

Également fort peu connues, les îles Turks et Caïques poursuivent une existence nonchalante à l'ombre des palmiers et de l'Union Jack, ignorant trafiquants de drogue, forces de police secrète, coups d'État et autres brutalités électorales. Dans ces quatre territoires, Londres gouverne d'une main tout à fait légère, son rôle se limitant, dans les trois derniers cas, à éponger le déficit budgétaire annuel. En contrepartie, les populations locales paraissent satisfaites de voir l'Union Jack hisser et amener ses couleurs deux fois par jour, l'effigie de la reine Elizabeth figurer sur leurs billets de banque et ses insignes sur le casque des policiers.

En hiver 89, le cinquième et dernier de ces Territoires dépendants était les Barclays, un amas de huit îles minuscules situé à l'extrémité ouest du banc de la Grande Bahama, à l'ouest de l'île Andros, au nord-est de Cuba et juste au sud des Keys de la Floride.

Pourquoi les Barclays ne furent-elles pas incluses aux Bahamas quand l'archipel accéda à l'indépendance ? Peu s'en souviennent. Un plaisantin du Foreign Office suggéra un jour qu'il se pouvait qu'on les ait tout bonnement oubliées, et il devait avoir raison. Elles comptaient à peine vingt mille habitants, qui vivaient sur deux des îles seulement. La résidence du Gouverneur se trouvait sur l'île principale gratifiée du nom de Sunshine (Plein Soleil), et la pêche dans ses eaux était miraculeuse.

Ces îles n'étaient pas riches. L'industrie y avoisinait le néant, et leur revenu se situait à peine au-dessus. La plus grosse part de ce revenu provenait des salaires des jeunes qui s'étaient expatriés pour devenir serveur, femme de chambre ou groom dans les hôtels luxueux d'ailleurs, où les touristes américains et européens préféraient à tout autre leur bonne humeur indéfectible et leur sourire rayonnant.

Les autres sources de profit étaient dues à un embryon de tourisme, au pêcheur au gros qui, de temps en temps, venait en pèlerinage, via Nassau, aux droits d'atterrissage et à la vente de timbres fort rares et de quelques homards ou strombes aux yachts de passage. Ces modestes rentrées permettaient aux habitants de faire venir chaque semaine par vapeur les quelques produits de base que la mer ne leur fournissait pas.

Ils puisaient dans l'océan la plus grande partie de leurs ressources alimentaires auxquelles s'ajoutaient les fruits des forêts et des jardins cultivés sur les pentes des deux collines de Sunshine, Spyglass (Longue Vue) et Sawbones (Carabin).

C'est alors que, début 89, un membre du Foreign Office s'avisa que les Barclays étaient mûres pour l'indépendance. Le premier « rapport de situation » venu se transforma en « proposition à soumettre » qui engendra à son tour une politique à suivre. Le gouvernement britannique, cette année-là, devait faire face à un énorme déficit commercial, des sondages de popularité en chute libre et des opinions divisées sur la politique européenne. L'indépendance d'un archipel obscur des Caraïbes fut acceptée sans débat, comme une bagatelle.

Toutefois, le gouverneur d'alors éleva des objections, fut dûment relevé de ses fonctions et remplacé par Sir Marston Moberley. C'était un homme de haute taille, fort imbu de sa personne, qui se targuait de sa ressemblance avec feu l'acteur George Sanders ; on l'avait envoyé à Sunshine avec de très brèves instructions, que lui avait détaillées le secrétaire adjoint principal du Département de la zone caraïbe. Les Barclays ne devaient pas refuser leur indépendance. Il fallait encourager les candidatures au poste de Premier ministre et fixer un jour pour des élections générales. Après cette nomination au suffrage universel du doublement Premier ministre des îles Barclay, et l'agrément d'un délai convenable (trois mois, par exemple) par son Cabinet, l'indépendance serait concédée ou mieux encore fortement conseillée. Sir Marston devait veiller à la bonne marche de ce programme qui ôterait un fardeau supplémentaire à l'Échiquier. Lui et Lady Moberley étaient arrivés à Sunshine au mois de juillet précédent. Et Sir Marston s'était attelé à la tâche de bon cœur.

Deux candidats potentiels au poste de futur Premier ministre s'étaient bientôt fait connaître. Mr Marcus Johnson, homme d'affaires et philanthrope local fort riche, qui avait regagné son île natale, après avoir fait fortune en Amérique centrale, et qui habitait une belle propriété de l'autre côté de Sawbones Hill, avait formé l'Alliance pour la Prospérité des Barclays et s'engageait à assurer le développement des îles et à apporter la prospérité à leurs habitants. Mr Horatio Livingstone, candidat plus populiste et moins raffiné, qui vivait à Shantytown, dont il possédait la majeure partie, était à la tête du Front indépendant des Barclays. Les élections devaient se tenir à trois semaines de là, le 5 janvier. Sir Marston voyait avec plaisir la campagne électorale battre son plein et les deux candidats solliciter les suffrages des insulaires à coups de discours, de brochures et d'affiches placardées sur le moindre pan de mur ou tronc d'arbre.

Marcus Johnson, le candidat de la « Prospérité », aurait le soutien du directeur de l'aérodrome, des propriétaires des terrains portuaires (Johnson leur avait promis d'édifier à cet endroit une marina de classe internationale des plus florissantes) et de la majorité de la classe d'affaires que le développement de l'île enrichirait. Livingstone, de son côté, serait le représentant du prolétariat et des non-possédants, auxquels il avait assuré une augmentation miraculeuse de leur niveau de vie, grâce à la nationalisation des biens et des propriétés.

Sir Marston n'avait qu'une épine dans le pied : le CCC, ou Comité des citoyens concernés, que dirigeait le fatigant Révérend Walter Drake, le ministre baptiste local. C'était une délégation du CCC que Sir Marston avait accepté de recevoir ce matin-là, à neuf heures.

Ils étaient huit. Il faisait son affaire du pasteur anglican, être falot et pâlichon. Les six notables — le docteur, deux boutiquiers, un fermier, un patron de bar et la propriétaire d'une pension de famille appelée Mrs Macdonald — étaient tous d'un certain âge et d'une éducation rudimentaire : ils ne parlaient pas aussi bien l'anglais que lui et manqueraient de persuasion dans leurs arguments ; il leur en opposerait facilement une dizaine en faveur de l'indépendance pour chacun qu'ils avanceraient contre.

C'était le chef de la délégation qui posait problème, le Révérend Walter Drake, un grand Noir costaud, vêtu de sombre, que Sir Marston voyait à présent s'éponger le visage. C'était un prédicateur compulsif, lucide et tonitruant, qui avait fait ses études aux États-Unis. Il arborait au revers de sa veste le petit poisson — insigne des Chrétiens régénérés. Sir Marston se demandait en quoi pouvait bien consister ladite régénération mais ne songea pas à lui poser la question. Le Révérend Drake posa bruyamment un tas de papiers sur le bureau du Gouverneur.

Sir Marston s'était assuré qu'il n'y avait pas suffisamment de sièges et qu'il leur faudrait rester debout. Lui-même les reçut ainsi, ce qui abrégerait la réunion. Il jeta un coup d'œil interrogatif sur la pile de papiers.

« Ça, c'est une pétition, monsieur le Gouverneur, mugit le Révérend Drake. J'ai bien dit une pétition. Plus d'un millier de nos concitoyens l'ont signée. Nous désirons qu'elle soit communiquée à Londres et mise sous les yeux de Mrs Thatcher. Ou même de la Reine. Nous sommes persuadés que ces dames nous écouteraient, même si vous n'en avez cure. »

Sir Marston soupira. Ça promettait d'être plus... il chercha son adjectif favori... plus fastidieux que prévu.

« Je vois, dit-il. Et quel est l'objet de votre pétition ?

— Nous réclamons un référendum, comme les Britanniques en ont eu un à propos du Marché commun. Nous exigeons un référendum. Nous ne voulons pas d'une indépendance forcée. Nous désirons le statu quo et ne souhaitons être dirigés ni par Mr Johnson ni par Mr Livingstone. Nous en appelons à Londres. »

Un taxi arriva à proximité de la piste d'atterrissage de l'aérodrome et Mr Klinger en descendit. C'était un petit homme rondouillard qui vivait à Coral Gables, près de Miami, dans une belle demeure de style espagnol. La danseuse de cabaret qui l'accompagnait ne lui ressemblait ni par la taille ni par l'embonpoint ; elle était sensationnelle et assez jeune pour être sa fille. Mr Klinger possédait un cottage sur Spyglass Hill où il venait faire, à l'occasion, des séjours discrets à l'insu de Mrs Klinger. Il comptait rallier Key West, où il mettrait sa petite amie dans un vol régulier pour Miami avant de regagner ses pénates, ostensiblement seul, en avion personnel. Il jouerait au businessman revenant harassé d'un voyage d'affaires suite à des discussions à mourir d'ennui autour d'un contrat. Mrs Klinger viendrait l'accueillir à l'aéroport de Miami et constaterait qu'il voyageait seul. On ne saurait être trop prudent. Mrs Klinger connaissait d'excellents avocats. Julio Gomez se remit sur ses pieds et s'approcha de lui.

« Mr Klinger ? »

Le cœur de ce dernier ne fit qu'un bond. Était-ce un détective privé ?

« Qui le demande ?

— Écoutez, j'ai un problème. Je prenais des vacances dans le coin et ma femme vient de me téléphoner que notre petit garçon a eu un accident. Je dois rentrer coûte que coûte. Il n'y a aucun vol prévu aujourd'hui et je me demandais si vous accepteriez de me déposer à Key West ? Je vous en serais infiniment reconnaissant. »

Klinger hésita. Rien ne lui prouvait que l'homme n'était pas un détective privé dont Mrs Klinger aurait loué les services. Il tendit son sac de voyage à un porteur qui le chargea avec le reste de ses valises dans la soute du Navajo.

« Eh bien, commença Klinger, je ne sais quoi vous... »

Le groupe était composé de six personnes : le préposé au contrôle des passeports, le porteur, Gomez, Klinger, sa petite amie et un autre homme qui aidait au transport des bagages. Pour le porteur, ce dernier faisait partie du groupe de Klinger ; et les autres eurent l'air de croire qu'il était attaché à l'aérodrome. Le pilote était déjà dans la cabine et le chauffeur de taxi soulageait sa vessie dans la végétation environnante à une vingtaine de mètres de là.

« Oh mon chou, c'est terrible. Il faut qu'on l'aide, s'écria la jeune femme.

— D'accord, fit Klinger. Tant que ça ne retarde pas le décollage. »

Le préposé visa rapidement les trois passeports, la soute à bagages fut refermée, les trois passagers montèrent à bord de l'appareil, le pilote fit vrombir les deux réacteurs et, cinq minutes plus tard, le Navajo décolla de Sunshine, comptant atteindre Key West après un vol direct de soixante-dix minutes.

« Mes chers amis, et j'espère que vous me permettrez de vous appeler ainsi, déclara Sir Marston Moberley, je vous prie d'essayer de comprendre la position du gouvernement de Sa Majesté. Dans les circonstances actuelles, un référendum serait tout à fait inapproprié. Et d'une complexité administrative qui confine à l'impossibilité. »

Sir Marston n'avait pas effectué une longue carrière de diplomate aux innombrables affectations dans les pays du Commonwealth sans avoir appris à se montrer condescendant.

« Auriez-vous l'amabilité de nous expliquer en quoi un référendum est plus complexe que des élections générales ? grommela Drake. Nous voulons avoir le droit de décider si nous désirons ou non des élections. »

L'explication était des plus simples, mais ne pouvait pas même être évoquée. Le gouvernement britannique aurait à payer les frais d'un référendum tandis que les candidats en lice finançaient eux-mêmes leur campagne, quoique Sir Marston n'eût pas cherché à savoir comment ils s'y prenaient exactement. Il changea de sujet.

« Dites-moi, si tel est votre sentiment, pourquoi vous ne vous présentez pas au poste de Premier ministre ? Si ce que vous dites est exact, vous devriez l'emporter. »

Cette sortie déconcerta les sept autres membres de la délégation. Le Révérend Drake pointa un doigt gros comme une saucisse dans sa direction.

« Vous savez bien pourquoi, monsieur le Gouverneur. Les candidats ont à leur disposition des presses d'imprimerie, des systèmes de sonorisation et même des directeurs de campagne électorale venus de l'étranger. Et ils font un certain " ramdam " parmi la population...

— Je n'ai absolument aucune preuve de ce que vous avancez, l'interrompit le Gouverneur, rosissant légèrement.

— Parce que vous n'allez pas voir dehors ce qui s'y passe, rugit le ministre baptiste. Mais *nous,* nous savons. Ça arrive à chaque coin de rue. Et on intimide les opposants...

— Quand je recevrai un rapport de l'inspecteur principal Jones qui ira dans ce sens, je prendrai des mesures, fit sèchement Sir Marston.

— Il est certainement inutile que nous ayons un différend, plaida le pasteur. Notre seule question est celle-ci : Enverrez-vous notre pétition à Londres, Sir Marston ?

— Bien sûr, dit le Gouverneur. C'est le moins que je puisse faire en votre faveur. Mais également, je le crains, la seule chose. J'ai, hélas, les mains liées. Et à présent, si vous voulez bien m'excuser... »

Ils sortirent en bloc, ayant accompli leur mission. En quittant le bâtiment, le docteur, qui se trouvait être l'oncle du chef de la police, demanda :

« Vous pensez qu'il va réellement le faire ?

— Oh certainement, répondit le pasteur. Puisqu'il l'a dit.

— Oui, par courrier, grogna le Révérend Drake, et ça atteindra Londres à la mi-janvier. Il faut nous débarrasser de ce Gouverneur et nous en donner un nouveau.

— Il y a peu de chances que ça arrive, je le crains, fit le pasteur. Sir Marston ne démissionnera jamais. »

Dans la guerre continuelle qu'il livre contre l'invasion de sa côte méridionale par les stupéfiants, le gouvernement américain a eu recours aux techniques les plus coûteuses et les plus élaborées. On compte, parmi ces dernières, une série de ballons furtifs aux ports d'attache dépendants de Washington, qui en est propriétaire ou qui les loue.

On trouve suspendu dans les nacelles de ces ballons tout un arsenal technologique de pointe en matière de radars et de moniteurs radio, qui couvre la totalité du bassin des Caraïbes, du Yucatan à l'ouest jusqu'à l'île d'Anegada à l'est, de la Floride au nord jusqu'à la côte du Venezuela. Tout avion, quelle que soit sa taille, traversant cette zone aérienne est immédiatement repéré. Sa trajectoire, sa vitesse et son altitude sont enregistrées et transmises. De même, chaque yacht, bateau de plaisance, cargo ou paquebot sortant d'un port est suivi par des yeux et des oreilles invisibles très haut et très loin dans le ciel. Les innovations technologiques de ces nacelles sont dues principalement à Westinghouse Inc.

Le Piper Navajo Chief fut pris en charge, quand il décolla de Sunshine, par un Westinghouse 404 et suivi à la trace, routinièrement, effectuant une trajectoire de 310 degrés au-dessus de l'océan ; ce qui l'aurait amené, le vent soufflant du sud, à la verticale de la balise d'approche de Key West, sa destination. Mais à soixante-dix kilomètres de Key West, l'avion se désintégra entre ciel et terre, et disparut des écrans de contrôle. Un garde-côte américain se rendit sur les lieux mais ne découvrit aucune épave.

Le lundi, Julio Gomez, enquêteur des services de la police urbaine de Dade County, ne se présenta pas à son poste. Son coéquipier, Eddie Favaro, en fut extrêmement contrarié. Ils devaient se présenter ensemble, ce matin-là, devant le tribunal et Favaro fut obligé de s'y rendre seul. Le juge, une femme, se montra fort acerbe, et Favaro dut supporter ses sarcasmes en solo. En fin de matinée, il retourna au commissariat central, situé au 1320 North-West 14th Street (le siège n'avait pas encore été transféré dans le nouveau complexe du District de Doral) pour faire son rapport à son supérieur, le lieutenant Broderick.

« Qu'est-ce qui arrive à Julio ? demanda Favaro. Il ne s'est pas du tout montré au tribunal.

— Et c'est à moi que vous posez la question ? C'est votre collègue, répondit Broderick.

— Il ne s'est pas présenté ?

— Pas devant moi, en tout cas, dit Broderick. Vous ne pouvez pas vous débrouiller sans lui ?

— Non. Les accusés des deux affaires dont nous nous occupons ne parlent que l'espagnol. »

Miroir de la population locale, la police de Dade County, qui a sous sa responsabilité la majeure partie de ce qu'on appelle le grand Miami, emploie un large échantillonnage racial. La moitié de la population de cette zone est d'origine hispanique, et certains individus ont une maîtrise plus qu'hésitante de l'anglais. Julio Gomez, dont les parents étaient portoricains, avait été élevé à New York, où il entra dans la police. Dix ans plus tard, il avait émigré à nouveau vers le sud et était venu se joindre aux effectifs de l'Urbaine de Dade County. Personne ne l'y traitait d'Espingouin ni de Rital. Ç'aurait été malavisé dans un environnement aussi multi-ethnique. Et parlant couramment l'espagnol, il était inappréciable.

Eddie Favaro, son coéquipier depuis neuf ans, était un Italo-Américain dont les grands-parents avaient émigré de Catane, jeunes mariés en quête d'une meilleure existence. Le lieutenant Clay Broderick était noir. Il haussa les épaules. Il était surchargé de travail et manquait d'effectifs, avec un arriéré d'affaires dont il se serait bien passé.

« Trouvez-le, dit-il. Vous connaissez le règlement. »

Favaro ne l'ignorait pas en effet. Dans le cadre de la police urbaine de Dade, si l'on prolonge de trois jours, sans raison valable et sans le signaler, la durée de ses vacances, on juge que vous avez donné votre démission.

Favaro se rendit chez son collègue, mais il n'y avait aucun signe dans l'appartement qui indiquât un retour de vacances. Il savait où était parti Gomez — il allait toujours sur l'île de Sunshine —, aussi vérifia-t-il la liste des passagers sur les vols de la soirée précédente en provenance de Nassau. L'ordinateur de la compagnie aérienne fit apparaître la réservation et le billet payés d'avance, mais aussi qu'on ne les avait pas retirés. Favaro retourna voir Broderick.

« Il aurait pu avoir un accident, fit-il valoir. La pêche au gros peut être dangereuse.

— Le téléphone, c'est pas fait pour les chiens, fit Broderick. Il a notre numéro.

— Il est peut-être dans le coma. Ou même hospitalisé. Peut-être a-t-il demandé d'appeler à quelqu'un qui ne s'en est pas soucié. Ils sont pas mal arriérés dans ces îles. On pourrait au moins vérifier. »

Broderick soupira. Il se serait volontiers passé d'enquêter aussi sur des policiers portés disparus.

« OK, dit-il, trouvez-moi le numéro des forces de police de cette île, comment vous dites déjà ? Sunshine ? Bon Dieu, quel nom ! Dénichez-moi le chef de la police du coin et je lui parlerai. »

Favaro l'obtint au bout d'une demi-heure. Le numéro n'était même pas répertorié aux Renseignements téléphoniques internationaux. C'est le consulat britannique qui appela la résidence du Gouverneur sur Sunshine qui le leur fournit. Il fallut encore une demi-heure pour que le lieutenant Broderick obtienne la communication. Il eut la chance de trouver l'inspecteur principal Jones à son bureau. Il était midi.

« Inspecteur principal Jones, ici le lieutenant de Police Clay Broderick. Je vous appelle de Miami. Allô ? Vous m'entendez ?... Écoutez, je me demande si en tant que collègue, vous pourriez me rendre un service... L'un de mes hommes passait ses vacances à Sunshine et il n'est pas rentré. Nous espérons qu'il n'a pas eu d'accident... Oui, il est américain. Il s'appelle Julio Gomez. Non, je ne sais pas où il est descendu. Il était allé pêcher au gros. »

L'inspecteur principal Jones prit cet appel au sérieux. Les forces qu'il commandait avaient beau être réduites, et celles de Dade County avaient beau être énormes, il montrerait aux Américains qu'il n'avait rien d'un endormi. Il décida de s'occuper de l'affaire en personne et envoya chercher un gendarme et une Land-Rover.

Il se rendit d'emblée au Gaillard d'Arrière mais fit chou blanc. Il se dirigea ensuite vers le port de pêche et y trouva Jimmy Dobbs qui s'affairait sur son bateau, n'ayant pas de client ce jour-là. Dobbs lui raconta que Gomez n'était pas venu à leur rendez-vous du vendredi, ce qui lui avait paru étrange, et qu'il séjournait chez Mrs Macdonald.

L'hôtesse rapporta que Julio Gomez était parti en toute hâte le vendredi matin pour l'aérodrome. Jones s'y rendit et eut un entretien avec le directeur. Il fit venir le préposé au contrôle des passeports, qui confirma que Mr Gomez avait pris place à bord de l'avion de Mr Klinger se rendant à Key West ce même vendredi matin. Et il donna à Jones le numéro d'immatriculation de l'avion. Jones rappela Broderick à quatre heures de l'après-midi.

Le lieutenant Broderick se donna la peine de téléphoner à la police de Key West, qui vérifia auprès de l'aéroport. Le lieutenant convoqua Eddie Favaro peu après six heures. Son visage était grave.

« Navré, Eddie. Julio a décidé brusquement de rentrer vendredi matin. Comme il n'y avait pas de vol régulier, il a trouvé le moyen de se caser à bord d'un avion privé en direction de Key West. Cet avion n'est jamais arrivé, il s'est écrasé de quatre mille cinq cents mètres dans la mer, à soixante-dix kilomètres de Key West. D'après les gardes-côtes, il n'y a pas eu de survivants. »

Favaro s'assit en hochant la tête.

« Je n'y crois pas.

— J'y arrive difficilement moi-même. Écoutez, je suis terriblement navré, Eddie. Je sais combien vous étiez proches.

— Pendant neuf ans, on s'est tenu les coudes, neuf ans, merde, murmura Favaro. Et maintenant ?

— La machine va prendre le relais, dit Broderick. Je vais avertir le Directeur moi-même. Vous connaissez la procédure. Si on ne peut pas obtenir un service funèbre, il aura une cérémonie où tous les honneurs lui seront rendus, je vous en donne ma parole. »

Les soupçons surgirent plus tard cette nuit-là et le lendemain matin.

Le dimanche, un certain Joe Fanelli, capitaine d'un bateau charter, avait emmené deux petits Anglais pêcher au large de la marina Bud'n Mary, à Islamorada, centre de villégiature des Keys de Floride, tout au nord de Key West. A six milles d'Alligator Reef, ils mirent le cap sur The Hump tout en pêchant à la cuillère, et l'un des garçonnets accrocha une grosse prise au bout de sa ligne. Unissant leurs forces, les deux frères, Stuart et Shane, halèrent ce qui, espéraient-ils, se révélerait un gros lampris, un *wahoo* ou encore un thon. Quand la touche surgit dans leur sillage, Joe Fanelli se pencha et la hissa à bord. Il s'agissait en fait des débris d'un gilet de sauvetage qui portait encore le numéro au pochoir de l'avion auquel il avait appartenu et des traces de brûlure.

La police locale expédia le tout à Miami, où le laboratoire d'expertises établit qu'il provenait du Navajo Chief de Barney Klinger et que les taches noirâtres révélaient des traces non d'essence, mais de plastic. Cela devenait une enquête criminelle. Et la première chose que fit la Crime fut de vérifier l'état des affaires de Mr Klinger. Ce que les policiers découvrirent les porta à penser que l'affaire ne serait probablement jamais résolue. D'autant qu'ils n'avaient pas de mandat pour enquêter à Sunshine, en territoire britannique, et peu de confiance en la police locale pour aller voir au fond de ce qui devait être l'exécution d'un « contrat ».

Le mardi matin, Sam McCready s'installa à son aise dans sa chaise longue, au bord de la piscine du Sonesta Beach Hotel, à Key Biscayne, posa sa deuxième tasse de café d'après le petit déjeuner sur une table, à sa portée, et ouvrit le *Miami Herald*.

Sans être particulièrement à l'affût, il parcourut les nouvelles internationales — guère nombreuses — avant de passer à la rubrique locale. Un article de seconde importance donnait les dernières révélations sur la disparition d'un avion de tourisme en pleine mer, au sud-est de Key West, qui remontait au vendredi précédent.

Les fins limiers du *Herald* avaient découvert non seulement qu'il se pouvait qu'une bombe dissimulée dans l'appareil fût la cause de sa destruction, mais encore que Mr Barney Klinger était le roi officieux du vol et du maquillage des pièces détachées d'avion en Floride méridionale.

Après celui des stupéfiants, ce commerce illicite des plus obscurs est sans nul doute l'un des plus lucratifs. La Floride regorge d'engins volants : avions de ligne, avions-cargos, avions privés ; on y trouve également le siège des plus grandes compagnies aériennes du monde, toujours en quête de pièces de rechange neuves ou reconditionnées. AVIOL ou encore Instrument Locator Service fournissent des pièces détachées à l'échelon planétaire.

L'industrie « illégale » se spécialise soit dans la commandite de vols de pièces de rechange destinées à des revendeurs peu curieux de leur provenance (et dont les marchés sont habituellement ceux du Tiers Monde), soit, activité beaucoup plus dangereuse, dans la fourniture de pièces détachées pratiquement hors d'usage, mais déclarées révisées et opérationnellement intactes. Dans cette dernière forme d'arnaque, les certificats accompagnant les pièces sont des faux. Comme certaines se négocient à deux cent cinquante mille dollars pièce, les profits d'un opérateur sans scrupules peuvent être énormes. Les spéculations allaient bon train quant à celui qui avait voulu pousser Mr Klinger hors de la scène.

« Au milieu du chemin de la vie... », murmura McCready, qui consulta les prévisions météo ; elles annonçaient un temps ensoleillé.

Le lieutenant Broderick convoqua Eddie Favaro, ce même mardi matin. Il avait l'air encore plus grave.

« Eddie, avant de procéder à cette cérémonie à la mémoire de Julio, nous devons examiner un nouveau facteur des plus troublants : qu'est-ce que Julio fabriquait dans le même avion que ce malfrat de Klinger ?

— Il essayait de rentrer, dit Favaro.

— Ah oui ? Qu'est-ce qu'il faisait là-bas ?

— Il pêchait.

— Ah oui ? Comment expliquer qu'il se trouvait sur Sunshine la même semaine que Klinger ? Ils faisaient affaire ensemble ?

— Écoutez-moi bien, Clay. Rien au monde ne me fera croire que Julio était un pourri. Il essayait de rentrer. Il a vu un avion, il a demandé qu'on l'accepte à bord, c'est tout.

— J'espère que vous avez raison, dit Broderick calmement. Mais pourquoi a-t-il voulu revenir deux jours plus tôt que prévu ?

— C'est bien ce qui me perturbe, reconnut Favaro. Il adorait pêcher, il attendait ce moment toute l'année. Il n'aurait jamais écourté sa partie de pêche sans raison. Je veux aller là-bas et découvrir pourquoi.

— J'ai trois bonnes raisons pour vous empêcher d'y aller, fit le lieutenant. Primo, le service est surchargé, on a besoin de vous ici. Secundo, la bombe, si bombe il y a eu, visait Klinger à coup sûr ; la présence de la fille et de Julio est purement accidentelle. Troisième point, je suis désolé, mais la Police des polices va devoir vérifier la situation financière de Gomez, c'est inévitable. S'il n'avait jamais rencontré Klinger avant vendredi, ça n'aura été qu'un tragique accident.

— J'ai des jours de congé à prendre, dit Favaro. Je veux les prendre, Clay. Maintenant.

— Oui, ils vous sont dus. Et je ne peux pas vous les refuser. Mais si vous allez là-bas, vous irez pour votre propre compte, Eddie. C'est un territoire britannique, nous n'avons pas de mandat. Et je veux que vous me laissiez votre arme. »

Favaro lui tendit son automatique et sortit. Le même jour, à trois heures de l'après-midi, il atterrit à l'aérodrome de Sunshine, régla la location de son avion à quatre places et le regarda s'envoler à nouveau vers Miami. Puis il réussit à se faire emmener en voiture par un membre du personnel jusqu'à Port Plaisance et, ne sachant où descendre, choisit le Gaillard d'Arrière.

Sir Marston Moberley, confortablement installé dans son jardin clos de murs, sirotait un whisky-soda. C'était son rituel quotidien favori. Le jardin derrière la Résidence n'était pas grand, mais très protégé. Une pelouse bien entretenue en couvrait la majeure partie ; bougainvillées et jacarandas festonnaient les murs de brillantes couleurs. Le jardin était entouré de hauts murs, au sommet semé de tessons de bouteille, sur trois côtés, la Résidence proprement dite formant le quatrième. Dans l'un des murs s'ouvrait une vieille porte en fer, qu'on n'utilisait plus depuis longtemps. Au-delà, un petit sentier tombait au cœur de Port Plaisance. On avait scellé cette porte des années auparavant et, du côté extérieur, deux loquets demi-circulaires étaient assujettis par un cadenas de la taille d'une assiette à dessert. L'ensemble était mangé par la rouille.

Sir Marston jouissait de la fraîcheur de la soirée. Son adjoint se trouvait dans ses appartements, à l'autre extrémité de la demeure. Son épouse était sortie faire une course et devait passer à l'hôpital. Jefferson, qui remplissait les fonctions de chef cuisinier, d'intendant et de maître d'hôtel, préparait le dîner dans la partie réservée aux domestiques. Sir Marston dégustait donc son whisky et manqua s'étouffer quand un grincement métallique vint lui déchirer les oreilles et le fit se retourner.

« Mais que... écoutez, voyons... », n'eut-il que le temps de balbutier.

La première balle traversa, avec un sifflement qui le laissa sans voix, l'étoffe molle de la manche de sa chemise en coton, alla rebondir sur le mur de corail de la maison, derrière lui, et tomba dans l'allée, toute tordue. La seconde le frappa en plein cœur.

Chapitre deux

La double détonation dans le jardin n'entraîna pas de réaction immédiate à l'intérieur de la maison, où ne se trouvaient que deux personnes à ce moment de la journée.

Jefferson était au rez-de-chaussée à préparer un punch aux fruits — Lady Moberley étant farouchement anti-alcool — et devait déclarer par la suite que le bruit du mixeur, branché sans doute au moment des coups de feu, emplissait la cuisine.

L'adjoint du Gouverneur était le lieutenant Jeremy Haverstock, jeune subalterne aux joues duveteuses que le Régiment royal des Dragons avait mis en disponibilité. Il se trouvait dans sa chambre à l'autre bout de la Résidence, la fenêtre fermée et l'air conditionné branché à plein régime. Il écoutait aussi, ajouterait-il, un programme de musique de Radio Nassau. Lui non plus n'avait rien entendu.

Au moment où Jefferson sortit dans le jardin pour consulter Sir Marston sur un point touchant la préparation des côtelettes d'agneau, l'assassin avait évidemment battu en retraite par la porte en fer et disparu. Jefferson, du haut des marches qui descendaient au jardin, aperçut son patron couché sur le dos, les bras écartés (position résultant du second coup de feu) et une tache sombre qui continuait à s'élargir sur le plastron de sa chemise bleu foncé.

Jefferson s'imagina au premier abord que son maître s'était évanoui et courut à son aide. Quand le trou dans sa poitrine lui apparut plus clairement, il fit un pas en arrière, frappé un instant d'incrédulité, avant de se précipiter, saisi de panique, à la recherche du lieutenant Haverstock. Le jeune officier arriva quelques secondes plus tard sur les lieux, encore en boxer-short.

Haverstock, lui, ne paniqua pas. Il examina le corps sans y toucher, constata que Sir Marston était bel et bien mort et s'assit sur la chaise de l'ex-Gouverneur pour réfléchir à ce qu'il devait faire.

L'un de ses anciens supérieurs avait écrit d'Haverstock : « merveilleusement racé, terriblement peu brillant », un jugement qui semblait s'appliquer davantage à un cheval qu'à un officier de cavalerie. Mais dans la cavalerie, on a tendance à avoir ses propres priorités : si un bon cheval est irremplaçable, un subalterne ne l'est jamais.

Haverstock, assis à quelques mètres du corps, examinait la situation sous tous les angles, tandis que Jefferson, les yeux écarquillés, restait prudemment au haut des marches menant à la véranda. L'adjoint fit un bilan en trois points : a) il avait le cadavre du Gouverneur sur les bras, b) celui qui avait abattu ce dernier s'était enfui et c) il devait en référer aux instances supérieures. Mais là résidait le problème : le Gouverneur incarnait ces instances supérieures ou du moins les avait incarnées jusque-là. C'est alors que Lady Moberley regagna la Résidence.

Jefferson entendit crisser le gravier de l'allée sous les pneus de la Jaguar officielle et se précipita dans le hall pour arrêter Milady au passage. Sa façon de lui annoncer la nouvelle eut le mérite de la clarté, mais manquait de tact.

« Oh, Milady, on a tiré sur le Gouverneur, et il est mort. »

Lady Moberley se précipita dans la véranda et y fut accueillie par Haverstock qui remontait les marches. Il la raccompagna jusqu'à sa chambre en la réconfortant de son mieux. Elle s'étendit sur son lit, paraissant plus abasourdie que chagrinée, comme si elle craignait que le Foreign Office n'en profite pour sanctionner sévèrement la carrière de son mari.

En ayant terminé avec elle, le lieutenant Haverstock envoya Jefferson quérir le seul médecin de l'île, qui en était également le seul coroner, ainsi que l'inspecteur principal Jones. Il donna comme instructions au maître d'hôtel affolé de ne rien leur expliquer mais de demander simplement à chacun d'eux de se rendre d'urgence à la résidence du Gouverneur.

Précaution inutile. Le pauvre Jefferson annonça la nouvelle à l'inspecteur principal Jones, à portée de voix de trois gendarmes qui ouvrirent de grands yeux, et au Dr Caractacus Jones en présence de sa gouvernante. La nouvelle se répandit comme une traînée de poudre, tandis que l'oncle et le neveu gagnaient en toute hâte la Résidence.

En l'absence de Jefferson, le lieutenant Haverstock se demanda comment prévenir Londres. La Résidence n'était pas équipée des moyens de communication les plus modernes et les plus sûrs. On n'avait jamais jugé utile de procéder à une telle installation. Quand on n'usait pas de la ligne téléphonique aérienne, on expédiait toujours les dépêches du Gouverneur à Londres par l'entremise du Haut-Commissariat britannique à Nassau, Bahamas. Pour ce faire, on utilisait un vieux système C2 qui se trouvait dans le bureau du Gouverneur sur une petite table d'angle.

A première vue, il s'agissait d'un télex ordinaire, du type que connaissent, et redoutent, les correspondants étrangers du monde entier. On établissait une connexion avec Nassau en tapant un code convenu et en s'assurant d'un signe de reconnaissance à l'autre extrémité de la ligne. Le télex pouvait alors passer en mode crypté par l'intermédiaire d'un second boîtier posé près du téléscripteur. De la sorte, tout message apparaissait « en clair » sur le papier défilant sous les yeux de l'expéditeur et se trouvait automatiquement décodé à Nassau. Entre les deux pôles, il était « verrouillé », donc indéchiffrable.

L'ennui, c'est qu'il fallait pour procéder au codage insérer dans l'appareil des disques cannelés, suivant le jour du mois en cours. On conservait ces disques dans le coffre du Gouverneur, qui était fermé. Myrtle, la secrétaire particulière du mort, possédait la combinaison du coffre mais était allée rendre visite à ses parents à Tortola, dans les îles Vierges. En son absence, le Gouverneur envoyait lui-même ses dépêches. Il connaissait la combinaison du coffre, mais pas Haverstock.

Ce dernier finit par appeler simplement le Haut-Commissariat à Nassau en passant par le central téléphonique et communiqua la nouvelle verbalement. Vingt minutes plus tard, un Premier Secrétaire le rappela tout émotionné pour confirmation, écouta ses explications et lui dit d'un ton tranchant d'apposer les scellés sur la Résidence et d'assurer l'intérim jusqu'à l'arrivée de renforts de Nassau ou de Londres. Le Premier Secrétaire, à son tour, radiotélégraphia un message codé top secret au Foreign Office à Londres. Il était déjà six heures du soir et la nuit tombait sur les Caraïbes. A Londres, il était onze heures du soir et ce fut le responsable de la permanence de nuit qui reçut le message. Il appela un haut fonctionnaire du Secrétariat aux Affaires des Caraïbes, chez lui, à Chobham, et les rouages de la machine se mirent en branle.

Sur Sunshine, la nouvelle se répandit à travers Port Plaisance en moins de deux heures, et un radio amateur, lors de son appel quotidien du soir à un autre enthousiaste de Washington, la fit passer aux États-Unis. Ce dernier, animé d'un esprit d'intérêt public, appela l'Associated Press qui, malgré ses réserves, finit par diffuser la dépêche suivante :

« Le Gouverneur du Territoire dépendant britannique des Caraïbes, connu sous le nom d'îles Barclay, aurait été mystérieusement assassiné ce soir, si l'on en croit certaines informations non confirmées en provenance de ces îles... »

Le texte de la dépêche était dû à un assistant rédacteur, permanencier de nuit, qui avait consulté un gros atlas, muni d'une non moins imposante loupe. La fin du communiqué expliquait la position géographique des îles en question et en donnait une description sommaire.

A Londres, l'Agence Reuters reprit la teneur de la dépêche de sa rivale et tenta d'obtenir une confirmation du Foreign Office. C'était maintenant le petit matin. Juste avant l'aube, le Foreign Office reconnut avoir reçu un communiqué en ce sens et enclenché les démarches appropriées.

Les démarches en question avaient provoqué le réveil en chaîne d'un nombre considérable de personnes à leurs domiciles, à Londres comme à l'extérieur. Les satellites du National Reconnaissance Office américain enregistrèrent des échanges radio intenses entre Londres et son Haut-Commissariat à Nassau ; les machines transmirent servilement l'information à la National Security Agency de Fort Meade qui, à son tour, contacta la CIA, laquelle était déjà au courant pour avoir lu la dépêche d'Associated Press. Un attirail technologique d'un milliard de dollars avait trois heures de retard sur le radio amateur et son émetteur bricolé dans une bicoque de Spyglass Hill qui avait prévenu son pote de Chevy Chase.

A Londres, le Foreign Office alerta le ministère de l'Intérieur qui, à son tour, fit lever Sir Peter Imbert, préfet de la Police métropolitaine, lui demandant d'envoyer immédiatement sur les lieux un enquêteur confirmé. Le préfet réveilla Simon Crawshaw des Opérations spéciales qui contacta le contrôleur général de la Brigade criminelle qui en dépendait.

Ce dernier téléphona au Service de Réserve, ouvert vingt-quatre heures sur vingt-quatre, à New Scotland Yard.

« Qui est sur le rôle ? » demanda-t-il.

Le sergent de garde consulta son registre. Le Service de Réserve est chargé de tenir à jour une liste d'enquêteurs chevronnés, immédiatement disponibles ou presque, en cas de renfort urgent à apporter à des forces de police opérant en dehors de la zone métropolitaine. En tête de liste, on trouve l'enquêteur qui doit se rendre disponible dans l'heure qui suit ; le délai de disponibilité du deuxième est de six heures et celui du troisième, de vingt-quatre heures.

« Le commissaire Craddock, monsieur, répondit le sergent, avant d'apercevoir une note épinglée au registre. Ah non, désolé, monsieur. Il doit témoigner à Old Bailey ce matin à onze heures.

— Qui est le suivant sur la liste ? grommela le contrôleur, depuis son domicile de West Drayton, tout près de l'aéroport d'Heathrow.

— Mr Hannah, monsieur.

— Et quel est l'inspecteur qui lui est attaché ?

— Wetherall, monsieur.

— Dites à Mr Hannah de m'appeler chez moi. Tout de suite », ordonna ce dernier.

Ce fut ainsi que, peu après quatre heures du matin, par une froide et noire matinée de décembre, le téléphone sonna sur une table de nuit à Croydon et réveilla le commissaire Desmond Hannah. Il écouta les instructions du Service de Réserve ; puis, comme on le lui avait demandé, appela un numéro à West Drayton.

« Bill ? Des Hannah. Que se passe-t-il ? »

Il se tut pendant cinq minutes, puis...

« Bill, c'est où Sunshine ? »

Pendant ce temps, sur l'île, le Dr Caractacus Jones avait examiné le Gouverneur et en avait conclu qu'aucun doute ne subsistait quant à son décès. Les ténèbres avaient envahi le jardin et il avait opéré à la lumière des lampes électriques. Non qu'il pût faire grand-chose. C'était un généraliste, non un médecin légiste. Il veillait sur la santé des insulaires du mieux qu'il pouvait et soignait plaies et bosses dans une petite infirmerie. Il ne comptait plus les bébés qu'il avait mis au monde et encore moins le nombre d'hameçons qu'il avait retirés — accident de pêche fréquent. En tant que médecin, il pouvait délivrer un certificat de décès et, en tant que coroner, un permis d'inhumer. Mais il n'avait jamais encore disséqué le cadavre d'un gouverneur et n'avait aucune envie de s'y mettre.

En cas de blessures graves et de maladies sérieuses nécessitant des opérations complexes, les patients étaient expédiés par avion à Nassau, où existait un hôpital ultramoderne nanti de toutes les installations pour les interventions chirurgicales ante ou post-mortem. Le Dr Jones n'avait même pas de morgue à sa disposition.

Comme il terminait son examen, le lieutenant Haverstock revint du bureau du Gouverneur.

« Nos services de Nassau m'ont dit que Scotland Yard va nous envoyer un de ses enquêteurs, annonça-t-il. Nous devons tout garder en l'état jusqu'à son arrivée. »

L'inspecteur principal Jones avait posté un gendarme devant la porte d'entrée pour écarter les curieux, qui avaient commencé à pointer le bout de leur nez à la grille. Il avait arpenté le jardin et découvert la porte en fer par laquelle l'assassin était, semblait-il, entré et sorti. Le tueur, en partant, l'avait tirée derrière lui ; c'était la raison pour laquelle Haverstock ne l'avait pas remarquée. Jones posta sur-le-champ un autre gendarme à l'extérieur de cette porte, en lui ordonnant de ne laisser personne en approcher. Il s'y trouverait sans doute des empreintes digitales dont l'envoyé de Scotland Yard pourrait avoir besoin.

Le gendarme s'accroupit devant la porte dans l'obscurité, cala son dos contre le mur et s'endormit immédiatement.

Dans le jardin, l'inspecteur principal Jones déclara :

« Ne touchons plus à rien jusqu'au matin. Il ne faut pas déplacer le corps.

— Ne joue pas les sombres idiots, mon garçon, lui dit son oncle. Il va se décomposer ; il a déjà commencé. »

Il avait raison. A cause de la chaleur, les cadavres, dans les Caraïbes, sont enterrés normalement dans les vingt-quatre heures. L'alternative est innommable. Un nuage de mouches bourdonnait déjà sur la poitrine et autour des yeux du Gouverneur. Les trois hommes réfléchirent à la question. Jefferson veillait sur Lady Moberley.

« Il n'y a qu'à le mettre dans la chambre froide. Je ne vois pas d'autre endroit », dit finalement le Dr Jones.

Les deux autres durent reconnaître le bien-fondé de cette assertion. La chambre froide, alimentée par le générateur municipal, se trouvait sur les quais. Haverstock prit le cadavre par les épaules et l'inspecteur principal Jones par les pieds. Malgré leur difficulté à manœuvrer, ils transportèrent le corps encore flasque jusqu'au sommet des marches, traversèrent avec lui le salon, passèrent devant le bureau et atteignirent le hall. Lady Moberley mit la tête à la porte de sa chambre, vit par-dessus la rampe de l'escalier feu son mari traverser le hall et se retira aussitôt en émettant une série de Oh... oh... oh... oh !

C'est dans le hall qu'on prit conscience qu'on ne pourrait pas transporter Sir Marston dans cet équipage jusqu'aux quais. On envisagea de recourir un instant au coffre de la Jaguar, mais il fut écarté car trop exigu et manquant au décorum.

Une Land-Rover de la police fournit la solution. On fit de la place à l'arrière et on y glissa l'ancien Gouverneur. Même en coinçant ses épaules contre le dossier du siège avant, ses jambes dépassaient du hayon à l'arrière. Le Dr Jones les replia à l'intérieur et referma la portière. Sir Marston s'affaissa la tête la première comme s'il revenait d'une fête copieusement arrosée.

L'inspecteur principal Jones se mit au volant et le lieutenant Haverstock s'installa près de lui. La Land-Rover descendit jusqu'aux quais, escortée par la majorité de la population de Port Plaisance. Une fois rendu, Sir Marston fut étendu avec plus de cérémonie dans la chambre froide, dont la température était fort en dessous de zéro.

Feu le Gouverneur des îles Barclay passa sa première nuit outre-monde pris en sandwich entre un grand espadon et un très beau thon patudo. Le matin venu, ils affichaient tous trois à peu de chose près la même expression.

L'aube se leva, comme de bien entendu, cinq heures plus tôt à Londres qu'à Sunshine. Vers sept heures, quand le jour nouveau toucha de ses doigts de rose les toits de Westminster Abbey, le commissaire Hannah se trouvait en tête à tête avec le contrôleur Braithwaite dans le bureau de ce dernier à New Scotland Yard.

« Vous décollerez un peu avant midi sur le vol régulier Heathrow-Nassau de la British Airways, dit le contrôleur. On s'emploie à vous obtenir des billets en première classe. L'avion était plein, il a fallu déplacer deux personnes sur un vol suivant.

— Et le reste de l'équipe ? demanda Hannah. Ils seront en classe touriste ou affaires ?

— L'équipe, ah oui. Le fait est, Des, que ses membres nous seront fournis par Nassau. Le Foreign Office s'en occupe. »

Desmond Hannah flaira une grosse embrouille. C'était, à cinquante et un ans, un flic à l'ancienne qui avait gravi un à un tous les échelons : de simple bobby qui fait sa ronde, vérifiant que les portes sont bien verrouillées, aidant les vieilles dames à traverser la rue et renseignant les touristes, il s'était hissé jusqu'au grade de commissaire. Il était à une année de la retraite et, comme beaucoup d'autres dans son cas, accepterait sans doute un poste bien moins stressant de responsable du service de sécurité d'une grande compagnie.

Il savait qu'il ne pouvait plus espérer devenir contrôleur général à présent. Quatre ans plus tôt, on l'avait détaché à la Brigade criminelle des Opérations spéciales, plus connue sous le nom de cimetière des éléphants. On y entrait plein d'allant et on en sortait en pièces détachées.

Mais il aimait que les choses soient faites dans les règles. Sur chaque mission, même outre-mer, un enquêteur de la Brigade criminelle pouvait compter sur une équipe d'au moins quatre hommes en renfort : un technicien de scène de crime, un agent de liaison avec le laboratoire, un photographe et un spécialiste des relevés dactyloscopiques. La partie identification judiciaire pouvait être cruciale dans une affaire, et l'était souvent.

« Je veux qu'ils soient d'ici, Bill.

— Impossible, Des. Je crains que le Foreign Office ne soit décisionnaire ; d'après le ministère de l'Intérieur, ce sont eux qui financent et ils sont pingres, semble-t-il. Le Haut-Commissariat de Nassau s'est arrangé pour que la police des Bahamas nous fournisse l'équipe d'identification criminelle. Je suis sûr que ce sont d'excellents professionnels.

— Ils pratiquent aussi des autopsies ?

— Non, dit le contrôleur d'un ton rassurant. Nous expédions Ian West à Nassau rien que pour ça. Le corps est encore sur l'île. Dès que vous y aurez jeté un œil, faites rapatrier le macchabée par bateau jusqu'à Nassau. Ian partira vingt-quatre heures après vous. Quand il atteindra Nassau, le cadavre y sera déjà et il pourra se mettre tout de suite au travail. »

Hannah grogna un vague assentiment. Il s'était légèrement radouci. Au moins, avec le Dr Ian West, il serait secondé par le meilleur médecin légiste du monde.

« Pourquoi Ian ne pousserait-il pas jusqu'à Sunshine pour y pratiquer l'autopsie ? demanda-t-il.

— Ils n'ont pas de morgue là-bas, expliqua patiemment le contrôleur.

— Mais où ont-ils donc entreposé le corps ?

— Je n'en sais rien.

— Bon sang, le temps que j'arrive, il sera à moitié décomposé », dit Hannah.

Il était loin de se douter que Sir Marston à l'heure qu'il était ne risquait pas de se décomposer. Il était solide comme un roc et le Dr West y aurait brisé plus d'un scalpel.

« Je veux que l'expertise balistique soit faite ici par nos services. Si je récupère la balle ou les balles, je veux que ce soit Alan qui s'en occupe. Les balles peuvent nous donner la clé de tout.

— D'accord, concéda le contrôleur, vous direz au Haut-Commissariat qu'on nous les renvoie par la valise diplomatique. Et à présent que diriez-vous d'un bon petit déjeuner ? La voiture passera vous prendre à neuf heures. Votre inspecteur aura la Mallette du Crime, il vous rejoindra à la voiture.

— Et la presse ? demanda Hannah en prenant congé.

— Déchaînée, j'en ai peur. Les journaux n'ont encore rien publié puisque la nouvelle n'a été connue qu'au petit matin. Mais toutes les agences l'ont diffusée. Dieu sait comment ils l'ont sue si vite. Il risque d'y avoir quelques fouinards à l'aéroport qui essaieront de prendre le même vol. »

Un peu avant neuf heures, Desmond Hannah, tenant son sac de voyage, sortit dans la cour intérieure du Yard, où l'attendait une Rover avec un brigadier en uniforme au volant. Il chercha du regard Harry Wetherall, l'inspecteur avec lequel il faisait équipe depuis trois ans, et ne l'aperçut nulle part. Un jeune homme aux joues roses d'environ trente ans surgit en courant. Il portait une Mallette du Crime, laquelle contenait un échantillonnage de tamponnoirs, linges, capsules, fioles, sacs plastique, bocaux de microprélèvements, brucelles et sondes, tout l'attirail permettant de découvrir, prélever et conserver les indices.

« Mr Hannah ? s'enquit le jeune homme.

— Qui êtes-vous ?

— Inspecteur Parker, monsieur.

— Et Wetherall ? Où est-il ?

— Il est malade, j'en ai peur. La grippe asiatique ou quelque chose du même genre. Le Service de Réserve m'a demandé de le remplacer. Je garde toujours mon passeport dans mon tiroir, juste en cas. C'est terriblement super de travailler avec vous. »

Va te faire pendre, Wetherall, songea Hannah.

Ils roulèrent jusqu'à Heathrow dans un silence relatif. Hannah, du moins, n'ouvrit pas la bouche. Parker (« Mon prénom, c'est Peter ») étala son savoir sur les Caraïbes. Il avait été deux fois dans la région au Club Méditerranée.

« Êtes-vous déjà allé aux Caraïbes, monsieur le commissaire ?

— Non », fit Hannah avant de retomber dans son mutisme.

On les attendait à Heathrow, lui et Parker. L'examen de leurs passeports fut réduit à une simple formalité. On ne passa pas la Mallette du Crime aux rayons X, où elle aurait éveillé un grand intérêt. Au lieu de cela, un fonctionnaire les escorta directement jusqu'à la salle d'attente des premières classes.

Les représentants de la presse se posaient un peu là, bien qu'Hannah ne les remarquât qu'une fois à bord de l'avion. Deux organismes, qui avaient de l'argent à perdre, avaient persuadé des passagers de libérer les places qu'ils avaient louées et de prendre un vol ultérieur. D'autres tentaient de se caser sur les deux vols de la matinée en partance pour Miami, tandis que leurs bureaux retenaient des avions charters pour relier Miami à Sunshine. Des équipes de cameramen de la BBC, d'Independent TV News et de la British Satellite Broadcasting mettaient le cap sur les Barclays, où les journalistes les précédaient. Des reporters-photographes de cinq grands journaux étaient pris aussi dans la mêlée.

Dans la salle d'attente, un blanc-bec essoufflé s'approcha d'Hannah et se présenta à lui comme appartenant au Foreign Office. Il portait un gros dossier.

« Nous avons réuni un certain nombre de données de base à votre intention concernant les Barclays, dit-il en tendant le dossier à Hannah. Données géographiques, économiques, démographiques, sans oublier un tableau du contexte politique actuel. »

Hannah eut un serrement de cœur. Un joli petit meurtre domestique aurait eu toutes les chances d'être résolu en quelques jours. Mais si la politique s'en mêlait... On les appela pour monter à bord.

Après le décollage, l'intarissable Parker commanda du champagne à l'hôtesse et répondit avec grand plaisir aux questions qu'on lui posait. Il avait vingt-neuf ans, ce qui était jeune pour un inspecteur, et avait épousé un agent immobilier du nom d'Élaine. Ils habitaient le quartier réhabilité des docks, très mode, tout près de Canary Wharf. Il avait une passion pour son 4 × 4 Morgan, Élaine pour sa part conduisait une Ford Escort GTI.

« Décapotable, évidemment, précisa-t-il.

— Évidemment », murmura Hannah en écho.

Je me suis récolté un « double revenu-pas d'enfants », songeait-il. Un « dinky » plus frimeur tu meurs !

Parker, à peine sorti de l'école, avait intégré l'une de ces si fameuses universités victoriennes, où il avait obtenu une licence PPE — politique, philosophie, économie — avant d'opter pour le droit. De là, il était entré directement à la Police métropolitaine et après sa préparation militaire obligatoire, il avait travaillé pendant un an en grande banlieue, puis il avait suivi la formation spéciale de l'Académie de Police de Bramshill Il avait enfin passé quatre ans au Service Organisation des Effectifs de la Préfecture de Police.

Ils survolaient le Comté de Cork, quand Hannah referma le dossier du Foreign Office.

« Et à combien d'enquêtes criminelles avez-vous participé ? demanda-t-il gentiment.

— Eh bien, à vrai dire, c'est la première. C'est pourquoi j'étais si content d'être disponible ce matin. Mais j'étudie la criminologie pendant mes loisirs. Je pense que c'est très important de comprendre la mentalité criminelle. »

Desmond Hannah regarda par le hublot en pur désespoir de cause. Il se retrouvait avec le cadavre d'un gouverneur, une campagne électorale, une équipe d'experts des Bahamas et un inspecteur bleusaille sur les bras. Après le déjeuner, il somnola jusqu'à Nassau. Il s'arrangea même pour oublier la presse. Jusqu'à Nassau.

La dépêche de l'Associated Press, tombée le soir précédent, si elle n'avait pu faire la une de la presse londonienne, désavantagée par le décalage horaire de cinq heures, avait atteint le *Miami Herald* avant que le journal ne soit bouclé.

A sept heures du matin, Sam McCready était assis sur son balcon à siroter son premier café d'avant-petit déjeuner, en contemplant l'azur de la mer, quand il entendit le froissement familier du *Herald* qu'on glissait sous la porte.

Il traversa la chambre d'un pas nonchalant, ramassa le journal et revint sur le balcon. La dépêche de l'Associated Press était au bas de la première page, d'où l'on avait « retranché » un entrefilet consacré à la prise d'un homard-record pour la loger. Le papier se contentait de reprendre mot à mot le texte de la dépêche, précisant que l'information n'était toujours pas confirmée. Le chapeau disait simplement ASSASSINAT D'UN GOUVERNEUR BRITANNIQUE ? McCready lut et relut l'article.

« Quelle méchanceté, bonté gracieuse ! » murmura-t-il à part soi. Il s'enferma dans la salle de bains où il se lava, se rasa, s'habilla. A neuf heures, il renvoya son taxi devant le consulat britannique, où il entra et se présenta sous l'identité de Mr Frank Dillon du Foreign Office. Il dut attendre une demi-heure l'arrivée du consul, dont il obtint une entrevue en privé. A dix heures, il eut ce qui avait motivé sa venue — une ligne directe avec l'ambassade de Washington. Il put parler ainsi en toute sécurité avec le chef de Station du SIS, un collègue qu'il avait connu dans le temps à Londres et en compagnie duquel il avait assisté au séminaire de la CIA, la semaine précédente.

Son collègue confirma la nouvelle et y ajouta quelques détails supplémentaires que Londres venait de communiquer.

« Je pensais que je pourrais y faire un saut, dit McCready.

— Ce n'est pas vraiment dans nos cordes, non ? lui fit remarquer le chef de Station.

— Probablement pas, mais ça pourrait valoir le coup d'œil. Il me faudra retirer des fonds et obtenir un émetteur radio.

— Je vais voir ça avec le consul. Pouvez-vous me le passer ? »

Une heure plus tard, McCready quittait le consulat, nanti d'une liasse de dollars, pour laquelle il avait signé un reçu, et d'un attaché-case qui contenait un téléphone portable et un encodeur lui permettant d'appeler sans risque le consulat à Miami, qui transmettrait à Washington.

Il retourna au Sonesta Beach Hotel, fit ses valises, libéra sa chambre et appela une compagnie d'avions-taxis à l'aéroport. Ils tombèrent d'accord pour décoller à deux heures de l'après-midi, le trajet jusqu'à Sunshine étant de quatre-vingt-dix minutes.

Eddie Favaro se leva tôt lui aussi. Il avait déjà décidé qu'il ne pouvait commencer son enquête qu'en un seul endroit, celui où se tenait la communauté des pêcheurs au gros. Où que se soit rendu Julio Gomez durant son séjour, il avait dû en passer la majeure partie sur le quai.

Dépourvu de moyen de transport, il marcha jusque-là. Ce n'était pas loin. Sur pratiquement chaque mur et chaque tronc d'arbre devant lesquels il passait, il voyait des affiches encoura· geant les insulaires à voter pour tel ou tel candidat et où s'étalaient les visages des deux hommes en présence : celui d'un métis affable et courtois s'opposant à une physionomie ronde et joviale.

On avait déchiré ou graffité certaines affiches, mais Favaro ne put décider si c'était le fait d'enfants ou de tenants de l'autre camp. Leur impression était des plus professionnelles. Sur le mur d'un entrepôt près des quais, on avait peint grossièrement un autre type de slogan : NOUS VOULONS UN RÉFÉRENDUM. Comme il passait devant, une jeep noire avec quatre hommes à bord le rattrapa à toute allure.

La jeep s'arrêta dans un crissement aigu de pneus. Les quatre hommes, le visage fermé, portaient des chemises multicolores et des lunettes noires de glacier dissimulaient leur regard. Quatre têtes noires examinèrent le slogan, puis pivotèrent comme un seul homme vers Favaro, comme s'il en était l'auteur. Ce dernier haussa les épaules, comme pour dire : je n'y suis pour rien. Les quatre visages impassibles le suivirent des yeux jusqu'à ce qu'il tourne au coin du quai. Il entendit la jeep s'éloigner en faisant rugir son moteur.

Sur l'embarcadère du port de pêche, des groupes d'hommes discutaient des mêmes choses que ceux du hall de l'hôtel. Il interrompit un groupe pour demander qui, parmi eux, emmenait pêcher les gens de passage. L'un des hommes lui en désigna un autre qui s'affairait sur son bateau un peu plus loin sur le quai.

Favaro s'accroupit et posa une question au pêcheur en lui montrant une photo de Julio Gomez. L'homme secoua la tête.

« C'est sûr, il était par ici la semaine dernière. Mais il est sorti avec Jimmy Dobbs. Le bateau de Jimmy, c'est celui qu'on voit là-bas, le *Gulf Lady*. »

Il n'y avait personne à bord du *Gulf Lady*. Favaro s'assit sur une bitte d'amarrage pour attendre. Comme tous les flics, il connaissait les vertus de la patience. Les renseignements que l'on obtient dans la seconde, c'est bon pour les feuilletons télé. Dans la réalité, on passait la plupart de son temps à attendre. Jimmy Dobbs se montra vers dix heures

« Mr Dobbs ?

— C'est moi.

— Salut, je m'appelle Eddie. Je viens de Floride. C'est votre bateau ?

— Ouais. Vous venez ici pour pêcher ?

— C'est ma passion, dit Favaro. Un de mes amis m'a dit du bien de vous.

— C'est sympa.

— Julio Gomez. Vous vous souvenez de lui ? »

Le visage franc et honnête de Jimmy Dobbs s'assombrit. Il se pencha dans le bateau et s'empara d'une canne à pêche ; il en examina l'hameçon et le leurre quelques instants avant de la tendre à Favaro.

« Vous aimez les sébastes ? On en trouve de bons sous l'embarcadère, là-bas tout au bout. »

Ensemble ils allèrent jusqu'à l'extrémité de la jetée, où l'on ne risquait pas de les entendre. Favaro se demanda pourquoi.

Jimmy Dobbs lui reprit la canne à pêche des mains et lança la ligne d'une main experte. Puis il rembobina lentement le moulinet, laissant le leurre aux couleurs vives danser à fleur d'eau. Un petit coureur bleu piqua comme une flèche sur l'appât avant de s'en détourner d'un coup d'aile.

« Julio Gomez est mort, dit Jimmy Dobbs, l'air grave.

— Je sais, fit Favaro. J'aimerais savoir pourquoi. Il pêchait beaucoup avec vous, je crois ?

— Chaque année. C'était un homme bien, un gentil garçon.

— Il vous a dit ce qu'il faisait à Miami ?

— Ouais, une fois.

— Vous l'avez répété à quelqu'un ?

— Non. Vous êtes un ami ou un collègue ?

— Les deux, Jimmy. Dites-moi quand vous avez vu Julio pour la dernière fois.

— Ici même, jeudi soir. On était sortis toute la journée. Il m'a donné rendez-vous pour le vendredi. Il n'est jamais venu.

— Non, dit Favaro. Il était à l'aérodrome où il essayait de trouver un avion pour Miami. Il était pressé. Il est monté dans le mauvais appareil. Il a explosé en plein ciel au-dessus de l'océan. Pourquoi fallait-il venir ici pour parler ? »

Jimmy Dobbs attrapa un brocheton de deux livres et tendit la canne toute vibrante à Favaro. L'Américain rembobina le mouli·net. Il était inexpérimenté et laissa la ligne se distendre ; le brochet en profita pour se libérer de l'hameçon.

« Il y a de mauvaises gens sur ces îles », dit-il simplement.

Favaro prit soudain conscience qu'il pouvait mettre un nom sur l'odeur qu'il avait sentie en ville. C'était celle de la peur. Il en connaissait un bout sur la question. Cet arôme n'est étranger à aucun flic de Miami. D'une façon ou d'une autre, la peur s'était infiltrée au Paradis.

« Quand il vous a quitté, il était heureux ?

— Ouais. Il ramenait un beau poisson pour dîner. Il était content. Sans problème.

— Où est-il allé en partant d'ici ? »

Jimmy Dobbs le regarda avec surprise.

« Chez Mrs Macdonald, bien sûr. Il descendait toujours là. »

Mrs Macdonald n'était pas chez elle. Elle faisait des courses. Favaro décida de repasser plus tard. Il tenterait d'abord sa chance à l'aérodrome. Il retourna Place du Parlement. Il y avait deux taxis. Et les deux chauffeurs déjeunaient. Comme il ne pouvait rien y faire, Favaro les imita et regagna le Gaillard d'Arrière. Il prit place sur la véranda de manière à surveiller les taxis. Tout autour de lui régnaient les mêmes murmures d'excitation qu'au petit déjeuner. Toutes les conversations tournaient autour du meurtre du Gouverneur qui avait eu lieu la veille au soir.

« Ils envoient un super-enquêteur de Scotland Yard », dit quelqu'un dans le groupe voisin de la table de Favaro.

Deux hommes entrèrent dans le bar. Ils étaient grands et ne pipèrent mot. Les conversations moururent. Les deux hommes enlevèrent toutes les affiches proclamant la candidature de Marcus Johnson et les remplacèrent par d'autres qui intimaient : VOTEZ LIVINGSTONE, LE CANDIDAT DU PEUPLE ! Leur besogne achevée, ils quittèrent les lieux.

Le serveur s'approcha et posa sur la table un plat de poisson grillé et une bière.

« Qui sont ces hommes ? lui demanda Favaro.

— Des agents électoraux de Mr Livingstone, répondit le serveur, sans aucune expression.

— Les gens semblent avoir peur d'eux.

— Non, Missié. »

Et le serveur tourna les talons, les yeux dans le vide. Favaro avait déjà vu ce regard dans les bureaux de la police urbaine de Dade County. Comme si on tirait des rideaux derrière les yeux, manière de dire je n'y suis pour personne.

Le jumbo-jet, avec à son bord le commissaire Hannah et l'inspecteur Parker se posa à Nassau à trois heures de l'après-midi, heure locale. Un gradé de la police des Bahamas monta le premier dans l'avion, identifia les deux envoyés de Scotland Yard et leur souhaita la bienvenue à Nassau. Il les escorta hors de la carlingue, précédant le reste des passagers, jusqu'à une Land-Rover qui les attendait au pied de la passerelle. Dès que le souffle embaumé de l'air l'enveloppa de sa chaleur, Hannah sentit ses vêtements londoniens lui coller à la peau.

Le policier des Bahamas prit leurs reçus de bagages et chargea un gendarme de récupérer leurs valises. On conduisit directement Hannah et Parker dans la salle réservée aux personnalités, où ils trouvèrent le Haut-Commissaire britannique adjoint, Mr Longstreet, flanqué d'un subalterne plus jeune appelé Bannister.

« Je vais vous accompagner à Sunshine, dit ce dernier. Ils ont un problème de communications là-bas. Il semble qu'ils ne puissent pas ouvrir le coffre du Gouverneur. Je procéderai à une nouvelle installation qui vous permettra de parler directement avec le Haut-Commissariat d'ici par radiotéléphone. En toute sécurité, bien sûr. En outre, il nous faudra ramener le corps une fois que le coroner nous y aura autorisés. »

Il parlait d'un ton déterminé et efficace, ce qui plut à Hannah. Puis il rencontra les quatre techniciens de l'identification criminelle, mis aimablement à sa disposition par la police des Bahamas. L'entretien dura une heure.

Hannah regarda par la baie la piste de l'aéroport au-dessous de lui. A une trentaine de mètres, se tenait l'avion charter de dix places qui attendait de les emmener, lui et son équipe maintenant renforcée, à Sunshine. Entre le bâtiment et l'appareil, deux équipes de cameramen s'étaient postées pour saisir l'événement. Il poussa un soupir.

Une fois les derniers détails fixés, le groupe quitta la salle des personnalités et se dirigea vers le rez-de-chaussée. Des micros furent brandis sous le nez de Hannah, calepins à portée de main.

« Mr Hannah, croyez-vous à une arrestation rapide... Pensez-vous qu'il s'agisse d'un règlement de comptes politique... La mort de Sir Marston est-elle liée à la campagne électorale... »

Hannah hocha la tête en souriant et resta bouche cousue. Sous la protection des gendarmes des Bahamas, le groupe sortit du bâtiment dans le chaud soleil et se dirigea vers l'avion, sous le feu des caméras de TV. Une fois les officiels montés à bord, les journalistes se précipitèrent vers les appareils qu'ils avaient loués au dernier moment à coups de gros paquets de dollars, quand leurs bureaux londoniens ne les avaient pas retenus à l'avance. Dans une cohue inextricable, tous ces avions se mirent à rouler, se préparant au décollage. Il était quatre heures vingt-cinq.

A trois heures et demie, un petit Cessna vira sur l'aile au-dessus de Sunshine avant d'entamer sa descente finale vers la piste d'atterrissage herbeuse de l'aérodrome.

« Drôlement sauvage par ici, cria le pilote américain à l'homme assis près de lui. C'est beau vu de haut. Je veux dire, ils ont pas grand-chose à se mettre sous la dent.

— Manquent de technologie », opina Sam McCready.

Il regardait par la vitre du cockpit la piste poussiéreuse se rapprocher d'eux. Sur la gauche, on voyait trois constructions : un hangar en tôle ondulée, l'aérogare proprement dite avec son toit rouge et le cube blanc du poste de police sur lequel flottait le drapeau britannique. Devant l'aérogare, une petite silhouette en chemisette de plage s'entretenait avec un homme en boxer-short et maillot de corps. Une voiture était garée non loin de là. Les palmiers semblèrent grandir des deux côtés du Cessna, et le petit avion toucha le sol avec un bruit sourd. Les bâtiments filèrent comme l'éclair, tandis que le pilote stabilisait le train avant et relevait les volets d'atterrissage. A l'extrémité de la piste, il fit demi-tour et se mit à rouler en sens inverse.

« Sûr que je me souviens de cet avion. Ça a été affreux quand j'ai appris plus tard que ces pauvres gens étaient morts. »

Favaro avait retrouvé le porteur qui avait chargé les bagages à bord du Navajo Chief le vendredi matin précédent. Il s'appelait Ben, et c'était toujours lui qui s'occupait des bagages. C'était son job. Comme la plupart des insulaires, il était d'une nature franche et désinvolte, parlant sans se faire prier. Favaro lui montra une photographie.

« Vous avez remarqué cet homme ?

— Sûr, il a demandé au propriétaire de l'avion de l'emmener à Key West.

— Comment le savez-vous ?

— Il était à côté de moi, dit Ben.

— Est-ce qu'il avait l'air anxieux, ennuyé, pressé ?

— A sa place, vous l'auriez été aussi, Missié. Il a raconté que sa femme venait de l'appeler parce que son petit garçon était tombé malade. La fille elle a dit que c'était vraiment moche, qu'il fallait l'aider. Alors le propriétaire il a dit qu'il pouvait venir avec eux jusqu'à Key West.

— Il y avait quelqu'un d'autre dans le coin ?

— Rien que l'autre homme qui aidait à charger les valises, dit Ben après un instant de réflexion. Un employé du propriétaire de l'avion, je pense.

— A quoi il ressemblait, cet autre bagagiste ?

— Je l'avais jamais vu encore, dit Ben. Un Noir, avec une chemise multicolore et des lunettes de soleil. Il était pas de Sunshine. Il a pas desserré les dents. »

Le Cessna roula en cahotant jusqu'au bâtiment des Douanes. Les deux hommes s'abritèrent les yeux pour se protéger de la poussière. Un homme en uniforme fripé, de taille moyenne, sortit du hangar, s'empara d'un sac de voyage et d'un attaché-case dans la soute, se recula en faisant un signe de la main au pilote et disparut dans le bâtiment.

Favaro était songeur. Julio Gomez ne racontait jamais de bobards. Il n'avait ni femme ni enfant. Il avait dû désirer désespérément prendre cet avion pour rentrer à Miami. Mais pourquoi ? Connaissant son coéquipier comme il le connaissait, Favaro était persuadé qu'il avait dû se sentir menacé. Et la bombe ne visait pas Klinger, mais Gomez. Il remercia Ben, et revint vers le taxi qui l'attendait à proximité. Comme il y grimpait, une voix à l'accent britannique dit dans son dos :

« Je sais que c'est beaucoup vous demander, mais pourriez-vous me déposer en ville ? Il n'y a aucune voiture à la station de taxis. »

C'était l'homme arrivé avec le Cessna.

« Bien sûr, dit Favaro, faites, je vous en prie.

— C'est très aimable à vous », dit l'Anglais en mettant son attirail dans le coffre. Pendant les cinq minutes de trajet jusqu'à la ville, il se présenta.

« Frank Dillon.

— Eddie Favaro, répondit l'Américain. Vous venez pêcher ?

— Hélas, non, ce n'est pas tout à fait ma tasse de thé. Je suis venu ici en vacances tout simplement, et j'aspire au calme et à la tranquillité.

— Vous jouez de malchance, dit Favaro. Sunshine est en plein chaos. On attend incessamment sous peu une foule de policiers de Londres et une meute de journalistes. Hier au soir, quelqu'un a tué le Gouverneur dans son jardin.

— Grand Dieu ! » s'exclama l'Anglais, qui paraissait sincèrement choqué.

Favaro le déposa sur le perron du Gaillard d'Arrière, renvoya le taxi et franchit à pied les quelques centaines de mètres de ruelles jusqu'à la pension de Mrs Macdonald. De l'autre côté de la Place du Parlement, un homme imposant s'adressait à une foule de citoyens soumis du haut de la remorque d'un camion. Mr Livingstone en chair et en os. Favaro perçut des bribes de son envolée rugissante.

« Et je vous le dis, mes frères et mes sœurs, vous partagerez la richesse de ces îles. Vous partagerez le poisson pris dans leurs eaux et les belles maisons des quelques riches qui vivent là-haut sur la colline. Tout cela vous est dû... »

La foule ne paraissait pas déborder d'enthousiasme. La remorque du camion était gardée par les deux grands types qui avaient arraché les affiches de Johnson au Gaillard d'Arrière à l'heure du déjeuner pour les remplacer par celles de leur candidat. Plusieurs autres individus du même acabit étaient dispersés dans la foule à laquelle ils tentaient d'arracher quelques vivats. Mais ils étaient bien les seuls à les pousser. Favaro poursuivit son chemin. Cette fois-ci, Mrs Macdonald était chez elle.

Desmond Hannah atterrit à six heures vingt. Il faisait presque nuit. Quatre autres avions, plus petits, suivirent et purent redécoller à temps pour Nassau avant que toute lumière ait disparu. En descendirent successivement les équipes de la BBC, d'ITV, le correspondant du *Sunday Times* qui avait fait le voyage avec celui du *Sunday Telegraph* et enfin Sabrina Tennant et son équipe de la BSB — British Satellite Broadcasting Company.

Hannah, Parker, Bannister et les quatre policiers des Bahamas furent accueillis par le lieutenant Haverstock, en tenue tropicale crème, et l'inspecteur principal Jones en uniforme immaculé. Dans l'espoir de glaner quelques dollars, les deux taxis de Port Plaisance et deux autres camionnettes s'étaient rendus à l'aérodrome. Les quatre véhicules furent pris d'assaut.

Le temps d'accomplir les formalités, et la cavalcade une fois débarquée au Gaillard d'Arrière, la nuit était tombée pour de bon. Hannah décréta qu'il n'y avait pas lieu de commencer les investigations à la lueur des lampes électriques, mais demanda à ce que la garde de la Résidence soit poursuivie toute la nuit. L'inspecteur principal Jones, très impressionné de travailler sous les ordres d'un commissaire de Scotland Yard, répercuta les ordres en aboyant.

Hannah était épuisé. Il pouvait bien n'être que six heures à peine sur l'île, son horloge personnelle marquait onze heures du soir, et il était debout depuis quatre heures du matin. Il dîna avec Parker et Haverstock, ce qui lui permit d'avoir un récit de première main des événements de la veille. Puis il se retira.

La presse dénicha le bar avec le flair et la célérité qui trahissaient une longue pratique. On commanda des tournées qu'on éclusa. Les plaisanteries habituelles à la corporation journalistique en mission à l'étranger se firent plus fortes Personne ne remarqua l'individu en tenue tropicale froissée qui buvait seul au bout du bar en écoutant leur bavardage.

« Où est-il allé en partant d'ici ? » demanda Eddie Favaro.

Il était assis dans la cuisine de Mrs Macdonald devant la table, et la brave dame lui servait une assiette de son bouillon de strombe.

« Prendre une bière au Gaillard d'Arrière, dit-elle.

— Il était de bonne humeur ? »

Elle emplit la pièce de ses intonations chantantes.

« Mon Dieu, Mr Favaro, c'était un heureux homme. Je lui préparais un bon poisson pour son souper. Il m'a dit qu'il reviendrait à huit heures et je l'ai averti de ne pas être en retard, sinon la dorade ça s'abîme et ça devient tout sec. Il a ri en me disant qu'il rentrerait à temps.

— C'est ce qu'il a fait ?

— Non, Missié. Il avait plus d'une heure de retard et le poisson était fichu. Et il m'a raconté n'importe quoi.

— Et ce n'importe quoi… c'était quoi ?

— Il a pas beaucoup parlé. Il avait l'air très très soucieux. Puis il a dit qu'il avait vu un scorpion. Et maintenant finissez-moi cette soupe, qui est bonne comme le bon Dieu. »

Favaro s'était raidi et demeurait la cuillère en l'air, oubliant de la porter à sa bouche.

« Il a dit un scorpion ou *le* scorpion ? »

Elle fronça les sourcils en fouillant avec effort dans sa mémoire.

« Je crois qu'il a dit " un ", mais ça aurait pu être aussi bien " le " », reconnut-elle.

Favaro acheva le potage, la remercia et rentra à l'hôtel. Le bar était en effervescence. Il se fit une place dans le fond, loin de la gent journalistique. Le dernier tabouret était occupé par l'Anglais de l'aérodrome, qui le salua en levant son verre mais sans dire un mot. Dieu merci, songea Favaro, ce Rosbif tout froissé semblait du moins connaître le prix du silence.

Eddie Favaro avait besoin de réfléchir. Il savait comment son collègue et ami était mort ; et il croyait savoir pourquoi. D'une façon mystérieuse, ici sur cette île paradisiaque, Julio Gomez avait vu, ou pensait avoir vu, le tueur le plus impitoyablement froid qu'ils aient jamais rencontré l'un et l'autre.

Chapitre trois

Desmond Hannah se mit au travail le lendemain matin, peu après sept heures, alors que la fraîcheur de l'aube ne s'était pas encore évaporée. Il débuta son enquête à la Résidence.

Il eut un long entretien avec Jefferson, le maître d'hôtel, qui lui fit part de l'habitude immuable qu'avait le Gouverneur de se retirer au jardin chaque soir vers cinq heures et d'y prendre un whisky-soda avant le coucher du soleil. Hannah lui demanda combien de personnes étaient au courant de ce rituel. Jefferson fit un effort de concentration qui barra son front d'un pli.

« Beaucoup de monde, monsieur : Lady Moberley, le lieutenant Haverstock, moi, Miss Myrtle, la secrétaire, qui est allée rendre visite à ses parents à Tortola. Des visiteurs de la Résidence ont pu l'apercevoir ; ça fait beaucoup de monde. »

Jefferson décrivit l'endroit exact où il avait trouvé le corps, mais affirma ne pas avoir entendu le coup de feu. Par la suite, le fait qu'il n'ait mentionné qu'un seul coup de feu devait convaincre Hannah qu'il disait la vérité. Mais il ignorait encore qu'il y en avait eu plusieurs.

En compagnie de Parker, les techniciens d'identification criminelle de Nassau passaient l'herbe au peigne fin, cherchant les cartouches éjectées par l'arme du tueur. Ils fouillaient minutieusement le terrain car la douille — ou les douilles — de cuivre avait pu être écrasée dans la terre par inadvertance. Le lieutenant Haverstock, l'inspecteur principal Jones et son oncle le docteur avaient arpenté en tous sens la pelouse le soir du crime, effaçant toutes traces de pas.

Hannah examina la porte en fer dans le mur du jardin, tandis que le spécialiste du relevé des empreintes digitales en saupoudrait l'acier au cas où. Il n'y avait aucune trace. Hannah estima que si le tueur était entré par cette porte, comme il y avait tout lieu de le croire, et avait fait feu immédiatement, le Gouverneur avait dû se trouver entre la porte et le mur de corail, au bas des marches qui menaient aux pièces de réception. Si une balle l'avait manqué, elle aurait frappé le mur. Il dirigea l'attention de l'équipe à quatre pattes dans l'herbe de la pelouse vers l'allée de débris de coquillages qui courait le long du mur. Puis il rentra dans la maison pour interroger Lady Moberley.

La veuve du Gouverneur l'attendait dans le salon où Sir Marston avait reçu la délégation du Comité des citoyens concernés. C'était une femme menue, au teint pâle, le cheveu pisseux et la peau jaunie par des années de séjour sous les tropiques.

Jefferson fit son apparition avec une bière blonde glacée sur un plateau. Hannah hésita avant de se servir. Après tout, la matinée était très chaude. Lady Moberley prit un jus d'ananas. Elle jetait des regards d'envie sur la bière. Oh, mon Dieu, songea Hannah.

Elle ne pouvait en rien faire progresser l'enquête en réalité. Autant qu'elle le savait, son mari n'avait pas d'ennemis. Un assassinat politique serait une première dans ces îles. Bien sûr que la campagne électorale avait provoqué de légères controverses, mais tout cela faisait partie du jeu démocratique. A son avis.

Elle se trouvait elle-même à sept kilomètres de là au moment de l'attentat, visitant un petit hôpital de mission au flanc de Spyglass Hill. Il avait été fondé par Mr Marcus Johnson, homme de bien et grand philanthrope, depuis son retour sur son île natale, six mois plus tôt. Elle avait accepté de patronner l'établissement. Elle s'y était rendue avec la Jaguar de fonction que conduisait Stone, le chauffeur du Gouverneur.

Hannah la remercia et se leva. Parker, de l'extérieur, cognait d'un doigt à la fenêtre. Hannah sortit sur la terrasse. Parker contenait difficilement son excitation.

« Vous aviez raison, monsieur le commissaire. Regardez. »

Il tendit sa main droite. Au creux de sa paume on voyait le reste aplati et salement tordu de ce qui avait été autrefois une balle de plomb. Hannah lui jeta un regard noir.

« Merci d'avoir pris la chose en main, fit-il. La prochaine fois, il faudrait peut-être songer aux brucelles et à un sac plastique. »

Parker pâlit et battit en retraite dans le jardin où il redéposa la balle sur le gravier de coquillages concassés, ouvrit sa mallette et en sortit des brucelles. Quelques-uns des policiers des Bahamas eurent un sourire.

Parker saisit laborieusement le débris de balle avec les pinces et le fit choir dans un sachet transparent.

« Et maintenant entourez le sachet d'ouate et mettez-le dans un bocal de verre dont vous visserez le couvercle », lui dit Hannah. Parker lui obéit de point en point.

« Merci. Maintenant, remettez le tout dans la mallette et il y restera jusqu'à ce qu'on l'envoie à l'expertise balistique », poursuivit Hannah. Il poussa un soupir. Ça promettait d'être une sacrée corvée. Il commençait à penser qu'il s'en tirerait mieux tout seul.

Le Dr Caractacus Jones se présenta conformément aux instructions. Hannah fut heureux de pouvoir s'entretenir avec un professionnel comme lui. Le Dr Jones lui expliqua comment on l'avait fait appeler l'avant-veille au soir, peu après six heures. C'est Jefferson qui était venu le trouver, dans son infirmerie, sur l'ordre du lieutenant Haverstock. Il lui avait appris qu'on venait de tirer sur le Gouverneur, et lui demanda de le suivre séance tenante. Le maître d'hôtel ne lui ayant pas précisé que la blessure avait été fatale, le Dr Jones avait pris sa trousse et était allé voir ce qu'il pouvait faire. Comme la suite devait le montrer : rien du tout.

Hannah fit entrer le Dr Jones dans le bureau de feu Sir Marston et lui demanda de signer en sa qualité de coroner l'autorisation d'expédier l'après-midi même le corps à Nassau pour qu'on l'autopsie.

Selon la juridiction britannique, l'autorité suprême n'est pas, en réalité, le fait de la Chambre des Lords, mais est détenue par le coroner. Ce dernier a la préséance sur toute autre autorité judiciaire. Le transport du corps du Gouverneur de Sunshine aux Bahamas nécessitait l'autorisation d'un coroner. Le Dr Jones la signa sans soulever d'objections, et la légalité fut ainsi respectée. Bannister, le représentant du Haut-Commissariat de Nassau, avait tapé l'autorisation sur le papier à en-tête de la Résidence. Il venait de terminer l'installation du nouveau système de communications pour Hannah. Celui-ci demanda alors au Dr Jones de lui montrer le corps.

En bas, sur les quais, on ouvrit la chambre froide. Deux subordonnés de l'inspecteur principal Jones firent glisser le cadavre de l'ancien Gouverneur, aussi raide que du bois à présent, d'entre les poissons, et le transportèrent à l'abri de l'entrepôt voisin, où ils le couchèrent sur un battant de porte posé sur deux tréteaux.

Ce fut une merveilleuse aubaine pour la presse, à laquelle venait de se joindre une équipe de CNN de Miami, qui avait suivi à la trace Hannah toute la matinée. Ils mitraillèrent à tout va. Et même l'espadon, compagnon de lit du Gouverneur au cours des dernières trente-six heures, eut droit à son gros plan au journal du soir sur CNN.

Hannah ordonna de fermer les portes du hangar pour tenir la meute à distance et se livra à l'examen le plus approfondi du cadavre rigide, sous sa couche de givre, qu'il pût. Le Dr Jones resta à ses côtés. Après avoir scruté le trou dans la poitrine du Gouverneur, il remarqua une déchirure circulaire, nette et sans bavure, dans la manche gauche de la chemise.

Il pétrit doucement l'étoffe entre son pouce et son index pour en faire fondre la glace et l'assouplir. Il y parvint, et nota qu'il y avait deux trous similaires, l'un par où la balle était entrée et l'autre par où elle était sortie. La peau ne portait pas d'égratignure. Il se tourna vers Parker.

« Deux balles au minimum, dit-il tranquillement. Il nous en manque une.

— Elle se trouve probablement encore dans le corps, dit le Dr Jones.

— Sans doute, répondit Hannah. Mais je veux être pendu si j'y vois quelque chose. Le froid a trop fripé la chair. Donc, Peter, j'aimerais qu'on fouille à nouveau — et à fond — le périmètre où se trouvait le Gouverneur, assis ou debout. Juste au cas où la seconde balle s'y trouverait. »

Il donna l'ordre de remettre le corps du Gouverneur dans la chambre froide. Les caméras recommencèrent à ronronner et les questions à pleuvoir. Hannah se contenta de hocher la tête, en souriant, et de dire : « Mesdames, messieurs, chaque chose en son temps. Nous n'en sommes qu'au début.

— Mais nous avons retrouvé une balle », dit fièrement Parker.

Toutes les caméras pivotèrent dans sa direction. Hannah commença à penser que l'assassin s'était trompé de cible ; ça tournait à la conférence de presse, et il n'en voulait pas. Pas encore.

« Un communiqué sera rendu public dans la soirée, fit-il. Pour l'instant, nous devons nous remettre au travail. Merci. »

Il poussa Parker dans la Land-Rover de la police et ils s'en revinrent à la Résidence. Hannah demanda à Bannister d'appeler Nassau et de leur réclamer un avion avec civière, chariot, housse, plus deux infirmiers, pour le milieu de l'après-midi. Puis il raccompagna le Dr Jones jusqu'à sa voiture.

« Dites-moi, docteur, lui dit-il quand ils furent seuls, existe-t-il quelqu'un sur cette île qui connaisse tout le monde et sache tout ce qui s'y passe ?

« — Eh bien, il y a moi, répondit-il en souriant. Mais je ne me hasarderais pas à deviner l'auteur de ce crime. De toute façon, ça ne fait que dix ans que je suis rentré de la Barbade. Pour un historique complet de ces îles-ci, vous devriez rendre visite à Missy Coltrane. C'est en quelque sorte... la grand-mère des Barclays. Si vous désirez rencontrer quelqu'un qui ait une petite idée sur cet attentat, elle pourrait bien être ce quelqu'un. »

Le docteur démarra dans son Austin Mayflower toute cabossée. Hannah alla rejoindre le neveu du médecin, l'inspecteur principal Jones, debout près de sa Land-Rover.

« J'aimerais que vous fassiez quelque chose pour moi, Jones, lui dit-il poliment. Voudriez-vous vous rendre à l'aérodrome et vérifier avec le préposé aux passeports si quelqu'un a quitté l'île depuis le meurtre ? A l'exception, bien sûr, des pilotes des avions qui se sont posés, ont fait demi-tour et ont redécollé sans quitter la piste d'atterrissage. »

L'inspecteur principal Jones fit un vague salut militaire et partit. La Jaguar était dans l'avant-cour où Oscar, le chauffeur, l'astiquait. Parker et le reste de l'équipe étaient derrière la maison à la recherche de la balle éventuellement manquante.

« Oscar ?

— Missié ? fit-il en lui décochant un très large sourire.

— Vous connaissez Missy Coltrane ?

— Oh oui, Missié. C'est une dame bien.

— Et vous savez où elle habite ?

— Oui, Missié. A Flamingo House, tout en haut de Spyglass Hill. »

Hannah jeta un œil sur sa montre. Il était onze heures et demie et la chaleur tombait dru.

« Elle sera chez elle à cette heure-ci ? »

Oscar eut l'air désorienté.

« Bien sûr, Missié.

— Emmenez-moi la voir, vous voulez bien ? »

La Jaguar se faufila hors de la ville, puis attaqua le bas de Spyglass Hill, qui se trouvait à plus de huit kilomètres de Port Plaisance, à l'ouest. La Jaguar était un vieux modèle Mark IX — un classique, de nos jours — fabriqué à l'ancienne, embaumant le cuir et la ronce de noyer. Hannah se renversa sur le siège et regarda défiler le paysage.

Aux broussailles des basses-terres succéda une végétation plus luxuriante. Ils dépassèrent des parcelles de maïs, des manguiers et des papayers ; des baraques en bois se tenaient en retrait de la

411

route, précédées d'une cour poussiéreuse où quelques poules grattaient la terre. Des petits enfants à la peau brune, entendant la voiture approcher, accouraient et la saluaient avec de grands gestes. Hannah leur répondit.

Ils dépassèrent la clinique pour enfants, d'une blancheur proprette, que finançait Marcus Johnson. Hannah se retourna et vit par le pare-brise arrière Port Plaisance engourdi sous la chaleur. Il pouvait distinguer l'entrepôt au toit rouge sur les quais et tout à côté la chambre froide où reposait le Gouverneur congelé, l'étendue caillouteuse de la Place du Parlement, la flèche de l'église anglicane et les bardeaux du Gaillard d'Arrière. Au-delà, de l'autre côté de la ville, on apercevait à travers la brume de chaleur les murs de la Résidence. Bon Dieu, se demandait-il, pourquoi quelqu'un aurait-il voulu tuer le Gouverneur ?

Ils passèrent devant le coquet bungalow qui avait appartenu à feu Mr Barney Klinger, négocièrent encore deux virages et atteignirent le sommet de la colline. Là se dressait une villa toute rose, Flamingo House.

Hannah tira le cordon de la sonnette près de l'entrée et entendit un tintement lointain. Une adolescente noire ouvrit la porte, ses jambes nues dépassant d'une robe de cotonnade.

« J'aimerais voir Missy Coltrane », lui dit Hannah.

Elle acquiesça de la tête et le fit entrer dans un grand salon aéré. Des portes-fenêtres ouvraient sur un balcon avec une vue imprenable sur l'île et l'étendue scintillante et bleue de la mer jusqu'à Andros, sous la ligne d'horizon, aux Bahamas.

La pièce était fraîche, malgré l'absence de climatisation. Hannah remarqua qu'il n'y avait pas non plus l'électricité. Trois lampes à huile en cuivre étaient posées sur des tables basses. Un courant d'air frais s'établissait entre les portes ouvertes sur le balcon et les fenêtres à l'opposé. Le mobilier indiquait que l'occupante des lieux était une personne âgée. Hannah l'examina par désœuvrement en attendant.

Il y avait sur les murs des dizaines d'aquarelles, d'un dessin délicat, des nombreux oiseaux des Caraïbes. Seul faisait exception un portrait d'homme en grand uniforme immaculé de gouverneur colonial britannique. Sous ses cheveux gris, son visage, tanné et ridé, barré d'une moustache grise, reflétait la bonté. Deux rangs de minuscules décorations couvraient le pectoral gauche de sa tunique. Hannah plissa les yeux pour réussir à lire le cartouche apposé sous la peinture à l'huile : SIR ROBERT COLTRANE, CHEVA-LIER DE L'ORDRE DE L'EMPIRE BRITANNIQUE, GOUVERNEUR DES ÎLES

BARCLAY, 1945-1953. Il tenait son casque blanc à aigrettes de coq au creux de son bras droit ; sa main gauche reposait sur le pommeau de son épée.

Hannah eut un sourire mélancolique. « Missy » Coltrane devait être en réalité Lady Coltrane, l'épouse de l'ancien gouverneur. Il avança le long du mur jusqu'à une vitrine, où l'on voyait épinglés sur un présentoir en toile de jute les trophées militaires de l'ancien gouverneur, réunis et exposés par sa veuve. Il y avait là le ruban pourpre de la Victoria Cross, plus haute distinction militaire britannique, couronnant un acte de bravoure insigne sur le champ de bataille, ainsi que la date de son obtention, 1917. Elle était flanquée de la Distinguished Service Cross et de la Military Cross, ainsi que d'autres récompenses glanées dans diverses campagnes.

« C'était un homme très courageux », dit quelqu'un dans son dos d'une voix claire. Hannah fit volte-face, légèrement embarrassé.

Elle était entrée silencieusement, les roues caoutchoutées de son fauteuil roulant se déplaçant sans bruit sur le carrelage. Elle était petite et frêle, avec des yeux très bleus et lumineux sous sa calotte de cheveux blancs.

Derrière elle se tenait le domestique qui l'avait véhiculée du jardin dans la maison ; c'était un géant dont la stature imposait le respect.

« Merci, Firestone, dit-elle en se tournant vers lui. Je vais pouvoir me débrouiller maintenant. »

Il se retira avec une inclinaison de tête. Elle se propulsa de quelques mètres dans la pièce et fit signe à Hannah de prendre un siège.

« Vous vous demandez d'où lui vient son nom, fit-elle en souriant. C'est un orphelin qu'on a trouvé dans une décharge publique dans un pneu de cette marque. Bon, vous devez être le commissaire Hannah de Scotland Yard. C'est beaucoup d'honneur pour nos pauvres petites îles. Que puis-je faire pour vous ?

— Je dois d'abord m'excuser de vous avoir appelée Missy Coltrane auprès de votre bonne, dit-il. Personne ne m'avait dit que vous étiez Lady Coltrane.

— Mais je ne le suis plus, répondit-elle. Par ici tout le monde m'appelle simplement Missy et je préfère ça. On a du mal à perdre ses vieilles habitudes. Comme vous pouvez l'entendre, je ne suis pas née anglaise, mais en Caroline du Sud.

— Feu votre mari..., commença Hannah en désignant le portrait de la tête... a été gouverneur ici autrefois.

413

— Oui. Nous nous sommes rencontrés pendant la guerre. Robert avait déjà fait la Première Guerre mondiale. Il n'était pas obligé de remettre ça. Et pourtant, c'est ce qu'il a fait. Et une fois encore, il a été blessé. J'étais infirmière. Nous sommes tombés amoureux et nous nous sommes mariés en 1943 ; nous avons connu dix années fabuleuses jusqu'à sa mort. Nous avions vingt-cinq ans de différence mais ça n'avait aucune espèce d'importance. A la fin de la guerre, le gouvernement britannique l'a nommé gouverneur ici. Après sa mort, j'ai choisi de rester. Il n'avait que cinquante-six ans quand il est mort, de blessures de guerre, à retardement. »

Hannah se livra à un rapide calcul. Sir Robert avait dû naître en 1897 ; il avait été décoré de la Victoria Cross à vingt ans. Sa veuve devait avoir soixante-huit ans, ce qui était trop jeune pour un fauteuil roulant. Elle parut lire ses pensées de son regard bleu si lumineux.

« J'ai fait une mauvaise chute, il y a dix ans, dit-elle. Je me suis brisé les reins. Mais je suppose que vous n'avez pas fait cinq mille kilomètres pour faire la causette avec une vieille femme immobilisée dans un fauteuil roulant. Que puis-je faire pour vous aider ? »

Hannah le lui expliqua.

« Le hic, c'est que je n'arrive pas à percevoir de mobile. Celui qui a tué Sir Marston devait le haïr assez pour en arriver là. Mais parmi les habitants de cette île, je n'arrive pas à découvrir de mobile suffisant. Vous les connaissez. Qui désirait faire une chose pareille et pourquoi ? »

Lady Coltrane fit rouler son fauteuil jusqu'à la fenêtre ouverte et regarda à l'extérieur un moment sans répondre.

« Mr Hannah, vous avez raison. Je connais les gens d'ici. Je vis parmi eux depuis quarante-cinq ans. J'aime ces îles et leurs habitants. Et j'aime à croire qu'ils me rendent l'affection que je leur porte. »

Elle se retourna et le fixa droit dans les yeux.

« Dans le contexte mondial, ces îles n'ont aucune importance. Et pourtant, ceux qui les peuplent semblent avoir découvert quelque chose qui a échappé au monde extérieur. Ils ont trouvé le secret du bonheur. Rien que ça. Pas le secret de la richesse ni du pouvoir, celui du bonheur tout simplement.

» Maintenant Londres veut nous octroyer l'indépendance. Et deux candidats sont entrés en lice pour se disputer le pouvoir. Mr Johnson, qui est très riche et a donné de fortes sommes aux îles, peu importe la raison ; et Mr Livingstone, le socialiste, qui veut tout nationaliser pour le répartir entre les pauvres. Motif des plus nobles, bien sûr. D'une part, Mr Johnson et ses projets de développement et de prospérité ; de l'autre, Mr Livingstone et ses projets d'égalité.

» Je les connais tous les deux ; je les ai connus petits garçons, puis adolescents, quand ils sont partis ailleurs poursuivre leur carrière. Et maintenant les voilà de retour.

— Vous soupçonnez l'un d'eux ? demanda Hannah.

— Plutôt les hommes qu'ils ont ramenés dans leurs bagages. Regardez-les bien. Ils sont violents, Mr Hannah. Les insulaires le savent. On les a menacés, passés à tabac. Peut-être devriez-vous chercher dans l'entourage de ces deux hommes, Mr Hannah... »

Au retour, en redescendant la colline, Desmond Hannah se livra à ses réflexions. S'agissait-il d'un « contrat » ? L'assassinat de Sir Marston en avait toutes les caractéristiques. Il songea qu'après le déjeuner, il lui faudrait avoir un entretien avec chacun des deux candidats, et jeter un œil sur leur entourage.

A son entrée dans la Résidence, Hannah fut intercepté par un Anglais grassouillet, dont les multiples mentons débordaient sur son col ecclésiastique, qui sauta de la chaise du salon où il l'avait attendu. Parker était à ses côtés.

« Ah ! Chef, voici le Révérend Simon Prince, le pasteur anglican. Il a une information qui peut nous intéresser. »

Hannah se demanda où Parker avait dégotté ce « Chef ». Il détestait en être affublé. « Monsieur » aurait amplement suffi. Et par la suite, Desmond, mais beaucoup plus tard. Peut-être.

« Alors, vous avez eu de la chance avec cette seconde balle ?

— Hum, non, pas encore.

— Il vaut mieux continuer », dit Hannah. Parker disparut par les portes-fenêtres. Hannah les referma.

« Eh bien, Mr Prince, que vouliez-vous me dire ?

— Mon nom est Quince, rectifia le pasteur. Quince. Toute cette affaire est fort déprimante.

— En effet. Surtout pour le Gouverneur.

— Oh, ah oui... je voulais dire en réalité... eh bien... je suis venu vous voir avec des informations touchant un de mes confrères de l'église, je ne sais si je dois... mais j'ai senti que ça pouvait avoir un rapport.

— Pourquoi ne me laissez-vous pas en être juge ? » suggéra doucement Hannah.

Le Révérend se calma et s'assit.

« Tout est arrivé vendredi dernier », dit-il. Et il narra la visite de

415

la délégation du Comité des citoyens concernés et la fin de non-recevoir que leur avait opposée le Gouverneur. Quand il eut terminé son récit, Hannah fronça les sourcils.

« Qu'a-t-il dit exactement ? demanda-t-il.

— Il a dit, répéta Quince, " il faut nous débarrasser de ce Gouverneur et nous en donner un nouveau ". »

Hannah se leva.

« Merci beaucoup, Mr Quince. Puis-je vous suggérer de ne plus piper mot de ceci à quiconque et de me laisser m'en occuper ? »

Le pasteur, toute gratitude dehors, détala. Hannah réfléchit. Il n'appréciait pas particulièrement les mouchards, mais il lui faudrait maintenant aller vérifier auprès du ministre baptiste. Le dénommé Walter Drake, souffleur de braises. C'est à ce moment-là que Jefferson fit son apparition, portant sur un plateau un bouquet de queues de langouste à la mayonnaise. Hannah soupira. Il fallait bien qu'il y eût quelques compensations au fait d'avoir été envoyé à cinq mille kilomètres de chez lui. Et puisque c'était le Foreign Office qui régalait... Il se versa un verre de Chablis glacé et se mit à l'ouvrage.

Pendant son déjeuner, l'inspecteur principal Jones revint de l'aérodrome.

« Personne n'a quitté l'île, dit-il. Pas depuis quarante-huit heures.

— Du moins, par la voie légale, commenta Hannah. Nouvelle corvée, Mr Jones. Tenez-vous un registre des armes à feu ?

— Bien entendu.

— Parfait. Voudriez-vous le vérifier à ma place et faire une petite visite à tous ceux qui ont déclaré posséder une arme dans ces îles ? Nous cherchons un automatique de gros calibre, particulièrement si on ne peut pas vous le montrer, s'il a été nettoyé récemment ou s'il est encore luisant de graisse.

— Luisant de graisse ?

— Parce qu'on s'en est servi pour tirer.

— Ah oui, bien sûr.

— Une dernière chose, Inspecteur. Est-ce que le Révérend Drake possède une arme portée sur votre registre ?

— Non, j'en suis certain. »

Après son départ, Hannah demanda à voir le lieutenant Haverstock.

« Possédez-vous par hasard un revolver d'ordonnance ou un automatique ? l'interrogea-t-il.

416

— Oh, écoutez voir, vous ne pensez pas réellement que…, fit-il d'un ton de reproche.

— Il m'est venu à l'idée qu'on aurait pu vous le voler ou vous l'emprunter et le remettre à sa place.

— Ah oui, je vois ce que vous voulez dire, mon vieux. Mais je n'ai pas de revolver et je n'en ai pas apporté sur l'île. Par contre, j'ai une épée de cérémonie.

— Si l'on avait sabré Sir Marston, je songerais peut-être à vous arrêter, dit Hannah doucement. Y a-t-il tout bonnement des armes à la Résidence ?

— Non, pas à ma connaissance. De toute façon, l'assassin est passé à coup sûr par l'extérieur, non ? Par la porte du jardin ? »

Hannah avait examiné le verrouillage forcé de la porte de fer dès l'aube. D'après la brisure des deux loquets et la barre arrachée du gros cadenas, il ne faisait aucun doute qu'on avait utilisé un très long pied-de-biche. Mais il avait soudain pensé que le forçage de la serrure pouvait être un stratagème. On aurait pu l'avoir pratiqué plusieurs heures, voire plusieurs jours, auparavant. Personne ne vérifiait jamais cette porte qu'on jugeait bloquée par la rouille.

Le tueur avait pu briser le cadenas, laisser la porte fermée et passer plus tard par la maison pour tuer le Gouverneur, avant de se retirer par le même chemin. Il lui fallait impérativement retrouver la seconde balle, intacte espérait-il, et l'arme qui l'avait tirée. Il contempla le bleu scintillant de la mer ; si on les y avait jetés, il ne les retrouverait jamais.

Il se leva en se tamponnant les lèvres et sortit rejoindre Oscar et la Jaguar. Il était temps qu'il échange quelques mots avec le Révérend Drake.

Sam McCready déjeunait lui aussi. Quand il était entré dans la salle à manger située sur la véranda ouverte du Gaillard d'Arrière, toutes les tables étaient occupées. Dehors, sur la place, des hommes en chemise multicolore et lunettes noires de glacier installaient un camion-plateau pavoisé et barbouillé d'affiches de Marcus Johnson. Le grand homme devait prendre la parole à trois heures.

Sam jeta un regard à la ronde sur la terrasse et n'aperçut qu'un seul siège libre, à une table occupée par un autre dîneur.

« Il y a foule aujourd'hui, ça vous ennuie si je me joins à vous ? demanda-t-il à Eddie Favaro.

— Pas du tout, lui répondit ce dernier, lui faisant signe de prendre place.

— Vous êtes venu pêcher par ici ? l'interrogea McCready, en étudiant le menu succinct.

— Ouais.

— Bizarre, continua McCready après avoir commandé du *ceviche*, plat de poisson cru mariné dans du jus de citron vert. Si je ne savais pas à quoi m'en tenir, j'aurais juré que vous étiez flic. »

Il passa sous silence l'enquête approfondie à laquelle il s'était livré, après avoir étudié Favaro la veille au soir au bar ; il ne mentionna pas davantage l'appel passé à un ami du bureau du FBI à Miami ni la réponse qu'il avait reçue ce matin. Favaro reposa son verre de bière et le regarda fixement.

« Qui êtes-vous donc ? fit-il. Un bobby ?

— Oh non ! fit McCready avec un geste dépréciateur, rien d'aussi prestigieux. Un simple fonctionnaire qui essaie de passer des vacances tranquilles loin de son bureau.

— Alors qu'est-ce que vous venez me raconter avec votre histoire de flic ?

— Question de flair. Vous vous comportez comme un flic. Ça vous ennuierait de me dire la vraie raison de votre présence ici ?

— Et qu'est-ce qui m'y oblige, merde ?

— Le simple fait, suggéra McCready, tout sucre tout miel, que vous êtes arrivé ici un peu avant l'assassinat du Gouverneur. Et ceci. »

Il tendit à Favaro une feuille de papier à en-tête du Foreign Office. Elle précisait que Mr Frank Dillon en faisait partie et priait les « personnes concernées » de l'aider dans la mesure du possible. Favaro la lui rendit, l'air pensif. Le lieutenant Broderick lui avait fait comprendre qu'il serait libre de ses actes, une fois en territoire britannique.

« Officiellement, je suis en vacances. Non, je ne suis pas venu pour la pêche. Officieusement, j'essaie de découvrir pourquoi, et par qui, mon coéquipier a été tué la semaine dernière.

— Racontez-moi ça, lâcha McCready, je pourrai peut-être vous aider. »

Favaro le mit au courant des circonstances dans lesquelles Gomez était mort. Sam l'écouta en mâchonnant son poisson cru.

« Je pense qu'il a aperçu quelqu'un ici à Sunshine, et que ce quelqu'un s'en est aperçu. Un individu que l'on connaît à l'Urbaine de Dade County sous le nom de Francisco Mendes, alias le Scorpion. »

Huit ans plus tôt avait débuté en Floride méridionale la « guerre des turfs », qui s'était concentrée notamment dans la zone contrôlée par l'Urbaine de Dade County. Les Colombiens, qui

418

s'étaient contentés jusque-là de livrer la cocaïne aux gangs cubains qui la distribuaient, avaient décidé de se passer de leurs intermédiaires et de vendre directement la marchandise aux consommateurs. Ils se mirent à empiéter sur le territoire — ou « turf » — des Cubains. Ces derniers ripostèrent et la guerre des turfs éclata. Les tueries n'avaient pas cessé depuis lors.

Pendant l'été 1984, un motard en combinaison de cuir rouge et blanche, chevauchant une Kawasaki, s'était arrêté devant un magasin de vins et spiritueux au centre de Dadeland Mall et, après avoir sorti un pistolet-mitrailleur Uzi d'un grand sac à provisions, avait vidé calmement la totalité du chargeur dans la boutique où il y avait foule. Le bilan fit état de trois morts et quatorze blessés.

Le tueur se serait enfui sans anicroche, si un jeune flic en moto n'avait délivré un P.V. à deux mètres de là. Le tireur jeta son Uzi et démarra, pris immédiatement en chasse par le policier, qui donna son signalement et la direction qu'il suivait par radio. A mi-pente de North Kendall Drive, l'homme en Kawasaki ralentit, s'arrêta sur le bas-côté, sortit un Sig Auer 9 mm automatique de sa combinaison, mit en joue et tira sur le jeune policier qui arrivait et fut touché en pleine poitrine. Il s'abattit de plein fouet et le tueur redémarra à fond la caisse, selon des témoins qui fournirent une description exacte de la moto et de la combinaison de cuir. Mais pas de son visage : il portait un casque intégral.

Malgré la proximité du Baptist Hospital, à quatre blocs de là, où le jeune policier fut admis promptement au service des soins intensifs, ce dernier mourut dans la nuit. Il avait vingt-trois ans et laissait une veuve et une petite fille.

Ses appels radio avaient alerté deux voitures de patrouille. Deux kilomètres plus loin, l'une d'elles aperçut le motard fonçant à toute allure et le força à virer si brusquement qu'il tomba. Avant d'avoir pu se relever, il était en état d'arrestation.

Physiquement l'homme semblait d'origine hispanique. L'affaire fut confiée à Gomez et Favaro. Quatre jours et quatre nuits durant, ils restèrent assis face au tueur et ne réussirent pas à lui tirer un seul mot, d'anglais ou d'espagnol. Il n'y avait aucune trace de poudre sur ses doigts, car il avait porté des gants. Ceux-ci avaient disparu et, malgré la fouille de chaque poubelle du secteur, les policiers ne purent mettre la main dessus. Ils supposèrent que le tueur les avait jetés au passage à l'arrière d'une décapotable. Le Sig Auer fut retrouvé dans un jardin du voisinage, après qu'on eut invité la population à participer aux recherches. C'était bien l'arme qui avait tué le policier, mais elle ne portait aucune empreinte digitale.

Gomez pensait que le tueur était colombien — le magasin de spiritueux était un point de revente de cocaïne. Au bout de quatre jours, avec Favaro, ils l'avaient surnommé le Scorpion.

Le quatrième jour, un avocat aux émoluments très élevés fit son apparition. Il présenta un passeport mexicain au nom de Francisco Mendes. Il était neuf et en règle, mais ne portait pas de visa d'entrée en territoire américain. L'avocat concéda qu'il se pouvait que son client fût un clandestin et demanda sa libération sous caution. La police s'y opposa.

Devant le juge, libéral notoire, l'avocat éleva une protestation, faisant valoir que la police avait arrêté *un* motard conduisant une Kawasaki en combinaison de cuir rouge et blanche, non *le* motard qui avait tué le jeune policier et les trois autres personnes.

« Cet enfoiré de juge a accordé la liberté sous caution, dit Favaro. Le montant était de cinq cent mille dollars. Vingt-quatre heures plus tard, le Scorpion était loin. Son garant nous a tendu la somme avec le sourire. Un vrai pourboire.

— Et vous croyez que... ? demanda McCready.

— Ce n'était pas un simple passeur, mais l'une de leurs meilleures gâchettes. Sinon ils ne se seraient pas donné tout ce mal ni n'auraient dépensé autant pour le faire sortir. Je pense que Julio l'a vu ici, et a peut-être même découvert où il vivait. Il a essayé de revenir pour qu'Oncle Sam lance une demande d'extradition.

— Qui aurait été accordée, ajouta McCready. Je crois qu'il faut en informer le représentant de Scotland Yard. Après tout, le Gouverneur a été tué quatre jours plus tard. Même s'il apparaît que les deux affaires n'ont aucun point commun, le doute est suffisant pour passer l'île au peigne fin. C'est un endroit qui s'y prête aisément.

— Mais à supposer qu'on le retrouve, il n'a commis aucun délit en territoire britannique.

— Eh bien, dit McCready, pour commencer, vous pourriez l'identifier formellement. Cela constituerait un motif d'inculpation suffisant. Le commissaire Hannah a beau faire partie d'un autre corps, personne n'aime les tueurs de flics. Et si son passeport est en règle, en tant que fonctionnaire du Foreign Office, je peux déclarer qu'il s'agit d'un faux. Et voilà un second motif d'inculpation. »

Favaro lui tendit la main avec un large sourire.

« Tout ça me plaît, Frank Dillon. Allons voir ce type de Scotland Yard. »

Hannah descendit de la Jaguar et s'avança vers les portes ouvertes de la chapelle baptiste en bois. A l'intérieur, on chantait un cantique. Il franchit le seuil et dut accoutumer son œil à la pénombre ambiante. La voix de basse du Révérend Drake dominait les autres.

Roche éternelle, qui t'es ouverte pour moi...

Il n'y avait aucun accompagnement musical, le chant était a cappella. Le ministre baptiste avait abandonné sa chaire et arpentait l'allée centrale en agitant les bras, comme les ailes noires d'un moulin à vent, pour mieux encourager ses ouailles.

Laisse-moi me cacher en Ton sein.

Que l'eau et le sang...

Drake aperçut Hannah dans l'encadrement de la porte, interrompit son chant et imposa le silence d'un geste. Les voix chevrotantes moururent.

« Chers frères, chères sœurs, tonna le ministre, un grand privilège nous est accordé aujourd'hui : Mr Hannah de Scotland Yard vient se joindre à nous. »

La congrégation s'était retournée sur ses bancs et fixait l'homme resté à la porte. Ses membres étaient des hommes et des femmes d'un âge certain, avec ici et là quelques jeunes mères, et une flopée de petits enfants aux yeux grands comme des soucoupes.

« Joignez-vous à nous, mon frère. Chantez avec nous. Faites une place à Mr Hannah. »

Non loin de ce dernier, une imposante matrone en robe imprimée à fleurs lui fit un large sourire et se poussa de côté, lui offrant son livre de cantiques. Hannah en avait bien besoin, ayant oublié les paroles depuis le temps. Ils achevèrent tous ensemble le chant d'allégresse. Une fois le service terminé, les fidèles sortirent en file indienne ; le Révérend Drake, en sueur, saluait chacun sur le seuil.

Le dernier membre de la congrégation sorti, Drake fit signe à Hannah de le suivre jusqu'à la sacristie, petite pièce rattachée au flanc de la chapelle.

« Je ne peux pas vous offrir de la bière, Mr Hannah, mais je serais heureux que vous partagiez avec moi une limonade glacée. »

Il saisit une bouteille Thermos et remplit deux verres. Le goût citronné était délicieux.

« Et que puis-je faire pour le représentant de Scotland Yard ? s'enquit le pasteur.

421

« — Me dire où vous vous trouviez mardi à cinq heures de l'après-midi.

— Je faisais répéter des cantiques de Noël à une bonne cinquantaine de mes ouailles, répondit le Révérend. Pourquoi donc ? »

Hannah lui cita la réflexion qu'il avait faite le vendredi matin précédent sur le perron de la Résidence. Drake sourit avec hauteur — il dépassait Hannah, qui n'était pas petit, de cinq bons centimètres.

« Ah, je vois que vous avez rencontré Mr Quince. »

Il prononça ce nom comme s'il avait mordu dans une orange amère.

« Je n'ai jamais dit une chose pareille.

— Ce n'est pas la peine. Oui, j'ai prononcé ces mots. Et vous en déduisez que c'est moi qui ai tué le gouverneur Moberley ? Non, monsieur, je suis un homme de paix. Je n'utilise pas d'armes. Je n'ôte pas la vie à mes semblables.

— Qu'avez-vous voulu dire en ce cas, Mr Drake ?

— Simplement qu'à mon avis le Gouverneur ne transmettrait pas notre pétition à Londres. Je voulais dire que nous serions obligés de réunir nos maigres ressources pour y envoyer quelqu'un réclamer la nomination d'un nouveau gouverneur, quelqu'un qui nous comprendrait et proposerait ce que nous demandons.

— A savoir ?

— Un référendum, Mr Hannah. Il se passe des choses moches par ici. Des étrangers sont arrivés parmi nous, des ambitieux qui veulent prendre en main nos affaires. Nous sommes heureux comme nous sommes. Pas riches, mais satisfaits. Si nous obtenions un référendum, la majorité d'entre nous voterait pour rester britanniques. Qu'y a-t-il de mal à ça ?

— Rien en ce qui me concerne, admit Hannah. Mais je ne fais pas de politique.

— Le Gouverneur n'en faisait pas davantage. Mais il aurait mené les choses jusqu'au bout dans l'intérêt de sa carrière, même s'il savait que ce n'était pas bien.

— Il n'avait pas le choix, objecta Hannah. Il exécutait les ordres. »

Drake hocha la tête tout en buvant sa limonade.

« C'est ce que disaient ceux qui ont cloué le Christ sur la croix, Mr Hannah. »

Ce dernier n'avait aucune envie de se laisser entraîner sur le terrain politique ou théologique. Il avait une affaire de meurtre à résoudre.

« Vous n'aimiez pas Sir Marston, n'est-ce pas ?

— Non, Dieu me pardonne.

— Vous aviez des raisons pour ça, sa fonction mise à part ?

— C'était un hypocrite et un fornicateur. Mais je ne l'ai pas tué. Le Seigneur donne et le Seigneur reprend, Mr Hannah. Le Seigneur voit tout. Et mardi soir, le Seigneur a cité Sir Marston Moberley à comparaître devant lui.

— Le Seigneur utilise rarement un automatique de gros calibre », fit remarquer Hannah. Il crut discerner un éclair d'appréciation dans l'œil du Révérend. « Vous avez employé le mot de " fornicateur ". A quoi faites-vous allusion ? »

Drake lui jeta un regard perçant.

« Vous ne savez pas ?

— Non.

— Myrtle, sa secrétaire. Vous ne l'avez pas vue ?

— Non. Elle est en déplacement.

— C'est une belle fille, robuste et bien en chair.

— Je n'en doute pas. Elle est allée voir ses parents à Tortola, fit Hannah.

— Non, dit Drake d'un ton aimable. Elle est à l'hôpital général d'Antigua, où elle achève sa grossesse. »

Mon Dieu, songea Hannah. Il n'avait entendu mentionner que son nom, n'avait jamais vu sa photo. Après tout des Blancs aussi vivaient à Tortola.

« Est-elle... comment dire...

— Noire ? mugit Drake. Évidemment que c'est une Noire. Une belle fille noire qui pète de santé, comme Sir Marston les aimait. »

Et Lady Moberley savait tout, se dit Hannah. Cette pauvre Lady Moberley, complètement lessivée, que toutes ces années sous les tropiques et cette cohorte de filles indigènes avaient fait sombrer dans la boisson. Elle s'était résignée sans doute. Ou peut-être pas, et pour une fois s'était laissé entraîner un petit peu trop loin.

« Vous avez une pointe d'accent américain, dit Hannah en sortant. Vous pouvez m'expliquer pourquoi ?

— Beaucoup de séminaires baptistes se trouvent aux États-Unis, répondit le Révérend Drake. J'ai fait mes études là-bas. »

Hannah regagna la Résidence en voiture. Chemin faisant, il passa en revue la liste des suspects possibles :

Le lieutenant Jeremy Haverstock, qui savait — aucun doute

423

n'était permis — se servir d'une arme à feu, quand il en avait une sous la main. Mais il était sans mobile apparent. A moins qu'il ne soit le père du bébé de Myrtle et que le Gouverneur n'ait menacé de briser sa carrière.

Lady Moberley, entraînée trop loin. Beaucoup de raisons. Mais il lui aurait fallu un complice pour arracher la serrure de la porte en fer. A moins qu'une chaîne accrochée au pare-chocs arrière d'une Land-Rover n'ait fait l'affaire.

Le Révérend Drake, en dépit de ses protestations. Même un « homme de paix » peut perdre de vue jusqu'où ne pas aller trop loin.

Le conseil de Lady Coltrane — étudier de plus près l'entourage des deux candidats aux élections — lui revint en mémoire. Oui, il le suivrait ; il passerait en revue ces agents électoraux. Mais quel serait leur mobile en l'occurrence ? Sir Marston avait joué leur jeu, poussant doucement les îles vers l'indépendance, avec l'un des deux postulants comme Premier ministre. A moins que l'un des deux groupes n'ait pensé qu'il favorisait le camp adverse...

A son retour à la Résidence, les nouvelles tombèrent en avalanche.

L'inspecteur principal Jones avait vérifié le registre des armes à feu. Il n'y en avait que six en état de marche sur l'île, dûment déclarées. Trois étaient détenues par des expatriés, deux Anglais et un Canadien, hommes de bien à la retraite. Il s'agissait de fusils de chasse de calibre 12 réservés au tir aux pigeons d'argile. A cela s'ajoutait une carabine, propriété de Jimmy Dobbs, patron de pêche, pour éloigner les requins de son bateau dans le cas d'une attaque style *Les Dents de la Mer*. Un pistolet de collection, qui n'avait jamais servi, appartenait à un autre expatrié, américain celui-là, qui avait choisi de s'installer sur Sunshine. L'arme était toujours dans sa vitrine et sous scellés. Enfin, il gardait la sienne sous clé au commissariat de police.

« Merde », maugréa Hannah. L'arme qu'on avait employée — quelle qu'elle fût — n'était pas détenue légalement.

L'inspecteur Parker lui fit un rapport concernant le jardin. On l'avait fouillé de fond en comble, et plutôt deux fois qu'une. On n'avait pas trouvé trace de la seconde balle. Soit elle avait infléchi sa trajectoire en ricochant contre un os et, en ressortant, s'était évanouie dans la nature en franchissant le mur du jardin. Soit, plus vraisemblablement, elle se trouvait encore dans le corps du défunt Gouverneur.

Bannister avait reçu des nouvelles de Nassau. Un avion

atterrirait dans une heure d'ici — à savoir à quatre heures de l'après-midi — pour emporter le corps aux Bahamas en vue de l'autopsie. Le Dr West était attendu dans quelques minutes à l'aéroport de Nassau et opérerait à la morgue dès que son « colis » l'y aurait rejoint.

Deux inconnus attendaient aussi au salon qu'il les reçût. Hannah donna l'ordre qu'une camionnette soit prête à emporter le corps à l'aérodrome pour quatre heures. Bannister, qui devait regagner le Haut-Commissariat par la même occasion, sortit avec l'inspecteur principal Jones pour veiller à ces arrangements. Hannah alla rejoindre les nouveaux venus.

Le dénommé Frank Dillon se présenta, expliqua qu'il se trouvait par hasard en vacances dans l'île et qu'il avait rencontré également par hasard l'Américain, au cours du déjeuner. Il produisit sa lettre d'introduction et Hannah en prit connaissance avec un plaisir des plus mitigés. Accepter la présence d'un Bannister du Haut-Commissariat de Nassau était une chose ; qu'un fonctionnaire londonien, en vacances au bout du monde, tombe au beau milieu d'une affaire criminelle en cours était aussi vraisemblable qu'un tigre végétarien. Hannah se tourna alors vers l'Américain qui reconnut faire partie, lui aussi, de la police.

Cependant, Hannah modifia son attitude dès que Dillon lui eut narré l'histoire de Favaro.

« Vous avez une photo de ce Mendes ? demanda-t-il finalement.

— Non, pas sur moi.

— Pourrait-on en obtenir une figurant au dossier de la police de Miami ?

— Oui, monsieur. Je peux la faire parvenir à vos services à Nassau.

— Faites-le, dit Hannah, en jetant un œil à sa montre. Je vais faire effectuer des recherches au Service de l'enregistrement des passeports, en remontant trois mois en arrière, au nom de Mendes ou de tout autre patronyme hispanique. Pour savoir s'il est venu dans l'île par cette voie. Et maintenant, veuillez m'excuser mais je dois m'assurer que le corps est bien chargé à bord de l'avion pour Nassau.

— Avez-vous l'intention par hasard d'avoir un entretien avec les deux candidats aux élections ? demanda McCready, comme ils quittaient la pièce.

— Oui, dit Hannah, dès demain matin à la première heure. En attendant les résultats de l'autopsie.

— Verriez-vous un inconvénient à ce que je vous accompagne ?

poursuivit McCready. Je vous promets de ne souffler mot. Mais après tout, ils appartiennent tous deux au domaine... politique, n'est-ce pas ?

— D'accord », acquiesça Hannah avec répugnance. Il se demandait pour qui travaillait réellement le nommé Frank Dillon.

En se rendant à l'aérodrome, Hannah remarqua les premières affiches qu'il avait commandées, placardées sur les murs, aux endroits laissés libres par celles des deux candidats. Port Plaisance menaçait d'être bientôt étouffé sous le papier.

Les annonces officielles, tirées par l'imprimerie locale sous l'égide de l'inspecteur principal Jones et financées par la trésorerie de la Résidence, offraient une récompense de 1 000 dollars US à quiconque aurait vu un individu dans l'allée longeant le mur du jardin de la Résidence, le mardi soir, vers approximativement cinq heures du soir.

Mille dollars américains représentaient une somme impressionnante pour les gens du commun de Port Plaisance. Il pourrait en sortir quelque chose ou quelqu'un qui avait vu quelqu'un ou quelque chose. Et à Sunshine tout le monde connaissait tout le monde...

A l'aérodrome, Hannah veilla au chargement du corps congelé qu'escorteraient Bannister et l'équipe d'identification criminelle. Bannister s'assurerait que la totalité de leurs prélèvements et échantillons s'envolerait le soir même pour Londres, où les récupérerait à l'aube une voiture de brigade de Scotland Yard qui les emmènerait au Laboratoire d'Expertises du ministère de l'Intérieur à Lambeth. Hannah avait peu d'espoir qu'il en sortît quelque chose ; c'était la seconde balle qu'il voulait, et le Dr West l'extrairait du cadavre ce soir à Nassau. Sa présence à l'aérodrome lui fit manquer le meeting de Marcus Johnson sur la Place du Parlement. La presse était dans le même cas : après avoir assisté au début du rassemblement, les journalistes avaient aperçu le convoi de police se dirigeant vers l'aérodrome et l'avaient pris en chasse jusque-là.

McCready, lui, ne rata pas le meeting. Il se tenait sur la véranda du Gaillard d'Arrière.

Une foule désinvolte d'environ deux cents personnes s'était réunie pour écouter leur bienfaiteur philanthrope. McCready remarqua qu'une demi-douzaine d'hommes en chemisette multicolore et lunettes noires s'étaient mêlés à la foule, distribuant des bouts de papier et de petits drapeaux bleus et blancs, couleurs du candidat. Les morceaux de papier étaient des billets d'un dollar.

A trois heures dix précises, une Ford Fairlane blanche, la plus grosse voiture de l'île à coup sûr, apparut sur la place et alla s'arrêter au pied du podium de l'orateur. Mr Marcus Johnson en descendit d'un bond et grimpa les marches de l'estrade. Il leva les mains au-dessus de sa tête comme un boxeur venant de remporter la victoire. Activée par les chemises multicolores, il y eut une salve d'applaudissements. On agita quelques drapeaux. Quelques minutes plus tard, Marcus Johnson était en plein discours.

« Et je vous promets, mes amis, car je peux bien vous appeler tous mes amis (un sourire de pub pour dentifrice éclaira son visage bronzé), quand nous aurons finalement conquis notre liberté, qu'une vague de prospérité déferlera sur nos îles. Il y aura du travail — dans les hôtels, à la nouvelle marina, dans les bars et les cafés, les nouvelles conserveries de poisson qui nous permettront de le vendre sur le continent —, tout sera source de prospérité et l'eau de cette source coulera dans vos poches, mes amis, au lieu d'aller remplir celles de lointains Londoniens... »

Il utilisait un porte-voix afin que chacun l'entende aux quatre coins de la place. Mais il fut interrompu par quelqu'un qui n'avait pas besoin de mégaphone. La voix de basse s'éleva de l'autre côté de la place et n'en couvrit pas moins celle de l'orateur.

« Johnson, rugit Walter Drake, on ne veut pas de vous ici. Pourquoi ne retournez-vous pas d'où vous venez en emmenant vos gardes-chiourme avec vous ?

Il y eut un silence soudain. La foule abasourdie s'attendait à voir le ciel lui tomber sur la tête. Personne jusqu'alors n'avait osé interrompre Marcus Johnson. Le ciel resta serein. Sans un mot, Johnson posa son porte-voix et sauta dans sa voiture. Sur son ordre, elle démarra en trombe, entraînant dans son sillage un second véhicule où s'entassaient ses hommes de main.

« Qui est-ce ? demanda McCready au serveur sur la véranda.

— Le Révérend Drake, monsieur », lui répondit-il. Il paraissait frappé de stupeur et plutôt terrifié. McCready resta songeur. Il avait déjà entendu quelque part une voix pareille se livrer au même exercice et essayait de se souvenir où. La mémoire lui revint. C'était pendant son service militaire, trente ans plus tôt, à Catterick Camp dans le Yorkshire. Sur un terrain de manœuvre. Il monta dans sa chambre et appela Miami sur son téléphone portable protégé.

Le Révérend Drake resta silencieux pendant le passage à tabac. Ils étaient quatre qui l'attendaient, ce soir-là, au moment où il quittait la chapelle et rentrait chez lui. Ils se servirent de battes de

427

base-ball et de leurs pieds. Ils cognèrent dur, cinglant l'homme à terre jusqu'à ce qu'ils en aient fini avec lui. Ils le laissèrent pour mort. Ça ne leur aurait fait ni chaud ni froid qu'il le fût. Mais il ne l'était pas.

Une demi-heure plus tard, il reprit conscience et se traîna jusqu'à la maison la plus proche. La famille qui vivait là appela, affolée, le Dr Caractacus Jones ; il fit emmener le prêcheur dans sa clinique sur une charrette à bras et passa le reste de la soirée à le remettre en état.

Desmond Hannah reçut un appel ce soir-là pendant le dîner. Il dut quitter l'hôtel pour le prendre à la Résidence. C'était le Dr West à Nassau.

« Écoutez, je sais qu'on les conserve soi-disant, fit le médecin légiste, mais celui-ci est un vrai bout de bois. Congelé pour de bon.

— Les gens d'ici ont fait de leur mieux, répondit Hannah.

— C'est ce que je ferai moi aussi, dit le médecin. Mais ça va me prendre vingt-quatre heures pour dégeler le pauvre bougre.

— Allez le plus vite possible, l'objurgua Hannah, j'ai besoin de cette balle de merde ! »

Chapitre quatre

Le commissaire Hannah choisit d'interroger Mr Horatio Livingstone en premier. Il l'appela à son domicile de Shantytown, peu après le lever du soleil. Le politicien mit plusieurs minutes à venir répondre au téléphone. Oui, il serait ravi de recevoir le représentant de Scotland Yard dans l'heure suivante.

Oscar était au volant, et l'inspecteur Parker assis à côté de lui. Hannah s'était installé sur la banquette arrière avec Dillon du Foreign Office. Ils ne passèrent pas, au cours du trajet, par le centre de Port Plaisance, car Shantytown se trouvait à cinq kilomètres plus bas sur la côte, sur le même versant de la capitale que la résidence du Gouverneur.

« Votre enquête a-t-elle progressé, Mr Hannah, à moins que ma question ne soit contraire aux usages ? » demanda Dillon poliment.

Hannah n'aimait pas discuter d'une enquête en cours avec quelqu'un d'autre qu'un collègue. Cependant, ce Dillon était *apparemment* du Foreign Office.

« Le Gouverneur a été tué d'une seule balle en plein cœur, tirée par une arme automatique de gros calibre, dit-il. Il semble qu'on ait tiré à deux reprises. Le premier coup de feu a raté sa cible et la balle a frappé le mur. J'ai retrouvé le projectile que j'ai envoyé à Londres.

— Complètement tordu ? demanda Dillon.

— J'en ai peur. L'autre balle semble être restée logée dans le corps. J'en saurai davantage après les résultats de l'autopsie, qui aura lieu à Nassau ce soir.

— Et l'assassin ?

— Il a pénétré dans le jardin par la porte de fer, dont la serrure a été arrachée, et il a tiré à trois mètres environ de sa cible avant de s'éclipser. Apparemment.

— Apparemment ? »

429

Hannah lui expliqua sa théorie selon laquelle le cadenas forcé serait un subterfuge pour détourner l'attention d'un assassin venu de l'intérieur de la Résidence. Dillon manifesta une grande admiration.

« Je n'aurais jamais pensé à ça », dit-il.

La voiture entra dans Shantytown. Comme son nom l'indiquait, il s'agissait d'une bourgade d'environ cinq cents habitants, aux baraques en bois au toit de tôle galvanisée agglutinées les unes aux autres.

Des échoppes, où l'on trouvait aussi bien des légumes que des tee-shirts, se disputaient l'espace avec les bicoques et les bars. On était, ça sautait aux yeux, sur le territoire de Livingstone. S'il n'y avait nulle part d'affiche pour Marcus Johnson, celles de Livingstone s'étalaient partout.

Au centre de Shantytown, que l'on gagnait par son unique grand-rue, se dressait l'enceinte, en blocs de corail, d'une propriété. On y accédait par un portail assez large pour livrer passage à une voiture. Au-delà des murs, on apercevait le toit de la maison, seul édifice à deux étages de Shantytown. D'après la rumeur, Mr Livingstone possédait la majeure partie des bars de l'endroit et levait un tribut sur les autres.

La Jaguar s'arrêta devant le portail et Stone joua du klaxon. Tout au long de la rue, les habitants, immobiles, contemplaient la limousine rutilante et son fanion flottant sur l'aile droite avant. La voiture du Gouverneur n'était jamais venue à Shantytown jusque-là.

Un œil apparut au judas du portail, examina la voiture et l'on ouvrit à deux battants. La Jaguar pénétra dans une cour poussiéreuse et alla s'arrêter devant la véranda de la maison. Deux hommes se trouvaient dans la cour, l'un près du portail, l'autre attendant sur la véranda ; ils portaient tous deux la même tenue de safari gris pâle ; un troisième vêtu à l'identique était visible à une fenêtre de l'étage. Il se retira au moment où la voiture s'immobilisa.

Hannah, Parker et Dillon furent introduits dans le salon principal, au mobilier bon marché mais fonctionnel. Quelques instants plus tard, Horatio Livingstone fit son apparition. C'était un homme grand et gras, le visage rayonnant de toutes ses bajoues. Il exsudait la bonhomie.

« Messieurs, messieurs, quel honneur ! Asseyez-vous, je vous en prie. »

Il commanda du café d'un geste et s'installa dans un grand

fauteuil. Ses yeux en boutons de bottine voltigeaient de l'un à l'autre des trois visages blancs qui lui faisaient face. Deux hommes entrèrent dans la pièce et s'assirent derrière le candidat du peuple.

« Deux de mes associés, fit-il en les désignant, Mr Smith et Mr Brown. »

Ils inclinèrent la tête tout en gardant le silence.

« Et à présent, Mr Hannah, que puis-je faire pour vous ?

— Vous devez savoir, monsieur, que je suis venu enquêter sur l'assassinat du Gouverneur, Sir Marston Moberley, commis il y a quatre jours maintenant. »

Le sourire de Livingstone s'évanouit et il hocha gravement la tête.

« C'est épouvantable, grommela-t-il. Nous sommes tous sous le choc. C'était un homme très, très bien.

— Même si je le déplore, je me vois obligé de vous demander ce que vous faisiez et où vous vous trouviez mardi soir, à cinq heures.

— Mais ici même, Mr Hannah, au milieu de mes amis, qui vous répondront de moi. Je travaillais à un discours que je devais prononcer le lendemain à l'Association des Petits Propriétaires.

— Et vos associés, ils se trouvaient *tous* ici ?

— Tous sans exception. C'était l'heure où le soleil se couchait, la journée était finie et nous nous étions tous repliés ici, à l'intérieur de la propriété.

— Vos associés sont-ils natifs des îles Barclay ? » demanda Dillon.

Hannah lui lança un regard irrité ; il avait promis de ne pas ouvrir la bouche. Livingstone eut un large sourire.

« Ah non, je le crains. Moi et mes compatriotes avons si peu d'expérience dans l'organisation d'une campagne électorale. J'ai senti que j'aurais besoin d'un coup de main… (il gesticulait, avec toujours un grand sourire, en homme raisonnable entouré de personnes raisonnables)… pour préparer mes discours, mettre au point les affiches, les prospectus, organiser les meetings. Mes associés sont originaires des Bahamas. Désirez-vous voir leurs passeports ? Ils ont été dûment contrôlés à leur arrivée sur l'île. »

Hannah fit signe que ce n'était pas nécessaire. Derrière Mr Livingstone, Mr Brown venait d'allumer un gros cigare.

« Qui pourrait bien avoir tué le Gouverneur, Mr Livingstone ? Auriez-vous une petite idée ? » lui demanda Hannah.

Le sourire du candidat du peuple disparut à nouveau au profit d'un très grand sérieux.

« Mr Hannah, le Gouverneur nous aidait à prendre le chemin de l'indépendance, à nous libérer pour de bon de la tutelle de l'Empire britannique. Avec l'aval de Londres. Moi et mes associés n'avions pas le moindre motif de vouloir attenter à ses jours. »

Derrière lui, Mr Brown tendit le bras et de l'ongle effilé de son petit doigt fit tomber d'une pichenette la cendre de l'extrémité de son cigare sur le plancher, de manière à ne pas se brûler. McCready se souvint d'avoir déjà vu ce geste quelque part.

« Vous tiendrez une réunion publique aujourd'hui ? » demanda-t-il calmement. Les petits yeux noirs de Livingstone se portèrent sur lui.

« Oui, à midi, je m'adresserai, sur les quais, à mes frères et sœurs de la communauté des pêcheurs, répondit-il.

— Hier, il y a eu un incident quand Mr Johnson a pris la parole sur la Place du Parlement », fit Dillon. Livingstone ne manifesta aucun plaisir à l'évocation du meeting interrompu de son adversaire.

« Il n'y avait qu'un seul contestataire, fit-il d'un ton sec.

— La contestation fait aussi partie de la règle du jeu démocratique », observa Dillon.

Livingstone le fixa, dénué pour une fois de la moindre expression. Il dissimulait sa fureur sous les plis de ses bajoues. McCready se souvint d'avoir vu la même réaction chez Idi Amin Dada quand on le contredisait. Hannah, le regardant d'un air maussade, se leva pour prendre congé.

« Je ne vais pas vous faire perdre davantage votre temps, Mr Livingstone », dit-il.

Le candidat, toute jovialité dehors à nouveau, les reconduisit jusqu'à la porte. Deux nouveaux individus en tenue de safari grise s'assurèrent de leur départ. En comptant l'homme aperçu à la fenêtre, leur nombre se montait à sept. Tous étaient de type négroïde, à l'exception de Mr Brown, d'une complexion plus claire, un quarteron, le seul à oser fumer sans demander l'autorisation, le chef des six autres.

« Je vous serais reconnaissant, dit Hannah une fois dans la voiture, de me laisser mener les interrogatoires.

— Excusez-moi, fit Dillon. C'est un étrange bonhomme, vous ne trouvez pas ? J'aimerais savoir ce qu'il a fait depuis son départ de l'île, encore adolescent, jusqu'à son retour il y a six mois.

— Je n'en ai aucune idée », dit Hannah.

Ce ne fut que bien plus tard, une fois rentré à Londres, et passant les événements en revue, qu'il devait s'étonner de cette remarque. C'était Missy Coltrane qui lui avait parlé du départ de Livingstone encore adolescent de Sunshine. Et elle ne l'avait dit qu'à lui, Desmond Hannah.

A neuf heures et demie, ils atteignirent les grilles de la propriété de Marcus Johnson sur le versant nord de Sawbones Hill.

Johnson avait un style de vie totalement différent de celui de Livingstone. C'était un homme fort riche, ça sautait aux yeux. L'un de ses auxiliaires, en chemisette psychédélique et lunettes noires, ouvrit les grilles en fer forgé devant la Jaguar qui emprunta l'allée au gravier ratissé, montant jusqu'au perron. Deux jardiniers s'affairaient, préposés à l'entretien des pelouses, des parterres et des jarres de terre cuite fleuries de géraniums.

La maison, spacieuse, avait deux étages et un toit aux tuiles vertes vernissées. Le moindre élément était d'importation. Les trois Britanniques descendirent de voiture devant un portique à colonnes et furent introduits. Ils suivirent leur guide, un second « auxiliaire » en chemisette flamboyante, et traversèrent une salle de réception dallée de marbre et meublée d'antiquités européennes et hispano-américaines. Des tapis de Perse éclaboussaient le marbre couleur crème.

Marcus Johnson les reçut sur une véranda aux fauteuils en rotin épars. Elle dominait le jardin — pelouse tondue courant jusqu'à un mur de deux mètres cinquante. Au-delà, c'était la route côtière qui empêchait Johnson, malgré tout son argent, d'avoir un accès direct à la mer. Il avait construit sur Teach Bay un môle de pierre, où une vedette Riva 40 dansait sur les vagues. Muni de réservoirs pour les longues distances, le hors-bord pouvait rallier les Bahamas à toute vitesse.

Contrairement à Horatio Livingstone, gras et fripé, Marcus Johnson était mince et élégant. Il portait un impeccable costume de soie crème. Les traits de son visage accusaient son métissage et McCready se demanda s'il avait jamais connu son père. Probablement pas. Il était arrivé en petit garçon pauvre dans les îles Barclay et avait grandi auprès de sa mère dans une baraque en bois. Ses cheveux noirs avaient été artificiellement défrisés, et quatre lourdes bagues en or brillaient à ses doigts. Il dévoila des dents parfaites en un sourire éblouissant. Il offrit à ses hôtes le choix entre un Dom Pérignon et un café Blue Mountain. Ils optèrent pour le café et s'assirent.

Desmond Hannah lui posa les mêmes questions qu'à Livingstone concernant son emploi du temps du mardi précédent. Sa réponse fut du même acabit.

« Je m'adressais à une foule enthousiaste de plus de cent personnes devant l'église anglicane, Place du Parlement, Mr Hannah. A cinq heures, je terminais à peine mon discours. Puis je suis rentré directement ici.

— Et votre... entourage ? demanda Hannah, empruntant le terme employé par Missy Coltrane pour décrire son équipe électorale aux chemises voyantes.

— Ils m'ont tous suivi, jusqu'au dernier », dit Johnson. Il fit un geste, et l'une des fameuses chemises resservit du café. McCready se demandait pourquoi, les jardiniers étant des insulaires, il n'en allait pas de même pour les gens de maison. Malgré la lumière douce sous la véranda, les porteurs de chemisettes gardèrent leurs lunettes de soleil.

Du point de vue d'Hannah, l'intermède était plaisant mais infructueux. L'inspecteur principal Jones l'avait déjà informé que le candidat de la prospérité se trouvait Place du Parlement quand les coups de feu avaient été tirés à la Résidence. L'inspecteur en personne avait assisté au meeting du seuil du commissariat de police qui donnait sur la place. Hannah se leva, prêt à prendre congé.

« Avez-vous un nouveau meeting prévu aujourd'hui ? demanda Dillon.

— Oui, bien sûr. A deux heures, Place du Parlement.

— Vous y étiez déjà hier à trois heures. Et si je ne me trompe, l'on vous a interrompu. »

La roublardise de Marcus Johnson était mieux huilée que celle de Livingstone. Aucune trace de mauvaise humeur. Il haussa les épaules.

« Le Révérend Drake m'a crié quelques grossièretés. Aucune importance. J'avais fini mon discours. Ce pauvre Drake, il est bien intentionné sans doute, mais tellement stupide ! Il veut que les Barclays vivent à l'heure du siècle dernier. Mais rien n'arrête le progrès, Mr Dillon, ni la prospérité qu'il procure. J'ai en tête des plans de développement très substantiels pour nos chères îles Barclay. »

McCready opina du chef d'un air entendu. Le tourisme, le jeu, les industries, la pollution, un poil de prostitution, songea-t-il... quoi d'autre ?

« Et maintenant, si vous voulez bien m'excuser, je dois préparer mon discours... »

On les raccompagna et ils rentrèrent à la Résidence.

« Merci de votre hospitalité, fit Dillon en descendant de voiture.

Rencontrer ces deux candidats a été très instructif. Je me demande où Johnson a gagné tout cet argent, pendant ses années d'absence.

— Aucune idée, répondit Hannah. Il s'est inscrit en tant qu'homme d'affaires. Voulez-vous qu'Oscar vous ramène au Gaillard d'Arrière ?

— Non, merci. Je préfère rentrer en flânant. »

Au bar, les journalistes entamaient sérieusement les réserves de bière. Il était onze heures du matin et ils commençaient à s'ennuyer ferme. Deux jours entiers s'étaient écoulés depuis qu'on les avait expédiés dare-dare à Heathrow pour couvrir une enquête criminelle dans les Caraïbes. La veille, le jeudi, ils avaient filmé tout ce qui leur était tombé sous l'objectif et interviewé quiconque ils avaient pu pousser devant un micro. La cueillette était mince : un plan payant du Gouverneur à sa sortie de la chambre froide et des poissons qui lui avaient tenu compagnie, quelques vues générales de Parker à quatre pattes dans le jardin de la Résidence, de la housse plastique contenant le corps du Gouverneur en partance pour Nassau. Ce petit bijou que constituait la découverte de la balle par le même Parker. Mais rien qui ressemblât à de la bonne, à de la belle, à de la vraie information.

McCready se mêla à eux pour la première fois. Personne ne lui demanda qui il était.

« Horatio Livingstone prendra la parole à midi sur les quais, fit-il ; ça risque d'être intéressant. »

Ils furent soudain en alerte.

« Pourquoi ? » demanda quelqu'un.

McCready haussa les épaules.

« Ça a contesté dur hier, pendant que vous étiez tous à l'aérodrome », lâcha-t-il.

Ils se sentirent rassérénés. Une bonne petite émeute ne leur ferait pas de mal, ou à défaut une altercation musclée. Les journalistes se mirent à concocter en imagination quelques titres ronflants : DES VIOLENCES ÉLECTORALES BALAYENT L'ÎLE DE SUN-SHINE — quelques coups de poing suffiraient à justifier une telle assertion. Ou encore dans le cas où Livingstone se ferait mal recevoir : LE PARADIS OPPOSE SON VETO AU SOCIALISME. L'ennui était que, jusque-là, la population paraissait n'avoir manifesté aucun intérêt à se libérer du joug de l'Empire britannique. Les deux équipes qui avaient essayé de réaliser un documentaire sur les réactions des insulaires à la perspective de l'indépendance n'avaient trouvé personne à interviewer sur le sujet. Les gens se refusaient à parler et s'en allaient tout simplement à la seule apparition des caméras, micros et autres blocs-notes. Malgré cela, la presse ramassa comme un seul homme tout son attirail, et se dirigea en flânant vers les quais.

McCready prit le temps de passer un coup de fil au consulat britannique de Miami, grâce au téléphone portable qu'il gardait dans son attaché-case sous son lit. Il demanda à ce qu'un avion charter de sept places atterrisse à Sunshine à quatre heures de l'après-midi. C'était tiré par les cheveux mais il espérait que ça marcherait.

Livingstone et sa cavalcade arrivèrent de Shantytown à midi moins le quart. L'un de ses assistants mugit dans un mégaphone : « Venez tous écouter Horatio Livingstone, le candidat du peuple. »

D'autres dressèrent deux tréteaux sur lesquels ils posèrent une lourde planche et à midi, Horatio Livingstone hissa sa masse sur cette estrade improvisée. Il parla dans un haut-parleur planté devant lui sur un pied, que tenait l'un de ses assistants en tenue de safari. Quatre caméras de TV s'étaient installées en hauteur sur le pourtour du meeting, dans l'espoir de saisir à la fois le candidat et les contestataires, ainsi que l'échauffourée qui s'ensuivrait.

Le cameraman de la BSB s'était posté sur le toit de la cabine du *Gulf Lady*. Pour suppléer sa caméra, il portait un appareil-photo à longue focale en bandoulière. Sabrina Tennant, la journaliste, se tenait près de lui. McCready les rejoignit en grimpant sur le toit.

« Bonjour, fit-il.

— Salut, répondit Sabrina Tennant, sans prendre garde à lui.

— Écoutez, demanda-t-il tranquillement, que diriez-vous d'une information qui laisserait vos confrères le bec dans l'eau ? »

Elle s'était mise à le regarder attentivement, tout comme le cameraman.

« Pouvez-vous avec votre Nikon prendre en très gros plan n'importe qui dans la foule ? s'enquit McCready.

— Sans problème, répondit le cameraman. Je pourrais même avoir leurs amygdales s'ils l'ouvraient assez grande.

— A votre place, je photographierais en gros plan tous les hommes en tenue de safari grise qui secondent Livingstone », lui suggéra McCready. Le cameraman échangea un regard avec Sabrina, qui fit oui de la tête. Pourquoi pas ? Il décrocha son Nikon et commença à régler la mise au point.

« Commencez par le Black au visage pâle qui est en retrait, tout seul, près de la camionnette. Celui qu'on appelle Mr Brown, dit McCready.

— Qu'est-ce que vous avez derrière la tête ? demanda Sabrina.

— Venez dans la cabine, je vais vous l'expliquer. »

Elle lui obéit, et McCready lui parla plusieurs minutes.

« C'est une plaisanterie, dit-elle finalement.

— Non, et je crois que je peux le prouver. Mais pas ici. Les réponses sont à Miami. »

Il se remit à parler. Quand il eut fini, Sabrina Tennant remonta sur le toit.

« Tu les as eus ? » fit-elle. Le cameraman londonien opina du chef.

« J'ai fait une dizaine de gros plans de chacun, sous tous les angles. Ils sont sept.

— C'est bien. Maintenant il faut filmer toute la réunion. J'ai besoin de métrage pour les plans de coupe. »

Elle se savait en possession de huit magasins avec des plans des deux candidats, de la capitale, de la plage et des palmiers, de l'aérodrome : assez de matière pour faire, avec un bon montage, un superbe documentaire d'un quart d'heure. Mais il lui manquait un point de vue, un angle d'attaque et si le petit homme au costume froissé et à l'air de s'excuser en permanence avait dit vrai, elle le tenait.

Son seul problème, c'était le temps. Son principal créneau de diffusion était « Countdown », fleuron du programme actualités de la BSB, qui passait en Angleterre le dimanche à midi. Il lui faudrait envoyer son matériel par satellite depuis Miami, au plus tard le samedi après-midi à quatre heures, c'est-à-dire le lendemain. Donc elle devait regagner Miami le soir même. Il était déjà presque une heure de l'après-midi, ce qui était extrêmement juste pour rentrer à l'hôtel et louer un avion charter, qui arriverait à Sunshine avant le coucher du soleil.

« En fait, je dois partir à quatre heures cet après-midi, dit McCready. J'ai commandé un avion à Miami. Je serais heureux de vous prendre à bord.

— Mais qui êtes-vous, merde ? demanda-t-elle.

— Un vacancier, rien de plus. Mais je connais bien ces îles. Et leurs habitants. Faites-moi confiance. »

J'ai foutrement pas le choix, songea Sabrina. Si tout est vrai, c'est trop beau pour que je le rate. Elle retourna auprès de son cameraman pour lui indiquer ce qu'elle voulait. Le téléobjectif de la caméra balaya paresseusement la foule, marquant des pauses ici ou là ; appuyé contre la camionnette, Mr Brown aperçut l'objectif braqué sur lui et grimpa à l'intérieur. La caméra enregistra également son retrait.

L'inspecteur principal Jones vint faire son rapport à Desmond Hannah, pendant l'heure du déjeuner. On avait vérifié sur les registres des passeports de l'aérodrome tous les visiteurs de l'île depuis trois mois. Aucun ne répondait au nom de Francisco Mendes ni à la description d'un Latino-Américain. Hannah poussa un soupir.

Si feu Julio Gomez ne s'était pas trompé — ce qui était peut-être le cas —, l'insaisissable Mendes avait pu passer plutôt dix fois qu'une entre les mailles du filet. Le tramp hebdomadaire à vapeur transportait à l'occasion des passagers en provenance de « l'île du bas » et le contrôle des quais par les autorités était sporadique. Des yachts relâchaient quelquefois dans les baies et les criques de Sunshine ou des autres îles ; leurs passagers et leurs équipages s'ébattaient joyeusement dans les eaux cristallines, au-dessus des récifs de corail, avant qu'ils remettent à la voile et disparaissent à l'horizon. N'importe qui pouvait ainsi se faufiler sur l'île ou en repartir. Hannah soupçonnait que ce Mendes, une fois repéré et le sachant, avait pris la clé des mers. S'il s'était jamais trouvé sur Sunshine.

Il appela Nassau, mais le Dr West l'informa qu'il ne pourrait pas commencer l'autopsie avant quatre heures de l'après-midi, une fois que le corps du Gouverneur aurait repris sa consistance normale.

« Appelez-moi dès que vous aurez retrouvé la balle », le pressa Hannah.

A deux heures, la gent journalistique, plus maussade que jamais, se rassembla sur la Place du Parlement. Sur le seul plan du sensationnel, la réunion du matin avait été un flop. Le discours n'avait véhiculé que la rengaine de la nationalisation à outrance, que les Anglais avaient cessé de chanter depuis une décennie. Les futurs électeurs s'étaient montrés d'une apathie exemplaire. A l'échelon mondial, tout ce matériel était bon pour finir sur le sol de la salle de montage. Si Hannah ne procédait pas à une arrestation sous peu, songeaient-ils, ils n'auraient qu'à boucler leurs valises et à rentrer.

A deux heures dix, Marcus Johnson arriva dans sa longue décapotable blanche. Il portait un habit tropical bleu glacier et une chemise Sea Island à col ouvert. Il grimpa à l'arrière du camion dont la remorque lui servait de plate-forme. Son installation était plus sophistiquée que celle de Livingstone : son micro était relié à deux amplis accrochés dans les palmiers tout près.

Comme il débutait son discours, McCready se coula auprès de

Sean Whittaker, reporter local free-lance qui couvrait la zone caraïbe, basé à Kingston, à la Jamaïque, pour le *Sunday Express* de Londres.

« Chiant, non ? murmura McCready à Whittaker qui lui lança un regard.

— Foutaises, acquiesça ce dernier. Je crois que je vais rentrer chez moi demain. »

Whittaker assurait la totalité de ses reportages — poids des mots, choc des photos. Un Yashica à longue focale pendait autour de son cou.

« Vous aimeriez connaître une information qui laisserait vos confrères le bec dans l'eau ? » lui demanda McCready.

Whittaker se retourna vers lui, le sourcil interrogateur.

« Que pouvez-vous savoir que personne d'autre ne sache ?

— Puisque ce speech est ennuyeux à mourir, pourquoi ne pas me suivre et le découvrir ? »

Les deux hommes traversèrent la place, entrèrent dans l'hôtel et montèrent au premier étage dans la chambre de McCready. Du balcon, ils dominaient toute la place.

« Les anges gardiens, ceux qui portent ces chemises voyantes et des lunettes noires, dit McCready, vous pouvez leur tirer le portrait en gros plan depuis ici ?

— Bien sûr, fit Whittaker, pourquoi ?

— Allez-y, je vais vous le dire. »

Whittaker haussa les épaules. C'était un vieux de la vieille ; dans le temps, il avait obtenu des tuyaux par les canaux les plus invraisemblables. Certains étaient crevés, d'autres pas. Il régla son zoom et prit deux rouleaux couleurs et deux rouleaux noir et blanc. Puis McCready redescendit avec lui au bar, lui offrit une bière et lui parla pendant une demi-heure. Whittaker émit un petit sifflement.

« C'est pas du bidon ? demanda-t-il.

— Non.

— Vous pouvez le prouver ? »

Ce genre d'information nécessiterait qu'on cite des sources plus qu'autorisées, sinon Robin Esser, son rédacteur en chef de Londres ne la publierait jamais.

« Pas ici, fit McCready, mais à Kingston, oui. Vous pourriez rentrer ce soir, peaufiner demain matin votre article, et le télégraphier vers quatre heures de l'après-midi. Il sera à neuf heures du soir à Londres. Vous serez juste dans les temps.

— Trop tard, fit Whittaker en hochant la tête. Le dernier vol

439

Miami-Kingston est à sept heures trente. Il faudrait que je sois à Miami à six heures. Via Nassau, je n'y arriverai jamais.

— En fait, l'avion que j'ai loué s'envole pour Miami à quatre heures — dans soixante-dix minutes exactement. Je serais heureux de vous avoir à bord. »

Whittaker se leva pour aller boucler ses valises.

« Mais merde qui êtes-vous *vraiment*, Mr Dillon ?

— Oh, tout simplement quelqu'un qui connaît ces îles et cette partie du monde. Presque aussi bien que vous.

— Beaucoup mieux », grommela Whittaker en sortant.

A quatre heures, Sabrina Tennant et son cameraman arrivèrent à l'aérodrome. McCready et Whittaker les avaient précédés. L'avion-taxi de Miami atterrit avec dix minutes de retard. Au moment du décollage, McCready s'excusa :

« Je crains de ne pas pouvoir vous accompagner. Un téléphone de dernière minute que j'ai reçu à l'hôtel. Dommage, mais l'avion est déjà payé. Et il est trop tard pour que je sois remboursé. S'il vous plaît, soyez mes invités. Au revoir et bonne chance ! »

Whittaker et Sabrina Tennant se regardèrent en chiens de faïence tout au long du vol. Aucun des deux ne mentionna devant l'autre les informations qu'il possédait ni sa destination. A Miami, le tandem de la télévision gagna le centre-ville ; Whittaker attrapa le dernier vol pour Kingston.

McCready était revenu au Gaillard d'Arrière. Il sortit son téléphone portable, le mit en mode crypté, et passa une série de coups de fil. L'un d'entre eux était adressé au Haut-Commissariat britannique de Kingston, où il eut un entretien avec l'un de ses collègues, qui lui promit de se servir de ses contacts pour s'assurer des entretiens appropriés. Le suivant fut pour la DEA (l'Agence de lutte anti-drogue américaine) de Miami, où il avait des contacts de longue date, suite aux liens que le trafic des stupéfiants au plan mondial entretient avec le terrorisme international. Le dernier atteignit le chef du bureau de la CIA à Miami. Quand il en eut terminé, il avait des raisons d'espérer que ses nouveaux amis journalistes se verraient accorder toutes les facilités.

Un peu avant six heures, le globe orangé du soleil sombra à l'ouest, vers les Dry Tortugas, et l'obscurité, comme toujours sous les tropiques, tomba avec une vitesse confondante. Le crépuscule durait à peine un quart d'heure. A six heures, le Dr West appela de Nassau. Desmond Hannah le prit dans le bureau personnel du Gouverneur où Bannister avait installé une ligne protégée avec le Haut-Commissariat des Bahamas.

« Vous avez trouvé la balle ? » demanda Hannah avidement.

Sans le soutien de l'expertise légiste, son enquête s'enlisait. Il avait plusieurs suspects possibles, mais aucun témoin oculaire, aucun coupable désigné, aucune confession.

« Pas de balle, dit la voix, là-bas à Nassau.

— Quoi ?

— Elle l'a transpercé », dit le médecin légiste. Il avait achevé son travail à la morgue une demi-heure plus tôt et s'était rendu directement au Haut-Commissariat pour y téléphoner.

« Je vous épargne le jargon médical ? demanda-t-il.

— S'il vous plaît, fit Hannah, dites-moi dans les grandes lignes ce qui s'est passé.

— Il a été tué par une seule balle qui a pénétré dans le corps entre les deuxième et troisième côtes gauches, a traversé tissus et muscles, perforé le ventricule gauche supérieur du cœur — causant une mort immédiate — avant de ressortir dans le dos. Je suis surpris que vous ne l'ayez pas noté.

— Je n'ai rien pu voir, grommela Hannah, ni devant ni derrière, la chair était si contractée par le froid qu'elle a dû me masquer les deux orifices.

— Eh bien, dit le médecin à l'autre bout de la ligne, la bonne nouvelle c'est qu'elle n'a touché aucun os en ressortant. Un hasard pur et simple. Le projectile sera intact, si vous le retrouvez.

— Aucun éclat d'os ?

— Non.

— Mais c'est impossible, protesta Hannah. Le Gouverneur se tenait dos au mur. Nous avons examiné ce mur centimètre par centimètre. Il ne porte aucune trace d'impact, celui de l'autre balle qui lui a traversé la manche excepté. Nous avons fouillé le gravier de l'allée au pied du mur, on l'a même tamisé. Nous n'avons trouvé qu'une seule balle, l'autre, salement amochée par le choc.

— N'empêche, elle est ressortie du corps, fit le médecin. La balle qui l'a tué, je veux dire. Quelqu'un a dû la voler.

— Est-ce que sa vitesse de trajectoire pourrait avoir été ralentie au point de la faire tomber entre le Gouverneur et le mur ? demanda Hannah.

— A quelle distance se trouvait le mur derrière notre homme ?

— A quatre mètres cinquante au grand maximum.

— Alors la réponse est non, à mon avis, dit le médecin légiste. Je ne suis pas expert en balistique, mais je pense que l'arme était un automatique de gros calibre et qu'on lui a tiré en pleine poitrine d'une distance d'un mètre cinquante. Il n'y a aucune trace de brûlure sur la chemise, vous savez. En tout cas, on n'a probablement pas tiré à plus de cinq mètres. La plaie est propre, nette. La balle a dû être propulsée à grande vitesse ; son passage au travers du corps a pu la ralentir, mais pas au point de la faire tomber sur le sol à moins de quatre mètres cinquante. Elle a dû aller frapper le mur.

— Mais ce n'est pas le cas, protesta Hannah. A moins bien sûr que quelqu'un ne l'ait subtilisée. Si cela était, ce quelqu'un devait se trouver sur les lieux. Rien d'autre ?

— Pas grand-chose. Le Gouverneur était debout, face à son assaillant, quand on l'a abattu. Il ne s'est pas détourné. »

Ce qui révélait un homme très courageux, songea Hannah, ou plus vraisemblablement quelqu'un qui ne pouvait pas en croire ses yeux.

« Une dernière chose, dit le médecin. La trajectoire de la balle était ascendante. L'assassin devait être à genoux ou accroupi. Si les distances sont justes, on a dû tirer à environ soixante-dix centimètres du sol. »

Merde, se dit Hannah. La balle a dû franchir le mur, ou peut-être heurter la façade de la maison à hauteur des gouttières. Le lendemain matin, Parker devrait recommencer les recherches, avec une échelle. Hannah remercia le médecin légiste et raccrocha. Il recevrait le texte du rapport demain par le vol régulier.

Parker n'avait plus à sa disposition l'équipe d'identification criminelle des Bahamas ; il dut par conséquent s'atteler seul à la tâche. Jefferson, le maître d'hôtel, aidé du jardinier, tenait l'échelle à l'infortuné Parker qui grimpa le long de la façade de la Résidence côté jardin à la recherche de l'impact de la seconde balle. Il atteignit les gouttières sans rien découvrir.

Hannah prit son petit déjeuner, servi par Jefferson, dans le salon. Lady Moberley entrait et sortait, arrangeait les fleurs dans les vases, souriait vaguement et disparaissait. Elle semblait se moquer allégrement de savoir si le corps de son mari — ou ce qu'il en restait — serait ramené à Sunshine pour y être enterré, ou au contraire serait rapatrié en Angleterre. Hannah avait l'impression que peu de gens avaient aimé Sir Marston Moberley, à commencer par sa propre femme. Puis il comprit d'où venait la bonne humeur de cette dernière. La bouteille de vodka avait disparu du plateau d'argent où étaient posées les boissons. Lady Moberley était heureuse pour la première fois depuis des lustres.

Desmond Hannah, pour sa part, ne l'était pas du tout. Il demeurait perplexe. Plus la quête de la balle se révélait vaine, plus, semblait-il, son instinct ne l'avait pas trompé. L'assassin était venu de l'intérieur, et le cadenas arraché de la porte en fer n'était qu'une ruse. Quelqu'un avait traversé le salon où il se trouvait à présent, descendu les marches qui menaient au jardin, contourné le Gouverneur sirotant son whisky ; ce dernier, en apercevant l'arme braquée sur lui, s'était levé. Après avoir tiré, l'assaillant avait retrouvé l'une des balles dans l'allée de gravier au pied du mur et l'avait empochée. Il n'avait pas réussi à récupérer l'autre dans l'obscurité et avait couru dissimuler son arme avant qu'on ne survienne.

Hannah termina son petit déjeuner, sortit et lança un regard à Peter Parker, perché au haut de l'échelle, près de la gouttière.

« Vous voyez quelque chose ? demanda-t-il.

— Rien de rien », lui cria Parker.

Hannah revint vers le mur, et se posta dos à la porte de fer. La veille au soir, grimpé sur un tréteau, il avait regardé par-dessus la porte l'allée qui passait derrière. Entre cinq et six heures, l'endroit était constamment fréquenté. Les personnes qui se rendaient de Port Plaisance à Shantytown l'empruntaient en raccourci ; les petits propriétaires qui rentraient de la ville jusqu'à leurs demeures dispersées sous les arbres aussi. Une trentaine de personnes l'avaient parcourue en une heure de temps, dans les deux sens. L'allée n'était jamais restée entièrement vide. A un moment, sept personnes s'y étaient croisées en même temps. Le tueur ne pouvait pas être arrivé par là sans se faire remarquer. Pourquoi ce mardi soir-là se serait-il distingué des autres ? Quelqu'un avait dû voir quelque chose.

Et pourtant, personne ne s'était fait connaître, malgré la récompense promise par les affiches. Quel insulaire ferait fi d'un millier de dollars ? C'était une fortune. Par conséquent... l'assassin était venu de l'intérieur de la maison, comme il l'avait subodoré.

La grille de la porte d'entrée de la Résidence était déjà fermée à cette heure-là, ce fameux soir. Elle se verrouillait automatiquement de l'intérieur. Jefferson allait répondre si quelqu'un sonnait. Ainsi personne ne pouvait franchir tout simplement le portail, l'avant-cour, puis la porte d'entrée, traverser le hall et le salon, avant de descendre les marches jusqu'au jardin. Aucun intrus occasionnel, en tout cas. Il se serait heurté à la porte d'entrée. Les fenêtres du rez-de-chaussée étaient pourvues de barreaux à l'espagnole, et il n'y avait pas d'autre moyen d'accès. A moins qu'un assassin athlétique n'ait réussi à sauter dans le jardin par-dessus le mur... c'était possible.

Mais comment serait-il ressorti ? En passant par la maison ? Il avait de fortes chances d'être vu. En repassant par-dessus le mur ? On l'avait minutieusement examiné pour y déceler d'éventuelles traces d'escalade et, de plus, le sommet était planté de tessons de bouteille. En empruntant la porte de fer préalablement ouverte ? Une autre bonne occasion d'être aperçu. Non, l'assassin était quelqu'un de l'intérieur, semblait-il de plus en plus. Oscar le chauffeur avait confirmé que Lady Moberley se trouvait bien à la clinique pour enfants. Ce qui laissait le choix entre le vieux Jefferson, inoffensif et maladroit, et le jeune Haverstock du Régiment royal des Dragons.

S'agissait-il d'un nouveau scandale de la « bonne société blanche », à l'image de l'affaire Broughton qui éclata au Kenya en 1940 ou encore de l'assassinat de Sir Harry Oakes ? Y avait-il un seul meurtrier ou étaient-ils tous de mèche ? Quel mobile ? La haine, la luxure, la cupidité, la vengeance, la terreur politique ou encore la peur d'une carrière brisée ? Et que penser de la mort de Gomez ? Avait-il vraiment aperçu un tueur à gages sud-américain sur Sunshine ? Si c'était le cas, où donc Mendes s'intégrait-il dans le schéma ?

Ainsi réfléchissait Hannah, dos à la porte de fer. Il avança de deux pas et se laissa tomber à genoux. Encore trop haut. Il se coucha à plat ventre puis se redressa sur les coudes de soixante-dix centimètres environ, au-dessus de l'herbe. Il fixa le point où Sir Marston avait dû se tenir, après avoir abandonné sa chaise et fait un pas. Un instant plus tard, il se releva et se mit à courir.

« Parker ! hurla-t-il. Descendez de cette échelle, vite ! »

Parker faillit choir tellement Hannah avait crié fort. Il n'avait encore jamais vu le commissaire perdre autant son flegme. Mettant pied sur la terrasse, il dégringola à toute vitesse les marches qui menaient au jardin.

« Tenez-vous là ! lui enjoignit Hannah en lui désignant un coin de la pelouse. Vous mesurez combien ?

— Un mètre soixante-quinze, monsieur.

— Vous n'êtes pas assez grand. Allez prendre quelques gros volumes dans la bibliothèque. Le Gouverneur faisait un mètre quatre-vingt-cinq. Jefferson, un balai ! »

Jefferson haussa les épaules. Si le policier blanc voulait balayer le patio, c'était son affaire. Il alla chercher ce qu'on lui demandait.

Hannah fit grimper Parker sur quatre livres empilés à l'endroit ou Sir Marston s'était tenu. S'accroupissant dans l'herbe, il visa

444

avec le manche du balai la poitrine de Parker. Le balai adopta un angle d'inclinaison de vingt degrés vers le haut.

« Faites un pas de côté. »

Parker obéit et tomba de son piédestal. Hannah se redressa et se dirigea vers l'escalier qui montait de gauche à droite vers la terrasse, en élevant le mur ; ça y était encore suspendu, à son crochet de fer forgé, depuis trois jours, depuis toujours : la corbeille grillagée, emplie de terreau, d'où cascadaient les fleurs éclatantes d'un géranium. Les ombelles étaient si denses qu'on apercevait à peine la corbeille où elles naissaient. Les membres de l'équipe d'identification criminelle, lors de l'examen du mur, avaient dû balayer d'un geste les grappes de fleurs qui leur bouchaient la vue.

« Descendez-moi cette corbeille, dit Hannah au jardinier. Parker, allez chercher la mallette. Jefferson, un drap de lit ! »

Le jardinier gémit en voyant le résultat de ses soins éparpillé sur le drap. Hannah dégagea les fleurs l'une après l'autre, débarrassant leurs racines du terreau avant de les mettre de côté. Quand le terreau ne fut plus qu'un tas, Hannah le sépara en mottes et, armé d'une spatule, réduisit les mottes en grains. Et il trouva.

La balle avait non seulement transpercé le Gouverneur en demeurant intacte, mais n'avait pas non plus effleuré l'armature grillagée de la corbeille. Elle s'était glissée entre deux mailles de fil de fer et enfoncée dans le terreau. Elle était en parfait état de conservation. Hannah la saisit avec des brucelles, la fit tomber dans un sac plastique, enveloppa ce sac et mit le tout dans un bocal à couvercle étanche. Puis il se redressa d'un bond.

« Ce soir, mon garçon, dit-il à Parker, vous rentrez à Londres avec ceci. Alan Mitchell travaillera dimanche si c'est pour moi. J'ai retrouvé la balle. Bientôt, j'aurai l'arme. Alors je saurai qui est le meurtrier. »

Il n'avait plus rien à faire à la Résidence. Il demanda qu'on prévienne Oscar de le ramener à l'hôtel. En attendant le chauffeur, il resta devant la fenêtre du salon à regarder, par-delà le mur du jardin, Port Plaisance, les palmes agitées par la brise et le bleu étincelant de la mer. L'île somnolait dans la chaleur de ce milieu de matinée. Que couvait-elle donc ?

Paradis, mon œil, songea-t-il. Un sacré baril de poudre, oui !

Chapitre cinq

Sean Whittaker, ce matin-là, reçut un accueil remarquable dans la ville de Kingston. Il était arrivé tard et s'était rendu directement à son appartement. Peu après sept heures, le lendemain, il reçut un premier appel téléphonique. La voix au bout du fil était celle d'un Américain.

« Bonjour, Mr Whittaker, j'espère que je ne vous réveille pas.

— Non, pas du tout. Qui est à l'appareil ?

— Je m'appelle Milton. Just Milton. Je crois que vous avez des photographies que vous pourriez avoir envie de me montrer.

— Ça dépend de celui à qui je les montre », répondit Whittaker. Il y eut un petit rire à l'autre bout de la ligne.

« Pourquoi ne pas nous rencontrer ? »

Milton proposa un rendez-vous dans un endroit public, où ils se rencontrèrent une heure plus tard. On n'aurait jamais dit que l'Américain était le chef de l'antenne extérieure de la DEA à Kingston. Il avait l'air nonchalant d'un jeune prof d'université.

« Excusez-moi de vous parler ainsi, dit Whittaker, mais pourriez-vous me prouver votre bonne foi ?

— Prenons ma voiture », dit Milton.

Ils se rendirent à l'ambassade américaine. Milton avait son quartier général à l'extérieur de l'ambassade, mais il y était *persona grata*. Il montra rapidement sa carte d'identité au Marine de garde à l'intérieur et guida Whittaker jusqu'à un bureau inoccupé.

« D'accord, dit Whittaker. Vous êtes bien un diplomate américain. »

Milton ne rectifia pas cette affirmation. Il se contenta de sourire et demanda à voir les photos prises par Whittaker. Il les passa toutes en revue, mais l'une retint particulièrement son attention.

« Tiens, tiens, fit-il. Voilà où il est passé. »

Il ouvrit son attaché-case et y pêcha un dossier parmi d'autres. La photographie qui se trouvait en première page avait été prise des années auparavant, au téléobjectif, par l'entrebâillement d'un rideau, à ce qu'il semblait. Mais il s'agissait du même homme que sur la photographie posée sur son bureau.

« Vous voulez savoir qui c'est ? » demanda-t-il à Whittaker. C'était une question inutile. Le journaliste compara les deux photos et hocha la tête.

« OK, commençons par le commencement », dit Milton qui se mit à lire une bonne partie du contenu du dossier. Whittaker prenait des notes à la vitesse grand V.

Le représentant de la DEA ne lésina pas sur les détails : carrière professionnelle, réunions, ouverture de comptes bancaires, pseudos utilisés, marchandises livrées, blanchiments de capitaux. Quand il en eut terminé, Whittaker se redressa sur son siège.

« Pfff, souffla-t-il. Puis-je vous citer comme source ?

— Pas sous mon nom de Mr Milton, répondit l'Américain. Mais vous pourriez dire " d'après des sources hautement autorisées au sein de la DEA ", par exemple. »

Il raccompagna Whittaker jusqu'à l'entrée principale.

« Pourquoi, suggéra-t-il sur le perron, ne pas vous rendre au commissariat central de Kingston avec vos autres photos ? On vous y attend peut-être. »

Au siège de la police, un Whittaker sidéré se vit introduire dans le bureau du commissaire Foster, immense pièce à air conditionné qui dominait le centre de Kingston. Après avoir salué Whittaker, le commissaire demanda par interphone au divisionnaire Gray de venir. Le chef du Département des affaires criminelles les rejoignit quelques minutes plus tard avec une pile de dossiers.

Les deux Jamaïcains examinèrent les photos des huit gardes du corps en chemisettes multicolores. Malgré leurs lunettes noires, le divisionnaire Gray n'eut pas la moindre hésitation. Ouvrant une série de dossiers, il les identifia les uns après les autres. Whittaker nota toutes ces informations.

« Puis-je vous citer comme source, messieurs ? demanda-t-il.

— Certainement, fit le commissaire. Tous ces individus ont un casier judiciaire chargé ; trois d'entre eux font l'objet de recherches à l'heure actuelle. Vous pouvez me nommer. Nous n'avons rien à cacher. Cette rencontre n'a rien de confidentiel. »

A midi, Whittaker tenait son article. Il en transmit les photos et le texte à Londres par la voie habituelle, puis reçut un long coup de téléphone du chef de la rubrique actualités, qui l'assura d'une publication en bonne place, le jour suivant. On ne chipoterait pas sur ses frais, vu le sujet.

A Miami, Sabrına Tennant, descendue au Sonesta Beach Hotel comme on le lui avait soufflé la veille au soir, y reçut un appel téléphonique le samedi matin, un peu avant huit heures. On lui donna rendez-vous dans un immeuble de bureaux du centre de Miami. Ce n'était pas le quartier général de la CIA à Miami, mais un immeuble tout ce qu'il y avait de sûr.

On l'introduisit dans un bureau où l'homme qui l'accueillit la précéda jusqu'à une salle de visionnement. Trois de ses bandes vidéo y furent projetées devant deux autres hommes, assis dans la pénombre, qui ne déclinèrent pas leur identité et restèrent bouche cousue.

Après le visıonnage, on reconduisit Miss Tennant dans le premier bureau, on lui servit du café et on la laissa seule un moment. Quand le premier agent la rejoignit, il lui suggéra de l'appeler « Bill », et lui réclama les photos prises sur les quais, lors du meeting politique de la veille.

Pendant son reportage vidéo, le cameraman ne s'était pas concentré sur les gardes du corps d'Horatio Livingstone, qui n'y apparaissaient qu'en silhouettes épisodiques. Sur les photos, on les voyait de face et en gros plan. Bill ouvrit une série de dossiers, et montra à Sabrina d'autres photos des mêmes individus.

« Celui-ci, près de la camionnette. Il se fait appeler comment ?

— Mr Brown », dit-elle. Bill éclata de rire.

« Vous savez comment on dit *brown* en espagnol ?

— Non.

— *Moreno*. Dans son cas, il s'agit d'Hernan Moreno.

— La télévision est un média visuel avant tout, fit-elle. Les images y sont plus parlantes que les mots. Puis-je avoir les photos de vos dossiers pour les comparer avec les miennes ?

— Je vais vous en faire faire des doubles, dit Bill, et nous garderons des copies des vôtres. »

Le cameraman avait dû rester à l'extérieur, dans le taxi. Il prit en cachette quelques photos de l'immeuble de bureaux. Il croyait la chose sans importance, pensant photographier le QG de la CIA. Mais il se trompait lourdement.

A leur retour au Sonesta Beach, Sabrina Tennant étala les deux jeux de photos — les siennes et celles mises à sa disposition fort inhabituellement par la CIA — sur une grande table dans la salle de banquet de l'hôtel, empruntée pour la circonstance, et son cameraman les filma.

Miss Tennant avait accroché au mur un portrait du président Bush, prêté par le directeur de l'hôtel, ce qui, à ses yeux, devait suffire à donner l'illusion qu'on se trouvait dans le Saint des Saints de la CIA. Elle s'adressa à la caméra devant ce décor improvisé.

Un peu plus tard dans la matinée, le joyeux tandem découvrit une anse déserte au bout d'une bifurcation de la fameuse route N° 1. Sabrina fit un nouveau laïus, face à la caméra, sur ce fond de carte postale — mer bleue, sable blanc, palmiers agités par le vent —, fac-similé d'une plage de Sunshine.

A midi, elle entra en contact avec Londres par satellite, et transmit tout son matériel à la BSB. Sabrina eut aussi un long entretien avec le responsable de la rédaction, tandis qu'on effectuait le montage. Ainsi finalisé, le reportage faisait un quart d'heure, et donnait l'impression que Sabrina Tennant n'était allée dans les Caraïbes qu'avec une seule idée en tête : démasquer Horatio Livingstone.

Le responsable de rédaction bouleversa le sommaire de « Countdown », l'émission dominicale de la BSB, et rappela Sabrina à Miami.

« C'est du tonnerre de Dieu ! lui dit-il. Beau travail, ma poule ! »

McCready n'avait pas non plus perdu son temps. Il avait passé la matinée à téléphoner, partie à Londres, partie à Washington.

A Londres, il avait joint le directeur du SAS au Duke of York's Barracks, dans King's Road, à Chelsea. Le jeune général écouta sa requête.

« En effet, c'est le cas, dit-il. Deux d'entre eux donnent des cours à Fort Bragg en ce moment. Il me faudra obtenir leur mise en disponibilité.

— Le temps presse, dit McCready. Écoutez, ils ont droit à une permission ?

— Je suppose que oui.

— Parfait. Alors je leur offre trois jours de repos et de détente au soleil par ici. Ils seront mes invités. Qui pourrait y trouver à redire ?

— Sam, fit le général, vous êtes un bougre de vieux renard. Je vais voir ce que je peux faire. Mais n'oubliez pas qu'ils sont en permission, OK ? Ils seront là pour prendre le soleil, rien de plus.

— Loin de moi cette idée », dit McCready.

Il ne restait que sept jours avant Noël, et les citoyens de Port Plaisance préparaient la période des fêtes cet après-midi-là.

Malgré la chaleur, de nombreuses vitrines s'ornaient de houx,

449

de bûches de Noël et de rouges-gorges dans de la neige en polystyrène. Très peu d'insulaires avaient eu l'occasion de voir dans leur existence un rouge-gorge, un buisson de houx ou, à plus forte raison, de la neige ; mais la tradition victorienne avait depuis si longtemps laissé entendre que Jésus était né dans cet environnement-là qu'il n'était plus remis en question dans les décorations de Noël.

Devant l'église anglicane, Mr Quince, aidé d'un essaim de fillettes impatientes, installait une crèche sous un auvent de paille. Un poupon de plastique était couché dans la mangeoire, et les petites filles rajoutaient les figurines du bœuf, de l'âne, des bergers et des agneaux.

Dans les faubourgs de la ville, le Révérend Drake faisait répéter au chœur les cantiques du service de Noël. Sa belle voix de basse n'était plus ce qu'elle était. Sous sa chasuble noire, le Dr Jones avait bandé son torse pour maintenir ses côtes froissées ; et sa voix se réduisait au sifflement de quelqu'un à bout de souffle. Ses paroissiens échangeaient des regards entendus. Chacun savait ce qu'il lui était arrivé le jeudi soir. Aucun secret ne le restait longtemps à Port Plaisance.

A trois heures de l'après-midi, une camionnette cabossée vint s'arrêter sur la Place du Parlement. La forme colossale de Firestone s'extirpa du siège du conducteur. Il contourna le véhicule, ouvrit la porte arrière, et enleva Missy Coltrane et son fauteuil de paralytique d'une seule brassée. Puis il la poussa lentement le long de la grand-rue où elle fit ses courses. Il n'y avait aucun journaliste dans les parages. La plupart étaient allés piquer une tête du côté de Conch Point.

Elle devait répondre à de nombreuses salutations, ce qui ralentissait d'autant sa progression. Elle répondait à chacun, appelant boutiquiers et passants par leur nom, sans se tromper.

B'jour Missy Coltrane. Bonjour, Jasper... Bonjour, Simon, Bonjour, Emmanuel... Elle demandait des nouvelles des femmes et des enfants, félicitait un futur père radieux, montrait de la compassion pour un bras cassé. Elle faisait ses courses comme d'habitude, les commerçants lui soumettant leurs marchandises sur le pas de la porte.

Elle payait avec un petit porte-monnaie qu'elle conservait sur elle, et distribuait des poignées de bonbons, qu'elle tirait inépuisablement, semblait-il, d'un grand sac à main, à une foule d'enfants qui lui proposaient de transporter ses commissions dans l'espoir d'un « remettez-moi-ça ».

Elle acheta des fruits frais et des légumes, du kérosène pour ses lampes, des allumettes, des herbes, des épices, de la viande et de l'huile. Elle finit par atteindre les quais où elle salua les pêcheurs, à qui elle acheta deux sébastes et un homard frétillant, réservés à l'hôtel du Gaillard d'Arrière. Si Missy Coltrane désirait quelque chose, elle l'obtenait. Sans discussion. Le Gaillard d'Arrière se contenterait de langoustines et de strombes.

De retour sur la Place du Parlement, elle rencontra le commissaire Hannah qui descendait les marches du perron de l'hôtel. Il se trouvait en compagnie de l'inspecteur Parker et d'un Américain nommé Favaro. Ils partaient pour l'aérodrome attendre l'avion de quatre heures en provenance de Nassau.

Elle salua les trois hommes, dont deux lui étaient parfaitement inconnus, puis Firestone la souleva avec son fauteuil roulant, l'installa à l'arrière de la camionnette au milieu de ses achats, et démarra.

« Qui est-ce ? demanda Favaro.

— Une vieille dame qui habite sur la colline, répondit Hannah.

— Oh, j'ai entendu parler d'elle, ajouta Parker. On dit qu'elle est au courant de tout ce qui se passe par ici. »

Hannah eut l'air contrarié. Comme son enquête piétinait, l'idée l'avait effleuré plusieurs fois que Missy Coltrane pouvait en savoir plus long qu'elle ne disait sur l'identité du meurtrier. Cependant, elle s'était montrée sagace en ce qui concernait l'entourage des deux candidats aux élections. Après sa rencontre avec les deux hommes, son flair de policier lui avait fait concevoir une piètre opinion d'eux. Si seulement ils avaient eu un mobile...

La navette court-courrier de Nassau atterrit un peu après quatre heures. Le pilote avait un paquet de la police urbaine de Dade County adressé à un certain Mr Favaro. Le policier de Miami se fit connaître, et récupéra le paquet en question. Parker monta à bord, le bocal étanche contenant la balle mortelle dans la poche de sa veste.

« Une voiture viendra vous prendre à Heathrow, demain matin, lui dit Hannah, et vous conduira tout droit à Lambeth. Je veux qu'Alan Mitchell ait cette balle le plus tôt possible entre les mains. »

Après le décollage de l'avion, Favaro montra à Hannah les photos de Francisco Mendes, alias le Scorpion. Ce dernier les examina attentivement. Elles étaient au nombre de dix, et montraient un homme efflanqué, à l'air sombre, à la chevelure noire gominée en arrière et aux lèvres minces. Il fixait l'objectif d'un œil vide.

451

« Sale gueule, concéda Hannah. Apportons-les à l'inspecteur principal Jones. »

Le chef des forces de police des îles Barclay était dans son bureau sur la Place du Parlement. Des cantiques de Noël s'échappaient par les portes ouvertes de l'église anglicane, et des éclats de rire par celles du bar du Gaillard d'Arrière. Les journalistes étaient de retour.

« Non, je n'ai jamais vu cet homme dans les îles par ici, fit Jones en hochant la tête.

— Je ne crois pas que Julio ait pu confondre, insista Favaro. Nous sommes restés face à lui quatre jours entiers. »

Hannah avait tendance à abonder dans son sens. Peut-être s'était-il trompé en cherchant à l'intérieur de la Résidence. Peut-être que le meurtre était le résultat d'un contrat. Mais pour quelle raison... ?

« Voulez-vous bien faire circuler ces photos, Mr Jones ? Les montrer autour de vous. On suppose qu'il a été vu au bar du Gaillard d'Arrière jeudi de la semaine dernière. Peut-être quel-qu'un d'autre l'a-t-il remarqué : le barman ou l'un des clients de ce soir-là. Quelqu'un qui aurait vu où il est allé en partant, ou l'aurait aperçu dans un autre bar... vous voyez ce que je veux dire. »

Jones approuva du chef. Il connaissait son territoire. Il ferait circuler les photos.

Au coucher du soleil, Hannah jeta un œil sur sa montre. Parker devait avoir atteint Nassau une heure auparavant et monter à bord, à l'instant même, de l'avion de nuit pour Londres. Huit heures de vol, plus cinq heures de décalage horaire, il atterrirait un peu après sept heures du matin, heure anglaise.

Alan Mitchell, scientifique brillant qui dirigeait le Laboratoire d'Expertises balistiques du ministère de l'Intérieur à Lambeth, avait accepté de consacrer son dimanche à l'examen de la balle. Il la soumettrait à tous les tests possibles et donnerait, par téléphone, les résultats à Hannah, le dimanche après-midi. Ce dernier saurait alors la nature de l'arme qu'il devait retrouver. Ce qui restreindrait son champ d'action. Quelqu'un devait avoir vu l'arme utilisée. C'était une si *petite* communauté.

Hannah fut dérangé pendant son dîner par un coup de fil de Nassau.

« L'avion a dû retarder son décollage, lui annonça Parker. Nous nous envolons dans dix minutes. J'ai pensé que vous aimeriez en avertir Londres. »

Hannah vérifia l'heure à sa montre. Sept heures et demie. Il

452

poussa un juron, raccrocha et revint s'attabler devant son mérou grillé. Il était froid.

Il prenait un dernier verre au bar vers dix heures quand le téléphone sonna.

« Cette situation m'ennuie terriblement, fit Parker au bout du fil.

— Où êtes-vous, bordel ? rugit Hannah.

— Toujours à Nassau, Chef. Nous avons décollé à sept heures et demie, avons volé pendant quarante-cinq minutes, puis un léger incident technique s'est déclaré et nous avons dû faire demi-tour. Au moment où je vous parle, les mécaniciens sont en train de réparer, ça ne devrait plus être long.

— Rappelez-moi avant de redécoller, lui demanda Hannah. Je préviendrai Londres de votre nouvelle heure d'arrivée. »

Il fut réveillé à trois heures du matin.

« Les mécaniciens ont trouvé ce qui clochait, dit Parker. C'était un fusible du voyant lumineux solénoïdal du réacteur gauche...

— Parker, dit Hannah en détachant chaque syllabe, je me moque de savoir si le commandant de bord a pissé ou non dans le réservoir d'essence. C'est réparé ?

— Oui, monsieur le commissaire.

— Alors, vous allez décoller ?

— Eh bien, pas exactement. Pour atteindre Londres, les membres de l'équipage devraient dépasser leur nombre autorisé d'heures sans repos. Alors ils ne peuvent pas voler.

— Et l'autre équipage ? Celui qui a conduit l'avion à l'aller hier après-midi, il y a déjà douze heures. Ils doivent être reposés.

— Euh ben, on les a retrouvés, Chef. L'ennui c'est qu'ils croyaient avoir une escale de trente-six heures et le copilote a fait une virée avec des amis. Il est incapable de voler lui aussi. »

Hannah formula une opinion sur la compagnie aérienne « préférée du monde entier » que le P-DG, Lord King, l'eût-il entendue, aurait jugée très choquante.

« Bon. Quelle est la suite du programme ? demanda-t-il à Parker.

— Nous devons attendre que l'équipage ait pris du repos. Alors seulement nous décollerons. »

Hannah se leva et sortit. Ni taxis ni Oscar. Il fit toute la route à pied jusqu'à la Résidence où il réveilla Jefferson, qui le laissa entrer. Par cette nuit humide, il était trempé de sueur. Il appela Scotland Yard en longue distance et obtint le numéro personnel de Mitchell. Il désirait le prévenir de ne pas se déranger, mais il avait déjà quitté son domicile pour Lambeth, cinq minutes plus tôt. Il était quatre heures du matin sur Sunshine, neuf heures à Londres. Il laissa passer une heure pour atteindre Mitchell au laboratoire et l'avertir que Parker n'arriverait pas avant le début de la soirée. Alan Mitchell maugréa de devoir retourner jusqu'à West Malling, dans le Kent, par une journée de décembre glaciale.

Parker rappela le dimanche à midi. Hannah tuait le temps au bar du Gaillard d'Arrière.

« Oui, fit-il avec lassitude.

— C'est OK, Chef. L'équipage est frais et dispos, paré au décollage.

— Super », dit Hannah, en regardant sa montre.

Huit heures de vol, cinq heures de décalage horaire... Si Alan Mitchell acceptait de travailler la nuit, il pourrait avoir sa réponse à Sunshine lundi, à l'heure du petit déjeuner.

« Alors vous partez maintenant ?

— Eh bien, pas exactement, répondit Parker, ça nous ferait atterrir à Heathrow vers une heure du matin, et c'est interdit. A cause de la réglementation contre le bruit, j'en ai peur.

— Qu'allez-vous faire alors, merde ?

— Eh bien, l'avion régulier décolle un peu après six heures cet après-midi pour se poser à Heathrow demain matin à sept heures. Nous allons nous reconformer à cet horaire.

— Mais ça signifie que deux jumbo-jets décolleront en même temps ! s'écria Hannah.

— Oui, Chef. Mais ne vous tracassez pas. Les deux seront pleins ; la compagnie ne perdra pas d'argent.

— Dieu merci », fit Hannah en raccrochant rageusement. Vingt-quatre heures, songea-t-il, vingt-quatre heures de merde ! Il y a trois choses dans la vie contre lesquelles personne ne peut rien : la mort, les impôts et les compagnies aériennes. Dillon montait le perron de l'hôtel en compagnie de deux jeunes hommes bien bâtis. Il doit être probablement porté là-dessus, pensa-t-il avec cynisme. Putain de Foreign Office ! Il était d'une humeur massacrante.

De l'autre côté de la place, les paroissiens de Mr Quince — les hommes en costume sombre impeccable, les femmes caparaçonnées comme des oiseaux au brillant plumage — sortaient à flots de l'église à la fin du service dominical. Livres de prières tenus par des mains gantées de blanc, fruits de cire sautillant et tressautant sur les chapeaux de paille. C'était un dimanche (presque) normal sur Sunshine.

Les choses étaient loin d'être aussi paisibles dans les Home Counties d'Angleterre. A Chequers, la résidence champêtre du Premier ministre britannique, sise au beau milieu de six cents hectares du Buckinghamshire, Mrs Thatcher, levée de bonne heure à son habitude, avait déchiffré quatre boîtes rouges de documents officiels, avant de rejoindre son mari, Denis, pour prendre son petit déjeuner en sa compagnie, devant un bon feu de bûches.

Comme elle terminait, on frappa à la porte et Bernard Ingham, son secrétaire de presse, entra. Il tenait à la main le *Sunday Express*.

« Il y a là quelque chose dont vous aimeriez peut-être prendre connaissance, ai-je pensé, madame le Premier ministre.

— Qui se fait les dents sur moi, cette fois ? demanda Mrs Thatcher avec alacrité.

— Personne, répliqua le natif du Yorkshire au sourcil broussailleux. Cela concerne les Caraïbes. »

Elle lut la double page centrale et fronça les sourcils. Toutes les photos s'y trouvaient : celle de Marcus Johnson haranguant la foule à Port Plaisance et celle du même, prise quelques années plus tôt, à travers une embrasure de rideaux ; celles de ses huit gardes du corps, prises le vendredi sur la Place du Parlement et mises en regard de celles des dossiers de la police de Kingston. De longs extraits des déclarations du commissaire Foster et « d'une source très autorisée » de la DEA émaillaient l'article.

« Mais c'est épouvantable, s'écria le Premier ministre. Il faut que j'en parle à Douglas. »

Elle s'enferma dans son bureau personnel et appela le dénommé Douglas.

Le ministre des Affaires étrangères de Sa Majesté, Mr Douglas Hurd, se trouvait en famille dans sa résidence campagnarde de fonction — un manoir, appelé Chevening, dans le comté de Kent. Il avait pris connaissance du *Sunday Times,* de l'*Observer* et du *Sunday Telegraph,* mais pas encore du *Sunday Express.*

« Non, Margaret, je n'y ai pas encore jeté un œil, fit-il. Mais je l'ai à portée de la main.

— Je reste en ligne », dit-elle.

Le ministre, ancien romancier de renom, savait reconnaître une bonne histoire. Celle-ci avait l'air extrêmement bien documentée.

« Oui, je le reconnais, c'est scandaleux si c'est la vérité. Bien sûr, bien sûr, Margaret, je vais m'en occuper dès demain matin et faire vérifier le tout par le Département de la zone caraïbe. »

Mais les commis de l'État n'en sont pas moins hommes — un sentiment dont se fait peu l'écho l'opinion publique —, pourvus de femmes, d'enfants et d'un chez-soi. Cinq jours avant Noël, le Parlement était en intersession, et les ministères comptaient des effectifs réduits à l'extrême. Cependant, il y aurait une permanence assurée dans la matinée, qui réceptionnerait la demande de nomination d'un nouveau gouverneur pour le Nouvel An.

Mrs Thatcher se rendit en famille à l'office du matin à Ellesborough, avant de s'en retourner à Chequers un peu après midi. A une heure, elle déjeuna avec quelques amis, au nombre desquels figurait Bernard Ingham.

Son conseiller politique, Charles Powell, se brancha sur « Countdown », l'émission de la BSB, à une heure de l'après-midi. Il avait un faible pour cette émission qui donnait, de temps à autre, des informations intéressantes sur l'étranger, ce qui passionnait l'ex-diplomate qu'il était. Quand il entendit qu'on faisait référence au sommaire à un futur scandale dans les Caraïbes, il enclencha la touche enregistrement du magnétoscope sous le téléviseur.

A deux heures, Mrs Thatcher se leva de table — elle n'avait jamais aimé perdre son temps à se nourrir — et fut rattrapée au moment où elle sortait de la salle à manger par un Charles Powell dont les pieds ne touchaient plus terre. Dans son bureau, il glissa la cassette vidéo dans le lecteur. Elle regarda en silence, puis rappela Chevening.

Mr Hurd, en père de famille dévoué, avait emmené d'un bon pas son jeune fils et sa fille en promenade à travers champs. Il venait à peine de rentrer, affamé, rêvant d'une tranche de rosbif, quand il reçut le second coup de téléphone.

« Non, j'ai raté l'émission, Margaret, fit-il.

— Je l'ai en cassette. C'est tout à fait accablant. Je vous la fais parvenir. Visionnez-la dès que vous la recevrez et rappelez-moi. »

Une estafette troua de ses ronflements de moteur la pénombre lugubre de l'après-midi d'hiver, contourna Londres par l'autoroute M 25 et atteignit Chevening à quatre heures et demie. Le ministre des Affaires étrangères rappela Chequers à cinq heures et quart. Il eut tout de suite Mrs Thatcher en ligne.

« Je suis d'accord avec vous Margaret, c'est parfaitement accablant.

— Il nous faut nommer un nouveau gouverneur là-bas. Sans attendre le premier janvier. Nous devons montrer que nous agissons, Douglas. Sait-on jamais qui d'autre a pu voir cet article ou ce reportage ? »

Le ministre des Affaires étrangères avait parfaitement conscience que Sa Majesté, qui se trouvait en famille à Sandringham, n'était pas pour autant coupée de ce qui se passait dans le monde. C'était une grande dévoreuse de journaux, qui se tenait au courant des problèmes du moment en regardant la télévision.

« Je vais y remédier immédiatement », dit-il.

Ce qu'il fit. Le directeur général du Ministère fut arraché à son fauteuil dans le Sussex et se mit à téléphoner à droite et à gauche. A huit heures du soir, le choix s'était porté sur Sir Crispian Rattray, diplomate à la retraite, ancien Haut-Commissaire à la Barbade, qui accepta le poste.

Il fut convenu qu'il se présenterait au Foreign Office, le lendemain matin, où il serait agréé dans les règles et mis pleinement au courant. Il s'envolerait d'Heathrow en fin de matinée pour être à Nassau dans l'après-midi du lundi. Il y conférerait avec le Haut-Commissariat, passerait la nuit sur place et arriverait à Sunshine par avion-taxi le mardi matin pour prendre les rênes.

« Ça ne devrait pas m'occuper fort longtemps, ma chère, confia-t-il à Lady Rattray, tout en faisant ses bagages. Ça fout en l'air la chasse aux faisans, mais que voulez-vous ! J'ai pour tâche, semble-t-il, d'annuler la candidature de ces deux bandits et de mener ces élections à bonne fin avec deux nouveaux candidats. Ensuite, on leur octroiera l'indépendance. Je baisserai pavillon, Londres mettra en place un Haut-Commissaire, les insulaires prendront en main leurs affaires et je pourrai m'en retourner. C'est une question d'un mois ou deux, guère plus. Dommage pour les faisans. »

A neuf heures, ce matin-là, sur Sunshine, McCready rejoignit Hannah qui prenait son petit déjeuner sur la terrasse de l'hôtel.

« Verriez-vous un énorme inconvénient à ce que j'utilise le nouveau téléphone de la Résidence pour appeler Londres ? demanda-t-il. Je dois m'entretenir de mes modalités de retour avec le Service.

— Faites », lui dit Hannah. Il ne s'était pas rasé et avait l'air épuisé de quelqu'un qui a passé la moitié de la nuit debout.

A neuf heures et demie, McCready se trouva en communication avec Denis Gaunt. Tout ce que son suppléant fut en mesure de lui dire à propos du *Sunday Express* et de « Countdown » lui confirma que ses espoirs s'étaient réalisés.

Depuis le petit matin, nombre de rédacteurs en chef londoniens avaient tenté de joindre leurs envoyés spéciaux à Port Plaisance pour leur communiquer la teneur de la double page centrale du

Sunday Express et les presser de leur faire parvenir les nouveaux développements de l'affaire. Après le déjeuner, heure anglaise, les appels redoublèrent — les mêmes venaient de voir le reportage de « Countdown ». Mais aucun de ces appels n'aboutit.

McCready avait dûment chapitré la standardiste : ces messieurs de la presse, terriblement fatigués, ne devaient être dérangés sous aucun prétexte. On l'avait choisi pour réceptionner les messages qu'on leur adressait et qu'il leur communiquerait. Un billet de cent dollars avait scellé l'accord. La standardiste informait chaque personne appelant de Londres que son correspondant était « sorti », mais qu'un message lui serait transmis immédiatement. Ces messages étaient remis à McCready qui n'en tenait aucun compte. L'heure d'une plus grande couverture de presse n'avait pas encore sonné.

A onze heures du matin, il alla accueillir à l'aérodrome deux jeunes sergents du SAS en provenance de Miami. Ils donnaient des cours à leurs collègues américains, les Bérets verts, à Fort Bragg, en Caroline du Nord, quand on leur avait enjoint de prendre trois jours de permission et de se présenter chez leur hôte sur l'île de Sunshine. Ils s'étaient envolés vers le sud, jusqu'à Miami, où ils avaient loué un avion-taxi pour Port Plaisance.

Leur bagage était mince, mais ce fourre-tout contenait leurs « joujoux », enveloppés dans leurs serviettes de plage. La CIA avait eu l'amabilité de faire franchir sans encombre la douane de Miami auxdits sacs et McCready, agitant sa lettre du Foreign Office, réclama de même l'immunité diplomatique à Port Plaisance.

Le Manipulateur ramena les deux sergents à l'hôtel et les installa dans une chambre voisine de la sienne. Ils planquèrent leurs « joujoux » sous le lit, verrouillèrent la porte et partirent pour une longue baignade. McCready leur avait déjà dit qu'il n'aurait besoin d'eux que le lendemain matin vers dix heures, à la Résidence.

Après avoir déjeuné sur la terrasse, McCready alla rendre visite au Révérend Walter Drake. Il trouva le pasteur baptiste dans sa petite maison, dorlotant son corps meurtri. Ils se présenta et lui demanda comment il se sentait.

« Vous travaillez avec Mr Hannah ? demanda Drake.

— Pas exactement, répondit McCready. Disons que... je garde un œil sur ce qui se passe, pendant qu'il mène son enquête sur le meurtre du Gouverneur. Je me soucie davantage du côté politique de l'affaire.

— Vous travaillez pour le Foreign Office ? continua Drake.

— Dans un sens, oui, dit McCready. Pourquoi me posez-vous cette question ?

— Je n'aime pas votre Foreign Office, déclara Drake. Vous trahissez les miens en les menant en bateau.

— Ah, maintenant, les choses pourraient bien être en train de changer. » Et McCready lui dit ce qu'il attendait de lui.

« Je suis un homme de Dieu, fit Drake en hochant la tête. Ce sont des individus d'une autre trempe qu'il vous faut pour ce genre de chose.

— Monsieur Drake, j'ai appelé Washington hier. Quelqu'un m'a dit là-bas que seuls sept natifs des Barclays avaient jamais servi dans les Forces armées américaines. L'un d'entre eux était un certain W. Drake.

— Il s'agit de quelqu'un d'autre, grommela le Révérend Drake.

— On m'a dit, poursuivit tranquillement McCready, que le dénommé W. Drake, qui apparaît sur leurs listes, était sergent dans les Marines et a fait deux campagnes au Viêt-nam. Il y a récolté l'Étoile de Bronze et deux Purple Hearts. Je me demande ce qu'il est devenu ? »

Le pasteur déplia lourdement sa haute stature, traversa la pièce et se perdit dans la contemplation des maisons en planches qui délimitaient des deux côtés la rue où il habitait.

« C'était quelqu'un d'autre, c'était une autre époque, grommela-t-il encore. C'était ailleurs. Seul le service de Dieu m'importe aujourd'hui.

— Et vous ne croyez pas que ce que je vous demande pourrait en faire partie ? »

Drake réfléchit, puis approuva du chef.

« C'est possible.

— Je le pense aussi, dit McCready. J'espère vous y voir. J'ai besoin de toute l'aide possible. Souvenez-vous, demain matin, dix heures, à la résidence. »

Il le quitta et gagna le port en flânant à travers la ville. Jimmy Dobbs travaillait à bord du *Gulf Lady*. McCready passa une demi-heure en sa compagnie et ils se mirent d'accord pour une sortie en mer, le lendemain.

Il était en nage et se sentait poisseux, quand il arriva à la Résidence, un peu avant cinq heures de l'après-midi. Jefferson lui servit un thé glacé, tandis qu'il attendait le retour du lieutenant Jeremy Haverstock.

Le jeune officier était allé jouer au tennis avec d'autres expatriés dans une villa sur les collines. La question que lui posa McCready était simple.

« Serez-vous ici demain matin à dix heures ?

— Oui, je suppose, répondit-il après un instant de réflexion.

— Bien, dit McCready. Avez-vous un uniforme de parade pour les tropiques en votre possession ?

— Oui, je ne l'ai porté qu'une fois, lors d'un bal officiel à Nassau, il y a six mois.

— Parfait, s'exclama McCready, dites à Jefferson de vous le repasser, et d'en astiquer le cuir et les cuivres. »

Haverstock, des plus intrigués, le raccompagna jusqu'au hall d'entrée.

« Je suppose que vous connaissez la bonne nouvelle, fit-il. Le flic de Scotland Yard a retrouvé hier la balle manquante dans le jardin. Absolument intacte. Parker l'a emportée à Londres.

— Bravo ! Grande nouvelle ! » s'écria McCready.

Il dîna en compagnie d'Eddie Favaro à huit heures, à l'hôtel.

« Que faites-vous demain matin ? lui demanda-t-il au moment du café.

— Je rentre, répondit Favaro. Je n'ai pris qu'une semaine de congé, et je dois être à mon poste mardi matin.

— Ah oui ! A quelle heure est votre avion ?

— J'en ai réservé un pour midi.

— Ne pourriez-vous pas retarder votre départ jusqu'à quatre heures ?

— C'est possible. Pourquoi ?

— Parce que j'aurai besoin de votre aide. Nous disons donc, dix heures, à la Résidence ? Merci, nous nous reverrons là-bas. Ne soyez pas en retard. La journée de lundi promet d'être chargée. »

McCready se leva à six heures. Le rose de l'aube, héraut d'une nouvelle journée enchanteresse, touchait la cime des palmiers, dehors, sur la Place du Parlement. La fraîcheur de l'air était délicieuse. Il se débarbouilla, se rasa et rejoignit sur la place le taxi qu'il avait réservé et qui l'attendait. Son premier devoir était d'aller faire ses adieux à une vieille dame de ses amies.

Il passa une heure en sa compagnie, de sept à huit, en buvant du café, accompagné de petits pains chauds.

« N'oubliez surtout pas, Lady Coltrane, fit-il en se levant pour prendre congé.

— N'ayez aucune inquiétude. Et appelez-moi Missy », dit-elle en lui tendant la main. Il se pencha pour la baiser.

A huit heures et demie, il était de retour Place du Parlement, où il alla rendre visite à l'inspecteur principal Jones ; il montra à ce dernier la lettre du Foreign Office.

« Soyez, je vous prie, à la Résidence à dix heures, dit-il. Faites-vous accompagner par deux sergents et quatre gendarmes, prenez votre Land-Rover personnelle et deux camionnettes banalisées. Avez-vous un revolver de service ?

— Oui, monsieur.

— Apportez-le aussi. »

Au même moment, il était une heure et demie de l'après-midi à Londres. Au département balistique du Laboratoire d'Expertises du ministère de l'Intérieur, à Lambeth, Mr Alan Mitchell, l'œil vissé à un microscope, ne songeait pas à aller déjeuner.

Sous la lentille, une balle de plomb était maintenue par deux pinces à chacune de ses extrémités. Mitchell examinait les stries circulaires qui couraient sur toute la longueur du projectile. C'étaient les marques qu'avait laissées la rayure du canon de l'arme dont on s'était servi. Pour la cinquième fois de la journée, il fit pivoter doucement la balle sous la lentille pour relever les autres éraflures, véritables empreintes digitales du canon d'une arme. Il se sentit enfin satisfait. Il émit un petit sifflement de surprise et alla consulter l'un de ses manuels. Il en avait une pleine bibliothèque. Alan Mitchell était considéré comme l'expert le plus savant d'Europe en matière d'armes.

Il restait d'autres tests à effectuer. Il savait qu'à cinq mille kilomètres de là, de l'autre côté de l'océan, un policier attendait avec impatience le résultat de ses recherches. Mais il prendrait le temps qu'il faudrait. Il voulait être sûr, absolument sûr.

Trop de procès avaient été perdus devant le tribunal parce que les experts produits par la défense avaient pu battre en brèche les preuves apportées par celui du ministère public.

Il fallait effectuer des tests sur de minuscules fragments de poudre calcinée, qui adhéraient encore à l'extrémité émoussée du projectile. D'autres concernant la composition et la préparation du plomb, déjà effectués sur la balle abîmée qu'il avait en sa possession depuis deux jours, devraient être répétés sur celle qu'il venait de recevoir. Les rayons du spectroscope plongeraient au cœur du métal lui-même, en dévoileraient la structure molécu-laire, le dateraient approximativement et peut-être, comme cela arrivait parfois, désigneraient l'usine où le plomb avait été fondu. Alan Mitchell prit sur l'étagère le manuel qu'il était venu chercher, puis s'assit et se plongea dans sa lecture.

McCready renvoya le taxi qui le laissa devant la Résidence, et sonna à la porte. Jefferson, l'ayant reconnu, le fit entrer. McCready lui expliqua qu'il devait passer un nouveau coup de téléphone sur la ligne internationale installée par Bannister, et que Mr Hannah lui en avait donné l'autorisation. Jefferson le conduisit dans le bureau du Gouverneur et l'y laissa seul.

McCready se désintéressa du téléphone, mais pas de la table de travail. Au tout début de l'enquête, Hannah avait fouillé les tiroirs grâce au trousseau de clés du Gouverneur ; s'étant assuré qu'aucun indice concernant le meurtre ne s'y trouvait, il les avait reverrouillés. McCready n'avait pas de clés, mais n'en avait nul besoin. Il avait crocheté les serrures, la veille, et trouvé ce qu'il cherchait. Il y en avait deux au fond du tiroir du bas, à gauche. Il n'en avait besoin que d'une.

C'était une feuille de papier imposante, d'aspect parcheminé, qui crissait au toucher. En haut, au centre, en relief et en doré, on voyait les armoiries royales, le lion et la licorne soutenant le bouclier blasonné, dont les quatre parties portaient les emblèmes héraldiques de l'Angleterre, de l'Écosse, du Pays de Galles et de l'Irlande.

En dessous, en lettres noires à caractère gras, on pouvait lire :

NOUS, ELIZABETH II, SOUVERAINE DU ROYAUME-UNI DE GRANDE-BRETAGNE ET D'IRLANDE DU NORD, ET AUTRES TERRITOIRES ET DÉPENDANCES D'OUTRE-MER, REINE PAR LA GRÂCE DE DIEU, NOMMONS PAR LA PRÉSENTE... (ici, un blanc) ... AU POSTE DE NOTRE... (autre blanc) ... DU TERRITOIRE DE... (troisième blanc).

Au bas de ce texte, une signature en fac-similé : ELIZABETH R.

C'était un Brevet Royal. *En blanc.* McCready prit une plume sur l'encrier de Sir Marston, et remplit le document de sa plus belle écriture moulée. Quand il eut terminé, il souffla doucement sur l'encre pour la sécher, et estampilla le document avec le cachet du Gouverneur.

Dans le salon, ses invités se rassemblaient. Il jeta un dernier coup d'œil sur le document et haussa les épaules Il venait de se nommer gouverneur des Barclays. Pour la journée.

Chapitre six

Ils étaient six. Jefferson avait servi le café, puis avait quitté la pièce. Il n'avait pas demandé ce qu'ils faisaient là. Ce n'était pas ses affaires.

Les deux sergents du SAS, Newson et Sinclair, se tenaient près du mur. Ils étaient en survêtement beige et chaussures de jogging. Chacun d'eux avait autour de la taille une courroie où pendait une bourse, pareille à celles en faveur chez les touristes pour stocker cigarettes et huile solaire sur la plage. Mais celles-ci ne contenaient pas d'ambre solaire.

Le lieutenant Haverstock n'avait pas endossé son uniforme de parade. Il était assis sur l'une des chaises de brocart, ses longues jambes élégamment croisées. Le Révérend Drake était installé sur le canapé aux côtés d'Eddie Favaro. L'inspecteur principal Jones, dans sa tunique bleu foncé, boutons et insignes d'argent, short, chaussettes et souliers cirés, se tenait près de la porte.

McCready présenta le brevet royal à Haverstock.

« Ceci est arrivé de Londres, à l'aube, dit-il. Lisez attentivement, assimilez et tenez-vous-le pour dit. »

Haverstock jeta un œil sur le brevet.

« Très bien », dit-il en le faisant circuler. L'inspecteur principal Jones lut à son tour, avec une raideur due à son effort de concentration. « Bien, monsieur », dit-il. Il tendit le document aux deux sergents. Newson se contenta de dire : « OK pour moi », et Sinclair renchérit : « Pas de problème. »

Ce dernier le passa à Favaro qui murmura, après en avoir pris connaissance : « Nom de Dieu ! » ; ce qui lui valut un regard éprobateur du Révérend Drake, qui s'empara du document et le parcourut avant de s'exclamer : « Le Seigneur soit loué ! »

« Ma première décision, décréta McCready, est de vous octroyer à tous, sauf à l'inspecteur Jones ça va de soi, les pouvoirs de policiers supplétifs. Dont acte. Secundo, il vaut mieux que je vous explique comment nous allons procéder. »

Il parla pendant une demi-heure d'horloge. Personne n'éleva d'objection. Puis il se retira en compagnie d'Haverstock pour aller se changer. Lady Moberley cuvait encore dans son lit un petit déjeuner fort arrosé. Peu importait. Elle faisait chambre à part avec feu Sir Marston, son époux, dont le cabinet de toilette était inoccupé. Haverstock y conduisit McCready et se retira. Ce dernier trouva son bonheur au fond de la penderie : le costume d'apparat du gouverneur d'une colonie britannique, quoique de deux tailles trop large.

Quand il réapparut au salon, il n'avait plus rien du touriste au costume froissé du bar du Gaillard d'Arrière. Les éperons de ses bottes jetaient des éclairs. Ses pantalons collants et sa tunique boutonnée jusqu'au col étaient immaculés. Les boutons dorés et les aiguillettes de la poche-poitrine gauche étincelaient au soleil, tout comme la chaînette et la pointe de son casque Wolsey. Il arborait autour de la taille une large ceinture bleue.

Haverstock, lui aussi vêtu de blanc, portait sa casquette plate d'officier bleu foncé, dont la visière noire était surmontée de l'aigle à deux têtes du Régiment royal des Dragons. Ses aiguillettes et ses épaulettes étaient chamarrées d'or. Un baudrier de cuir noir luisant lui barrait la poitrine et une poche à munitions, en cuir noir également, y était fixée. Il exhibait ses deux décorations réglementaires.

« Bien, monsieur Jones, allons-y, dit McCready. Nous devons faire respecter les volontés de la Reine. »

L'inspecteur principal Jones se rengorgea. Personne ne lui avait jamais encore demandé de faire respecter les volontés de la Reine. Le cortège quitta l'avant-cour, Jaguar officielle en tête. Oscar était au volant, un policier auprès de lui. McCready et Haverstock étaient assis sur la banquette arrière, dûment coiffés de leurs couvre-chefs. Derrière venait la Land-Rover, conduite par un second gendarme, avec Jones à ses côtés. Favaro et le Révérend Drake se tenaient à l'arrière. Avant leur départ de la Résidence, le sergent Sinclair avait glissé à Favaro un Colt Cobra chargé, que ce dernier avait niché dans sa ceinture, sous sa chemise flottante. Le sergent en avait offert un autre au Révérend Drake, qui l'avait refusé d'un signe de tête.

Les deux camionnettes étaient conduites par les deux autres policiers. Newson et Sinclair étaient accroupis près de leurs portes latérales ouvertes. Les deux sergents de police étaient dans la dernière camionnette.

La Jaguar traversa lentement Shantytown. Tout le long de la grand-rue, les passants s'arrêtaient pour la regarder. Les deux hommes, assis à l'arrière, se tenaient très droits, profil tourné vers l'avant.

McCready demanda à ce qu'on arrête la voiture devant le portail de la propriété de Mr Horatio Livingstone. Il mit pied à terre. Le lieutenant Haverstock l'imita. Une foule de plusieurs centaines d'insulaires surgit des ruelles avoisinantes et les regarda, bouche bée. McCready ne demanda pas à être introduit, se contentant de rester là, devant le portail à double battant.

Newson et Sinclair, les deux sergents du SAS, coururent jusqu'au mur d'enceinte. Newson joignit les mains, Sinclair y posa son pied et le premier souleva le second. Sinclair, le plus léger des deux hommes, franchit le mur en évitant les tessons de bouteilles qui en garnissaient le sommet, et ouvrit le portail de l'intérieur. Sinclair recula pour laisser passer McCready, flanqué de Haverstock. Les véhicules les suivirent au pas.

Trois hommes en tenue de safari grise se précipitaient vers le portail, au moment où McCready entra. La vue des deux uniformes blancs se dirigeant avec décision vers la porte d'entrée les stoppa net dans leur élan. Sinclair disparut. Newson franchit le portail comme une flèche et fit de même.

McCready gravit les marches de la véranda, et entra dans la maison. Haverstock demeura sur la véranda, surveillant les trois en tenue de safari, qui gardèrent leurs distances. Favaro, Drake, Jones, les deux sergents de police et trois gendarmes descendirent des véhicules et les suivirent. Un gendarme resta en faction auprès des voitures et des camionnettes. Haverstock rejoignit son groupe à l'intérieur, ce qui porta leur nombre à dix.

Dans le grand salon, les policiers se postèrent aux portes et aux fenêtres. Horatio Livingstone fit son apparition. Il contempla l'invasion avec une fureur mal dissimulée.

« Vous n'avez pas le droit d'entrer ici. Qu'est-ce que ça signifie ? cria-t-il.

— Voulez-vous, s'il vous plaît, lire ceci ? » dit McCready, en lui tendant son brevet.

Livingstone s'exécuta, puis jeta le document à terre avec mépris. Jones le ramassa et le rendit à McCready, qui le rempocha.

« J'aimerais que vous réunissiez les personnes originaires des Bahamas que vous employez ; tous les sept, avec leurs passeports. Je vous prie de vous exécuter, monsieur Livingstone.

— En quel nom ?

465

— Au mien, monsieur Livingstone. J'ai les pleins pouvoirs sur cette île.

— Impérialiste, hurla Livingstone. Dans quinze jours, c'est moi qui aurai tous les pouvoirs et alors...

— Si vous refusez, continua calmement McCready, je demanderai à l'inspecteur principal Jones ici présent de vous arrêter pour entrave au cours de la justice. Monsieur Jones, êtes-vous prêt à faire votre devoir ?

— Oui, monsieur. »

Livingstone leur jeta un regard, au comble de la rage. Il appela l'un de ses hommes qui se trouvait dans une pièce voisine et lui transmit les ordres. L'un après l'autre, les « associés » en tenue de safari entrèrent dans le salon. Favaro passa parmi eux, ramassant leurs passeports des Bahamas. Il les tendit à McCready.

Ce dernier les feuilleta un par un, les passant à Haverstock. Le lieutenant leur jeta un regard, puis émit un *tttt* de réprobation.

« Ces passeports sont faux, fit McCready. Parfaitement imités.

— Ce n'est pas vrai, s'écria Livingstone, ils sont tout à fait en règle. »

Il ne mentait pas. Ce n'étaient pas des faux. On se les était procurés, moyennant un pot-de-vin très substantiel.

« Non, le coupa McCready. Ces hommes ne sont pas plus originaires des Bahamas que vous n'êtes un socialiste épris de démocratie. Vous êtes en réalité un communiste pur et dur, vous avez travaillé pendant des années pour Fidel Castro, et les hommes qui vous entourent sont des agents cubains. Le véritable nom de monsieur Brown est Capitaine Hernan Moreno de la Dirección General de Información, l'équivalent du KGB à Cuba. Vos autres sbires, choisis en raison de leurs caractéristiques physiques négroïdes, sont aussi des Cubains de la DGI, parlant anglais couramment. Je les arrête tous pour entrée illégale sur le Territoire des Barclays, et vous, pour complicité. »

Ce fut Moreno qui porta le premier la main à son arme, glissée à sa ceinture, dans son dos. La veste de safari la dissimulait. Il avait été très rapide et avait saisi son Makarov, avant que quiconque dans la pièce ait pu faire un geste.

Mais le Cubain fut stoppé dans son élan par une voix qui claqua sèchement du haut de l'escalier qui montait aux étages.

« *Fuera la mano, o seras fiambre !* »

Hernan Moreno perçut à temps cet avertissement. Il immobilisa sa main et ne bougea plus. Ses six compagnons, qui suivaient son exemple, firent de même.

Sinclair parlait couramment l'espagnol de la rue. *Fiambre,* qui désigne un plat de viandes froides, signifie en argot un « macchab », un cadavre.

Les deux sergents du SAS se trouvaient côte à côte en haut des marches ; ils étaient entrés dans la maison par les fenêtres du premier étage. Leur bourse de touriste était vide. Ils tenaient à la main un petit pistolet-mitrailleur très fiable, un Heckler & Koch MP 5.

« Ces hommes ne manquent jamais leur cible, d'habitude, fit McCready d'un ton doucereux. Dites à vos " associés " de mettre les mains en l'air, s'il vous plaît. »

Livingstone demeura silencieux. Favaro se coula derrière lui et lui colla son Colt sous le nez.

« Tu as trois secondes, murmura-t-il, avant que se produise un accident fâcheux.

— Faites ce qu'on vous dit », lâcha Livingstone d'une voix rauque.

Sept paires de mains se levèrent. Les trois gendarmes récupérèrent leurs armes à la ronde.

« Fouillez-les », ordonna McCready. Les sergents de la police s'exécutèrent et découvrirent deux couteaux dans leur gaine.

« Au tour de la maison, à présent ! »

Les sept Cubains furent alignés face au mur du salon, les mains sur la tête. Livingstone s'assit dans son fauteuil club, tenu en joue par Favaro. Les membres du SAS restèrent dans l'escalier pour parer à une tentative de sortie en masse. Elle n'eut pas lieu. Les cinq policiers de Port Plaisance fouillèrent la maison.

Ils y découvrirent un grand choix d'autres armes, une grosse somme en dollars américains, plus des livres des Barclays, et un puissant émetteur radio à ondes courtes muni d'un système d'encodage.

« Monsieur Livingstone, dit McCready, je pourrais demander à monsieur Jones d'inculper vos associés de divers délits tombant sous le coup de la loi anglaise : faux passeports, entrée illégale sur le territoire, port d'armes illicites. La liste est longue. Au lieu de cela, je vais les faire expulser comme étrangers indésirables. Sur l'heure. Vous pouvez, si vous le désirez, demeurer ici, étant natif des Barclays. Mais vous resterez passible des charges de complicité qui pèsent sur vous et franchement, je crois que vous vous sentirez mieux si vous retournez à Cuba, d'où vous venez.

— Je pencherais pour cette solution », grommela le Révérend Drake.

Livingstone acquiesça de la tête.

Les Cubains furent acheminés en file indienne jusqu'à la seconde camionnette garée dans la cour. Un seul d'entre eux fit preuve de violence. Il essaya de s'enfuir et jeta à terre le gendarme qui lui barrait la route. L'inspecteur principal Jones réagit à la vitesse de l'éclair. Il tira de sa ceinture la courte matraque en bois de houx, que des générations de policiers britanniques ont surnommée tout simplement « le houx ». Le bois de la matraque résonna — « Pok ! » — en s'abattant sur la tête du fuyard qui s'effondra à genoux, pris tout soudain d'un malaise.

« Ne l'imitez pas », conseilla aux autres l'inspecteur Jones.

Les Cubains, en compagnie d'Horatio Livingstone, s'installèrent sur le plancher de la camionnette, sous la surveillance du sergent Newson qui les maintenait en joue avec son pistolet-mitrailleur, depuis le siège avant. Le cortège se reforma et quitta lentement Shantytown pour les quais de Port Plaisance. McCready ordonna qu'on roule au pas pour que les centaines d'insulaires puissent voir de quoi il retournait.

Sur le quai, le *Gulf Lady* attendait, moteur tournant au ralenti. Il avait attaché en remorque une marie-salope, équipée de deux paires de rames neuves.

« Monsieur Dobbs, lui dit McCready, je vous prie de remorquer ces messieurs jusqu'aux eaux territoriales cubaines, ou jusqu'à ce qu'un bateau de patrouille cubain croise dans votre direction. Alors larguez-les. Soit leurs compatriotes les prendront en remorque soit ils rentreront à la rame, poussés par le vent du large. »

Jimmy Dobbs regardait avec méfiance les Cubains. Ils étaient sept, sans compter Livingstone.

« Le lieutenant Haverstock ici présent va vous accompagner, le rassura McCready. Il sera armé, comme il se doit. »

Le sergent Sinclair confia à Haverstock le Colt Cobra, que le Révérend Drake avait refusé. Haverstock monta à bord du *Gulf Lady,* et prit position sur le toit de la cabine, face à l'arrière.

« Vous inquiétez pas, mon vieux, dit-il à Dobbs, si un seul d'entre eux bouge le petit doigt, je lui explose les couilles.

— Monsieur Livingstone, dit McCready, englobant dans sa remarque les huit hommes dans la marie-salope, une dernière chose. Quand vous arriverez à Cuba, vous pourrez dire au Señor Castro de ma part que prendre possession des Barclays en manipulant un candidat fantoche aux élections, annexer peut-être par ce biais les îles à Cuba, ou encore les transformer en camp d'entraînement révolutionnaire international était une idée fantastique. Mais vous pourrez aussi l'avertir qu'il n'y réussira pas. Ni maintenant ni plus tard. Il lui faudra trouver un autre moyen pour sauver sa carrière politique. Adieu, monsieur Livingstone A ne jamais vous revoir ! »

Plus d'un millier d'insulaires se pressaient sur le quai, et virent le *Gulf Lady* se détacher de la jetée et mettre le cap sur la haute mer.

« Il nous reste encore une corvée, je crois, messieurs », dit McCready, revenant à grands pas vers la Jaguar, le long de la jetée ; son uniforme blanc rutilant impressionnait les badauds qui s'écartaient sur son passage.

Les grilles en fer forgé de la propriété de Marcus Johnson étaient verrouillées. Newson et Sinclair sautèrent à terre par les portes latérales de la camionnette, et passèrent par-dessus le mur. Quelques minutes plus tard, de l'intérieur de la propriété, provint le son étouffé d'un coup de poing entrant en contact avec un corps. Il y eut un bourdonnement électrique et les grilles s'ouvrirent en grand.

Sur la droite, à l'intérieur, se trouvait une guérite équipée d'un tableau de contrôle et d'un téléphone. Un individu en chemise aux couleurs claquantes y était affaissé, ses lunettes noires écrasées près de lui sur le sol. On le jeta dans la dernière camionnette, celle des deux sergents de police. Newson et Sinclair se faufilèrent à travers les pelouses, et disparurent bientôt entre les buissons.

Marcus Johnson descendait les marches carrelées qui menaient à la salle de réception, quand McCready s'y précipita. Il se drapait dans une robe de chambre en soie.

« Puis-je vous demander à quoi peut bien rimer tout ceci ? demanda-t-il.

— Certainement, lisez donc », fit McCready.

Johnson prit connaissance du document royal et le lui rendit.

« Et alors ? Je n'ai commis aucun délit. Vous, par contre, pénétrez par la force dans ma maison... Londres entendra parler de cette affaire, monsieur Dillon. Vous regretterez cette matinée. J'ai des avocats...

— C'est une bonne chose, dit McCready, vous pourriez en avoir besoin. Venons-en au fait, j'aimerais avoir une petite discussion avec votre équipe électorale, monsieur Johnson. Vos assistants, vos associés, si vous préférez. L'un d'entre eux a eu l'amabilité de nous accompagner jusqu'à votre porte. Qu'on le fasse entrer ! »

Les deux sergents de police qui soutenaient le gardien de la grille le laissèrent choir sur le canapé.

« Convoquez les sept autres avec leurs passeports, s'il vous plaît, monsieur Johnson. »

Johnson traversa la pièce et décrocha un téléphone d'onyx. Constatant que la ligne était morte, il reposa le récepteur.

« Je compte prévenir la police, fit-il.

— C'est moi la police, lui rétorqua l'inspecteur principal Jones. Faites ce que vous dit le Gouverneur, s'il vous plaît. »

Johnson réfléchit quelques secondes, avant d'appeler vers l'étage. Une tête apparut en haut de la rampe. Johnson transmit l'ordre de McCready. Deux hommes en chemise multicolore surgirent de la véranda et vinrent se ranger aux côtés de leur patron. Cinq autres descendirent l'escalier. On entendit les cris étouffés de plusieurs femmes. Apparemment, une partie de jambes en l'air avait été en train. L'inspecteur principal fit la collecte des passeports. On pêcha celui de l'homme effondré sur le canapé dans sa poche-revolver.

McCready les examina un par un en hochant la tête.

« Ce ne sont pas des faux, dit Johnson avec une assurance tranquille, et comme vous pouvez le voir, tous mes associés sont entrés légalement sur Sunshine. Le fait qu'ils soient originaires de la Jamaïque est hors de propos.

— Pas tout à fait, le contredit McCready, car ils se sont tous bien gardés de déclarer que leur casier judiciaire est loin d'être vierge. Ce qui contrevient à l'article quatre, paragraphe B-1 de la Loi sur l'Immigration. »

Johnson le regarda d'un air ahuri et il aurait eu une bonne raison pour cela : McCready venait d'inventer de toutes pièces cet arsenal législatif.

« En fait, poursuivit-il simplement, tous ces hommes font partie d'une association de malfaiteurs plus connue sous le nom de Yardbirds. Les Yardbirds commencèrent leur carrière comme gang de rue dans les quartiers pauvres de Kingston, tirant leur nom des arrière-cours où ils faisaient la loi. Ils débutèrent dans le racket de protection, et y gagnèrent une réputation d'extrême violence. Plus tard, ils se firent pourvoyeurs de hasch et de crack, et développèrent une dimension internationale. Leur nom de guerre est souvent abrégé en " yardies ". »

L'un des Jamaïcains se tenait près d'un mur, contre lequel était posée une batte de base-ball. Il allait s'en emparer quand le Révérend Drake surprit son mouvement.

« Alléluia, mon frère », dit-il calmement en le frappant. Une seule fois. De toute sa force. On enseigne de nombreuses disciplines dans les séminaires baptistes, mais le jab pour convertir les mécréants n'en fait pas partie. Le Jamaïcain tourna de l'œil et glissa sur le sol.

L'incident joua comme un signal. Quatre autres « yardies » plongèrent la main dans leurs ceintures sous leurs chemisettes de plage.

« Stop ! On se calme ! »

Newson et Sinclair avaient attendu qu'il n'y ait plus que les filles à l'étage pour y pénétrer par les fenêtres. Ils se trouvaient maintenant sur le palier, tenant sous le feu de leurs pistolets-mitrailleurs le grand salon. Tous les gestes se figèrent.

« Ils n'oseront pas tirer, ricana Johnson. Ils pourraient vous atteindre. »

Favaro effectua une roulade sur les dalles de marbre et se redressa en un clin d'œil derrière Johnson. Il glissa son bras gauche autour de son cou et lui enfonça le canon de son Colt dans les reins.

« Peut-être, dit-il, mais vous y passerez le premier.

— Les mains sur la tête ! » cria McCready.

Johnson déglutit et fit un signe de tête. Les six « yardies » levèrent les mains. On leur donna l'ordre de marcher jusqu'au mur et de s'y appuyer, en gardant les mains levées. Les deux sergents de police les soulagèrent de leurs armes.

« Je suppose, déclara sèchement Johnson, que vous allez m'associer à ces malfrats. Je suis un citoyen de ces îles et un homme d'affaires tout ce qu'il y a de respectable...

— Non, le coupa McCready. C'est faux. Vous êtes un dealer de cocaïne. Voilà comment vous avez fait fortune : en écoulant de la dope pour le cartel de Medellin. Depuis votre départ de ces îles, adolescent sans le sou, vous avez passé la plus grande partie de votre temps en Colombie ou bien à créer des compagnies bidon en Europe ou en Amérique du Nord pour blanchir l'argent de la drogue. Et à présent, si vous le permettez, j'aimerais rencontrer votre supérieur colombien, le Señor Mendes.

— Je n'ai jamais entendu parler de lui », déclara Johnson.

McCready lui mit une photo sous le nez. Johnson cilla légèrement.

« C'est lui Mendes, même s'il ne porte plus ce nom-là. »

Johnson garda le silence. McCready leva les yeux et fit un signe à Newson et Sinclair. Ils connaissaient cette photographie ; ils disparurent à l'étage. Quelques minutes plus tard, on entendit deux courtes rafales et des cris de femmes à n'en plus finir.

Trois filles de type latin apparurent en haut de l'escalier et le dévalèrent. McCready ordonna à deux gendarmes de les emmener dehors sur la pelouse et de les surveiller. Puis Newson et Sinclair resurgirent en poussant un homme devant eux. Il était mince, le teint jaunâtre, le cheveu noir et raide. Les deux sergents du SAS le balancèrent dans l'escalier, mais demeurèrent sur le palier.

« Je pourrais inculper votre bande de Jamaïcains d'une multitude de délits, selon la loi en vigueur, dit McCready à Johnson, mais en fait, j'ai réservé neuf places sur l'avion qui s'envole cet après-midi pour Nassau. Je pense que vous trouverez la police des Bahamas toute disposée à vous accompagner jusqu'à Kingston, où l'on vous attend. Et maintenant, passez la maison au peigne fin. »

Le reste des policiers locaux se chargea de la fouille. Ils découvrirent deux autres prostituées cachées sous des lits, des armes et une forte somme en dollars. Et dans la chambre de Johnson, quelques grammes de poudre blanche.

« Un demi-million de dollars, dit Johnson d'une voix sifflante à McCready, ils sont à vous si vous me laissez partir. »

McCready tendit l'attaché-case au Révérend Drake.

« Distribuez-les aux œuvres de bienfaisance de l'île », lui dit-il. Drake approuva du chef. « Brûlez la cocaïne ! »

L'un des policiers se chargea des paquets de drogue et sortit allumer un feu dans le parc.

« Allons-y », dit McCready.

A quatre heures de l'après-midi, le court-courrier de Nassau faisait tournoyer ses hélices sur la piste herbeuse de l'aérodrome. Les huit « yardbirds », menottes aux poignets, montèrent à bord, surveillés par deux sergents de police des Bahamas, qui étaient venus les récupérer. Marcus Johnson, les mains réunies dans le dos par des menottes, attendait son tour.

« Une fois extradé de Kingston à Miami, vous pourrez faire parvenir un message au Señor Ochoa, Escobar ou Tartempion pour qui vous travaillez, lui déclara McCready. Dites-lui bien que s'emparer des îles Barclay par procuration était une brillante idée. Être le patron des gardes-côtes, des douanes et de la police du nouvel État indépendant, établir des passeports diplomatiques à volonté, se servir de la valise diplomatique aux États-Unis, construire raffineries et entrepôts en toute liberté, ouvrir des banques de blanchiment en toute impunité — tout ça était extrêmement ingénieux. Et aurait été immensément profitable si l'on y ajoute les casinos pour gros joueurs et les bordels... mais dites-lui bien de ma part, si vous réussissez à faire passer le message, que ça ne marchera pas. Pas dans ces îles en tout cas. »

Cinq minutes plus tard, le court-courrier, véritable boîte à savon, décolla et vira sur l'aile, volant vers la côte de l'île Andros. McCready se dirigea vers un Cessna à six places garé derrière le hangar.

Les sergents Newson et Sinclair étaient à bord, au fond, leur fourre-tout à « joujoux », planqué entre leurs pieds. Ils retournaient à Fort Bragg. Devant eux, était assis Francisco Mendes, dont le vrai nom d'origine colombienne était autre. Il était attaché à son siège. Il se pencha par l'ouverture et cracha dans l'herbe.

« Vous ne pouvez pas m'extrader, fit-il en très bon anglais. Vous pouvez m'arrêter et attendre que les Américains fassent une demande d'extradition, un point c'est tout.

— Demande qui prendrait des mois, ajouta McCready. Aussi, mon cher ami, vous n'êtes pas en état d'arrestation. Je vous refoule simplement. »

Il se tourna vers Eddie Favaro.

« J'espère que vous ne verrez pas d'inconvénient à accompagner cet individu jusqu'à Miami, fit-il. Bien sûr, il se peut qu'à l'atterrissage vous le reconnaissiez soudain comme un suspect recherché par la police urbaine de Dade County. Le reste regarde l'Oncle Sam. »

Ils se serrèrent la main et le Cessna roula le long de la piste, vira, marqua un arrêt et se mit en puissance maximale. Quelques instants plus tard, il était au-dessus de la mer, volant vers le nord-ouest, vers la Floride.

McCready revint lentement vers la Jaguar, où l'attendait Oscar. Il était temps de rentrer se changer à la Résidence, de resuspendre l'uniforme de gouverneur dans le placard du cabinet de toilette.

Quand il arriva, le commissaire Hannah se trouvait en communication avec Londres dans le bureau de Sir Marston Moberley. McCready se faufila à l'étage, et redescendit vêtu de son costume tropical tout froissé. Hannah sortit en toute hâte du bureau, réclamant Oscar et la Jaguar.

Alan Mitchell avait travaillé jusqu'à neuf heures du soir ce lundi, avant de pouvoir appeler Sunshine, où il n'était que quatre heures de l'après-midi. Hannah le prit en ligne avec impatience. Il avait passé tout l'après-midi dans le bureau à attendre son appel.

« C'est singulier, dit l'expert en balistique. Je n'ai jamais examiné de balle plus extraordinaire et encore jamais vu sa pareille employée pour commettre un meurtre, c'est certain.

— Qu'a-t-elle de si étrange ? demanda Hannah.

— Eh bien, pour commencer, le plomb en est extrêmement vieux. Au moins soixante-dix ans. On n'a plus fabriqué de plomb d'une constitution moléculaire semblable depuis le début des années 20. Même chose pour la poudre. J'en ai prélevé quelques infimes traces sur la balle. Elle est d'un type chimique introduit en 1912 et abandonné vers 1920.

— Mais que pouvez-vous me dire de l'arme ? insista Hannah.

— C'est là le hic, dit Mitchell. L'arme correspond aux munitions. La balle porte une signature reconnaissable entre toutes, unique comme une empreinte digitale. Le canon du revolver y a laissé sept sillons avec effet de torsion à droite. Une seule arme a pu produire cela.

— Formidable, s'exclama Hannah. Dites-moi donc laquelle, Alan !

— Eh bien, un Webley 4.55, bien entendu. Rien d'autre. »

Hannah n'était pas un connaisseur en armes à feu, il n'aurait pas, au premier coup d'œil, distingué un Webley 4.55 d'un Colt 44 Magnum.

« Bon, Alan. Maintenant dites-moi ce qu'un Webley 4.55 a de spécial.

— Son âge. C'est une véritable antiquité. On l'a fabriqué de 1912 à 1920, c'est tout. C'est un revolver au canon extrêmement long, tout à fait caractéristique. Il n'a pas rencontré un grand succès justement à cause de la longueur de son canon, jugée très embarrassante. Mais arme d'une grande précision, pour la même raison. On l'a lancé comme revolver d'ordonnance pour les officiers britanniques présents dans les tranchées, lors de la Première Guerre mondiale. Vous en avez déjà vu un ? »

Hannah le remercia et raccrocha.

« Oui, dit-il dans un souffle, j'en ai vu un. »

Il traversait le hall en courant quand il aperçut Dillon, cet étrange membre du Foreign Office.

« Vous pouvez vous servir du téléphone, si vous le désirez. Il est libre », lui cria-t-il. Et il s'engouffra dans la Jaguar.

Quand il fut introduit, Missy Coltrane l'attendait au salon, dans son fauteuil d'infirme. Elle l'accueillit avec un sourire bienveillant.

« Comme c'est agréable de vous revoir, monsieur Hannah, dit-elle. Asseyez-vous, je vous en prie. Vous prendrez bien une tasse de thé ?

— Merci, Lady Coltrane. Je préfère rester debout. J'ai quelques questions à vous poser, j'en ai peur. Savez-vous à quoi ressemble un Webley 4.55 ?

— Eh bien, franchement, je ne crois pas, dit-elle avec humilité.

— Permettez-moi d'en douter, madame. En fait, vous en possédez un. C'est l'ancien revolver d'ordonnance de votre mari. Il se trouve exposé dans cette vitrine auprès de ses trophées militaires. Et je crains d'avoir à saisir cette arme en tant que preuve capitale. »

Il se détourna et se dirigea vers la vitrine. Tout y était à sa place : les médailles, les insignes, les citations, les écussons. Mais dans un ordre différent. On pouvait discerner de légères traces de graisse sur la toile de jute, là où se trouvait auparavant un autre trophée.

« Qu'en avez-vous fait, Lady Coltrane ? demanda sèchement Hannah en revenant vers elle.

— Cher monsieur Hannah, je ne sais absolument pas de quoi vous voulez parler. »

Il détestait perdre dans une affaire, et il sentait déjà celle-ci lui glisser entre les doigts. Lentement, mais sûrement. Il lui fallait l'arme ou un témoin. Par-delà les fenêtres, le jour déclinant obscurcissait le bleu de la mer, dont l'étreinte aveugle avait emporté au plus profond le Webley 4.55. Des traces d'huile ne valent rien devant un tribunal.

« Cette arme était là, Lady Coltrane, quand je vous ai rendu visite, jeudi dernier. Derrière cette vitrine.

— Eh bien, monsieur Hannah, vous avez dû vous tromper. Je n'ai jamais vu de... Wembley.

— Webley, Lady Coltrane. Wembley, on y joue au rugby. »
Et il se sentait perdre ce match six à zéro.

« De quoi me soupçonnez-vous au juste, monsieur Hannah ?

— J'ai plus que des soupçons, madame. Je sais avec certitude ce qui s'est passé. En avoir la preuve est une autre paire de manches. Mardi dernier, à cette heure à peu près, Firestone vous a soulevés, vous et votre fauteuil, dans ses bras énormes et installés à l'arrière de votre camionnette, comme je l'ai vu faire samedi pendant vos courses au marché. J'avais cru que vous ne quittiez jamais cette maison, mais avec son aide, c'est possible.

» Il vous a conduite dans l'allée derrière la Résidence, vous a fait descendre et a arraché de ses mains le verrou de la porte de fer.

J'avais pensé qu'une telle opération nécessiterait une Land-Rover et une chaîne, mais Firestone a pu s'en charger sans problème. J'aurais dû y penser quand je l'ai vu la première fois. Ça m'a échappé. *Mea culpa.*

» Il vous a poussée par la porte et s'est retiré. Je pense que vous aviez le Webley sur vos genoux. C'était peut-être une antiquaille, mais on l'avait soigneusement huilé pendant toutes ces années, et il était toujours chargé. Avec un canon court, vous n'auriez jamais touché Sir Moberley, pas même en tirant à deux mains. Mais ce Webley était une arme de précision, avec son canon long.

» Et vous n'étiez pas néophyte en matière d'armes. Vous avez connu votre mari pendant la guerre, m'avez-vous dit. Il était blessé et vous l'avez soigné. Mais c'était dans le maquis, pendant l'Occupation, en France. A mon avis, il faisait partie du SOE britannique et vous de l'OSS américain.

» Vous avez tiré une première fois, raté le Gouverneur et touché le mur. Vous avez fait mouche au second coup, mais la balle est allée se loger dans le terreau d'une corbeille de géraniums, où je l'ai retrouvée. On l'a identifiée aujourd'hui à Londres. Elle est tout à fait caractéristique. Elle n'a pu être tirée que par un Webley 4.55, comme celui que vous possédiez dans cette vitrine.

— Quelle belle histoire, mon pauvre monsieur Hannah. Pouvez-vous la prouver ?

— Non, Lady Coltrane. Il me faut l'arme ou un témoin. Je suis prêt à parier qu'une dizaine de personnes vous ont vus, vous et Firestone, dans l'allée, mais personne ne témoignera contre Missy Coltrane. Nous sommes à Sunshine. Deux choses me chiffonnent, cependant. Pourquoi ? A quoi bon tuer ce Gouverneur si peu sympathique ? Vous teniez à la présence de la police, ici ? »

Elle fit non de la tête en souriant.

« A celle de la presse, monsieur Hannah. Les journalistes fouinent partout, questionnent tout le monde, se livrent à des investigations poussées. Ils soupçonnent tout le monde dès qu'il s'agit de politique.

— Je vois, il vous fallait rameuter les fins limiers de la presse.

— Autre chose vous chiffonne, monsieur Hannah ?

— Qui vous a avertie, Lady Coltrane ? Mardi, après vous en être servi, vous avez remis le Webley dans la vitrine. Il y était encore jeudi. Aujourd'hui il a disparu. Qui vous a prévenue ?

— Vous donnerez un affectueux bonjour à Londres de ma part à votre retour, monsieur Hannah. Je ne l'ai plus revu depuis le Blitz, vous savez. Et je n'y reviendrai jamais à présent. »

Desmond Hannah demanda à Oscar de le reconduire Place du Parlement. Il le renvoya aux abords du commissariat de police. Oscar devait astiquer la Jaguar avant l'arrivée du nouveau gouverneur, le lendemain. Il était temps que Whitehall réagisse, songea-t-il. Il commença à traverser la place en direction de l'hôtel.

« 'Soir, Missié Hannah. »

Il se retourna et se trouva nez à nez avec un parfait inconnu qui le saluait en souriant.

« Hum... bonsoir. »

Deux jeunes dansaient devant l'hôtel dans le crépuscule. L'un d'eux avait un lecteur de cassettes autour du cou, qui jouait un calypso. Hannah ne le reconnut pas. Les paroles disaient *Freedom come, freedom go.* Par contre, il reconnut *Yellow Bird,* qui sortait du bar du Gaillard d'Arrière. Il se fit la remarque que, depuis cinq jours, il n'avait entendu ni calypso ni orchestre de steel-band.

Les portes de l'église anglicane étaient ouvertes ; le Révérend Quince faisait donner à fond son petit orgue. Il jouait *Gaudeamus igitur.* Hannah gravit à grands pas le perron de l'hôtel, en prenant conscience d'une légèreté retrouvée dans l'atmosphère de l'île. Mais son humeur n'était pas au diapason. Il lui fallait écrire son rapport. Puis après avoir appelé Londres tard dans la nuit, il rentrerait dans la matinée. Il ne pouvait plus rien faire. Il détestait perdre une affaire, mais il savait que celle-ci resterait à jamais dans les dossiers. Il pourrait regagner Nassau en prenant l'avion qui amènerait le nouveau gouverneur, et de là s'envoler pour Londres.

Il traversa le bar en terrasse, se dirigeant vers l'escalier, quand il aperçut une fois encore ce Dillon, sirotant une bière, assis sur un tabouret. Drôle de type, songea-t-il en montant l'escalier. Toujours assis à attendre que quelque chose se passe, donnant perpétuellement l'impression de ne *rien* faire du tout.

Le mardi matin un De Havilland Devon atterrit en vrombissant sur Sunshine, venant de Nassau, et y déposa Sir Crispian Rattray, le nouveau gouverneur. A l'abri du hangar, McCready regarda le vieux diplomate, en costume de lin blanc, des mèches grises s'échappant de son panama, descendre d'avion et se diriger d'un pas alerte vers le comité d'accueil.

Le lieutenant Haverstock, rentré de son odyssée nautique, lui présenta divers notables de la ville, dont le Dr Caractacus Jones et son neveu, l'inspecteur principal Jones. Oscar se tenait auprès de la Jaguar astiquée de frais et, après les poignées de main, la petite troupe démarra vers Port Plaisance.

Sɪʀ Rattray découvrirait qu'il avait peu à faire. Les deux candidats semblaient avoir retiré leur candidature et être partis en vacances. Il lancerait un appel pour que d'autres candidats se fassent connaître. Aucun ne se présenterait, le Révérend Drake y veillerait.

Les élections prévues en janvier seraient repoussées, à Londres le Parlement serait reconvoqué et, sous la pression de l'opposition, le gouvernement reconnaîtrait qu'un référendum au mois de mars serait des plus appropriés. Mais tout cela était au conditionnel.

Desmond Hannah monta à bord du Devon pour rallier Nassau. Il jeta un dernier regard alentour, du haut de la passerelle. Dillon, ce bizarre individu, était assis avec son sac et son attaché-case, paraissant attendre quelque chose. Hannah ne lui fit pas de signe d'adieu. Il avait l'intention de signaler la présence de Dillon sur Sunshine à son retour à Londres.

Dix minutes après le départ du Devon, l'avion-taxi de McCready arriva de Miami. Il devait restituer le téléphone portable et remercier quelques amis en Floride, avant de regagner Londres. Il y serait juste à temps pour Noël, qu'il fêterait tout seul dans son appartement de Kensington. Peut-être irait-il prendre un verre au Club des Forces spéciales avec d'anciens camarades.

Le Piper décolla, et McCready eut un dernier aperçu de Port Plaisance et de ses habitants vaquant à leurs affaires d'un pas nonchalant. Puis en survolant Spyglass Hill, et avant qu'elle disparût, il entrevit dans le soleil du matin la maison rose qui couronnait son sommet.

Épilogue

« Je crois pouvoir dire que nous sommes tous extrêmement reconnaissants à Denis pour ce brillant exposé, déclara Timothy Edwards. Vu l'heure tardive, je suggère que mes collègues et moi-même discutions de l'affaire entre nous, pour voir s'il y a lieu de faire un amendement à la politique du Service, et nous rendrons notre verdict demain matin. »

Denis Gaunt alla remettre le dossier à l'employé des Archives. Quand il se retourna, Sam McCready avait disparu. Il s'était éclipse au moment même où Edwards avait terminé sa phrase. Gaunt le retrouva dix minutes plus tard dans son bureau.

McCready était toujours en bras de chemise, sa veste de coton froissé jetée sur une chaise, et il s'affairait près de deux cartons posés par terre.

« Qu'est-ce que vous faites ? demanda Gaunt.

— J'emporte mes cliques et mes claques. »

Il n'y avait que deux photographies, qu'il rangeait dans son tiroir au lieu de les poser bien en vue sur le bureau ; l'une de May, l'autre de son fils le jour des résultats du baccalauréat, souriant timidement dans sa toge noire. McCready les rangea dans un des cartons.

« Mais vous êtes fou ! s'offusqua Gaunt. Je crois qu'on a réussi. On n'aura pas convaincu Edwards, évidemment, mais les deux contrôleurs... ils vont peut-être changer d'avis. On sait qu'ils vous aiment bien, qu'ils veulent que vous restiez. »

McCready rangea son lecteur de compacts. Il aimait écouter du classique en fond musical quand il réfléchissait. Il y avait à peine assez de fatras pour remplir les cartons. En tout cas, aucune photo du genre « moi-serrant-la-main-à-une-célébrité ». Les quelques lithographies impressionnistes appartenaient au Service. Il se redressa et contempla les deux cartons.

« Ça ne fait vraiment pas beaucoup, en trente ans. ., murmura-t-il

— Pour l'amour de Dieu, Sam, ce n'est pas encore fini. Ils peuvent changer d'avis.

— Denis, vous êtes un type formidable, s'exclama McCready en saisissant Gaunt par les bras. Vous avez fait un boulot remarquable à l'audience. Vous vous êtes surpassé. Et je vais demander au Chef de vous laisser reprendre le Bureau. Mais on voit que vous ne connaissez pas encore la chanson. C'est foutu. En fait, le verdict et la sentence ont été rendus il y a des semaines, dans un autre bureau et par un autre homme.

— Mais pourquoi cette audience, alors ? protesta Gaunt en se laissant tomber tristement dans le fauteuil de son patron.

— Parce que j'aime ce putain de Service et qu'ils sont en train de se gourer. Parce que le monde est plein de dangers, et que ça ne va pas aller en s'arrangeant, loin s'en faut. Et parce que des connards comme Edwards vont être responsables de la sécurité de ce pays que j'adore, et ça me fout une trouille bleue. Je savais que l'audience ne changerait rien, mais je voulais seulement faire suer un peu ces enfoirés. Je suis désolé, Denis, j'aurais dû vous prévenir. Vous voudrez bien me faire porter les cartons chez moi, à l'occasion ?

— Vous pouvez toujours accepter un des postes qu'ils vous ont proposés. Rien que pour les embêter…, suggéra Gaunt.

— Denis, pour moi, rester assis aux Archives ou à la Comptabilité serait vivre dans un univers anonyme. J'ai eu mon heure de gloire, j'ai fait de mon mieux, mais c'est fini, je pars. Il y a un monde ensoleillé à l'extérieur, Denis. Alors j'y vais, et je compte bien m'amuser.

— Ils vont vous revoir, ici, dit Gaunt avec un air d'enterrement.

— Oh que non !

— Le Chef va organiser un cocktail d'adieu.

— Pas de cocktail. Je ne supporte pas le mousseux bon marché, ça me bousille l'intestin. Et Edwards tout sourires, ça me fait le même effet. Vous me reconduisez à la porte principale ? »

Century House est une sorte de petite paroisse rurale. Le long du couloir, dans l'ascenseur en descendant au rez-de-chaussée, dans le vestibule carrelé, des collègues et des secrétaires s'écriaient : « Bonjour, Sam… Salut, Sam ! » Pas : « Adieu, Sam », mais c'était l'idée générale. Certaines secrétaires s'arrêtaient un instant, comme pour lui redresser sa cravate une dernière fois. Il hochait la tête avec un sourire, et continuait sa route.

La porte principale s'ouvrait au bout du vestibule carrelé. Au-delà, c'était la rue. McCready se demanda s'il allait utiliser son indemnité de licenciement pour acheter un cottage à la campagne, où il ferait pousser des roses et des courges, irait à l'église tous les dimanches matin, et deviendrait partie intégrante de la communauté. Mais comment passer le temps à longueur de journée ?

Il regretta de n'avoir jamais eu de hobby intéressant, comme ses collègues qui élevaient des poissons tropicaux, collectionnaient les timbres ou faisaient de l'escalade au Pays de Galles. Et que dirait-il aux voisins ? « Bonjour, je m'appelle Sam, je suis à la retraite, je travaillais au Foreign Office, mais pas question de vous raconter ce que j'y faisais. » Les anciens soldats ont le droit d'écrire leurs mémoires et d'ennuyer les touristes dans l'intimité d'un bar. Mais les hommes qui ont passé leur vie dans l'ombre doivent garder le silence à tout jamais.

Mrs Foy, qui travaillait au service Passeports, traversait le vestibule, ses talons hauts claquant sur les dalles. C'était une superbe veuve proche de la quarantaine. Bon nombre de résidents à Century House avaient tenté leur chance avec Suzanne Foy, mais elle n'était pas surnommée la Forteresse pour rien.

Leurs chemins se croisèrent. Elle s'arrêta et se retourna. Le nœud de cravate de McCready était descendu au milieu de sa poitrine. D'un geste, elle le resserra en le remontant jusqu'au bouton de col. Gaunt observait la scène. Il était trop jeune pour se souvenir de Jane Russell, sinon la ressemblance lui aurait sauté aux yeux.

« Sam, vous avez besoin de vous requinquer », glissa-t-elle.

Denis Gaunt regarda ses hanches rouler tandis qu'elle se dirigeait vers l'ascenseur. Il se demanda comment ça serait de se faire requinquer par Mrs Foy. Ou vice versa...

Sam McCready poussa les portes vitrées donnant sur la rue, qui laissèrent passer une bouffée d'air chaud. Il se retourna, et sortit une enveloppe de sa poche-poitrine.

« Donnez-leur ça demain matin, Denis. C'est ça qu'ils veulent, après tout.

— Vous l'aviez sur vous depuis le début ! fit Gaunt en la prenant. Vous l'avez écrite il y a des jours. Vous êtes vraiment un rusé renard. »

Mais il parlait à la porte.

McCready obliqua à droite et marcha tranquillement jusqu'au pont de Westminster, à deux kilomètres de là, sa veste jetée sur l'épaule. Il desserra sa cravate jusqu'au troisième bouton de sa chemise. Il faisait très chaud, par cet après-midi de l'été 1990, durant la canicule. Sur Old Kent Road, il vit passer le flot des voitures de banlieusards rentrant chez eux.

Ça doit être agréable en mer, aujourd'hui, songea-t-il. La Manche doit être bleue et lumineuse sous le soleil. Peut-être devrait-il prendre ce cottage dans le Devon, après tout, avec un bateau dans le port. Il pourrait même inviter Mrs Foy. Pour se faire un peu requinquer.

Au-delà du pont, le palais de Westminster se découpait sur le ciel bleu. McCready avait passé trente ans à protéger la démocratie qui s'exerçait en ce lieu, et parfois à rattraper les bêtises du Parlement. La tour de Big Ben, rénovée depuis peu, lançait des lueurs dorées dans le soleil, près des eaux paresseuses de la Tamise.

Au milieu du pont, un vendeur de journaux, près de sa petite cahute, tenait une pile d'*Evening Standard* dans les bras. A ses pieds se trouvait la une collée sur un placard, où s'étalait le titre : BUSH-GORBY : FIN OFFICIELLE DE LA GUERRE FROIDE. McCready s'arrêta pour acheter un exemplaire.

« Merci, m'sieur ! lança le marchand ; puis en indiquant le placard du doigt : Alors c'est fini, tout ça, hein ?

— Fini ? répéta McCready.

— Ouais, toutes leurs crises internationales, là. C'est du passé.

— Quelle belle idée », commenta McCready en s'éloignant.

Quatre semaines plus tard, Saddam Hussein envahissait le Koweit. Sam McCready apprit la nouvelle à la radio sur son bateau, alors qu'il pêchait à quatre kilomètres de la côte du Devon. Il y réfléchit, et décida qu'il était temps de changer d'appât.

Table

Prologue 11

Crime et châtiment extrême 25

Interlude 137

La mariée était trop belle 141

Interlude 255

Une victime de guerre 259

Interlude 359

Une petite île au soleil 363

Épilogue 479

La composition de ce livre
a été effectuée par Bussière à Saint-Amand,
l'impression et le brochage ont été effectués
sur presse CAMERON
dans les ateliers de B.C.A. à Saint-Amand-Montrond (Cher)
pour les éditions Albin Michel

Achevé d'imprimer en novembre 1991
N° d'édition : 12077. N° d'impression : 91/47
Dépôt légal : novembre 1991